Alexandre Callari

Apocalipse Zumbi

Os primeiros anos

generale

Apocalipse Zumbi

Os primeiros anos

Diretor-presidente
Henrique José Branco Brazão Farinha
Publisher
Eduardo Viegas Meirelles Villela
Editora
Cláudia Elissa Rondelli
Projeto gráfico
Jessica Siqueira/Know-how Editorial
Editoração
Patrícia Alves/Know-how Editorial
Capa
Luiz Casadio
Copidesque
Luciane Gomide/Know-how Editorial
Revisão
Angela dos Santos Neves/Know-how Editorial
Ilustração
Bruner Franklim e Mau Vasconcellos
Impressão
Forma Certa

Título original: Apocalipse Zumbi

Rua Sergipe, 401 – conj. 1310 – Consolação
São Paulo, SP – CEP 01243-906
Telefone: (11) 3562-7814 / 3562-7815
Site: http://www.editoraevora.com.br
E-mail: contato@editoraevora.com.br

Ficha Técinica do CD Apocalipse Zumbi
DREAM VISION é:
Bruno Ferraz (vocal)
Gabriel Ferreira (guitarra e teclados)
Pedro Comitto (guitarra)
Vitor Falcão (baixo)
Rafael Ferreira (bateria)

Músicos convidados:
Liliam Sampaio (vocais)

Todas as letras e músicas escritas por Alexandre Callari
Arranjos por Gabriel Ferreira, Pedro Comitto, Bruno Ferraz e Alexandre Callari
Gravado, mixado e masterizado no Nova!Estúdio (www.novaestudio.net) em fevereiro e março de 2011, exceto guitarras, gravadas no Dream Vision Estúdio em março de 2011.
Gravado, editado, mixado e masterizado por: Gabriel do Vale
Produzido por Alexandre Callari

Dados Internacionais de Catalogação na Publicação (CIP)

C16a

Callari, Alexandre.
Apocalipse Zumbi : os primeiros anos / de Alexandre Callari. - São Paulo : Évora, 2011.
336p. : il. ; ...cm.

ISBN 978-85-63993-19-9

1. Ficção brasileira. I. Título.

CDD- B869.3

José Carlos dos Santos Macedo — Bibliotecário CRB7 n. 3575

AGRADECIMENTOS

Normalmente eu não agradeço muitas pessoas em meus livros, pois acabo fazendo tudo sozinho. Na verdade, o que sempre tive vontade de fazer foi escrever uma página dizendo "Atrapalharam..." e os nomes dos infelizes. Mas desta vez foi diferente. Uma gama enorme de pessoas realmente me ajudou (e muito) a tornar não só o livro realidade, mas o projeto como um todo. Num dado momento, percebi que estava ao mesmo tempo cuidando da pré-produção do CD, da pós-produção do trailer, da pós-produção de dois livros (este e o Almanaque dos Quadrinhos no Cinema), do material extra para os sites desses dois últimos produtos, além de outros afazeres, como traduções e afins. Ou seja, todos os projetos que as pessoas assumem sempre um por vez pelo simples motivo de quererem evitar cabelos brancos e ataques do coração. Portanto, admito, se não fosse pela enorme lista que vem a seguir, eu NUNCA teria dado conta de tudo isso sozinho.

Quero começar pelos meus amigos do Pipoca & Nanquim, Bruno Zago e Daniel Lopes — eles foram minha âncora e meu norte durante todo o projeto, sempre me dizendo se eu estava indo na direção certa ou não. Também preciso falar sobre a equipe da Editora Évora, Eduardo Villela, Cláudia Rondelli e Henrique Farinha, sem os quais não haveria livro!!! Meu amigo de longa data, Luiz Casadio, que topou fazer a capa, que ficou sensacional; os ilustradores Bruner Franklim e Maurício Vasconcellos, os quais colaboraram com as imagens geniais que abrilhantam a obra; Felipe Guerra (Boca do Inferno), que escreveu tão gentilmente a linda apresentação; e Gonçalo Junior, que encontrou um tempo em sua apertada agenda e redigiu o prefácio.

Algumas pessoas contribuíram sensivelmente para a melhora do texto: Rodrigo Ferreira Sallum (com quem tive boas conversas), Rafael Copel (que passou uma manhã inteira no Skype abrindo meus olhos para tudo o que eu tinha feito de errado), Filipêra (e seu grande blog Nerds Somos Nozes), Antonio Augusto de Toledo Barros Filho e Fábio Barreto.

O trailer foi a realização de um grande sonho e possivelmente o início de outro. Tenho que agradecer o pessoal da Spline Multimídia por isso, Pedro Celli, Danilo e Guilherme. Sem a Uniara (que gentilmente cedeu as instalações para gravarmos), a coisa não teria sido a mesma. Muito obrigado ao Sr. Pró-Reitor Administrativo, professor Fernando Soares Mauro, ao Sr. Pró-Reitor Acadêmico, Dr. Luiz Felipe Cabral Mauro e ao Sr. Luís Paulo de Campos, editor-chefe da TV Uniara. Quero agradecer também todos os atores que colaboraram e cederam seu tempo para esta produção, Alexandre Gallucci, Antonio Tadeu Politini, Bruno Luís Bolato, Christiano K.O.D.A. (que também produziu em magnífico *making of*), Claudio Antonio do Monte, Eduardo Pedroso, Fernando César Grosso, Flávio Rodrigo Puadella, Gabriel Jacobino Vaz de Carvalho, Igor José da Silva, Jonathan Vieira Domingues, José Henrique Kanesiro, Kelly Cristina, Laís Cerqueira Leite, Letícia Rodrigues dos Santos, Lucas Francisco, Márcio Machiavelli Porto Junior, Mariana Porto, Marlon Batista, Matheus Amaral Biffi, Matheus Francisco, Melina Sanches Silveira, Pamela Rosato, Pedro Jacobino Vaz de Carvalho, Talita Picoli Martins de Oliveira e Wellington Luiz Mesa Puerta.

O CD que vem junto com este livro também só foi possível por causa da colaboração do pessoal da Dream Vision: Bruno Ferraz, Pedro Comitto, Vitor Falcão, Rafael Ferreira e, principalmente, Gabriel Ferreira, que ajudou a transformar as insanidades que povoavam minha mente em coisas palpáveis. Não posso deixar de mencionar também o trabalho fenomenal de Gabriel do Vale (Nova!Estúdio), que extraiu todos esses timbres de respeito que você escuta nas músicas.

O pessoal da Zombie Walk Rio de Janeiro foi particularmente importante, um grande abraço para a Pan, o Alê e o Ber (Bernardo Brum, que escreveu uma crítica belíssima sobre o livro) — espero conhecê-los pessoalmente logo. Um abraço para Rafael Righini (tomara que nosso lance dê certo) e Claudia Buschel (que me recebeu em plena terça-feira à noite e me deu valorosos conselhos).

Tem também os amigos que viram as coisas acontecerem desde o começo, Gustavo Nogueira, Gustavo Vicolla, Ulisses Howlett (lembra quando eu li as primeiras páginas naquele churrasco?) e Guilherme Garcia. Minha querida *muchacha* do coração, Kranya Diaz Serrano, que não tem a menor ideia do porquê eu escrevo essas maluquices, mas nunca hesita em me escutar; e dos amigos de longa data que sempre me apoiaram quando as coisas degringolaram em minha vida: Maurício Rocha Braga, Anis Narchi, Rodrigo Paulino da Costa, Felipe Buschel, Nelson Junior e José Luiz Ribalta. Uma menção especial a alguns caras que vejo muito pouco, mas que há uma década me dão apoio: Andre "Jason" e Fabricinho (dos tempos de escola), Rodrigo Cruz (meu parceiro em diversos trampos) e os ex-alunos, Feu e Tiago. Obrigado a todos por estarem ao meu lado.

Um agradecimento especialíssimo vai para minha família, minha mãe, Eurídice Callari (finalmente um livro que você vai ler, mãe), e meus irmãos, Victor Callari e Gabriel Callari — que, apesar da distância (e do meu comportamento rabugento), sempre estão lá por mim quando preciso. E um grande beijo para minha esposa, Ângela, que continua aturando minhas excentricidades.

CRÍTICA — ZOMBIE WALK

Apocalipse Zumbi tem um diferencial em relação ao resto dos demais produtos da cultura zumbi — felizmente, isso ao mesmo tempo o aproxima do espírito anticonvencional dos clássicos do gênero. O autor pratica um trabalho de sondagem psicológica densa em um cenário absolutamente perturbador e conturbado — como manda a tradição do gênero — e ainda assim não poupa o leitor de momentos de puro horror evocando imagens fortíssimas e situações cada vez mais sufocantes e absurdas. Mais uma vez, os nossos maiores inimigos não são monstros infectados, e sim nós mesmos. Essa busca por humanidade e dignidade em um cenário decadente e nada animador é um desafio tanto para os personagens quanto para o narrador. Não é um desafio fácil, nem ao menos confortável — e é exatamente o que as boas obras do gênero pedem. E essa história de múltiplas narrativas pinta um painel das mais variadas e ambíguas emoções pouco vistas até então em um gênero rendido quase que totalmente ao horror puro. O quadro pessimista está longe de ser gratuito: é uma luta por humanidade como poucas, e para lá de bem narrada. Uma aposta ousada e corajosa em um país sem tradição no gênero que tem tudo para ser bem-sucedida e começar, aos poucos, a mudar o panorama.

Bernardo Brum
Organizador da Zombie Walk Rio de Janeiro

APRESENTAÇÃO

Eu sempre achei "Zombie – O Despertar dos Mortos" (*Dawn of the Dead*, 1978), de George A. Romero, o melhor filme sobre mortos-vivos de todos os tempos, além de um dos melhores filmes de horror de todos os tempos (ou um dos melhores *filmes* de todos os tempos, e ponto final!).

E, por mais que "Zombie – O Despertar dos Mortos" tenha cenas de extremo horror, violência e zumbis para todos os lados, não é exatamente isso o que me atrai na obra-prima de Romero, e sim aquela sensação *"this is the end"* que poucos filmes sobre mortos-vivos, antes ou depois, conseguem resgatar – não nesse mesmo nível, pelo menos.

Como quando Stephen tira uma fotografia de Francine, usando uma daquelas (hoje ultrapassadas) câmeras analógicas, e a mulher lhe responde, entre o deboche e o humor negro: "*Ótimo. Quando terminar o filme, nós mandamos revelar*".

Porque, num mundo dominado por zumbis, as coisas nunca mais serão como antes. E Romero faz questão de mostrar isso.

Os quatro sobreviventes de "Zombie – O Despertar dos Mortos", trancados no interior de um shopping center, podem até ter os mais modernos aparelhos de televisão ao seu dispor, mas de que eles lhes servem se todas as emissoras estão fora do ar? Eles podem ter o aparelho de som mais caro, mas jamais terão novos discos para escutar. E de que serve todo o dinheiro guardado no cofre do banco naquele mundo dominado por mortos-vivos?

E os zumbis nem são a verdadeira ameaça, mas, sim, outros humanos, que aproveitam o fim das noções de "lei e ordem" e de "civilização" para agir como bárbaros (piores e mais violentos do que os próprios zumbis).

É um clima meio "Zombie – O Despertar dos Mortos" que o leitor encontrará em Apocalipse Zumbi, o livro de Alexandre Callari que você tem em mãos.

No que parece ser o início de uma saga, à qual o autor pretende dar continuidade, testemunhamos os primeiros anos de uma nova civilização, que tenta se reerguer num cenário devastado por mortos-vivos (ou "infectados", como os monstrengos são chamados pelos personagens).

Entrincheirados num quartel, os personagens de Apocalipse Zumbi sabem que a sociedade foi reduzida a cinzas e que as esperanças de sobrevivência são cada vez menores. Até a contagem dos anos mudou – para antes e depois do Apocalipse –, e já não há a menor esperança de que as coisas um dia voltem a ser como antes.

Enquanto discutem se a ajuda virá (porque nós sempre esperamos que *alguma* ajuda ou *qualquer* ajuda venha nessas situações extremas), eles tomam decisões e realizam ações que colocam suas vidas, e a dos companheiros, em risco.

Além dos confrontos com os zumbis, um conflito entre os próprios humanos é inevitável. Afinal, como Romero sempre representou muito bem em seus filmes, os mortos-vivos não são a maior ameaça — é preciso ficar de olho principalmente nos *vivos*!

Com uma narrativa frenética que agarra o leitor desde as primeiras linhas (em plena fuga de uma horda de zumbis!), e não solta mais até a última página, Alexandre fez de Apocalipse Zumbi uma obra tão apavorante quanto um bom filme de mortos-vivos, sem deixar de lado a ácida crítica social que combina tão bem com esse subgênero do horror.

Sem firulas, o autor transporta o leitor para dentro deste universo horripilante, em que a morte pode estar à espreita no começo do próximo parágrafo. E, demonstrando ser ele próprio um fã de histórias do gênero, ainda se dá ao luxo de brincar com elementos e situações tradicionais — como quando um personagem questiona o quanto é "clichê" o plano que colocará em prática contra os infectados.

Apocalipse Zumbi também tem personagens simpáticos desenvolvidos sem pressa. O leitor torce por eles, não quer que morram, mesmo que isso vá acontecer mais cedo ou mais tarde. Lembre-se de que é uma história de mortos-vivos!

Enfim, sempre que revejo meu amado "Zombie — O Despertar dos Mortos", bate até um desânimo no final do filme. Porque eu queria ver mais, acompanhar aqueles personagens por mais tempo e testemunhar suas novas aventuras.

Sensação semelhante é a que fica na última página de Apocalipse Zumbi, ainda mais porque Alexandre deixa o gancho para uma batalha épica entre os sobreviventes e os infectados. O que acontecerá? Quem sobreviverá? Haverá esperança?

Pelo menos neste caso, o autor promete dar continuidade à sua saga: Apocalipse Zumbi possivelmente é apenas o primeiro de muitos livros sobre esse atraente universo de humanos e mortos-vivos em guerra!

Afinal, como todos sabemos, os mortos-vivos recusam-se a descansar em paz e sempre voltam quando menos esperamos. Pois, "quando não houver mais espaço no inferno, os mortos caminharão sobre a terra...".

E pela quantidade de boas histórias de zumbis que temos acompanhado nos últimos tempos — incluindo esse promissor início da saga APÓCALIPSE ZUMBI —, o inferno deve estar completamente lotado, pois "eles" não param de caminhar sobre a terra!

Boa leitura, bons pesadelos e nunca esqueça aquela célebre frase de Peter em "Zombie — O Despertar dos Mortos": "*They're us*". Ele não podia estar mais certo...

FELIPE M. GUERRA
Jornalista; escreve para o site Bocadoinferno.com
e em seu próprio blog
Filmesparadoidos.blogspot.com

SUMÁRIO

PREFÁCIO

REFLEXÕES ENTRE A VIDA E A MORTE

No filme "Terra dos Mortos", de George A. Romero, o diretor inova mais uma vez ao colocar um zumbi com algum indício de inteligência. Bom, permite-lhe ao menos liderar uma multidão de mortos-vivos que tenta entrar numa fortaleza onde se refugia um grupo de humanos vivos próximos de serem devorados. Estão ali porque têm dinheiro, em mais uma bem articulada crítica política de Romero, uma clara alusão à arrogância americana em sua política de dominação internacional. Esse zumbi é uma exceção. Em todos os outros filmes, essas horripilantes criaturas se arrastam por instinto, pela necessidade de carne humana viva. Daí as críticas mais frequentes que se fazem a esse gênero de filme: a impossibilidade de explorar algum potencial dramático que os torne mais interessantes. Há, acredito, uma má vontade nessa afirmação, uma vez que não faltam personagens (vivos) que atendem essa exigência — trabalhada ao máximo na trama — antes de eles (quase) sempre se tornarem zumbis.

Nunca imaginei que seria possível fazer tramas de zumbis no Brasil. Particularmente até o dia em que um amigo me perguntou se eu toparia ajudá-lo a escrever um roteiro de cinema de terror que se passasse no país. E que, obrigatoriamente, fosse ambientada no Nordeste, bem como tivesse cangaceiros no meio da trama. Assim nasceu "A cabeça da noiva". A produção do filme não foi adiante, entretanto a história virou quadrinhos, até hoje não publicados, mas disponíveis desde novembro de 2007 no YouTube.com como uma espécie de videoclipe, com desenhos de Leônidas Greco. Em resumo, a história é assim: diz a lenda que, para se matar um cangaceiro, é preciso arrancar sua cabeça. Uma volante (pelotão da força pública estadual) massacra um grupo de cangaceiros, mas deixa de cortar a cabeça de um deles por mero descuido. A criatura putrefata revive como zumbi, recupera a cabeça dos companheiros e lhes dá meia-vida. Porém, falta a cabeça da sua noiva, levada como suvenir. Começa, então, a busca pela parte principal do corpo da moça, e os zumbis passam a perambular pela caatinga até encurralarem os soldados num vilarejo.

Quando fiz essa história, já havia outros brasileiros pensando em zumbis. Ou seja, criando algo relacionado ao assunto. No final de 2008, tive a oportunidade de assistir a um filme nacional sobre essas criaturas. Aliás, um filmaço. Refiro-me ao pouco conhecido, porém premiadíssimo, "Mangue Negro", do capixaba Rodrigo Aragão. Eu já tinha publicado "A Enciclopédia dos Monstros" (Ediouro) quando isso aconteceu. Daí não tê-lo incluído no livro como um dos mais originais e geniais filmes de zumbis da história do cinema em todo o mundo. Faço a afirmação sem a menor hesitação de estar exagerando. Produzido no improviso, com quase nada de recursos, no mangue que fica no fundo de sua casa, Aragão superou todas as limitações para criar uma obra única, bem estruturada, que, certamente, deixaria George A. Romero – o maior diretor de cinema do gênero – fascinado. Daí quatro prêmios de melhor filme em festivais internacionais de cinema fantástico e um de efeitos especiais que recebeu mundo afora. Jamais exibido no circuito comercial nem lançado em DVD, esse filme ainda espera a atenção merecida.

Agora, Alexandre Callari me pede para apresentar mais uma experiência brasileira no gênero, seu livro "Apocalipse Zumbi", um ambicioso projeto que pretende ser nada menos que uma trilogia. A obra sai num excelente momento, quando os monstros nunca estiveram tão em alta na literatura e no cinema mundial – em parte, graças ao fenômeno da trilogia "Luz e Escuridão" ("Crepúsculo"), da escritora Stephenie Meyer. E conquista o leitor já na sua útil introdução, com um apanhado e algumas observações sobre a presença dos zumbis no imaginário mundial, a partir de filmes, séries de TV, livros e revistas em quadrinhos. O que vem a seguir é uma trama que deixa o leitor sem fôlego, como um bom filme do gênero: a aflição de alguém que corre desesperadamente da perseguição de mortos-vivos, enquanto a humanidade está próxima de encarar seu fim. A referência imediata que se faz é à trama de "Eu sou a lenda" (1954), obra do escritor Richard Matheson, uma vez que se trata de ameaças noturnas, as quais mantêm os vivos trancafiados em casa depois que o sol se põe.

Callari lembra também, claro, os melhores filmes desse tipo de horror, porque sua narrativa ágil, bem escrita, segue um estilo cinematográfico. Mas logo ele começa a incrementar questões e a fazer críticas de um mundo tanto físico quanto temporal muito próximo do brasileiro, bem como de qualquer pessoa que viva hoje. Logo em seguida vem a informação de que a Terra finalmente viveu o apocalipse, e agora os poucos sobreviventes estão encurralados por canibais semivivos. Em capítulos curtos, como um bom contador de histórias, o autor faz uma narrativa capaz de prender o leitor até o final, nesse "Mad Max" de terror em que é possível refletir sobre uma série de valores éticos e morais quando o homem se vê diante de uma situação limite e desconfortável. Mais que isso, tem a sua continuação como espécie seriamente ameaçada.

Aposte na leitura dos zumbis de Callari. De apenas algumas páginas. Porque, depois, você estará encurralado para sempre a não largar essa história. Quer dizer, até a última página.

GONÇALO JUNIOR
Autor de A *enciclopédia dos monstros*
Rio de Janeiro, Ediouro, 2008

INTRODUÇÃO

Sele as portas e janelas. Arme barricadas. Estoque mantimentos. Prepare armadilhas em seu jardim. Eles estão aqui. É o fim do mundo, mas você sobreviveu. E agora precisa conseguir viver mais um dia!

Desde que o cineasta George Romero redefiniu os zumbis, transformando-os em mortos que levantavam de suas tumbas e canibalizavam os que ainda ousavam estar vivos, esses seres fantásticos penetraram fundo no inconsciente humano e conquistaram um espaço inusitado. Vamos lá, admita, você já pensou pelo menos uma vez no que aconteceria com o mundo durante uma epidemia zumbi, certo? Se está lendo este livro, com certeza pensou. E, enquanto tinha suas próprias ideias de como tudo seria e desenhava seu modelo de cenário ideal, ao mesmo tempo imaginava o que você próprio faria se isso lhe acontecesse! Vamos lá, fale a verdade, tenho certeza de que ao menos uma ou duas vezes você até já *desejou* que tudo isso acontecesse! Calma, não precisa sentir-se mal. Saiba que você não está só.

Com o tempo, as regras mudaram. Lucio Fulci e Lamberto Bava (entre tantos outros cineastas importantes) e, anos mais tarde, Danny Boyle e Zack Snyder deram outras interpretações às criaturas idealizadas por Romero. Agora, os zumbis poderiam ser mortos carcomidos e putrefatos, como resultado de possessões demoníacas ou então de experiências governamentais. A imaginação dos cineastas correu solta, e as histórias começaram a ser ambientadas nos cenários mais improváveis, como o velho Oeste, o Japão feudal ou a Segunda Guerra Mundial. Porém, independentemente da ambientação, o mote sempre persiste: um grupo de humanos precisa sobreviver a uma situação extrema e extraordinária. E é aí que reside o perigo!

Seja na obra seminal de Saramago, *Ensaio sobre a cegueira*, seja em *Os mortos-vivos*, de Robert Kirkman, são as reações humanas que mais assustam quando as convenções sociais são quebradas e a luta pela sobrevivência impera. Afinal de contas, a maior ameaça está do lado de fora, na forma de criaturas hediondas despidas de raciocínio e cuja única vontade é devorar carne humana fresca; ou será que ela está ao seu lado, na forma daquele que quer tomar de você o pouco que ainda lhe restou? E, conforme as infindáveis guerras e conflitos pelos quais a humanidade tem passado ao longo de sua história nos ensinaram, são nesses momentos viscerais que os indivíduos deixam aflorar o que há de pior dentro de si. A lei do mais forte impera, e os que a impõem acreditam que ela é justificável. É nesse momento que você começa a ter dúvidas sobre se um apocalipse zumbi seria mesmo legal, não? Lidar com criaturas como eles tudo bem, mas lidar com os humanos...

Então, eis aqui você, uma pessoa comum vivendo no mundo do apocalipse. Irá se isolar? Integrar-se? Conviver com eles? Pegar um barco e ir para o meio do mar?

O que você faria para conseguir mais um dia? Você, aliás, quer mais um dia? Confiará sua sobrevivência às decisões dos outros ou irá tomar suas próprias decisões? O que acontece quando não há mais governo? Quem fará as regras?

Os zumbis passaram a fazer parte de nossa cultura. Chegaram a outras mídias e lá se instalaram: quadrinhos, games, literatura, teatro, música... Eles nos despertam para a urgência da mudança, para o mistério de um apocalipse, que fascina a humanidade e todas suas expressões culturais desde o início dos tempos, e, de quebra, trazem à tona o medo mais primal que açoita o homem: o medo de ser devorado vivo. Temor presente desde os tempos mais primitivos, quando nos encolhíamos em cavernas ao cair da noite, que trazia consigo toda a sorte de predadores. E aqui estão eles, a uma página de distância. Hoje não tememos mais a noite porque nos basta acender a luz, porém isso não impede que os pesadelos venham.

Mantenha a despensa cheia com alimentos não perecíveis. Faça um plano de captação de água. Aprenda a atirar e a usar com eficiência uma boa lâmina. Compre um gerador. Instrua sua família. Erga o muro da casa em pelo menos mais um metro. Domine técnicas de combate corpo a corpo. Mantenha-se em forma e preparado, pois todos que adoram zumbis sabem que é apenas uma questão de tempo até que eles cheguem de verdade.

Mas, enquanto isso não acontece, boa leitura!

"Não havendo alegria, a vida humana nem mesmo merece receber o nome de vida!"

Erasmo de Rotterdam

PRÓLOGO

Meus músculos doem tanto que parecem que vão explodir. Articulações gritam de desespero e estalam como se fossem gravetos secos sendo pisoteados, mas, apesar da dor, não me resta escolha: eu não posso parar. Eles não sentem dor. Não se cansam. Não sentem pena, remorso ou medo. E eles não vão parar por nada.

Um estiramento, uma cãibra, uma leve pontada e seria o fim. Só o que me resta é torcer para que meus músculos aguentem, para que a enorme pressão em meus joelhos não os faça ceder. Preciso confiar na sorte e na força de vontade e continuar em frente. Sempre em movimento. Estou quase lá.

Apesar do esforço sem igual, minha pele está gelada. Sinto isso. Ela está gelada, mas queima ao mesmo tempo; uma sensação estranha, quase alienígena. Não há suor em meu rosto, apenas a dor, a queimação; mas não posso parar de me mover.

Eu me lembro de quando podíamos andar pelas ruas, sem termos que correr para viver. Não faz tanto tempo, mas, mesmo assim, parece uma eternidade. Eu guardo memórias bem conservadas, imagens vívidas e claras de como era o mundo antes deles. Antes da chegada dessas coisas. São essas imagens que me mantêm em movimento, mesmo quando a dor parece maior que a esperança.

Tenho na memória como era sentar-se em um barzinho numa sexta-feira à noite para tomar cervejas, comer amendoins e jogar conversa fora. Lembro-me de voltar a pé para casa, caminhando por doze quadras escuras como se fosse o rei do mundo, assobiando com o único propósito de mostrar para o planeta inteiro que eu estava ali, que eu existia, que era relevante. Hoje, ninguém mais sai à noite. A noite é deles. Ela se tornou soturna, tornou-se um estranho que cospe em nosso frágil rosto humano e ri de nossa impotência. Ninguém sai à noite, pois ela não nos pertence mais. A noite é dos predadores, reduto dos mais fortes, e nós... Nós somos as presas.

Havíamos chegado ao auge da evolução, disso não tenho dúvida. A tecnologia era tão vertiginosa, que ninguém mais podia acompanhar seus progressos com facilidade, nem mesmo os especialistas da área. Os aparelhos estavam cada vez menores, assim como as distâncias haviam diminuído no mundo com o advento dos meios de comunicação em rede. Mas onde está tudo isso agora? De que servem essas coisas em uma realidade em que não há mais pão para comer?

Eu me recordo da cultura do fitness, com academias explodindo em todo o país, e de corpos sarados e torneados substituindo outros esquálidos e gordurosos. As pessoas cultuando a imagem que o espelho mostrava, vivendo em função da forma como os outros as viam, ao invés da forma como se sentiam bem. Essas mesmas pessoas estão irreconhecíveis agora, descarnadas, encarnadas na brutal e acachapante violência primal, tão intensa, que o mundo jamais vira outra similar antes.

Lembro-me também da indústria das celebridades, que eram escolhidas por nós para figurar em salas de cinema, no palco e na televisão e se elevar acima do patamar em que estava o resto da raça humana. Celebridades que elegemos somente para vê-las reclamar de ser capas de revistas e ser fotografadas em público, e para dar nome ao jogo e significado à nossa vida vazia. Nós as elegemos por conta de seu carisma indiscutível, e elas passaram a ditar tudo o que tínhamos que fazer, como nos vestir, como cortar os cabelos, onde comprar, o que ler... Onde estarão essas celebridades agora? Na mesma situação em que todos nós estamos: correndo, se escondendo, chorando? Ou, há muito, a maior parte se tornou palácios ambulantes para vermes e insetos reinarem?

Minhas pernas vão explodir, mas não posso pensar nisso. Não posso pensar que o fôlego está acabando e que talvez minha preocupação mais imediata seja o coração, e não os músculos. A sensação é de vertigem, os pulmões buscam ar, mas ele não vem. Eu respiro, sei que respiro, mas o ar parece não entrar. E eles... Eles não se cansam.

O mundo antes deles era um mundo de odores. Minhas memórias mais doces incluem o cheiro de um carro novo, com seus bancos de couro recém-saídos da fábrica. O leve odor de lavanda de uma moça com quem saí certa vez. Ela tinha um sorriso de carícias, mas mãos endiabradas, e seu cheiro estava entre os mais poéticos que já sentira. Hoje, só o que restou é este constante cheiro pútrido que impregnou tudo, até a nós mesmos. Esse cheiro de carne podre que grudou em nossas roupas, nos cabelos e até na própria pele. É o cheiro da morte. O mundo todo se tornou um parque de diversões para a morte brincar, passear nos brinquedos e observar a loucura que encena no palco do teatro da vida.

Dizem que quando uma pessoa está louca, ela vê coisas que não estão lá. Ou que não deveriam estar lá. Ou que não poderiam estar lá. Mas o que acontece quando todos veem coisas que não poderiam estar lá? O que acontece quando todos enlouqueceram, quando todos enxergam uma mesma insanidade? A loucura se torna sanidade? Um homem são sobreviveria a um mundo de loucura? Todas as regras subvertidas!

Eles estão perto demais, e eu tenho a sensação de que não vou conseguir. É muito esforço, meus olhos parecem que vão pular para fora das órbitas, simplesmente não consigo ter forças nem sequer para engolir a saliva que se acumula em minha boca, como se essa simples ação fosse roubar energia de meu corpo; toda a energia que tenho está sendo empregada nos meus músculos.

Eles estão perto, posso sentir o hálito escaldante, seus olhos vermelhos, a pele cinza decomposta; eu posso sentir que eles estão estendendo a mão, buscando me alcançar; posso escutar seus passos pesados atrás de mim, mas, apesar disso, não ouso olhar. Olhar é como tornar tudo mais real, é como criar a certeza, e a vida é melhor ser vivida na sombra do absurdo, essa é a verdade. E a morte será melhor vivida também dessa forma. Não olho para trás, mas continuo me movendo. Enquanto houver movimento, há vida. Tem que haver.

Passando entre ruas, avenidas e ruelas, eu desci mais do que doze quadras, mais do que costumava fazer no passado ao voltar para casa. Corri em círculos sem saber por quê, atraindo cada um desses malditos; suas unhas quebradiças estão resvalando em minha pele, próximos demais. A dor não me abandonou nem por um instante. Sinto que não vou conseguir. Dói demais. Não vou conseguir...

Súbito, um trovão. Seguido de outro. E outro. E, depois, veio uma série deles. Os trovões chispam o ar e acertam seus alvos. Eu continuo correndo, pois sei que não posso parar. Há sempre um número maior deles do que de balas; nem todas as balas do mundo seriam o suficiente para exterminá-los, mas, ainda assim, talvez haja uma chance. Os ruídos dos baques secos dos corpos batendo no chão são o estímulo para tentar aumentar a velocidade, porém representam também todo o trauma de que preciso para não dormir esta noite. Para não dormir nunca mais em noite alguma. São a desculpa perfeita para tomar toda aquela quantidade absurda de álcool que tenho bebido. Tudo o que ocorre neste mundo é um motivo para viver essa nossa não vida.

Outra série de trovões, e eu avisto meus salvadores a apenas duas esquinas de distância. Eles estão motorizados, mas não virão até mim, sei disso. Eles me aguardam em segurança dentro do veículo, torcendo para que eu chegue a tempo e me dar cobertura, portanto preciso continuar correndo, vencer a dor, a estafa, as pontadas em meus músculos, as fibras que estão arrebentando meu coração sufocado de sangue, preciso vencer tudo isso se quiser sobreviver. Eles continuarão atirando, mas não virão até mim. Os corpos continuam a cair ao meu lado, a pele queima, mas a visão trêmula do carro está cada vez mais próxima. Mais próxima. E mais próxima, até que...

Segurança!

Mal entrei, e o carro se colocou em movimento. A arrancada deixa um rastro de borracha queimada no chão, e as criaturas ficam para trás. Não sei quem eles são ou de onde vieram, mas entendo que salvaram minha vida. Alguém coloca uma arma em meu colo e sei que isso é necessário, apesar de não conseguir nem mesmo respirar, sei que é necessário. Preciso atirar, ajudar, contribuir de alguma forma, pois nenhum de nós está fora de perigo. Não ainda. Eu farei o que for preciso para ficar vivo agora, eu... Eu... Eu estou sentindo um tremendo mal-estar, acho que corri demais, eu acho que vou... Nossa, meu estômago dói demais, é como se houvesse um gancho perfurando-o por dentro, rasgando-o de ponta a ponta. Acho que vou vomitar. Eu não estou respirando direito e acho que vou vomitar...

O homem cuspiu um jato virulento de sangue espesso misturado com uma gosma amarronzada no chão da pequena van que levava aquele grupo de batedores. O sangue se esparramou no chão do veículo, espirrando nos pés dos outros que estavam de prontidão, olhando pelas janelas para as ameaças exteriores, sem perceber que a verdadeira ameaça havia sido trazida para dentro do próprio carro.

Foi como se o tempo tivesse parado. Como se o mundo tivesse ficado em silêncio por um instante. Os homens, grossamente vestidos como se fossem guerreiros e soldados, com calças camufladas e velhas camisas do exército, usando faixas amarradas na testa, ex-professores, ex-vendedores, ex-engenheiros que agora carregavam fuzis e automáticas, esses homens se entreolharam e então observaram o líquido no chão do veículo. O homem que entrara na van estava mudo, sua tez esbranquiçada, as veias de seus braços pareciam querer saltar para fora da pele. Seus olhos estavam trincados, e, subitamente, seu nariz e ouvidos começaram a sangrar. Mas o sangue não era escarlate. Era amarronzado. Talvez esverdeado. O silêncio algemou todos que estavam no carro, até que alguém gritou o óbvio:

– Puta merda, ele tá contaminado!

Eu salto para cima deles sem pensar. Não sou eu quem está saltando, mas, ao mesmo tempo, sou. Minhas memórias estão cada vez mais confusas, mas não deixa de ser irônico. Entendo agora que eu não corria deles, mas com eles. Recém-mordido. Recém-tocado pela face do mal. Recém-privado de minha humanidade, eu busco acalento nas trevas e no sangue agora. Meus músculos pararam de doer. A pele não queima mais. Se respiro, não percebo que estou respirando. Eu sou rápido, mais rápido que uma bala, que um raio, mais rápido que qualquer um deles. Sinto quando o veículo rabeia, desliza e choca-se contra o muro de tijolos, mas mesmo tudo isso perde a importância. Dois correram. Tudo bem, eles não devem ir longe. Já estes aqui não irão a lugar algum, eles... Eu... hukje... gjiqueroparardeçoser...

Falhando, está falhando. Essftaá falllhannndeo. Estou falhando. Acabando. Eu me lembrava de como eeeeerra anteesse. Não maisss. Naaaoo mmmmaiiis...

O homem deixou de ser homem. E as memórias que ele tinha antes se foram com ele. Poucos indivíduos, muito poucos, que sobraram guardam imagens de como era o mundo antes. De como eram as coisas antes do apocalipse!

CAPÍTULO 1

Quartel Ctesifonte

Manes abriu os olhos. Já estava claro. Seu corpo estava dolorido por causa das atividades do dia anterior, e aquela noite mal dormida não o ajudara em nada a recuperar seu vigor. Porém, contrariando o bom-senso biológico, que pedia que ele ficasse deitado mais um pouco, vagarosamente, começou a se mover.

Sua esposa estava de pé, de costas para ele, arrumando silenciosamente alguns itens do quarto, mas, assim que percebeu que Manes estava desperto, sorriu e brincou com o marido:

— Finalmente acordou, grandalhão. Mais um pouco e ia perder o almoço.

Ela estava exagerando, claro. Não passava das oito horas ainda, mas, para ela que tinha o costume de acordar quando ainda era madrugada, bem que poderia já ser hora de almoçar. Seu nome era Elizabete Desperance, e ela estava casada com Manes desde a Era A. A. (Antes do Apocalipse). A senhora Desperance tinha esse costume de levantar quando ainda era noite e começar seus afazeres. O mais impressionante é que ela nunca ascendia uma luz sequer para não incomodar as outras pessoas, mas, ainda assim, conseguia enxergar com absoluta nitidez no escuro. Era algo realmente de fazer cair o queixo e, quando os outros a questionavam sobre o assunto, ela dava de ombros e fazia seu truque de festa favorito: apagava a luz e preparava belos croquis ou desenhos, com incrível rapidez, na mais profunda escuridão. Liza, como gostava de ser chamada por todos — e não apenas pelas pessoas mais íntimas —, era uma mulher singular, muito extrovertida e comunicativa.

Na Era A. A., ela havia sido uma mulher moderna. Ao casar com Manes manteve seu sobrenome por causa do negócio bem-sucedido que tinha; não teve filhos pelo mesmo motivo e agora se arrependia disso. Outrora, ela precisava de três celulares diferentes, tinha um belo escritório com uma vista panorâmica para toda a região sul da cidade e era daquelas que frequentava diariamente a academia, para manter-se em forma, mas obtinha sempre resultados medianos. Sua infância havia sido rica e farta, e, por isso, ela (e pessoas como ela) estava entre as que mais tinham dificuldades para se adaptar às novas condições. Apesar de tudo, seu otimismo não a deixava reclamar quase nunca, e, quando Manes franzia a testa ostentando linhas de preocupação, era ela quem o acalmava. Contudo, Liza tinha também seus segredos, alguns deles tão fantásticos, que nem mesmo seu marido os conhecia.

Vestia uma calça jeans justa, bastante surrada, que evidenciava as ancas largas de seu corpo; uma camisa decotada e uma faixa vermelha de cetim amarrada na testa. Seus cabelos loiros eram rebeldes, e os olhos traziam dentro de si a cor vívida das matas e florestas. Mesmo hoje, após todos aqueles anos de sofrimento, continuava sendo uma mulher vistosa.

Ele se sentou na cama vagarosamente. Estava sem camisa, e uma brisa fria beijou suas costas cobertas de cicatrizes. Ele olhou para o próprio peito ao se espreguiçar e deu de encontro com alguns pelos brancos. Não era do tipo vaidoso, mas aquilo o incomodou. Os seres humanos crescem até atingir a maioridade. Após isso, param de crescer e começam a envelhecer, e poucos são os que lidam bem com isso.

– O que temos hoje? – ele perguntou.

– Calma, grandalhão. Vai se lavar e tomar café da manhã, depois você...

– Liza, é sério. O que temos hoje.

– Xi, já vi que alguém acordou de mau humor – ela deu as costas e continuou o que estava fazendo. Sempre funcionava, aquela chantagem emocional que algumas mulheres sabem fazer. Mesmo ali, após o fim do mundo, sempre funcionava.

Manes levantou na hora, cheio de sentimento de culpa, e a abraçou pelas costas, entrelaçando os musculosos braços ao redor do ventre de sua esposa. Deu um beijo de desculpas em sua orelha e mais dois no pescoço. Sussurrou:

– Desculpe, não queria ser grosso. É que acordei com uma baita dor no corpo...

– Tudo bem. Mas hoje o dia está tranquilo. Os batedores devem retornar lá pelas dez horas. Vamos ver as notícias que eles trazem. E tem também o novato.

Manes já a havia soltado e estava vestindo a camisa quando, apanhado de surpresa, replicou:

– Novato? Que novato?

– Não se lembra de que eu te falei dele ontem? Ele chegou do nada, bateu no portão. Nós o deixamos entrar.

Ele cruzou os braços e ficou pensativo. Foi só por um instante, mas se sentiu acometido por um sentimento esquisito que não poderia explicar, como se algo estivesse revirando em seu estômago. Ele era um homem instintivo, que lutava diariamente para manter coesa aquela frágil organização que haviam montado – e não gostava de surpresas. Se continuava vivo até hoje, o motivo havia sem dúvida sido a sua prudência.

– Ninguém me falou nada.

– Você que não se lembra. – Liza respondeu em um tom de pouco caso e isso o irritou.

– Liza! Ninguém me disse nada sobre um novato.

Ela deu de ombros, o que o obrigou a continuar o interrogatório. A cada nova pergunta – como ela sabia onde aquilo tudo ia acabar –, a jovem só respondia com um som, "hum-hum":

– E ele apareceu aqui? (hum-hum) Ontem? (hum-hum) Simplesmente bateu em nossa porta? (hum-hum) E nós escancaramos o Quartel para que ele entrasse?

Então, cansada do inquérito, a mulher resolveu virar o jogo e tirar o seu da reta:

– Manes, eu não o vi. Não conversei com ele. Não sei quem ele é. Então pare de brigar comigo. O que você queria? Que o deixássemos lá fora? O cara dormiu na ala dois, sob vigia, tudo conforme o protocolo de segurança. Está esperando para conversar com você hoje, após o café, então, por favor, vá checar essa história com ele. E para de me atazanar.

– Tudo bem, você está certa. Desculpe-me. É que você conhece o perigo dessas coisas. Nós nunca sabemos...

– Grandalhão, os sentinelas seguiram o procedimento padrão. Ele ficou isolado e foi vigiado a noite inteira. O novato não está contaminado, disso temos certeza. E sei que você detesta surpresas, mas precisa se lembrar de que, por mais incrível que pareça, ainda há pessoas lá fora, mesmo após todo esse tempo. Se nós sobrevivemos até agora, sabemos que outros também conseguiram, inclusive sozinhos.

O homem terminou de se vestir em silêncio. Era política da comunidade abrir as portas para todos os humanos que aparecessem – política que ele mesmo havia escrito, mas da qual tinha suas dúvidas agora. Ela havia trazido bons resultados no passado, mas também gerado alguns equívocos lamentáveis. Antes que saísse do quarto, Liza o segurou pelo braço e disse:

– Manes, eu sei como você é desconfiado, mas, olha só, faz meses que não temos gente nova aqui. Como disse, nós sabemos que ainda há pessoas lá fora e nosso trabalho é acolhê-las, então não seja tão severo. Um rosto novo pode trazer alguma esperança para as pessoas.

Ele aquiesceu com a cabeça. Sua esposa era uma boa mulher e sabia como lidar com seu temperamento. Ela era seu norte, seu ponto de equilíbrio e sempre tinha a coisa certa para dizer. Manes depositava sua vida nela, e tudo, absolutamente tudo, que ela lhe falava ele levava em consideração. Justamente por isso, decidiu que, quando fosse conversar com o estranho, ou *novato*, como o pessoal do Quartel gostava de dizer, o faria com o peito aberto. Liza, por sua vez, também sabia que seu marido a escutaria – eles se conheciam bem demais e há tempo demais, e, apesar de terem tido seus problemas conjugais, confiavam inteiramente um no outro. O que ela não sabia é que algumas horas mais tarde se arrependeria amargamente de ter defendido o estranho.

CAPÍTULO 2

O desjejum foi melhor que de costume no Quartel. Com certeza o motivo era tentar causar uma boa impressão no novato, que comeu avidamente, isolado dos demais em uma mesa no canto. Manes observou de longe a figura esquálida devorar até a última migalha todos os alimentos que foram colocados diante de si e refletiu que, se a comunidade dentro do Quartel, com todos seus recursos, tinha enormes dificuldades para conseguir sobreviver, então qualquer pessoa que ainda estivesse viva por conta própria do lado de fora deveria ser considerada herói.

A aparência do homem estava horrível. Sua pele parecia acinzentada de tão pálida, com alguns machucados visíveis, principalmente na região dos antebraços. Por algum motivo, os cabelos dele haviam caído e só restavam alguns pequenos tufos espaçados. Os dentes estavam podres e careados, e ele vestia farrapos. Era evidente que, onde quer que ele estivera anteriormente, não havia um bom acesso a higiene pessoal, o que se refletia em seu estado físico.

Manes se emocionou quando viu o novato segurar com reverência uma laranja, pinçando-a com o dedão e o indicador na altura dos olhos e girando-a sobre seu próprio eixo para examinar cada detalhe da fruta. Quando ele a provou, esboçou um enorme sorriso infantil de satisfação. Tempos atrás, logo após terem ocupado aquele local, o líder tomara a acertada decisão de começar uma horta e um pomar para a comunidade, o que hoje era uma das razões que os tornava autossustentáveis. O único problema é que não havia espaço físico para ampliação, e isso limitava a quantidade de pessoas que o Quartel podia abrigar.

Após a refeição, as apresentações foram feitas. O novato se chamava Dujas Ricossetia e estendeu a mão para Manes.

– Eu sou Manes, mas o pessoal me chama de Mani. Que nome é esse, Ricossetia?

– É italiano. E você? Que tipo de nome é Mani?

Manes não respondeu. Apenas fez um sinal com a cabeça para que Dujas o seguisse. Conforme caminhavam pelo Quartel, Manes explicava o funcionamento da unidade e apresentava algumas pessoas com quem trombavam. Respondia pacientemente a tudo o que o novato perguntava e procurava observar com atenção seu comportamento nervoso e cheio de tiques, a fim de filtrar quais eram suas reais intenções. O líder tinha uma grande facilidade em "ler" as pessoas e sentiu uma antipatia nata pela personalidade do recém-chegado desde o primeiro instante, porém evitava deixar transparecer suas impressões. Dujas perguntou de onde vinha o nome Quartel Ctesifonte:

– Quem deu o nome foi meu pai. Logo no primeiro ano da Era D. A., mas nunca tive chance de saber do que se tratava.

– Você o perdeu logo no começo? Quero dizer, seu pai?

Manes pensou um pouco antes de responder. Não sabia ao certo o quanto queria falar sobre aquele assunto que era bastante delicado para ele. Por fim, explicou sem dar muitos detalhes:

– Sim. Foi ele quem nos trouxe até aqui; ocupar este lugar foi ideia dele, mas infelizmente ele morreu durante a tomada do local. Eu assegurei o controle do território e mantive todos os planos originais que ele havia traçado, inclusive o nome do espaço. Meu pai era um homem extraordinário.

A última frase foi dita num tom nostálgico.

– E todas essas pessoas foram chegando aos poucos?

– Correto. Logo no começo, quando as comunicações ainda funcionavam bem, conseguimos chamar muita gente. Amigos, parentes e colegas. Também era mais fácil encontrar pessoas pela rua. No começo, acolhemos quem pudemos, mas agora está cada vez mais raro aparecer gente nova. Você é o primeiro que vemos em meses...

Caminharam um pouco mais sem trocarem palavras. Passaram ao lado de um grupo de homens, e, imediatamente, Dujas notou que uma discussão estava em pleno curso. Bem na hora em que Manes ia dizer alguma coisa, um deles empurrou o outro no peito, que, indignado, jogou no chão algum objeto que Dujas não viu o que era e foi para cima do agressor. Ambos foram contidos pelos que os cercavam. O líder pediu licença para o novato e se aproximou calmamente, com as mãos para trás e o peito estufado. Ante sua presença, todos se acalmaram prontamente, parecendo crianças encabuladas quando são flagradas fazendo arte. Era inegável o magnetismo que Manes tinha sobre a comunidade. Ele estava de costas e falou baixo, de forma que Dujas jamais soube o que acontecera de fato. Ao voltarem, continuaram seu percurso como se nada tivesse acontecido.

– É sempre assim aqui?

– Os ânimos ficam acalorados às vezes.

Foi o máximo que ele conseguiu tirar do reservado líder. A seguir, foram até o depósito onde eram guardadas roupas e utensílios domésticos. Dujas se maravilhou com o que viu, não tanto pela organização do lugar, mas pelas peças seminovas e limpas, que havia muito já não faziam parte de sua realidade. A mulher que tomava conta do lugar era uma senhora ruiva, gorda e feia, porém muito simpática, que se chamava Berta. A pedido de Manes, ela perguntou o tamanho que o novato vestia e lhe deu dois pares de calças, camisas, meias, um calçado e duas cuecas.

– Venha, vou mostrar-lhe onde é feita a higiene pessoal.

Durante o percurso, Dujas, olhando para as altas paredes externas do Quartel, perguntou:

– Que espécie de lugar era este aqui? Ele parece uma fortaleza, mas, ao mesmo tempo, sei lá. Ao mesmo tempo parece cômodo.

– Na Era A. A., aqui era um centro de formação e treinamento para seguranças particulares. Vigilância privada, sabe? A empresa era enorme, e decidimos vir para cá por causa do que o lugar oferecia em termos de garantias. Os muros têm quatro metros de altura e, nos bons tempos, ainda tinham cerca elétrica e alarme. Quando a cerca deixou de funcionar, nós a substituímos por esse arame farpado que você está vendo. Há apenas dois portões de entrada, um em cada extremidade do perímetro, ambos com guaritas para dois homens, então fazemos turnos de vigilância constante. Esse local tem uma área livre bastante ampla lá atrás, que otimizamos para nossos recursos, e só há uma escada para subir para o segundo andar, que é onde ficam os dormitórios. Ela é feita de metal, e com o tempo promovemos adaptações para torná-la móvel. Durante a noite nós a recolhemos; assim todos podem dormir sossegados. Mesmo que ocorra um imprevisto, como uma invasão, não seremos pegos desprevenidos dormindo. A empresa tinha também um moderno sistema de comunicações, e até hoje muita coisa ainda funciona. Fora isso, ela tinha o que mais precisávamos, principalmente nos primeiros meses: veículos, armas e munições.

Manes olhou discretamente para as reações que o corpo de Dujas enviou no exato instante em que ele falou "armas e munições", e não gostou do que viu. O novato imediatamente jogou a sua mão esquerda sobre a direita na altura da cintura, "prendendo-a" contra o corpo, depois coçou as costas da mão. Ao mesmo tempo olhou para os lados duas ou três vezes e mordeu os lábios. Manes, com sua experiência que vinha desde a Era A. A., sabia o que essas coisas significavam, principalmente o fato de que a mão esquerda literalmente havia segurado a direita, como que tentando a impedir de fazer algo que seu instinto mandava. O corpo fala com quem sabe interpretá-lo e revela o que a boca procura esconder. E Manes, inteligente e prudente, sabia observar muito bem. Dujas perguntou:

— Você fala como quem conhece bastante de segurança. Trabalhava na área?

— Algo assim — respondeu o líder de forma vaga.

Fizeram uma parada rápida no banheiro. Era um vestiário grande, com dez chuveiros enfileirados, dois bancos de madeira em seu centro, armários de ferro do lado direito e uma péssima ventilação. Ao entrarem, deram de cara com uma mulher jovem, de pele morena e olhos assustados, que tomava uma ducha. Ao vê-la, Manes se desculpou:

— Oh, me desculpe. Não sabia que havia alguém aqui.

Porém, ao mesmo tempo, não aparentava constrangimento por tê-la interrompido durante o banho. A jovem tampouco pareceu se alterar ao ser pega naquele momento de intimidade. O novato olhou para ela e depois para Manes, que explicou a situação rapidamente:

— Só temos estes chuveiros, então definimos um horário para banho masculino e feminino, que a maioria de nós segue. Mas, por causa das tarefas que o Quartel requer de cada um, alguns têm horários bastante apertados, como nossa amiga aqui. Assim acabamos nos acostumando a ter, ocasionalmente, uma casa de banho mista.

— Isso não é um pouco estranho? — cochichou Dujas.

— Sim, um pouco, talvez. — Manes estava sem jeito agora, porém disfarçou. — Sei que você não deve ver uma mulher há bastante tempo, principalmente nua, mas não é nada do outro mundo. Claro que, via de regra, procuramos respeitar os horários, mas nem sempre é possível.

– E todo mundo aceita isso numa boa?

Manes não respondeu. Na verdade, mal havia conhecido o novato, e era muito cedo para dar explicações a respeito da complexa questão que cercava o tema sexualidade entre a população do Ctesifonte. Os problemas com as diferenças de visão e de comportamento, os dogmas e conceitos que as pessoas tinham não haviam sido poucos. Em vez disso, ele preferiu trocar de assunto apresentando a garota para o novato. Ela, que já estava enrolada na toalha para diminuir o constrangimento, chamava-se Felipa de Souza e era portuguesa de nascença, mas morava no Brasil já havia alguns anos. Não era uma mulher vistosa, seu corpo nu era desproporcional, os seios muito pequenos e os ossos da bacia salientes demais. Mas sua pele era muito bonita e o sorriso sincero. Olhou para o novato e disse de forma marota antes de sair:

– Lembre-se, alguns de nós não veem problema em partilhar o banho, mas, por favor, feche a porta quando for ao toalete.

A dupla riu um pouco sem jeito e aguardou enquanto ela pegava algumas de suas coisas que estavam dentro de um dos armários e deixava o local, enrolada em um roupão felpudo.

– Diariamente eu penso o que seria de nós se algum dia a água e a luz pararem de funcionar – disse Manes.

– Você acha que existe esse risco?

– Há risco de qualquer coisa. Já planejamos mais de uma vez ir até a central de energia para saber por que ainda temos eletricidade após todo esse tempo, mas nunca conseguimos. Ela fica muito longe daqui, e o perigo é grande.

– Já tentaram comunicação com o local?

– Sim. Nunca conseguimos nada. Mas agora vá tomar um banho e tirar esses trapos.

– Aqui? Agora?

– Sim, qual o problema?

– Você me olhando.

– Novato, tome um banho agora. Você está pestilento e com uma aparência repugnante. Aproveite a água quente. Vamos, eu espero.

Sem alternativa, Dujas começou a se despir a contragosto. Teve vergonha de exibir seu tronco descorado, repleto de feridas e hematomas. Seu aspecto macilento era bem diferente da aparência saudável que as pessoas do Quartel tinham. Manes refletiu sobre como a vida do lado de fora daquelas paredes era provavelmente ainda mais difícil do que imaginava. Talvez ele devesse tentar alguma ação para resgatar ainda mais pessoas das condições inóspitas e selvagens que o meio externo proporcionava. Seu coração se compadecia com a possibilidade de ainda haver crianças por lá, escondidas em algum buraco, passando fome e frio.

Dujas sentiu a água quente cair sobre seu corpo. Foi como nascer de novo. As feridas arderam bastante, mas até isso foi gostoso. Havia crostas de sujeira que cobriam sua pele encardida como parasitas roubando sua compostura, mas aquele simples banho revigorou suas forças ainda mais do que o café da manhã. Manes recolheu os trapos que o homem usava e disse que ia mandar queimá-los. Após vestir as roupas novas, Dujas sentiu-se um homem novamente. Emocionado, ele filosofou:

— Sabe, um homem pode perder qualquer coisa na vida, mas, se ele perde sua dignidade, deixa de ser homem.

— Venha, vamos conhecer o centro de comunicações — disse Manes. Durante o percurso em direção a outra extremidade do Quartel, Dujas perguntou:

— Em quantos vocês são aqui hoje?

— Duzentos e sessenta e quatro, contando com você. Temos quatro crianças, o que é muito importante para nós. E Ana Maria, uma bela jovem, filha de um bom amigo já falecido, está grávida. Foi uma notícia que veio no momento certo e motivou a todos. Nossos recursos são escassos, e as pessoas estavam ficando nervosas. Precisamos ter esperança! Você vai conhecer o marido dela, Marcos José. Ele trabalha no centro de comunicações.

Logo chegaram a uma sala onde havia quatro computadores, três deles funcionando, o outro aberto, com seus circuitos expostos e um jovem magro e alto, de óculos grandes e o rosto recheado de enormes espinhas, mexendo nas entranhas eletrônicas da máquina. O jovem era sorridente e falava alto, tinha as mãos grandes e a pele bem branca.

Um CD-player tocava uma música do Tears for Fears que dizia o seguinte, bem no momento em que a dupla entrava: "*Welcome to your life/ There's no turning back*".*

Manes achou aquilo estranho, quase precognitivo, já que nos últimos dias havia pensado bastante acerca da vida e suas intempéries, mas, como o momento era inadequado para confabular sobre aquela coincidência, preferiu ignorar o ocorrido. Além do jovem magro, outros dois técnicos se espremiam no pequeno recinto, um deles tinha cabelos bem pretos, usava óculos e barba bem aparada, era robusto, porém com um rosto bonachão, que ficava vermelho toda vez que ele se empolgava. Sobre a bancada, havia um número impressionante de celulares que, de acordo com Manes, não funcionavam mais. "Mas nós os deixamos aí e sempre carregados, pois nunca se sabe, né?" Dujas se debruçou na frente de um dos computadores e logo na sequência olhou assustado para Manes, indagando:

— Vocês têm internet!!!???

O jovem das espinhas foi quem respondeu. Na verdade ele era o Marcos José a quem Manes havia se referido antes, mas que não foi propriamente apresentado. Todos no Quartel o chamavam pelo segundo nome:

— Sim. Incrível, não? Por algum motivo, nós ainda conseguimos acessá-la aqui. Ali temos mais dois notebooks e alguns rádios. Celulares raramente funcionam, não

---

* "Bem-vindo à sua vida. Não há como voltar atrás."

sabemos a razão, mas com certeza tem algo a ver com os sinais. Nesses últimos quatro anos, temos mantido contato com vários grupos de resistência em todo o mundo, trocando informações e dicas, mas recentemente as coisas têm piorado. Não há mais governo organizado em lugar algum, e as ações militares que eram comuns nos primeiros anos não estão mais acontecendo.

– Como assim. Os americanos estão dando um jeito, certo? Eu ouvi falar que eles haviam desenvolvido uma vacina. Que eles...

– Cara, me deixa te dizer uma coisa, nem comece com essas histórias por aqui. Não precisamos dessa merda. Nada disso é verdade. Não há vacina.

Dujas olhou para os lados nervoso e deu de encontro com os olhos das demais pessoas na pequena sala encarando-o. Argumentou:

– Não, espere aí. Tem alguma coisa errada. Lá fora só se fala nisso. Que os americanos...

– Opa, espere aí! Como lá fora só se fala nisso? Quem só fala nisso? – questionou Manes, intrometendo-se na conversa. O recém-chegado ou não o ouviu ou fingiu que não ouviu e continuou falando:

– Os americanos têm que ter feito alguma coisa. Eles são os americanos, pô. Se eles não fizeram nada, então... Não, vocês estão errados, eles...

Percebendo a descrença do homem, um dos presentes, o jovem de barba que as pessoas chamavam de Júnior, disse:

– Cara, nós perdemos o contato com os americanos há meses.

– O quê? – Dujas estava realmente abalado com a notícia.

O outro rapaz complementou:

– É verdade. Ultimamente só temos tido contato com os chineses.

– Chineses? E o que diabo eles dizem?

– Sei lá, você fala chinês?

A situação seria cômica, se não fosse trágica. Manes percebeu que Dujas tinha uma crença inabalável de que alguém, em algum lugar, estava resolvendo o problema. Os americanos, com sua hegemonia e soberania de outrora, certamente deveriam ser esses caras – eles *tinham* que ser esses caras, porque, se não fossem eles, não seria mais ninguém. Se a maior nação do mundo na Era A. A. não estava resolvendo a questão, isso significava que ninguém a resolveria. Mas ali se revelava a verdade nua e crua para qualquer um que estivesse disposto a enxergá-la: não havia mais americanos pesquisando cura alguma, se é que algum dia já houve. O mundo ruiu, e só o que restou foi a devastação por todos os lados, e alguns poucos teimosos como eles tentando catar os pedaços e sobreviver.

O jovem José, que havia dado a notícia de forma abrupta, compadeceu-se da reação de Dujas e, ao perceber que o novato ficara arrasado, tentou consertar a situação, mas foi logo cortado por Manes:

– Ei amigo, não fica assim. Olha só, nós temos contato ainda com alguns grupos brasileiros em...

– Chega, José. Temos coisas mais importantes a tratar. Cara, você disse que lá fora vocês falam sobre americanos e vacinas. Eu quero saber quem são vocês? Quantos estão lá fora? Por que você está aqui?

Manes estava sendo bastante agressivo na maneira com que falava. Mas, antes que o novato pudesse responder, uma moça jovem, porém com uma fisionomia vivida, entrou na sala e chamou Manes. Ele respondeu bruscamente:

– Agora não, Judite.

– Não pode esperar, senhor.

Ele desviou o olhar de Dujas para ela, que estava verdadeiramente aflita:

– Más notícias, senhor!

CAPÍTULO 3

O homem que era chamado por todos de Espartano se escondeu como uma garotinha assustada no interior escuro do edifício. Escutou um grupo de contaminados passar correndo pelo lado de fora ruidosa e desordenadamente, como se fosse o estouro de uma manada. Quando eles corriam, era uma das coisas mais feias de se ver, pois, à primeira impressão, você pensaria que eles não tinham mais o controle do próprio corpo por causa da maneira com que se moviam, com os braços moles e largados, atropelando tudo o que estivesse pela frente, caindo e se chocando contra carros, paredes ou mesmo uns contra os outros. Contudo, seria uma suposição errada, e, caso você cometesse esse engano, sua vida poderia estar em sério risco.

Se eles batem o corpo nas coisas, é porque não sentem dor. Se derrubam uns aos outros, é porque querem chegar primeiro à sua presa. Eles não são moles, de forma alguma. Quando querem, aceleram a uma velocidade acima do que qualquer pessoa normal pode correr, sempre com os olhos esbugalhados e a boca aberta, babando aquela saliva espessa, característica de seu estado. Sempre quando correm, eles emitem um ruído horroroso que pode ser ouvido a mais de uma quadra de distância, e o curioso é que a corrida de um atrai todo um bando.

Espartano já tivera chance de observar esse fenômeno assustador; se um passar correndo, seja pelo motivo que for, outros o seguem imediatamente, tomados por algum ímpeto misterioso. Em segundos, uma corrida de um se transforma em uma corrida de um bando, e se você for a presa que o bando estiver caçando, suas chances de escapar são quase nulas.

Espartano conseguiu sair do veículo a tempo, mas as demais pessoas que estavam com ele (e que faziam parte de seu grupo) não tiveram a mesma sorte. Um colega que todos chamavam de Conan também saiu com ele, mas, quando ambos foram interceptados na esquina seguinte, Conan não conseguiu escapar. Ele viu de rabo de olho o colega ser cercado por seis deles, talvez mais — e ninguém escapa de seis. Não de seis. Para Espartano, não havia alternativa, senão fugir e se esconder. Agora ele estava sozinho. Sozinho na selva de pedra, a mais ou menos dez quilômetros de distância do Quartel, sem um veículo adequado e com pouca munição.

Seu coração palpitava, os joelhos tremiam e a respiração ofegante simplesmente não voltava ao normal. Ele disse baixinho para si mesmo: "Recomponha-se, homem. Você é um guerreiro, recomponha-se", mas só lá pela quarta ou quinta vez que repetiu a frase, é que começou a acreditar no que estava dizendo. Já havia estado em situações difíceis, claro que já, mas nunca em nenhuma como aquela. Nunca sozinho e sem apoio. Nunca sem um veículo para lhe dar cobertura. O homem comprimiu seus olhos e, apesar de ser ateu, sentiu uma enorme vontade de rezar.

Ele nunca foi uma pessoa religiosa e, principalmente depois do apocalipse, convenceu-se de que Deus realmente não existia. Como poderia? Afinal, que tipo de deus permitiria que aquilo acontecesse ao mundo? Contudo, naquele momento de desalento, sabendo que não havia nada nem ninguém com quem pudesse contar, ninguém para ajudá-lo, para protegê-lo, para salvaguardá-lo, naquele exato momento ele compreendeu a força da fé com uma profundidade que jamais tivera antes. O medo e a insegurança que sentiu eram tão grandes, que o que ele mais desejou foi acreditar que havia alguém ou alguma coisa olhando por si e que, por mais difíceis que as coisas parecessem, tudo ficaria bem. Ele quis acreditar nisso, mesmo tendo passado sua vida inteira achando que esse tipo de coisa era besteira. Estar sozinho no mundo e não poder contar com nada nem ninguém é uma coisa. Outra muito diferente é estar sozinho e ter apenas a si próprio com quem contar no final dos tempos. Ele engoliu em seco, respirou fundo e decidiu não pensar mais no assunto.

Durante a Era A. A., Espartano era somente mais um rosto na multidão. Ele tinha uma vida e um emprego como todos os demais, uma namorada e hobbies. Hoje, ele havia assumido o papel de líder de um grupo de batedores e, durante mais de um ano comandando a mesma equipe, nunca havia perdido ninguém. Batedores são grupos pequenos que saem pela cidade em busca de recursos, como enlatados, combustíveis, armas, remédios, pilhas, roupas e quaisquer outras coisas que possam ser úteis para a comunidade. São formados por pessoas que têm um perfil adequado para o trabalho, um tipo de milícia.

Em sua primeira missão, Espartano e seu grupo encontraram um galinheiro. Foi um dos momentos mais tensos de sua vida entrar naquela casa caindo aos pedaços, mas o esforço compensou. Eles levaram oito galinhas e um galo para o Quartel e conseguiram montar uma granja, que hoje é autossuficiente e muito importante para a sobrevivência do grupo.

Em outra ocasião, sua equipe conseguiu levar para o Quartel dois sprinters de uma única vez, um verdadeiro feito. Dirigir pela cidade é difícil, pois veículos motorizados atraem a atenção deles, mas não tão difícil quanto conseguir entrar com os carros no Quartel. O portão eletrônico é lento, muito lento, e leva uns quarenta segundos para ser aberto e fechado, mas o plano que ele montou foi perfeito (assim como seu timing). No final, ele deu cobertura para o grupo inteiro e conseguiu que todos os veículos entrassem de uma só vez. Espartano foi o último a passar pelo portão e, bem armado que estava naquele dia, exterminou dúzias daquelas coisas. Acabou sendo aplaudido por todos, e o próprio Manes sorriu para ele e deu um tapa em seu ombro.

Então, se ele era um batedor experiente, com diversas missões de sucesso como aquelas, por que cometeu tamanha imprudência? Como permitiu que um infectado entrasse em seu veículo? Em geral, infectados se transformam muito rápido, e aquele homem parecia estar correndo já havia um bom tempo; ele realmente parecia estar fugindo. Mesmo agora, Espartano juraria que o homem estava lutando contra o vírus. Se fosse perguntado, ele diria que, no instante em que o homem entrou em seu carro, ele ainda não estava mudado. Mas quer isso fosse verdade ou não, o fato permaneceria o mesmo: ele havia pisado feio na bola, seus colegas, pessoas que confiavam nele e em seu julgamento, agora estavam mortos, e ele estava ali, sozinho no escuro, apavorado.

Entretanto, por maior que fosse a culpa que estava sentindo, ela não o levaria a lugar algum. Era hora de fazer alguma coisa. Com muito cuidado, Espartano apanhou seu rádio e torceu para que tivesse sinal dentro do edifício. Na terceira tentativa, alguém atendeu do outro lado. O contato foi breve, muito breve, apenas o suficiente para que ele acionasse o protocolo de resgate e passasse suas coordenadas. E agora vinha a pior parte: esperar.

Manes viria buscá-lo, certamente viria, mas, até que ele chegasse, Espartano não poderia sair dali. Não poderia se afastar das coordenadas que passou. E manter o silêncio de rádio era primordial para a sua própria sobrevivência – Manes só o chamaria no rádio quando estivesse bem perto do ponto de resgate, fazia parte do protocolo. O problema é que, dependendo de como estivessem as coisas nas redondezas do Quartel, quem não poderia sair dali seria o próprio Manes. Não raro, grupos grandes dos malditos se acotovelavam em volta do Quartel e permaneciam lá por horas a fio, como se soubessem que no interior da fortificação havia a carne que eles tanto queriam. Manes iria atrás dele, disso Espartano tinha certeza, mas poderia demorar. Talvez minutos, talvez horas. Talvez mais do que isso.

Por ora, Espartano estava só.

Após ter feito o contato, vinha o segundo passo, que não era nada animador, mas precisava ser feito: o local tinha que ser assegurado. A ideia de andar por aquele edifício abandonado, escuro, com suas janelas quebradas e seu cheiro fétido de mofo não o agradava, contudo as alternativas eram ainda piores.

Cautelosamente, lembrando-se dos exemplos que aprendera com grandes astros do cinema de ação em sua juventude, o batedor caminhou edifício adentro lentamente, um passo após o outro, segurando sua pistola com o cano apontado para o alto e os braços flexionados colados junto ao corpo. Não era fácil decidir o que fazer naquela situação. Ele tinha que se proteger, isso era fato. Uma opção seria barricar todas as portas que levavam para o interior do edifício, assim impediria que qualquer um deles, que porventura estivesse lá dentro, o surpreendesse. É claro que, se os contaminados entrassem, vindos da rua, ele não teria para onde fugir e ficaria preso. Contudo, se ele barricasse a porta de entrada e, de repente, um grupo deles surgisse do estômago do prédio, ele não poderia sair e, novamente, estaria preso. Não fazer nem uma coisa nem outra também seria uma opção, contudo o deixaria completamente exposto. Após ponderar um pouco, o batedor optou por um meio-termo; decidiu não fechar a porta de entrada e checar os cômodos que estivessem mais próximos de si, cobrindo um raio de 150 metros. Isso lhe daria uma margem de segurança – ainda que pouca.

Obviamente, tomar a decisão foi mais fácil do que colocá-la em prática; quanto mais ele se afastava da porta de entrada, mais o prédio ficava escuro. Os carpetes estavam rasgados; as paredes, amareladas, e os móveis que outrora enfeitaram o hall de entrada hoje não passavam de entulho. Ele estava sem lanterna, o que tornava a situação ainda mais perigosa. Ao se aproximar da recepção, há uns trinta metros de distância da porta de entrada, viu que havia um balcão alto e, atrás dele, um armário bastante grande, com mais de dois metros de altura. Seria um bom lugar para subir se a coisa apertasse. O armário provavelmente era daqueles aparafusados na parede, que, por ser alto, lhe daria uma ótima vantagem, mesmo contra muitos deles. Espartano já experimentara em mais de uma ocasião a vantagem de estar em um plano mais elevado quando se está em uma batalha. Ele, no topo daquele armário, com seu facão, poderia resistir por horas a fio, mesmo se o emboscassem, principalmente porque a recepção era estreita e não seria possível comportar muitos deles de uma só vez. Se ele estivesse sobre o armário, com seu afiado facão em mãos, desmembraria os contaminados mais rápido do que qualquer um poderia subir.

Por um instante o batedor sentiu-se seguro e pensou que a coisa mais lógica a fazer seria colocar essa ideia em prática de uma vez, e "que se dane se há alguns deles aí dentro ou não...". Porém, no momento seguinte, ele se contradisse e achou que o melhor mesmo seria dar uma boa olhada lá embaixo conforme havia se programado a princípio. Por que temos dificuldade em dar ouvidos aos nossos instintos permanece um mistério, mas o fato é que comumente falhamos em escutar uma voz interior que nos avisa, "Faça isso; não faça aquilo". Não escutamos essa voz e depois nos arrependemos, pensando: "Por que eu não escutei a voz?".

Espartano deu um passo à frente e passou reto pela recepção, afastando-se da potencial segurança do balcão e do armário. Andou bem devagar para que seus olhos fossem se acostumando com a visão noturna à medida que avançava para o âmago da fera. Do lado direito, havia os elevadores – ambos quebrados. Uma porta corta-fogo fechada que dava para as escadas estava bem à sua frente. Do lado esquerdo, uma passagem que levava a um cômodo grande, provavelmente o salão de festas, completamente enegrecido. O bravo guerreiro, que por alguns segundos agira como uma garotinha assustada e que, de tanto medo após ver seus amigos sendo devorados, quase chegou a orar para um Deus em que não acreditava, estava com os brios feridos. Disposto a provar para si mesmo que ele não era essa garotinha chorosa, foi em direção ao salão. O ditado, porém, é sábio: "O orgulho é um péssimo substituto para a razão". Espartano entrou.

CAPÍTULO 4

– O quê? – esbravejou Manes. – Mas como isso foi acontecer?

– Foi um erro grave, senhor. Não tenho os detalhes, mas Espartano se comunicou via rádio na minha frequência. E eu estava na escuta. Ele disse que permitiram que um infectado entrasse no veículo.

– Não precisa dizer mais nada, Judite.

Manes andou nervosamente de um lado para o outro fitando o chão. Chutou uma diminuta pedrinha que estava à sua frente. Judite conhecia o homem que os liderava havia anos, portanto sabia que, em menos de trinta segundos, o inquérito começaria. Ela estava certa:

– Quantos sobreviveram?

– Não sabemos, senhor. Espartano com certeza. Talvez Conan.

– Onde eles estão?

– Dez quilômetros ao sul, senhor.

– Na região sul. Tinha que ser na região sul. Como está lá fora?

Judite desviou o olhar e mordeu os lábios; agora vinha a parte difícil. Ele deu um passo na direção dela, ficando a poucos palmos de seu rosto e refez a pergunta energicamente:

– Judite! Como está lá fora?

– Não dá para sair, senhor.

Ela não precisou explicar. Manes sabia o que aquilo significava. Os técnicos e Dujas acompanharam o breve diálogo atentamente, e o novato seguia cada movimento do portentoso homem com seu olhar, examinando-o com cuidado, tentando descobrir o que ele faria a seguir. Manes sentou-se em uma cadeira de ferro, daquelas dobráveis, que um dia foram usadas em botecos de esquina, e cruzou as mãos, deixando-as descansar sobre o colo. Sua perna ficou balançando nervosamente por alguns momentos num ritmo intermitente, até que por fim ele se levantou de supetão e disse:

– Pessoal, silêncio de rádio. Não chamem Espartano por nada neste mundo, se ele estiver entocado, uma chamada inesperada pode alertar sua posição. Só eu o chamo, assim que estiver perto dele, entendido?

– O senhor vai atrás dele? – perguntou um dos técnicos, preocupado. Abrir os portões para a saída dos veículos colocaria a comunidade inteira em risco. O líder não respondeu. Em vez disso, virou-se para Judite e disse:

– Preciso falar com minha esposa. Judite, quero duas coisas de você: primeiro, prepare um grupo de seis homens. Todos precisam ser voluntários.

A jovem, tão preocupada quanto os técnicos, resolveu argumentar:

– Senhor, não dá para sair. Há mais de cem deles lá fora. Se nós abrirmos os portões...

— Judite, e se fosse você no lugar de Espartano? Não importa que haja cem deles aí, não importa que sejam mil. Um dos nossos está lá fora. E eu vou buscá-lo.

Tomando coragem, Dujas interferiu:

— Arriscar a vida de seis para salvar um? Isso é loucura!

Fez-se um silêncio breve no recinto. Manes olhou para ele profundamente e seus olhos de tigre faiscaram. Agarrou o novato pelo colarinho da blusa com extrema violência e bateu-o de costas contra a parede, arrancando todo o ar de seu corpo frágil. Um pôster bastante judiado da capa de um disco de Frank Zappa que estava pendurado ali caiu no chão com a força da pancada, e os técnicos deram um passo para trás, amedrontados com a reação do chefe. Pressionando o pescoço do novato com o lado externo de seu antebraço direito, Manes rosnou como um cão de briga:

— Você cala essa boca, seu merdinha. Você não tem direito de falar aqui dentro, entendeu? Você não me questiona aqui dentro, entendeu? Você não faz parte desta comunidade, só está aqui como cortesia e, quando eu voltar — e eu *vou* voltar —, nós dois iremos ter uma conversa bastante séria. Agora cala essa boca e saia daqui.

Então o grandalhão aliviou a pressão contra o pescoço do rapaz, "despregando-o" da parede. Ele já estava roxo e, ao ser libertado, tossiu várias vezes. Manes era um homem muito corpulento e não se importava de ser bruto quando fosse necessário. Muitas pessoas como Judite o chamavam de senhor e se apresentavam diante de si num jargão quase militar, mas isso foi algo que ele jamais impusera. Tal comportamento nasceu de forma espontânea entre os membros da comunidade em resposta à segurança que sentiam com sua liderança. Ele, por sua vez, não se opunha a ser tratado assim e, na verdade, por dentro, até mesmo gostava. Tinha a sensação de que aquele tipo de respeito era algo que o ajudava a manter a ordem. Ele se virou para Judite e repetiu o que queria que ela fizesse:

— Judite, prepare os homens. Lembre-se, voluntários. Todos têm que saber como está a situação lá fora. E mais uma coisa...

— O quê?

— Não tire os olhos deste traste nem por um segundo. Eu preciso falar com minha esposa. Quero todos reunidos no pátio em vinte minutos. Abasteça um sprinter e equipe-o com tudo o que tivermos de melhor.

— Sim, senhor — ela disse, mas ele nem a escutou. Já havia saído da sala. Os técnicos voltaram a trabalhar tentando fingir que nada havia acontecido, porém uma nuvem de preocupação pairava sobre todos. A moça fez um sinal com o dedo indicador para que Dujas a seguisse. Enquanto caminhavam a passos rápidos, ela perguntou:

— O que você fez que o irritou?

— O que eu fiz? Conheço o cara não faz nem uma hora. Você viu a única coisa que fiz: foi dizer o que penso. Não sou desses que suportam ser tratados que nem capacho.

Segunda frase errada em menos de dois minutos. Dujas não estava fazendo amigos. No mesmo instante em que ele falou aquilo, ela segurou o passo e virou para ele, olhando dentro de seus olhos:

– Escuta aqui, novato, ninguém aqui é capacho de ninguém, entendeu? Manes é nosso líder, e quer saber por quê? Porque ele consegue nos manter vivos. Ele tem conseguido nos manter vivos por todos estes anos, e é por isso que confiamos nele. Então corta essa!

Dujas deu de ombros. Pelo menos não havia apanhado dessa vez. Judite podia ser mulher, mas ela com certeza lhe daria uma surra também – era bastante durona. Tinha o corpo magro, porém uma musculatura muito rija. O abdômen era definido, e seu umbigo guardava um pequeno furinho onde outrora ela certamente usara um piercing. O cabelo tinha um tom de castanho-claro, e o nariz sofrera alguma pancada que causara uma obstrução nasal bastante leve, cujo desvio era visível a olho nu. Tinha a testa grande e os olhos miúdos, mas seu rosto, apesar de assimétrico, era bastante bonito. Gozava de alguns conhecimentos rudimentares de medicina que ocasionalmente eram importantes para a vida dura no Quartel. A pele dos ombros e do peito era repleta de manchas de sol e tinha o costume de trançar os cabelos desde a raiz, desenhando sobre si um aspecto bastante original.

Voltaram a andar, o passo ainda mais apertado. Na verdade, estavam quase correndo. Ele a acompanhava de perto, mas quase meio metro atrás, mal tendo tempo de olhar as instalações ao seu redor. Passaram por duas mulheres que estavam batendo boca, uma enfiando o dedo na cara da outra. Pareciam zangadas e tinham ambas um aspecto neurótico, porém Dujas não conseguiu perceber de que se tratava. Parecia que qualquer um no complexo tinha ao menos uma desavença com alguém. Cruzaram toda a estrutura por dentro e saíram do lado oposto, onde ficava o centro de treinamento. Na verdade, era a garagem do prédio, que fora adaptada. Os veículos ficavam parados do lado direito, bem de frente para a rampa. Havia meia dúzia de carros e dois sprinters, todos modificados para ficarem mais fortes, com reforços nos vidros e nas laterais. Entretanto, o que chamou mesmo a atenção de Dujas foi a inesperada presença de dois caminhões-tanque.

"Espertos, muito espertos", pensou ele. Do lado oposto, mais ou menos quarenta homens se exercitavam em um ginásio improvisado. Havia um ringue de boxe com apenas duas cordas semidesfiadas demarcando-o, três sacos *Punch* para pancada de couro, bastante surrados, e muitos halteres espalhados pelo chão. Uma única estação de musculação posicionada no centro do espaço permitia que meia dúzia de pessoas fizesse exercícios diferentes ao mesmo tempo. Um pouco mais afastado, um grupo menor treinava técnicas de defesa com facões de frente para um espelho, copiando os movimentos de um oriental, em algo bem próximo a uma aula de artes marciais.

Judite abordou os homens falando alto para que todos ouvissem. Expôs rapidamente o caso e quais eram as ordens de Manes. Dujas observou com curiosidade o fato de todos aqueles indivíduos grandes, fortes e ríspidos, escutarem a mulher e tratarem-na de igual para igual, uma guerreira, como eles. Assim que ela terminou de relatar a situação, a primeira pergunta surgiu. Quem a fez foi um homem de barba grisalha e feições brutas, mais velho que os demais, mas ao mesmo tempo com uma fisionomia que impunha respeito e dizia: "É melhor manter distância!". Seu nome era Cortez:

– Como estão as coisas lá fora, Judite?

– Não vou mentir, estão péssimas, Cortez. A frente está completamente tomada pelos contaminados.

– Quantos deles?

– Uma centena. Talvez mais.

Ao escutarem a quantidade, os homens cochicharam entre si. O burburinho de reprovação, claro, já era esperado por ela, que sabia que a autoridade que Manes tinha falaria mais alto.

– E ele quer sair mesmo assim?

– Sim, o risco é enorme, mas ele disse que não vai deixar um dos nossos lá fora. Você sabe que, se precisar, ele vai até sozinho.

O oriental que treinava os demais na prática com facões deu um passo à frente e falou:

– Quanto tempo para escurecer?

Judite checou o relógio e respondeu:

– Umas sete horas. Dá tempo de sair e voltar tranquilamente. Isso, claro, se não tivermos problemas.

– Conte comigo! – disse o homem que atendia pelo nome de Kogiro.

Enquanto a seleção continuava, Dujas, que perdera o interesse nela, girou a cabeça e olhou ao seu redor. Viu que as chaves de todos os veículos ficavam em um painel metálico preso na parede. Notou que, do lado oposto, havia uma série de pequenas salas que pareciam ser utilizadas como almoxarifado, escritório ou algo do gênero e que, atrás de si, havia um portão pequeno que parecia ter sido lacrado, o qual provavelmente dava para a rua. Contudo, o que mais lhe chamou a atenção foi uma porta de metal fechada com dois cadeados e três travas, que ficava atrás do ginásio improvisado. Era óbvio que, com aquela segurança toda, era ali que as armas ficavam guardadas.

CAPÍTULO 5

A gota salgada de suor deu princípio à sua trajetória na testa do homem, escorreu devagar até a têmpora esquerda, ganhou velocidade e terminou sua jornada na ponta do queixo, caindo vertiginosa rumo ao chão sujo e emborrachado do trem do metrô.

Seguindo a primeira gota, veio outra, e depois outra, e mais uma, até elas se tornarem tantas, que logo o rosto e o pescoço ficaram ensopados e a gola da camisa verde florida de malha vagabunda que ele usava umedeceu.

Os olhos dele, duas piscinas límpidas, caminhavam nervosos de um lado para o outro, comprimidos pela tensão do momento, e a respiração ofegante fazia com que seu peito magro inflasse por sob a roupa. Fios de cabelo amarelos como ouro, maltratados pelo excesso de tintura, grudavam em sua testa suada, repleta de marcas de expressão. Para ele, em cuja infância tivera um flerte com a claustrofobia, aquela situação era praticamente insuportável.

Um vagão lotado! O ventilador quebrado! O trem parado já havia mais de quinze minutos. A linha inteira que ia no sentido centro-bairro estava paralisada devido a "problemas técnicos". Que tipo de problemas, ninguém podia imaginar, somente especular. Os paranoicos afirmavam que alguém devia ter se jogado na linha – suicídios ocorrem o tempo todo. Os otimistas tinham certeza de que era só um contratempo. A massa humana comprimida como sardinhas passava agora por aquela fase em que todos ficam distantes, cada um pensando no próprio umbigo, de forma que ninguém notou que a fisionomia do homem se alterava cada vez mais. Ele não sabia o que estava acontecendo consigo, aquilo não podia ser apenas a claustrofobia. Seis anos de terapia haviam dado jeito em todos seus problemas de infância, ou era o que ele imaginava, mas o suor só aumentava e a sensação de pânico dava-lhe vontade de gritar. Ele olhou para sua pele e achou que ela estava pálida demais, mais pálida que o normal, porém logo atribuiu a sensação às suas percepções abaladas pelo nervosismo e à luz branca que estava bem sobre si.

Ainda assim, definitivamente algo estava errado. Ele não o sabia, mas seus olhos estavam avermelhados, como se ele tivesse sofrido um derrame. O mal-estar o consumia, e por duas vezes o homem achou que fosse vomitar. Súbito, o suor cessou. Ele não sabia como nem por quê, mas, na verdade, todas as suas funções haviam cessado. Difícil de explicar, mais ainda de sentir. O mal-estar se agravou.

Um rapaz que estava bem perto do homem por algum motivo fixou seus olhos nele e o observou com atenção, percebendo que ele não estava bem. Com a melhor das boas intenções, trombou com um ou dois, espremeu-se entre um casal de adolescentes, desviou-se de uma senhora gorda e reclamona, até que conseguiu chegar perto do homem. Deu uma leve sacudida em seu ombro, exclamando:

— Ei amigo, está tudo bem?

Mas nada estava bem. Na verdade, a pessoa que um dia habitara aquele corpo nem estava mais ali. Ela estava perdida, uma mente que havia implodido, deixando no lugar apenas cinzas e vidro partido.

Um olhar foi a resposta, um único olhar, que se confundia a uma névoa abismal de aversão e horror. O rapaz, sem pestanejar, tirou a mão do ombro suado, a fim de evitar encrenca. Já arrependido de ter sido uma boa alma, preparou-se para atenuar a situação com uma boa conversa, porém, antes mesmo que tivesse tempo de falar, o homem literalmente rosnou e empurrou forte seu peito com ambas as mãos.

Pego de surpresa, o rapaz quase caiu, e na verdade só não o fez porque o vagão estava lotado. Ainda assim, desequilibrou-se, levando meia dúzia de desavisados consigo. Finalmente, quem estava perto percebeu que algo estava ocorrendo. Como é de praxe, alguns pediram calma para o homem que bufava como um touro, outros até chegaram a segurá-lo pelos braços, temendo que uma briga começasse. A maioria, composta por velhos e mulheres, apenas olhou. Ninguém estava preparado para o que ocorreria no minuto seguinte. A tensão no ar tornou o vagão um barril de pólvora prestes a estourar: insânia!

O rapaz, pacífico que era, tentou se afastar do agressor a qualquer custo, esbarrando em quem estava atrás de si. As pessoas, apesar de verem o que ocorria, também estavam nervosas e, no empurra-empurra, empurravam de volta, criando uma maré, que tomou a multidão de assalto e os transformou em um amontoado daqueles bonecos plásticos infláveis com areia na base, que ficam balançando como bobos ao serem empurrados. O rapaz, de alguma forma, sabia que o homem estava descontrolado e que, mesmo com três indivíduos o segurando, coisa boa não viria. Rezou para que o trem voltasse a andar.

O tempo começou a passar em câmera lenta, o rapaz levantou uma pasta daquelas de guardar documentos que carregava até a altura do peito, numa atitude instintiva para se proteger, segurando-a como se fosse um escudo. Mãos empurravam suas costas, evitando que ele se afastasse do homem e de seus olhos vermelhos. Reclamações feriam seus ouvidos, saídas da boca de pessoas malcriadas e cansadas da espera dentro do trem. O tumulto generalizava-se, e os indivíduos que estavam do outro lado começaram a esticar o pescoço para ver o que estava acontecendo. O rapaz não ligava. Tudo o que queria era se afastar dali.

Não havia mais palavras, a situação era crítica. De repente, o homem deu um tranco para trás com o tronco e, demonstrando uma força acima da média, libertou-se das mãos que o prendiam. Um verdadeiro animal, ele saltou sobre o rapaz, que inutilmente tentou se defender. Tudo foi rápido, selvagem e brutal, e as pessoas, atônitas, não acreditavam no que viam.

Ninguém teve coragem, presença de espírito tampouco tempo para intervir; ficaram todos paralisados ao ver o homem segurar o rapaz pela camisa e atordoá-lo com uma cabeçada certeira no nariz. O pavor espalhou-se como uma doença, e o empurra-empurra começou. Alguns até tentaram conter o homem, mas tamanha era sua fúria, que ele se livrou de todas as investidas, debatendo-se como uma fera selvagem acuada. Por fim, um grandalhão bastante corpulento o agarrou por trás, firmando um potente "abraço de urso". Mas, ao pedir para que os demais o ajudassem a conter o agressor, as pessoas à sua volta, indecisas sobre se fugiam ou o auxiliavam, criaram um breve impasse, que concedeu ao homem os segundos necessários para se libertar. Outra fortíssima cabeçada, desta vez para trás, fez com que o nariz do grandalhão que o continha explodisse em sangue. Antes que os infelizes covardes pudessem entender o que havia dado errado, o agressor já estava livre e segurava firme a garganta de seu ex-captor. A pressão dos vigorosos dedos contra o pescoço era tal que cortou a passagem de ar e fez a vítima ficar de joelhos.

O homem atacou para matar!

Gotas de sangue coloriram seu rosto, mas ele ainda não tinha saciado sua sede de insanidade. Ela jamais seria saciada. Depois daquele dia, ela nunca mais seria saciada. Era o começo da escalada do planeta vermelho, uma convulsiva jornada rumo à dor e à desesperança.

Tudo ocorreu em pouco mais de dez segundos, mas foi tempo suficiente para que o pânico se instaurasse em sua totalidade. Grande parte dos presentes começou a desfalecer, caindo no chão como bonecos, privados de sua vida por sabe-se lá que tipo de força. Os demais, despreparados para lidar com uma situação daquele porte, não sabiam como agir, cada qual tentava ir para um lado (na verdade, enclausurados no vagão, ninguém conseguia correr para lugar algum), e choques involuntários e violentos levaram alguns ao chão. Para os mais frágeis era pior, um senhor foi empurrado contra o vidro e bateu fortemente a cabeça. Enfim, o bom-senso superou o medo, e alguém acionou o mecanismo de emergência para a abertura das portas. Fez-se no vagão um barulho de descompressão de ar, porém o destino manteve-se fiel à lei informal que diz que, se algo pode dar errado, dará — e apenas duas portas se abriram: uma delas, bem no meio do vagão, a outra exatamente atrás, onde o homem estava. As demais, emperradas, nem sequer se moveram. A multidão começou a correr para fora, tropeçando nos corpos estendidos no chão, passando pelo funil que dosava homeopaticamente a saída daquele túnel do medo. Ao ganharem o exterior, as pessoas chegavam a uma plataforma que rabeava o túnel de ponta a ponta e que dava acesso às saídas de emergência.

Durante aqueles segundos de gritaria e empurrões, uma mãe que trazia um bebê de colo só se preocupava em proteger seu filho, apertando-o contra o próprio peito. Encolhida num cantinho entre dois assentos, com uma das mãos envolvendo o corpinho e a outra sobre sua moleira, tentava não ser pisoteada pelo bando de gente que saía. A criança rasgava sua voz em agudos estridentes de medo e protesto. Valendo-se de toda a força que sua diminuta mãozinha lhe concedia, as maçãs do rosto vermelhas e os olhos cheios de lágrimas, puxava os cabelos cacheados da genitora.

Ninguém estendeu a mão para ajudar a mulher, o vagão era todo gritos e desespero. Ela, da forma que estava encolhida, com o pescoço abaixado, conseguia ver apenas o movimento dos pés desordenados que se debatiam como peixes fora da água. Por um breve instante, desviou sua vista do povo e checou se tudo estava realmente ok com seu filho, mas, ao olhar de novo para frente, um calafrio lhe percorreu o corpo.

Havia um par de sapatos parado a poucos centímetros de seu rosto, e toda a multidão de pés se encontrava agora um pouco mais longe. Devagar, ela foi levantando a cabeça e, à medida que olhava para o alto, aumentando seu ângulo de visão, a figura do homem lhe foi sendo revelada. Seus olhos estavam absolutamente vermelhos, havia veias esverdeadas saltadas como cicatrizes em seu rosto, principalmente na região das têmporas, e a pele parecia cinzenta. O rosto, coberto de respingos de sangue, tinha um caráter demoníaco.

Apavorada, ela não pensou duas vezes e ameaçou uma tentativa de fuga: protegendo a criança com ambas as mãos, saltou por cima das cadeiras na intenção de correr para uma das portas, mas o homem, ainda mais ágil, desferiu um golpe contra seu rosto macio no meio do caminho, erguendo-a do chão, tamanha a violência da pancada. Mesmo atordoada, o instinto materno fez com que ela não soltasse seu filho e girasse o corpo para cair de costas, evitando que a criança sofresse qualquer ferimento. A queda arrancou o ar de seus pulmões, e o mundo pareceu rodar por alguns instantes. Mais rápido do que ela pôde imaginar, o gosto dos sapatos do homem se misturou ao sabor do sangue em sua boca. Seus dentes frontais quebraram, e a língua sentiu pequenos pedaços de esmalte flutuarem em meio à saliva grossa. Tão depressa quanto seus lábios incharam, um novo chute sacudiu seu crânio, como uma bigorna do ferreiro sendo castigada pelo martelo. Mas quisera ela que o agressor passasse a noite inteira espancando-a, pois o pior veio a seguir. O homem arrancou sem dó o bebê de seus braços, puxando-o pela perna gordinha.

A criança emudeceu. Não chorava, não se movia, nem ao menos piscava, como se pudesse entender a gravidade da situação. O mundo congelou, tudo ficou em pétreo silêncio. Se existissem anjos, eles teriam prendido a respiração. Se existissem fadas, elas teriam engolido em seco. Mas não havia nada disso; só o que existia era o apocalipse, começando naquele dia, em todos os lugares, criando algo que seria um lugar nenhum, espalhado por todo o planeta. A mãe, com os olhos mareados e o nariz escorrendo, voou na direção do homem com a força de uma leoa e tentou rasgar seu rosto. A reação dele foi única!

Devido a algum curto-circuito durante a abertura das portas, as luzes brancas do trem estavam falhando e piscavam sucessivas vezes num interminável vaivém, alternando claridade com escuridão, expurgando ruídos parecidos com os de fios de alta tensão. Algumas pessoas não conseguiram sair do vagão, não por falta de oportunidade, mas, sim, por estarem paralisadas. O terror e o medo eram mais fortes do que elas. O pessoal dos demais vagões, apesar de não ter a menor ideia do que estava acontecendo, ao escutar a gritaria e ver a massa de pessoas passarem correndo, atropelando uns aos outros, também se amedrontou e fugiu, gerando assim um efeito dominó de pânico, um carro após o outro. Súbito, outras pessoas também começaram a desfalecer nos demais vagões, e manter a ordem tornou-se uma tarefa simplesmente impossível.

Dois vagões à frente de onde a matança ocorria, havia um policial que voltava para casa do serviço; um trajeto corriqueiro, repetido todos os dias, que estava prestes a se transformar em um pesadelo. Quando a confusão começou, ele primeiro coordenou a saída de todos da melhor forma que pôde, preocupando-se em ouvir o que as pessoas gritavam, a fim de reunir, com os fragmentos das frases, o máximo de informações possível para entender a situação. Depois, quando se viu sozinho (ou o mais sozinho possível), arma em punho, foi investigar o que acontecia.

Com passos cautelosos, ele caminhou furtivamente pela plataforma que seguia paralela ao trem. Mais à frente, a linha do túnel começou a fazer uma curva, reduzindo-lhe o ângulo de visão, o que pediu ainda mais atenção. Um vagão já havia ficado para trás, e de longe ele conseguia ver o local que parecia ser a origem de tudo. O vagão piscava no melhor estilo de filmes de terror de quinta categoria. O coração do policial estava no ritmo de uma britadeira.

Súbito, ele deu de encontro com um dos passageiros arrastando-se pelo chão da plataforma. Era um rapaz negro, em evidente estado de choque, que estava a balbuciar frases incompreensíveis. De imediato, o policial notou uma trilha de sangue que culminava no último vagão, poucos metros à frente.

– Venha, rapaz, eu te ajudo a levantar – ele disse. Porém, assim que chegou perto o suficiente, viu que a parte inferior do corpo do jovem havia desaparecido. Simplesmente não estava lá. Surpreso, o policial deu um pulo para trás e soltou um palavrão. O jovem no chão parou de se mexer.

– Puta merda, que é que tá acontecendo aqui?

A arma, sua garantia, começou a tremer em suas mãos. Súbito, um homem gorducho e careca saiu cambaleando de uma das portas à sua frente, empapado de sangue e balbuciando coisas sem sentido:

– Meu Deus. Meu Deus... coisas horríveis. Ele é louco... Está fazendo, fazendo coisas horríveis. Está fazendo coisas horríveis com as pessoas. Meu Deus... Oh, Deus, não... Horríveis...

– Ele quem? Quantos são? Ele está sozinho?

– Coisas horríveis...

O homem passou por ele e seguiu em frente. Seu olhar estava vazio, e sua mente claramente não estava mais lá. O policial julgou que a melhor coisa a fazer seria deixá-lo ir embora. Em choque como estava, aquele homem nada poderia fazer para ajudá-lo. O último vagão estava cada vez mais perto, e um cheiro de morte e medo penetrou suas narinas, sabor acre de adrenalina na boca. A tensão era por um ser vivo que estava à solta no túnel escuro. O silencio só pecava pelo chiar das luzes do vagão, que piscavam zombeteiramente. Enfim, ele chegou até a porta por onde o gorducho havia saído. De onde estava, pôde ver manchas de sangue escorrendo pelas paredes e ao longo do chão e pingando do lado de fora do trem. Havia gente lá dentro, muitos corpos caídos, e dava para ver pessoas escondidas pelos cantos, abaixadas, protegendo as cabeças e choramingando. Era possível percebê-las lá, ainda que as janelas embaçadas e o pisca-pisca fossem inimigos da clara visão.

O policial engatilhou seu revólver, segurou-o perpendicularmente na altura do rosto, com o cano virado para o alto, dobrando os braços num ângulo de noventa graus e respirou fundo. O oxigênio invadiu seus pulmões, precedeu um suspiro, o coração foi parar na boca, e, após esperar as luzes se acenderem, ele saltou de uma vez para o interior do vagão, colando as costas na parede oposta. Não era nenhum novato, é verdade, porém, mesmo depois de anos trabalhando nas ruas, jamais poderiam tê-lo preparado para o que ele veria lá dentro. O impacto fez seus ossos congelarem como se o frio do espaço sideral tivesse penetrado pelos poros da pele.

O ar denso, trancado no vagão por mais de vinte minutos, agora misturado ao odor da morte, ainda não tinha se dissipado, o que provocava uma sensação de enjoo. Em um dos cantos, bem próximo à porta por onde ele havia entrado, em meio a outros corpos sem vida, encontrava-se uma mulher, olhos estáticos, circundados por acentuadas olheiras. Seu rosto estava coberto de sangue, cheio de hematomas, e ela segurava algo no colo, que parecia proteger muito bem. Entoava uma fina melodia que, aos ouvidos do policial, assemelhava-se a uma canção de ninar. Receoso, ele se aproximou um pouco, mantendo a arma engatilhada e uma distância segura, e esticou o pescoço, tentando ver o que ela amparava com tanta devoção. Foi quando seus olhos o traíram e o grotesco brilhou com força total. Se tivesse acreditado no que viu, o policial teria sentado no chão e começado a chorar. Como sua mente rejeitou aquela visão, em vez disso, ele apenas gritou. Gritou um "não!" e deu dois passos para trás. Somente um único "não", menos do que talvez fizesse a maioria das pessoas, mas, para ele, sempre tão fechado, sempre tão contido, aquele "não" significava tudo. Toda revolta. Toda dor. Todo desejo de não estar ali naquele momento, de poder apagar da memória o que jazia à sua frente, de ir embora para outro lugar. Seu "não!" era símbolo de dor, e a dor estava presente em sua totalidade. Foi o "não!" que todo o planeta berrou daquele momento em diante.

O fato é que, mesmo ciente do que estava vendo, o policial não quis acreditar. Não parecia possível, não parecia verdade, não parecia real. Por isso ele gritou, pois nunca julgou que veria algo daquele tipo em vida; sempre rogara a Deus para não ter que ver qualquer coisa como aquela, apesar de sua profissão. Não daquela forma. Não com uma criança. Seus olhos atentaram aos detalhes contra a sua vontade, principalmente à perna gordinha, ou ao que sobrou dela que dava clara evidência de ter sido apertada com tanta força, que fora esmagada. Na pele rósea do pescoço retorcido, formava-se uma série de rugas imperfeitas, pois a cabeça estava virada para o lado oposto ao tronco, bem como os braços, um quebrado, pendendo como um galho seco rompido de uma árvore, o outro provavelmente perdido em algum lugar daquele vagão. Na região da moleira, um buraco do tamanho de um punho. No rosto da mãe, pedaços de osso e cérebro.

O policial engoliu em seco e fez as conexões que seus neurônios não queriam fazer, mas, antes que suas emoções fossem contaminadas pela cena que presenciava, algo mais chamou sua atenção: um movimento, vindo lá do fundo do vagão. Algo que à primeira vista ele julgara ser mais um corpo o fez esquecer-se da mulher e apontar a arma para o novo foco. Plantando bem o pé no chão para não escorregar no sangue que abundava, andou com cautela até a metade do vagão.

As luzes piscavam. Cada vez que vinha a escuridão, elas pareciam que não iam mais voltar a acender, e esses breves segundos negros pareciam horas. Durante o pouco tempo em que se acendiam e iluminavam, o ambiente oferecia, proporcionalmente à distância que diminuía, mais detalhes daquela cena grotesca. Finalmente, já perto o suficiente para entender o que se passava, tomado pela repulsa, o policial mal pôde conter o jato de vômito que queria sair por sua goela. Com os joelhos tremendo como se aquele fosse seu primeiro caso, ele gritou novamente. Desta vez, mais do que um simples "não":

— Parado aí mesmo, seu filho da puta!

No chão, estrebuchando com violentos espasmos e convulsões, estava o corpo de um homem. Através de sua garganta arregaçada, era possível enxergar algumas vértebras da coluna, envoltas em sangue e restos de pele. Por aquele buraco, sua língua fora puxada inteira para fora e deixada pendurada como uma gravata. Como se um rabo de lagartixa tivesse sido cortado, o corpo se debatia — o sangue no chão esguichava nas paredes — em solavancos mortos. Ajoelhado ao lado do corpo, estava o autor da chacina que, ao ouvir o grito do policial, voltou-se para ele, de modo que os olhos de ambos fizeram contato. Ele se ergueu lentamente e sua mandíbula movia-se como se ele estivesse ruminando. Seguindo os critérios sob os quais fora treinado, o policial alertou:

— Tudo bem. Vire de costas para a parede e coloque as mãos sobre a cabeça.

O homem não se abalou com a frase, nem com o tom de voz autoritário, ou mesmo com o fato de ter uma arma apontada em sua direção. Em resposta, ele simplesmente cuspiu algo meio mastigado. Era um pedaço de carne, misturado com sangue e saliva. Apesar de a ideia ser revoltante, ficou claro que aquele indivíduo estava mastigando pedaços da garganta da vítima, provavelmente aberta a mordidas.

As luzes se apagaram. Silêncio. No escuro, a silhueta do suspeito estática. Gotas de sangue pingando da ponta de seus dedos. Ele mantinha o corpo arqueado para frente e os ombros fechados para dentro, numa postura altamente ameaçadora. O policial perguntou se não estava sendo logrado por seus sentidos, pois os olhos do assassino que estava diante de si estavam vermelhos. Um instante crispado pela eternidade do tempo. Luzes acesas e tudo foi rápido demais. O homem investiu contra ele; os passos pesados reverberaram dentro do vagão. Gatilho pressionado, uma explosão de pólvora inflou o ar, deslocando-o em todas as direções, e, como um relâmpago, a bala percorreu o caminho do cano até o peito do homem.

O projétil penetrou fundo na carne e derrubou o suspeito para trás com a força do impacto. O policial, talvez por desespero, talvez por ira e vingança em nome dos que morreram ou talvez apenas para extravasar seus sentimentos, os quais nem ele próprio poderia exprimir, deu um segundo tiro. O tambor girou e a arma gritou novamente, misturando seu rugido com o ruído do primeiro tiro, que ainda ecoava pelos túneis do metrô. O segundo projétil penetrou no corpo caído e já inerte, logo abaixo do queixo, atravessando o pescoço e saindo do outro lado, alojando-se na parede do trem.

Conan abriu os olhos assustado. Por quanto tempo estivera dormindo? O sonho, na verdade mescla de sonho, mescla de realidade, era um reflexo de seu passado. Não havia quem não tivesse pesadelos com o dia em que tudo começou, mas absolutamente ninguém falava a respeito — era uma regra velada. Os fantasmas e demônios moravam nos sonos dos sobreviventes.

Sua cabeça doía naquilo que era sem dúvida a pior enxaqueca de toda a sua vida. Olhou ao seu redor e logo reconheceu que estava em algum tipo de galeria subterrânea, um porão talvez. As paredes de concreto não tinham acabamento, e a tubulação era toda aparente. Ele não fazia ideia de como havia chegado lá; os fragmentos de imagens em sua cabeça estavam enevoados. "Que porra de lugar é este?"

Conan não sabia onde estava, nem o que havia acontecido, mas aquele mal-estar não era comum. O ex-policial, atual batedor, tentou lembrar-se dos últimos fatos, uma decisão errada, um acidente, uma fuga e uma luta desigual contra vários infectados, mas, apesar de a ordem estar coerente, os detalhes permaneciam incertos. Seria noite já? Foi checar seu relógio para poder se situar quando tomou um susto. Um calafrio percorreu-lhe a espinha, alfinetando seu estômago e fazendo-o suar frio. Na parte interna de seu antebraço, havia uma enorme mordida. Conan estava contaminado...

CAPÍTULO 6

– Sabe qual é a coisa de que mais sinto falta? – Espartano disse para Conan.

– "A" coisa? Duvido que exista uma só coisa. Eu sinto falta de várias... No seu caso, com certeza não é mulher – brincou o colega.

– Quer escutar ou não?

Conan sorriu. Gostava de provocar o chefe de seu grupo, principalmente quando estavam em missões de campo. Já faziam aquilo juntos havia anos, e ele sabia que as conversas despretensiosas e as brincadeiras funcionavam bem para quebrar o gelo e a tensão de estar do lado de fora do Quartel.

– Claro que quero. Fala aí.

– Eu sinto falta dos bichos.

A resposta, permeada de confissão, fez com que todos no veículo dessem risada. Espartano jamais havia mostrado aquela sua faceta e ficou bravo com a reação dos colegas:

– Do que vocês estão rindo? É sério. Eu tive uma cachorrinha uma vez.

As risadas aumentaram e viraram gargalhadas incrédulas.

– Que raça que era? – perguntou Conan, tentando se conter.

– Era um Shih-tzu.

– Um o quê?

– Um Shih-tzu. É tipo um Lhasa Apso – Conan fez um sinal de positivo com a cabeça, mas nem sequer começou a entender a que Espartano se referia. – Enfim, minha Shih-tzu era incrível. Olha só, todas as sextas-feiras eu a levava para tomar banho em um pet shop.

O grupo simplesmente se acabou de rir. Não dava para imaginar Espartano, aquele brutamontes, fazendo algo do gênero. Ele não deu bola:

– O lance é o seguinte. Eu acordava todas as manhãs no mesmo horário. Fazia a mesma coisa; levantava, ia ao banheiro, tomava uma ducha, me vestia, dava uma mijada.

– Você primeiro se vestia e depois mijava?

– Vocês vão me deixar falar ou não? Muito obrigado. O que quero dizer é que todas as manhãs eu fazia sempre a mesma coisa.

– E daí?

– E daí que às sextas-feiras, inexplicavelmente, a cadelinha buscava a coleira dela e deixava em cima da cama. Quando eu acordava, dava de cara com ela toda animada, rabinho balançando e cara de feliz.

Conan pareceu descrente:

– Peraí, você quer dizer que a cadela sabia quando era sexta-feira? Sabia que aquele era dia de tomar banho?

— Isso mesmo. Incrível não? Acho que nós nunca chegamos a compreender de verdade o tanto que os cães são espertos.

— Bom, você deu uma exagerada na história, não deu, Espartano?

— Não aumentei uma linha. Juro! — respondeu ele, levantando a mão direita em sinal de juramento. — E você sabe o que dizem por aí, não é? Quem nunca teve um cachorro na vida não sabe o que é ser amado.

— Com isso eu concordo.

— Eu também. Deveríamos ter cachorros no Quartel. A vida seria mais divertida.

— Ok, então está combinado. Se avistarem um cachorro, não o deixem escapar.

— Pois eu sinto falta do McDonalds! — disse Conan retornando ao assunto anterior. — O que eu não daria por um Big Mac, daqueles bem repugnantes, que faziam tremendamente mal à saúde...

Os ocupantes do veículo começaram a rir, mas de fato o desejo de Conan não era descabido. Não havia um único ser humano que não sentisse falta de alguma suposta futilidade. De repente, a motorista do carro interrompeu o momento, bradando alarmada:

— Chefe, problemas à frente.

— O que foi?

— Eu não sei. Parece um cara correndo. Ele tá sendo perseguido por uma montanha deles.

Espartano levantou e grudou a cabeça ao lado do banco dela, compartilhando a cena através do vidro dianteiro. A jovem não havia exagerado, eram dezenas deles, a aproximadamente 120 metros de distância. O líder do grupo não hesitou:

— Pare o carro. Todos vocês, peguem as armas. Só deem tiros certeiros!

Foi bem quando era assaltado pela memória do que sucedera mais cedo naquela manhã com sua equipe, após ter adentrado o buraco negro, o salão de festas do edifício, Espartano sentiu o cano frio de um revólver ser pressionado contra sua têmpora. Pela segunda vez no mesmo dia, amaldiçoou-se por seu descuido. Preparado para lidar com os infectados e sua violência explosiva, porém não direcionada, a última coisa que ele esperava, ao ganhar o interior do prédio, seria aquilo. Uma voz saída da escuridão disse:

— Ponha as mãos para cima.

Ele obedeceu, rendido como um amador. No mesmo instante sentiu que a arma que carregava foi bruscamente retirada de suas mãos. A escuridão era quase total e, mesmo após seus olhos terem se habituado a ela, o máximo que ele conseguia identificar era o movimento de vultos passando à sua frente.

— Dispa-se — emendou a mesma voz.

— O quê?

— Você ouviu. Tire a roupa.

Ele começou a obedecer lentamente. A arma desencostou de sua cabeça, o que indicava que seu captor sabia o que estava fazendo. Sem o cano da arma tocando seu corpo, as referências dele desapareciam e, com elas, qualquer chance de reação, por menor que fosse. Se antes a situação era ruim, agora estava ainda pior. Espartano, vitimado pela escuridão total e não tendo mais o contato do cano, simplesmente não tinha como saber onde estava seu agressor (ou agressores). Tirou o colete e a camisa, deixando-os no chão, próximo à sua perna, caso precisasse encontrá-los novamente. Depois começou a tirar as botas ainda mais devagar, mas a voz o apressou:

– Quanto mais tempo você demorar, pior será para todos nós. Aqui em cima estamos expostos, então tire as botas agora.

Como eles enxergavam tão bem assim no escuro? Assim que ele tirou as calças e a roupa de baixo, a voz mandou que colocasse suas mãos para trás. Quando ele obedeceu, a voz explicou com naturalidade o que faria a seguir e o preveniu:

– Nós vamos amarrá-lo agora. Eu estou na sua frente e o tenho bem na mira. Se tentar reagir, você vira galinha morta, entendeu? Um movimento em falso e já era.

Galinha morta? Que tipo de gíria era aquela? Espartano obedeceu. Sentiu seus punhos serem presos com fita adesiva, provavelmente *silver tape*, mas quem o prendeu não deu voltas suficientes. Estava firme, mas não era o bastante. De alguma forma, o batedor achou que poderia se libertar se quisesse e, no mesmo instante, começou a trabalhar com rotações em seu braço para isso.

– Venha conosco.

Conduzido com empurrões dados em suas costas, Espartano foi direcionado para fora do grande salão de festas, retornando para o hall de entrada. Assim que saiu, a iluminação vinda da rua, apesar de fraca, revelou seus captores. Mas ele não teve tempo de fazer ou falar nada; bem na porta de entrada, a pouco mais de trinta metros de distância dele, havia dois contaminados. Os dois grupos trocaram olhares e, assim que os viram, os contaminados entraram correndo, trombando com tudo o que viam pela frente, conforme lhes era característico.

– Corre.

Seus captores eram dois jovens, na casa dos 22 ou 23 anos, que, ao verem aquilo, foram em direção à porta, a qual dava para o interior do prédio e chamara a atenção de Espartano momentos antes de entrar no salão e ser rendido pelos dois. Os contaminados estavam a apenas alguns metros de distância quando o trio passou por ela como três coriscos e a bateram atrás de si. Imediatamente um dos jovens a fechou usando uma trava de metal improvisada que já estava lá, pronta para servir àquela função. Do outro lado, escutavam a selvageria dos contaminados tentando arrebentar a barreira que os separava de sua presa, golpeando e arranhando a porta. Espartano tentou desesperadamente se soltar, quando um dos dois falou:

– Desencana, cara, você não vai conseguir se desamarrar.

Era a mesma voz que falara em seus ouvidos momentos atrás. Ela vinha de um rapaz jovem e loiro, com o rosto cheio de sardas. O jovem estava com um aparelho do exército de visão noturna pendurado no pescoço, e, ao mesmo tempo em que Espartano entendeu como eles o viam tão bem no escuro, perguntou-se onde haviam conseguido aquilo. A luz do lado de cá da porta não era boa, e, na verdade, o batedor não conseguia entender direito de onde ela vinha, mas era suficiente para identificar alguns contornos. Um pouco surpreso com a visão de quem o havia capturado, Espartano falou:

— Mas vocês são apenas garotos.

O outro rapaz, um pouco mais gordo que seu amigo, com cabelos compridos e uma barba bem rala, deu como resposta um tapa de efeito moral em sua cabeça, falando:

— Mais respeito, cara. Ninguém aqui é moleque.

O primeiro rapaz disse:

— Eu sou Tom e este é o Jerry.

Espartano olhou para um e depois para o outro demoradamente:

— Vocês estão de sacanagem comigo, né?

Eles se entreolharam e trocaram risadinhas.

— Claro que estamos. Mas pode nos chamar de Tom e Jerry mesmo assim. E não se preocupe, aqui é nosso covil. Eles não conseguem entrar. Não vão nunca passar por essa porta e, logo que sairmos daqui, irão parar de nos escutar e perder o interesse, então vamos nessa.

Jerry, o que já havia estapeado Espartano uma vez e parecia ser o mais agressivo dos dois, e novamente lhe deu um tapa na cara, mais forte e mais violento do que o anterior, aparentemente de graça, e na sequência o puxou pela orelha. A dor fez com que o prisioneiro protestasse e tirasse a cabeça, soltando-se da ridícula pegada:

— Para com isso, moleque.

— Já vi que esse aqui vai querer engrossar, Tom. Acho que vamos ter que resolver aqui mesmo.

— Fica frio, Jerry. Vamos levá-lo para baixo. O pessoal vai gostar de tê-lo conosco.

— Pessoal? — intimidou-se Espartano.

— É, isso aí, pessoal! Você vai descer por bem ou por mal?

A escolha era óbvia: ele os seguiu para minimizar os danos. A pior opção seria resistir ali mesmo e tomar uma surra (ou pior) estando com as mãos presas, sem poder reagir. Apanhar minaria sua resistência e não levaria a nada — o melhor mesmo seria fazer o jogo da dupla até que ele tivesse condições para escapar. Desceram dois lances de escada e chegaram até a garagem do prédio. Lá, o local era muito bem iluminado por grande quantidade de tochas postadas em cada uma das grandes colunas de concreto, características desses espaços. Assim que eles chegaram, um alvoroço começou. Nada mais, nada menos, que uma dúzia de jovens, todos visivelmente da mesma faixa etária que os primeiros, veio recepcioná-los. Eles estavam em volta de uma grande fogueira, no centro da garagem, sujos e seminus, mas, assim que viram seus colegas trazendo o prisioneiro, foram em direção a eles, gritando primitivamente como se fossem homens das cavernas. Logo o cercaram e, fazendo macaquices e pulando ao seu redor, o empurravam e arranhavam suas costas. Sem saber por quê, provavelmente por ter entrado em pânico, Espartano começou a se mover para frente, correndo com o corpo arqueado, as mãos nas costas, tentando abrir espaço em meio ao grupo que o fechava, mas logo foi derrubado. Estando sem o apoio dos membros, caiu de cara no chão, raspando a testa contra o cimento cru da garagem. Pisoteado por todo o corpo, inclusive na cabeça, levantou-se assim que pôde, apenas para ser derrubado novamente.

Os membros da tribo riam insanamente, puxavam-no pelos cabelos, chutavam-no e cuspiam, e as meninas pegavam em suas partes íntimas com curiosidade, puxando-as e apertando-as sem dó. Recebeu um ou outro golpe mais forte em suas costas ou na cabeça, mas, de uma forma geral, não o machucaram para valer, apenas o atormentaram.

Aos poucos, eles foram perdendo o interesse e se afastando, voltando para perto da fogueira. Espartano ficou caído no chão, cabisbaixo, humilhado e ferido. O seu nariz gotejava sangue, e o corpo estava bastante dolorido. Os dois jovens que o haviam capturado não se envolveram na baderna, apenas ficaram de longe observando o grupo se divertir. Quando todos já haviam deixado o prisioneiro em paz, os dois foram até ele e, segurando-o pelos braços, arrastaram-no para perto da fogueira. Colocaram-no sentado, e, ao se afastarem, Jerry divertiu-se dando um novo tapa na cabeça do prisioneiro. Espartano já sabia que aquele seria um comportamento recorrente, e o melhor seria não provocá-lo.

Porém, agora próximo da luz, o batedor conseguiu olhar bem o rosto dos membros do grupo e tomou um susto:

– Eu sei quem vocês são – disse.

– Como assim? – questionou Tom, que, após tê-lo trazido até o fogo, sentou-se no lado oposto para se esquentar.

– Eu já havia ouvido falar de gente como vocês; há histórias correndo lá fora de pessoas que disseram já os ter visto. Só não achava que fosse verdade.

O fato foi que, assim que a luz revelou as feições do grupo, Espartano pôde ver os olhos avermelhados de todos e as veias que saltavam aparentes por debaixo da pele. Porém, os olhos não eram globos vermelhos, mas conservavam os contornos da pupila e da íris, e, apesar de a luz do fogo enganar, Espartano poderia apostar que a pele deles não era tão pálida quanto a de um contaminado de verdade. Ele prosseguiu:

– Vocês são contaminados. Contaminados que não se transformaram totalmente. Mas vocês perdem a sanidade, enlouquecem. Há relatos sobre vocês. Vocês podem até parecer normais por fora, mas por dentro são a mesma merda que todos aqueles outros demônios!

Sem aviso, Jerry levantou de onde estava e saltou por cima da fogueira, lançando-se sobre ele. Ambos caíram para trás, e, engalfinhados, o captor começou a espancá-lo brutalmente. Ninguém ao menos se manifestou para segurá-lo, limitando-se a assistir de camarote o desenrolar da contenda; pelo contrário, como um bando de micos amestrados, os membros do grupo saltitavam e emitiam ruídos inumanos. Espartano, cansado de apanhar, resolveu que era hora de revidar e fez a única coisa que podia; num descuido entre um golpe e outro, deu uma forte cabeçada no oponente. A testa do batedor foi direto de encontro com o nariz do outro e, na sequência, ele deu uma mordida no pescoço de Jerry, arrancando um pedaço de carne com suas mandíbulas de ferro. O rapaz deu um pulo para trás surpreso, com a mão sobre o ferimento e falou em voz alta o óbvio:

– Ele me mordeu! Esse desgraçado me mordeu!

Tom ameaçou rir (mas não o fez), e o grupo explodiu em ovações. Espartano, por sua vez, ventilou sua raiva:

– Se soltar minhas mãos vai ver o que mais faço com você, seu moleque covarde.

O momento de descrença veio e passou para Jerry, que, novamente, se atirou sobre Espartano com a fúria redobrada, mas desta vez Tom o segurou e disse:

– Pare, Jerry. Nós temos planos para ele, lembra? Não deixe que ele te irrite.

– O filho da mãe me mordeu. Ele arrancou um pedaço de mim.

– Eu sei, eu sei. Mas vamos resolver isso depois. Você sabe como as coisas são.

Quando perceberam que a balbúrdia estava terminada, os demais membros do grupo se acalmaram, e os gritos transformaram-se em risadas histéricas. Voltaram a deitar-se uns sobre os outros, amontoados em volta do fogo. Por fim, Jerry escutou o companheiro e se acalmou, deixando o prisioneiro em paz. Tom, feliz por ter conseguido segurar o colega, sorriu e disse para ele:

– Venha, vamos comer.

A seguir, pegou do chão o pequeno naco de carne do pescoço de Jerry que Espartano havia arrancado e cuspido e o colocou num espeto improvisado que estava ali ao lado. Enquanto o levava ao fogo, olhou para o prisioneiro e falou:

– Aqui não desperdiçamos nada!

E depois deu duas levantadas de sobrancelhas, seguidas por um meio sorriso. Espartano pensou em Manes e em quanto tempo mais ele demoraria.

CAPÍTULO 7

A vista do telhado do Quartel Ctesifonte era a mais desanimadora possível. Não era raro que dúzias de contaminados se acumulassem na frente da comunidade até constituírem um grupo acima de uma centena. Isso acontecia, na verdade, com relativa frequência, e bastava que o Quartel permanecesse em silêncio por alguns dias, mostrando o mínimo de atividade possível, para que eles começassem a debandar. Contudo, esta era a primeira vez que isso acontecia quando havia uma situação emergencial.

Manes e Cortez conversavam e traçavam juntos a estratégia. Cortez era uns dez anos mais velho que Manes, mas isso não representava problema algum entre eles. Eram amigos, tinham confiança um no outro e também uma boa relação hierárquica. Com um binóculo na mão, o batedor apontou para seu chefe um local ao longe e disse:

– Pelas coordenadas, Espartano está mais ou menos ali. O problema é que, como você pode ver, há um aglomerado deles nas duas principais avenidas que levam até lá. Nossas opções não são boas.

– Temos que lidar com esse grupo que está aqui na porta e ainda com mais dois grupos grandes, isso só para chegar até onde ele está?

– Isso sem contar a volta.

Manes coçou a cabeça. Era uma situação delicada.

– Bem, podemos cortar por aqui e depois por ali, assim fugimos das ruas principais – enquanto falava, Manes apontava a direção com o dedo. – Isso com certeza iria diminuir os riscos, certo?

Cortez não respondeu. Apesar do raciocínio de seu líder ter sentido, nada mais daquilo parecia fazer. Como amigo e conselheiro, o velho se viu na obrigação de dizer o que achava:

– Mani, isso tudo está parecendo um grande erro. Abrir os portões com essa quantidade deles aí fora... Já pensou no quanto estamos nos arriscando? Isso sem contar com essa história do novato.

Manes tirou os olhos do binóculo e arfou:

– O que tem ele?

– Você passou a manhã inteira mostrando o funcionamento do Quartel para um cara que não temos a menor ideia de onde surgiu e agora todos nós iremos nos ausentar. Não acha que isso pode ser um risco?

– Calma Cortez, eu não revelei nada a Dujas que ele não pudesse descobrir sozinho. E o período que passamos juntos foi bom para observá-lo. Para ver seu comportamento.

— E qual sua conclusão?

— Ele está escondendo alguma coisa. E não é algo pequeno, pode ter certeza.

Cortez meneou a cabeça, forçando a si mesmo a se convencer de que seu líder sabia o que estava fazendo. Ainda assim, viu-se na obrigação de exprimir que algo o alarmava:

— Não sei, não sei, Manes. Tenho uma má impressão disso tudo.

— Seja como for, ao sairmos ficaremos fora por pouco tempo. É resgatar Espartano e voltar. Dujas não será uma preocupação. Eu lido com ele na volta.

— E se houver complicações. Há sempre essa possibilidade.

— Eu sei. É uma decisão difícil.

Percebendo que o colega precisava de apoio, e não de que o deixassem confuso, Cortez pousou a mão sobre seu ombro e disse:

— O ônus da decisão é sempre o pior a ser suportado, velho amigo. Eu o apoiarei seja lá qual for sua escolha.

O líder olhou novamente para a massa disforme em frente ao prédio. Eles estavam inertes, andando em círculos concêntricos vagarosamente, com as bocarras escancaradas e os seus olhos vazios, mas Manes conhecia aquele comportamento. Assim que os portões fossem abertos, a massa explodiria em uma hecatombe de insanidade e violência. O líder abaixou a cabeça e resmungou em voz alta:

— Três grupos grandes no meio do caminho e mais a volta... Aja bala para tantos deles.

— Mani, isso é quase suicídio.

— É, eu sei. Eu sei, droga. Mas é uma questão de princípio, Cortez.

— De novo essa história de certo e errado?

— Sim! O que é certo, é certo. Não podemos simplesmente abandonar os nossos. Temos que nos lembrar de que foi Espartano e seu grupo que nos trouxeram comida para cada vez que comemos nos últimos anos.

— Tudo bem, tudo bem, não vou discutir isso. Mas se você for junto e alguma coisa acontecer, essa comunidade inteira irá entrar em colapso. Mesmo que eu esteja aqui, mesmo com Elizabete e todo o resto, você sabe que nossas chances sem você diminuem drasticamente. Mas há uma alternativa: você poderia muito bem enviar um grupo de batedores e esperar aqui. Eu os lideraria sem problemas. Nós temos competência para resolver isso por nossa conta.

— Eu agradeço a fidelidade, mas você sabe que não posso, amigo. Desta vez, tenho que ir.

Cortez suspirou. Seu líder era um homem difícil de ser dobrado. Mas, se, por um lado, sua inflexibilidade podia ser irritante; por outro, ele também era a pessoa mais corajosa e decidida que o velho guerreiro já havia conhecido. Como sabia que não havia escapatória e que aquilo seria algo que Manes levaria a cabo, suicídio ou não, restou-lhe apenas incentivar da forma que podia:

— Tudo bem, eu sabia que você diria isso, mas não custava tentar. Se tiver que ser feito, então mãos à obra.

Desceram e foram fazer os preparativos finais. Cortez seguiu em direção à garagem checar se o carro estava ok, enquanto Manes foi dar as recomendações finais à sua esposa. Cruzou o Quartel de ponta a ponta rapidamente, fugindo dos olhares apreensivos de quem passava por ele, quando súbito, no meio do caminho, seu braço foi segurado por uma mão feminina. Ele se deteve e olhou para a pessoa. Era uma moça bela, dotada de uma musculatura avantajada incomum às mulheres, mas que não diminuía em nada sua feminilidade, muito pelo contrário, tornava-a mais exótica e selvagem. A cor de sua pele indicava que ela tinha origens negras na família, mas que haviam sido diluídas com o passar das gerações. Seus cabelos eram escuros como piche, presos por uma linda tiara dourada na testa com um diadema no centro, a qual passava a impressão de a jovem ser uma verdadeira princesa. Ela tinha o rosto quadrado e uma cova no centro do queixo tremendamente bem demarcada; suas sobrancelhas eram finas sem que precisasse as depilar e os olhos eram como os de uma pantera. O nome da amazona era Zenóbia. Manes não gostou da interferência da moça. Olhou para os lados em atitude suspeita, como quem procura ver se ambos estavam sendo observados, e então sussurrou:

– O quê você quer, Zenóbia?

– Quero que desista dessa loucura agora!

– Não! O que mais?

– Eu não estou brincando, Manes. Sair quando as condições estão favoráveis já é perigoso. Isso que você quer fazer é impossível. Eu chequei como as coisas estão lá fora, e os contaminados estão muito ativos. Não dá para ir. Seria suicídio, e com certeza não é o que Espartano gostaria que você fizesse.

– Do que você está falando? A única coisa de que ele gostaria que eu fizesse é que chegasse o quanto antes pra salvar a pele dele.

– Não a custo da vida de outras pessoas! O que você pretende fazer...

– Eu não pretendo fazer, Zenóbia, eu vou fazer. Espartano não vai ficar à deriva e sem esperança lá fora. E talvez Conan ainda esteja vivo também, nós ainda não sabemos.

Ela se exaltou, e ele pediu para que a jovem falasse baixo, olhando novamente para os lados para ver se alguém os escutava:

– Arriscar seis por causa de um?

– Fale baixo, Zenóbia!

Ela repetiu num tom mais baixo:

– Arriscar a vida de seis homens? Mani, isso é loucura. Não faz o menor sentido, é igual O resgate do soldado Ryan.

– Não tenho tempo para isso! – resmungou ele irritado e a deixou falando sozinha. Mas quando deu as costas para a bela moça, novamente foi segurado pelo braço. Zenóbia o puxou com firmeza contra si e rapidamente entrelaçou ambos os braços no pescoço dele e aproximou um rosto do outro. Ao mesmo tempo, colou seu ventre no estômago dele e fez um gancho com a perna, envolvendo sensualmente a coxa do homem. Manes tentou afastá-la empurrando-a pela cintura, mas ela o segurou ainda mais firme, dizendo:

— E quanto a mim? E quanto aos meus sentimentos? Isso também é loucura?

— Zenóbia, me solta. Se alguém nos vir...

— Eu quero que se dane se alguém aparecer e nos vir. Quero que se dane sua esposa e todo mundo mais. Eu te amo! Você sabe que eu te amo.

— Ouça, não é hora para isso.

— Diga que você não sente a minha falta! Duvido que você consiga dizer. Eu sei como você me olha cada vez que eu passo. Sei o que você ainda sente por mim. Eu sei porque ainda sinto o mesmo por você...

Ele a segurou e olhou dentro de seus olhos, tentando incutir um pouco de juízo em sua cabeça à força:

— Zenóbia, pare! Eu tenho outras coisas com que me preocupar agora do que seu ego ferido. Tem gente morrendo lá fora.

Ela se irritou:

— E tem gente morrendo aqui dentro, bem na frente do seu nariz. Eu estou morrendo, não entende. Eu morro cada vez que você...

Então ele a afastou com vigor:

— Pare! O que aconteceu entre nós já faz muito tempo, Zenóbia. Foi um erro, entendeu? Não sei por que você resolveu tocar nesse assunto agora, mas não tenho condições de lidar com isso. Já te disse mais de uma vez que amo minha esposa e que não há espaço para nós! Agora chega desse papo!

— Você acha que eu fui um erro na sua vida, é isso?

Ela levou as mãos à cintura mimetizando o clássico sinal de indignação. Havia raiva em seu olhar, a raiva típica que o orgulho das mulheres aponta quando elas são preteridas. A história de ambos não tinha muito mistério; é a mesma história de sempre, porém estava tremendamente mal contada e, o que é pior, inacabada.

Manes cometera o que, segundo ele próprio acabara de dizer, havia sido um erro. A situação ocorrera por volta de dois anos atrás. O líder vivia um momento muito difícil de sua vida, ele estava emocionalmente fragilizado e tinha dúvidas de seu próprio papel no mundo e no Ctesifonte. Ele perdera quase tudo que havia conquistado com muito suor e lágrimas, inclusive sua fé em si mesmo. Sua esposa também atravessava uma fase complicada de adaptação e estava distante e pouco comunicativa. A comunidade que outrora havia sido um sonho romântico e utópico, a famosa "chance de recomeçar", parecia destinada a naufragar. E foi nesse contexto que Zenóbia apareceu, linda, inteligente e portentosa como uma rainha.

Ela foi a primeira mulher guerreira a se juntar à comunidade, alguém diferente de todas as pessoas que Manes já havia conhecido nas duas fases de sua vida; uma jovem que não hesitava em pegar em armas e enfrentar os contaminados de igual para igual, porém que era ao mesmo tempo doce e gentil nos momentos de intimidade. Era uma moça de extraordinária força de vontade, cuja beleza exótica despertava os desejos de quase todos os homens do Quartel, casados ou não. Seus olhos traziam aquela sabedoria que não é aprendida nos livros e espelhavam os momentos duros que haviam vivido, porém, ao mesmo tempo, diziam que eles eram capazes de se emocionar e derramar lágrimas com a sensibilidade de uma criança.

Durante a Era A. A., pelo pouco que ela revelara sobre seu passado, sabe-se que participava de competições de *fitness* e *figure*, o que explicava seu porte físico excepcional, a musculatura proeminente, ombros redondos, esculpidos pelo halterofilismo, braços que pareciam tijolos e coxas de aço. Tinha a habilidade de fazer o que quisesse com o corpo, que provavelmente ganhara com muitas aulas de capoeira, ginástica olímpica, balé, dança contemporânea, ioga e todas as outras coisas que as meninas costumavam fazer para se preparar para aquele tipo de competição. Mas é fato que ela nunca chegou a se profissionalizar. Por que seus braços eram grossos e bem delineados, uma primeira interpretação poderia até julgá-los masculinizados em demasia, o que teria sido um equívoco. Seu corpo, apesar de musculoso, era feminino e bastavam alguns minutos perto dela para que as barreiras do preconceito fossem quebradas. A moça tinha noções de artes marciais e um raciocínio sagaz e estratégico; era bastante prática e lógica, não tinha medo de falar o que pensava e discutia com quem quer que fosse em pé de igualdade, inclusive com ele.

Como não poderia deixar de ser, Manes se apaixonou por ela e ambos tiveram um caso arrebatador. Não foi algo longo; na verdade foi até bastante curto, apenas poucos meses, porém, como sempre ocorre com esse tipo de coisa, tudo acabou mal. Liza descobriu o que estava acontecendo, afinal era impossível manter algo assim tão drástico às escondidas no dia a dia do Quartel, e o incidente provocou uma cisma na comunidade.

De forma imprevista, o Quartel acabou dividido em duas facções (o que revelava desde aquela época sua enorme fragilidade emocional), e Manes abarcou pela primeira vez a importância que ele próprio tinha para todas aquelas pessoas. Ele não podia cometer deslizes. Não podia se deixar abalar, mostrar-se relutante e frágil, ou pior, não podia colocar-se sob a luz de olhos inquisidores. Não podia errar ou hesitar, pois, se ele não soubesse o que fazer, então ninguém mais saberia. Ele era o líder e, como tal, precisava estar sempre acima de todo o resto para conseguir manter a fé e a coesão dos que comandava. Sua opção foi reconhecer seu "erro" publicamente, terminar tudo com Zenóbia e tocar a vida em frente. O mais difícil, contudo, foi convencer a si mesmo de que havia se apaixonado por uma imagem, uma sombra, uma ilusão e de que tudo aquilo não passara de um momento de fraqueza e pouca convicção. Aos trancos e barrancos, seguiu adiante, recuperou a confiança de sua esposa e tornou-se o líder que todos esperavam que fosse.

Dois anos se passaram com a velocidade de um raio, contrapondo situações constrangedoras aqui e ali, e Zenóbia, apesar de não ter contestado a decisão dele, não lidou bem com a rejeição. Para ela, os últimos tempos haviam sido bastante difíceis, principalmente por sentir em seu íntimo que não só ainda o amava, como ele também nutria sentimentos fortes por ela. Ela repetiu:

— Você acha que eu fui um erro? Vai admitir?

Ele olhou fundo dentro dos olhos cor de mel da guerreira. Colocado contra a parede em um momento delicado como aquele, não viu outra opção. Suspirou fundo e fez o que tinha que fazer. Algo que até então não havia feito por nunca ter conseguido, pois externar aquelas palavras significava confirmar uma coisa que ele não sabia se sentia. No fundo, Manes, apesar de bravo e valoroso, padecia de toda a confusão e dos dilemas dos quais a maioria dos homens padece, principalmente no que diz respeito aos assuntos do coração. Mas, apesar de jamais ter determinado ao certo a extensão do que sentia por ela, aquela era uma situação de urgência e só havia uma coisa a ser feita!

Sem demora, ele vestiu uma carapuça e deliberadamente falou o que não pensava. Manes a magoou! Mesmo que em seu íntimo ele se sentisse incerto sobre o que estava dizendo, magoou-a sem dó:

— Você foi um erro, Zenóbia. O maior que já cometi na vida! Agora, com licença.

Manes desapareceu, deixando a amazona sozinha com seu coração partido. Ela amava aquele homem. Não era brincadeira. Não era cisma ou perseguição barata, assédio ou revide. Ela o amava pra valer e, justamente por causa do que sentia, passara os últimos dois anos em silêncio, tentando respeitar a decisão dele e entender que um líder tinha responsabilidades maiores com a comunidade do que com uma única mulher. Mas entender, objetivamente, é uma coisa e lidar com o sentimento é outra. Naquele instante, ela se sentiu rebaixada por ter se prestado àquele papel. Manes, com uma única frase e, o que é pior, olhando dentro dos seus olhos, a fizera sentir como se fosse uma cadela, uma rameira. Sentir-se suja e descartável. Sentir-se usada.

Uma lágrima escorreu; escapou rápido demais, mas Zenóbia logo a enxugou e engoliu sua tristeza. Ela era uma guerreira. Uma lutadora. E, naquele dia, havia uma batalha para ser travada. Sentimentos ficariam para depois.

A amazona guardou tudo dentro de si e seguiu em direção à garagem, sem perceber que, nas sombras, uma figura esquálida e sinistra acompanhara toda a discussão. Dujas, logo no primeiro dia, já descobria os podres do líder do Quartel Ctesifonte. A coerência e o bom funcionamento do lugar se perdiam num mar de fragilidades e inseguranças. Seus membros eram pessoas desgastadas, entibiadas e abatidas; gente cuja tenacidade havia sido corroída por uma realidade cruel que dia após dia definhava seus espíritos e roubava pedacinhos da alma de cada um. O novato percebeu que a comunidade caminhava no fio da navalha e que talvez as coisas fossem ainda mais fáceis do que ele havia imaginado.

CAPÍTULO 8

– Você está pressionando demais a arma!

Conan virou-se para ver quem havia dito aquilo e deu de cara com Kogiro. Os dois nunca haviam conversado muito, e ele achou curioso que o oriental o tivesse abordado daquela forma.

– O que você disse?

Na verdade, ele havia entendido muito bem a frase, mas agiu daquela forma de propósito. Foi o artifício que encontrou para estender o contato com o japonês.

– Eu disse que você está pressionando demais a arma. Se você apertar o facão com toda essa força, irá provocar tensão na musculatura e a fadiga virá mais rápido. Se um dia tiver que participar de um combate longo, em três minutos não vai aguentar mais mexer o braço.

– Ah é? – havia ironia na voz de Conan, mas ele não sabia por que havia agido daquela maneira.

Talvez a sensação de ser corrigido por alguém mais jovem não o agradasse, mas a verdade é que diariamente ele passava horas no centro de treinamento do Quartel tentando aperfeiçoar o uso do facão, mas não sentia que estava fazendo grandes progressos. Kogiro se aproximou, tomou a lâmina de sua mão e, então, respondeu:

– Ah, é! – e fez a demonstração mais hábil no uso de uma arma branca que Conan já havia visto na vida. Ela durou apenas poucos segundos e terminou com o facão pressionado contra seu pescoço, num golpe veloz e violento, que parou com precisão a um milímetro da jugular de Conan.

A exibição teve apenas o objetivo de mostrar que Kogiro sabia do que estava falando; a seguir, ele recolheu a arma e fez uma reverência para o colega, devolvendo-a com respeito. Conan a apanhou com descrença e, no momento em que o japonês deu as costas com um sorriso enigmático no rosto, ele o chamou:

– Espere.

– Sim?

– Eu estava apertando demais. O que mais fiz de errado?

– O ângulo do braço. Muito aberto. Está fazendo com que gaste energia desnecessária e provavelmente terá dor no seu ombro.

(era verdade)

– O que mais?

– A empunhadura não está boa também. Sua munheca precisa relaxar. E você tem que aprender o ângulo certo dos golpes.

– Ângulo?

— Sim. Suponha que um dia precise enfrentar meia dúzia deles. Ou mais. Você só terá tempo para dar um golpe em cada. Tem que ser assim, um corte, uma morte.

Aquilo fascinou Conan. "Um corte, uma morte", ele repetiu para si próprio.

— Você me ensina?

Conan olhava para o seu relógio cujos ponteiros emitiam uma luz prateada no escuro e tentava fazer cálculos. De acordo com informações oficiais que ainda eram divulgadas no primeiro ano da Era D. A. (logo no começo, o governo chegou a ser bastante atuante para tentar resolver o problema, assim como o foram também os militares, entretanto, incapazes de dimensionar a extensão global dos danos e de fazer um controle apropriado para conter a epidemia, tudo desmoronou), o maior período de tempo registrado para que um contaminado se transformasse havia sido de vinte minutos. Evidentemente, em alguns casos, os efeitos da patologia (se é que isso poderia ser chamado de patologia) chegaram a se manifestar em menos de três, o que é perfeitamente cabível, afinal existem enormes variações anatômicas e funcionais em cada indivíduo que podem exercer influência no processo. Os cientistas chegaram à conclusão de que fatores intrínsecos e extrínsecos (fatores ambientais, estilo de vida, condições nutricionais e a presença de doenças) atuavam de forma a acelerar ou retardar a contaminação, de tal maneira que nenhum indivíduo da mesma espécie, ao ser contaminado, apresentava os sintomas de forma igual a outro, o que incluiu até mesmo genótipos praticamente idênticos, no caso de gêmeos univitelinos, que foram observados em laboratório.

Sim, aqueles haviam sido tempos assombrosos, mas eventualmente os laboratórios foram consumidos por toda a instabilidade que varreu a região; e, quando o exército perdeu a Grande Batalha da Paulista, no ano I D. A., o inferno se instaurou permanentemente. Conan se lembra de que nos primeiros anos as pessoas ainda perguntavam o que eles eram e de onde tinham vindo. Seria mesmo um vírus o causador? Tudo indicava que sim, mas, na verdade, ninguém tinha certeza. Havia uma curiosidade verdadeira, um desejo profundo de encontrar uma resposta, mas que acabou se desgastando até minguar.

Com o tempo, as pessoas pararam de questionar e se preocuparam mais em sobreviver, e só o que restou foram os fatos. E os fatos falavam por si: no dia do evento, estimam-se que 2 bilhões de pessoas morreram em todo o planeta. Se alguma autópsia, em algum lugar do mundo, identificou o motivo pelo qual essa gente toda morreu, ninguém nunca divulgou informação alguma. E, na verdade, todos tinham coisas mais importantes em que pensar, já que 1 bilhão de pessoas, segundo dados não oficiais, apresentou os sintomas da contaminação. Dois bilhões mortos, 1 bilhão contaminado, mas o principal problema revelou-se ser a falta de informação e organização do poder público, isso bem lá no começo, pois, em menos de uma semana, outro 1 bilhão havia sido ou morto ou também contaminado. Os números só pioraram exponencialmente daí para frente. O último exemplar do *New York Times* a ser publicado antes de sair de circulação, e que ganhou a internet e notoriedade internacional, trazia uma manchete dizendo: "O Fim?" e a criticada foto de uma criança de 6 anos contaminada, devorando o cadáver da própria mãe.

Hoje, no ano IV D. A., não existem mais estimativas sobre a quantidade de pessoas não contaminadas que ainda vivem no planeta. Se, no começo, os contatos via rádio, internet e celulares eram constantes com focos de resistência em todo o globo, agora eles se limitavam a contatos com chineses, alemães, argentinos e israelenses. Lógico que isso não significa que não existiam outras nações por aí, mas a dificuldade de trocar informações consistentes com esses povos esbarrava em problemas linguísticos, e o silêncio de americanos, russos, ingleses, franceses, canadenses e tantos outros só fazia com que todos pensassem o pior.

Os laboratórios brasileiros haviam sido claros: ninguém havia demorado mais do que vinte minutos para se transformar. Essa era uma informação bastante útil, já que ajudava a estabelecer um período seguro de quarentena. Conan já estava olhando para seu relógio havia mais de uma hora. Os questionamentos começaram:

"Se eu não me transformei até agora, será que sou imune? Se sou imune, será que existe uma cura? Uma possibilidade de cura? Tenho que chegar até o Quartel de qualquer jeito. Meu sangue talvez seja a coisa mais importante que existe no planeta!"

O pensamento do batedor fazia sentido. Ele havia sido mordido, mas conservava suas faculdades mentais, seu raciocínio, sua vitalidade. Se não havia se transformado – e todos sabiam que a forma mais fácil de virar uma daquelas malditas coisas era sendo mordido –, então provavelmente ele era imune ao agente que transmitia a doença, fosse ele um vírus, fosse qualquer outra coisa. O único problema é que Conan estava longe demais do Quartel, seu rádio havia sido danificado durante o quebra com os últimos contaminados, logo após a fuga desesperada do veículo, e suas balas estavam no fim. A única esperança seria achar Espartano. Ele tinha certeza de ter visto o colega fugindo na direção oeste. O batedor provavelmente se entocaria por lá, e, se Manes viesse resgatá-lo, Conan também precisava estar por perto. Era sua melhor chance de sair inteiro daquele inferno.

Ainda assim, não guardava memórias recentes de como havia chegado ali, naquele lugar onde estava, portanto o primeiro passo seria mesmo examinar o local. O chão era úmido e as paredes esverdeadas e cheias de limo. Uma fraca lâmpada amarela era a única fonte de luz de todo o recinto. O teto era tão baixo, que o topo de sua cabeça chegava a roçar nele, e o ar viciado parecia mais quente que o normal. O local se ligava a uma antecâmara, que por sua vez desembocava em um corredor do qual ecoava o barulho constante de um gerador em funcionamento, bem suave e quase imperceptível, provavelmente vindo de bastante longe. Conan resolveu ir em direção ao som.

Na medida em que o volume aumentava, indicando que ele estava se aproximando da fonte sonora, o batedor começou a perceber que aquele local deveria ter sido algum tipo de fábrica no passado. Logo, as paredes se tornaram mais apresentáveis; o limo e a umidade diminuíram, e surgiu nelas um conjunto de três cabos grossos, localizados na linha de seu tórax, que passaram a acompanhar sua trajetória. As lâmpadas mudaram do amarelo para o branco e começaram a ficar mais constantes, e, sempre acompanhando o som, ele chegou a subir dois lances de escada, daquelas feitas de metal em formato caracol, antes de atingir uma plataforma imensa de onde teve uma visão panorâmica do local onde estava.

Era realmente uma grande fábrica, com aparelhos enormes, cuja utilidade ele não fazia a menor ideia de qual era, e estruturas que pareciam caldeiras. O chão da plataforma onde estava era de metal vazado, quadriculado e estava há pelo menos quatro metros do nível do solo. O pé-direito da construção tinha, com certeza, mais de vinte metros de altura. Ele percebeu que a fábrica ficava dentro de uma espécie de galpão, cuja largura e comprimento eram tão grandes, que ele nem sequer soube estimar o tamanho que poderiam ter. Locais espaçosos costumam ser melhores para se estar do que locais fechados. E, caso conseguisse chegar ao teto, ele poderia ter uma visão ampla das coisas lá fora. Conhecimento é vantagem.

Conan começou a estudar a melhor maneira de fazer o que queria quando o urro inumano inconfundível deles chegou aos seus ouvidos. Era sempre uma mistura de algo estertoroso, violento e talvez até angustiado para quem soubesse escutar, mas, ao mesmo tempo, acabava sendo uma grande vantagem dentro da proposta "dos males o menor". Eles nunca atacavam em silêncio, o que tornava praticamente impossível ser surpreendido por um deles. O grito veio de baixo, do chão, e Conan estava na plataforma de metal, a uma boa altura. Não demorou muito, e ele logo os identificou; eram três, um homem e duas mulheres. Uma delas era tremendamente gorda, e ele duvidava de que ela conseguisse subir até ali, porém a outra era bastante atlética e com certeza não demoraria muito para estar sobre ele.

As mulheres eram as piores. Muito mais agressivas, apesar de não terem tanta força quanto os homens. Conan examinou rapidamente a plataforma e viu que havia duas escadas que levavam para o local em que ele estava. Duas, claro, até onde ele podia determinar. Ambas eram estreitas, no formato caracol, tais quais aquelas que ele tinha passado anteriormente e desembocavam em um "buraco" aberto no meio da plataforma. Não seria difícil obstruí-las. Rapidamente, ele correu até a primeira que estava a poucos metros de distância de si e virou sobre ela um armário de metal que ficava no beiral da plataforma, do seu lado esquerdo. O móvel despencou e espalhou no chão uma infinidade de pastas e arquivos, mas cumpriu o objetivo, fechando completamente a passagem.

Sempre acompanhando pelos vãos do chão vazado o movimento dos contaminados lá embaixo, viu que o homem se dirigiu rapidamente para a outra passagem. A mulher esguia havia sumido de vista, e a gorducha estava tentando subir a escada que já estava obstruída. Ela não seria problema. A outra escada estava há mais ou menos cinquenta metros de distância. Conan correu o mais rápido que conseguiu, e seus passos, batendo contra o chão de metal, ecoavam por todo o recinto, mas o contaminado era bem mais rápido que ele. Eles quase sempre eram mais rápidos, e ele realmente chegou bem antes na escada e começou a subi-la imediatamente. Eram poucos degraus dali até o chão, mas a subida era incômoda e desajeitada. Conan estava ainda há uns quinze metros de distância da passagem, quando a cabeça do demônio já começava a apontar para fora do buraco.

"Vai dar tempo, vai dar tempo. Tem que dar!", ele disse repetidas vezes a si mesmo. No meio da corrida, guardou o seu revólver no coldre, pois não queria desperdiçar as poucas balas que lhe restavam, e sacou um facão que trazia na cintura. O contaminado já estava com meio tronco para fora do buraco, braços apoiados na plataforma, içando seu corpo para cima. "Só mais um pouco, só mais um pouco, só mais um pouco..."

Os olhares de ambos se cruzaram antes que o facão cortasse o ar. Conan passou correndo por ele e desferiu um único golpe certeiro. Um jato de sangue acompanhou a linha do corte e lustrou o chão como se fosse o hábil pincel de Pollock ao gotejar a tinta em uma de suas famosas telas. O corpo inerte despencou lá de cima, quicando nas estruturas de metal que compunham a escada, exceto pela cabeça, que rodopiou sobre a plataforma e lá ficou. O batedor suspirou, apoiou ambas as mãos sobre os joelhos, tentando encontrar espaço para respirar e amaldiçoou o fato de os infectados serem tão rápidos.

Olhou para baixo, por entre os vãos, e desta vez não viu nem a mulher nem a gorducha. Falou em voz alta:

– Isso não é bom. Não mesmo.

Mas decidiu pensar nisso depois. O próximo passo era obstruir também aquela escada e procurar uma maneira de chegar até o teto. Levou algum tempo para arrastar outro arquivo que, além de mais pesado que o anterior, estava mais distante da escada, mas enfim o derrubou da mesma forma, fechando a passagem. Olhou para a cabeça decepada uma última vez e lamentou o fato de o contaminado ter morrido com os olhos e a boca aberta. Quantas pessoas Conan havia matado nos últimos anos? Dezenas? Talvez centenas? Aquele era um pensamento terrível para se ter. Manes dizia que a melhor maneira para sermos fisgados pela loucura é pensando naquilo que fazemos, e ele estava certo. Quanto mais pensamos em todos esses atos cruéis e selvagens, piores as noites se tornam quando o travesseiro e os pensamentos são nossos únicos companheiros. Por causa disso, raramente Conan pensava nos infectados como pessoas. Mas, quando o fazia, em ocasiões como aquela, seu coração ficava pesado e ele se lembrava do quão terrível o mundo se tornara.

Preparava-se para seguir em frente, quando sentiu o chão da plataforma tremular. Antes mesmo de olhar, já havia pressentido o que seus olhos registrariam, portanto, quando olhou em direção da extremidade oposta e lá estavam elas, as duas mulheres-demônios bem à sua frente, aquilo não foi surpresa. As duas vestiam pouco mais que farrapos, e os cabelos esvoaçavam como se fossem serpentes no couro da medusa. Desataram a correr desvairadas em sua direção, e o uivo da caçada ecoou pelos corredores vazios da fábrica. A mais esguia certamente chegaria antes que a outra; na verdade, em poucos segundos ela estaria sobre si, entretanto a gorducha devia pesar mais de 110 quilos: seria muito difícil de contê-la em uma luta corporal. Com poucas balas ou não, ela tinha que ser parada a distância.

Sem largar o facão, Conan sacou seu revólver, mirou e deu o primeiro tiro, que passou no vazio. Resmungando um palavrão, ele tentou se desvencilhar da tensão, mirou com mais calma e fez um segundo disparo, que acertou o corpo volumoso dela, mas, como num filme de terror de terceira categoria, nem mesmo a fez diminuir a velocidade. Era como dar um tiro em uma coisa gosmenta e encorpada e ver a bala ser absorvida e desaparecer em todo aquele volume sem causar danos. A outra estava cada vez mais perto, vindo rápido como um guepardo em plena perseguição da presa, os olhos fixos e a bocarra bem aberta, os pés descalços batendo contra o chão de metal. Os metros que separavam ambos encolhiam rapidamente, seus dentes podres e os olhos vermelhos aproximavam-se mais e mais. Ele fez mais dois disparos, um bem no abdômen da gorda e outro na linha da coxa. Finalmente o terceiro tiro conseguiu desestabilizar a mulher, que saiu de sua linha de equilíbrio e caiu, aterrissando no chão com a graciosidade de um jumbo que chega à pista sem abaixar o trem de pouso. Um último disparo, afinal, acertou exatamente na região da moleira, e o enorme corpanzil entrou em uma série de horrendos espasmos.

O batedor ainda tentou virar seu revólver para a outra mulher, mas já era tarde demais. Ela fora tremendamente rápida; precisa demais; pontual em todos os seus movimentos, e já estava trombando com seu corpo antes que ele pudesse acertá-la. O disparo acabou saindo no vazio, e o choque entre os dois, apesar da diferença de tamanho, derrubou-o. Ambos rolaram no chão num perigoso e letal abraço; a contaminada tentando cravar seus dentes nele o tempo todo. A pele dela era fria e pegajosa, com uma sensação tátil parecida com massa de pão sovada antes de ir ao forno. Conan pressionou o gatilho por reflexo mais uma vez e outro tiro saiu, mas a arma nem sequer estava apontada para ela. Aquele havia sido o último projétil que estava dentro do tambor da arma. Um desperdício! Rosnando e urrando, a mulher conseguiu estabelecer uma posição de domínio e, uma vez por cima, montou sobre o tórax do batedor e se pôs a arranhar repetidas vezes seu peito e rosto com violência imensurável. As unhas pareciam duas vezes mais fortes e resistentes que as de um ser humano comum e abriam valas na pele com extrema facilidade.

Conan gritou de dor e, num arco-reflexo, fez um movimento surreal com o braço que segurava o facão. O golpe decepou de uma única vez, acima da linha do cotovelo, o braço esquerdo da contaminada, que literalmente planou para longe, aterrissando há mais de dois metros de distância. Sem ao menos diminuir o ritmo do ataque, como se não tivesse sentido a dor, ela continuou sobre ele, tentando morder sua jugular de qualquer jeito. Um jato de sangue amarronzado começou a espirrar do toco arregaçado como se fosse uma mangueira, derramando-se sobre o peito do batedor. Com uma só mão, ele a agarrou firme pelo pescoço, mantendo o braço estendido para que ela ficasse longe de si, e, com a outra, começou a desferir vários golpes de facão na linha das costelas dela. Apesar de inapropriada para esse tipo de punhalada a curta distância, a lâmina cumpriu sua função com excelência e sem modéstia.

Ela se debatia sobre ele, tentando com sua única mão libertar-se de sua firme pegada e, com o toco do braço, começou a bater diretamente contra o rosto dele. O pior na morte de um contaminado é que ele nunca se importa com o fato de estar morrendo. Ele não se importa com a dor. É como se seu corpo não tivesse mais receptores nervosos. Há teorias que dizem que seja lá o que for que os tenha transformado acabou com o único fator que é comum a qualquer ser vivo deste planeta, independente da espécie: o instinto de sobrevivência. Ainda que esteja sem as pernas, sem os braços, com as vísceras caídas no chão, com um machado enfiado no meio da cabeça ou com um buraco no peito do tamanho de uma maçã, ele sempre continuará indo para cima de você. E o objetivo deles é um só, sejam quais forem as circunstâncias, eles sempre tentarão levá-lo junto.

Conan, afogado com a quantidade de sangue que vertia do ferimento dela sobre seu rosto, viu que os cortes na linha da cintura não estavam conseguindo pará-la e resolveu dar o golpe de misericórdia; abriu bem o ângulo do braço e, num único e certeiro movimento, acertou-a diretamente no pescoço. Desta vez, ela parou de gritar e se debater. Seu corpo inerte amoleceu e pendeu para o lado, despencando sobre o tórax dele. A cabeça, ao contrário do que ocorrera com seu companheiro, não fora decepada por completo, ficou pendurada pela lateral, configurando um quadro tremendamente macabro. Conan tirou o cadáver dela de cima de si e levantou-se rapidamente. Ele estava coberto de sangue, aquele sangue horrível que não é totalmente escarlate, mas de uma coloração esquisita. Sangue contaminado. Sangue dos mortos. As crianças no Quartel diziam que era o Sangue do Demônio.

De joelhos, ele se virou para o lado e vomitou, vitimado por todo aquele sangue que havia engolido. Sentia-se sujo e vil. Sem fôlego, ele encostou as costas na grade de segurança da plataforma e relaxou por alguns instantes. Sentou-se, as pernas abertas em forma de "V", os braços adormecidos sobre o colo. O cheiro acre do sangue açoitando suas narinas.

Conan olhou para a infectada e percebeu que ela era jovem, muito jovem. Por trás de toda aquela carranca, da mutação que deixou seus dentes podres, os olhos avermelhados, a pele pálida e a mente obliterada, ela devia ter sido uma menina bonita, que um dia escutou Nirvana, corou quando recebeu cantadas de rapazes na escola e que colecionou papéis de carta. Naquele momento, o batedor amaldiçoou a si próprio por ser obrigado a fazer o que estava fazendo.

O seu estômago continuava embrulhado. Nunca em toda a sua vida tivera um mal-estar tão grande e tão repentino. Era como se um bando de morcegos estivesse preso dentro de sua barriga e tentasse abrir caminho para fora à força, devorando suas entranhas, toda a carne e irrompendo por debaixo da pele, após tê-la esticado ao limite e a arrebentado, deixando um buraco negro sobre o ventre. Vomitou novamente. Sua pele queimava, e ele não sabia dizer se a mente estava a pregar-lhe peças ou se sua pele havia mesmo perdido a cor. Seu corpo todo se entregava em violentos tremores, e os olhos lacrimejavam como se tivessem jogado gás ao seu lado. O que estava acontecendo?

Apesar de não entender o que se passava consigo, Conan sabia que não podia ficar lá por muito mais tempo e tratou de se recompor. Reuniu todo seu espírito de guerreiro e juntou os cacos de sua personalidade. Limpou o sangue do corpo o melhor que pôde e checou se tinha balas reservas. Apenas mais um jogo. Seis balas e um facão. E, o que é pior: certamente o barulho dos tiros tinha atraído mais deles para lá. O som os atraía com imensa velocidade, e não demoraria muito para estarem ali. O dia só estava melhorando...

CAPÍTULO 9

Quando Manes chegou à garagem, encontrou os seis batedores que havia pedido prontos para entrarem em ação. Eles estavam armados até os dentes e vestiam indumentárias pesadas que, se, por um lado, os deixavam mais lentos; por outro, eram uma boa proteção contra mordidas. Cortez, Judite e Kogiro estavam à frente do grupo, alinhados como gladiadores. Atrás deles, um homem ruivo, enorme, barbudo e peludo, que atendia pelo nome de Erik, mas que as crianças do Quartel apelidaram de Vermelho.

Erik tinha uma história singular; havia vagado por todos os lugares antes de chegar ao Quartel Ctesifonte, há pouco mais de um ano. Nunca escondeu seu passado, e Manes logo soube que ele havia arrumado uma enorme confusão nos lugares onde estivera anteriormente. "Eu matei um homem e acabei banido do local onde morei", revelou ele, sem, contudo, especificar os motivos que o levaram a cometer tal ato, tampouco dizer que lugar havia sido aquele. "Esses detalhes só competem a mim", dizia o homem que se parecia com um autêntico guerreiro viking, ainda que ninguém jamais tivesse visto um na vida.

O líder o aceitou com ressalvas. Teve receio de abrigar um assassino, mas, ao mesmo tempo, apreciou sobremaneira a sinceridade do rapaz. A maior parte das pessoas mentia quando chegava ali. Como Manes era um detector de mentiras ambulante, sabia disso, porém não podia fazer muito a respeito. Erik, apesar de carregar aquela história escabrosa sobre os ombros, falara a verdade — e isso deveria valer alguma coisa. O tempo passou, e o grandalhão ruivo (que fazia com que o próprio Manes, que era enorme, parecesse pequeno) se revelou uma valiosa aquisição para a comunidade. Era justo e trabalhador, fazia o que quer que lhe solicitassem e nunca de mau gosto, não importunava ninguém e, o que é melhor, sabia manejar uma arma muito bem. Nunca hesitava em ingressar em uma missão perigosa e chamava Manes de "amigo", apesar de jamais terem travado mais do que uma dúzia de conversas. Seu passado não demorou muito a ser apagado, e hoje as pessoas o aceitavam como um igual.

O outro homem era um negro de estatura mediana e olhar intimidador. Nunca disse seu verdadeiro nome a ninguém, mas as pessoas o chamavam de Cufu. Por iniciativa própria, havia construído um cemitério nos fundos do Quartel e seu respeito pelos mortos, fossem colegas ou contaminados, era impressionante. Cufu introduziu uma prática cerimonial que passou a se tornar padrão entre vários dos membros da comunidade e defendia a necessidade de ritos e costumes. Segundo ele, isso servia para que as pessoas se lembrassem de que elas não eram animais.

Era o mais dedicado dos batedores no treinamento, rivalizando apenas com Conan, que, porém, parecia se dedicar exclusivamente ao uso do facão, enquanto

Cufu treinava todas as habilidades de forma igual. Havia atingido uma forma física espetacular e, certa vez, justificou seu comportamento para Manes:

– Uma habilidade só pode ser perfeitamente aprendida e aplicada espontaneamente através da dedicação constante. A prática precisa se tornar natural, uma "segunda natureza", para que ocorra em um momento de não pensamento.

Manes não sabia se Cufu era uma pessoa espiritualizada ou completamente louca, mas isso no fundo não lhe importava. O negro era um guerreiro habilidoso e de confiança, o tipo de homem que você quer ao seu lado em uma missão suicida. Ele procurava conservar seu semblante sempre sorridente e alegre, e suas atitudes nunca davam margem de dúvidas de que ele se sentia da forma que expressava também por dentro. Não obstante, ao mesmo tempo e de uma maneira muito curiosa, ele era sério e compenetrado – sisudo até. Evitava pilhérias, apesar de ter a propriedade de fazer as pessoas rirem e sentirem-se bem quando em sua presença. Era como se houvesse uma aura resplandecente ao seu redor, capaz de contagiar até o mais cauto dos homens.

A última pessoa do renque era Zenóbia. Ela estava carregando armamento pesado como os demais, porém não havia vestido uma roupa protetora. Limitou-se a um top para cobrir os seios rijos e um short largo, ambos com estampas que imitavam as antigas roupas dos militares. Suas pernas, abdômen e braços estavam completamente expostos. Manes olhou para ela e disse, fingindo descaso:

– Você fica, Zenóbia.

Ela deu um passo à frente e retrucou:

– Isso não é decisão sua, Manes. Eu me coloquei como voluntária da missão, e você não pode me barrar.

– Como líder eu tenho o direito de escolher quem vai, Zenóbia. E não quero que você vá.

Manes olhou ao redor e só depois de já ter falado é que percebeu que as pessoas que os cercavam (que não eram poucas) o encaravam com uma expressão intrigada no olhar. Aquele bate-boca ficou parecendo um tipo de protecionismo, e ninguém gostou do que viu. Inadvertidamente, o líder havia aberto margem para que o povo falasse, e esse é sempre um precedente perigoso, ainda mais em uma comunidade tão emocionalmente fragilizada como era o caso do Ctesifonte. Ele buscou sua esposa em meio à multidão e a encontrou ligeiramente afastada em um canto, de braços cruzados a examinar cuidadosamente os seus movimentos. Tentou decifrar o que o olhar dela dizia, mas não conseguiu.

Enfim, compreendendo a burrada que havia feito, oriunda do momento que tivera há pouco com a amazona, completou sua frase, tentando atenuar a situação. Evidentemente, acabou piorando tudo:

– Não quero mulheres nesta missão. Mulheres saudáveis são preciosas demais para...

Zenóbia o interrompeu no meio da frase, coisa que raramente alguém fazia:

– Você não disse nada sobre Judite. Ela não é saudável o suficiente? Não quer mulheres junto a você ou não quer que *eu* esteja ao seu lado? Qual é o problema, afinal?

Cortez deu um passo à frente e foi até Manes, sem se importar com o mal-estar que já havia se instaurado. Cochichou em seu ouvido:

— Mani, não é hora para isso.

Manes ponderou e viu que o amigo tinha razão. Concluiu:

— Tudo bem, mas você ao menos precisa se proteger. Vista uma roupa.

Ela, contudo, negou novamente:

— Não! Esses trajes pesados me deixam lenta. E nunca os vi salvando a vida de ninguém. Eu vou assim da forma que estou.

Manes procurou convencê-la apelando para o senso comum:

— Zenóbia, os trajes fazem parte do procedimento! E eles podem, sim, salvar a sua vida, pois evitam mordidas ocasionais.

— Prefiro ficar desprotegida a perder minha agilidade!

Cortez se irritou, intrometendo-se na discussão, virou-se para ela e a censurou alto, indicando que já era hora de parar com aquilo:

— Zenóbia!

Mas ela, ainda sentido as agulhadas em seu orgulho, estava mesmo decidida a fazer sua opinião prevalecer:

— Eu não estou implicando com vocês, estou? Eu vou vestida assim e ponto final.

Dujas acompanhava de longe a situação. Conflitos internos são o calcanhar de Aquiles de qualquer estrutura, e o que é melhor para causá-los do que uma mulher? Sansão caiu por causa de Dalila. Arthur, por causa de Guinevere. Otelo foi ludibriado e matou Desdêmona, que ironicamente jamais lhe havia sido infiel. O coração não nos deixa pensar com clareza, ele nubla nossa visão, nos entorpece e nos leva a agir instintiva e impulsivamente.

É algo pouco usual e tudo depende da perícia dos jogadores, entretanto, às vezes, mesmo um peão num tabuleiro de xadrez pode ameaçar o rei. Os cães farejam o medo, todos sabem. Nós, seres humanos, não temos o mesmo olfato apurado dos caninos, contudo, se nos concentrarmos muito, mas muito mesmo, também podemos farejá-lo. E farejamos não só o medo como a tensão, o ódio, a mentira. Eles não são abstratos conforme insistem a maioria; são palpáveis. Têm cor, cheiro, textura e formato definidos. E tanto eles quanto centenas de outras sensações flutuavam naquele salão, somente à espera de alguém que os captasse no ar, em pleno voo. Que os captasse e os contextualizasse. E Dujas era um receptáculo perfeito para receber tudo o que se queria esconder. Ele era um rádio sintonizando ondas despejadas aleatoriamente pelos corações desgastados dos membros da comunidade.

A tensão presente em cada cantinho do Quartel era prova do desvario que havia no coração dos outros, e Manes, reconhecendo para si que havia perdido aquela batalha, resolveu encerrar a discussão de vez:

— Entrem no carro.

Todos obedeceram e entraram em um sprinter totalmente modificado. A lataria havia sido reforçada com placas de metal chumbadas nas laterais. As janelas laterais tiveram os vidros retirados e foram protegidas com grades de ferro, e o para-choque se tornara algo similar a um bate-estaca. Colocaram dentro do veículo duas malas com munições extras e uma pequena sacola com comunicadores de mão, um complemento necessário ao único comunicador fixo que havia no veículo.

Enquanto o grupo fazia os últimos preparativos, Manes foi até sua esposa e a chamou de lado, afastando ambos dos ouvidos curiosos dos demais. Falou:

– Desculpe-me por isso. Zenóbia...

Ela desconversou de imediato, expondo seu descontentamento de outra maneira:

– Você sabe que eu sou contra essa missão, não?

– Sim, eu sei, você já me falou. Mas achei que pelo menos você me entenderia e apoiaria.

– Eu estou aqui, não estou?

– Liza, você é a pessoa em que mais confio no mundo. Preciso de seu suporte acima de tudo ou então...

– Manes, este é um momento delicado para partir. Você sabe que tem meu apoio, mas também sabe que há muitas dissidências na comunidade. Sua presença aqui... Não sei o que pode acontecer se você não estiver presente.

Havia uma estranha melancolia em sua voz, e também muita preocupação. Liza parecia bem diferente da mulher jovial e sorridente que estava no quarto quando ele acordara naquela manhã.

– Não seja tola. Sei que temos tido problemas, mas iremos resolvê-los. Eu prometo. Vou ficar fora apenas algumas horas.

Ficaram em silêncio, meio sem saber o que dizer um para o outro. Enfim, ele quebrou o desconforto da maneira mais fácil:

– Tenho que ir.

– Manes... Você ainda a ama?

O líder hesitou por um segundo. Estava pronto para dar uma resposta que deveria ser fácil, natural e simples. Ela deveria ter saído espontaneamente, de forma suave e decidida, porém não aconteceu. E Manes não sabia o motivo. Simplesmente, ao ser confrontado por aquela inesperada pergunta, gaguejou ao falar. Gaguejou, como se as palavras estivessem confusas, embaralhadas, carentes de clareza. Liza suspirou, captando os sinais que ele havia inconscientemente enviado. No instante seguinte, ele consertou sua fraqueza, falando com firmeza:

– Liza, você é minha esposa. É você quem eu amo. Zenóbia foi... Zenóbia ficou para trás.

Sábia que era, e, ciente de que aquele não era momento para discutir, Liza mudou de assunto e tornou a fazer um apelo desesperado:

– Manes, não vá. Por favor. Eu tive uma visão. Isso não vai acabar bem.

– Liza, por favor, chega dessa história de alucinações. Não preciso disso agora.

– Eu as tenho desde criança, e você sabe. Sinto que as coisas irão tomar um rumo terrível se você entrar naquele carro. Eu vi o Quartel inteiro em chamas, vi coisas horríveis acontecerem, portanto, estou te pedindo, estou implorando, não vá. Mande os batedores se quiser, mas fique!

— Liza... — ele a segurou pelos braços com ambas as mãos e deu uma pequena sacudida em seu tronco, mas, dada a desproporção de tamanho entre ambos, uma pequena chacoalhada dele era um terremoto para o corpo miúdo dela. — Eu vou! Não há o que discutir. Isso é uma coisa que tenho que fazer. Posso contar com você para cumprir sua parte no plano e assegurar a nossa saída?

Era como se ele não tivesse escutado uma só palavra do que ela havia dito, mas Liza já sabia que seria assim. Seu marido era um homem de temperamento muito difícil. Cada vez que ele enfiava uma coisa na cabeça, ninguém, nem ao menos ela, conseguia persuadi-lo do contrário, e, por mais que lhe fossem apresentados argumentos sólidos, por mais que lhe fosse mostrado que sua decisão era equivocada, o líder do Ctesifonte simplesmente ignorava tudo que lhe era dito e agia de acordo com seu próprio pensamento. A ela, só restava oferecer seu apoio e torcer para que tudo desse certo:

— Sim. Pode contar comigo.

— Então vamos lá. Cada segundo que passa é vital.

Manes deu um beijo na testa da esposa e caminhou até o veículo onde os demais o esperavam. Explicou a todos o plano. O Quartel Ctesifonte tinha duas saídas para carros, uma que dava para o quarteirão de cima e ficava numa área bastante aberta e plana, ao lado de onde eles haviam montado a horta e o pomar, e outra na parte de baixo que era para onde estavam indo agora. O portão de cima era basculante, e sua morosidade fazia com que quase nunca fosse aberto. Os veículos saíam sempre pelo portão de baixo que, além de abrir horizontalmente, movendo-se para o lado, ficava no final de um corredor estreito. O corredor contava com um item de segurança valioso que era da época em que o Quartel funcionava como uma empresa de segurança. Na Era A. A. os carros, quando entravam, passavam sempre pelo portão externo primeiro, porém, antes de entrarem efetivamente na empresa, davam de cara com um segundo portão de ferro, vazado, ou seja, eles ficavam presos entre os dois portões. Lá, eram checados pelos funcionários, antes que sua entrada definitiva na empresa fosse autorizada. Aquilo fazia da passagem a melhor e mais segura opção para a saída dos veículos. O líder falou em voz alta:

— Prestem atenção, nós iremos com o carro até o mais perto possível do portão. Vocês fecharão a segunda passagem atrás de nós e abrirão o portão de entrada. Assim que o fizerem, os malditos irão cair como hienas sobre nós, mas não atirem. Repito, sei que vocês vão ficar desesperados quando eles entrarem, mas estaremos seguros dentro do veículo, então não atirem, ou nós é que correremos o risco de tomarmos bala. Assim que sairmos, fechem o portão de entrada. Um grupo grande deles vai ficar preso entre os dois portões. Após nossa saída, eliminem os contaminados da maneira mais rápida e limpa possível e queimem os corpos seguindo o protocolo de segurança. Vamos manter contato constante pelo rádio. O resgate está programado para durar de cinquenta minutos a uma hora. Alguma dúvida?

O silêncio foi geral.

– Boa sorte a todos.

Manes entrou no carro, que já estava ligado, com o motor aquecendo. Judite estava ao volante, e a expressão de apreensão de todos pairava no ar como um fantasma acorrentado em velhas mansões. A moça manobrou o veículo lentamente e seguiu para o portão. Liza pediu que os presentes se dispersassem.

– Só deve permanecer aqui as pessoas que forem essenciais para a ação. Quanto menos gente, melhor –, disse ela.

O carro rodou sem pressa e estacionou quase colado ao grande portão de ferro, tentando roubar o máximo de espaço possível. Nuvens cinzentas apareciam no horizonte, preconizando chuva e mau tempo. Um vento frio soprava e seu uivo surdo era o único ruído que se fazia presente, junto do motor do carro e do farfalhar de pés se arrastando do lado de lá. Atrás do veículo, o segundo portão começou a se fechar, trancando o grupo de sete batedores dentro daquele pequeno espaço estreito, de pouco mais que quatro metros. Manes deu a última recomendação para a motorista:

– Judite, preste atenção, sei que você não poderá sair imediatamente com o carro, mas eles entrarão assim que o portão começar a se mover. Nosso maior risco é que eles subam em cima do sprinter e tentem pular para dentro do Quartel, portanto não podemos ficar aqui. Será difícil passar por cima deles, mas, assim que der, arranque com o carro. Entendido?

Ela fez um sinal de positivo com a cabeça. Ele deu uma boa olhada no rosto de todos os presentes. Kogiro agarrava-se ao seu facão como se ele fosse a coisa mais importante de sua vida; Zenóbia estava calada, respiração firme, olhar determinado. Foi Erik quem falou:

– Vamos logo com isso.

Manes chamou no rádio:

– Quem está na escuta?

A resposta foi imediata:

– José na escuta.

– José, quantos atiradores estão nos dando cobertura?

– Quatro, senhor.

– Ok. Apenas se certifique de que esses caras não irão nos matar sem querer. Pode abrir.

Assim que a ordem foi dada, o portão começou a se mover. Instantaneamente, os uivos se instauraram do outro lado, e, mal o portão havia aberto dez centímetros, as mãos semi-humanas apareceram, com suas unhas pontiagudas, forçando a passagem. A abertura foi aumentando e aumentando e aumentando, as mãos deram lugar a braços inteiros que apalpavam o ar na tentativa de agarrar algo, até que o primeiro corpo passou. Terrivelmente deformado, com aqueles olhos vermelhos sem vida, mas com sede de sangue, era um homem careca, sem camisa, com um enorme ferimento no músculo trapézio. Ele entrou e trombou de frente com o veículo, chacoalhando-o com força sobre-humana.

— Fiquem firmes, pessoal — disse Cortez.

Outro homem passou pela abertura e então uma mulher; o vão já tinha uns cinquenta centímetros, e, de repente, vários deles se precipitaram para dentro do pequeno cubículo. Judite apertava o volante com força, os músculos de seus ombros tensos, o olhar vidrado no vão do portão.

— Vai, vai, vai — ela repetiu em voz alta, externando a tensão que sentia e exprimindo o grau de ansiedade que tomava o grupo como um todo.

Um metro de abertura, e seguramente mais de uma dúzia já havia entrado. O sprinter era chacoalhado pelos contaminados que batiam na lataria com os punhos e davam cabeçadas brutais contra as grades, tentando abocanhar as presas que viam do lado de dentro do carro. E, em seu interior, o grupo mal conseguia respirar, tamanha a tensão.

— Acelera, Judite — disse Manes.

— Ainda não. Ainda não dá.

Um metro e meio. Os contaminados não paravam de entrar. Do lado de dentro do portão, os homens armados viam a cena com terror; dúzias de criaturas agredindo e balançando o veículo, rosnando e uivando, golpeando ferozmente a lataria com profundo descaso pela própria integridade física. Judite não parava de repetir:

— Vai, vai, cacete — mas os segundos pareciam durar horas.

Um dos contaminados segurou firme a grade que protegia a janela do lado esquerdo e começou a puxá-la com trancos violentíssimos. Zenóbia observou a grade chumbada mover-se por causa dos puxões e a região dos chumbos na parte inferior dela se partir. Ela gritou:

— Vai arrebentar. Vai arrebentar ali.

Imediatamente Cortez enfiou o cano de sua espingarda por entre o vão da grade e deu um tiro certeiro contra o rosto do infectado. Sua cara explodiu, literalmente desintegrando-se, e o corpo inerte foi arremessado contra a parede, mas, um instante depois, outro tomou seu lugar. Cortez soltou um palavrão e preparou-se para dar outro tiro, quando Manes falou:

— Não adianta. Temos que sair daqui já, Judite. Agora, agora.

— Manes, o carro não passa. Parece que o portão travou.

Era verdade; o vão havia se congelado em pouco mais de um metro e meio e parecia não estar aumentando. Súbito os infectados escalaram o veículo e chegaram ao teto. Os jovens sentinelas armados dentro do prédio engoliram em seco; num pulo os malditos poderiam escalar o portão. Manes chamou no rádio:

— José, que merda tá acontecendo? O portão não está abrindo!

— Eu não sei, senhor. Eles devem ter feito alguma coisa. Está emperrado.

— Cacete, fecha essa merda. Deixa o portão voltar um pouco e abre de novo. Talvez seja algo travando no trilho.

José obedeceu. O portão começou a fechar, e o vão de passagem diminuiu. Um metro e meio, menos dez centímetros, menos vinte, menos trinta e então parou. O primeiro contaminado deu um pulo de cima do veículo para o portão secundário. Erik, que estava mais no fundo do veículo, gritou:

— Manes, eles vão entrar. Manda meterem bala!

O líder gritou no rádio:

— José, manda os caras atirarem nesses malditos que estão subindo o portão. Agora! E abre essa merda.

Quase que simultaneamente o portão voltou a abrir, e os sentinelas abriram fogo contra os contaminados que estavam escalando o portão. Os corpos caíram, mas uma bala chispou por dentro do veículo, entrando pela parte de trás e saindo pela frente. Cortez deu um grito de dor.

— Que foi? — perguntou Manes.

Quem respondeu foi Zenóbia:

— Cortez foi atingido.

O homem levou a mão ao rosto, tapando a orelha com força. Sangue escorria por entre seus dedos. Ele berrou:

— Eu tô bem, foi só de raspão. Mas arranca essa merda daqui agora.

Súbito, Judite pisou no acelerador, levantando uma nuvem de fumaça que partiu dos pneus queimados, e o Sprinter andou. O vão estava, afinal, largo o suficiente. Os corpos foram batendo contra a lataria reforçada e caindo para os lados, e, nem bem o veículo tinha saído, Manes já deu a ordem pelo rádio:

— Saímos, José, saímos. Fecha a entrada agora.

O jovem técnico obedeceu e começou a fechar o portão. Assim que o veículo saiu, dúzias de outros contaminados entraram, preenchendo o espaço que antes era ocupado pelo carro. Manes e seu grupo abriram caminho pela multidão que cercava o prédio, passando literalmente por cima de centenas de infectados que se interpunham na frente do veículo, e desapareceram no fim da rua.

A entrada estava fechada, e, presos entre os dois portões, ficaram dezenas das criaturas. Os guardas pararam de atirar assim que o portão principal havia lacrado totalmente a abertura e aguardaram a chegada de Liza, instantes depois.

— O que faremos agora? — perguntou um deles para ela.

— Temos que matar todos eles — respondeu resoluta. — Este portão interno não é forte como o outro, e, se eles começarem a forçá-lo, irão arrombar.

— Matar todo mundo? Você quer dizer que vamos metralhá-los a sangue-frio, enquanto estão aí indefesos?

— Não há opção!

Naquele momento, Liza foi surpreendida pela chegada inesperada de Dujas, que se juntou ao seleto grupo que decidia o destino de muitos naquele sombrio corredor estreito. Ela olhou para ele e perguntou:

— O que você está fazendo aqui?

Ignorando-a, como se ela não tivesse dito nada, o novato se aproximou do portão de metal, chegou o rosto bem perto dele e observou as criaturas se debatendo enlouquecidas do lado de lá. Falou em voz alta, meio com elas, meio sozinho:

— Vocês não são tão durões agora, não é, seus malditos? Sabe o que vamos fazer? Sabem? Vamos explodir a cabecinha de cada um de vocês. Vamos explodir suas cabecinhas...

As duas últimas frases ele pronunciou de forma meio cantada e fazendo caretas. Os jovens armados trocaram olhares de curiosidade, e um deles fez para os outros o sinal universal de demência, girando o dedo indicador próximo da têmpora. Liza, vendo aquilo, interrompeu o devaneio insano de Dujas, puxando-o para trás. Enfiou o dedo em seu rosto e disse com veemência:

— Está achando isso engraçado, novato? Está achando engraçado? Você se esqueceu de que eles eram humanos? Esqueceu que já foram gente como eu e você?

Dujas não respondeu. Ela concluiu com uma ameaça:

— Eu defendi você esta manhã quando conversei com meu marido. Não faça com que me arrependa dessa decisão, entendeu? Agora dá o fora daqui.

Ele se desculpou com impressionante polidez. Era mestre em dizer o que as pessoas queriam escutar. Depois se retirou. Liza olhou para os guardas e, com pesar, disse:

— Não desperdicem balas. E ajam da maneira mais limpa possível.

A líder do Quartel, então, preparava-se para sair, quando teve a sensação de estar sendo observada. Girou a cabeça e viu, ao longe, há mais de trinta metros de distância, um homem encarando-a. Tratava-se de um verdadeiro gigante loiro e olhos frios como gelo, que mantinha os braços cruzados (os bíceps pareciam que iam estourar a manga da camisa) e observava toda a cena. Com um arrepio percorrendo-lhe a espinha, Liza deu meia-volta e saiu temerosa, tentando apagar da memória aquela figura que a vigiava. Manes estava longe, e ela se sentiu tremendamente vulnerável, pois as paredes do Quartel guardavam muitas histórias consigo.

CAPÍTULO 10

— Eu tenho pensado em partir! — disse Espartano à mesa do café da manhã, tentando fazer a frase parecer casual. Sentados ao seu lado, estavam Manes e Liza, e o líder do Quartel engasgou com a comida.

— Como assim?

Aquela foi a manhã que prescindiu a fatídica partida do grupo de batedores de Espartano. Ele estava nervoso e ligeiramente nauseado.

— Não sei se quero continuar vivendo da forma como temos vivido.

— O que quer dizer? Temos água, comida e um lugar seguro.

— Eu sei, eu sei, Manes. Não é isso. É só que...

Ele parecia hesitante em falar. Muitas vezes as pessoas querem exprimir o que têm na cabeça, porém se seguram por achar que os outros pensarão que é besteira. Mas nunca algo que alguém esteja sentindo é besteira, pois se trata do que lhe arde por dentro, dos sentimentos que lhes movem. Liza tomou as mãos dele com extrema gentileza e o acalmou:

— Pode falar. Qual é o problema?

— O problema é a pressão que estar aqui cria.

— Espartano, se você não quer sair com o grupo, tudo bem. Eu posso...

— Você não está entendendo, Manes. Ir a campo não é o que me perturba, mas sim o dia a dia. Fechado, neste lugar. As fofocas, os disse me disse. Esse tipo de coisa não é para mim.

— Você é uma peça-chave deste lugar. As pessoas se sentem seguras com você por perto — resmungou Manes.

— Fora isso, para onde você iria? — racionalizou Liza.

— Eu não sei. Pensei em um lugar isolado. Onde não existam tantos deles. Às vezes acho que a cidade grande é o pior local para se viver.

— Espartano, pense duas vezes. Você pode se isolar em uma montanha ou ir para, sei lá, ir para o deserto. Ou o Alasca. Mas já parou para pensar como faria para chegar a um lugar desses? E, pior ainda, se chegasse até lá, como iria sobreviver? Aqui nós temos tudo de que precisamos. Isso sem contar que você poderia passar o diabo para chegar a um lugar assim e também encontrar mais dessas coisas por lá. Sair daqui não é uma boa ideia.

— As coisas têm estado difíceis no Quartel, Manes. Eu sinto como se fôssemos um bando de animais trancafiados.

— Você realmente acha que as coisas estão tão mal assim?

Ele titubeou em responder:

— Você é o líder. O povo age diferente quando você está por perto.

– Você não respondeu.

Espartano suspirou:

– Sim. A sensação que tenho é de que está tudo a ponto de bala.

O grupo estava quieto demais. Os jovens se empanturraram de tanto comer e agora a maioria dormia um sono profundo, embalados pelo som dos estalos da madeira sendo consumida pelo fogo. A fumaça que acumulava no ambiente dava náuseas a Espartano, que se sentia bastante mal naquela garagem fechada. Ele se perguntava como eles aguentavam ficar ali por tanto tempo. O local tinha um bom sistema de ventilação, mas, mesmo assim, ele não era suficiente para dar conta de toda aquela fumaça.

Eles comeram como selvagens, sem pratos ou talheres, apenas usando as mãos como únicos recursos. Espartano, em seu íntimo, sabia o que estavam comendo. Havia visto, naquela última hora, mais carne junta do que no último ano inteiro, então sabia que tipo de carne era aquela. Não havia porcos ou bois rondando pela cidade grande, isso era fato. Os que sobraram, com certeza, estavam pelo campo. Sim, definitivamente aquele grupo perturbado estava canibalizando os indivíduos que encontrava e capturava, o que imprimia uma urgência fenomenal à situação.

Jerry roncava alto. Sua ferida no pescoço já havia coagulado. Ele abraçara uma das meninas do grupo e dormira sobre seu peito. Tom estava acordado, mas parecia em outra dimensão. Seus olhos, completamente perdidos, fitavam o vazio, enquanto os dedos se moviam levemente no ar, com uma graça alienígena àquele corpo, como se ele estivesse tocando um piano imaginário.

Espartano contou treze membros, sete meninas e seis meninos. Tom e Jerry aparentavam ser mesmo os mais velhos – os demais oscilavam entre 17 e 20 anos. Seu rádio havia ficado lá em cima, com as roupas e as armas. Ele precisava dar um jeito de subir o quanto antes. Se Manes o chamasse e ele não respondesse, seria o fim.

Desde o momento no qual seus punhos foram presos pela fita, ele começara a trabalhar para se soltar. Agora, após horas torcendo os braços (que já estavam em carne viva) de um lado para o outro, para cima e para baixo, parecia que finalmente seus esforços dariam algum resultado. A fita havia alargado um pouco, não muito, é verdade, mas o sangue que começou a escorrer de seus punhos por causa de tanta fricção que ele fizera (e que abriu algumas feridas) estava ajudando na hercúlea tarefa de deslizar um braço seu para fora.

De repente, uma das meninas levantou-se e veio em sua direção. Em princípio, Espartano ficou ressabiado, pois achou que ela tivesse reparado que ele tentava escapar, mas logo notou, pelo comportamento da jovem, que não era nada disso. Ela, assim como todos aqueles rebentos do diabo, tinha um caminhar estranho, meio corcunda e cambaleante. Ora parecia que eles eram lentos e decrépitos, ora se moviam serelepes e selvagens, como feras em atividade. Não era possível prever o que fariam.

Quando ela chegou bem perto dele, ele reparou com mais atenção em seu rosto e sentiu um calafrio subir pela espinha. Com certeza a menina não tinha mais que

17 anos. Talvez 16. Seu rosto, por trás daquela semiaberração que havia se tornado, trazia traços de alguém que um dia fora uma moça bonita; uma jovem que certamente teria chamado a atenção por onde quer que passasse. Ela estava seminua, e era possível perceber que seu corpo ainda estava em fase de crescimento e adaptação, típico de quando as meninas entram na puberdade.

A pele dela não era tão seca e pálida quanto a de um contaminado, mas também não se assemelhava a de um humano normal; parecia um híbrido estranho, sem raízes nem pátria. As veias esverdeadas eram nítidas como uma teia de aranha, principalmente na região torácica e no pescoço. Suas pupilas eram duas amêndoas, porém, ao redor delas, aquela vermelhidão não deixava esquecer a cor e o tempero da morte. Seus cabelos longos e emaranhados batiam na cintura e eram terracota. Os seios, volumosos e caídos, apareciam com estrias longas e grossas em toda sua extensão e auréolas pálidas e sem brilho.

Espartano puxava desesperadamente o braço, ignorando a dor das feridas, quando ela se sentou sobre o colo dele. Sem os membros livres para segurá-la e não disposto a fazer barulho, o que poderia acordar os demais, ele não teve como evitar a ação. Ela própria arrancou com selvagem indiscrição sua roupa de baixo, a única que vestia, e revelou um púbis sujo e decadente coberto por pelos. Começou a esfregá-la no membro de Espartano, nitidamente querendo excitá-lo, enquanto, ao mesmo tempo, dava lambidas em toda a extensão de seu rosto, começando na bochecha e subindo até a testa. Suas mãos comprimiram o peito dele e o arranharam com doçura, causando-lhe um arrepio.

A constante lembrança de que ela não passava de uma menina e o conflito moral que isso detonava dentro de si se confundiam com o asco maior de ela ser uma contaminada e com o desejo primitivo que todo homem sente quando estimulado, e, apesar de tentar, conscientemente, se esquivar dos avanços sexuais da moça, o batedor se viu em um pesadelo quando percebeu que ela estava sendo bem-sucedida em suas intenções. Ela debruçou sobre ele e mordiscou-lhe o lóbulo da orelha, esfregando-se com maior vigor, apertando os seios nus contra seu peitoral taurino. Espartano tentou afastá-la, movendo o quadril como um boi bravo, mas só o que conseguiu foi um maior empenho da parte dela que, ao perceber que o órgão dele estava ereto, colocou-o dentro de si e, com um sorriso de êxtase, começou a cavalgá-lo com brutalidade, cravando as unhas infecciosas em seu peito.

Ele repetiu mil vezes para si próprio que aquilo não poderia acontecer, mas ainda assim não encontrava forças para tirá-la de cima de si. Era como se uma parte sua quisesse que aquilo se concretizasse, a parte que já estava corrompida pela sujidade do mundo; a mesma parte que todo homem tem dentro de si e que coaduna com todas as bizarrices e perversões presentes no comportamento humano. O corpo franzino e juvenil começou a entrar em uma espécie de arrebatamento, contorcendo-se como uma serpente, mas o curioso é que ela demandava o mais puro silêncio. Durante todo aquele momento, não emitiu nem um único som. O batedor olhou para os lados e, apesar de alguns membros do grupo estarem acordados, inclusive Tom, eles pareciam completamente desinteressados pelo que acontecia entre os dois. A intensidade dos movimentos da contaminada aumentou, e ela, pela primeira vez, soltou um leve gemido, movendo freneticamente o quadril. Espartano começou a sentir aquela eletricidade característica no corpo humano que indica que o ato sexual ruma para sua apoteose. De repente, percebeu que suas mãos queriam desesperadamente soltar-se para agarrá-la e aquilo o assustou. Foi quando, nesse breve momento de lucidez, o batedor se deu conta do que estava fazendo.

O despertar lhe deu forças para agir, e com um tranco fortíssimo, dado de supetão, arrancou seu braço das amarras. Ele estava livre. Segurou a menina com as duas mãos e atirou-a para o lado. Colocou-se de cócoras, encolhido, e, ao olhar para seu corpo, teve vergonha de si próprio e de sua excitação, mas decidiu não pensar naquilo no momento. Observou qual seria a reação dela, mas, ao contrário do alarde e violência esperados, viu-a abaixar a cabeça e engatinhar como um bebê para longe dele, deitando de costas para si.

Espartano tentou se mover o mínimo possível; deu uma olhada bem devagar em todo o panorama que o cercava para checar se alguém mais do grupo havia notado alguma coisa. A tribo inteira parecia estar na mesma posição de antes. Suas pernas estavam dormentes do tempo que ele ficara sentado no chão frio da garagem, e os braços encontravam-se em frangalhos, principalmente na região dos ombros. Finalmente seu membro começava a amolecer, e ele se perguntou o que teria sido se não tivesse aquele lampejo de fulgor, aquela clareza e perceptividade que lhe disse que o ato não podia chegar até o fim. O que teria sido?

O revólver de Tom estava sobre uma pequena plataforma, a mais ou menos sete metros, num ponto equidistante dele e de seus raptores. A diferença é que ele estava desperto e vívido, enquanto os outros estavam adormecidos e despreparados. O cálculo mental lhe dissera que daria certo o que pretendia fazer, e, a bem da verdade, suas opções eram mesmo muito poucas.

Espartano suspirou fundo e decidiu que não havia mais o que adiar. Correu! Levantou-se da forma como pôde e disparou rumo ao revólver, canalizando cada resquício de força que ainda tinha para aqueles passos decisivos. Imediatamente, uma menina do grupo percebeu a movimentação e gritou de forma histérica:

— Ele fugiu!

E o impensável ocorreu.

No cenário que Espartano havia montado em sua cabeça, ele corria antes do que todos, apanhava a arma primeiro, apontava-a e rendia o grupo inteiro. Talvez até tivesse que dar um tiro de advertência para o alto. A seguir, prendia-os lá embaixo e subia para pegar suas coisas — tudo conforme manda o padrão. Infelizmente, ele só deixou de fora da equação o tipo de gente com que estava lidando! Mentes fragmentadas, dementes, indecentes, insanas; conduzidas por uma linha de raciocínio torpe e repugnante.

Assim que chegou até a arma e agarrou-a, julgando inocentemente que seu plano ia bem, Espartano virou-se para o grupo que corria em seu encalço e gritou para eles pararem.

— Tudo bem, ninguém se mexe!

Mas ninguém parou!

Os treze jovens continuaram avançando, simplesmente ignorando que ele estava armado, com o cano do revólver apontado contra eles. Sem pensar duas vezes, ele deu o primeiro tiro, certeiro, entre os olhos. Um jovem caiu. Depois, seguiu-se outro e mais um, com dois novos corpos atingindo o chão, porém o tempo acabou. Os demais chegaram até ele e trombaram como uma massa ferina, disforme e grotesca, investindo sanguinariamente contra seu corpo. O batedor caiu no chão e ainda conseguiu dar mais um tiro, antes que fosse soterrado pelo bloco humano que o engalfinhava.

O revólver voou de suas mãos, perdendo-se em algum lugar por entre as sombras. A turba ensandecida e desordenada clamava por sangue. Tentando se arrastar e escapar à selvagem punição que lhe era imposta, ele se debateu e revidou o assalto da maneira como conseguiu, mas no final eram muitas mãos contra apenas duas. Espartano virou de costas e deixou seu lombo exposto, buscando se afastar, mas seus pés foram puxados para trás, enquanto repetidos pisões eram dados em sua lombar. As mulheres do grupo o arranhavam com suas unhas eivadas, e uma delas o mordeu brutalmente na panturrilha, fazendo-o soltar um grito de dor. Na confusão, ele tentou se virar de frente, mas não conseguiu, eram pessoas demais o agarrando. Ele deu pedaladas e debateu-se, utilizando sua massa corporal, mas a pressão do grupo sobre si o impedia até mesmo de se levantar. Enfim, uma pancada muito forte na cabeça o levou à inconsciência.

Mesmo com o homem desmaiado, o elenco ensandecido continuou a espancá-lo, batendo com os punhos como se fossem martelos, dando pisadas e chutes firmes em seu tronco inerte, mordendo e arranhando a carne, até Tom dar um grito para que parassem. Respeitando a autoridade de seu líder, eles se afastaram. Tom agachou-se e segurou Espartano pelos cabelos, levantando sua cabeça desacordada do chão. Olhou para trás com uma expressão raivosa e rosnou:

— Você irá para a arena, desgraçado!

Assim que ele mencionou a frase, o grupo entrou em um êxtase enlouquecedor. Tom soltou os cabelos do prisioneiro, que bateu com a cara no solo. A expressão no rosto do captor era um poço de ódio, porém o que sentia se justificava; entre as mortes causadas por Espartano, estava seu amigo Jerry. Ao lado dele, jazia também o corpo inerte da breve amante do prisioneiro, caída com um tiro no peito. Os olhos de amêndoas, agora, parados.

CAPÍTULO 11

Ana Maria se recorda de ter despertado cedinho, com os primeiros raios de sol que penetraram seu quarto através de uma fresta na janela entreaberta. Ela não sabia na ocasião, mas acordava para o primeiro dia após o apocalipse, uma bela manhã ensolarada. No Dia Z, vítima de uma enxaqueca, a moça fora dormir bem cedo, ajudada por dois comprimidos e, por mais improvável que a proposição pareça, não viu nada acontecer. Ela acordava para aquela manhã tal qual o fizera para todas as outras de sua vida.

Todo o seu corpo estava mole e doído, e a impressão que tinha era a de ter passado por um moedor de carne, igual aquele que em se jogam as crianças no filme *The Wall*. Vagarosamente, ela se sentou na cama, calçou suas pantufas cor-de-rosa, com a cara do ratinho Mickey estampada nela, e esfregou os olhos, limpando as remelas esverdeadas que lambiam o canto deles. Seu cabelo estava despenteado como vassoura de bruxa, e um espirro inusitado foi muito mal recebido, ao sugerir a chegada de uma possível gripe. Ela coçou o nariz e se levantou, reclamando de agulhadas nas costas.

Abriu a porta do quarto, foi até o banheiro e jogou um pouco de água sobre o rosto. Não escovou os dentes; pensou em comer algo primeiro e não queria ter trabalho em dobro de limpá-los novamente. Sabia que era errado, mas não dava a mínima. A escada ficava precisamente entre o quarto dela e o banheiro e, ainda meio desnorteada, a jovem começou a descer os degraus.

Porém, no momento em que seus pés protegidos desfilavam escada abaixo, escorregando pelos degraus de madeira envernizada, uma sensação esquisita fez com que ela se detivesse. Foi como quando temos um pressentimento ruim, uma espécie de alarme em nossa cabeça; incapazes de explicá-lo, dizemos que não deve ser nada e, quando acontece uma desgraça que poderia ter sido evitada caso tivéssemos seguido nosso impulso inicial, repetimos para nós mesmos: "Eu sabia! Eu sabia!". Esse pensamento nefasto, de origem indeterminada, lhe corroeu, despertando-lhe um terror fundamentado em algo do qual ela gostaria que tivesse sido só um sonho. Seu coração fez-se noite e um segundo virou um milênio, tal qual um milênio teria sido a própria eternidade. Nesse segundo, ela respirou fundo. Foi quando suas narinas arderam, como se estivessem febris, ao absorverem um odor acre e seco.

"O quê está acontecendo?", ela pensou. "Esse cheiro... Que cheiro é esse?" Sua mente, de alguma forma, já sabia a resposta, mas não acreditou nela e mentiu para si. E seu corpo, inexplicavelmente, também conhecia a verdade, e quis fugir; quis dar meia-volta e retornar à segurança de seu leito. Quisera ela jamais ter acordado para a agonia que aquele dia traria. Disparado, o coração fez o sangue fluir por veias dilatadas na velocidade do som; olhos eram pavor, e mãos, tremedeira. Seus sentidos, todos eles, sabiam a verdade e a alertaram; não obstante, o ego dela não acreditou e Maria continuou a se enganar, dizendo para si que não devia ser nada. Porém, no que sua boca dizia, ela não acreditava de fato e, de tão nervosa, nem mesmo esfregar o crucifixo que carregava no peito e nunca tirava ela se lembrou de fazer.

A sola emborrachada das pantufas roçava contra o chão; uma suave brisa que não deveria estar encanando lá dentro penteou seus cabelos para trás e o ego começou a considerar a hipótese de pânico. Ao se dar conta do que realmente estava acontecendo, ela gaguejou:

— Não pode ser... Não pode...

E quase tropeçou nos degraus quando parte de si tentou descer corajosamente as escadarias e desbravar a realidade, enquanto o resto quis se esconder, voltar a dormir, como se dessa forma aquele dia pudesse ser simplesmente riscado da continuidade do tempo. A indecisão durou pouco e, apesar do paradoxo, logo a brava mulher Maria tomou a dianteira, deixando a garotinha Maria assustada para trás, e reiniciou a penosa descida pelos degraus.

Ela tentou pensar em coisas boas, enquanto a porta da cozinha ficava cada vez mais próxima. Lembrou-se de quando era uma criança, de alguns bons momentos, das risadas, do colégio e dos amigos. E a imagem de seu pai lhe veio à mente (há quanto tempo ela não via o rosto dele com tamanha nitidez, com tantos contornos, tantos detalhes; era como se ele estivesse de fato ao seu lado), e, depois, ela pensou na maciez da lã das ovelhas e no branco da neve.

A porta da cozinha estava a poucos palmos de si, próxima do término das escadas. O cheiro intenso impregnara sua percepção, mas nem por um minuto ela desistiu de mentir para si própria, nem quando, de onde estava, conseguiu avistar a porta da entrada escancarada. A luz do sol incidia através dela como se houvesse um refletor do lado de fora; luz branca, divinal e calorosa.

Lá dentro, Maria sentiu frio. Seus pelos louros arrepiaram, dos braços e das pernas; ela friccionou as mãos contra os bíceps, procurando esquentar-se. Os olhos correram o ambiente e identificaram os sinais de luta que estavam por toda a parte: marcas de sola de sapato decoravam a parede, vasos estilhaçados fragmentados em mil cacos coloridos abrilhantavam o chão como confete em época de Carnaval, cadeiras e poltronas viradas para o alto com pernas apontando para o teto...

Ela deu, então, o passo final: o que a separava da entrada da cozinha. O passo que determinaria todo seu destino dali para frente, pois Maria sabia, à sua própria maneira, se tratar do primeiro dia do resto de sua condenada vida. O passo a colocou de frente para a cena e seus olhos captaram, logo na entrada da cozinha, uma enorme poça de sangue. Desesperadamente, a moça tentou mais uma vez negar o que vira, mas, para sua danação, não conseguiu. E as lágrimas vieram!

A brisa atravessava a porta aberta e arrastava partículas de poeira para dentro da sala, mas curiosamente, ainda assim, o ar parecia estagnado e o cheiro flutuava sobre os móveis e paredes, grudando em tudo como uma praga. O inconfundível odor da morte que todos nós, consciente ou inconscientemente, conhecemos.

Ela emitiu leves soluços, enquanto olhava para o cadáver da mãe bem à sua frente, largado no chão gelado, sob a mesinha na qual elas comiam diariamente. O rastro de sangue indicava que a mulher havia sido morta em outro ponto, possivelmente, próximo do fogão, mas veio se arrastando por mais ou menos três metros, até enfiar-se ali. O corpo estirado tinha o pescoço esmagado, testemunhando que o ato final do assassino havia sido pisotear violentamente naquela região, como um búfalo que esmaga uma cobra sob seus cascos rachados. Um olho estava faltando, arrancado sem dó, e Maria estremeceu ao pensar na hipótese de encontrá-lo. Havia sangue pelas paredes brancas, cobrindo todos os azulejos e armários. O jantar estava sobre o fogão, inacabado, transformado num banquete para moscas.

Uma coisa era certa, sua mãe havia lutado muito, pois um tornado parecia ter passado por ali; e Maria, observando as condições da casa, se amaldiçoou incontáveis vezes por não ter escutado nada. Parecia mentira, mas não era. Houvera ali uma luta desigual, um assassinato brutal, e ela estivera dormindo o tempo todo. Seu lar invadido, sua mãe morta, e ela dormindo como um anjo. Vasos quebrando, móveis revirados, gritos agonizantes, e ela dormindo, sob a ação de remédios. E a verdade é que ela ainda se sentia adormecida, protagonizando um pesadelo torpe do qual não conseguia acordar.

Certo senso de responsabilidade, misturado com dor, medo e principalmente culpa, começou a crescer gradativamente em seu estômago, subindo como um foguete, passando apertado pela garganta inchada, até explodir nos lábios na forma de um violentíssimo grito que, se tivesse sido tão alto quanto ela gostaria, teria sido ouvido pelo estado inteiro, e não só pela vizinhança.

Quando aos prantos ela se ajoelhou e o abraçou, o corpo gelado da mãe contra sua pele foi um segundo choque, tão forte quanto o primeiro. A pele estava grossa, sem vida ou brilho, acinzentada. No chão, o sangue espumava bolhas escarlates e, como se fosse carniça para os abutres, suas costelas do lado direito estavam à mostra, retorcidas para fora. Mais do que uma morte, a impressão que a cena passava é de que dona Joana havia sido torturada e estripada.

Com a mãe no colo, Maria urrou diversas vezes, apertando-a contra seu peito. Fitou o rosto outrora tão vivo e quente de sua progenitora e constatou que ele agora estava vazio como a face de uma estátua.

E foi nesse momento único em todos os sentidos que ela conheceu o significado contundente da verdadeira dor. Conheceu também o sabor acrimonioso da impotência. Da desilusão. Da descrença. Lembrou o que é sentir perda e de como isso fragmenta o ser. Conheceu pessoalmente a perversidade humana em seu ápice, e a culpa mastigou seu coração. A mente dopada fechou-se, e o corpo não queria soltar o cadáver inerte. O dia começou trazendo a desgraça do abismo das trevas e coroando a promessa de que tudo só estava começando!

Ela não saberia dizer quanto tempo ficou a segurar o cadáver, agarrada a ele como se, ao soltá-lo, fosse completar um ciclo o qual não gostaria de ver fechado. Contudo, ouviu sons vindos do lado de fora e, apesar de relutante, deixou o corpo da mãe no chão da cozinha e saiu para buscar ajuda. Foi quando Maria descobriu que o apocalipse havia chegado!

Ana Maria adentrou a sala de comunicações e encontrou um ambiente escuro e claustrofóbico. A única luminosidade vinha da tela dos computadores, e o ruído das máquinas trabalhando preenchia o vazio, impedindo-o de dominar a sala por inteiro. Lá dentro, Marcos José estava sozinho e, assim que a viu entrar, virou o rosto para o lado da parede e disfarçadamente enxugou algumas lágrimas do rosto. Ela, é claro, percebeu. Sentou-se calmamente ao seu lado e passou a mão sobre a barriga protuberante, à moda que as grávidas fazem. Não perguntou nada. Manteve o silêncio, sabendo que, se estivesse pronto para falar, o pai de seu filho falaria.

Guardaram aquela reverência velada um pelo outro por um tempo, quando, súbito, o barulho ensurdecedor dos tiros começou. José levou seu dedo indicador à boca e o mordeu, tamanha a tensão. O coração de Maria disparou no ritmo do estouro de uma boiada. Não havia o que dizer, não havia o que fazer. O massacre ocorria a menos de duzentos metros de distância de onde os dois estavam, e os tiros razoavelmente espaçados entre si indicavam o cuidado que os atiradores estavam tendo ao alvejarem suas vítimas. Com os nervos em frangalhos, sem aguentar mais a tensão, José deu um murro sobre a mesa. Maria estremeceu diante da atitude dele. Foi um momento em que ambos evitaram o olhar do outro. Então, tão repentinamente quanto começou, tudo cessou e o silêncio retornou ao Quartel. A jovem disse:

– Acabou?

Revoltado, ele olhou para ela e despejou toda raiva que sentia, mesmo sabendo que ela não merecia ser tratada com o tom que empregou:

– Acabou? Como assim acabou? Agora eles vão arrastar todos até aqui, fazer uma pilha, jogar gasolina e tocar fogo. Vai subir aquela fumaça preta no céu, e o cheiro de carne queimada vai ficar grudado na gente por mais um mês. Meu Deus...

Ele levou a mão ao rosto, cobrindo parcialmente os olhos e a testa, o cotovelo apoiado sobre o descanso da cadeira. Ficou poucos segundos em silêncio e então retomou o pensamento com os olhos vertendo lágrimas desavergonhadas:

– Meu Deus, Maria. Isso não é lugar para uma criança nascer. Não é lugar para criarmos nosso filho.

– Não diga isso, José. Nunca diga isso. O nosso filho vai ser forte e importante. Liza diz que é ele quem irá reconstruir o mundo, que ela viu em sua visão...

– Liza é outra pirada. Pare com isso. Visões...

A jovem se exaltou e levantou de supetão, quase derrubando a cadeira. Ela não admitia aquele tipo de comportamento, nem que criticassem Liza e, elevando o tom de voz, ralhou com o amante:

– O que você está dizendo, José? Recomponha-se! Liza é nossa mentora. É ela a cola que mantém tudo isso aqui unido. Inclusive é ela que mantém Mani de pé! Sem ela... Meu Deus, nem quero pensar no que seria de nós.

– Me desculpe, você está certa. É que... Quantas pessoas os sentinelas acabaram de metralhar? Vinte? Trinta? Às vezes eu acho que eles se esquecem de que estão matando gente. E quando você fala isso, eles dizem “Pessoas? Essas coisas não são mais pessoas!”, e eu temo que estejamos todos perdendo nossos valores. Perdendo nossas referências.

Ela pousou sua delicada mão sobre a dele, demonstrando que entendia sua dor. O técnico prosseguiu:

– Sabe o que eu escutei aqui pelo rádio certa vez, há uns dois anos, quando ainda tínhamos contato com os americanos?

Ela fez um sinal de negativo com a cabeça.

– Tinha um cara que se vangloriava de ter matado a Madonna.

– O quê? – o tom dela era sarcástico e surpreso simultaneamente.

– É isso aí. Madonna-zumbi, o cara dizia que a tinha metralhado. Acredita nisso? Nós fazemos chacota dessas coisas, mas já parou para pensar em tudo o que perdemos? Toda a nossa cultura, os artistas, músicos. Os cientistas, pelo amor de Deus. Todas as pessoas do mundo perderam suas famílias. E tem gente que brinca com isso, que se diverte falando que meteu bala na Madonna.

– Bem, talvez fosse verdade...

– Não interessa, Maria. Ainda que fosse verdade, não é esse o ponto.

– Eu sei, eu sei, tô entendendo. Mas você precisa se lembrar de que a realidade, por mais terrível que seja, pode se tornar um pouco mais suportável com um pouquinho de humor. E isso é o que algumas pessoas fazem, utilizam o humor, a graça, as piadas, como mecanismo de defesa. É assim que elas conseguem viver nesse mundo. Sem isso, o que restaria? O que seria de nós se estivéssemos vinte e quatro horas por dia, sete dias por semana pensando no que perdemos? Pensando no que nos tornamos? O que seria de nós se não houvesse mais esperança? – quando ela concluiu a frase, alisou sua barriga, lançando um olhar terno para ela.

– É, pode ser.

De repente, o rádio chispou e chamou. José atendeu-o prontamente:

– José na escuta!

Era Manes:

– José, o problema foi resolvido? A casa está assegurada?

O técnico olhou para Maria e, com uma expressão amarrada, respondeu:

– Sim, a casa está segura. Vão queimar os corpos logo mais.

– Bom. Estamos a seis quilômetros do último contato de Espartano. Os acessos estão bem difíceis, e vamos tentar contornar as avenidas principais para evitarmos os grupos grandes. Levará mais tempo, mas será mais seguro. Permaneça na escuta.

– Entendido.

A quietude retornou por poucos instantes. Lendo a mente dele, Maria afirmou:

– Não o julgue, José. Ele é um grande líder.

– Eu sei, não ia reclamar. Mas é o que acabei de falar, viu como ele se referiu?

"O local está assegurado?" Pô, é de pessoas que estamos falando. E se amanhã ou depois encontrarmos uma cura? E se, tão rapidamente como tudo aconteceu, as coisas simplesmente voltassem ao normal? Assim, num estalar de dedos. E aí? Será que ninguém mais pensa nisso? Nós somos em... o quê...? Duzentos e cinquenta aqui, mas quantos já matamos? Mil? Dois mil? Maria, onde vai acabar isso tudo?

— José, Manes faz o que é preciso para que possamos sobreviver.

— Não tô dizendo o contrário. Quer saber? Nem sei o que estou falando, para te dizer a verdade. É que, sei lá, dá uma olhada no mundo. Essa frase "fazer o que é preciso" se tornou bastante usada por aqui, não?

Maria não soube como responder, nem foi necessário. José continuou sua divagação:

— Você sabe quem eu era? Já te contei um pouco sobre meu passado? Há pouco mais de quatro anos, eu estava na faculdade, estudando computação gráfica. Meu sonho era trabalhar com 3-D em alguma grande produtora, quem sabe até em um estúdio. Já imaginou? Eu, estagiando na Pixar? Mas eu não era um cara descolado. Eu era aquele garoto que as pessoas cumprimentavam de duas formas, ou dando um *cuecão*, ou fazendo um *bundalelê*. Pessoalmente, eu preferia o bundalelê.

Maria caiu na gargalhada.

— Você está rindo, não é? Mas não é para rir. O isolamento que pessoas como eu sofriam não era brincadeira. Só o que os outros faziam era rir de mim, pela frente e pelas costas.

— José, eu sei como adolescentes podem ser malvados. Mas você está exagerando, não é? Todo mundo, por bem ou por mal, sobrevive à adolescência, por mais que ela seja dureza.

— Você quer dizer *sobrevivia*, né?

Maria percebeu seu ato falho, e a lembrança da perda que acometera o mundo apertou seu coração.

— Diga-me uma coisa, na Era A. A., você teria olhado para um cara como eu? — indagou o técnico.

Ela ficou séria de repente. O estalo a fez pensar em quem era e como agia antes de tudo acontecer. Da futilidade que fazia de sua vida simples e feliz, antes do corpo de sua mãe na cozinha lhe desejar bom-dia. José percebeu que o comentário mexera com ela, mas não retrocedeu:

— Olha só, não quero brigar, então não leve a coisa para o pessoal. Só estamos conversando, mas quero te mostrar uma coisa. Veja se meu ponto de vista é válido: você, na faculdade, olharia para um cara como eu? Uma menina linda como você?

— José, não diga isso. Nós ficamos juntos...

— Nós ficamos juntos e foi ótimo. Foi maravilhoso. A única coisa boa de tudo isso, mas convenhamos que há certa falta de opção por aqui, afinal o mercado anda meio escasso, né? Quer dizer, com quem estou competindo? Não estou te recriminando, essa situação toda nos deu oportunidade para nos conhecermos de verdade, e você enxergou além dos meus óculos fundo de garrafa. Mas, na faculdade, quem não me cumprimentava com cuecão ou bundão, me cumprimentava com as palavras de sempre: nerd, geek, bitolado, CDF... E é aí que está a ironia disso tudo.

– Como assim?

– Sobreviveram três tipos de pessoas neste mundo, Maria. Os caras realmente durões, como Mani. Caras que nunca levaram desaforo para casa, que são fortes, mas também inteligentes, que pensam estrategicamente e costumam estar à frente dos outros. Caras assim souberam o que fazer quando o inferno começou e, o que é mais importante, fizeram o que tinha que ser feito. Muita gente sabia o que fazer, mas simplesmente não teve forças para tanto. Quando você pensa na história da humanidade, quais são as pessoas de que lembramos até hoje?

Ela deu de ombros, entediada com a linha de raciocínio. Ele prosseguiu:

– Caras durões!

Maria cruzou os braços. José estava se tornando prolixo demais, um pouco chorão, e a conversa ficava mais e mais chata.

– Sim, e quem mais? – ela perguntou.

– Depois vieram os sortudos. Gente que nem você.

– Ei, como assim gente que nem eu?

– É verdade. Não se ofenda, mas vamos ser honestos, você só está viva por sorte.

Ela se lembrou de um "detalhe" que só ela sabia sobre o que estivera fazendo durante o Dia Z, mas decidiu que não queria partilhar aquilo, mesmo com ele, e permaneceu em silêncio.

– Ok, sabichão, então em qual categoria você se enquadra?

Ele arrumou os óculos no rosto com o dedo indicador e respondeu como quem tem na ponta da língua o que vai falar:

– Já disse, sou um nerd.

– José, por favor. Achei que você ia falar alguma coisa séria...

– Mas não tô brincando. Caras como eu sobreviveram aos montes porque, acredite ou não, nós éramos os únicos que estávamos realmente preparados para a epidemia.

– Como é que é?

– Veja bem, pode parecer besteira, mas eu assisti a todos os filmes de Romero e Fulci. Posso até te dizer todas as porcarias que Mattei fez. Tá vendo, você nem sabe quem foi Mattei. Eu acompanhei a febre de zumbis do começo do século XXI, li todos os livros de Max Brooks, todos os quadrinhos de Robert Kirkman. Assisti *Dead Set* e *Walking Dead* na TV a cabo. Passava tardes conversando com meus colegas nerds e imaginando como seria se algo parecido acontecesse, o que faríamos, onde nos refugiaríamos. Fazia parte de comunidades na internet que comentavam o assunto. Acho que todo mundo que gostava desse tipo de coisa em algum momento pensou seriamente a respeito. Mas sabe o que nenhum de nós nunca pensou? Como seria viver no mundo do apocalipse. Viver de verdade, dia após dia. Sobreviver ao começo da infecção é uma coisa, mas depois você tem que estar aqui e lidar com essa realidade.

Todo santo dia! E as únicas pessoas que estão aptas para realmente sobreviver são gente como Mani. Eu não tenho o coração dele, a força dele, ou de Conan, Espartano, ou mesmo de Zenóbia. Essa gente está talhada para este mundo, não caras como eu que choravam quando tomavam um cuecão.

Enfim, ele parou para respirar. Foi um desabafo. Um jovem deslocado, em um mundo duro, no qual não existiam mais momentos de sossego ou ocasiões para relaxar. Quando a ameaça é constante, o grau de estresse consome duas vezes mais rápido. Maria sorriu e quebrou o gelo:

– Para o seu governo, em primeiro lugar, eu assisti a *A Noite dos Mortos-Vivos*. E, em segundo, não sei se você sabe, mas contaminados não são zumbis.

Ele olhou para ela e até começou a responder, mas percebeu que a moça estava gozando de sua cara. Agarrou-a, brincando de fazer cócegas e puxou-a sobre si, fazendo com que ela se sentasse em seu colo. Maria enganchou-se sorridente em seu pescoço e lhe deu um beijo longo e molhado. Depois falou:

– Não vou mentir para você, sabe qual era a minha mania logo antes do Dia Z? Eu estava fazendo aulas de *pole dancing*. Pois é, já havia passado pela ioga, pilates, aeroboxe, hidroginástica e agora estava na onda do pole. Tomava pílulas para dormir, muitas vezes com vodca junto, só de farra. Eu assinava revistas femininas e lia matérias sobre orgasmos e dicas para ser mais *quente*. Eu podia ser uma menina superficial – eu era uma menina superficial. Era uma curtidora, e você está certo quando diz que eu jamais teria olhado para você. Mesmo!

Ele abaixou a cabeça, meio envergonhado, mas ela levantou seu queixo gentilmente com o dedo indicador, beijou-lhe o pescoço e disse:

– A verdade é que eu era uma perfeita idiota. Você foi a única coisa boa que veio disso tudo. Você e agora ele! – e passou a mão sobre a barriga. José, comovido com a cena, sorriu e falou de forma espontânea, sem pensar no que estava dizendo:

– Casa comigo?

Maria deu um pulo.

– O quê?

Assustando-se com sua própria espontaneidade, ele gaguejou e tentou se corrigir:

– Quer dizer. Nossa, desculpe, eu não queria... Putz, Maria, não sei o que me deu, eu...

– Sim!

– Nós não precisamos, quer dizer, eu sou um... Você disse o quê?

– Sim, eu disse sim!

Pela primeira vez em anos, ela chorou de alegria, e os beijos apaixonados expressaram todo o resto que ficou sem ser dito.

CAPÍTULO 12

Antes do Dia Z, Conan não tinha vida social. Como tantos outros que partilhavam da mesma profissão que ele, vivia para o trabalho. Não saía para se divertir, não conhecia pessoas novas nem curtia as coisas boas e passageiras que a vida oferece. Para ele, viver tornou-se uma complicada equação, um problema a ser resolvido, e, ano após ano, sua personalidade ficava cada vez mais inalcançável. Sua couraça de aço tentava ocultar (quase sempre com sucesso) o homem amargurado que ele era por dentro.

Outrora, quando ainda era jovem, muito antes de encarar as desilusões que a vida lhe trouxera e as subsequentes cicatrizes deixadas, algumas das quais jamais sumiram, Conan fora um homem gentil e de boa conversa. Nunca teve um humor invejável, é verdade. Tampouco era extrovertido ou coisa do gênero, mas estava longe de ser uma presença desagradável, daquelas que ficam isoladas em festas atrás da mesa de doces, olhando para o relógio e esperando ansiosamente o tempo passar.

Os problemas de Conan começaram com a morte de seus pais num acidente lamentável. Ele nunca chorou, não falou a respeito, nunca expressou nada senão apatia quanto ao ocorrido. Na verdade, ele havia trancado dentro de si toda a raiva e a revolta que lhe corroeram a alma; guardado tudo em um baú, confinando os traumas e as neuroses a um lugar em sua mente de onde eles jamais sairiam, onde pudessem ficar sem serem tocados. Foi também, muito provavelmente, quando começou a perder a fé. Felizmente, sua namorada e futura esposa na época ajudou-o a segurar as pontas. Ela era uma Super-Mulher com "s" e "m" maiúsculos, e ambos pareciam ter sido feitos um para o outro (e por mais piegas que soe essa expressão, era a mais pura verdade).

Eles foram felizes. Durante um bom par de anos, foram verdadeiramente felizes. Todas aquelas noites que passavam abraçados no sofá da sala, apertados corpo contra corpo tanto quanto possível, na esperança de que se tornassem um único ser, jamais haviam saído da mente dele. Os planos, as conversas, as viagens, os jantares, as risadas, as brigas... Partilhar um ideal, fazer algo apenas pela satisfação de ver um sorriso estampado na face do cônjuge, ter realmente intimidade como casal e experimentar cada momento como se fosse o último... Tudo o que ocorreu durante aquele que fora o único período de sua vida no qual ele conseguiu ser verdadeiramente feliz, tudo, ele lembra com carinho. O suor se misturando quando faziam amor, a pele lisa dos seios dela refletindo a luz avermelhada que vinha do abajur. Cada ocasião estava registrada em sua mente como se ele a tivesse escrito em um diário. O cheiro que ela exalava, o sabor salgado de seu pescoço, o batom discreto que realçava seus lábios delicados...

Conan era um homem feliz, conquanto ele tinha o que muitos procuram avidamente durante toda uma vida, sem jamais encontrar. E ele sabia disso. Sabia que amor de verdade, acompanhado de respeito, préstimo, paixão e sacrifício, entre outras coisas tão essenciais a uma relação, não se encontra em qualquer esquina. Ele observava o mundo ao seu redor e notava que grande parte das pessoas com quem convivia também era feliz, mas não se dava conta disso, e só fazia reclamar e reclamar o tempo todo, como se estar deprimido fosse mais aceitável pela sociedade do que estar contente.

Mas o destino é implacável. Cada vez que acreditamos ter pleno controle sobre nossa vida, ele se apresenta como um torpedo e mostra sem o menor pudor que coisas terríveis podem acontecer com pessoas boas e que coisas ótimas acontecem com gente ruim, numa mesma proporção. Passado um tempo, tanto a desilusão com a profissão de policial – que era incapaz de lhe dar um feedback positivo – quanto o término precoce de seu casamento foram fatores decisivos para o endurecimento fatídico de seu coração. Ninguém nunca soube qual havia sido o motivo da separação, segredo que ele guardou consigo a sete chaves, mas o fato é que, após o rompimento, ele mudou muito – e não se incomodou em mudar!

Era trágico, muito trágico, porém real. Tudo começou num episódio corriqueiro, quando a mulher de Conan, ao encontrar dificuldades para engravidar, foi procurar um especialista, após ele próprio ter feito alguns exames e constatado que, se havia algum problema de fertilidade, certamente não era consigo. Ela passou por todo tipo de teste possível e imaginável, num processo estafante, que foi minando de pouquinho em pouquinho a segurança do casal. Logo, como costuma acontecer, o fato tornou-se um desafio, uma verdadeira questão de honra que precisava ser resolvida, mas, na prática, só fazia aumentar o sofrimento.

Um médico a jogava para outro, que a jogava para outro, numa cadeia preocupante de acontecimentos e que parecia dizer de forma nada sutil que não havia ninguém capaz de descobrir o que estava errado. Até que, sem ter conseguido ainda um parecer convincente, o casal foi parar nas mãos de um laboratório de engenharia genética. E foi lá que eles receberam a notícia que abalaria para sempre a relação, estremecendo bases que se julgavam sólidas, e que culminou, alguns meses depois, no rompimento definitivo.

No final das contas, o ponto é que nem Conan nem sua mulher conseguiram lidar com o fato de que ela, geneticamente falando, era um homem. O organismo da moça jamais seria capaz de gerar um filho, porque, apesar de ela ter um aparelho reprodutor feminino por fora, ter um par de seios, mãos e voz femininas, ter, inclusive, uma mente de mulher, por dentro, do ponto de vista estritamente genético, ela era predominantemente masculina – algo muito difícil de ser compreendido, principalmente pela cabeça de Conan. Isso, é claro, explicava várias dúvidas que sempre pairaram na mente de ambos, por exemplo, a incomum profundidade do canal vaginal dela – de tão "rasa", o pênis dele mal cabia pela metade –, além de questões hormonais, entre outras coisas. Não que algo disso fizesse alguma diferença no resultado final; no caso deles, a verdade não fora libertadora. Também não ajudou nem um pouco o fato de o médico, com aquela frieza que é tão peculiar a diversos médicos que mantêm uma profunda distância emocional de seus pacientes, dizer com todas as letras garrafais e olhos de pesquisador brilhando: "Você é uma anomalia!" e ainda pedir para "estudar seu caso".

O universo de Conan ruiu; eles não conseguiam mais conversar um com o outro, temiam o toque do parceiro, olhares de dó, julgamento, raiva, desilusão; no final, o rompimento mostrou-se inevitável. Novamente, ele nunca chorou, não falou a respeito, nunca expressou nada senão apatia ao ocorrido. Fechado como uma concha, o policial Conan tornou-se uma chapa de aço, impenetrável, indecifrável. E toda a frustração permaneceu contida dentro de si.

O Dia Z abalou as certezas, e agora ele se perguntava: o que teria sido de sua mulher?

E ainda, que importância tinha tudo aquilo agora? As cismas e as neuras que romperam um amor genuíno por conta da fragilidade do ego que precisava ser o tempo todo durão e implacável. A falsa moralidade que preenche a sociedade, a hipocrisia e as convenções, todas elas exerceram uma soberba pressão em cima do casal, cuja felicidade acabou sendo jogada descarga abaixo.

Os respingos de sangue quente no rosto de Conan despertavam toda sua natureza selvagem para a urgência do momento. Seu facão brandia no ar com graça assustadora, tingindo tudo com aquele líquido amarronzado que parecia uma grotesca imitação de sangue. Alienação, insensatez, monstruosidade, extravagância, vingança, egoísmo, delírio... Tudo parecia estar contido dentro da insânia, ainda que nada disso pudesse contê-la por inteiro. Aproveitando a oportunidade, o policial Conan, o homem ferido e amargurado que ele era, punha para fora o que reprimira por tanto tempo. A afiada lâmina bailava de um lado para o outro, desenhando círculos e semicírculos, formando cruzes no ar e mantendo-o seguro das investidas de seus perseguidores, mas a vantagem que ele havia obtido por estar em um plano mais elevado logo seria superada pela quantidade de contaminados que vinham chegando aos montes.

Bastava que um deles conseguisse romper com o escudo invisível mortal que seus golpes haviam criado, bastava que somente um infectado o agarrasse, segurasse seus pés, mesmo que apenas por poucos segundos, e tudo estaria perdido. Em pé, sobre a cabine chamuscada de um caminhão, ele resistia bravamente à horda que se aproximava, vinda das ruas ermas e esquinas sujas. Conan era o típico herói dos mitos, um exército de um homem só que tinha diante de si um oceano de inimigos. Mas ele sabia que eventualmente seu braço cansaria, ou que a lâmina perderia seu corte após decepar tantos membros e cabeças, ou ainda que ele simplesmente acabaria cometendo um erro. Aquela situação não podia ser sustentada por muito mais tempo. Era imperativo que ele saísse dali, pois de uma coisa o batedor estava certo: ele tinha que sobreviver! "Eu sou a última esperança da raça humana", disse para si mesmo. E repetiu a frase tantas vezes quantas foram necessárias até acreditar nela o suficiente para usá-la como plataforma para manter-se vivo. Um estímulo para a sobrevivência!

Em sua mente imaginativa, via imagens de cientistas trajando vestes de contenção, dentro de algum Centro de Controle de Doenças que ainda estivesse ativo, extraindo seu sangue com uma seringa e, após o terem estudado, desenvolvendo um antídoto para o que quer que fosse aquele mal que deixara o planeta em tamanho estado de calamidade. Ele devolveria a vida aos que a perderam e talvez aquela fosse sua chance de redenção. A compensação por ter sido um tolo em sua vida e entregado o amor que sentia por sua mulher para os lobos devorarem por causa de um preconceito imoral. Ele havia falhado consigo e com ela, e isso era imperdoável. Não poderia falhar novamente com a humanidade!

O facão desenhava seu arco mortal no ar, descrevendo uma trajetória letal por onde passava, desmembrando qualquer braço que conseguisse chegar próximo o suficiente para ameaçá-lo, decepando qualquer mão que ousasse se apoiar no teto da cabine do enorme caminhão vermelho queimado por conflitos anteriores. As lições de Kogiro estavam frescas em sua mente, e ele, finalmente ciente do por que lutava, tornara-se uno com a arma.

Os contaminados que começavam sua escalada pela lataria do veículo, despencavam lá de cima quando davam de encontro com sua lâmina, alimentando as fileiras de corpos que se amontoavam nas bases da cabine e, num pensamento lisérgico, Conan imaginou que estava disposto a matar tantos quantos fossem necessários naquele dia, até que a própria pilha de cadáveres se nivelasse à altura do caminhão. O problema é que, para cada um que ele derrubava, outros cinco pareciam tomar seu lugar.

Ele estava entregue à sua natureza animal, de posse de todos seus instintos, movimentando-se como uma besta acuada, rangendo os dentes e liberando a tensão dos músculos em movimentos compassados de fúria e ferocidade. Ao seu redor os uivos, brados e silvos dos infectados compunham uma sinfonia esquizofrênica feita do mais puro horror. Mas, mesmo diante do inimaginável, mesmo em face daquela tarefa impossível, ele não retrocedia um único passo. Sua força de vontade o compelia para frente, obrigava-o a continuar se movimentando. Era a sobrevivência, a capacidade do mais forte, do mais adaptável, o desejo de continuar. Era ele, um homem, o homem mais importante que ainda estava vivo no planeta, enfrentando o que restara do mundo.

Mas, se as coisas continuassem assim, ele não iria durar muito...

O caminhão, que estava praticamente atravessado no meio da rua, cobrindo toda a sua extensão, deu-lhe uma ideia. Era uma possibilidade mínima, porém melhor do que as chances que ele tinha, se permanecesse ali. O veículo era bem comprido, uma carreta com cinco eixos que um dia fora usada para transporte pesado de cargas. A parte traseira era um enorme baú de metal e, segundo o que Conan pôde apurar, ela estava mais ou menos na altura da janela do primeiro andar de um prédio, do outro lado da rua.

O plano era simples, assim que conseguisse uma brecha, pularia do topo da cabine onde havia armado sua resistência para a parte de cima do baú. Correria como um louco até a extremidade oposta do veículo e daria um salto suicida de uns dois metros e meio para dentro do prédio, passando através do que, daquela distância, parecia ser um vitral simples e aterrissando dentro do apartamento. Moleza! Algo no melhor estilo *Missão Impossível*, exceto pelo fato de que aquilo não era cinema. Na verdade, Conan não conseguia ver se a janela do prédio era feita de metal ou de madeira. Também não havia como determinar se ele estaria mais seguro fora ou dentro do prédio – que tanto poderia estar vazio quanto completamente coalhado de infectados –, e, sendo realista, ele nem sequer sabia se conseguiria cobrir aquela distância em um único salto. Mas as variáveis não importavam naquele momento, ele tinha que tentar!

Assim era Conan, resoluto e forte. Tendo decidido o que ia fazer, ele fez!

O mundo desacelerou. O batedor, de um instante para o outro, simplesmente abandonou os golpes letais que seu facão desferia e, com um salto preciso, pulou de cima da cabine para o baú, que era alto demais para que os contaminados subissem por ele. Deu início à sua corrida decisiva, os pés batendo sobre a lataria chamuscada da carreta. Atrás de si, com velocidade impressionante os infectados já subiam em seu encalço, escalando a cabine do veículo. Eles eram como demônios que surgiam das profundezas do inferno, esgueirando-se através de uma fenda aberta. Um a um, eles ganhavam o corpo do caminhão, perseguindo sua presa. Conan correu com seu coração nos calcanhares. A extremidade da carreta se aproximava muito rápido, e a janela ainda parecia distante demais. Era um salto irreal, pouco razoável, que ninguém estaria disposto a tentar, senão aquele que tivesse uma horda em seu encalço.

O ex-policial bateu o pé na marca final, como atletas faziam no passado, quando estavam em competições de salto em distância. Arqueou seu corpo para frente e planou no ar, passando por sobre a cabeça dos infectados, metros abaixo de si. A violência de seu pulo, aliada à velocidade que conseguiu e sua avantajada massa corporal, fizeram todo o trabalho: ele se chocou contra a janela do prédio, espatifando-a para todos os lados. Seu corpo caiu dentro do apartamento em uma sala de televisão, aterrissando sobre um sofá empoeirado, que virou devido ao impacto.

O guerreiro estava sangrando, sabia disso, pois viu imediatamente um rastro vermelho se espalhar pelo chão da sala. Cacos enormes estavam enfiados em seus antebraços, pois ele os usara para proteger o rosto no momento do choque, e sua barriga e coxas ardiam, indicando que também haviam sido feridas, porém ele não podia perder tempo preocupando-se com aquilo agora; eles o seguiriam. Assim que se levantou, ainda ofegante por causa do pique, olhou para fora e deu de cara com o primeiro dos contaminados que viera logo atrás de si planando desajeitadamente de cima do caminhão para onde ele estava, mas, pela primeira vez no dia, a sorte o favoreceu. Seu perseguidor não pegou impulso suficiente e, ao invés de cair para dentro do apartamento como ele o fizera, bateu a parte inferior do corpo contra a parede externa, ficando dependurado, metade para dentro e metade para fora – as pernas debatendo-se freneticamente, tentando impulsioná-lo para dentro do cômodo. Antes que Conan pudesse chegar até ele e colocar seu facão em uso, um segundo contaminado que pulara sem o menor cuidado trombou com o primeiro, o que levou ambos para o chão, despencando de uma altura de mais de quatro metros sobre a multidão que estava lá embaixo.

O batedor, satisfeito com a ajuda que recebera do destino, não quis ficar lá para ver quem caía e quem conseguiria passar e correu para fora da sala. Imediatamente fechou a porta e derrubou sobre ela um pesado móvel que estava perto de si. A passagem ficara momentaneamente bloqueada, mas aquilo não os seguraria por muito tempo. O batedor também não tinha muitas opções com relação à sua segurança, precisava ser imediatista. O certo seria examinar cômodo por cômodo, para verificar se a área estava livre ou não, mas aqueles cuidados simplesmente teriam de ser dispensados. Com o facão em punho, ele correu pelo apartamento como uma jamanta, trombando com tudo o que via pela frente e seguiu a lógica da arquitetura até chegar à porta da frente. Que estava trancada.

– Merda!

Ele gritou ao forçar a maçaneta e ver que ela não abria. Olhou ao redor por sobre os móveis que estavam à vista e não viu nenhuma chave. Deu dois chutes fortes na porta, mas reparou que a madeira era maciça. Ele não só não conseguiria arrebentá-la a tempo como lhe ocorreu que, se de fato a arrebentasse, não poderia fechá-la de volta, e os infectados logo estariam novamente sobre si. E, se não pudesse contê-los, a perseguição continuaria. Colocou o facão sobre um descanso e decidiu que sua melhor opção para ganhar tempo seria barricar com mais segurança a porta da sala de televisão. Mal chegara a essa conclusão e escutou, vindo de dentro da sala, um barulho de coisas quebrando.

– Puta que pariu, os malditos já entraram. Caralho, viu!

Correu os olhos ao seu redor e viu de que dispunha. Uma poltrona, um sofá, uma estátua estilo romano que segurava um cacho de uvas artificiais e uma mesa. A mesa podia ser usada.

Agarrou-a com facilidade e percebeu que a madeira era muito leve. Não iria servir. Ainda assim a carregou até a frente da porta e a encaixou em um vão que ficara entre o móvel derrubado e a parede. A disposição do apartamento era estranha, a cozinha ficava à esquerda da sala, próxima ao banheiro que estava bem de frente para ele. Havia mais cômodos ao fundo, mas, àquela altura do campeonato, com a barulheira que já havia feito, Conan sabia que estava sozinho, ou, do contrário, já teria sido abordado. Os contaminados começaram a espancar a porta, e, em questão de instantes, cada vez mais barulho começou a vir de dentro da sala. Seguramente, estavam entrando ainda mais deles. Súbito, o primeiro punho abriu um buraco na madeira da porta que, para a desgraça de Conan, não era resistente como a da entrada.

Num rápido raciocínio, ele logo percebeu que seus esforços seriam inúteis e que não haveria como segurá-los por muito tempo.

– O que Manes faria, o que Manes faria?... Cacete.

Em seu desespero para encontrar coisas que ajudassem a segurar a porta, ao entrar no banheiro, Conan deu de cara com uma banheira antiga. Deu uma batidinha com o punho e verificou que ela era de ferro. Falando consigo mesmo em voz alta para se acalmar, o batedor começou a agir:

– Sabe o que Manes faria, Conan? Em vez de segurar esses desgraçados, ele se preocuparia em acabar com todos eles. É isso que ele faria.

Enquanto falava, o guerreiro checou se a segunda parte de seu plano iria dar certo; correu até a cozinha e verificou se havia um botijão de gás. Para sua surpresa, pela segunda vez naquele dia infernal, a sorte o favoreceu. O batedor agarrou o botijão e levou-o até a entrada da sala de televisão. Ao chegar lá, viu que o buraco do punho já havia sido alargado e que, através dele, era possível ver uma montoeira de contaminados do outro lado, acotovelando-se para tentar romper o frágil obstáculo que era a única coisa que os separavam de sua presa. Ainda falando sozinho, ele começou a executar o que tinha em mente:

– Um botijão e uma banheira...

Encaixou o gás entre a mesa e o móvel e deu graças aos céus por não ter gastado suas seis balas ainda.

– Dá para ser mais clichê do que isso?

Procurou colocar a peça em um ângulo no qual pudesse vê-la de dentro do banheiro, na outra extremidade.

– Quantos filmes, quantos filmes, porra, têm isto aqui? Um negócio como este aqui, um botijão explodindo...

Correu de volta para o banheiro e começou a chutar os encaixes de banheira que a mantinham presa à parede. Seu objetivo era soltá-la e virá-la de ponta-cabeça. A cada golpe que dava, acompanhava de longe o movimento dos infectados, mantendo-os sob vigilância.

— Clichê é, eu sei que é. Mas há um motivo para clichês existirem. É porque eles dão certo! Vai funcionar, ah se vai. Eu sou o homem mais importante que existe, não posso morrer!

O sorriso de sua esposa veio-lhe à mente. As pancadas dos contaminados na porta eram como trovoadas que retumbavam na escuridão e interrompiam o sono de crianças assustadas ao tremular as vidraças de casas e prédios. Não demoraria muito para que entrassem.

Depois de meia dúzia de chutes, o batedor percebeu que simplesmente não conseguiria arrancar a banheira dali a tempo.

— Bosta. Tá presa, muito bem presa. Não vai sair.

Súbito, do cômodo veio um barulho tão forte, que ele percebeu que seu tempo estava acabando. Correu para a entrada e pegou de volta o facão que havia largado lá enquanto executava suas operações. Olhou para os contaminados pelo buraco aberto, agora grande o suficiente para passar um corpo, e disse:

— Só espero que eu não exploda junto de vocês.

Pulou para dentro da banheira, sacou a arma e apoiou-a na beirada de ferro. Manteve apenas um pedacinho da cabeça de fora, o suficiente para conseguir espiar onde estava o botijão. Deu o primeiro tiro, mas, incrivelmente, errou, apesar de o alvo estar a menos de quinze metros de distância. Olhou para a arma e soltou um palavrão grotesco. Ajeitou-se melhor dentro da banheira, fechou um olho e mirou com cuidado, deixando que aquilo tomasse de si quanto tempo fosse necessário. Os braços dos infectados já estavam inteiros para dentro da sala, projetando-se através do buraco. Pensando que aquele poderia ser o último momento de sua vida, Conan pensou em sua esposa e teve um instante de paz. Então, vivendo um momento peculiar e só seu, disse em voz alta e em grande estilo:

— *Hasta la vista, baby.*

E disparou!

CAPÍTULO 13

Não seria possível dizer em qual dia Dujas conheceu Monica, pois quando todos os veículos oficiais de informação caíram, logo após a derrocada do governo e das forças armadas, as pessoas simplesmente pararam de contar a passagem do tempo. Que importava qual dia era aquele para quem estava na rua, faminto, amedrontado e cuja maior e mais direta preocupação era apenas sobreviver mais um pouco?

Ele não poderia determinar se seis meses ou oito meses ou doze meses haviam se passado. Era apenas mais um dia, como todos os outros. Os escombros da cidade eram um lugar bom para se esconder. Eles ofereciam vários pontos altos nos quais era possível dormir a salvo, além de oferecerem uma boa vista da região. Dujas podia enxergar tudo num raio de um quilômetro, portanto jamais seria surpreendido por um deles. Fora isso, cada vez que um contaminado se aproximava, ele conseguia levar vantagem porque, devido ao seu porte físico mirrado, conseguia se mover com enorme agilidade pelas ruínas. Se ele fosse um homem grande e musculoso, isso jamais seria possível.

Monica era uma menina de 9 anos. Uma menina surpreendente, diga-se de passagem. Ela não estava choramingando em algum canto. Não estava falando coisas como "Minha mamãe e meu papai estão no céu!". Não estava agarrada a algum boneco de pano fedorento. Ela estava fazendo o que grande parte dos adultos não conseguia: sobrevivendo. Quando Dujas se aproximou, ela lutou pela lata de ervilhas e de feijão que havia conseguido no supermercado. Sim, de fato, surpreendente.

– Isso é meu, moço. E o senhor não vai levar.

– Vamos fazer o seguinte. Eu tenho salsichas e palmito. Você tem ervilhas e feijão. Que tal juntar tudo e repartir?

– Eu não gosto de palmito!

A garota tinha personalidade, e eles logo ficaram amigos. Nunca perderam tempo perguntando um para o outro detalhes da vida anterior que levavam, afinal, para quê? Isso é coisa que adultos sentimentais fazem e, como Dujas não era sentimental e Monica aceitava com uma facilidade muito maior a nova condição que o mundo vivia, não conversavam sobre coisas assim. Em vez disso, eles apenas usavam o tempo que tinham para cuidar um do outro. Revezavam turnos de guarda, apanhavam comida juntos, procuravam novos sítios para se refugiarem e viviam dia após dia sem expectativas. Monica fez Dujas sorrir certa vez, e ele achou aquilo estranho, um sentimento improvável, que tocou fundo em seu coração.

Assim como não era possível dizer quando ele a encontrou, também não seria possível determinar quanto tempo passaram juntos. Dois meses? Seis meses? Ele não contava o tempo, e ela mal havia aprendido a contar.

Viveram uma ou duas situações de risco, porém, como eram prudentes, nada com que não pudessem lidar, até aquela manhã, quando tudo mudou.

— Dujas, o que a gente faz?

Ele olhou ao redor, e o cerco se fechava. Era um pesadelo, nove deles aproximavam-se com velocidade. Estavam em campo aberto, e não era possível correr mais do que eles, todos sabiam disso. Da forma como estavam, ambos eram presas fáceis.

— Dujas? E agora?

A dupla não carregava armas e, francamente, mesmo que as tivessem ele duvidava de que fosse capaz de enfrentá-los. Não tantos assim. Monica agarrou-se a sua perna e, pela primeira vez desde que ele a conhecera, enxergou a garotinha que ela era de fato. Apavorada, com os olhos cheios de lágrimas. Esperando uma intervenção divina. Ela perguntou novamente, num tom de súplica:

— E agora?

Sete ou oito metros os separavam dos infectados. O cheiro pútrido que eles exalavam golpeou seu nariz como o peso do direito de um pugilista. Cinco metros e contando. Era possível enxergar os detalhes na pele escamada de cada um deles, ver o sangue coagulado ao redor de suas bocarras, até mesmo ler a marca das roupas que usavam. Então, Dujas tomou uma decisão e fez a única coisa que poderia. Fez o que tinha que fazer para sobreviver. Não seria capaz de vencê-los na corrida. A não ser... Que eles estivessem ocupados. Ele olhou para Monica uma última vez para registrá-la em sua mente. Concluiu que a ternura que sentia por ela era verdadeira. Memorizou os detalhes de seu rosto, os olhos castanhos e o cabelo crespo, o gorro vermelho e o sorriso faltando um dente da frente. Quatro metros, e contando. Sem hesitar, ergueu a perna e deu uma pisada fortíssima na linha do joelho esquerdo da menina, que se partiu com um estalido alto. Ela foi ao chão gritando de dor; em seus olhos fulguravam medo e incompreensão. Sua reação automática, aquele grito alto e agudo, foi mais que suficiente para atrair a atenção deles! Então, valendo-se da brecha provocada, Dujas correu. Não ousou olhar para trás enquanto fugia, não teve coragem de criar uma imagem para os gritos que assaltavam seus ouvidos — apenas correu desesperadamente, salvando a própria vida.

Dujas sentira um tremendo mal-estar e correu para o banheiro do Quartel. Entrou, fechou a porta que isolava a privada e sentou-se sobre o vaso, ciente de que aquele seria o único lugar onde poderia obter alguma privacidade. Ele fora bem tratado e alimentado, recebido de portas abertas, havia se limpado e acompanhado as intempéries do Quartel, contudo agora tinha que estar próximo daquelas pessoas e isso era difícil para alguém como ele.

Vozes!

Por todos os lados, elas ecoam! Ecoam e formam uma sinfonia abstrata, um tornado saído de dentro da latrina, uma equação indecifrável que hipnotiza e captura. Fora do tom, em soberbo desafino, cruzando umas com as outras, desafiando as leis da métrica, levando a sonoridade para uma direção jamais imaginada, elas ecoam. E, em seu eco, trazem consigo tormentos, numa colagem de dor e solidão. São ladrões que assaltam a mente, substituindo o que se tinha como certo por um novo hangar de ideias e sensações. O barulho que elas fazem chega a ser ensurdecedor; ferem os tímpanos e balançam o corpo desgrenhado. A sensação das vozes na mente de Dujas era similar a se estar dentro de um vagão de metrô, que, no momento em que atinge o máximo de sua velocidade, cruza com outro trem, vindo igualmente rápido na linha contrária.

Ele engasgou com a própria saliva, tossiu e catarrou. Estava confuso e desorientado; não se lembrava de ter entrado ali. Claustrofóbico, com dificuldade para respirar, como se estivesse numa crise de asma, rangia os dentes. O motivo de suas unhas arranharem o próprio rosto, ele não podia dizer – uma imagem de sua mãe lhe veio à mente; ela grita, desespera, e as unhas compridas, esmalte vinho descascado, quebram-se contra o chão de tacos de madeira. Ele enfiou a mão trêmula no bolso e alcançou algo que sempre levava consigo, algo que, em qualquer lugar onde estivesse, dava um jeito de carregar: uma lâmina. Era na verdade o refil de um estilete, bastante judiado, já sem o cabo e enferrujado. Dujas pressionou-o contra a própria carne até arrancar um filete de sangue. Era como se tentasse respirar, mas o oxigênio não viesse. Seus olhos estavam mareados, o suor escorria pela testa e os gritos mudos em sua cabeça o conduziam a – sem emitir um som que fosse, mantendo os maxilares firmemente apertados – fazer outro talho na parte interna do braço. Uma pressão fortíssima irrompeu de dentro de seu peito; foi como um vórtice, um soluço horrendo e insano. Ele segurou a lâmina com a mão cerrada e a apertou até o sangue escorrer. Aos poucos, sua respiração começou a normalizar e as vozes calaram. O sangue continuava lá.

Não demorou muito e a suposta crise passou. Dujas respirava bem novamente (as unhas dão um último espasmo, depois gelam, congelam, jazem inertes). Não há crise de consciência. Não há dúvidas, culpa, ou arrependimentos. O ensopado estava bom, mas deixou esse gosto rançoso na boca que não desaparece (sob as unhas dele, carne, pele e sangue coagulado).

Outro fragmento de memória invade seu consciente, um nocaute de imagens, rodamoinho de percepções integradas à loucura surreal de um dia que jamais poderia ter existido (as unhas inertes ainda estão no chão, barulho agudo de chaves tilintando, maçaneta da porta gira, um grito, voz masculina). Correria, agressão, mais gritos. Sempre houve gritos, sempre haverá gritos... As marcas das unhas inertes em seu rosto o denunciam.

Dujas foi obrigado a agir. É como ele se recorda. Não há crise. Não há dúvidas, culpa, ou arrependimentos. As lâminas bebem sangue. Patricídio, matricídio, apenas palavras. Seria ótimo se as incertezas pudessem ser levadas pelo vento, mas as mentiras persistiam. Todas as dúvidas estavam lá, presentes. Toda a culpa de quem matou para viver, de quem está vivo enquanto tantos estão mortos; tudo continua lá, dentro da coisa mais maldita que o ser humano pode ganhar de presente dos deuses:

a consciência. Dujas era um jovem quando ganhou o mundo, maltratado e abusado; um jovem que, no limite, fez o que tinha que fazer.

A dor, intensa como um tornado, foi aos poucos apagando sua consciência. Ele até chegou a ensaiar um grito que nunca saiu — morreu em seus lábios, deixando-o com a boca escancarada, dentes expostos, fios de saliva ligando a arcada inferior com a superior. As veias do pescoço e têmporas saltaram, sua cabeça pendeu para trás e ficou mole. Ele estava em um lugar público quando tudo ocorreu, quando o inferno subiu à Terra e o céu nos abandonou. Isso foi antes de chegar em casa. Antes de sua mãe e seu pai.

Quando o mundo colidiu com as sombras, ele pensou em suicídio. O que se faz em uma situação assim? Corre-se? A melhor defesa é o ataque? Há possibilidade de ataque quando dúzias caem mortos diante de si e outros tantos urram de dor, vomitam e se transformam em demônios saídos de nossos mais vis pesadelos? Ou a mente entorpece, para, dorme? A assimilação do ocorrido foi tão difícil, que ninguém conseguiu esboçar reação. Ficaram todos estáticos, tomados por uma sensação de impossibilidade, similar ao que se sente quando seu carro está sendo levado por ladrões que o deixam atônito no meio da rua a pensar: "Porra. Estão roubando meu carro!". Você se pergunta mais de uma vez se não está dormindo e, ao descobrir a realidade após um beliscão, senta-se na sarjeta e pragueja. A oscilação entre o limiar da loucura e a realidade; uma pequena e tênue linha, rompida! Era muito mais cômodo imaginar que tudo talvez não passasse de uma brincadeira sem graça de gente que não tem muito que fazer. Ou uma espécie de alucinação coletiva. Poderia ser qualquer coisa, menos o que de fato era.

Era hora de juntar os cacos que haviam restado de si. Era hora de se recompor. Não podia se dar ao luxo de desmontar, de sofrer um colapso nervoso ou qualquer coisa do gênero. O show que dera lá fora diante dos infectados e que motivou Liza a repreendê-lo não poderia jamais ter ocorrido. Jamais. Ele era mais do que aquilo; não era um lunático qualquer. Ele tinha que passar cola em todos os pequenos pedacinhos de sua mente, respirar fundo e colocar a cabeça para funcionar.

Súbito, duas batidas na porta o tiraram de seu quase estado de transe. A voz do outro lado gritou:

— Vai demorar?

Ele se recompôs da melhor maneira que pôde, deu a descarga mesmo não tendo feito quaisquer necessidades e saiu em ligeiro atropelo. Um homem de meia-idade com uma mancha grande e marrom que pegava quase toda a extensão de sua bochecha direita esperava do lado de fora, com uma expressão de desaprovação nos olhos. Eles não trocaram palavras, o velho entrou no banheiro sem dar-lhe maior atenção. Dujas debruçou sobre a pia e deixou a água corrente limpar a ferida na palma da mão. As outras não eram visíveis. Fitou o espelho e tomou um susto com a imagem que o encarava de volta. Disse em voz alta para si mesmo:

— Meu Deus...

Tentou se recompor da maneira que pôde dentro do banheiro, lavou rapidamente o rosto, molhou a nuca e saiu o mais rápido que pode, antes que mais alguém entrasse ali.

Olhou no relógio. Já fazia vinte minutos que Manes havia saído. Se tudo estivesse ok, a esta altura do campeonato ele já estaria resgatando Espartano ou em vias de fazê-lo. Foi quando, perdido em seus devaneios, Dujas não viu uma das crianças da comunidade aproximar-se de si e puxar-lhe a calça. O novato olhou para baixo e deu de cara com um menino loiro, de olhos tristes. A criança nada tinha de parecido com Monica, mas a conexão foi feita mesmo assim. A mente do ser humano é engraçada.

– O senhor é o novato? – ele perguntou.

– Sim, sou eu.

O menino entregou-lhe então um bilhete e saiu correndo em disparada, assim que Dujas pegou-o na mão.

– Espera aí, moleque, eu...

Mas já era tarde demais; o novato bem sabia como eram as crianças. Não se deu ao trabalho de concluir a frase, apenas viu o garoto desaparecer ao longe. Suspirou e voltou sua atenção para o que lhe havia sido entregue. Examinou o papel, uma folha de caderno dobrada várias vezes até ficar bem pequena, do tamanho de meia palma. Dujas a desdobrou com despretensão, mas, ao ler seu conteúdo, foi como se seus olhos tentassem saltar para fora das órbitas. Imediatamente amassou a folha e olhou para os lados, com o coração disparado. Ninguém o observava. Tornou a ler o papel e, de dentro de si, veio um ímpeto, um desejo de gargalhar. No papel estava escrito:

Nem todos aprovam a ditadura de Manes. Encontre-me no primeiro lugar que me viu daqui a uma hora.

Sua amiga FS.

CAPÍTULO 14

Um senhor vestindo um belíssimo uniforme cheio de medalhas nos ombros bateu à porta da casa de Zenóbia quando ela ainda era jovem. Ela se recorda de atender o homem e olhar para cima, para aquele gigante austero. O homem, de cabelos prateados e tristes olhos azuis, pediu para falar com os pais dela. Havia uma sensação de conforto na maneira suave com a qual ele falava. Zenóbia fora mandada para cima, para seu quarto. Ela era jovem, muito jovem, mas ainda assim sabia que jamais tornaria a ver seu irmão novamente.

A memória assaltou-a sem aviso, talvez motivada pela recente discussão com seu ex-amante, o que obrigou a batedora a engolir todos seus sentimentos, os quais vieram à tona na pior hora possível. O veículo não conseguia andar acima dos quarenta ou cinquenta quilômetros por hora por conta dos obstáculos espalhados pelas ruas devastadas da grande capital. Muitas vezes, era obrigado a diminuir a velocidade para vinte quilômetros por hora, o que deixava o grupo bastante vulnerável. A paisagem era desconcertante; nos últimos anos, sem a manutenção adequada que a civilização precisa para se manter erigida, a natureza havia reclamado de volta o espaço que a humanidade lhe tomara à força nos últimos séculos. Por todos os lados, nas casas e nos terrenos, postes e faróis, e até mesmo no meio do asfalto cinzento das ruas, a mata crescia e ocupava um espaço cada vez maior. Tufos de vegetação saíam inclusive de dentro das janelas, escorrendo pelos paredões de alguns prédios, e o chão das calçadas havia assumido uma coloração esverdeada por conta do limo que crescera. Alguns locais onde as cicatrizes das batalhas ainda eram nítidas estampavam ruínas e corpos espalhados. Os urubus negros voavam nos céus, donos absolutos da desolação em que as praças haviam se tornado. Manes gritou para Judite:

— Vire à esquerda. Esquerda, esquerda.

— Calma, tô indo.

À frente do veículo, dezenas de contaminados se alinhavam, prontos para trombarem com o monstro de metal, utilizando os próprios corpos como barreira. Judite fez a manobra e virou para uma viela menor, fugindo do grupo antes de travar o contato iminente. Todos recostaram no banco, ligeiramente aliviados, contudo Cortez expressou os pensamentos do grupo ao dizer em voz alta:

— Manes, é o terceiro desvio que fazemos. Estamos nos afastando de Espartano ao invés de nos aproximar. Cedo ou tarde vamos ter que passar por cima desses caras.

O líder parecia convicto de suas decisões:

— Eu sei, Cortez, mas eu prefiro tarde a cedo. Não quero um confronto agora, vamos nos poupar. Não quero correr o risco de resgatar Espartano com uma centena de infectados na nossa rabeira. Fora isso, cada vez que nos mostramos para um grupo desses e viramos à esquerda, eles correm atrás de nós. O objetivo é afastarmos os grupos grandes da região aonde iremos buscá-lo.

Erik intercedeu:

– Eu sei que esse raciocínio pode até parecer lógico, mas você sabe que no fundo não faz o menor sentido, não é? Estamos em um lugar que na Era A. A. era considerado a sexta maior cidade metropolitana do mundo.

– Qual é seu ponto? – questionou Manes.

– O que estou dizendo é que, por mais desvios que nós façamos, sempre haverá mais deles. E, ao pegar ruelas estreitas, receio estarmos nos conduzindo para uma armadilha.

O raciocínio do viking fazia sentido, porém Cortez, que, apesar de apreensivo, não gostava de ver as ordens de seu líder serem questionadas, decidiu concluir a questão ao afirmar:

– Mani, só espero que você saiba o que está fazendo. Mas, aproveitando, quero perguntar a vocês dois – ele se referia a Manes e Zenóbia –, e o faço como amigo, o que foi que aconteceu lá no Quartel?

A moça ficou quieta, pois sabia ter passado dos limites. Manes, surpreendido, tentou fugir da questão:

– Cortez, agora não é hora disso.

– Agora, sim, Mani.

– Isso é assunto particular.

– Não particular o suficiente, já que vocês discutiram na frente de metade do Ctesifonte.

O líder não respondeu. Na verdade, não sabia o que dizer ao amigo. Sentia-se envergonhado ao ponto de não conseguir nem mesmo encarar Zenóbia nos olhos.

– E então? – insistiu o velho.

– Estamos em missão, Cortez. – foi a resposta do líder. O outro tentou argumentar, porém sem dar-lhe chance, Manes apenas bradou energicamente – Basta!

Cufu, com a alta sensibilidade que tinha, percebeu que aquilo não levaria a nada e mudou de assunto:

– Não acham que é hora de chamar Espartano? E se ele mudou de posição?

– Ainda não. Espartano vai seguir o protocolo, portanto nós faremos o mesmo. É a maneira mais segura – respondeu o líder.

O cenário começou a ficar cada vez mais devastado, e Judite, pensando nas palavras que Erik havia dito há pouco e observando o que estava à sua frente, preveniu o líder:

– Mani, me desculpe por dizer, mas acho que Erik estava certo. Olha só, esta área não está mapeada ainda e ela parece estar ficando cada vez mais congestionada. Acho melhor voltarmos para as avenidas principais ou correremos o risco de topar com alguma rua bloqueada logo mais.

Ela tinha razão. O que não faltava na cidade eram carros incendiados atravessados no meio das ruas, postes caídos, ambulâncias e viaturas de polícia viradas e corpos por todos os lados, que iam de esqueletos e cadáveres putrefatos e carcomidos a vítimas recentes. As grandes avenidas, apesar da exposição que proporcionavam, forneciam também diversas opções e rotas de fuga. Fora isso, por conta do tamanho das vias, raramente estavam completamente impedidas. Contudo, havia lugares da cidade, principalmente os que a comunidade do Ctesifonte ainda não havia mapeado, onde os edifícios desmoronados simplesmente impediam qualquer acesso motorizado. Não seria um cenário dos mais agradáveis dar de encontro com uma dessas ruelas no momento em que uma centena de infectados os estivesse perseguindo. Manes, após refletir um pouco, concordou:

— Tudo bem, vamos voltar para uma rua mais ampla.

Nem bem ele havia terminado a frase, e o veículo foi atingido violentamente em sua lateral por um corpo estranho. O choque foi tão forte, que o sprinter deu uma chacoalhada.

— Que diabos foi isso?

— Alguém bateu na gente.

— Bateu na gente? Como assim?

E depois outro. E outro.

— De onde eles estão vindo? Não estou enxergando nada.

O sprinter transformado era uma boa proteção para seus ocupantes, mas, ao mesmo tempo, limitava bastante a visão das pessoas de dentro para fora, com suas grades e placas de ferro. Eles estavam em uma rua estreita por onde passava somente um carro por vez. Os pontos de fuga não eram dos mais animadores; a esquina à esquerda estava visivelmente bloqueada, voltar seria impossível, o que os deixava só com uma opção. Os membros do grupo se sentiram em uma situação frágil. Kogiro, homem de poucas palavras, falou com tensão na voz:

— Judite, vamos sair daqui. Agora! Acelera firme, vira à direita e depois segunda à esquerda.

— Você sabe onde estamos?

— Faça!

Ela olhou para Manes, sentado ao seu lado, que fez um discreto sinal de positivo com a cabeça, e então pisou fundo. Súbito, outro choque chacoalhou o veículo. E então, antes que ela pudesse fazer o que o guerreiro oriental havia mandado, o inferno chegou. Os uivos começaram baixos, como se estivessem a quilômetros de distância — o que não era verdade. Foram aumentando rapidamente, e o barulho de centenas de pés batendo correndo fez com que os batedores estremecessem. Em poucos instantes, eles surgiram. Uma horda. Um bando. De onde estavam, Judite e Manes observaram de camarote a rua à sua frente ser inteiramente tomada pelas criaturas. A visão da turba correndo desvairada em sua direção foi a coisa mais aterradora que Judite já havia visto em toda a sua vida. Ela gritou:

— Meus Deus, há muitos deles. Nunca vi tantos assim.

— Eles estão saindo de todos os lugares!

– Não pare, Judite, não pare. Se pararmos, estaremos ferrados.

Ela não parou, continuou conduzindo o veículo de encontro ao grupo, mas a quantidade obscena deles, ao trombar com a lataria do carro, obrigou-a a diminuir a velocidade gradualmente, até quase estancar. Logo, o montante de infectados superava a potência do sprinter. O veículo estava balançando e sendo espancado, quando a motorista gritou:

– Mani, tá tudo obstruído. Eles vão virar a gente, o que eu faço?

O líder não respondeu. Os outros, por conta própria, começaram a atirar pelos vãos das grades, xingando e amaldiçoando:

– Droga, de onde eles vieram. Como chegaram aqui tão rápido?

– Isso não importa, eles estavam dentro dos prédios ou em qualquer outro lugar. O que importa é que temos que sair daqui.

Judite repetiu:

– O que eu faço?

– Enfia o pé no acelerador! – gritou Cortez. – Passa por cima desses desgraçados!

Zenóbia, prevendo que o veículo fatalmente patinaria, manifestou-se contra:

– Não faça isso. Você vai perder o controle do carro se fizer.

Os infectados mordiam as grades nas laterais e começaram a subir sobre o veículo, espancando-o com ambas as mãos, como primatas. Os olhos vermelhos e alucinados eram, à luz do dia, a imagem de demônios caídos do paraíso. Os pássaros negros sobrevoavam a região por onde o sprinter circulava, apenas aguardando os restos do banquete daquele dia. Em meio ao barulho ensurdecedor, Judite olhou para Manes de soslaio, procurando qualquer tipo de aprovação. Resoluto, ele disse:

– Faça!

Ela apertou o acelerador com toda a força, e o carro respondeu da forma que conseguiu. Os corpos começaram a ser arremessados e tombavam para os lados como pinos em uma partida de boliche; as rodas esmagaram quem caiu por baixo delas, e ao ganhar velocidade a ameaça do carro virar diminuiu, mas a distância a ser percorrida era longa demais. O sprinter balançava e rabeava, dificultando o controle, e os infectados no meio do caminho estavam em um número demasiado grande. A tensão se mostrou um jogador a mais que se colocou contra o grupo. Judite sentia cada solavanco que o carro dava quando passava por cima dos corpos atropelados, mas não tirava o pé do acelerador; os batedores chacoalhavam dentro do veículo como se estivessem em um rali, e então o impensável aconteceu: a roda traseira travou por um motivo que ninguém jamais soube. Judite, apesar de ser uma boa motorista, observou impotente o carro derrapar, e o pânico fez com que ela mantivesse o pé travado no acelerador. Ao tentar realinhá-lo, ela perdeu o controle. Como se tivesse vida própria, o volante esterçou para um lado, para o outro e depois endireitou. A batedora sentiu como se guiasse um touro selvagem, sem aderência ao chão, imprevisível, irrompendo contra a fúria de dezenas de pares de mãos que o agrediam e o balançavam, tirando-o de seu eixo. Enfim, o veículo saiu completamente do controle dela. Ao se alinhar como se tivesse vontade própria, seguiu reto com velocidade e foi parar dentro de uma loja, quebrando uma parede de alvenaria e madeira, estancando somente ao bater contra uma pilastra de concreto, uns dez metros loja adentro.

Estilhaços voaram para todos os lados, e os batedores se feriram no choque, sofrendo escoriações leves, porém os uivos enlouquecidos dos infectados lembravam a todos que não havia tempo a perder. Manes gritou:

— Todos para fora, já!

Nem bem haviam descido do veículo, os contaminados já estavam entrando na loja através do buraco feito pelo veículo.

— Erik! — gritou Manes, e o gigante viking, que carregava a arma mais potente entre todos, imediatamente abriu fogo contra a parede humana que crescia diante de si. Cufu pegou parte do equipamento extra dentro do veículo, porém, entre apanhar as armas ou os rádios, optou pelas primeiras. O grupo se mobilizou então para o interior da loja.

— Erik, venha agora!

— Vai na frente, Cortez! Eu dou cobertura!

— Nem fodendo. Vem agora.

O ruivo conhecia aquele tom de voz e sabia que Cortez não sairia dali enquanto ele não o seguisse, portanto parou de atirar na primeira brecha que deu e correu na direção de onde os amigos estavam. O local, uma espécie de loja de departamentos, era bastante amplo e ocupava provavelmente mais da metade daquele quarteirão. Por ter conseguido permanecer lacrado, estava razoavelmente intacto e, sob outras circunstâncias, teria sido uma descoberta e tanto para a população do Quartel. Suas diversas araras cheias de roupas penduradas tinham muitas calças, bermudas, camisetas e casacos de todos os tamanhos; havia uma seção de tênis e chinelos, roupas de cama, mesa e banho, utensílios para cozinha e eletrodomésticos: um verdadeiro achado!

Mas, infelizmente, não havia tempo para se pensar em nada daquilo. Os manequins bizarros acumulando pó e antigos pôsteres com modelos juvenis vestindo roupas íntimas eram as únicas testemunhas da luta pela vida que o grupo de batedores empreenderia naquele local. A loja era dividida em diversos corredores que desembocavam nos fundos em uma porta com uma trava de segurança interna, na qual ainda podia ser lido meio apagado: "Acesso restrito a funcionários". Todos entraram e fecharam a passagem atrás de si de forma precária.

— Não vai segurar! — disse Cufu analisando o óbvio. — Precisamos de um plano rápido.

De repente, Zenóbia, tremendamente irritada com tudo o que ocorrera, cerrou os punhos e deu uma pancada com as duas mãos como se fossem martelos no peito de Manes, berrando:

— Eu avisei que isso ia acontecer, cacete. Mas você tinha que me contradizer.

— Eu fiz o que achei certo, Zenóbia. — retrucou o líder sem demonstrar arrependimento.

— Ô caramba. Se Cortez tivesse dito para não correr, você o teria escutado. Mas como fui eu que falei, você fez exatamente o oposto. Agora olha só no que deu. Meus parabéns.

Sem pestanejar, Manes virou um violento tapa no rosto da moça, pondo fim à sua histeria. Sua mão pesada a arremessou a dois metros de distância, e o sangue de todos no grupo gelou com a atitude inesperada do líder. Zenóbia caiu no chão, tamanha a força do impacto. Colocou-se imediatamente de quatro na posição cachorrinho, os joelhos nus raspando no contrapiso malfeito, as palmas abertas apoiadas e os cabelos negros lambendo o rosto suado. Acometida por um sentimento de humilhação, ela deu uma leve sacudida na cabeça e se recompôs. Olhou para Manes e, ao erguer o rosto, revelou que já havia um enorme hematoma em sua face e um pequeno corte sobre o supercílio.

— Você está em uma missão, soldado, e aqui eu não vou tolerar esse tipo de comportamento, entendeu?

Zenóbia levantou-se com ódio no olhar e bateu uma continência forçada.

— Sim, senhor! Como quiser, senhor!

Obviamente a atitude irônica dela foi outra forma de desafiar a autoridade do líder, mas Manes concluiu que não era hora de discutir sobre aquilo. Eles tinham que arrumar um jeito de sair dali imediatamente, o que não seria nada fácil com o veículo arruinado e aquela quantidade de infectados perseguindo-os. De repente, ouviram um estampido. O grupo fez silêncio, como se todos estivessem tentando conferir se realmente tinham escutado ou se a mente deles estava lhes pregando peças.

— Isso foi um tiro? — perguntou Judite.

— Porra, acho que foi! — confirmou o viking.

De repente, houve outro estampido, seguido de um barulho altíssimo, e o próprio prédio onde estavam tremeu com o impacto de algo que parecia uma bomba sendo detonada. Judite e Cufu caíram no chão, e os tímpanos de todos sentiram como se um chicote lhes tivesse açoitado. Por um breve hiato, até mesmo os uivos dos contaminados cessaram, e, logo nos primeiros instantes, a confusão entre o grupo foi geral:

— Que diabos foi isso?

— Uma explosão, porra. Alguém detonou uma bomba aqui.

— Foi aqui?

Manes colocou ordem na casa, dizendo:

— Não, não foi aqui. Se tivesse sido, estaríamos todos mortos. Mas acho que foi num desses prédios ao lado.

— Talvez no prédio de trás? — arriscou Judite.

Cortez corrigiu-a:

— Não, não foi atrás. Foi ao nosso lado, definitivamente. O que acha, Mani?

— Espartano, talvez. Ou Conan. Estamos próximos do ponto de encontro, não?

Judite corrigiu a localização:

— Não. Nós nos afastamos bastante do ponto de resgate original. Devemos estar a noroeste de lá, a uns dois ou três quilômetros de distância.

— Mas isso não significa nada — emendou Erik.

— Com certeza — completou Cortez. — Dois quilômetros não é tanto assim. E se essa horda inteira estivesse na região porque estava perseguindo um deles, e não por nossa causa?

Foi Cufu quem imprimiu um senso de urgência ao grupo:

— Não interessa quem foi, gente, vamos acordar. Esses malditos logo vão arrebentar esta porta, e é melhor nós não estarmos aqui quando isso acontecer. Vamos subir um lance de escadas, examinar o terreno do andar de cima e ver de onde veio a explosão.

Não houve objeções.

— Então, vamos! — disse Manes.

CAPÍTULO 15

Era um café tradicional que ficava na intersecção de duas grandes avenidas da cidade. Ele tinha um recuo que comportava oito veículos estacionados em duas fileiras de quatro e um serviço de manobrista que, se não era excepcional, marcava pontos por conta da gentileza e simpatia dos funcionários.

Era fim de tarde, e Espartano havia saído do serviço e ido direto para lá. O seu carro ficara na garagem da empresa, pois a distância era tão pequena – e o trânsito àquela hora costumava ser tão intimidador –, que valia mais a pena dar uma caminhada rápida do que passar pelo estresse de ficar parado no carro, vendo os ponteiros do relógio correrem zombeteiramente e a hora de um encontro ser perdida.

Ele chegou no horário, pediu um café preto bem forte e ficou no aguardo de Bianca. Que mulher linda era Bianca; uma daquelas pessoas que você só encontra uma vez na vida. Quando ela chegou, o ambiente pareceu se iluminar; era um diamante lapidado em seu esplendor máximo abrilhantando o local, que fez com que o coração dele disparasse de emoção. Ela tinha cabelos escuros como piche, cortados em um fio só até a altura das orelhas; usava uma blusa vermelha com gola alta e uma jaqueta marrom-claro que ocultava seus seios enormes e redondos, simetricamente perfeitos, resultado de uma operação bem-sucedida daquelas que eram comuns na Era A. A. Colares e anéis dourados compunham o visual junto dos jeans escuros, a bota marrom cano baixo e as irreverentes unhas pintadas com uma espécie de grafite em *dégradé*.

Espartano havia tirado seu paletó e a gravata – o relacionamento dos dois já era consolidado o suficiente para que ele não precisasse mais impressioná-la com sua aparência. Mas mantinha, é claro, seu rolex prateado, o qual dizia ser original – mesmo sabendo que não era –, afinal, o relacionamento estava consolidado, mas não tanto assim. Ele estava apaixonado e, conforme disse Platão, todos se tornam poetas ante o toque do amor. Falou coisas bonitas, bregas, engraçadas e, o que era raro, escutou também.

O sol estava particularmente vermelho naquele final de tarde, e a paisagem que podia ser vista através dos enormes vitrais da entrada do café era linda, mesmo com todos aqueles edifícios de concreto que se opunham à visão celestial do astro rei.

O casal conversou despretensiosamente, deu risada, partilhou uma porção de pães de queijo e gozou do que foi um final de tarde ideal. Espartano planejava ir à academia depois daquele encontro, mas, com o desenrolar das coisas, mudou de ideia, imaginando que na verdade eles acabariam indo juntos para outro local bem diferente, mas no qual se transpira tanto quanto.

O café tinha uma iluminação muito confortável e aconchegante; eram oito globos pretos em renque que iam da porta de entrada até os fundos, cada qual cortado ao meio e suspenso até o teto por fios metálicos grossos. As lâmpadas amarelas ficavam embutidas dentro dos globos e, nas laterais, havia também alguns spots complementares. O café era amplo e composto por duas dúzias de mesas de todos os modelos: quadradas, redondas, retangulares e até na forma de losangos, todas de madeira escura e acompanhadas por cadeiras estofadas pretas. Pelo menos metade das mesas estava ocupada, e na parede uma televisão de plasma enorme exibia um show da cantora Marisa Monte que, naquele exato instante, estava dividindo o palco com Arnaldo Antunes, em uma participação especial.

— Você gosta?

— Mais ou menos. Minha onda sempre foi mais rock and roll.

— Eu sei. Já andei no seu carro.

Bianca deu um sorriso maroto antes de continuar:

— É música de bastante qualidade.

— Nunca disse que não era. Reconheço a qualidade. Só não é muito a minha praia.

Pediu outro café. Naqueles anos que precederam o Dia Z, ele tomava café o tempo todo. Na empresa havia uma máquina de expresso à sua disposição e, sempre quando saía para visitar os clientes, nunca rejeitava o cafezinho que eles ofereciam. E agora, quando saía com sua namorada, eis que ia também tomar café. Quando pensava a respeito, não chegava à conclusão alguma, exceto que ele talvez fosse realmente viciado na bebida. Como era uma conclusão que o desagradava, preferia deixar o assunto de lado.

A quebra da normalidade começou com um grito, assustador, gutural, que gelou a espinha de todos que estavam no recinto. O grito veio da rua e precedeu o barulho quase surreal de uma colisão de veículos. Bianca estremeceu, olhou para Espartano e apertou firme sua mão; alguns garçons espicharam o pescoço na tentativa de ver o que acontecera, e um cliente de hábitos rudimentares levantou de supetão e foi direto para o exterior. Bianca fez algum comentário qualquer que acabou perdido no meio do zum-zum-zum, e o agradável som do DVD que até então conduzira os momentos daquela tarde foi eclipsado por mais gritos e outras duas colisões.

Desta vez, Espartano levantou e, como se estivesse protagonizando uma história em quadrinhos, disse:

— Alguma coisa está acontecendo. Fique aqui.

Mas o caos se deu mais rápido do que ele, e, antes que pudesse averiguar — e ainda que não houvesse algo que ele realmente poderia ter feito —, um dos garçons simplesmente caiu no chão, bem à sua frente. Foi algo bastante bizarro e, na verdade, esquisito; o jovem vestido com o uniforme do café estava bem e saudável, porém literalmente despencou de um instante para o outro. Espartano, que estava bem perto, até tentou amparar sua queda, mas não deu tempo; a bandeja de metal que trazia dois cafés voou, e, ao cair, o garçom bateu com o rosto de frente para uma das mesas, produzindo um baque surdo. Buscando acudi-lo, Espartano abaixou-se, mas, assim que virou seu corpo de barriga para cima, ele deu de encontro com a força mais vigorosa e intransponível da existência: a morte.

O garçom estava com os olhos estáticos, pálido como neve e babando uma espuma branca e crassa pelo canto da boca. Dizem que a morte é bela e caprichosa à sua própria maneira, mas a evacuação da alma naquele invólucro retorcido nada tinha de belo. Era grotesco. Espartano recuou com medo: aterrorizou-o tocar aquela morte que estava diante de si. Logo ele que fugia até de velórios, inventando as mais escabrosas desculpas para evitar o contato com cadáveres deitados sobre flores vívidas dentro de belos caixões de madeira nobre, comercializados por pessoas que ele via como gente sem escrúpulos, que aprendeu o tamanho do ganho que se pode obter a partir da perda dos outros. Ele pulou para trás e gritou para alguém chamar uma ambulância, mas foi, então, acometido pela realidade.

Os gritos lá fora se tornaram uma sinfonia de pânico, composta por acordes menores de desolação e desconsolo, enquanto dentro do café... Outras pessoas haviam caído, não somente aquele garçom. Uma mulher vestindo uma camisa florida horrorosa observava impassível – ambas as mãos cobrindo sua boca, como se quisesse gritar, mas suas mãos a impedissem – seu companheiro vomitar sobre a mesa uma gosma espessa e de coloração difícil de ser definida. Espartano teve a sensação de ser a única pessoa normal lá e sua certeza era uma só: ele tinha que sair dali. Correr e chegar até o carro. Dar o fora para bem longe dali e ir para a segurança de sua casa. A urgência imprimiu sua força resoluta!

– Bianca... – ele disse, voltando-se para ela, mas não conseguiu concluir a frase, que minguou em seus lábios. Espaço e tempo congelaram e, como uma guilhotina, decapitaram sua consciência. A Bianca que ele conhecia havia desaparecido e, no seu lugar, tal qual uma visão distorcida de um reflexo em um lago – exceto que esse reflexo era, na verdade, o panorama do inferno – havia outra Bianca. Um gêmeo dela, que, a despeito de ser igual em tudo, era também fundamentalmente diferente. Apesar de ser impossível, sua pele havia mudado, assumindo uma coloração pálida, um misto de cinza-claro com uma nuance esverdeada e um pouco de dourado nas costas das mãos. Seu pescoço pendera para o lado, a orelha colada sobre o ombro, como se a musculatura tivesse perdido toda a força para suportar a cabeça e seu olhos, aquelas gemas magníficas que ela tinha haviam sido queimadas à brasa e agora estavam vermelhas como metal quando esquentado a altas temperaturas.

Os gritos haviam começado dentro do café, mas Espartano foi incapaz de dar atenção a eles. Estava hipnotizado pela visão dantesca de sua namorada, transformada em uma cria saída das profundezas do Hades. Ele tentou falar, sabe que tentou, mas não faz a menor ideia de quais foram as palavras que disse. A criatura se levantou com dificuldade, os músculos tremendo como se tivessem sido acometidos por um mal que lhes roubara todas as funções e competências. Ela derrubou as xícaras que havia sobre a mesa e ergueu as mãos na direção dele de forma agressiva.

O homem chegou a dar um passo tímido em direção a sua namorada, um passo emocional cheio de pena e dó, pois pretendia confortá-la e abraçá-la, mas a criatura emitiu um ruído similar a um uivo animal, exceto que animal algum jamais emitira uivo como aquele; e o medo o fez recuar. O mesmo medo que sentira da morte do garçom momentos atrás, o medo que lhe acometera quando ainda criança foi obrigado a acompanhar no hospital as dezenove horas excruciantes que precederam a morte de sua avó. Sua psique estava marcada de maneira irremediável. O medo, o horror, ambos assumiram o controle, e ele correu para fora, sem saber que estava salvando, assim, a própria vida. A imagem de Bianca jamais se apagou de sua mente, e, ao menos uma vez por dia, ele pensava nela e se perguntava se ela estaria viva ou morta.

A água fria no rosto arrancou Espartano do estado torpe em que se encontrava. Assim que ele abriu os olhos, escutou uma ovação, como se estivesse sendo saudado. A luz do dia cegou-lhe momentaneamente, mas, assim que se acostumou, conseguiu identificar a figura que estava em pé à sua frente: com um balde de plástico vermelho na mão, Tom gritou, erguendo o braço livre com a mão espalmada:

— O guerreiro está aqui! — e então, fitando-o bem dentro do olho, rosnou um comentário ameaçador, num tom mais baixo: — E ele está pronto para a arena.

Ainda desorientado, Espartano girou a cabeça e examinou onde estava. Era uma área aberta, com bastante verde e bancos de alvenaria. O prédio estava ao seu lado. Assim que identificou um parquinho para crianças alguns metros à frente e um quiosque com uma churrasqueira mais ao lado, percebeu que se encontrava ainda dentro do condomínio, na área de lazer. Todos os membros do grupo se amontoavam uns sobre os outros, apontando o dedo e rindo dele. Suas mãos haviam sido atadas novamente às costas, e uma coleira de cachorro de couro colocada ao redor de seu pescoço. Estranhamente ele havia sido vestido com calças de lona, mas continuava descalço e sem camisa. Todo seu corpo doía, resultado da surra que havia tomado, porém a boa percepção que tinha do próprio corpo lhe dizia que ele não havia quebrado nada.

Tom puxou a coleira para cima com força, obrigando-o a se pôr de pé desajeitadamente, e apontou em uma direção, a qual, deitado da forma como estava, Espartano não conseguira ver antes:

— Bem-vindo à arena!

Seu captor apontou diretamente para a pequena quadra poliesportiva que o condomínio tinha e que no passado havia sido palco de tanta diversão e bons momentos. A quadra não obedecia às metragens oficiais e, como era bastante comum antigamente, fora feita mais para o uso das crianças do que dos adultos. Ela era completamente cercada por uma grade de metal trançada e pintada de verde, com algo em torno de sete ou oito metros de altura, que servia para impedir que a bola voasse longe quando as crianças jogavam. As traves de futebol continuavam intactas, mas as tabelas para jogar basquete estavam bastante corroídas e podres. Na linha central, havia dois buracos no chão onde podiam ser encaixados os suportes para a montagem de uma rede de voleibol. O chão era uma pintura abstrata, *splatter art*, exceto que, ao invés de um carrossel de combinações expressionistas de tinta, uma única cor havia sido utilizada: o vermelho sangue. E, dentro da quadra, ou da arena, a visão do impensável se manifestava.

Seis contaminados, todos nus, estavam presos por coleiras de couro iguais à de Espartano. As coleiras, por sua vez, tinham sua extremidade oposta amarrada nas grades, e aparentemente os contaminados não dispunham de inteligência suficiente nem sequer para desamarrar (ou roer) os nós. Ficavam uivando e se debatendo, alternando rompantes de fúria com períodos de inatividade prolongada. Cada um deles estava preso em um ponto diferente da quadra, três de um lado e três do outro. Ao perceberem o grupo se aproximando, os prisioneiros entraram em um verdadeiro frenesi, uivando como as criaturas do inferno que eram, dando trancos brutais contra os próprios pescoços ao ensaiarem pequenas corridas na tentativa de se soltarem das amarras.

Espartano engoliu em seco e, ciente de que sua situação não podia piorar, olhou para Tom e rosnou:

— Se eu sair daqui, você está morto!

Tom ignorou as palavras de seu prisioneiro e, como se estivesse diante de câmeras de televisão, prosseguiu seu teatro, explicando para Espartano o que aconteceria e, ao mesmo tempo, entretendo o grupo de debiloides que os acompanhavam:

— Meus caros colegas, minha adorada plateia, cá estamos nós para mais um evento de "Sobrevivendo na Arena" — o grupo gritou como se fizesse parte de um auditório. — Vocês já conhecem as regras, são bastante simples: do lado de dentro, seis de nossos colegas desmortos, sedentos de sangue após semanas e mais semanas presos. Do lado de fora, nosso mais novo convidado, um homem que dispensa apresentações (Tom interrompeu a apresentação, virou-se para Espartano e perguntou baixinho: — Qual é seu nome mesmo? — quando o homem nada disse, ele ameaçou: — É melhor falar! — e, ao receber a resposta, prosseguiu), um homem notável que invadiu nosso covil e nos feriu de dentro para fora, Espartano!

As vaias foram unânimes, e uma ou duas pedras de barro foram atiradas contra ele. O sentimento era surreal. Tom prosseguiu:

— Todos sabem como funciona: Espartano entra na arena armado apenas de uma faca, e, a cada um minuto, um dos contaminados é libertado. Se ele demorar mais de um minuto para matar o primeiro oponente, um segundo é solto e, então, terá que lidar com dois. Se demorar mais tempo, terá que lidar com três. E assim até que ele seja inevitavelmente devorado vivo pelas nossas formosas criaturas. Rapidez e perícia são essenciais!

O grupo fez um pequeno hiato e se recolheu, como que esperando alguma coisa. Tom sorriu de forma truculenta, abriu seus braços em forma de "Y" e gritou com toda a força de seus pulmões:

— "Deixai, ó vós que entrai toda a esperança!"

A turba explodiu em uma interminável ovação que perturbou a sanidade de Espartano. Tom aproximou seu rosto do dele e disse baixinho:

— Você vai se arrepender de ter matado Jerry!

Se não fossem pelos sinais físicos que aquele homem apresentava, a pele pálida e os olhos avermelhados, Espartano diria que ele não estava doente como os demais, pois, apesar de psicótico, seu grau de erudição superava em muito o do resto do grupo. Sem ele, possivelmente os demais perderiam todo e qualquer foco. Poderia ser Tom o caso de uma terceira variação do vírus? Por que ele era tão diferente dos outros? Perguntas que provavelmente jamais teriam respostas claras.

Espartano foi literalmente arrastado com grande brutalidade até a única porta de entrada da quadra, tomando chutes e porretadas ao longo do caminho. Notou que do lado de fora, próximo a cada contaminado, um membro do grupo correu e se posicionou. Provavelmente ao sinal de Tom, eles é que teriam a missão de soltar as amarras que prendiam as criaturas, uma a uma. Tom abriu a porta e fez um sinal com a cabeça para que Espartano entrasse, e ele obedeceu. Removeu a coleira do pescoço do prisioneiro e então, antes de sair e fechar a porta, jogou uma pequena faca, com uma lâmina dupla de meio palmo no chão e disse, antes de sair e fechar a porta atrás de si:

– É melhor ser rápido.

Espartano olhou para trás e viu que um dos membros do grupo já começava a desamarrar da grade a coleira de um contaminado que estava do lado oposto da quadra, a poucos metros de distância. Do lado de fora, o bando começou a ovacionar como se estivessem no Coliseu, apreciando o espetáculo que se desenrolava. O batedor fez um rápido cálculo mental e percebeu que jamais daria tempo de se libertar antes que o monstro estivesse sobre si e, com as mãos ainda presas, teve uma sacada de gênio e fez algo que ninguém jamais esperaria: em vez de apanhar a faca e tentar cortar suas amarras, ele deu um pulo para o alto bastante ágil, recolheu as pernas como um sapo, grudando os joelhos no peito, e passou ambas as mãos que estavam em suas costas para frente do corpo. O audaz movimento surpreendeu Tom, que franziu a testa intrigado.

Com surpreendente velocidade, o batedor apanhou a faca no chão usando ambas as mãos e, sem ao menos se preocupar em se soltar, correu na direção do contaminado que ia sendo liberto. O garoto que estava desatando o nó da coleira de couro na grade ficou desesperado ao ver aquilo e tentou impor velocidade à sua ação, mas já era tarde demais; Espartano já estava sobre ambos. Passou a lâmina cortando no ar, segurada por ambas as mãos, rasgando a garganta do contaminado com tamanha violência que o corte quase chegou até o osso. O sangue espirrou a metros de distância, e a criatura dobrou os joelhos e caiu no chão agonizando, ficando pendurada pela coleira que se estendeu até ficar tesa sem que se estirasse inteiramente.

Sem perder tempo, sabendo que só teria uma chance para se aproveitar do caos que havia criado, o batedor continuou correndo pela "arena" e desferiu seu segundo corte no pescoço do próximo contaminado, que estava a pouco mais que dez metros do primeiro. Sua precisão foi mortal, e o segundo contaminado também caiu antes até mesmo de começar a ser liberto. Tom, percebendo o que seu prisioneiro ia fazer, gritou desesperadamente para seus subalternos:

– Soltem eles, seus malditos macacos, soltem todos eles agora!

Todos começaram a desatar os nós ao mesmo tempo, mas a lâmina de Espartano foi novamente mais rápida; outros dois já haviam tombado.

— Alguém mate esse desgraçado! — gritou Tom, segurando a grade com ambas as mãos e sacudindo-a com violência. — Onde está minha arma? Alguém traga minha arma!

O revólver havia sido deixado do lado oposto da quadra, perto do local onde Espartano fora acordado com o balde de água, e um dos membros do grupo correu para buscá-lo. Dos dois contaminados que restavam, um deles agiu inesperadamente, voltando-se para o rapaz que lhe desatava o nó que, descuidado, havia deixado os dedos do lado de dentro da quadra. Tão concentrado ele estava, que não viu quando o infectado o agarrou e deu uma mordida em sua mão. Espartano percebeu de relance o rapaz gritando e sapateando de dor, pressionando uma mão com a outra, enquanto que uma esguichada de sangue partia do local onde antes havia dois dedos. O sexto contaminado, contudo, estava livre.

Ele fulminou Espartano com seus olhos inumanos e moveu-se em sua direção, no início aparentava estar lento e descoordenado, porém logo seus músculos pareceram ganhar tração e vigor. O batedor estava mais ou menos no meio da quadra e preparava-se para o confronto, mas, nesse mesmo instante, Tom, com sua raiva nublando-lhe qualquer resquício de razão e consciência, havia recebido em mãos seu revólver. Ignorando o infectado que estava solto na arena, ele abriu a porta e entrou, valendo-se da inigualável força que o ódio confere ao homem. Ninguém jamais escutou, mas, em voz baixa, enquanto dava aqueles passos decisivos, repetiu baixinho diversas vezes uma frase:

— Você matou meu coração, desgraçado, você matou meu coração!

O contaminado ainda estava a alguns metros de distância de Espartano, mas se aproximava a uma velocidade espantosa. Qualquer indecisão seria fatal. A arma estava engatilhada e pronta para o disparo. Tom deu mais alguns passos, ficando a poucos metros de seu alvo. Apontou a arma com apenas uma mão para Espartano, pernas unidas, o braço estendido e uma carranca estampada no rosto — Você matou meu coração!

O primeiro tiro saiu e passou rente à lateral do corpo do batedor, escrevendo um rastro vermelho entre suas costelas e seu quadril. Tom permaneceu incólume; apenas fechou um dos olhos para poder mirar melhor. O segundo tiro ele não erraria — Você matou meu coração! A criatura estava próxima demais, quase sobre o batedor, mas Tom parecia não se importar. Não havia razão, lógica ou raciocínio na arena, somente ódio e sobrevivência. Com a certeza de um tiro nos miolos, Tom havia tomado a decisão do que fazer por Espartano, que com a faca nas mãos, fez a única coisa que pôde; lembrou-se de Kogiro, do grande e bendito samurai Kogiro e de suas aulas sobre o uso de uma lâmina; subiu as mãos amarradas acima da cabeça, formando um triângulo e, como se fosse um experiente atirador de circo, arremessou a faca, que cortou o ar, rodopiando num círculo mortal dentro de si própria, e acertou Tom exatamente na linha do peito, cravando-se em seu esterno. O impacto o jogou para trás, e o segundo tiro saiu para o alto. Seu corpo caiu pesadamente, levantando poeira do chão.

O infectado já estava praticamente sobre Espartano, que, ainda preso, conseguiu entrelaçar os dedos, cerrar ambas as mãos e acertar um potentíssimo soco, no timing perfeito, contra o queixo do infectado, derrubando-o no chão no exato momento em que ele saltava para cima dele. Sem perder tempo e sabendo que sua vantagem duraria poucos segundos, correu até Tom, arrancou a arma de suas mãos e descarregou-a na criatura, que rodopiou no vazio e caiu com o impacto dos tiros. Ofegante, Espartano aproveitou a lâmina da faca cravada no peito de seu captor para cerrar as fitas que o prendiam e, enquanto o fazia, observou sem dó Tom se afogar em seu próprio sangue, revirando os olhos para os lados com a incompreensão característica que a morte traz consigo. Uma vez livre, arrancou a faca do ferimento e, como uma besta selvagem, embriagado pela adrenalina, levantou-se e gritou:

– Quem é o próximo. Vamos, malditos semi-humanos, quem de vocês quer morrer agora?

Mas ninguém se habilitou. A imagem do corpo de Tom estirado no chão e de todos aqueles contaminados mortos era mais poderosa do que qualquer desejo de retaliação que os membros do grupo pudessem ter. Intimidados, aqueles quase símios primitivos se afastaram lentamente, com a cabeça metida entre os ombros, encolhida de medo ante aquela figura que trouxera a destruição para sua pequena comunidade e a morte de seus dois líderes. Pouco a pouco, desapareceram nas sombras, até se tornarem apenas memórias de uma experiência horrível e traumática.

Espartano, reduzido a um farrapo, psicologicamente destruído e fisicamente debilitado, ao perceber que estava seguro, abaixou a cabeça e deixou os braços caírem. Os ombros relaxaram e só o que restou foi o uivo zombeteiro do vento. Permaneceu assim por um tempo, até que sua respiração voltasse ao normal e a adrenalina baixasse. Olhou para cima e suspirou. Caminhou lentamente até o último contaminado vivo que ainda estava preso e rasgou também sua garganta. A expressão resoluta em seu corpo permaneceu inabalável. Não sabia, mas algo morrera dentro de si: a esperança de dias melhores. Espartano tornara-se um novo tipo de homem, um novo tipo de guerreiro. Havia sido assaltado pela frieza característica dos que sofrem.

De repente, um barulho altíssimo soou, com certeza uma explosão a pouco mais de um quilômetro dali. Olhando para o céu claro, viu uma nuvem de fumaça preta subir, o que lhe deu a localização exata de para onde precisava ir. Seria Manes?

Checou o corpo de Tom antes de sair – ele estava mesmo morto. A arma ainda tinha mais duas balas. Era pouco, mas teria que bastar. Então partiu e, ciente de que seu tempo era curto, procurou não pensar em mais uma pergunta que pairou em sua cabeça, à qual possivelmente também jamais encontraria resposta, como tudo o mais que compunha aquele mundo insano e maldito: se Tom estava infectado, por que seu sangue era vermelho?

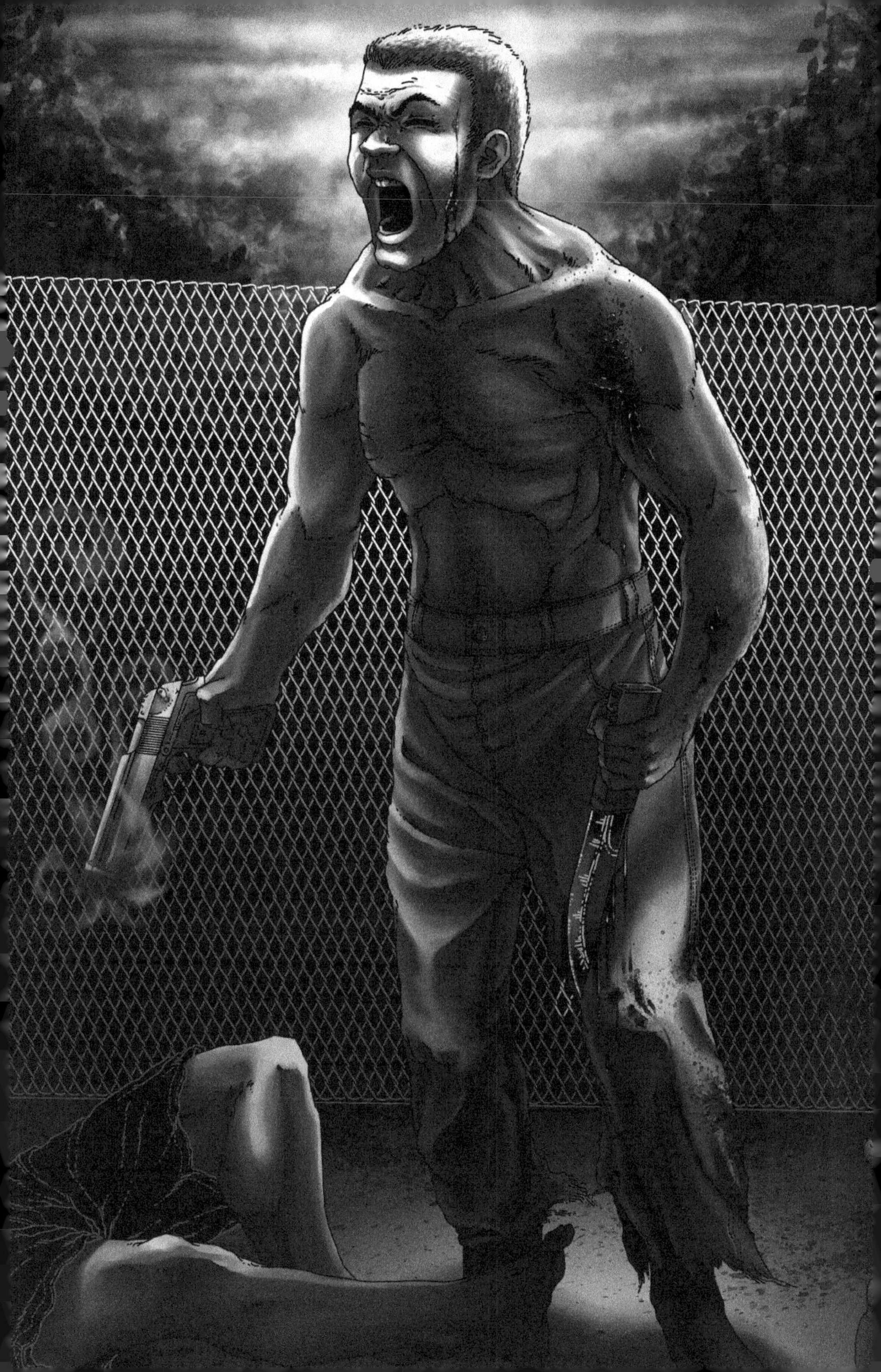

CAPÍTULO 16

O enterro de seu pai seria na manhã seguinte. Dujas havia cuidado de todos os preparativos, tal qual o fizera com sua mãe. O velório foi em sua própria casa, mas não houve um fluxo grande de pessoas. O dono da padaria havia enviado uma coroa de flores, assim como a senhora da mercearia, que dizia ter pena de seu pai, mas não hesitava em vender para ele garrafas fechadas de aguardente. O próprio Dujas encomendara mais três coroas, na esperança de que o ambiente ficasse menos desolado, mas nem todas as flores do mundo poderiam tê-lo poupado das amargas horas que passou.

Sim, a morte, ela chega para todos, mas quando sua ação é esperada ou quando a ordem natural das coisas é obedecida, ela nos molesta um pouco menos. Parece ser mais fácil de aceitá-la, de comungar com ela. Mas encará-la daquela maneira terrível e violenta... A sensação de irrealidade impregnava cada poro de sua pele, horrorizando seus pensamentos mais profundos. O incômodo silêncio parecia vivo, e Dujas sentia como se houvesse um verme negro empesteando seu estômago, remexendo suas entranhas. Não demorou a escutar barulhos impertinentes na casa, na escada, nos cômodos, no assoalho, e apenas sua destreza pôde convencê-lo de que a mente estava a pregar-lhe peças. Era a culpa falando. Culpa de quem tem sangue nas mãos.

Ele teve duas horas para pensar sem ser interrompido; duas horas para pensar na vida de seu pai e na sua própria. Ali estava uma carcaça que abrigara um homem cuja decisão de viver pelos instintos e desejos, sem preocupar-se com o amanhã, o levara à ruína. Agora ele era nada além de uma casa para os vermes morarem. Teríamos nós, seres humanos, que fazer planos o tempo todo, preparar-nos para o amanhã, viver sob a égide de linhas perfeitamente traçadas, com limites bem definidos? Ou seria a suprema empresa conseguir justamente viver na corda bamba, sem pensar em um equilíbrio maior que não aquele que se obtém dia após dia, um momento por vez?

Seu pai estivera caminhando no fio da navalha por tempo demais e aquela fora sua recompensa, mas e quanto aos que seguem suas doutrinas cristãs, que compactuam com estilos de vida baseados em ética e moralidade e, ainda assim, não raro veem tudo ser arrancado de suas mãos com fria indistinção pela força do destino? Dujas já conhecera gente assim, é possível encontrá-las aos montes, como se crescessem em árvores. Há gente de todos os tipos sofrendo as mesmas agruras, as mesmas decepções, os mesmos medos que os demais, o que indica que não há sistema comportamental capaz de nos poupar do sofrimento. A dor virá, quer vivamos pelos sentidos, pelos instintos, pela racionalidade, pela emoção, a dor virá.

Dujas pensou no estalido seco que o pescoço de sua mãe deu quando quebrou. As unhas dela arranhando o chão de madeira da casa. A memória trouxe sentimentos adormecidos.

Quanta futilidade pode uma vida abrigar? Esse pensamento o fez estremecer, pois diante de si jazia o invólucro que abrigara uma vida absolutamente fútil. Seu pai nascera, vivera e morrera, e o que de fato ele deixou? Que diferença fez para o mundo? É possível que, se seu pai não tivesse vivido, nada teria sido diferente. Sim, claro que ele próprio, Dujas, não teria nascido, mas será que a única coisa verdadeiramente relevante que um homem pode fazer é pôr um filho no mundo e, mal e mal, criá-lo? E ainda criá-lo enchendo-o de cismas, neuroses, medos e inseguranças. Espancá-lo ao ponto de ele não conseguir abrir o olho para se pentear pela manhã. Chamá-lo de inútil e rir das próprias asneiras ditas, fazendo da comédia uma tragédia e da tragédia uma comédia.

Será que dormir com muitas mulheres, observar alguns quadros e ler alguns livros, desempenhar com relativa eficiência uma função para à qual fora programado, beber, comer, dormir e peidar, será que a vida é apenas isso? Será que a potencialidade pode ser mais bem descrita como um sonho ou ideal do que como uma verdade aplicável? Há homens no mundo que foram, sim, relevantes, e o mundo não seria o que é sem eles; há homens assim em todos os campos do conhecimento, na política, nas artes, na religião, mas, se formos pensar com clareza e objetividade, eles são tão poucos. A maioria de nós, pessoas comuns, é como o pai de Dujas, como ele próprio, um infeliz que caminha pela crosta terrestre, um inseto que julga ter um rumo, julga viver uma vida, que se acha especial por contribuir com algum tipo de quadro social, mas, no fundo, bem lá no fundo, somos todos fúteis e dispensáveis. A maioria de nós não passa de idiotas, de carne para o abate.

A carruagem segue em frente, quer estejamos nela, quer não. E no fim a morte chega, o indivíduo se vai e o que restou? Quando Dujas morrer, ninguém mais se lembrará de seu pai, ninguém saberá nem sequer que ele esteve no mundo. Ninguém. E o que ele próprio, Dujas, deixaria para o mundo quando chegasse sua vez? Quem saberia que ele esteve ali, que sofreu, se emocionou, temeu, amou, amaldiçoou? Quem saberia de suas dores, suas alegrias, suas descobertas e suas perdas, quem se lembraria do ser humano que ele foi? Quem o conheceria?

Algumas poucas pessoas chegaram por volta das dez horas da noite para prestarem suas condolências. Dujas havia preparado uma mesa em um quarto contíguo com frios, pães e azeitonas, também café, chá e vinho, mas ele próprio não conseguiu comer nada. A presença da morte, tão próxima de si, era um empecilho ao bom funcionamento de seu corpo, e, durante toda a noite, sentiu como se sua pressão estivesse baixa e que, a qualquer instante, ele pudesse esmaecer. Seu intestino dava sinais incômodos, mas, todas as quatro vezes que pediu licença e foi ao banheiro, foi incapaz de se aliviar. Ele apenas não tinha nada no estômago e afinal entendeu que aquela pressão era puro nervosismo. Jogava água fria no rosto para se refrescar e percebia que sua pele estava queimando, como se estivesse febril. As conversas que travou foram pouco mais que monossilábicas, e a única maneira que encontrou para fazer o tempo passar foi servir aperitivos para os presentes.

Seu pai estava morto e ele não faria falta alguma ao mundo. Seu pai estava morto e fora ele quem o matara!

E nem a chegada do apocalipse mudaria aquele fato...

Dujas chegou ao banheiro no exato horário marcado no bilhete. Olhou ao seu redor e constatou que não havia ninguém por perto. A dúvida queimava sua mente, e ele ficava o tempo todo se indagando se, ao fazer conforme lhe fora solicitado, ele não estava se expondo demais. Seu comportamento não diferia do de todo ser humano que se decide a promover uma ação que sabe ser errada, mas a faz mesmo assim e, por conta disso, teme ser pego em flagrante. Como ninguém aparecia, resolveu entrar no banheiro, afinal quem sabe a autora do bilhete, se é que era ela mesma quem o havia escrito, o estivesse esperando lá, mas constatou que o local também estava vazio.

Com a pulga atrás da orelha, pensou que talvez estivesse prestes a cair em uma arapuca, seus instintos já lhe diziam para sair dali, quando a moça dobrou a esquina, acompanhada de mais duas pessoas – um homem e uma mulher –, os quais Dujas ainda não tinha encontrado. Era mesmo ela, FS, Felipa de Souza, a mulher que ele encontrara por acaso nua no chuveiro logo após sua chegada, protagonizando uma cena constrangedora. Ela andava apressada e ressabiada e vestia uma blusa esverdeada com capuz e bermudas largas; pisava o chão com brutalidade, e sua expressão era de poucos amigos.

O trio se aproximou a passos rápidos, e, quando Dujas pensou em dizer algo, ela fez um sinal para que ele se calasse, pegou-o firme pelo braço e o arrastou consigo, dizendo:

– Venha!

Dobraram duas ou três esquinas passando por locais por onde ele ainda não havia andado e foram dar em um ambiente úmido e barulhento, que ele identificou como sendo um tipo de casa de máquinas. Ela alertou:

– Precisamos ser breves. As pessoas estão ocupadas com a queima dos corpos, mas, mesmo assim, nosso tempo é curto. Estes são alguns dos colegas que me apoiam. – as pessoas fizeram um aceno simples com a cabeça. – Você não precisa de nomes agora, só os trouxe para que saiba que eles realmente existem.

– Espere um pouco, moça. Eu nem sei quem você é. Não sei o que quer. Eu...

– Dujas, eu já disse. Temos que ser rápidos. Aqui não há muito espaço para privacidade, então pode cortar esse papo de que não sabe do que estou falando.

– E do que você está falando exatamente?

A pergunta foi formulada para não deixar margem de dúvidas. Dujas queria uma resposta que fosse preto no branco, e ela, para surpresa dele, não fugiu do assunto:

– Você quer derrubar Manes. Isso está claro. Tá escrito nos seus olhos. E nós viemos aqui para ajudá-lo.

A sinceridade dela o perturbou. Mas, ao mesmo tempo, o excitou de uma forma inglória e embaraçosa. Sentia-se temeroso, pois a percepção que ela demonstrou podia ser também a de outros, e tudo estava andando rápido demais. Acostumado a joguetes, ele indagou:

— E o que te diz que eu quero derrubar Manes?

— Alguma resposta o satisfaria de fato?

— Acho que não.

— Então por que a pergunta? O que posso dizer é que você ficou a manhã inteira o espreitando como um predador. Mas foi flagrado em mais de uma situação...

— Flagrado? De que diabos está falando? Eu estou aqui só há...

— Dujas, já disse, corte o papo-furado. Vai dizer que não ficou espionando por aí? Você até mesmo confrontou Manes em público. Olha, vou colocar as coisas de outra maneira: eu não sei ao certo por que está aqui, mas você é a resposta para nossas preces e nós para as suas.

— Quem são "nós"? Em quantos vocês são?

— Dezoito.

— O quê? Dezoito pessoas? Isso não dá nem para começar o que quer que queiram fazer. São camponeses com arados enfrentando a guarda real do imperador. Manes domina os armamentos e o moral de todo mundo. Enfrentá-lo seria...

— Nem todo mundo. Acredite-me, nem todo mundo. E quanto aos armamentos, se esse é o problema, eu tenho a chave de onde eles estão.

Os olhos de Dujas brilharam. Ele repetiu a frase em forma de pergunta, num tom de reverência:

— Você tem a chave da sala de armas?

— Sim. Estamos conversando sem rodeios agora? Resolveu me dar atenção?

— Sou todo ouvidos. Qual é o plano?

— Não há plano Dujas. Um grupo de batedores já era e os demais estão fora do Quartel com Manes. Há sentinelas que também andam armados, como os que estão lá fora, mas a verdade é que eles não estão exatamente felizes com o clima que temos vivido. Não deve ser difícil trazê-los para o nosso lado. Vou te falar uma coisa, todos estão cansados da forma como Manes administra este lugar...

— Por quê?

— Por que o quê?

— Por que vocês estão cansados dele? O que ele fez para vocês que os desgastou tanto assim? Se vocês estão vivos, parece que devem isso a ele. Se têm comida, água e abrigo, ele é o cara que consegue isso tudo para vocês. Foi ele quem tomou este lugar à força; foi ele quem montou, para o bem ou mal, este pardieiro que abriga o pouco de civilização que restou. É ele quem arrisca a vida lá fora quando um de vocês se perde, então acho razoável perguntar com o que vocês estão tão descontentes.

Ela levou as mãos à cintura e esbravejou:

— De que lado você está, cara?

— Do meu. Sempre do meu. Felipa, você há de convir que é meio esquisito isso que está acontecendo aqui, certo? Nós nos vimos uma vez só há poucas horas, nos cruzamos no banheiro durante uma situação embaraçosa e você, de repente, me propõe uma rebelião. Acha que eu sou idiota ou o quê? Se eu não soubesse que Manes saiu daqui esbaforido e com a cabeça na lua por causa do seu conflito amoroso com aquela batedora gostosa, eu diria que isso tudo foi algo armado por ele para me pegar no pulo. Então, sim, eu quero saber por que vocês são contra ele. Que tipo de problemas existem aqui que eu ainda não percebi?

— Acho melhor eu mostrar!

Sem cerimônia, Felipa abraçou a menina que a acompanhava, enlaçando seus braços em torno da cintura magra, e deu-lhe um profundo beijo molhado. Seus lábios carnudos pressionaram com fervor os da jovem, e o vigor do ato quase fez com que Dujas caísse para trás. Ali, naquele lugar escuro e sujo, presenciar o toque íntimo das duas mulheres o fez perceber-se pecaminoso e vivo como há muito não se sentia. Elas apertaram as nádegas uma da outra durante o beijo, mas não foi uma ação forçada — tudo pareceu bastante natural, um encadeamento de algo maior, uma progressão —, e Dujas pôde ver os detalhes de ambas as línguas se tocando, o que, de uma forma bastante estranha, o excitou. Quando pararam, Felipa fitou-o com severidade e disse, apontando para o homem que viera junto:

— Meu colega aqui também tem dificuldades para expressar seus sentimentos, assim como eu e... Eu e minha namorada.

Dujas foi direto ao ponto:

— Você quer dizer que Manes não aprova gays?

— Não aprovar é uma coisa. Perseguir é outra. Eu fui humilhada publicamente em mais de uma ocasião, submetida a um ridículo julgamento informal e obrigada a concordar em não manifestar em público minhas preferências sexuais. A desculpa é para evitar conflitos com quem não aceita nossa escolha. Dá para acreditar? Nós não somos proibidos de ser quem somos, porém somos proibidos de ser quem somos em público, o que para mim é a mesma coisa. Há quase quatro anos, temos que nos esconder a portas fechadas, enquanto o próprio Manes fica tendo casos extraconjugais. Aquele hipócrita.

— E o que te faz pensar que eu sou um cara que aceitaria seu comportamento?

— Você aprende a perceber essas coisas com o tempo. O próprio Manes não tem problemas pessoais conosco, mas ele também não foi capaz de tomar uma decisão em nosso favor. Preferiu colocar panos quentes, e a coisa deu no que deu.

Dujas cruzou os braços e suspirou. Era bastante informação para lidar de uma só vez.

— Então é isso? Você quer provocar uma revolução no Quartel por causa de homossexualidade?

Ela bufou:

— Não, não é isso. Esse é o meu caso, meu problema. O problema de mais alguns também. Mas cada pessoa está de saco cheio por um motivo diferente. Acredite em mim, todo mundo tem seu próprio motivo.

— Por exemplo?

— Manes regula as funções de cada um. — intrometeu-se na conversa o homem que a acompanhava. — É ele quem determina o que cada um tem que fazer. Ele acerta os turnos, os trabalhos, as responsabilidades. Porra, até o cardápio é ele ou Liza que escolhem.

— Nós não temos autonomia aqui para fazer nada — disse a outra moça. — O que vivemos aqui não é uma democracia, mas uma ditadura!

Felipa continuou:

— Só o que queremos é ter liberdade para fazer o que quisermos. É pedir demais?

Dujas ponderou antes de responder:

— Talvez seja. O que acontece quando todos fazem o que querem? Já parou para pensar nisso? Um sistema sem alguém que o governe?

— Olha, não queremos nada drástico. Apenas mostrar que temos voz ativa também. Queremos dar um susto em Manes e nos babacas que o apoiam cada vez que alguém é proibido de fazer algo.

Ficaram em silêncio por um momento, dando vazão ao som das máquinas. Dujas parecia meditar sobre sua descoberta, seus olhos pousaram no vazio e lá ficaram por alguns segundos. A trama começava a se desenrolar em sua mente: uma esposa traída, uma amante maltratada, uma comunidade gay descontente e muita gente reprimida; tudo isso numa mesma manhã. As relações naquele lugar pareciam ser uma mina de ouro. O que mais ele encontraria para urdir sua teia?

— O que querem de mim, afinal?

— Nós lhe dissemos quem somos. Queremos saber quem você é. Está claro para nós que não veio aqui a passeio...

— Não posso te dizer quem sou.

— Mas eu acabei de...

— Eu sei, mas não posso. Ouça, esta conversa é estranha demais e ainda não tô confortável. Preciso saber exatamente onde estou pisando, aí falamos melhor.

Ela não gostou. Esperava outro tipo de diálogo com ele. Foi o homem que estava ao seu lado quem jogou um verde:

— Presta atenção, cara. Já falamos em armar uma confusão há bastante tempo. Só que nunca aparecia uma situação favorável.

— O que mudou?

— O que mudou? Sabe quando vamos encontrar o Quartel desprotegido da forma como está agora de novo? Nunca! Esta é a chance que esperávamos!

Dujas levou a mão ao queixo e o coçou, pensativo:

— Algum dos grandalhões está conosco?

— Não, mas com armas não precisamos de grandões ao nosso lado.

— Errado! As armas podem ajudar, mas o que precisamos mesmo é trazer o povo para junto de nós. Fazer a cabeça das pessoas, confundi-las, plantar a semente da dúvida. Se metade do Quartel se virar em nosso favor, então teremos uma chance.

A personalidade de Manes é muito forte e, no instante que ele voltar, as pessoas irão correr para baixo da asa dele e pedir desculpas. O que quer que a gente arme, tem que ser algo grande.

– Isso significa que você irá nos ajudar? – os olhos de Felipa brilhavam.

– Eu ainda não sei. Para que precisam de mim? Se já planejavam isso faz tempo...

– Nós precisamos de você porque já estamos marcados pela vida aqui dentro.

– O que quer dizer?

– Quero dizer que todos já tivemos problemas em algum nível. Brigas, discussões, dificuldades de relacionamentos. Você é um rosto novo. As pessoas são desconfiadas, mas ao mesmo tempo estão preparadas para acreditar no primeiro que vier montado em um cavalo branco.

– Ok. Saquei qual é o ponto. Mas eu preciso de mais detalhes. Preciso saber exatamente quantos irão nos apoiar e quem são as pessoas que dão suporte cego a Manes. Se vamos fazer isso, tem que ser logo. Não vai demorar muito para que ele retorne. Faça esse levantamento e me procure o mais rápido possível.

O trio saiu sem se despedir, deixando Dujas sozinho no local. Pensativo, o rapaz tentava fechar algumas questões em sua cabeça, sendo que a principal delas era que ele espionara sem perceber que fora espionado. Quem o teria visto? Como ele não percebeu uma presença observando-o, logo ele que era tão perspicaz para essas coisas. Repassou os fatos mentalmente até que um estalo lhe veio; lembrando-se da criança que lhe entregara o papel e do fato de Felipa ser a professora do Quartel, ele uniu os pontos. "Claro, as crianças. Elas vão a lugares aonde adultos não conseguem ir, podem ser invisíveis mesmo quando estão à vista e, fora isso, são facilmente manipuláveis." Com certeza era isso, Felipa havia pedido aos mirins do Quartel que ficassem de olho nele e em tudo o que fizesse.

Todo e qualquer lugar têm seus próprios conflitos, e aquele não era exceção. Pobre Felipa, mal sabia ela que, apesar das falhas e decisões condenáveis, ela ainda assim tinha um grande líder, daqueles difíceis de encontrar. As pessoas falham ao reclamar demais das escolhas de alguém sem nem sequer tomar as suas próprias. Provavelmente Felipa se arrependeria daquela sua decisão impulsiva surgida a partir da vivência de dificuldades que eventualmente poderiam ter sido contornadas ou negociadas. Mas a paciência é uma virtude e a impetuosidade um defeito a ser explorado por quem tem visão – e paciência. O primeiro passo rumo à ruína estava dado.

Longe dali, do outro lado da instalação, Liza supervisionava a queima dos últimos cadáveres, quando José chegou até ela e a chamou de canto:

– Liza, temos um problema.

– José, que diabos você está fazendo aqui? Quem ficou nas comunicações? E se Manes...

– É justamente sobre isso que eu vim lhe falar. Perdemos a comunicação com Manes há quase trinta minutos. Esperei o máximo que deu antes de vir falar com você.

O mundo de Liza desabou. Os ecos de sua visão atrapalharam seu raciocínio; ela viu um buraco negro, cuja massa era incomensurável, crescer e devorar tudo ao seu redor, e Manes, em sua bravura indelével, ser arrastado para dentro dele, caindo em suas profundezas, até desaparecer, sendo engalfinhado por toda a luz negra violeta que emanava de seu cerne. Liza era um colosso, uma mulher de fibra e garra, porém, naquele momento, ela despencou. Literalmente. Sentou-se no chão e se pôs a chorar. José, olhando para os lados com medo de alguém mais estar vendo sua líder ser entregue àquelas condições, puxou-a pelo braço e disse:

– Liza, pelo amor de Deus, levanta. Vem, vem aqui comigo.

Conduziu-a para longe da montanha de corpos carbonizada e dos olhares alheios, entrando em uma sala pequena, usada como depósito. Nada disse, apenas deu um tempo ao seu lado, esperando que ela se recuperasse. Liza deu vazão ao que sentia e ventilou suas emoções através das lágrimas. Jamais chegou a partilhar aquilo com alguém, porém, para a desgraça do Quartel, sua visão profética começava a tomar forma. Quisera ela ter todos os detalhes; então talvez pudesse ter evitado a grande tragédia que se abateria sobre todos. Porém, suas mãos estavam atadas. Recuperando sua dignidade, ela enxugou o rosto, respirou fundo e desculpou-se pela cena. Começaram a conversar normalmente:

– Qual foi a última notícia que teve deles?

– Estavam há quase dois quilômetros do ponto de resgate. Tentavam atrair os infectados para longe com o veículo, pois a área estava muito perigosa. Perdemos a comunicação de um instante para o outro.

– Eles fizeram contato com os infectados?

– Não sei. Mas tudo indica que sim.

– E os rádios?

– Ninguém responde. Eles levaram três unidades móveis, mas não sei por que ninguém se comunica conosco. Fico tentando chamar e...

– Tudo bem, José. Já entendi. Convoque uma reunião urgente no salão de entrada. Preciso falar com todos.

– Com todos, senhora?

– Sim, com todos!

CAPÍTULO 17

A memória de Conan insistia em levá-lo de volta ao Dia Z. Pedras e o asfalto fumegante cortavam suas costas enquanto ele se arrastava com o peso extra de um infectado sobre si. Ambas as mãos estavam ocupadas tentando impedir que ele fosse devorado vivo, ao segurarem o atacante da forma que conseguiam, hora pelo pescoço, hora pelos cabelos e até pelas bochechas. Era o retorno das batalhas campais, exceto que o campo onde a luta se desenrolava agora eram as vias das cidades, as salas de todos os lares, as cidadezinhas praianas, o interior de veículos e as mesas de escritórios. As lutas ocorriam nos lamaçais, nas fábricas e nos lixões. Nas mansões, museus e quartéis. Ao sair do túnel do metrô e ganhar a superfície, Conan havia dado de encontro com o impensável, o indizível, o inimaginável.

O hálito escaldante daquele ser outrora humano queimava seus olhos com um odor de enxofre, e seus gritos inumanos pareciam saídos de um filme de terror de terceira categoria. Não parecia que aquilo saía de uma garganta humana, não pareciam ser cordas vocais a produzirem aqueles sons. Dentro daquela bocarra escancarada diante de si desferindo mordidas no vazio que, se o acertassem, teriam arrancado nacos de seu rosto, o policial Conan viu até o palato do agressor e percebeu uma cor ligeiramente diferente da convencional, uma cor difícil de ser descrita, um tom que poderia ser confundido com marrom ou bege escuro, mas na verdade não era. Claro que na hora ele não estava preocupado com nada disso, na hora só o que queria era sobreviver, mas essas eram imagens que voltavam constantemente à sua cabeça, trazendo consigo pensamentos e reflexões, ora concretos, ora abstratos.

Conan, em plena desvantagem, lutava contra a selvageria de seu oponente, que usava as mãos livres para arranhar seu peito e pescoço, na tentativa de abrir caminho para a mordida derradeira. O policial tentou manter a calma e respirar e entendeu que tinha que sair daquela situação imediatamente, pois, se mais um infectado, apenas mais um, caísse sobre si, estaria tudo acabado. Lidar com um já estava difícil, com dois seria impossível.

Naquela época, ou seja, nos primeiros dias, evidentemente eles ainda não eram reconhecidos como infectados ou contaminados ou por qualquer outra alcunha. Não, nos dias apocalípticos de então ainda não havia rótulos e nomes, teorias e explicações. Não havia resposta para qualquer pergunta; só o que havia era o desejo de sobreviver a qualquer custo. Sem pensar demais, sem extrapolar, sem tirar conclusões. Diante da alquimia do desastre, só o instinto falava. Mas Conan, vendo os avantajados maxilares de aço se pronunciar sobre si, com seus dentes careados e uma baba branca e viscosa que caía sobre seu peito nu, fechou os olhos por um microssegundo e deixou que todo seu treinamento aflorasse. De repente, motivado por aquele hiato de paz e lucidez, tudo veio à tona como um filme. Toda a técnica necessária para reverter uma situação difícil, aprendida na academia, em treinos e workshops, em aulas de defesa pessoal, combate corpo a corpo, tudo que era preciso para virar uma luta em seu favor ficou nítido para si.

Uma das mãos travou o pescoço do adversário enquanto a outra segurou um de seus braços contra o peito ferido. O quadril fugiu para o lado, e um dos pés passou por dentro das pernas do agressor, colocando-se entre a linha da virilha e a coxa. Usando os princípios da alavanca, ele ergueu com facilidade o corpo do contaminado, que inclusive era mais leve que o seu, e o jogou para o lado. O respiro de tempo que Conan conseguiu com sua ação foi o suficiente para fazer o que queria; sem nem mesmo ter de se levantar, ele sacou a arma do coldre e atirou contra a testa do agressor antes que tivesse tempo para se recuperar.

Levantou-se com dificuldade e olhou em volta. Ao seu redor, o mundo colidia com as trevas. Percebeu que suas mãos estavam tremendo e atribuiu o fato à adrenalina. Na verdade, nos anos que viriam, ele teria muito tempo para refletir sobre aquela sensação e perceber que, até então, durante sua vida inteira, jamais havia sentido algo tão intenso quanto o que corria agora em suas veias. Ninguém no planeta jamais sentira; afinal, não é todo dia que alguém tem a chance de vislumbrar o fim de todas as coisas. Ele deu um suspiro e correu sem destino certo.

Havia uma montanha de fuligem e destroços sobre o corpo de Conan. Ele tentou se mexer, mas, assim que ensaiou o primeiro movimento, sentiu uma dor horrorosa nas costas. Toda a região do seu ombro esquerdo e omoplata, que foram as partes que ficaram mais descobertas durante a explosão, apresentavam queimaduras terríveis. Ele olhou para a pele chamuscada e soube imediatamente que aquilo seria bem difícil de consertar. Deu o tempo que precisava para que sua respiração se normalizasse, mas, no instante em que levantou a cabeça para fora da banheira, esqueceu-se de toda a dor e deu uma gargalhada fenomenal. Havia aberto um buraco do tamanho de um jumbo no apartamento. Era como se o próprio Godzilla tivesse vindo e dado uma mordida no meio do prédio.

Seus ouvidos pareciam viscosos, e, ao passar a mão sobre eles e olhar para os dedos, viu que estavam ambos sangrando. Isso explicava o zumbido incessante ao qual sua audição havia sido reduzida, uma espécie de microfonia eterna, tão alta quanto irritante. Os tímpanos estavam estourados.

Percebendo que sua musculatura se encontrava em frangalhos, levou mais tempo do que esperava para conseguir sair de dentro da banheira, mas, assim que o fez, numa atitude que era metade reverencial e metade brincadeira teatral, ajoelhou-se e deu um beijo na peça, dizendo:

– Bendito ferro.

Quando se levantou, uma agulhada forte na perna o fez gemer de dor, e observou que sua coxa havia sido trespassada por uma lasca de metal. Considerou suas opções e achou melhor não mexer no ferimento por ora, então apenas seguiu arrastando-se até a sala principal. O quarto de TV havia sido completamente destruído, e metade da sala também se fora, mas nada que lhe impedisse a passagem. A própria explosão devia ter consumido todo o oxigênio, pois não havia incêndio começado, senão por alguns focos minúsculos. Com mais calma do que antes, começou a revirar as gavetas dos móveis que haviam permanecido inteiros, até que encontrou um molho com dezenas de chaves. O chaveiro era do Snoopy; e Conan foi acometido por um sentimento de euforia, na realidade uma sensação tardia em perceber que, apesar de tudo, ainda estava vivo. *Alive & Kicking*, como dizia a canção.

A quarta chave abriu a porta. Sorte. Devia ser um molho de chaves reservas. O corredor estava vazio, nem sinal dos infectados. O ponto bom daquilo tudo, ao menos, é que com rádio ou sem rádio, até no Japão as pessoas deviam ter escutado aquela explosão. Conan, o homem mais importante do planeta, aquele que estava imune ao vírus e que carregava em seu sangue a esperança da humanidade, seria resgatado. Lembrou-se do que sua mãe dissera quando ele tinha apenas 8 anos:

– Filho, Deus tem planos para você. Você é especial.

– Como você sabe, mamãe?

– Por que ele me disse, ora.

Ao crescer, o cético e sofrido policial entendeu que todas as mães diziam a mesma coisa para seus filhos, sem nem perceberem que aquilo gerava neles um grau enorme de expectativa e cobrança, que ser especial era um peso colocado nas costas de uma criança inocente. Você é um profeta. Você é um escolhido. Você é um eleito. Nada de: você é uma criança normal e não tem obrigação nenhuma com Deus nem com o mundo; vá crescer, se divertir e se masturbar como todos os jovens. Não, ter um filho especial é a forma que as mães encontram para se enganarem ao mesmo tempo que imprimem um grau de importância maior ao que é a mais relevante realização da vida delas.

Conan cresceu com esse estigma; não o superou; e eventualmente o varreu para debaixo do tapete. Mas agora ele não estava tão certo se sua mãe havia se enganado em um nível subconsciente ao dizer que ele era especial. E se, apesar de toda sua descrença, ele realmente o fosse? Afinal não estava ele andando e pensando, quando deveria estar correndo e babando? Mais do que nunca, o batedor teve uma única certeza enquanto se arrastava lentamente para fora daquele edifício: ele tinha que sobreviver!

CAPÍTULO 18

A primeira vez que Manes beijou Zenóbia foi em uma missão. Ninguém nunca saía sozinho do Quartel; muitas vezes, quando se tratava de algo simples, os batedores saíam em duplas ou trios. Em outras, se tinham que fazer uma busca complicada de bens, mapeamento de terreno ou um resgate, saíam em um grupo grande. Porém, nunca estavam sós. Naquela noite, Manes e Zenóbia estavam em busca de bujões de gás. O que era algo de certa forma simples, pois havia uma empresa localizada a uma distância relativamente próxima do Quartel, complicou-se quando um grupo de contaminados apareceu e ambos ficaram ilhados em um edifício. Seguindo o procedimento padrão, o líder comunicou o Quartel sobre onde eles estavam e reiterou que não havia perigo, pois o veículo estava em segurança, fechado na rua, e eles haviam ido para o telhado, onde permaneciam inacessíveis aos contaminados; porém, teriam que pernoitar no local.

A noite estava quente e estrelada. Zenóbia deitou-se sobre seu peito, descansando a cabeça. Suas unhas roçaram levemente a pele dele, e ele brincava com seus cachos. Ficaram horas em silêncio, olhando o brilho fenomenal dos astros no céu. Numa iniciativa espontânea, ela beijou o peito dele. Foi como uma corrente elétrica correndo pelo corpo de ambos. O amor que fizeram foi algo que ele não sentia havia muito. Não se tratava apenas da novidade pueril de fazer sexo com uma pessoa diferente após ter estado casado por tempo demais; não era nada disso. Tratava-se de algo mais.

Ambos passaram a noite conversando e dando risadas, brincando sobre o fato de terem flertado durante algum tempo dentro do Quartel e relatando coisas íntimas sobre o passado de cada um. Manes chegou a cantar para Zenóbia, revelando sua majestosa falta de talento, e, como se fossem donos do mundo, tornaram a fazer amor mais duas vezes.

— Eu logo mais irei completar 40 anos — disse ele a certa altura. — Quarenta!

— Faltam ainda alguns anos, Mani. Não seja dramático.

— Se eu for viver 80 anos, isso significa que já vivi metade da minha vida. Se for viver 60...

— Qual é o ponto dessa conversa?

— Eu não fiz nada, Zenóbia. Nada das coisas que gostaria de ter feito. E, agora, jamais poderei fazê-las.

— Que coisas?

— Não conheci o Oriente Médio. Sempre quis ir até aquela região, ver todos aqueles lugares incríveis, Irã, Arábia Saudita, Iraque... Nunca voei de asa-delta. Nem assisti a uma Copa do Mundo ao vivo. Putz, se for começar a listar...

Ela permaneceu um pouco calada, pensativa. Quando falou, foi para contestar:

– Já parou para pensar que toda vez que as pessoas conversam hoje em dia é para reclamar das coisas que perderam? Dizer que sentem falta dos shoppings, de ir ao cinema ou comer fora aos domingos?

– As pessoas sentem saudades das coisas boas que tínhamos. Você vê algo de errado nisso?

– Bom, eu também tenho coisas que gostaria de ter feito e não fiz. Mas quer saber? Eu não ligo mais.

– Por quê?

– Prefiro pensar nas coisas que ainda posso fazer. Não nas que não fiz. Não quero viver pensando o tempo todo naquilo que me faz falta. Além do mais, para dizer a verdade, eu realizei meu maior sonho.

– E qual é esse sonho, posso saber?

– Estar com um homem que realmente amo!

E então ela lhe deu um forte abraço. Manes jamais esqueceu a sensação que percorreu seu corpo naquele momento, a sensação única e inexplicável de ser amado por alguém. Ele já deveria ter sentido isso mil vezes com Liza. Ele sentia! Mas, naquela noite mágica, tudo havia sido diferente! O silêncio era total, e parecia que até mesmo os contaminados haviam parado de gritar para celebrar o momento deles, aquele segundo quintessencial que todo ser humano busca em vida, mas poucos alcançam de fato. Pela manhã, quando a mágica da noite já havia se desfeito e a luz do sol trouxe consigo a culpa e a incerteza, os conflitos começaram.

Manes era um homem de difícil descrição. Claro, não do ponto de vista físico; qualquer criança poderia mencionar seus cabelos castanhos e lisos, seus ombros largos e os antebraços graúdos. Difícil descrever era a ambiguidade de sua natureza, o paradoxo que seu próprio ser abarcava. Ele travava uma batalha constante de valores dentro de si, defendia o certo e o errado como extremos, buscava ser justo em um mundo de injustiça e violência, no qual nem sempre os caminhos corretos estavam claros. Mas a busca pela justiça e ela em si são coisas diferentes, e Manes era o líder de um exército de desiludidos; comandava pessoas sem esperança e precisava lidar diariamente com psiques traumatizadas, dilaceradas pela força das circunstâncias, açoitadas pelo chicote de uma realidade que as privara da segurança e as arremessara de volta à barbárie.

Restara alguma moralidade em um mundo onde mães mataram seus filhos para sobreviver? Seria devido até mesmo falar sobre moralidade? Sobrara alguma ética em meio a toda aquela desolação? O colorido do mundo se fora, a inocência se tornara um mito, e só o que restara era a teimosia de organismos que lutavam para sobreviver, apenas porque é da natureza de qualquer ser vivo não se entregar ao abraço seco da morte.

O que ele estava fazendo ali? Por que levara seus homens a uma missão suicida? Por que se desviava de seus sentimentos por Zenóbia, em vez de buscar entender o que sentia por ela? Ele a amava? Odiava? Desejava? O que significava continuar existindo em um mundo onde tudo o mais evaporara? Enquanto subia aqueles lances de escada, tentava formular pensamentos e explicar a si mesmo suas razões, mas a coesão escapava-lhe às ideias. Sua brutalidade e a casca dura escondiam o que havia por dentro de si: um mar de incertezas caóticas.

O grupo deu em um andar bastante parecido com o térreo, exceto que as roupas eram voltadas para um público diferente. Do lado esquerdo da loja, enxovais para quartos de crianças; do lado direito, roupas infantis. Mais ao fundo, todo tipo de utensílios complementares que eram obrigatórios às antigas lojas de departamentos.

Os sete se acocoraram em um canto e passaram a se comunicar somente por sinais, tentando manter o máximo de silêncio e discrição possível. O fato de o prédio estar fechado antes de o veículo romper com suas paredes não significava que ele estava vazio. Cortez fez um sinal com os dedos em forma de "V" próximo aos seus olhos indicando que Cufu fosse até a janela para checar o terreno. O guerreiro de ébano prontamente obedeceu. Sua agilidade, para alguém cujo corpo era rijo como uma tora de madeira, era impressionante.

Ele se aproximou de uma das janelas, um enorme vitral retangular sujo e opaco, e procurou varrer toda a crueza da situação com seus olhos vítreos. Após pouco mais de quarenta segundos, retornou para sua posição onde o resto do grupo o aguardava, e, entre sussurros, ele e Manes conversaram:

– Localizou a direção exata da explosão, Cufu?

– Sim, estamos somente a dois prédios dela. Foi desse mesmo lado da rua, aproximadamente a sessenta metros, talvez oitenta. Mas lá fora está infestado deles.

– Eles estão ativos?

– No momento não. Entraram naquele modo esquisito, em que parecem ficar vagando. Pelo menos os que estão lá fora. Seja como for, não dá para arriscar. Se tentarmos passar por eles, seremos vistos.

Era verdade. O comportamento dos infectados era absolutamente inexplicável do ponto de vista científico – assim como sua própria existência –, mas, inexplicável ou não, os humanos foram obrigados a aprender o máximo que puderam sobre eles. Infectados não ficavam o tempo todo ativos; eles de fato passavam a maior parte do tempo em um estado torpe como se fosse um tipo de *stand-by*, no qual andavam a esmo com a lentidão de lesmas, as bocas abertas e os olhos vazios, revirados para cima. Porém, bastava um odor diferente, um leve ruído, uma percepção de movimento qualquer, para que eles fossem catapultados para fora desse estado e retomassem àquela selvageria que lhes era característica. Cortez interrompeu a discussão:

– E se formos por dentro ao invés de irmos por fora? Tem acesso?

O grupo fez um silêncio perturbador. A proposta podia soar como loucura, mas incrivelmente fazia algum sentido. Ele emendou outra ideia, procurando justificar seus pensamentos e na expectativa de que o grupo se decidisse com mais rapidez:

– Não foi você mesmo que disse que estamos só a dois prédios da explosão?

Todos olharam para Manes, que simplesmente confirmou:

– Vamos lá.

– A melhor opção é ir pelo telhado! – alertou Kogiro. Mas, assim que iam discutir suas possibilidades, um enorme barulho vindo do andar térreo complicou toda a situação.

– Eles arrebentaram a porta. Todos para cima! – gritou Manes. Cinco dos soldados obedeceram prontamente, correndo em direção a um par de escadas rolantes desativadas. Todos, exceto Zenóbia, que engatilhou sua arma e calmamente caminhou para a direção oposta. Os outros já haviam desaparecido escada acima quando Manes, que pensava estar subindo por último, deu mais uma olhada. Era um hábito que tinha, já que seu lema era jamais deixar alguém do grupo para trás. E qual não foi sua surpresa ao ver a amazona. Gritou desesperado de onde estava:

– Zenóbia, o que está fazendo?

Ela não respondeu. Ele insistiu, novamente sem resposta. Os uivos dos contaminados e o barulho deles correndo começaram a ficar mais altos. O líder pensou em Liza, pensou em seu pai, pensou nos dias felizes e nos dias malditos que teve ao lado de Zenóbia, tudo isso em uma fração de segundo. Seu corpo ameaçou seguir em frente, porém voltou o meio lance de escada que já havia subido. Ao ver que ele não havia fugido, a batedora gritou:

– Saia daqui. Eu vou dar cobertura!

Ele já estava ao lado dela quando respondeu:

– Cobertura o caralho! Você vai vir com a gente agora! Ou vamos todos ou não vai ninguém.

A amazona encarou-o com firmeza, e seus olhos pareceram duas pedras preciosas, tamanho fora seu brilho. Ele não ousou encará-la de volta, em vez disso engatilhou sua arma decidido e ficou mirando para frente, para a porta fechada de onde tinham vindo, e por onde, em poucos segundos, estaria sobre eles uma massa deformada de criaturas. Zenóbia sabia por que havia decidido ficar para trás, mas jamais admitiria, nem para si própria. Ela olhou para o guerreiro ao seu lado e se perguntou se aquele momento teria força o suficiente para apagar todo o resto. A voz que saiu de sua garganta foi seca e amarga:

– Manes. Siga em frente. Salve-os. Eu não me importo mais.

Os uivos indicavam a verdade: trinta metros, talvez vinte. Separando-os do casal, havia apenas uma porta dupla de madeira, que abria para dentro. O som ensurdecedor dos pés batendo no chão parecia o do estouro de uma boiada, mas ele permanecia irredutível. A moça, desviando o olhar de seu amado para a direção de onde o caos vinha, respirou fundo e perguntou:

– Por quê?

– Não vou deixar você cometer suicídio sozinha, Zenóbia.

– Qual é o seu problema, Manes?

– Soldado algum ficará para trás.

Ela, permitindo que a mulher que havia em si tomasse momentaneamente o lugar do soldado, baixou a arma e fitou-o, questionando:

— Eu sou um soldado? É isso? É só o que sou?

— Jamais descobriremos se ficarmos aqui! — respondeu resoluto.

Zenóbia pesou suas chances. Lançou um sonoro "Droga!" e então deu largada a uma corrida desesperada para o andar de cima. Em silêncio, ele a seguiu de perto. Segundos depois, o andar foi invadido por uma matilha de enlouquecidos contaminados, que tomaram todos os espaços, trombando com tudo o que viam pela frente. Espalhando-se com incomum precisão, eram como um furacão que ao passar deixa um rastro de destruição atrás de si.

— Onde diabos vocês estavam? — gritou Cortez, que havia voltado atrás dos dois e deu de cara com ambos subindo as escadas.

— Depois! — respondeu Manes. O colega sacudiu a cabeça em reprovação e guiou o caminho, dizendo: — Vamos, este lugar só tem mais um lance de escadas e o telhado, mas Kogiro encontrou uma passagem.

Sabendo que não tardaria a ser seguido, o trio subiu mais aquele último lance como um raio e chegou ao topo do edifício. O último andar era, na verdade, um enorme e amplo pavilhão descoberto, que servira de estacionamento para a loja na Era A. A. Não havia como bloquear a passagem dos contaminados, porque as escadas rolantes desembocavam em grutas de vidro totalmente abertas, então o grupo deveria se apressar.

A luz do dia cegou os olhos do trio assim que eles saíram naquele espaço aberto. Kogiro, Cufu, Erik e Judite estavam debruçados na amurada, a algumas dezenas de metros de distância e, atrás deles, erguia-se uma enorme coluna de fumaça preta vinda de um prédio bem perto, certamente a fonte da explosão. Ao chegarem, Kogiro apontou em algumas direções e explicou rapidamente o que fariam:

— É arriscado, mas é nossa melhor chance. Nós tomamos impulso e saltamos aqui e aqui. — todos acompanhavam com os olhos para os pontos os quais ele apontava ou tocava com o dedo indicador, locais que pareciam ser os mais seguros para pisar e aterrissar. A distância entre os prédios não era tanta, porém uma queda daquela altura seria fatal. O edifício ao lado era cerca de um metro mais baixo do que aquele no qual estavam, o que facilitaria o pulo, porém, por mais que pegassem uma boa distância, perderiam velocidade por terem que passar pela amurada.

Assim que o oriental terminou de explicar o plano, a equipe inteira olhou para ele incrédula.

— Eu tô falando sério, caramba.

— Você quer que a gente venha correndo e simplesmente pule de um prédio para o outro? — indagou Cortez com rispidez.

Sabendo que discutir não adiantaria, decidido a dar o exemplo, o japonês deu mais uma olhada para baixo, certificou-se de que seu cálculo estava correto e decidiu ir primeiro. Os demais abriram espaço para ele, porém não paravam de resmungar se ele tinha certeza de que aquilo era uma boa ideia. O samurai, claro, sequer os escutou.

Recuou cerca de sete metros para tomar impulso, guardou a arma no coldre que ficava em seu peito e disparou em uma corrida suicida. O coração do grupo foi na boca quando, de um pulo só, ele saiu do chão, tocando com um pé a beirada que batia na altura da sua cintura, e voou como um pássaro pelos ares, aterrissando com a graciosidade de uma pantera no telhado vizinho. Ao tocar o chão, deu um rolamento perfeito para evitar o impacto no corpo e imediatamente colocou-se de pé. Preocupado com o tempo que estava cada vez mais escasso, gritou para os demais e emitiu um alerta:

– Venham já! Erik, tire o equipamento, ou você não conseguirá passar.

O que preconizara não era à toa. Kogiro sabia que o enorme batedor era muito pesado para cobrir aquela distância em um pulo, ainda mais com o pesado equipamento de proteção que eles usavam. O grupo confiava no bom-senso do japonês, e enquanto o ruivo começava a tirar seus coletes, Manes gritou:

– Judite, Zenóbia, vão agora.

As mulheres, mimetizando as ações de Kogiro, tomaram distância e saltaram sem problemas. Judite foi um pouco mais desengonçada que Zenóbia, e Erik, já livre do peso extra, correu na sequência com a leveza de um elefante e se atirou de cima do telhado. Seu corpo, não tendo atingido uma boa velocidade, perdeu altura com uma rapidez espantosa, e ele bateu com o peito na lateral externa do outro prédio, ficando dependurado do lado de fora. Kogiro e as mulheres correram para ajudá-lo, mas ele era muito pesado até mesmo para os três juntos.

– Manes! – bradou Judite histérica, e o líder deu a ordem para os demais saltarem ao mesmo tempo em que a turba de contaminados irrompia no telhado. Saídos de um pesadelo macabro, eles subiram pelas escadas rolantes e, ao chegarem à bela gruta de vidro, despedaçaram suas paredes com os próprios corpos, rumando em direção aos três homens que ainda estavam no prédio.

O líder saltou com invejável agilidade e passou pelo obstáculo facilmente. Cortez, que era mais velho, e Cufu, com suas pernas curtas, tiveram um pouco mais de dificuldade, porém foram ambos bem-sucedidos. Juntos, puxaram Erik para cima, eliminando o perigo da queda fatal. O ruivo abraçou o tronco, resmungando:

– Puta merda, acho que quebrei umas costelas...

– Vamos sair daqui! – gritou Cortez com um tom de histeria na voz, e os demais já se preparavam para segui-lo, quando Manes falou convicto:

– Não!

– Como assim não?

O líder guardou sua arma de fogo e sacou o facão, afirmando com brevidade:

– Chega de fugir. Metade deles vai cair lá para baixo. A outra metade nós seguramos aqui.

Aquilo era sem dúvida algo inesperado. Cortez deu um passo à frente e tentou apelar para o bom-senso do líder:

— Manes, eles são centenas. Nunca ninguém enfrentou tantos assim. É suicídio...

— Não? — bradou o homem. — Como sabemos disso? Nós nunca enfrentamos um número assim porque sempre cagamos de medo deles, mas isso não quer dizer que não seja possível. Eu só sei que estou cansado de correr! Vamos resistir aqui e agora. É nossa melhor chance.

Foi um daqueles instantes em que a apreensão, a expectativa e a ansiedade fazem o coração disparar como um tambor, ao mesmo tempo que tudo o mais parece estar congelado ao redor. Kogiro, com sua natureza marcial instigada e supondo que, se aquela fosse sua hora de morrer, então não haveria morte mais honrada, entregou-se ao clamor da batalha que crescia vultosa diante de si. Foi o primeiro a abrir um enorme sorriso e, como o perfeito samurai que era, sacou sua "espada" e deu um passo a frente, posicionando-se ao lado do líder. Nem bem havia feito isso, e os primeiros deles começaram a planar do outro prédio para a cobertura.

Cortez, de onde estava, viu a extraordinária cena acontecendo bem à sua frente com toda a vivacidade possível e lhe ocorreu que talvez nunca mais na vida tivesse chance de ver algo parecido. Diante de si, a silhueta iluminada pela luz do sol dos dois admiráveis homens portando aquelas ancestrais armas de combate como o faziam os antigos misturava-se a diferentes matizes e constituía um fascinante jogo de luz, sombras e cores. Vindo na direção deles, um exército de criaturas deformadas revelado gradativamente pelo beiral do prédio ao lado, que saltava rumo à morte e à perdição, destituído de qualquer sensação que não fosse o primitivo desejo de matar. Movidas por alguma força diabólica que as levava a atacar os que um dia foram seus iguais e devorá-los como abutres comendo carniça, as criaturas planaram com seus gritos de guerra guturais e seu olhar inumano. A luz do sol fora eclipsada pelos corpos lançados no ar que expunham garras ameaçadoras e bocarras abertas, na maior tradição dos grandes monstros mitológicos. Eles eram harpias, grifos, górgonas e quimeras. Motivado pela adrenalina e pelo desejo de fazer algo jamais feito antes, Cortez sacou seu facão e fez sua voz grave de trovão soar forte, gritando para os demais:

— Vamos lá, seus bastardos. O que estão esperando. Poupem as balas.

O insight que Manes tivera havia sido genial, pois era fato que a vantagem numérica não importaria muito naquela cobertura. Os sete, armados com seus afiados facões, montaram uma linha defensiva a uma distância de pouco mais de um metro e meio da beirada da cobertura e começaram a brandir as lâminas com precisão e segurança, golpeando firmemente todos os oponentes que conseguiam cruzar a distância mortal que separava os dois prédios. Cada infectado que tocava os pés naquela cobertura era imediatamente recebido por uma estocada fatal, um golpe poderoso que rachava crânios, eviscerava ou desmembrava, um corte longitudinal, uma decapitação; e os esguichos daquele líquido que era um arremedo de sangue tingiram o chão e os corpos dos lutadores. Os guinchos inumanos aumentaram exponencialmente, assim como a quantidade deles, e, em poucos minutos, os contaminados se tornaram um número de três dígitos.

Manes não saberia dizer quanto tempo seus batedores resistiram, protegendo o flanco uns dos outros, fazendo com que seus facões trabalhassem de maneira uniforme, como se fossem um só, em perfeita sinergia, completamente atentos aos inimigos que vinham em sua direção. Poderiam ter sido horas. Porém, por mais bravos que os companheiros fossem, por melhor que fosse seu treinamento e por mais bem decididos que fossem sua vontade e seu desejo de sobreviver, seus braços logo começariam a ficar cansados. Desejo de retribuição nenhum conseguiria evitar o nível de fadiga que o líder começou a prever quando mais e mais contaminados conseguiram romper com a linha defensora original e a luta se agravou, desenrolando-se também em cima do prédio. Em vez de uma batalha para impedir que os oponentes abordassem, à maneira que faziam os antigos piratas, aquele se tornou um movimento memorável, no qual sete enfrentavam centenas.

— Eles são muitos! — gritou Judite. E, para cada um que era morto, outros quatro pareciam tomar seu lugar.

— Mantenham a linha! — exigia Cortez, sabendo que, se perdessem controle sobre os flancos, tudo estaria perdido.

Apesar da bravura do grupo, Manes percebeu que seria uma questão de tempo até perderem alguém. Cada vez mais contaminados surgiam, e, ainda que vários despencassem diretamente para a morte, um número crescente deles conseguia saltar através do vão.

— Vamos precisar recuar! — ele gritou. Aos seus pés, deixara uma montanha de cadáveres. Kogiro parecia ser o único perfeitamente confortável com tudo aquilo. Os respingos quentes de sangue sobre seu rosto eram o estímulo de que ele precisava para deixar sair de dentro de si o refinado espírito marcial que havia guardado e reprimido por décadas. O facão parecia estar vivo em suas mãos, e ele se movia com a leveza de um felino, recuando e atacando simultaneamente, confundindo seus oponentes com movimentos compassados que voltavam quando fingiam ir e iam quando fingiam voltar. Sua posição de combate era perfeita; a cabeça ereta, o vigor firme emanando a partir dos ombros para todo o corpo. Seu rosto estava sereno, a testa e o espaço entre os olhos não apresentavam uma ruga que fosse. Os glúteos comprimidos, uma força fenomenal nas pernas, do quadril aos artelhos. Kogiro se tornara a personificação do verdadeiro guerreiro, exibindo uma técnica refinada e precisa. Um corte, uma morte! O samurai gritou:

— Eu posso segurá-los. Vão vocês.

Seu excesso de confiança não era infundado; ele *realmente* teria conseguido segurá-los sozinho. Porém, provavelmente também perderia a vida no processo.

— Nem a pau. Não viemos até aqui juntos para perder alguém agora! — respondeu Cufu. O guerreiro, ao contrário do samurai, era um poço de ferocidade e força bruta. Seus golpes eram tão violentos que chegavam a decepar o tronco dos contaminados ao meio, coisa que ninguém mais conseguia, porém a quantidade numérica deles eventualmente superaria tanto a lâmina técnica do japonês quanto a lâmina selvagem do negro. Pensando estrategicamente, Manes provou merecer o posto de líder ao comandar o grupo, mudando a estratégia bem no meio da batalha:

— Vamos dividi-los! — apontou com as mãos o que tinha em mente.

Entendendo de imediato a tática, Cortez assumiu a liderança da empreita, elucidando a questão:

— Dividir para conquistar!

Então bateu suas costas contra as de Zenóbia, que estava próxima de si, e formou com ela um círculo mortal virtualmente impenetrável, no qual suas lâminas eram verdadeiros escudos que salvaguardavam o corpo; então a empurrou para uma extremidade oposta do prédio. O grupo seguiu o exemplo dos dois e, ao se mover, ganhou espaços extras ao invés de perdê-los. Se antes eram comprimidos pelos contaminados, agora viravam o jogo. Kogiro posicionou-se sozinho no canto direito, Manes e Cufu ao centro, Judite e Erik em um campo mais afastado atrás dos demais, e Cortez e Zenóbia na extremidade esquerda.

A estratégia funcionou, e os contaminados pareciam se perder em uma leve indecisão de para onde deveriam seguir no instante em que pousavam sobre o telhado. Cada breve momento de pausa deles significava uma nova vantagem para os aliados, que lutavam com força, destreza e ferocidade ímpares. Quando a fadiga e o cansaço mortificante se aproximavam e o psicológico dos batedores começava a ser abalado por uma sensação irreal de que aquela luta jamais acabaria, dando sinais de desgaste, de um baque para o outro, finalmente pararam de chegar novos oponentes, o que indicava que o grupo de perseguidores havia acabado. Afinal, uma hora eles tinham que parar de vir. Bastava que o grupo conseguisse lidar com aqueles que estavam lá. O som dos uivos enfurecidos e das lâminas zunindo contra o vento, que foi pouco a pouco esmorecendo, se misturava ao barulho dos ossos e músculos sendo rompidos e esmagados.

A peleja pareceu interminável, e é fato que, se ela tivesse tomado corpo durante a época dos menestréis, vinte séculos depois ainda seriam cantadas canções sobre aquela improvável e bem-sucedida resistência. Ao final de tudo, os sete estavam de pé, exaustos e cobertos por aquele muco horrível que era o sangue dos contaminados. Mãos tremendo, respiração ofegante.

Sobre a cobertura do prédio, estendia-se um bizarro carpete de corpos estraçalhados e, no vão entre os dois edifícios, quatro andares para baixo, no nível da rua, havia outro. Membros espalhados e corpos contraídos, os rostos transformados em verdadeiras máscaras do Dia das Bruxas, que gravavam em si o momento da dolorosa morte.

Os batedores estavam em silêncio, corações disparados, impregnados pela adrenalina tóxica que corria em seus corpos; ninguém parecia ter coragem de baixar a arma. Ninguém queria, na verdade, baixar a própria guarda. Traziam dentro de si a força predatória das feras, raramente desperta na raça humana, que desde a chegada da civilização colocou seus instintos para dormir. A coluna de fumaça atrás deles estava bem tênue agora, o sol havia se movido e começava a sua queda rumo ao poente. Por quanto tempo haviam lutado?

Lentamente, Manes começou a voltar ao seu estado normal. Aliviou a tensão da musculatura, seus batimentos cardíacos desaceleraram e a respiração começou a se estabilizar. Sua mente, anulada durante a batalha, pouco a pouco recuperava o controle, dizendo-lhe que todas as ameaças naquele local haviam sido eliminadas. Não havia outro coração pulsante naquele prédio que não fosse o do grupo. Eles estavam, afinal, seguros. Manes diminuiu a pressão exercida na empunhadura do facão gotejante. Endireitou o corpo e sentiu uma leve brisa refrescar sua pele que queimava como brasa.

– Alguém está ferido? – perguntou.

Como se não tivessem disposição para falar, tamanho haviam sido os esforços desprendidos, os membros do grupo apenas negaram com a cabeça. Caminharam lentamente em direção uns dos outros e se entreolharam com uma expressão vazia. Manes guardou seu facão na bainha e disse, sabendo que não tinham tempo a perder:

– Cufu, há uma ducha ali atrás. Tá vendo ali? Vá lá e veja se a água está funcionando. Erik vá até o outro lado e cheque o prédio de onde veio a explosão. Os demais, descansem.

Cada qual ficou isolado para lidar à sua própria maneira com o que havia acontecido ali, naquela tarde. Afinal, não é qualquer dia que uma batalha daquele nível era travada. Até então, ninguém julgava possível enfrentar os contaminados em condições tão adversas como aquelas, sem veículos para dar proteção, sem armas de fogo e em um nível numérico tão inferior. Ainda assim, o grupo tinha acabado de realizar tal feito. O paradigma havia sido quebrado e, sem que percebessem, suas referências haviam mudado.

Kogiro ficou na beira da amurada, com a sensação de ter honrado seus antepassados, que outrora foram os maiores e mais habilidosos guerreiros que o mundo já conhecera. O japonês tocou a própria testa com o cabo do facão e fez uma prece rápida para sua crença pessoal. No êxtase da contenda, ele havia descoberto quem era de verdade – e isso era algo que não tinha preço. Zenóbia sentou-se de frente para o sol alaranjado e fechou os olhos por um instante. Parecia que todos os conflitos de então, ainda que ao menos por um momento, tinham perdido sua importância.

O horizonte começava a assumir uma coloração carmesim, e, apesar de ainda ser dia, a lua já podia ser vista no céu. O barulho de água corrente despertou a atenção de todos, que viram o guerreiro ébano entrar debaixo de uma ducha grossa e potente com todas suas roupas. A água diluiu a sujeira que o impregnava, e o sorriso que o guerreiro abriu foi contagiante. Olhando mais atentamente ao seu redor, Cortez percebeu que aquela cobertura que servira de palco para tamanha aniquilação fora, um dia, habitada. Havia vasos mortos, que outrora abrigaram um belo jardim. O chão sujo e escondido pelos corpos dos contaminados era de cerâmica, e uma mesa de cimento devia ter sido o cenário de cafés da manhã da família que ali vivera no passado.

Uma estranha sensação de normalidade contrastou com todos os cadáveres que haviam no chão, e o batedor sentiu, pela primeira vez em muito tempo, saudades de sua família que se fora.

Cufu estava razoavelmente limpo, e seu rosto continuava abrigando aquele sorriso bonito, com dentes brancos que pareciam as teclas de um piano. A água limpa era como um batismo sobre sua fronte; ele havia renascido. Judite o seguiu, afoita para tirar a gosma que cobria seu corpo. Erik retornava com as informações sobre o prédio do outro lado:

– Manes, a explosão realmente ocorreu neste prédio bem ao lado do nosso. Há uma cratera enorme que evaporou dois cômodos do lugar, a uns vinte metros abaixo de onde estamos.

– Algum sinal de atividade?

– Não, nenhum. Tem pelo menos uma centena de corpos incinerados no local. Não sei o que causou a explosão, mas com certeza sabemos o motivo.

– A rua está limpa?

– Sim. Os filhos da puta que não matamos devem ter ido embora.

– Sobrou algum filho da puta que não matamos? – aproximou-se Cortez.

– Sempre sobram! – emendou o ruivo.

Manes ficou pensativo. Achou que talvez fosse hora de fazer contato com o Quartel pelo rádio. Perguntou em voz alta:

– Alguém pegou os rádios móveis?

O silêncio foi geral. Ele soltou um palavrão e, enquanto decidia o que fazer, questionou Erik:

– Como está a frente do prédio? Há veículos estacionados?

– Nenhum que possa ser usado.

Então disse em voz alta:

– Ok, quinze minutos de descanso e para todos se lavarem. Logo mais o sol irá se pôr e não poderemos nos mover à noite. Vamos checar a fonte da explosão e ver se encontramos Espartano e Conan. Depois precisamos encontrar um lugar seguro.

Judite saiu de debaixo da ducha, e Zenóbia tomou de imediato o lugar dela. A água levava embora a imundice que as impregnava através do ralo, e o choque que o líquido gelado causava aos corpos quentes parecia tirar os batedores do transe em que haviam entrado após a batalha. A luta é algo glorioso; só mesmo quem já lutou na vida é capaz de entendê-la. Quinze minutos depois, todos estariam prontos para dar continuidade àquela epopeia.

CAPÍTULO 19

José voltou à sala de comunicações. Havia feito todos os preparativos solicitados por Liza, agora só restava esperar. Dali a quinze minutos, todos os que habitavam o Quartel Ctesifonte, homens, mulheres, velhos e crianças, iriam se reunir no grande salão central para escutar o que ela tinha a dizer. A última vez que isso ocorrera havia quase quatro anos, e quem presidira a reunião tinha sido o próprio Manes. Foi quando José escutou da boca dele todas as regras de conduta que teriam que ser respeitadas ali dentro, todas as normas e os regulamentos que tornariam a vida possível naquele mundo assolado pelo holocausto.

Manes segurou em suas mãos uma edição de bolso bastante surrada e amarelada de *A Utopia*, de Moore, e leu um trecho em voz alta:

— "A união dos cidadãos sendo assim fortemente consolidada no interior, a excelência e a solidez das instituições defendem a república contra os perigos de fora. A inveja reunida de todos os reis vizinhos seria impotente para abalar e perturbar o império; já o experimentaram muitas vezes e todas elas viram seus projetos desmoronar." — Manes fechou o livro e disse que aquele não era um império e que ele não era um imperador, mas que sonhava, sim, com a união proposta pela utopia para poder levar adiante o sonho de manter a raça humana viva. Ou nos unimos e trabalhamos em conjunto, ou morreremos todos.

José era pouco mais que um adolescente, então. Não se recorda exatamente de como ou por que ele foi parar no Quartel, era como se tivesse apagado alguns detalhes de sua mente, mas se lembra de ter ficado fascinado pelo discurso daquele homem de olhar penetrante e peito taurino. Mesmo hoje, anos depois, José ainda era jovem, porém com um grande diferencial: fora obrigado a crescer, pois não existe juventude que perdure na Era D. A.

Ele se olhou no espelho e observou sua fisionomia maltratada. Os cabelos castanhos revoltos se recusavam a ficar no lugar, grandes espinhas vermelhas circundavam seu rosto, contrastando com a pele branca e seca, e sua magreza parecia ainda mais acentuada pelos vincos que se formavam abaixo do osso malar. Um jovem, talvez. Mas com um espírito dilacerado.

José havia deixado Júnior tomando conta das comunicações e, ao voltar, surpreendeu-o sentado, com um fone de ouvido e os pés estendidos sobre uma segunda cadeira. Ele estava de olhos fechados, completamente envolvido pela música que escutava nos fones, e cantava a letra da canção, porém sem emitir som.

Júnior tinha estatura mediana, cabelos escuros e ralos, com duas entradas bem pronunciadas, apesar de sua pouca idade. Ele vivia com o sobrolho franzido, porém quem o conhecia sabia que aquilo eram só aparências; de fato ele era bem-humorado e adorava fazer brincadeiras, mas, sempre que lançava suas piadas no ar como flechas certeiras, fazia-o com uma expressão séria. As pessoas nunca sabiam ao certo se ele estava brincando ou não, e isso era algo que realmente o divertia por dentro. Tinha a mente sagaz e uma profunda paixão por coisas antigas. Seus óculos eram discretos, com uma armação fina e delicada e, sabendo que seria bastante difícil encontrar outros naquela era de trevas, ele cuidava deles com o máximo de zelo. José o interrompeu, cutucando-o no ombro – ele retirou só um lado do fone do ouvido para escutar o que o colega queria dizer:

– Alguma novidade?

– Não.

Júnior recolocou o fone e continuou sua adoração quase ritualística. Contrariado, José o interrompeu novamente.

– Cara, e se eles tiverem chamado e você não escutou?

– Fica frio, eles não chamaram. Eu tô prestando atenção.

Sabendo que seria inútil discutir, José não retrucou. Deixou-se, em vez disso, cair sobre uma das cadeiras velhas do centro de comunicações e ficou pensativo por alguns instantes. Ocorreu-lhe, então, um pensamento sobre algo que jamais dera importância antes: não sabia qual era o primeiro nome do companheiro. Seu primeiro impulso foi perguntar, mas, no instante em que ia fazê-lo, se sentiu constrangido, afinal há tempos vivia na mesma comunidade que o colega e há pelo menos um ano, uma vez por semana, dividia com ele, durante quatro horas, a vigília dos monitores. Porém, eles não eram nada além de estranhos, e aquela descoberta foi algo que o constrangeu. José percebeu que, apesar da proximidade física, não sabia quem era aquela pessoa que estava ao seu lado. De fato, percebeu que não sabia coisa alguma sobre ninguém no Ctesifonte. Sentiu-se desolado e com um sentimento de culpa, então resolveu puxar conversa:

– O quê você está ouvindo?

– The Zombies!

A resposta foi surreal e fez com que José se desaconchegasse da cadeira e inclinasse o corpo para frente para refazer a questão:

– O quê?

– The Zombies.

– Você tá de gozação comigo, né?

– Não, não estou não. The Zombies é foda. Não conhece? É uma banda inglesa antiga.

Júnior era gentil e expansivo e, se recebia trela, adorava se relacionar. Aproximou-se do colega e ofereceu um dos fones para que ele escutasse um pouco da canção que tocava. José aproximou o fone do ouvido, mas, por respeito e higiene, não o enfiou, apenas o manteve próximo o suficiente para conseguir escutar o som.

> "What's your name? Who's your daddy?
> (He rich) Is he rich like me.

Has he taken, any time.
(To show) To show you what you need to live.
Tell it to me slowly (tell me what)."*

O técnico devolveu o fone e recostou-se novamente. Elogiou o grupo, mas no fundo não havia gostado. Ficou se perguntando depois por que havia mentido, mas não chegou a uma resposta satisfatória. Talvez quisesse apenas ser agradável com o colega, um sentimento que a humanidade partilha desde muito antes do Dia Z – as mentiras convenientes que eram o termômetro social do povo. Júnior, percebendo o tanto que José estava irrequieto, perguntou:

– Qual é seu problema hoje?

– Como assim "qual é meu problema"? Puta merda, tudo tá ruindo, cara. Esse é o problema!

– O que está ruindo?

– Tudo. Tá tudo caindo ao nosso redor. Não sei como você pode ficar aí, calminho, escutando The Zombies, quando a vinte metros de distância tem uma montanha de zumbis queimados lá atrás. E Manes tá lá fora, sem comunicação. E se o cara tiver morto, já parou para pensar nisso?

– Já. Mas acho que ele está vivo. Manes sabe se cuidar. Contudo, se por acaso ele estiver morto, bem, nós vamos ter que nos virar. Teremos que lidar com isso. Afinal não podemos depender de uma só pessoa para sempre.

– Júnior, é ele quem mantém isso aqui funcionando. Só estamos vivos por causa dele.

– Eu sei, cara, não tô dizendo o contrário. E o ponto é justamente esse. Temos que aprender a ser autossuficientes, porque Manes não vai durar para sempre. Já passou da hora de tomarmos conta de nossos próprio nariz.

José sabia que Júnior estava certo, mas, enquanto o argumento de um vinha da lógica, o do outro provinha do coração. Sem saber como retrucar, deu de ombros e olhou para o lado. A irritação que emanava dos poros de sua pele era quase palpável, e o outro sabia que, o que quer que estivesse incomodando o colega, não se resumia apenas a Manes. Tirou os fones e tentou acalmar o agitado técnico, apelando para o nerd que sabia que existia dentro dele e fazendo uma referência ao tema de zumbis, que havia surgido por causa da banda:

– Alexandra Delli Colli.

– O quê? – perguntou o outro, pego completamente de surpresa pelo nome proferido fora de contexto.

Júnior repetiu, elucidando:

– Alexandra Delli Colli. Aposto que não sabe quem é!

---

* "Qual o seu nome? Quem é seu papai? (Rico) Ele é rico como eu. Ele separou algum momento. (Para mostrar) Para mostrar o que você precisa para viver. Fale para mim lentamente (diga-me o quê)."

– Como assim "não sei quem é"? Loira, linda, foi importantíssima para minha juventude nerd depois que a vi nua e com o corpo tatuado com flores em *Holocausto Zumbi*.

Júnior riu. Sabia que José era tão nerd quanto ele, mas não a ponto de lembrar o nome de uma atriz italiana que havia participado de alguns filmes obscuros de terror. Ele deu continuidade à conversa:

– Esse filme foi lançado em alguns mercados como *Zumbi 3*.

– Eu sei, mas na verdade *Zumbi 3* era outro filme completamente diferente. Foi a volta do Lucio Fulci ao tema. A história dos dois até é parecida, mas eu acho esse uma grande besteira.

– Bom, já que você se lembrou do Fulci...

De repente os dois deram risada ao falarem juntos, como se tivesse sido combinado:

– Olga Karlatos!

Divertiram-se sabendo que, por um instante, a mente de ambos viu a mesma coisa:

– Meu Deus, que mulher linda.

– Pois é, tem a cena do chuveiro com ela no primeiro *Zombie*, do Fulci.

– E a cena do olho furado.

O outro teve arrepios ao se lembrar da cena mencionada e então, pensando a respeito do filme, indagou:

– Até hoje não sei como foi filmada aquela sequência com o zumbi e o tubarão.

– Nem eu. Pô, lembrei que a Olga tinha um filme muito bom com o Franco Nero, aquele cara que fez o Django.

– Um faroeste, não é? Eu me lembro desse filme. Putz, qual era o nome? Lembro que comprei um DVD bem podre na época em que eles eram vendidos em supermercados a preço de banana.

– Nossa, tinha esquecido que esse tipo de coisa acontecia. Olha só, tenho outra: Catriona MacColl!

– Caramba. Magra, mas linda demais. Ela era inglesa, se não me engano. Que tal Jamie Lee Curtis?

– Essa é manjada, virou "atriz séria". E a Camille Keaton?

– Fantástica! *A Vingança de Jennifer* é o melhor filme de revanche que já fizeram na vida! Eu tenho uma difícil: Marilyn Burns no *Massacre* original ou Jessica Biel na refilmagem?

– Nossa, agora o bicho pegou. Acho que terei que ficar com Marilyn, afinal ela levou a arte de gritar a outro patamar. O que acha que aconteceu com todas essas musas?

– Bom, o mesmo que aconteceu com todo mundo. A maioria morreu, mas é possível que algumas delas ainda estejam por aí, vagando como contaminadas.

A frase trouxe ambos de volta à realidade e os fez guardar um pouco de silêncio e refletir. Jessica Biel vagando como uma contaminada era uma imagem deprimente. José resmungou:

– Fazia tempos que eu não dava umas risadas e não ficava sem preocupações. Parece que de uns tempos para cá só o que fazemos é nos preocupar.

Júnior não tinha muita intimidade com ele, porém, sabendo que as coisas que ocorrem por dentro da carne são as que realmente consomem o homem, pousou a mão sobre o ombro dele e disse:

— Cara, você precisa se controlar. Catar todos esses cacos. Tem um filho seu vindo aí. E com Manes ou sem Manes nos liderando, é você quem terá a tarefa de educá-lo. Você sabia que para muitos aqui no Quartel, principalmente as pessoas mais religiosas, essa criança é até mais representativa do que o próprio Manes?

Aquilo soou como uma surpresa para José, que retrucou:

— O que quer dizer?

— Seu filho é sinônimo de esperança, senhor Marcos José. Não consegue ver isso?

— Meu filho... Meu filho... Meu filho é uma criança que vai ser obrigada a nascer neste pardieiro em que vivemos, com essa constante expectativa da morte caminhando ao nosso lado. Ele vai crescer com isso. Que tipo de vida ele será condenado a ter? Como acha que me sinto?

Júnior se irritou e levantou o tom de voz:

— Não diga isso, cara. Você não pode educar seu filho com essa mentalidade. Pensa bem, amanhã ou depois alguém pode descobrir a cura...

— Cura? Cura!!??? Cura de quê? Porra, Júnior, você é um cara inteligente, então vamos pensar juntos. Todo mundo supõe que as pessoas estejam contaminadas, que o causador disso tudo aqui foi algum tipo de vírus. Claro, é a explicação mais lógica, mais plausível, afinal a coisa é transmissível, certo? Se você for mordido, você vira uma daquelas coisas lá fora, então deve haver algum tipo de vírus, alguma bactéria na saliva que passa a infecção de um corpo para outro, ou talvez um germe. É isso que dizem, não é?

Júnior abaixou a cabeça. Sabia aonde aquilo ia levar. Era o tipo de pensamento que ele já havia tido anos atrás, porém desistira de refletir a respeito. José, entretanto, insistiu:

— É o que dizem ou não é?

— Sim!

— E o que você acha disso?

— Júnior, as pessoas...

— Não estou perguntando o que as pessoas acham. Quero saber o que você acha!

— Eu não sei, tá bom. Eu não faço ideia. Só o que acho é que o vírus é uma explicação tão boa quanto todas as outras merdas, porque a verdade é que ninguém sabe. Parece a mais provável, mas e daí? Quando tudo começou rolava histeria religiosa e toda aquela história sobre fim do mundo, profecias de São João, possessão demoníaca e sei lá mais o quê. Tinha também o pessoal que falava que devia ser algo vindo do espaço, um hospedeiro alienígena do tipo Arquivo X. Fora isso, tinha os que defendiam a baboseira exotérica que eu nunca consegui entender direito. Mas a verdade...

— A verdade é que ninguém sabe, essa é a verdade. Quanto às teorias, as pessoas sempre foram malucas, sempre tiveram crenças e ideias retardadas. O Dia Z não mudou isso.

— É, não mudou. Os paranoicos continuaram paranoicos, só que, em vez de criarem teorias sobre assassinatos de presidentes e instalações do governo que escondem alienígenas, passaram a discutir sobre pesquisas genéticas, clonagem, células-tronco e, obviamente, vírus. Mas, como sempre, tudo é causado por algum tipo de governo corrupto ou organização do mal.

José levantou-se e cruzou os braços. Ficou olhando para fora, meio de costas para Júnior, e disse:

– Mas você também não acha que um vírus seja uma boa explicação, não é? Ou acha? Vamos ver se sua opinião bate com a minha.

O colega também se levantou e espreguiçou-se com descaso:

– Mais ou menos, penso nos prós e contras para tentar explicar essa balbúrdia toda. Por exemplo, o Dia Z ocorreu no mundo inteiro. Não foi um evento isolado que começou a partir de um foco e se espalhou aos poucos. Tudo bem que as coisas também não aconteceram exatamente na mesma hora, com precisão britânica, mas foi tudo no mesmo dia. Ou ao menos foi o que noticiaram. O Dia Z ocorreu no Japão e na África. Nos Estados Unidos e na China. Na Rússia e na Austrália. Pô, que espécie de vírus seria esse? Como ele teria sido carregado de um ponto a outro do globo dessa forma? Como ele teria se ativado tão de repente? Não faz sentido.

– A única coisa que faria sentido é se ele tivesse sido liberado de diferentes fontes, em diversas partes do globo ao mesmo tempo, ao invés de ter sido carregado, digamos, por ventos, mesmo que fossem ventos, sei lá, de quatrocentos quilômetros por hora.

– Mas isso também não faz sentido, José. O Dia Z foi, na verdade, um holocausto mundial. Morreram muito mais pessoas do que as que mutaram. Tenho a impressão de que, o que quer que tenha causado isso, se é que foi premeditado, foi a ação de algo ou alguém que queria de fato a completa aniquilação da humanidade – e não espalhar uma doença que criasse essas coisas. Os contaminados foram em número bem menor que os mortos, então só posso concluir que eles foram efeitos colaterais.

– Isso se for uma doença. Mas eu não acho que seja.

Júnior voltou para sua cadeira, sentou e cruzou as pernas:

– Ok, sua vez de falar, então.

José se empolgou:

– Cara, faz quatro anos desde o Dia Z. Isso é significativo. Pensa bem, não estamos em um filme de George Romero. Não estamos falando de mortos-vivos que se levantaram do chão, cadáveres que miraculosamente são reanimados. Não estamos falando de seres que só se mata enfiando uma bala na cabeça ou então destruindo de alguma maneira o cérebro. O que temos aqui não são seres carcomidos, saídos das tumbas e do folclore de diversas culturas. Os contaminados são pessoas. Ou eram pessoas.

– Sim, isso é verdade.

– Então como eles ainda estão vivos?

Júnior ficou pensativo. Também já havia considerado aquelas questões. Respondeu:

– Eu sei o que você vai falar. Quatro anos se passaram, e esses malditos ainda estão por aí. Vagando instintivamente quando deveriam estar mortos.

— É o que todos esperavam, mas não aconteceu!

— Não aconteceu e não há explicação!

— Não há explicação!

— Na verdade, acho que alguma explicação deve existir. Só que é possível que a gente jamais venha a saber qual é.

— Possível? É provável que ninguém nunca saiba. Isso aqui não é um filme que no final nos trará todas as respostas. Estamos na vida real, e são raras às vezes em que conseguimos respostas para alguma coisa. Como eu posso ter esperanças em um mundo assim? Essas coisas estão lá fora e elas não irão desaparecer. Meu filho irá crescer com este estigma, com o medo diário de ser devorado vivo.

Júnior interrompeu:

— Espere um pouco, não comece a se lamentar de novo, nós já superamos isso. Você vai ser pai e devia estar feliz, ponto final! Vamos voltar ao vírus. Já tive algumas ideias a esse respeito. Quer dizer, mesmo sabendo que qualquer explicação que eu der não será nada mais do que meu desejo de apostilar a realidade...

— E você sabe que seu desejo de explicar a realidade não corresponde ao que a realidade é de fato!

— Claro que sei. Mas, vamos lá, me acompanhe no raciocínio. Esqueça as explicações sobre como o vírus pode ter se espalhado em nível global. Esqueça também como ele se ativou mais ou menos ao mesmo tempo no mundo inteiro. Pense no vírus em si, na durabilidade dos corpos, e vamos responder a essa questão: como essas pessoas estão vivas?

— Tudo bem, estou ouvindo.

— Na Era A. A., eu cheguei a estudar biologia. Nunca tive chance de me formar por motivos óbvios, mas... Bom, pra resumir, eu acho que talvez o segredo esteja no sangue.

— Você vai falar da hemoglobina? — interrompeu José. O raciocínio de ambos era bem rápido, de forma que antes que as frases fossem proferidas, o outro já captava as intenções.

— Sim, já pensou a respeito? Olha só, para ser curto e objetivo, a hemoglobina é uma proteína que é encontrada nos glóbulos vermelhos. Sua principal função é o transporte de oxigênio dos pulmões para os tecidos do corpo. Ela também participa do transporte de nutrientes a todas as células do corpo e recolhe as substâncias secretadas pelas células. Uma curiosidade é que a degradação da hemoglobina muda a sua pigmentação vermelha para uma coloração meio biliar...

— Que nem o sangue dessas coisas.

— Não é exatamente como o sangue delas, tem algumas diferenças sutis, mas, sim, é um caminho. Veja bem, isso é só uma teoria. E se isso tudo for de fato causado por um vírus que gere mutações no corpo do ser humano? O vírus muda o padrão de comportamento da hemoglobina, altera o equilíbrio homeostático do organismo e, de quebra, ao chegar ao cérebro, destrói todo o lobo frontal.

— Por que o lobo frontal?

— Por que os contaminados perdem a capacidade de fazer coisas, como planejar ações. Eles perdem respostas emocionais, afetivas, e são incapazes de fazer julgamentos. Mas como processam — e muito bem — os estímulos auditivos, por exemplo, isso significa que os lobos temporais estão intactos.

— É uma boa teoria, até.

— Sim. Suponha que as funções do organismo sejam alteradas pelo vírus e o corpo passe a funcionar com uma quantidade mínima de oxigênio. É possível que sua nutrição seja obtida de maneiras alternativas às nossas; há répteis, e até mamíferos, como os ursos, que passam meses sem comer. Tudo depende do funcionamento do organismo. Fora isso, o corpo de um contaminado se torna muito mais resistente porque sua alta toxicidade destrói quase tudo que tentar contaminá-lo...

— Como demais bactérias e outros vírus. Júnior, você está forçando uma teoria. Não é tão simples assim. Veja bem, e a relação da hemoglobina com o ferro? Se ela não funcionar no nosso organismo...

— Eu sei, eu sei. Tem furos. Mas nós não temos também todos os dados. Não sabemos como eles sobreviveram por todos estes anos, o que têm comido, fora nós, é claro. Sei que tudo isso tem furos, mas o que estou dizendo é que uma explicação científica pode existir!

— Mas é claro que pode. Nem por um minuto me passou pela cabeça que esse caos tivesse alguma origem mística, religiosa ou exotérica. Com certeza nossa ciência um dia poderia explicar o que aconteceu. Pena que ela não teve tempo para isso. Mas e a agressividade deles? Como explica isso? Por que eles nos atacam? E por que nós e somente nós? Eles não atacam cachorros, gatos ou outros animais. Nunca os vi mastigarem algo que não seja seres humanos. E aquele estado de inatividade esquisito em que eles entram?

— Poupar energia talvez? Quem sabe seja o que explique a suposta longevidade deles. Tudo pode ser explicado!

— E nada pode ser explicado. Ficamos na mesma. É como as tribos da Antiguidade tentando explicar os relâmpagos que viam nos céus.

José checou seu relógio. Já estava quase na hora. Pegou o rádio e tentou contatar mais duas vezes o sprinter, sem obter resposta. Júnior o tranquilizou:

— Fique calmo, cara, eles estão bem.

— Como pode ter certeza?

— Não tenho, mas gosto de pensar que estão. Você está falando de Manes, cara. Ele lutou a Batalha da Paulista, ao lado de todos aqueles militares. E o cara saiu vivo daquele inferno...

De repente, José deu um chute na cadeira e soltou um palavrão. Na sequência emendou uma frase cujo único objetivo parecia ser aliviar a tensão que sentia, já que, a cada cinco palavras, duas eram xingamentos. Júnior teve vontade de rir, mas se conteve, pois percebeu que o colega estava mesmo bastante nervoso. A possibilidade de perder a liderança de Manes mexia muito com ele.

— José, você precisa se acalmar. Perder a cabeça não ajuda.

— Eu sei, é que é frustrante demais pensar nisso. Cacete, já parou para refletir sobre como as coisas chegaram ao ponto em que estão?

— Já! Mais até do que o tanto que penso sobre o que são essas malditas coisas.

— Pois é! É ridículo. Como o ser humano, com toda sua tecnologia, com sua capacidade ímpar de resolver questões urgentes, com sua inteligência, não conseguiu evitar isso tudo.

— É piada, não é?

— Não, eu tô falando sério.

— Jura? "Sua capacidade ímpar...", cara, quem fala assim? Porra, você não pode acreditar mesmo nisso. Lembra-se dos desastres que precederam o Dia Z? Não foram poucos. E que assistência os governos deram a eles?

— Do que você está falando?

— Caramba, José, se eu lembro você também se lembra. Devemos ter mais ou menos a mesma idade. Recorda-se daquele furacão que varreu o sul dos EUA? Esqueci o nome da merda, acho que era um nome de mulher. Porra, mas foram três dias, cara, três dias até que o governo e a Cruz Vermelha decidissem agir e enviar ajuda à população. Três dias, cacete. Isso reflete algum tipo de organização para você? E o tsunami lá na Indonésia...

— Isso faz tempo demais.

— Não interessa. Os governos de diversos países sabiam com horas de antecedência que aquilo iria ocorrer e foram incapazes de passar um rádio para avisar aquelas pessoas.

— Isso nunca ficou provado. Seja como for, os militares...

— Militares, militares. Os militares são os piores. Fingem toda aquela organização, mas quando têm que se colocar em ação pra valer... Nunca assistiu *Platoon*?

— Porra Júnior, *Platoon*? Isso aqui não é cinema!

— Eu sei. Mas se lembra da ocupação do Iraque, que tiro no pé foi aquilo? José, a verdade é uma só, mesmo com toda a tecnologia que tínhamos, com todas as descobertas científicas, com toda a gama de possibilidades que havíamos colocado a nosso dispor, nós nunca conseguimos nos organizar da forma que precisávamos. Nunca conseguimos obter uma relação coesa e coerente entre todos os povos e indivíduos que habitavam nosso planeta. As divergências sempre falaram mais alto. A raça humana nunca conseguiu funcionar como se fosse um organismo único, com o cooperativismo e o senso coletivo de, sei lá, de um formigueiro, por exemplo. Nunca! Irmandade e fraternidade não passam de sonhos românticos e distantes de poetas que há muito se foram.

As palavras de Júnior compeliam José em uma direção à qual ele era resistente, mas as notícias dos primeiros dias da infecção assaltavam-lhe a mente. No Dia Z, quando o caos imperou, os países não buscaram uma cooperação imediata, pelo contrário. O Dia Z, um momento no qual todos os países do mundo se tornaram vítimas, deveria ter sido uma ocasião em que todo o planeta poderia ter dado as mãos.

Não aconteceu. Na verdade, as dificuldades aumentaram, pois, durante alguns dias, o mundo careceu de uma liderança apropriada.

As mortes e os ataques não se restringiram ao cotidiano, não atingiram apenas as pessoas comuns, mas ocorreram em todos os lugares, desde gabinetes políticos até quartéis militares. Aviões caíram matando milhares, pessoas que estavam em lugares confinados não conseguiram escapar, e os acidentes de carro foram tantos que praticamente todas as vias ficaram impedidas. O rei da Espanha, conforme foi amplamente noticiado nos dias que se seguiram, foi uma das vítimas desse caos generalizado, quando seu motorista tombou sem vida sobre o volante e fez o veículo despencar de cima de um viaduto.

Nos primeiros dias, os cientistas tentaram tratar a infecção ao invés de descobrir como contê-la, uma decisão que se provou muito errada, já que ninguém sabia o que ela era de fato. Os meios de comunicação, apesar de instantâneos, eram falhos e confusos e só apresentavam informações cruzadas e divergentes, típicas de quem não tem a menor ideia do que está fazendo. Ninguém conseguia ter uma visão geral do que acontecia, e tudo o que podia ser lido na internet era duvidoso.

As redes de televisão, rádio e jornais, orientados pelos governos, tentaram abafar os fatos no começo, veiculando gravações que minimizavam os danos e passavam informações inapropriadas, mas, eventualmente, nos últimos dias de transmissão, procuraram resgatar o espírito do verdadeiro jornalismo – só que era tarde demais. O pânico estava instaurado, os saques começaram, e as poucas polícias ainda organizadas tinham que lidar com milícias, cidadãos desesperados, toneladas de mortos e um inferno de infectados. Quando os militares conseguiram se organizar, respondendo o mais rápido que podiam às baixas que tiveram, e tentaram agir, ainda nos primeiros meses do ano I, já era tarde demais: os números de contaminados superavam as balas. A Coreia do Norte soltou bombas de destruição em massa em seu próprio território; ao final, a população sofrera mais do que os contaminados em si. O país foi um dos primeiros a ser varrido da face do planeta. A Inglaterra sofreu com sua própria geografia e, isolada, feneceu em agonia. Ninguém soube que fim tiveram civilizações distantes, como as tribos de esquimós do Alasca, os nômades do deserto e povos de locais como a Polinésia.

A civilização havia sido suplantada pela barbárie.

Bateram à porta. A dupla viu a figura de Ana Maria, com sua protuberante barriga e seu sorriso sempre otimista no rosto. Ela disse:

– Venham, vai começar.

CAPÍTULO 20

Conan cambaleou pelos corredores do prédio arrastando a perna ferida. As luzes brancas se acenderam automaticamente assim que detectaram movimento no corredor, porém, no mesmo instante, deram um pequeno estalido e apagaram. Ele recostou o ombro contra a parede e sentiu uma queimação na altura do estômago. Percebeu que também estava sangrando na região do abdômen; respirar começou a se tornar uma ação custosa. "Eu não posso morrer", disse a si mesmo. E seguiu em frente.

O grupo de batedores desceu com o máximo de cuidado as escadas escuras do edifício, usando suas lanternas para se orientar. Marcados pela traumática experiência, evitavam trocar olhares entre si. O homem civilizado sempre sente desconforto quando é pego externando sua selvageria. Chegaram ao nível da rua que estava estranhamente quieta demais. Manes fez um sinal para que Kogiro checasse a área.

Espartano retornou até o lobby de entrada do edifício. Em seu percurso, não cruzou com ninguém de seu bando de captores, mas imaginava que eles estavam lá, nas sombras, espreitando-o. Seu equipamento estava exatamente onde o havia deixado, inclusive o rádio e a arma. Ele vestiu suas roupas, e uma pequena, porém significativa, sensação de dignidade invadiu o seu ser. O relógio continuava a andar, e era necessário chegar até a fonte da explosão.

Os ouvidos de Conan continuavam zumbindo sem parar. Ele reconheceu que seus tímpanos estavam estourados, e a prospecção de jamais tornar a escutar foi um pensamento que o apavorou. Levou muito tempo para conseguir chegar ao térreo, atribuiu sua lentidão à fadiga. Ele havia perdido muito sangue, sua visão estava embaçada, mas a rua estava a poucos metros. Precisava tomar cuidado agora.

— As ruas estão limpas — disse Kogiro aos companheiros. Os infectados haviam partido. O grupo seguiu em fila indiana até a porta de entrada, mas sem perder a atenção. Qualquer negligência seria fatal. Manes saiu do prédio antes que os demais, olhou para cima e calculou que eles deveriam ter pouco mais do que uma hora de luz do dia. Fez um sinal para o resto do grupo segui-lo.

Espartano correu em direção à cortina de fumaça, que já havia diminuído sensivelmente. As vias estavam desertas, mas, a qualquer instante, ele poderia topar com um grupo deles. Contatou o Quartel pelo rádio, mas, estranhamente, ninguém atendeu. Apertou o passo.

Judite olhou para o caminhão chamuscado que estava atravessado no meio da rua e para a quantidade de corpos que havia ao seu redor e deu um assobio agudo, dizendo a seguir:

— Cara, aqui houve uma verdadeira guerra.

A imagem do prédio explodido era impressionante, mas não tanto quanto a solitude que a cidade vazia invocava. Erik comentou:

– Não dá para acreditar. Minutos atrás isso aqui estava cheio deles, agora parece um deserto.

– É, não dá para entender o comportamento dessas coisas. Qual é o plano Manes?

O líder, que olhava atentamente ao seu redor, girando a cabeça para todos os lados, explicou sucintamente:

– Entramos no prédio. Vemos se encontramos quem causou a explosão. Depois procuramos abrigo.

– Talvez pudéssemos nos dividir em dois grupos – sugeriu Cufu. – Um checa o prédio e o outro procura um veículo.

– Não sei se é uma boa ideia nos separarmos agora – respondeu Cortez.

De repente, um barulho vindo exatamente da direção em que iam dobrou o alerta do grupo. A porta do prédio havia sido aberta de dentro para fora e todos assumiram posição ofensiva, preparando-se para o pior. Cufu foi o primeiro a gritar:

– Não atirem!

De dentro do prédio, saiu Conan, andando como um bêbado. Ele estava bastante machucado, com as vestes rasgadas e chamuscadas, coberto de sangue coagulado das criaturas. Em sua mão, carregava o seu inseparável facão. Assim que o batedor viu o grupo, seus olhos brilharam. Parecia que havia encontrado um oásis no meio do deserto. Sentindo que havia passado por sua provação, sorriu e levantou a mão que carregava a arma de forma infantil, mas seu outro braço continuava apertando a ferida no estômago que parecia cada vez mais dolorida.

Os colegas, ao verem-no, não correram em seu auxílio, pelo contrário, pareciam surpresos e temerosos. Ele se perguntou se sua aparência estava tão mal assim.

Manes gritou alguma coisa, mas os ouvidos perfurados de Conan não o permitiram entender o que era. Só o que escutava era aquele interminável zumbido, uma espécie de microfonia infernal que o estava enlouquecendo. Ele deu mais dois passos à frente, arrastando a perna ferida, mas a reação do grupo foi dar dois passos para trás e apontar as armas para ele. Irritado com seus colegas, o batedor gritou com todas as suas forças:

– O que é preciso para um cara obter ajuda por aqui, porra?

Os membros do grupo se entreolharam confusos. Aquela era uma situação inédita para eles.

– Manes, ele não tá contaminado! – disse Judite.

O líder, desconfiado que era, apesar de estar vendo com seus próprios olhos, ainda não estava tão certo daquilo. A deformação no corpo de Conan era uma afronta ao fato de ele estar conversando.

– Olha os olhos dele. Estão vermelhos.

– E a pele... – completou Cortez. – Está pálida igual à daquelas coisas.

— Mas ele está falando com a gente! — exclamou Zenóbia. — Não sei o que aconteceu, mas ele está lúcido.

Conan, apesar de não estar escutando nada do que diziam, percebeu o teor da discussão e rosnou para os colegas com aquela voz mole e arrastada característica de quem não se escuta:

— Eu não estou contaminado, seus idiotas. Eu sou imune.

— Viu, ele está lúcido — emendou Zenóbia.

Judite ficou praticamente histérica e começou a bater nos canos dos revólveres que ainda estavam apontados para o colega:

— Baixem essas coisas agora. Ele está bem.

O líder pareceu se convencer:

— Tudo bem, tudo bem. Mas fiquem atentos e me cubram.

Manes abaixou a arma e, a passos de formiguinha, rumou na direção do colega, confiante de que os outros estavam dando a cobertura necessária. O que poderia significar aquilo? Conan estava pálido, os olhos ligeiramente avermelhados, porém conversava e raciocinava normalmente. Seria verdade o que dissera? Alguém imune à infecção mudaria tudo! Contudo, caso o acolhessem, sempre havia o risco de ele se transformar de uma hora para outra. Era uma situação bastante delicada.

— Conan? Você está mesmo lúcido?

Apesar de incapaz para escutar, o batedor percebeu o que seu líder havia dito por leitura labial e respondeu à questão:

— Eu causei a explosão, Manes. Estou lúcido, cacete!

O líder não sabia o que faria ou como faria, mas tinha certeza de que não poderiam permanecer ali em campo aberto. Precisavam se recolher imediatamente e tratar daqueles graves ferimentos que o colega trazia, principalmente o do abdômen. Lentamente foram se aproximando, porém, de repente, quando os dois estavam a poucos metros de distância um do outro, um único tiro certeiro, vindo de trás deles, selou o destino do grupo. Conan dobrou as pernas e caiu de joelhos no chão. Devagar, seu tronco começou a se inclinar e pender para frente, até despencar e ir de encontro ao asfalto sujo. Seus erros e acertos deixaram de ter importância para o mundo; a imagem de sua mulher, tão injustamente tratada, foi a última coisa que ele viu antes que todas suas memórias evanescem ao vento. Estava morto. Na lateral de seu rosto, exatamente sobre a têmpora, havia o buraco de uma bala!

CAPÍTULO 21

– Por que as pessoas te chamam de Conan? – foi a primeira coisa que o policial escutou dos lábios da bela jovem destinada a ser o amor de sua vida. Ela não conseguia compreender como um cara como ele, com os cabelos bastante ralos, apresentando uma careca precoce, podia receber aquele apelido – apesar de ser bastante forte.

Ele deu risada. A resposta não podia ser mais óbvia:

– Porque é meu nome!

O pensamento, uma deliciosa lembrança do passado, vinha-lhe frequentemente à mente. Era como ele gostava de lembrar-se dela, com um sorriso encabulado no rosto, os olhos meigos, as unhas benfeitas e um vestido discreto, numa época em que tudo era mais simples. Mas a lembrança sempre durava apenas alguns segundos, e logo ele era obrigado a voltar, arremessado no tecido bruto da realidade. O resto foi silêncio.

O grupo olhou para a direção de onde viera o disparo e, a alguns metros de distância, deu de cara com Espartano e o cano ainda fumegante do revólver que portava. O batedor não aparentava condições físicas melhores que as de Conan, estando tão machucado quanto, porém sua pele e seus olhos estavam normais. Ainda assim, havia algo de diferente em sua fisionomia, uma qualidade difícil de ser explicada; seus olhos pareciam paranoicos, movendo-se rápido e nervosos como se estivessem sofrendo de delírios e alucinações, e as mãos tremiam, fruto do trauma que havia passado. Nem ele nem os membros do grupo jamais souberam que o batedor sofrera um colapso nervoso.

Manes mirou o corpo do colega no chão a poucos metros de si e distinguiu seu assassino, a pessoa que até aquela manhã era a responsável pela segurança daquele que havia acabado de matar. O líder sentiu algo explodir dentro de si e soltou um rugido dolorido:

– Não! O quê você fez? O quê você fez, seu merda!

O mundo estava em suspenso; apenas uma eletricidade pairava no ar. Cufu correu e checou as funções vitais do cadáver. Olhou para o grupo e fez um sinal sutil com a cabeça, indicando negação. Cortez tomou as dores do líder e do morto e investiu contra o atirador:

– Espartano, seu filho da puta, você matou um dos nossos.

Ao ser acossado daquela forma, Espartano não teve dúvidas e apontou seu revólver na direção das pessoas que acometiam contra ele. Imediatamente, Cortez apontou sua arma de volta, sem se intimidar e praguejou em espanhol. Ele só falava em espanhol quando ficava absolutamente nervoso. Erik gritou pedindo calma, e Manes, percebendo onde aquilo tudo ia dar, ordenou que Cortez abaixasse a arma. O velho não obedeceu, retrucando:

— Ele acabou de matar Conan, Manes. Debaixo do nosso nariz.

Espartano se explicou com convicção, mas não tirou Cortez de sua mira nem por um instante:

— Ele estava contaminado! Tinha que ser feito!

Judite berrou de longe, defendendo o colega:

— Você não sabe disso! Ele estava lúcido!

— Ele estava contaminado, caralho. Você não viu os olhos dele?

Cortez deu mais um passo à frente, e a tensão aumentou:

— Ele estava conversando conosco, seu merda. Ele estava normal e você o matou!

— Se der mais um passo, serão dois mortos, Cortez. Pode ter certeza disso.

— Cortez, abaixe essa arma.

— Ele matou Conan, Mani! Nós viemos aqui resgatá-los, e ele o matou!

— Eu sei, mas eu resolvo isso. Abaixe essa arma agora, é uma ordem!

O batedor ficou alguns minutos indeciso, seu corpo estático como se tivesse sofrido um encontro com os olhos da medusa, até que, vencido pelo respeito que tinha por Manes, abaixou a arma, soltando um sonoro "Puta que pariu!". Espartano, contudo, não se mexeu e manteve o colega sob a mira de seu revólver. O líder entrou na frente da linha de disparo e, usando sua autoridade, falou com cuidado:

— Sua vez, Espartano. Abaixe a arma agora.

Os olhos de ambos faiscaram, e a tensão era um ser vivo que estava engolindo o ar que todos respiravam. Gotas de suor escorriam pelo rosto do batedor, que, de tão rijo, parecia uma peça de mármore. Finalmente, ele recuou, justificando-se novamente:

— Ele estava contaminado, Manes. Eu sei que estava.

Tendo racionalizado o quadro, Cufu respondeu com pesar:

— Ele disse que era imune, Espartano. Se isso for verdade, é possível que você tenha matado o homem mais importante do universo.

Espartano perdeu a paciência e gritou:

— Ele não era imune porra nenhuma. Acabei de vir de um lugar maldito e vi uma dúzia que nem ele. Eles não são imunes, eles são aberrações. — então ele deu um passo à frente e disse: — Nós estamos no Círculo do Inferno, Manes!

Aquela frase assustou o líder. Não a frase em si, mas a forma com a qual ela havia sido pronunciada. Seria aquele mesmo o inferno? O sol se punha por entre os prédios cinzentos da cidade, que, no horizonte, perdiam a nitidez em função do calor que os tornava miragens esfumadas. Súbito, os guinchos e uivos inumanos recomeçaram. Kogiro fez imediatamente uma avaliação:

— Três quadras. Talvez quatro. Vamos sair daqui.

O grupo ficou no aguardo da ordem de seu líder. Mesmo sabendo da urgência da situação, Manes encontrou tempo para ir até Espartano e, colando seu rosto a um palmo de distância do dele, exclamou:

— Isso aqui ainda não acabou!

Então deu a ordem para que o grupo debandasse. Assumindo formação em triângulo, os batedores fugiram na direção oposta à dos contaminados, deixando o corpo de Conan inerte na rua. Enquanto corriam, olhavam ao redor, buscando algum lugar que oferecesse ao menos uma vaga segurança para que pudessem se abrigar durante a noite, que era o período de maior atividade das criaturas. Por fim, avistaram um prédio que parecia se adequar ao que queriam.

– Ali! – gritou Erik.

O prédio tinha uma grade alta com lanças nas pontas que cercava todo seu perímetro, mas infelizmente o portão de entrada estava escancarado. Apesar disso, não havia tempo para escolher lugar melhor, e, se haveria surpresas ou não dentro da construção, era algo que o destino iria decidir. A portaria era composta por um belo chão de pedra polida, e a mobília do hall de entrada parecia intacta. Bons sinais. No chão sujo, não havia marca de pegadas recentes, o que também indicava certa segurança ao local. Foram para a escadaria, e Manes alertou:

– Vamos subir direto para o sexto ou sétimo andar. Quanto mais alto, menores as chances de toparmos com eles. Mantenham silêncio durante o trajeto.

Ao chegar ao seu destino, o grupo arrombou um dos apartamentos e se trancou dentro dele. A noite já havia caído quando puderam finalmente parar para respirar.

CAPÍTULO 22

Liza entrou desesperadamente dentro da igreja e fechou atrás de si as duas grandes portas de carvalho, as mesmas desde a época de sua construção há mais de uma centena de anos. Do lado de fora, o mundo acabava em pânico e incoerência. O que os habitantes de Pompeia pensaram quando o inferno bateu às suas portas e a lava incandescente consumiu a carne de seus corpos? O que os moradores da Atlântida sentiram quando as águas subiram e engolfaram todas as ruas, casas e prédios, trazendo consigo o espectro da morte? Como descrever a sensação de ver tudo desmoronar ao seu redor, enquanto a ruína, a decadência e o definhamento estendem-lhe as mãos?

Havia sete horas ela tentava voltar para sua casa; um trajeto que mesmo a pé não poderia exceder duas horas, durara sete! Sete horas sem conseguir se comunicar com seu marido, sem saber se ele estava vivo ou morto; sete horas!

Liza estava em uma praça pública, conversando com uma grande amiga, que a levara até lá para contar-lhe um segredo: ela estava grávida. Esperava um filho e suspeitava que o pai era um rapaz com quem tinha relações constantes fora do casamento. Sua amiga chorou, apreensiva que estava, temerosa pelo o que o futuro lhe reservaria, porém sorriu ao pensar no bebê e garantiu que independentemente dos rumos que o destino tomasse e do que o futuro lhe reservava, ela criaria a criança — mesmo sozinha. Liza a abraçou com carinho e ofereceu seu suporte. Ofertou-lhe palavras gentis e suaves e sorrisos sinceros. Momentos depois, a moça engasgou, tossiu e, repentinamente, junto de outros 2 bilhões de pessoas, caiu morta no chão. O que teria sentido a vida que crescia dentro dela?

Ao redor de Liza, o mundo ruiu. Os acidentes, os gritos, a correria, os alarmes, sirenes e conflitos; e eles... Surgidos como caricaturas do inferno, com seus olhos vermelhos-sangue, atacando e devorando as presas fáceis que tinham à frente. Eles eram Asmodeus, Belial e Baphomet. Eram Moloch, Mefisto e Nergal. Eram todas as lendas, de todas as crenças e culturas, manifestas na carne corrompida, possuídas por algum tipo de doença inexplicável, que trazia à tona o pior do que temos dentro de nós.

Liza estava com sua amiga morta em uma praça, próximo a um playground, e, ao seu redor, o lugar estava repleto de crianças.

Elas caíram! A maioria não se levantou. Essas foram as sortudas.

Elizabete Desperance já tivera todo tipo de visão em sua vida, e poucas coisas a abalavam. Ela era uma mulher forte ou pelo menos gostava de pensar que sim; tinha um elo bastante íntimo com o espiritual e acreditava na existência e no poder de entidades maiores que ela própria, maiores que a vida. Ela já havia visto coisas em seus sonhos; também vira coisas dormindo acordada — relances de outros mundos, realidades, dimensões e eras. Entrara e saíra de transes, vislumbrara o destino de dezenas, incluindo o seu próprio. Talvez ela fosse apenas louca, talvez a ciência dissesse que ela tinha um distúrbio no lobo frontal. Ela gostava da ideia de pensar que era especial. E, como especial, a leitura que fazia de si própria era que, reais ou não, ela havia visto todas aquelas coisas. Mas nada a poderia ter preparado para aquele dia. Não em uma praça cheia de crianças.

Liza testemunhou aquela menina de pouco mais que 7 anos rosnar como o ente das trevas que se tornara, saída do mais perturbador pesadelo da mente mais sediciosa do planeta, e correr para cima dela, colocando as garras de fora. Os cabelos dourados e cacheados esvoaçando ao vento e o uivo agudo como um apito para cachorros. A criança tentava morder-lhe com uma selvageria desconcertante, completamente desgrenhada, e Liza jamais diria que tamanha força poderia ser empregada por aqueles bracinhos magros. A praça se tornara palco de uma guerra; somente os aptos sobreviveram.

Tudo ocorreu em questão de segundos; a cabeça da criança foi esmagada com uma pedra. Não por Liza. Se dependesse somente dela, teria sido devorada por aquele rebento do inferno que a derrubara no chão e mordiscava o ar incessantemente, enquanto não conseguia cravar seus dentes de leite em seu rosto. Foi um pedestre qualquer que golpeou por trás a menina, esparramando pedaços de cérebro por toda a face de Liza. O estranho tirou o corpo inerte da criança de cima da mulher, puxando-o pelo cangote, e o arremessou para o lado. Enquanto ajudava Liza a se levantar, olhou ao seu redor e disse:

— Vá para casa, mulher.

Traumatizada, ela respondeu:

— Eu não tenho carro!

— Então corra!

Em uma daquelas ações imbecis que absolutamente nada no mundo é capaz de explicar ou justificar, Liza não pensou em pegar a bolsa de sua amiga e usar o carro dela. Talvez tenha sido o pavor, talvez a urgência com que o estranho a mandara correr, com sua voz rouca e penetrante, talvez ela simplesmente não quisesse conceber a ideia de tocar o corpo grávido e morto da colega. Foi somente muitas quadras depois que Liza pensou no tamanho da burrada que cometera, mas então o dano já estava feito. E sete horas foi o preço que ela pagou. Elizabete correu nas sombras, entrou e saiu de lojas e até mesmo subiu em árvores, fazendo o necessário para manter-se viva, para ficar fora do radar, torcendo para não encontrar com os assassinos de olhos vermelhos e para que nenhum avião caísse sobre sua cabeça. Enfim, ela chegou até a igreja que frequentava; um lugar familiar, com um padre amigo que iria protegê-la até que conseguisse ligar para seu marido.

Foi só depois de fechar as portas atrás de si que ela viu o padre Karras sentado no primeiro banco da fila do lado esquerdo, olhando para o belo altar de sua igreja. Por um minuto, ela estremeceu ante a possibilidade de ele estar morto — ou pior, transformado — e chamou de longe o nome dele.

Para seu alívio, o padre voltou-se para trás e a reconheceu. Porém, ele não sorriu ou a chamou para perto de si com a costumeira gentileza que lhe era tão característica. Em vez disso, fez apenas um sinal com o dedo indicador para que ela se aproximasse. Karras parecia estar em outro mundo, outra realidade. Sua mente visitava uma dimensão diferente. Até Liza chamá-lo, ele nem sequer havia se dado conta da presença dela ali, mesmo depois de ter feito bastante barulho ao entrar e bater as portas.

— Padre, o senhor está bem?

Liza havia se aproximado do altar com passos leves e desconfiados. Ao chegar perto, viu caído no chão o corpo de um dos coroinhas da igreja. Sua pele estava cinza, e, do topo da cabeça raspada, um filete de sangue escorria pelo chão, oriundo de um ferimento causado por algum objeto pontiagudo. Não precisou muito para que todas as conexões fossem feitas. Karras parecia ter chorado muito durante o dia, mas, agora, sua face estava razoavelmente resignada.

— O seu marido está bem? — ele perguntou.

— Eu não sei, padre. Não consegui falar com ele. O que está acontecendo?

— Está em todos os lugares, Liza. As pessoas duvidaram de que aconteceria, mas aconteceu.

— O quê, padre? O que aconteceu?

Ele olhou fixamente para ela e respondeu de forma seca e ríspida:

— O Apocalipse!

Liza não havia pensado em nada daquilo com profundidade até o momento. Suas únicas preocupações haviam sido correr e manter-se viva até então e, nesse meio-tempo, banir da mente as imagens de uma criança endemoniada tentando devorá-la, mas a observação do padre a desconcertou. A princípio, sua reação foi de negação, porém, ao assimilar o choque inicial que aquela palavra lhe causara, arriscou perguntar:

— O senhor quer dizer que...

— É o fim dos tempos! O Senhor veio para limpar a Terra dos ímpios. Os hereges queimarão.

Liza notou que o olhar de Karras estava sem um centro, trêmulo e desconcertado. O padre continuou:

— "E subiram contra Jesus e os seus santos e contra a cidade amada, mas desceu fogo do céu e os devorou. E o diabo, que os enganava, foi lançado no Lago de Fogo e Enxofre, onde está a besta e o anticristo e de dia e de noite serão atormentados para todo o sempre."

— Padre, o senhor está me assustando...

Súbito, do lado de fora, a porta de entrada começou a ser violentamente espancada. Liza olhou em pânico para trás, mas a fisionomia de Karras pareceu não se alterar. Pelo contrário, ele prosseguiu:

— "E vi um Grande Trono Branco e o que estava sentado sobre ele de cuja presença fugiu a terra e o céu; e não se achou lugar para eles. E vi os mortos, grandes e pequenos que estavam diante do trono, e abriram-se os livros; e abriu-se outro livro que é o da vida: e os mortos foram julgados pelas coisas que estavam escritas nos livros, segundo as suas obras. E a morte e o inferno foram lançados no lago de fogo. E aquele que não foi achado escrito no livro da vida foi lançado no lago de fogo."

— Padre, nós temos que sair daqui — gritou ela, prevendo que a porta logo iria ceder. Com um olhar vazio e derrotado, ele a encarou e disse:

— É o fim dos tempos, Liza. Deus vai queimar a Terra. Tudo irá se acabar em um mar de chamas, os mortos levantarão de suas tumbas. É o fim de tudo, mas Ele não me levou com ele.

— O quê?

— Ele não me levou com Ele. Uma vida inteira aos seus serviços, e Ele me deixou aqui, para morrer com os pecadores.

— Padre, o senhor vai ter tempo de me explicar isso depois, agora venha comigo...

A jovem tentou puxá-lo pelo braço, mas ele se recolheu, lamentando consigo próprio, ao mesmo tempo que, vertendo novamente lágrimas sinceras, dizia:

— Ele não me levou com os justos. Parta daqui, Liza. Deixe-me agora. Ele não me levou...

Não havia mais tempo. O homem estava perdido em sua própria autocomiseração, embriagado pelo sofrimento de ter sido preterido. E visivelmente se amaldiçoando pela culpa de, tal qual todos os outros, ter matado para viver. As batidas transformaram-se no barulho de madeira sendo destroçada, e Liza, temendo pela própria segurança, correu.

A porta caiu, e eles entraram como bárbaros invadindo uma fortaleza, profanando o terreno sagrado com seus gritos nefandos e ignóbil feridade. Era um grupo grande e heterogêneo, que babava e gritava alucinadamente numa irmandade poucas vezes antes conquistada pela raça humana; eles eram negros, brancos e amarelos; judeus, cristãos e muçulmanos; homens, mulheres e crianças — todos juntos partilhando de um mesmo fim, movidos por um mesmo ideal, ainda que esse ideal fosse o fim de todas as coisas.

Em questão de segundos, a horda abominável preencheu todos os espaços da igreja, virando bancos para cima e derrubando altares. As velas e as promessas não cumpridas que elas representavam foram tombadas, e, onde quer que estivessem, os anjos choraram a vitória da vileza; as imagens dos santos talhadas no mais belo mármore partiram-se contra o chão, e os vitrais coloridos que contavam a criação do mundo de acordo com a Bíblia foram as únicas testemunhas de seu fim. Karras, cujo coração estava partido, não se moveu, mas aguardou seu destino: morrer em perdição, tendo falhado naquilo que defendeu durante toda sua vida, a palavra de Deus. Ele tentou rezar naquele que seria seu último momento, mas nem isso conseguiu. Liza saiu pelos fundos; ganhou as ruas caóticas novamente, mas não antes de escutar os gritos alarmantes do padre, enquanto sua carne era devorada por dezenas daquelas coisas repugnantes. As mordidas arrancando nacos de carne das bochechas, dos braços, das costas; as unhas rasgando o ventre e arrancando para fora os órgãos; os olhos saltando para fora das órbitas e os lábios sendo mastigados enquanto ainda lhe era possível berrar de dor...

Liza correu sem olhar para trás. Com o coração saindo pela boca e cada um dos músculos do corpo inflamados pelo esforço que tinha feito, restava-lhe apenas um único pensamento, justamente o que lhe dava forças para seguir adiante: o de que Manes estivesse vivo!

Elizabete Desperance estava em pé de frente para toda a população que vivia no Quartel Ctesifonte. Mais de quatrocentos pares de olhos a encaravam com uma hostilidade que ela não sabia explicar. Será que os relacionamentos haviam atingido tamanho nível de ebulição sem que ela e seu marido tivessem se dado conta? Teriam sido ambos ingênuos àquele ponto? A visão que ela teve, cujos resquícios ainda surgiam aqui e ali em sua mente, era um constante lembrete de que algo sério estava por ocorrer. Quando ela implorou para Manes não partir, as imagens ainda estavam claras, eram recentes; e tudo queimava em chamas. Agora, pouco restava de concreto, senão a sensação de fel e o temor de ver concretizado seu mais funesto presságio.

A insegurança da mentora era visível, principalmente para aquelas pessoas que estavam habituadas a conviver com ela diariamente. Lembrara-se da agradável manhã que tivera poucas horas atrás, quando observou seu marido despertar sisudo como sempre, se espreguiçar e sorrir para ela; e julgou curioso como as coisas foram se complicando ao longo do dia.

Nunca sabemos o que nos irá acontecer.

Um dia quente e bonito, com nuvens claras, pássaros cantantes e brisa fresca pode terminar em um completo desastre. Uma manhã tempestuosa e cinzenta, com raios e trovões no céu, pode acabar sendo o melhor dia de toda a sua vida. Não escolhemos o que o destino nos reserva, apenas lidamos com suas reservas da melhor forma possível. Como seria a vida do ser humano, se todos soubéssemos o que cada dia nos guarda? Seríamos indivíduos mais ou menos equilibrados? Trataríamos os outros com maior justiça e decência e os escutaríamos mais do que o fazemos hoje? Trataríamos a nós mesmos com mais respeito se pudéssemos ver além do que os olhos alcançam, ou seríamos ainda mais egoístas, mais ambiciosos, mais invejosos? Se soubéssemos o que as belas manhãs nos trariam ao final do dia, buscaríamos mudá-las, lutaríamos contra seu resultado, ou acataríamos os desfechos com resignação?

Se Liza soubesse que aquela manhã lhe teria afastado seu amor, ela jamais o teria deixado ir, mas – e não era exatamente esse o ponto? – ela sabia! Implorou que ele não fosse. Quase agarrou com ambos os braços as maciças coxas dele para impedi-lo de sair; porém, como deter um homem de personalidade implacável como a de Manes? Ela viu claramente os resultados da decisão dele, mas não pôde detê-lo, tal qual jamais pôde impedir coisa alguma que vislumbrou durante toda a sua vida. E será que ela via porque não podia mudar, ou não podia mudar porque havia visto? Liza não tinha um dom, mas, tal qual ocorre com todas as pessoas que têm visões, o que ela carregava era uma maldição. Determinismo não conseguia uma reconciliação com livre-arbítrio.

"Talvez ele jamais volte! Talvez o Quartel caia hoje!"

O pensamento golpeou-a como uma marreta e assaltou-lhe as forças, mas, ainda assim, seria infantilidade negá-lo. Liza jamais fugia à realidade. O real existe para ser encarado de frente, com dignidade e coragem, não para ser escondido. O real não pode ser transformado em nossos desejos – não podemos fugir dele. Diante de si, havia mais de duzentas pessoas frustradas, não apenas por uma manhã de risco, mas, sim, por anos sufocantes, ditados pelo incontrolável fim do mundo e de todas as coisas conforme nós as conhecíamos. Com seus braços cruzados, pés tamborilantes e olhares inquisidores, elas queriam – e mereciam – explicações. Liza começou relutante:

– Eu amo meu marido...

Mas engoliu a frase. Sentiu como se fosse se desculpar por causa de Zenóbia e da cena perpetrada antes da partida dos batedores e achou que aquele não seria o caminho certo. O sentimentalismo não combinava com o caráter da situação, porém o coração dela estava disparado e angustiado. As pessoas não pareciam estar ali para apoiá-la, mas talvez essa fosse apenas a sua percepção lhe falando; os seus próprios medos tentando deturpar sua consciência.

– Eu amo meu marido, mas não sei se isso é o mais importante aqui. Para os que ainda não sabem o que aconteceu, perdemos contato com o grupo de batedores liderado por Manes há pouco mais que quarenta e cinco minutos. Eles estavam em uma área selvagem da cidade, ainda não mapeada, e tudo indica que perderam o veículo. Desde então, não tivemos mais notícias.

Os murmúrios começaram, quebrando o silêncio absolutista que dominava o local. Ela deu alguns segundos para que o povo assimilasse o choque. Depois prosseguiu com cautela:

– Estamos nos preparando para resolver a situação, mas a verdade é que eles podem estar vivos ou mortos. É possível que cheguem a qualquer instante ou que nunca mais escutemos falar deles. Convoquei esta reunião e tirei todos de seus afazeres diários porque considero este um momento bastante grave. Nosso líder, o homem que trouxe cada um de vocês aqui dentro e os manteve vivos nestes últimos anos, pode não retornar! Espero que isso esteja claro para vocês: por mais que meu coração fique apertado ao dizer isso, Manes pode simplesmente não voltar. E se, por um lado, sei que alguns de vocês tinham suas divergências para com ele; por outro...

Ela fez uma pausa. Não sabia o que dizer ou como concluir a sentença, então simplesmente prosseguiu de outra maneira.

– Gostaria de discutir em separado alguns planos de contingência que nós traçamos com alguns de vocês. Depois...

Súbito, uma voz a interrompeu com rispidez:

– Por que somente com alguns de nós?

A voz veio do meio da multidão, e Liza não conseguiu reconhecer quem havia dito aquilo. Ela inclinou o corpo e mexeu o pescoço para identificar a origem do som e apertou os olhos, como se aquilo a ajudasse a ver melhor:

— Quem disse isso? — perguntou ela. A voz não respondeu, só o que havia era aquele mar de cabeças girando de um lado para o outro, tão confusas e desorientadas quanto ela própria. Liza simplesmente continuou: — Eu e Manes deixamos algumas estratégias traçadas, então vocês não têm com o que se preocupar. Nós continuaremos a protegê-los e...

— Por que não abre o jogo com todos?

Novamente a voz, vinda do meio da multidão, mas agora as pessoas que estavam ao redor dela se afastaram uns dois passos, revelando quem estava falando. Era Dujas, e todos puderam vê-lo com clareza. Ao reconhecê-lo, Liza fez pouco caso:

— Senhor Dujas, o senhor nem mesmo faz parte de nossa comunidade. Por favor, deixe este assunto para...

— Eu não faço parte de sua comunidade?

Diferente dela, o homem não tinha receios de cortá-la no meio de sua explicação. Os pudores de ambos eram diferentes. Ele começou a andar na direção de onde ela estava e, na medida em que discursava, não deu mais brechas para que ela o interrompesse. Calculou perfeitamente suas palavras e a intensidade que empregava nelas para causar impacto, cada inflexão parecia programada, cada variação de tonalidade. E ele ainda mediu exatamente a velocidade na qual andava, de forma que, ao chegar ao lado de Liza, o discurso estava exatamente no ponto que queria:

— Então, por eu não fazer parte de sua comunidade, não tenho direitos? É isso? Se eu tentar me expressar, o que vocês farão comigo? Me jogarão para fora? Dirão: "Não, este Dujas é subversivo demais! Ele gosta de Che Guevara e se acha um revolucionário. Vamos escorraçá-lo daqui!". É isso? Então, por eu ter chegado aqui somente ontem, não tenho direito de falar. Não posso ter voz?

Ele estava ao lado dela nesse momento, e, enraivecida, Liza respondeu:

— É isso aí. Você não tem direito de falar!

— Interessante este sistema que sela a boca das pessoas que querem se expressar. Isso tinha um nome antigamente, como é que era mesmo? Puxa vida, não lembro, alguém me ajude...

— Censura! — gritou outra voz vinda da multidão.

— Censura, claro, é isso mesmo. Esse é o termo. Obrigado minha cara amiga morena. Mas diga-me uma coisa — ele se voltou novamente para Liza — vivemos em uma democracia ou em uma ditadura? Eu sou um recém-chegado e não posso me expressar, tudo bem, já entendi. Mas e quanto aos que estão aqui há anos e também não têm o direito de falar o que pensam? De agir da maneira que querem? De vestir e se comportar como desejam? E quanto aos que têm seus direitos literalmente pisoteados pelas regras totalitaristas de Manes? E quanto a esses?

— Rapaz, juro que se você não calar essa boca, eu...

— Ameaças! Sempre ameaças! No passado eram governos que nos ameaçavam. Eles nos obrigavam a pagar impostos de coisas de que não precisávamos. Ou de coisas que já eram nossas por legitimidade. E quando não o fazíamos, éramos exilados do resto da sociedade. Ou perdíamos as coisas que havíamos conseguido com nosso suor. Todos vocês se lembram disso, eu não preciso reavivar a memória de cada um. Todos se lembram de líderes que desapropriavam nossos lares. Que comiam o filé e nos deixavam só com a gordura. Do favorecimento que davam aos brancos. Eles roubavam o que queriam, o que podiam, e sua posição fez deles intocáveis. Eles nunca iam parar na cadeia porque eram eles próprios que faziam as regras, mas e vocês? Vocês tinham os mesmos direitos que eles? E agora que temos uma chance de recomeçar, todos juntos e unidos, essas mesmas regras repressoras retornam. E por quê? Porque há novos líderes, que querem mais para eles próprios! Parece que eles nunca ficam satisfeitos.

Liza era uma mulher calma e não gostava de brigar ou discutir, mas, ao olhar para a massa de indivíduos, esperando encontrar uma total falta de aprovação ao discurso de Dujas, que não passava de um recém-chegado, viu ao invés disso algo mais. Percebeu nos olhos hipnotizados das pessoas que elas estavam realmente ouvindo o que ele tinha a dizer. Por causa do que viu, cogitou a hipótese de ter realmente se enganado durante todos aqueles anos em relação ao bom relacionamento que achava que a comunidade tinha, mas, apesar do que seus olhos estavam lhe mostrando, ela se recusou a lhes dar crédito. Liza era uma mulher de fibra e de carisma, porém não sabia lidar com multidões, não tinha ideia de como mobilizar uma massa de pessoas, de como virá-las em seu favor, então, em vez de dançar a dança como se deve, tentou cortar o mal pela raiz e gritou com o agitador:

— Dá para calar essa boca! E vocês, nós temos coisas mais importantes em que pensar agora!

— Mais importantes para quem? — sua sutileza venenosa era irritante. Dujas tinha um discurso surpreendentemente convincente e persuasivo para uma pessoa cujo fôlego parecia de um asmático em crise. A mentora tentou se explicar:

— Para todos na comunidade. Manes...

— Manes, Manes, Manes. Alguém aí a escutou dizer o nome de Kogiro alguma vez? Ou de Cufu? Eles não estão lá fora também? Ou em algum momento ela disse que está pensando em vocês? Nas crianças, que seja? Não, é sempre Manes!

Irritadiça, Liza tentou cortá-lo para se justificar; porém, como se tivesse ampla experiência em discussões daquele tipo, ele não permitiu e prosseguiu:

— Você está preocupada com o bem da comunidade ou com o seu próprio?

— Nem Kogiro nem Cufu são os líderes deste lugar! — rosnou a leoa ante a provocação.

— Evidentemente que não são, quer eles tenham bom-senso ou não. Na verdade, pelo pouco que tenho visto, me surpreende que um oriental ou um negro possam andar livremente por aqui. Porque não precisa de muito para perceber que nem todos podem! — e então ele se dirigiu à comunidade e falou mais uma vez como um político.

– Meus caros, façam a si próprios a seguinte pergunta: Vocês são livres? Podem se expressar? Os governos totalitários ruíram, e vocês vieram se abrigar aqui. São gratos por isso, são gratos a quem os recebeu, mas não percebem que quem os recebeu fez deste lugar uma ditadura? Todos vocês têm queixas, eu sei que têm...

– Nós não podemos nos expressar! – gritou Felipa do meio da multidão, insuflando a massa.

– Somos obrigados a fazer o que não queremos! – berrou outro colega que também estava mancomunado com o bando. Logo, muitos começaram a se manifestar, mesmo aqueles que não estavam programados para fazê-lo, e um tumulto começou a se generalizar. Dujas havia acendido um pavio que agora estava queimando.

– Nunca vi Manes ficar no monitor!

– Por que eu não posso repetir o filé do almoço?

– Por que só Manes tem livros no quarto dele e nós temos que usar a biblioteca pública?

– Por que não temos acesso às armas?

Os gritos continuavam, e a turma que era a favor de Manes começou a se irritar com as manifestações. Um empurra-empurra se iniciou bem no meio da multidão. Ninguém jamais saberia o motivo, não que fosse importante; pequenas rusgas aproveitaram a ocasião para vir à tona, e logo vários incidentes isolados, que nada tinham a ver com a aglomeração em si, estavam em andamento. Um soco. Um chute. Um xingamento. Liza olhou para Dujas e seus olhos o fulminaram. Ela rosnou baixinho para somente ele ouvir:

– Seu desgraçado. Meu marido está lá fora, morrendo por estas pessoas.

– Seu marido está lá fora por causa da própria ambição! E ele deveria ter pensado duas vezes antes de ter vestido a carapuça do ditador.

Liza olhou para os seus quatro anos de luta sendo dizimados em dois minutos e sentiu-se o maior fracasso da história do planeta. Não disse mais nada – nem podia. Deu meia-volta e se retirou. Atrás de si, mais de duzentas pessoas gritavam umas com as outras. Antigas rixas que haviam sido suprimidas por causa de um objetivo em comum estavam ali; era vizinho contra vizinho, irmão contra irmão, interesses pessoais falando; era a verdadeira natureza egoísta do homem mostrando a sua cara, após ter sido afogada durante anos por causa do medo e em prol da sobrevivência.

As brigas e discussões foram ficando cada vez mais violentas, mas Liza já estava longe. O caos abriu seus braços e saudou seus filhos pródigos que retornavam ao lar. Assim que a situação se complicou, tanto Dujas quanto Felipa trataram de se afastar da balbúrdia e, conforme haviam combinado previamente, isolaram-se em um canto do Quartel. Ela disse para o manipulador:

– Cara, você era político no passado?

– Não, mas tive meus momentos. Na verdade, o clima ajudou. Duzentas pessoas vivendo confinadas em um mesmo espaço durante quatro anos. Isso aqui era um barril de pólvora. Não se lembra do Big Brother?

Felipa havia apagado de sua memória qualquer lembrança referente ao reality show, mas quando Dujas o mencionou, a coisa realmente fez algum sentido. Espaços confinados enlouquecem feras e homens. Ela reconheceu:

– Pode ser, mas independente disso...

– Foi o dia ideal. As pessoas estavam tensas e assustadas. Os infectados quase invadiram o Quartel porque Manes quis sair. Foi uma decisão muito arriscada a dele. Tem uma montanha de corpos queimados lá nos fundos. Tudo isso contribuiu. Mas agora vamos a coisas sérias.

– As armas?

– As armas!

Liza saiu andando rápido por um corredor estreito. José, Ana Maria e Júnior foram atrás dela, deixando a turba resolver seus próprios problemas. Segurando a líder pelo braço, José questionou:

– Liza, espere aí. Por que deixou que ele falasse daquele jeito com você?

Ela tentou se explicar, mas não conseguiu. O técnico lembrou-se do episódio que ambos tiveram havia pouco em frente à fogueira humana e se deu conta do quanto sua líder estava abalada. Não parecia a mulher forte que ele aprendera a respeitar naqueles últimos anos; pelo contrário, estava mais para uma donzela frágil e indefesa. Ante as respostas monossilábicas dela, o trio se entreolhou assustado.

– A situação está preta, moçada! – disse José, realmente alarmado com o rumo que as coisas estavam tomando. Júnior traçou um plano qualquer que lhe veio à cabeça naquele instante, apenas para tentar organizá-lo ao mínimo:

– José, leve-a para o seu quarto. Não a deixe ir para o quarto dela.

– Por quê?

– É só um palpite, mas tenho impressão de que a coisa não acabou por aqui.

Maria engoliu em seco. Passou a mão na barriga e temeu por seu bebê. Naquele exato instante, uma gritaria desenfreada e assustadora começou onde antes a reunião estava ocorrendo, entrecortada pelo barulho de coisas se quebrando.

– Eles estão se matando! – disse ela.

– Porra, colocaram alguma coisa na água desse povo hoje?

– Não. São quatro anos de coisas entaladas na garganta mesmo. O que vamos fazer?

– Faça o que mandei. Leve Liza para seu quarto e a esconda lá. Não deixe que ninguém...

– Espere – interrompeu Ana Maria. – Deixe-me levá-la. José pode ajudá-lo aqui.

Júnior não queria que o colega ficasse com ele. Se ele realmente estivesse certo, lá fora as coisas logo ficariam ainda mais tensas e perigosas e José tinha um filho a caminho. Discutiram justamente sobre aquilo minutos atrás. Tentou fazer valer seu ponto de vista:

– Cara, acho que é melhor você ir com ela. O pessoal ficou enlouquecido, e esse Dujas, pode ter certeza de que ele não vai parar por aqui. Ele não incitou toda essa massa à toa. Você tem que pensar no seu futuro e no da criança.

O colega foi irredutível:

– Se nós não fizermos algo agora, Júnior, não haverá futuro.

Durante toda a discussão perpetrada pelo grupo, Liza parecia aérea, dopada. Era como se estivesse fisicamente presente, mas com a mente perdida em outro lugar, enterrada em outro nível de consciência. Seu corpo estava bambo, de forma que ela precisou ser aparada pelos homens para não cair; a respiração entrecortada por longas pausas e os olhos revirados para cima. O trio cogitou o pior:

– Meu, será que a envenenaram? Ela tá muito esquisita, pô.

– Eu não sei. Mas como? Quando?

– Ninguém envenenou ninguém. Vocês dois, achem Dujas e descubram o que ele está tramando. É só o que importa agora. E cuidado, ele com certeza não está sozinho nessa.

De repente, Liza recobrou a consciência e, como que saindo de um profundo estado de transe, endireitou o corpo. Os três se assustaram e a largaram, pulando para trás. A moça suava frio e seus olhos arregalados pareciam apavorados. Segurando o braço de Júnior tão firme que chegou a cravar as unhas nele e arrancar-lhe pele, ela se desesperou:

– Vocês têm que detê-lo! Agora!

– Deter quem? Dujas?

– Agora! – ela imprimia uma severa urgência à frase. – Eu vi! Se não o detivermos agora, será o fim!

Havia lágrimas sinceras escorrendo de seus olhos e foi só então que o trio conseguiu entender de que se tratava aquele bizarro estado de torpor no qual sua líder se encontrava. Liza estava tendo um episódio, uma de suas famosas visões que haviam se tornado lendárias entre o povo do Quartel e recebiam crédito de metade da comunidade, mas que eram ridicularizadas pelo outro lado, que a julgava maluca. José fazia parte do pessoal da segunda metade, porém confiava em sua líder por motivos que iam além de sua suposta clarividência. Maria perguntou o que ela viu, mas Liza parecia indigesta e desorientada, até que falou:

– Se vocês não o detiverem, ele irá abrir os portões.

Novamente apertou firme o braço de Júnior, os músculos tesos e as veias do pescoço palpitantes.

– Detenham-no ou ele irá abrir os portões!

CAPÍTULO 23

O apartamento que o grupo de batedores escolheu não tinha nada de incomum. No passado, devia ter sido habitado por uma família de classe média, um casal e duas filhas adolescentes. As fotos ainda estavam sobre uma cômoda estreita e comprida que havia no corredor. Judite assoprou a poeira que cobria um dos porta-retratos e observou demoradamente a imagem de uma garota que havia acabado de entrar na puberdade. O sorriso dela era verdadeiro, e os olhos destilavam o êxtase típico de quem começa a viver a melhor fase da vida. Ela vestia uniforme escolar, carregava uma mochila azul-marinho e usava um aparelho fixo com elásticos coloridos. Aquela menina provavelmente estava morta, o que tornava a sensação de estar ali ainda mais surreal. O local estava intocado, como se seus habitantes tivessem simplesmente saído para dar uma volta e, a qualquer instante, pudessem retornar para a vida familiar; dar continuidade à sua própria história.

Judite largou a imagem e se sentiu deprimida. O sentimento de culpa era algo que ocasionalmente assaltava todos os sobreviventes: "Por que eu estou vivo enquanto tantos morreram?"; uma pergunta recorrente, mas sem resposta fácil que precisava se apoiar em crenças as mais diversas para ajudar a pessoa a seguir em frente. Quando a pessoa não tinha crenças, seguir em frente tornava-se mais difícil.

O local exalava um odor de rosas apodrecidas em vasos de cristal, vencidas pelo tempo e espaço. O cheiro vinha de todos os lados, petrificando e mortificando cada recanto côncavo ou oblíquo. O carpete era puro mofo e ácaros; uma aranha, ao vê-los, subiu parede acima até a quina mais próxima; ferrugem e tormenta misturavam-se em virginal delírio naquele paradoxal ambiente aconchegante. Cortez retornou da cozinha e disse em voz alta:

– Nada. Nem um enlatado.

– Teria sido muita sorte! – resmungou Cufu, enquanto examinava o local com olhos de detetive. Erik, fingindo estar à vontade, espatifou-se sobre o sofá e quebrou o gelo com uma pergunta:

– Ei, Cufu, se você fosse uma música, que música seria?

– O quê?

– Você entendeu. Que música você seria?

– Que raio de pergunta é essa?

– Vamos lá, entra na brincadeira...

Cortez respondeu com um meio sorriso no rosto, intrometendo-se no diálogo:

– Eu seria "We are the Champions".

O grupo inteiro olhou para ele, que deu de ombros e falou:

– Que foi?

Manes disse, num tom irônico:

– "We are the Champions"? Não dava para ser um pouco mais egocêntrico?

– É uma boa música. E uma boa letra. Se não gostou, me diz o que você seria, sabichão.

– Eu seria "Verdade Chinesa". – E ele fez um sinal no ar ao falar o nome da canção, com o indicador e o dedão unidos e um sorriso no rosto. Cortez disse para si mesmo, "E eu que sou egocêntrico...", antes de voltar a vasculhar a cozinha.

– Que diabos é isso? – perguntou Erik, que não entendia nada de música brasileira.

– É uma... Deixa prá lá. Você não vai saber do que estou falando mesmo.

Zenóbia deu uma gargalhada alta e gozou o líder:

– Você jamais seria "Verdade Chinesa"!

– Como não?

– Você? Fala sério, "Dá um tempo, toma um trago, que a tristeza irá passar". – ela cantarolou surpreendentemente afinada. – Você nunca na vida ia fazer isso.

– Por quê? Você acha que eu não sei me divertir?

– Claro que sabe! – interferiu o ruivo. – Até os nazistas sabiam se divertir.

– Ha-ha-há. Muito engraçado. – rosnou o líder.

– Vocês estão mesmo discutindo sobre isso? Como conseguem brincar depois de tudo que passamos hoje? – rosnou Judite, bastante mal-humorada.

Erik respondeu:

– De que adianta ficarmos deprimidos? Vocês sabem o que os antigos faziam após uma grande batalha? Eles celebravam. Cantavam canções, ficavam bêbados e transavam.

– Talvez os seus antepassados, Erik – respondeu Cufu. – Os meus se retiravam para velar os mortos.

A seguir, ele se afastou do grupo e foi para um canto da sala. Fechou seus olhos e se sentou com as pernas cruzadas à maneira dos iogues, assumindo um estado meditativo. Erik deu de ombros e decidiu que não iria mais tentar animar os colegas após aquele balde de água fria. Mas a verdade é que todos conheciam o comportamento do negro. Como uma espécie de sacerdote, ele agora começaria a orar pelas almas que haviam sido despachadas para o outro lado naquele dia. Ninguém nunca o interrompia quando estava desempenhando suas funções sagradas; porém, daquela vez, sentindo-se miserável e bastante abalada, Judite foi até ele e perguntou:

– Você acredita mesmo que exista outro lado?

O batedor abriu um único olho e respondeu em um tom que não indicava emoção alguma:

– Sim. O outro lado é uma realidade para mim. Sua existência me conforta.

Ela se achegou:

– As pessoas falam que, quando você medita, você se lembra de todas as pessoas cuja vida ceifou e encomenda suas almas para Deus. Isso é verdade?

– Sim.

– Você se lembra de todas as mortes? Mesmo em um dia como hoje?

Ele sorriu de forma acolhedora. Tocou o joelho da moça com gentileza, relando levemente a ponta dos dedos e a consolou:

– Sim. Mesmo em um dia como hoje, é minha obrigação orar por aqueles cuja vida minha lâmina tirou. Dessa forma, nunca deixarei nada a dever neste mundo.

– Eu não acredito no outro lado. Eu não acredito em Deus!

– Para sua sorte, Judite, se Ele existir mesmo, o que no meu coração sei que é verdade, o Todo-Poderoso irá sempre acreditar em você.

Ela se sentiu uma cretina. Após considerar as palavras do guerreiro com cuidado, pediu com humildade:

– Eu também quero lembrar-me dos mortos. Eu quero honrar a memória daqueles que perderam a vida no dia de hoje, mas não sei como.

O sorriso dele era um alívio para a alma, uma fragrância para o desconsolo:

– Eu te ensino!

Zenóbia estava sentada no chão, próxima à sacada do apartamento. Manes foi até ela e perguntou:

– Posso me sentar ao seu lado?

Ela não respondeu, apenas aquiesceu com a cabeça. Ele recostou as costas contra as paredes, estendeu uma das pernas e massageou o joelho que estava dolorido por causa de uma pancada. Olhou para fora, observando a bela lua que surgia no céu. Suspirou. Deu mais uma ordem e depois relaxou:

– Kogiro, acenda duas velas. Uma aqui e outra na sala ao lado. Sei que a energia do prédio está funcionando, mas não podemos ter luz demais; se aquelas coisas perceberem que estamos aqui, será o fim, então nada de chamar a atenção desnecessariamente.

O japonês fez um sinal de positivo e obedeceu.

Os olhos felinos de Manes não desgrudavam da figura de Espartano que tinha ido se sentar sozinho em uma sala contígua, a qual lhe dava um pouco mais de privacidade, contudo o mantinha ainda à vista por ser fechada somente por três paredes. Abraçado com sua arma, ele tinha as mãos trêmulas e um rubor de nervosismo nas maçãs do rosto. Suava de tensão e, mesmo naquele ambiente supostamente seguro, parecia absolutamente incapaz de relaxar.

– O que acha? – perguntou ela, referindo-se ao colega.

– Ele perdeu a cabeça. Não há o que dizer.

– Manes, é mais do que isso; a forma como ele atirou em Conan... Não sei se dá para recuperá-lo.

– O que você está querendo dizer, Zenóbia?

– Eu temo que talvez ele esteja além da nossa ajuda.

– Não interessa. Não se esqueça de que nós viemos aqui por ele.

Enquanto os dois falavam, Erik checava seu equipamento com um olhar ressabiado. Ele tivera que deixar as roupas protetoras para saltar do prédio e não lhe agradava a ideia de não vestir nem sequer um colete. A roupa havia sido uma invenção do próprio Manes. Tratava-se, na verdade, de uma adaptação feita a partir de coletes da polícia militar, vestimentas de motociclistas, joelheiras e cotoveleiras usadas por skatistas e alguns outros ingredientes; tudo levado ao fogo e cozido na temperatura certa. A roupa era pesada e realmente deixava os batedores mais lerdos, conforme Zenóbia havia atestado, porém ela não era inútil. Uma pessoa pode ser mordida. O que ela não pode é permitir que a mordida chegue à sua pele, e as vestes dos batedores impediam justamente isso. A roupa tinha pontos frágeis, afinal até as antigas armaduras de metal usadas nas guerras da Antiguidade eram frágeis nas partes em que precisavam ser articuladas, mas melhor alguma proteção do que proteção nenhuma.

Cortez passou por todos e foi até a sacada. O apartamento estava abafado demais para ele, e a oportunidade rara de ver a cidade inteira apagada de um ponto alto como aquele em que estavam era uma visão e tanto. Manes e Zenóbia ainda guardavam um incômodo silêncio, até que ela apontou com a cabeça, indicando Espartano, e falou:

— Reparou que ele tem um rádio?

O líder julgou-se um perfeito imbecil naquele instante. Não havia percebido aquele "detalhe". Com cuidado, chamou o colega:

— Espartano?

Todos, que até então estavam cuidando cada um da própria vida, pararam o que estavam fazendo e olharam para o líder no momento em que a palavra fora pronunciada. Espartano, que parecia estar querendo relaxar e havia até fechado os olhos, ao escutar seu nome colocou-se imediatamente em um estado de alerta e apertou a arma contra o peito. O líder continuou:

— Chame a base pelo rádio, soldado.

O homem retrucou, algo que ele jamais teria feito outrora:

— Já chamei. Ninguém atende.

— Chamou quando?

— Antes de encontrá-los.

— Bem, isso foi antes. Tente novamente.

— Para quê?

Manes se levantou bruscamente e ordenou:

— Chame novamente, soldado! Agora!

Sem se deixar intimidar, Espartano também se levantou e algumas faíscas voaram no ar. Cortez não se mexeu, mas levou a mão até sua arma e deixou-a pronta para agir. Naquele momento, Espartano era um barril de pólvora, prestes a explodir. O batedor encarou seu líder e, sem desviar os olhos dos do outro nem por um instante, buscou o rádio no bolso da frente e fez duas tentativas para chamar a base. Só o que obteve foi estática. Não respondeu com palavras. Seu olhar furioso era a resposta de que precisava. Voltou à posição em que estava e permaneceu calado. Judite foi quem quebrou o espectral silêncio:

– Manes? Há algum motivo para a base não ter atendido?

O líder estava pasmo. Aquilo definitivamente não era bom:

– Sim, há.

– Qual? – replicou a moça, na esperança de que ele lhe dissesse que, em algum momento, havia pedido silêncio de rádio sem que ela tivesse visto, porém sua resposta, apesar de óbvia, jogou a moral do grupo em um fosso de alcatrão e piche:

– Problemas!

Os batedores pensaram nas pessoas queridas que estavam dentro do Quartel e no fato de que todo mundo que eles conheciam, o pouco que haviam conseguido guardar da civilização e a pequena memória que haviam levado consigo da vida pregressa e de quem eram estavam dentro daquele local. Era tudo o que eles tinham. Houve um sentimento em comum do medo da perda.

Espartano fitou o líder com uma expressão irritante e desafiadora de "não te disse" no olhar. Havia um grau de sarcasmo e esnobismo também. O homem estava definitivamente mudado, mas aquele não era o momento de lidar com o problema. Manes sentou-se de volta onde estava, ponderativo. Pensou em sua esposa implorando-lhe para não sair naquela missão suicida, e a súplica estampada nos olhos da moça fez com que ele se sentisse culpado. Fitou novamente aquele homem ensandecido que estava a poucos metros de si, o motivo pelo qual havia arriscado sua vida. Sentiu raiva de si mesmo por sua burrice e do outro em medidas iguais. A guerreira ao seu lado vivia o seu próprio dilema em silêncio. Ela precisava definir o que sentia por Manes, e saber se iria amá-lo até a morte ou odiá-lo. Foi Erik quem quebrou o gelo novamente:

– E você, Espartano, que música você seria?

Para surpresa de todos, ele respondeu:

– "Standing in the Way of Control".*

* "Em posição de controle".

CAPÍTULO 24

Dujas e Felipa estavam em uma sala pequena de cerca de três metros de comprimento por dois de largura. Em ambos os lados, havia prateleiras de madeira do chão até o teto, pintadas de branco e forradas de todo o tipo de armamento e munição que se podia imaginar. Do lado de fora, guardando a porta, eles haviam deixado três guardas. Não fora difícil convencê-los a vir consigo; eram jovens e impressionáveis, e seu discurso tivera justamente aquela intenção. A gritaria que começara por conta da intervenção de Dujas durante a mal sucedida reunião de Liza, a qual podia ser ouvida de qualquer lugar do Quartel, havia finalmente terminado. Um sentimento de culpa que subiu por suas escápulas e morreu na linha do pescoço assaltou Felipa, quando ela pensou nas possíveis baixas que poderiam ter sido causadas por causa do tumulto, porém decidiu não dar crédito demasiado ao ocorrido.

Ela não era má pessoa, muito pelo contrário. Contudo, havia sido calejada pela força do preconceito que sofrera durante toda a vida (inclusive por parte da própria família) por causa de suas escolhas. Qualquer minoria, quando vê uma brecha, uma abertura, uma opção de alterar a ordem vigente em seu favor, o faz sem peso na consciência. Quando você cutuca uma onça, não pode reclamar se ela decidir mordê-lo, e era exatamente esse o caso. Ao tomar todas aquelas decisões tradicionalistas e firmar normas rígidas de conduta, o que incluía restringir os direitos dos homossexuais na comunidade, Manes esperava satisfazer a maioria e manter, assim, o apoio e a coesão do grupo — o que de fato conseguiu por algum tempo — mas, para tanto, perdeu a simpatia de várias pessoas. Fugiu-lhe o entendimento de que os homossexuais não eram as únicas minorias e, em prol do que percebia como sendo o "bem maior", foi pisando inocentemente nos calos dos que não eram favorecidos. Contornou problemas menores e discussões que são comuns a qualquer comunidade, sem dar-se conta de que as rusgas continuavam, e, ao longo de quatro anos, um monstro social foi criado dentro do Quartel. Logo, outros problemas surgiram, que iam desde inibir personalidades violentas até criar regras específicas para fumo e bebida. E sempre que alguém ficava contente, em algum lugar havia outra pessoa que não estava. Da parte de Felipa, ela só buscava o direito de ser quem era, sem que precisasse pedir licença para isso.

O misterioso Dujas abriu um sorriso implacável e expôs seus pensamentos em voz alta:

— Como esses caras juntaram isso tudo? Dá pra armar um exército com o que tem aqui.

— Foram anos guardando tudo o que encontravam. Manes saqueou delegacias, presídios, quartéis e qualquer lugar que achasse que havia armas. No final acho que não foi tão difícil assim – respondeu a moça enquanto olhava com adoração um simples revólver calibre 38.

– Sabe usar uma arma?

– Não. Mas qual é a dificuldade?

– A dificuldade é olhar para uma pessoa e apertar o gatilho. Olhar dentro dos olhos dela e saber que, com o movimento de um dedo seu, irá arrancar tudo daquele ser humano. Tudo o que ele é, tudo o que ele foi e tudo o que poderia ser. Essa é a dificuldade.

Felipa pareceu ponderar por um instante e, de repente, recolocou a arma no lugar de onde a havia apanhado, como se tivesse sido subitamente tomada por uma sensação de asco. Perguntou:

– Você não pretende matar alguém, pretende?

Dujas reconheceu o dilema que se apresentava na tonalidade da frase e falou o que ela queria escutar. Na verdade, não contou nenhuma mentira:

– Não, claro que não. Matar as pessoas não ajudará em nada.

O que ele não disse é que, apesar de não "pretender" matar ninguém, não hesitaria em fazê-lo. Segurou um fuzil com uma única mão e brincou, levantando o braço e gritando:

– *Viva la revolución*!

Felipa não achou graça, mas reparou que os jovens que guardavam a porta riram. Astuto que era, percebeu que, se as coisas continuassem fluindo a seu favor, sua autoridade estava até certo ponto garantida, mesmo que Felipa parasse de apoiá-lo. Existem dois tipos de homens neste mundo, os que têm personalidade e mente livre – e cujo controle é difícil – e aqueles que querem ser governados. Esses últimos são inúteis e, do ponto de vista da governança, só servem para compor a massa que mantém um líder no poder. Eles não têm serventia, senão serem usados como bucha de canhão. São, em última análise, dispensáveis. Os homens governáveis representam a maioria e Dujas sabia exatamente como lidar com ambos os tipos. "Comprando" e assegurando sua simpatia junto às pseudossentinelas, entregou em mãos uma pistola para cada um. Ao olharem hipnoticamente para o dispositivo mortal que recebiam, os jovens abriram um sorriso, e a confiança que Dujas depositara neles foi, automaticamente, retribuída na forma de adoração.

– Ela é mais pesada do que parece – disse um deles, sentindo nos ombros o grau de importância que aquele simples objeto lhe conferia. Dujas nada disse, apenas voltou-se para Felipa e pediu que ela lhe entregasse a chave da sala. A moça hesitou em dar-lhe, mas apenas por um instante. A pressão que o momento exerceu sobre ela foi mais forte do que poderia suportar. Enfim, sendo incapaz de dizer não, Felipa resignou-se. Havia uma centelha nos olhos do homem que era difícil de ser ignorada.

Ele trancou o quartinho e disse:

– Ok, hora de tomar o Quartel! Você, rapaz, qual é seu nome mesmo?

– Silvério, senhor!

– Ok. Você conhece os sentinelas que estão lá fora armados? Os homens que mataram os contaminados presos esta manhã?

– Sim, senhor.

– Sabe como trazê-los para nosso lado?

– Sim, senhor.

– Perfeito, garoto. Você tem vinte minutos! E Silvério...

– Senhor?

– Se for bem-sucedido, garoto, eu farei de você meu primeiro em comando.

Silvério saiu em disparada, seguido pelos outros dois. Ele era jovem, pouco mais que 20 anos, e não tinha a menor ideia do que ser o "primeiro em comando" significava, contudo o simples fato de sentir-se importante já era suficiente. Enquanto eles desapareciam da vista, embrenhando-se na teia de corredores que compunha o Quartel, Dujas guardou na cintura um revólver que havia apanhado dentro da sala e a chave no bolso da calça. Felipa perguntou num tom de ironia:

– Desistiu do fuzil?

Ele sorriu. Estava num extremo bom humor:

– Não era muito a minha cara. Esta chave... Ela é a única do Quartel?

– Sim. A outra está com Manes. Esta cópia normalmente fica com Liza.

Dujas deu uma gargalhada gostosa:

– Você a roubou? Minha cara, você não para de me surpreender!

Felipa sentiu um turbilhão de emoções; culpa, revolta, arrependimento, raiva, desejo, tudo num mesmo momento. Dujas saiu andando com o peito estufado e um sorriso estampado no rosto. Ela o seguiu como um cachorrinho.

CAPÍTULO 25

"Se alguém nasce com muita coragem, o mundo tem que destruir essa pessoa. O mundo destrói a todos e, depois, muitos se tornam fortes apesar disso, mas, aqueles que não são afetados, o mundo mata! Ele mata os bons, os gentis e os corajosos... sem distinção!"

A passagem era do livro *Adeus às Armas*, de Ernest Hemingway. Zenóbia lembrava-se vagamente daquele trecho e, quando viu o livro na estante do apartamento, folheou-o até encontrá-lo. Fechou o volume e colocou-o de volta no lugar, estudando de forma displicente os demais títulos que faziam parte do que outrora deveria ter sido a coleção de livros do dono da casa. Uma coleção bastante diversificada, aliás. Ela murmurou em voz alta, mais para si própria do que para o resto do grupo:

– Conrad, Salinger, Saramago, Poe, Jack London, Dostoiévski... Esse cara lia de tudo.

Manes virou seu rosto em câmera lenta na direção da moça, semicerrou a vista e rangeu os dentes, enquanto olhava a silhueta de seu corpo escultural, delineada pela claridade que adentrava o ambiente através dos vitrais do apartamento. Os músculos de suas costas, desenhados por contraste de luz e sombras, eram uma pintura de Frazetta; de repente, um tênue formigamento percorreu o corpo dele, e um calor fez seu pescoço suar. Sem qualquer explicação plausível, um desejo incomum apossou-se de seu ser, uma vontade incontrolável de jogar tudo para o alto e ir até ela, agarrá-la, beijar sua nuca, sentir o sabor de sua língua áspera e viver todos os mistérios do prazer sem o medo de que houvesse um amanhã.

Fingindo interesse e curiosidade, mas na verdade querendo apenas ficar perto da princesa amazona, Manes se levantou e foi até ela. Posicionou seu corpo atrás do da batedora, próximo o bastante para que ela sentisse a eletricidade que emanava de si, mas, sem tocá-la, ele começou a ler os nomes de alguns títulos e autores em voz alta. Desviou os olhos para uma prateleira mais baixa, deu uma risada forçosa e afirmou:

– Aposto que esta prateleira era das filhas dele.

Zenóbia, que não havia chegado ainda à prateleira que ele apontou, pulou dos livros que examinava para os referidos e leu:

– *Sepulcro*, *Modotti – uma Mulher do Século XX*, *A Menina que Roubava Livros*, *Crepúsculo*...

Concordou alegremente:

– Sim, tenho certeza de que era. Mas dê só uma olhada nisso, aqui há filosofia, psicologia, economia, esoterismo, história. Esta biblioteca é bem mais completa do que a que temos no Quartel. Deveríamos marcar esta casa e retornar aqui com um veículo depois.

— Concordo. Na verdade, a loja de departamentos que invadimos hoje também estava intacta. Eu pensava que não havia mais lojas, shoppings e mercados que não tivessem sido saqueados, mas percebo agora que estava errado. Parece que esta área não mapeada da cidade tem muito a nos oferecer. Acho que, se fizermos uma boa busca, encontraremos até alimentos...

— Pode ser. É uma cidade grande...

Ambos continuaram em silêncio fingindo que estavam olhando os títulos quando só o que pensavam era um no outro até que ele falou:

— "Amar e ser amado é tudo. Amar sem ser correspondido parece nada, mas já é alguma coisa. Não amar é nunca ter de fato vivido!"

— Isso é lindo. É de algum desses livros?

— Não, é de minha autoria.

A moça sentiu-se desconfortável ao escutar aquilo. Notando que ele estava com o corpo bem perto do dela, com o nariz quase sobre os cachos de seus cabelos, a batedora afastou-se da estante e foi para a cozinha. Cufu e Judite continuavam entretidos com seus próprios assuntos; Erik e Kogiro dormiam. Cortez ainda estava na varanda, e Espartano permanecia na mesma posição introvertida. Manes foi atrás dela e a segurou pelo braço:

— Zenóbia... Desculpe-me por aquilo.

— Aquilo o quê? Fazer com que eu me sentisse como uma vadia lá no Quartel? Olhar nos meus olhos e dizer que fui um erro? Ou me esbofetear porque eu tive coragem de apontar suas falhas enquanto líder? Sobre o que exatamente você está se desculpando, Manes? Sobre hoje ou sobre os últimos dois anos de um desprezo falso que eu sentia cada vez que o pegava olhando para mim de rabo de olho? Pelo que quer que eu te desculpe?

— Por tudo.

A típica resposta masculina. A moça se enfureceu de forma velada e sentou-se à pequena mesa, apoiando nela seus dois cotovelos para segurar a cabeça, que parecia um pesado fardo a ser carregado. Ela ralhou com o homem:

— Por quê, Manes?

— Por que o quê?

— Você dormiu comigo. Fez com que eu sentisse que era alguém especial. Não vem dizer que nossos momentos não foram especiais, porque eu sei que foram. Nós nunca fizemos sexo, eu sei disso, tenho certeza disso. Nós sempre fizemos amor.

Ele abaixou a cabeça. Sentia-se envergonhado por ter feito a moça sofrer. Ela não merecia aquele tratamento, mas também Liza não merecia ser enganada. Como tantos homens na história da humanidade que já haviam passado por situação semelhante, a verdade é que o grande líder do Quartel Ctesifonte não tinha a menor ideia do que estava fazendo. Por mais que Manes visse tudo preto no branco, os assuntos do coração sempre pediam algumas camadas de cinza. Ele tornou a pedir desculpas, como se fosse ajudar em alguma coisa. Ela se irritou e quase bateu na mesa, porém censurou a ação no meio do caminho:

— Não quero que você se desculpe. Pare de se desculpar se isso não vai significar nada. Pare de pedir minhas desculpas só para que sua consciência fique limpa. O que eu quero é a verdade! Eu fui um erro em sua vida?

Os olhos dele ficaram miúdos, e o coração, apertado. A mulher diante de si era extraordinária, e o que atraía Manes não era apenas o corpo espetacular da moça, sua habilidade como guerreira ou seu coração destemido. Era muito mais, um conjunto de fatores que na verdade não podiam ser racionalizados ou explicados. Não eram os mesmos fatores que o atraíam em Liza, com quem sua conexão vinha desde a Era A. A., mas — e o líder percebera aquilo naquele exato segundo — ambos os sentimentos eram complementares. Ele sacudiu a cabeça negativamente em resposta à pergunta dela.

Os olhos cor de mel da moça se derreteram, e a vontade que o líder teve foi de agarrá-la com todo o vigor de seus poderosos braços, levá-la para o quarto e fazer o que o ardor em seu peito implorava para ser feito. Mas se conteve. Em vez disso, fez um carinho suave ao longo do rosto dela e foi o mais sincero que conseguiu:

— Eu amo Liza. E tenho obrigações com ela. E também com o povo que lidero. — ela abaixou a cabeça e segurou as lágrimas, enquanto ele prosseguia. — Eu também a amo, Zenóbia, você é uma mulher valorosa e honrada, mas não posso estar com você. Se eu cair, o Quartel cai.

— E você precisa manter as aparências!

Não houve raiva na forma como ela proferiu a frase, apenas uma constatação de um fato e um profundo sentimento de lamentação. Ele foi incapaz de responder. Apenas debruçou-se sobre a mesa e deu um beijo nos lábios grossos da amazona. Eles tinham um sabor doce de morango. Depois saiu da cozinha, deixando para trás a tentação. A mulher ficou só, com seus fantasmas, sonhos e desejos. Faria qualquer coisa para ter aquele homem ao seu lado, mas, naquele momento, independentemente do rumo que os fatos tinham seguido, a amazona tomou uma decisão importante: não poderia tê-lo, mas estaria sempre ao lado dele.

Manes encontrou Cortez na sala, de pé, encarando-o. Aquele olhar parecia estripá-lo, como se tivesse o poder de arrancar tudo de dentro de si. O homem falou:

— Vou conversar como amigo.

Manes retrucou:

— Não quero escutar Cortez. Este dia...

— Manes, este dia foi uma terrível sucessão de erros.

— O que quer dizer?

O batedor pousou a mão sobre o ombro do líder como sempre fazia e foi sincero em suas observações:

— Você sabe que eu sempre te apoiei, certo? Mesmo quando discordava de suas decisões, sempre estive ao seu lado. Mas, hoje, absolutamente todas as escolhas que você fez foram questionáveis.

Manes baixou a cabeça. Sentia o peso da liderança e os anos de desgaste que isso lhe trazia:

— É, eu sei. Só fiz merda hoje...

— Também não é bem assim. Mas amanhã enfrentaremos um inferno para voltarmos ao Quartel, você sabe disso. Portanto, descanse, recupere-se e acorde renovado. Seja o líder de que precisamos. Coloque de lado as dúvidas e nos leve de volta para lá vivos. Todos nós!

Manes suspirou:

— Obrigado, velho amigo.

Afastaram-se um do outro alguns passos, até que Cortez afirmou:

— E mais uma coisa...

— O que foi?

— Não fira os sentimentos dessa menina novamente. Ela é uma guerreira. E o ama! Não merece ser tratada assim.

Manes mordeu os lábios e concordou sem nada responder. Zenóbia, da cozinha a poucos metros, havia escutado cada palavra, mas não havia reconforto em seu peito.

A noite estava bonita e estrelada, mas lá fora os predadores começavam a se agitar. O comportamento dos infectados era bastante interessante; eles não matavam uns aos outros, porém não hesitavam em se canibalizar se encontrassem corpos de seus companheiros mortos pelo caminho. E, como havia centenas de cadáveres de seus pares espalhados por aquele quarteirão e nas proximidades, isso garantia que muitos e muitos outros fossem atraídos para o local aquela noite. Seria uma madrugada perigosa, sem dúvida que seria, e o grupo precisava estar atento. Porém, nenhum deles podia sequer sonhar com as surpresas que ainda lhes estavam reservadas.

CAPÍTULO 26

Quando retornou ao salão principal, Dujas, Felipa e dois companheiros que os seguiam encontraram menos da metade das pessoas que estavam ali quando do momento da reunião. A briga havia sido feia, o que podia ser notado pela quantidade de coisas quebradas e pelos feridos que cuidavam uns dos outros naquele exato instante. Felipa engoliu em seco quando viu o resultado daquela breve intervenção de Dujas e se perguntou como as coisas podiam ter chegado àquele ponto com tamanha facilidade. Teria ele algum tipo de dom especial capaz de provocar tanta discórdia entre as pessoas ou será que aquela comunidade era mesmo um enorme paiol de pólvora, pronto para estourar, e vivia diariamente só das aparências?

Uma moça esquálida chamada Sara, que no momento cuidava de um profundo corte no supercílio de um jovem, ao vê-los chegando, marchou direto na direção de Dujas com uma expressão decidida e, ignorando as armas que o grupo carregava, deu um estalado tapa com a mão aberta na face do novato.

— Como se atreve? — ela perguntou. — Nós o acolhemos entre nós e você faz isso? — então fez um sinal com ambas as mãos indicando o caos que havia ao redor deles. No momento em que ela o agrediu, os sentinelas levantaram as armas e ameaçaram investir contra a moça, porém o engenhoso Dujas fez um sinal para que se contivessem. Sabia que algo assim poderia acontecer e, na verdade, contava que acontecesse. Era a deixa de que precisava, afinal, as imagens de salvadores ficam mais bem gravadas na mente das pessoas após a tempestade do que antes dela. Ele passou a mão sobre a região que havia sido agredida — fingindo estar magoado com o tapa — e abriu um discurso em voz alta:

— Não sou seu inimigo!

Olhou para a fisionomia descrente dos que lá estavam. Havia pessoas com ferimentos graves. Elas não sabiam, mas o que sentiam, fosse frustração, raiva, temor, curiosidade, era com efeito toda a abertura de que Dujas precisava para conseguir entrar. O silêncio era tal que uma mosca poderia ser ouvida passando. Prosseguiu:

— Vou repetir, pois quero que isso fique bem claro: não sou seu inimigo. Eu cheguei aqui ontem, sonhando em ter encontrado um paraíso, após meses vivendo no inferno, fugindo diariamente dos contaminados, sem ter o que comer ou o que beber. Vocês estão aqui há tempo demais, então não sabem mais como é isso. Encontrei aqui um refúgio de um mundo que se acabou. E meu coração se encheu de felicidade, pois pensei que esta seria uma possibilidade para recomeçar e talvez viver uma vida digna até o fim de meus dias. Vocês têm roupas. Água corrente e eletricidade. Frutas e legumes. Vocês dormem em camas, escovam os dentes, assistem a filmes, jogam cartas, escutam música e pareciam mesmo felizes. Quer saber? Vocês construíram uma bela comunidade. Mas eu lhes pergunto, vocês são livres? De que importa isso tudo se não há liberdade? – fez uma pausa dramática, como se estivesse pensando no que falaria a seguir. Ao mesmo tempo, deu oportunidade para algum protesto, mas ninguém abriu a boca, o que era um bom sinal. Prosseguiu. – Mesmo com todas minhas andanças e com tudo que passei até encontrar este lugar, eu nunca abri mão da minha liberdade. E, tão importantes quanto ela são as características que me tornam o ser humano que sou. Para que eu seja livre, essa definição de quem eu sou precisa existir – ela não pode ser reprimida. Eu vim até aqui sonhando em ser livre, querendo ser eu mesmo e o que encontro? Por trás da máscara, por trás das aparências, vejo um estigma totalitário. Há pessoas sendo diariamente reprimidas, privadas de ser elas mesmas, e o espectro do preconceito fala mais alto. Isso não está certo.

Ele fez mais uma pausa, olhou ao seu redor e percebeu que, desta vez, a maioria dos rostos já o seguia. Era como tirar doce de criança. Aumentou a intensidade e a dose teatral de seu discursos, bradando:

– Eu não sou um homem de ficar calado ao ver algo tão errado como foi quando seu líder abriu aqueles portões para sair com um carro e arriscar a vida de todos vocês aqui dentro.

Ele apontou, então, para Sara, a moça que o bateu, e a intimou:

– Você! Corrija-me se estou errado, mas você é mãe de uma das crianças, não é? – a moça se encolheu, confirmando as suspeitas dele que, obviamente, se deviam ao fato de que uma das únicas quatro crianças da comunidade era a cara dela. – Sim, você é, eu posso ver. Você ficou brava porque seu filho poderia ter sido ferido durante essa agitação toda que implodiu aqui, e com razão. Mas me diga uma coisa, o que sentiu quando seu líder desalmado abriu aqueles portões e os infectados começaram a pular aqui para dentro? O que você sentiu? – então começou a apontar para outras pessoas e a perguntar a mesma coisa, "o que você sentiu?", para cada uma delas. – Sabem o que eu senti? Eu fiquei apavorado. Até o último fio de cabelo. Achei que seria injusto da parte de Deus me guiar até aqui só para ver este Éden se despedaçar em apenas um dia. Eu fiquei terrivelmente apavorado de saber que era possível que uma das últimas comunidades de humanos deste planeta estava nas mãos de um lunático, que abre os portões e arrisca a vida de todos os que confiam nele, sabe-se lá por qual motivo.

Ele se aproximou da moça e perguntou:

– Você espancaria seu líder como fez comigo, caso ele estivesse aqui?

De repente, Dujas recebeu uma inesperada força do destino, quando um homem que estava a alguns metros de si gritou com uma voz de trovão, batendo no próprio peito como se fosse um lutador de luta livre; e colocou para fora o que era obviamente um sentimento altamente reprimido:

– Eu espancaria!

O homem era grande e forte, com a aparência de um lenhador. Seus braços massudos davam duas coxas das de Dujas juntas, e o pescoço era como o de um gorila.

Tinha os cabelos loiros e olhos claros, e o novato lembrou-se de tê-lo visto de relance no começo do dia, logo após a saída do sprinter e da sua breve discussão com Liza. Não havia, afinal, como se esquecer de uma figura daquelas. Ao notar a ênfase com que o gigante dissera que enfrentaria Manes, somada ao seu olhar demente e à aparência que era um receptáculo de força bruta e primitiva, Dujas já tinha uma boa ideia do que havia acontecido (era impressionante a facilidade com que ele "lia" as pessoas), mas deixou que o grandalhão contasse sua história mesmo assim. Sabia que, se os indivíduos são ouvidos, eles têm a impressão de serem importantes. E, se acham que são importantes, tornam-se mais condescendentes e estabelecem um vínculo. É a raiz do domínio.

O homem xingou Manes de várias maneiras durante alguns segundos, exibindo uma notável falta de linearidade em seu pensamento e um grau de agressividade enorme armazenado dentro de si, até que a língua venenosa de Dujas atiçou-o:

– Deixe-me adivinhar, meu amigo, você queria ser um batedor, mas Manes não permitiu, certo?

O homem se sentiu envergonhado quando foi exposto daquela maneira, mas isso não lhe importava mais. Era, evidentemente, mais um deslocado dentro do Quartel. Resmungou de cabeça baixa em resposta à indagação:

– Ele disse que eu não tenho o temperamento adequado.

Era a hora certa! Dujas explodiu:

– E quem é ele para decidir isso? Viram? Viram o que estou dizendo? Ele os impede de ser quem vocês querem ser. Ele esmigalha todo potencial que vocês têm e os obrigam a seguirem uma vida medíocre, escondendo-se dentro de si próprios, vivendo uma vida de proibições. São as regras dele, o tempo todo as regras dele! Por que as outras pessoas acham que têm o direito de nos limitar? Isso não está certo. Qual é seu nome, meu amigo?

– O pessoal me chama de Hulk.

– Hulk?

A cena não foi cômica, mas poderia ter sido.

– Sim, por causa do lutador Hulk Hogan.

Dujas se divertiu por dentro, mas manteve a compostura. O homem realmente era a cara de um Hulk Hogan genérico. Pousou a mão sobre o ombro do Golias em uma atitude estudada e disse:

– Veja esse físico, essa força de vontade arrebatadora. Você nasceu para ser um batedor, amigo. Você nasceu para liderar, mas, por algum motivo, tornou-se um escravo. Percebam todos o que vou dizer – e novamente ele elevou o tom de voz –, os escravos só deixarão de ser escravos se eles próprios se libertarem.

Notou como a faísca da aceitação acendeu os olhos do gigante e, voltando-se para os demais, falou tão alto que estava praticamente gritando:

– O momento chegou! Vocês podem ser e fazer tudo o que quiserem. Desprezem todos os covardes; soldados profissionais que não ousam lutar, mas brincar; desprezem todos os tolos. Lutem como irmãos. Como irmãos! Não deve existir regra alguma senão o desejo. Desejo sobre a vontade.

Quando Dujas olhou ao seu redor, o número de pessoas havia aumentado. A multidão parecia completamente mimetizada pelas suas palavras. Até a moça que o havia agredido sentia-se compelida a segui-lo. Subitamente, Hulk gritou como uma trovoada:

— E quem não estiver ao nosso lado?

Era o momento que Dujas esperava. Mais cinematográfico impossível. De onde saíra aquele gigante que dava todas as deixas de forma tão perfeita como se tivessem ensaiado durante meses para montar aquela peça? O novato, que jamais seria chamado de novato novamente e, na privacidade de seu ser, passaria a se referir a si próprio como "imperador", sacou sua arma da cintura e a apontou para cima:

— União é a lei! Quem não estiver conosco está contra nós!

A ovação foi catastroficamente ruidosa e geral. Todos ergueram as mãos uivando como lobos. Eram uma massa única, movida por um interesse em comum, e, apesar de a maioria não ter entendido metade do que Dujas havia dito, ele sabia a força que uma massa exerce sobre a personalidade frágil de indivíduos maltratados pela vida.

José e Júnior observavam a tudo de longe. Próximos o suficiente para avaliarem a situação, porém distantes o bastante para não serem notados. Eles não estavam propriamente escondidos, não queriam levantar suspeitas, mas estavam tentando manter a discrição. José cochichou para o colega:

— Cara, acho que quando Moisés desceu do Monte Sinai e encontrou a galera com o tal bezerro de ouro fazendo toda aquela putaria, ele deve ter se sentido exatamente assim.

Ao redor deles, a razão da multidão estava perdida. Todos só tinham olhos para o carismático novo líder. Júnior respondeu:

— Esse cara é milagroso. Ele tem mais da metade do Quartel na palma da mão. Acha que podemos contar com quantas pessoas?

— De confiança? Para enfrentá-lo? Trinta. Com sorte, umas cinquenta, mas eu duvido. Se ao menos Manes chamasse pelo rádio... Isso balançaria alguns deles. Mas a noite caiu, e, sem comunicação oficial do grupo, as pessoas começarão a pensar o pior. É mais fácil que os indecisos debandem para o lado dele do que fiquem conosco, que somos uma minoria.

— Elas já estão pensando o pior. E estão se apegando ao que podem.

O discurso de Dujas continuava. Júnior meneou a cabeça:

— Aquela filha da puta da Felipa... Ela deu as chaves do reino para o cara. Como pode? Será que ela esqueceu tudo o que Manes já fez por ela?

— Todos esqueceram, mas isso não importa agora.

Lá na frente, o sorridente Dujas parecia estar nomeando algumas pessoas e designando-as para tarefas específicas. Súbito, ele entregou um revólver nas mãos de Hulk, o que fez com que os dois jovens estremecessem de longe. Eles se entreolharam e, ao verem a cena, foram remetidos a alguns dos recentes acontecimentos que haviam tomado o Quartel de assalto nos últimos meses. O destino de Hulk fora energicamente resolvido por Manes, e isso deixou um enorme mal-estar entre ambas as partes. José afirmou:

– Liza está em perigo.

– Definitivamente! A primeira coisa que esse maníaco vai fazer sem Manes aqui é ir atrás dela. Ainda mais armado.

Liza, Manes e Hulk tinham uma história. Hulk fez o que não devia, e Manes colocou-o em seu lugar, mas, como sempre ocorre com esse tipo de coisa, a situação ficou mal resolvida.

– Manes devia ter posto aquele cara para fora daqui quando teve a chance. Agora...

– Ouça, nós precisamos de um plano! – afirmou Júnior.

A frase foi tão clichê, que José não podia ter imaginado ela sendo dita da boca de alguém em uma situação real. Contestou de forma espontânea, apesar de saber que o colega estava certo:

– O quê? Como assim um plano?

– É sério. Estamos numa puta desvantagem aqui. Dujas dominou a população do Quartel, tem a chave do arsenal e agora acaba de dar uma arma e carta branca para aquele maluco do Hulk. O bicho vai pegar e você sabe.

– Bom, nós saímos da sala de comunicações há horas. E se Manes tentou nos chamar enquanto estivemos fora?

– É uma possibilidade. Acha que deveríamos voltar para lá?

– Acho melhor sairmos daqui e irmos para qualquer lugar, isso sim. Já vi mais do que o suficiente desse circo todo.

A dupla abandonou o grande salão onde o discurso ocorria, tomou o caminho de um corredor central e seguiu reto até uma ala isolada onde poderia conversar em paz. Fecharam-se em uma sala e ficaram sem nada a dizer um para o outro por um breve período de tempo. José sentou-se e levou a cabeça ao meio dos joelhos, berrando de raiva.

– Para com isso. Não nos ajuda em nada – resmungou Júnior.

– Eu sei, eu sei, porra! Mas, puta merda, olha o tamanho da encrenca! Aquele puto do Dujas não sabe da história de Hulk no Quartel. O cara tá brincando com fogo.

– Acha que ele não vai conseguir controlar Hulk?

– Claro que não. O cara está mais é enfeitiçado pelo próprio poder do que qualquer outra coisa. Mas tenho certeza de que, assim que tiver uma oportunidade, aquele demente psicopata vai atrás da Liza.

– Nisso concordamos.

– E, a hora que encontrá-la, vai chegar até Maria. E quando chegar até Maria, o tal do Dujas vai saber sobre nós, e nossa vantagem acabará.

— Se é que temos alguma vantagem... A gente tem que agir rápido, José!

Os dois sabiam que tinham que fazer alguma coisa, tinham ciência da urgência de tudo e da necessidade de agir, entretanto a verdade é que nenhum deles conseguia tomar qualquer atitude. Eles eram fruto de uma geração que havia crescido jogando *video game*, lendo histórias em quadrinhos, navegando na internet e assistindo a séries norte-americanas na TV a cabo. Podiam passar horas conversando sobre filmes, discutir Isaac Asimov e Philip K. Dick, falar frases inteiras na língua dos elfos ou entrar nos mais escabrosos detalhes sobre a mitologia de *Star Wars*. Porém, não haviam sido talhados para a guerra, para a ação, para a tomada de decisões sob pressão ou para a resolução imediata de problemas reais e, apesar de terem sobrevivido até ali, o que de certa forma atestava a coragem (e sorte) de ambos, os dois eram de fato expurgos de um mundo que era bruto demais para abrigá-los. Um mundo no qual eles não se encaixavam e que jamais ofereceria conforto e uma mão amiga.

Enfim, seguindo a máxima que diz que aquilo que não tem solução solucionado está, Júnior se decidiu:

— Ok, façamos assim. Quinze minutos, você vai até a sala comunicação e tenta falar com Manes mais uma vez. Se não der, ao menos roube um rádio portátil que trabalhe na frequência que ele está usando.

— E você?

— Vou reunir quem eu puder; não podemos ficar só nós dois. Com certeza não são todos que estão cegos pelas palavras de Dujas. E com certeza não é todo mundo que está descontente com Manes. Acho que no fundo grande parte das pessoas só está com medo.

— Cara, você tem certeza de que esse é o melhor caminho? Já pensou no que pode acontecer se isso tudo virar um conflito de verdade? Quer dizer, a coisa pode ficar realmente feia...

— Dá uma olhada em volta, José. A coisa já tá feia. Se dermos tempo para que Dujas se estabeleça, aí sim estaremos ferrados. Se formos fazer alguma coisa, tem que ser já. O negócio precisa rolar agora, enquanto tudo ainda está meio confuso! Daqui a quinze minutos nos encontramos.

— Encontramos onde?

Júnior engoliu em seco. Não acreditava que ia dizer aquilo, logo ele que não passava de um ex-nerd, que ficava o dia inteiro olhando para a tela do computador; logo ele que havia escrito um texto com 15 mil caracteres sobre a vida vegetal na Terra Média e cuja ação mais ousada na Era A. A. havia sido subir no palco durante um show do David Bowie e abraçar o camaleão do rock. Logo ele estava prestes a dizer aquilo, porém não podia ser evitado:

— Nos vemos na sala de armas!

CAPÍTULO 27

Zenóbia deitou-se no sofá da sala, encolhendo o corpo quase em estado fetal. Estava tremendamente triste com o rumo que as coisas haviam tomado, e isso jogara sua moral para baixo. De onde estava, conseguia ver Cortez sentado em uma cadeira na sacada e sabia que o velho dormiria lá, vigilante, com um olho aberto e outro fechado. Os demais também dormiam, e Erik roncava. Manes estava deitado no chão sobre um tapete felpudo e com a cabeça apoiada em uma almofada de lona. Seus olhos estavam abertos.

Ele engolira em seco ao ver a amazona passar diante de si, aquela pele morena reluzindo ante a luz da vela que era a única fonte de iluminação da sala, antes de ela se deitar. Os músculos de suas pernas grossas desnudas se delineavam com graça quando ela se movimentava, como se seu corpo tivesse sido esculpido por um grande artista, especialista em criar proporções. Ela tinha uma leve penugem nos braços e um rastro fino de pelos que começava abaixo da linha do umbigo e descia até suas regiões íntimas. Seu busto era rijo e avantajado e as costas como as de uma nadadora.

O rosto da amazona era tremendamente feminino e delicado, por mais que ela se esforçasse para ser rígida e severa. Era o tipo de mulher que intimidava qualquer um que a conhecesse em um primeiro momento, tamanha a força e o vigor que emanavam de seu ser, contudo, por trás daquela casca, havia uma pessoa doce e sofrida, de olhos meigos e sorriso contagiante.

Manes percebeu — e admitiu para si — que não era apenas atração física o que sentia, que havia reprimido veementemente nos últimos tempos; acolheu para si mesmo a verdade. Era apaixonado por Zenóbia. De forma diferente que era por Liza, cuja consolidação de uma longa relação transformara seus sentimentos em coisas sólidas, como respeito, carinho e companheirismo; mas o desejo que sentia em seu peito naquele instante, uma verdadeira tempestade de raios e trovões, era algo que ele não tinha havia tempos. Sua esposa era seu porto seguro, seu norte, a força que o mantinha ereto e altivo e o tornava capaz de seguir em frente e ser o homem que precisava ser. Mas ali, diante de si, entrava em contato com outras forças primordiais da natureza humana que, se a princípio podem ser suprimidas e negadas por um período, eventualmente ganham corpo em épocas de dúvida, estresse e incerteza e vêm para fora como um míssil cortando o ar e explodindo sobre o alvo. Sua paixão por Zenóbia era feroz; era como as lutas que tiveram há pouco, e ele estava cansado, terrivelmente cansado de se controlar, de policiar todas suas ações e de fazer o certo, o que se espera de um homem em sua posição.

Manes se levantou e foi até ela. Naquele instante, não pensava em mais nada do que já havia acontecido entre ambos. Não pensava nas conversas, nas brigas, nas coisas que haviam sido ditas e também no não dito. Esqueceu a mágoa e as dúvidas, a ambiguidade, o certo e o errado, as suspeitas e inseguranças; esqueceu-se de todo o resto com uma honestidade raramente exposta por qualquer indivíduo que não aquele que está à beira do precipício.

Assim que ele se aproximou, a moça colocou-se sentada de supetão, visivelmente surpresa. O homem falou:

— Podemos estar mortos amanhã.

Não foi preciso mais nada. Sem vacilar, ela se levantou e passou os braços ao redor do pescoço do líder beijando-o ardorosamente. O beijo foi molhado, longo e apaixonado, daqueles que tentam romper as limitações físicas do corpo, cheio de força e desejo. Incandescente! Ele serviu como veículo para um momento mágico e autêntico, que dissipou todo o resto. Quando finalmente se separaram, ela tomou a mão dele e o conduziu a um quarto do apartamento.

Despiram-se com rapidez e sem pudores, relembrando uma intimidade que já lhes pertencera antes, mas que havia sido enterrada. A eternidade, compadecida com a beleza que desfilava diante de si, parou para lhes conferir um momento.

Zenóbia beijou-lhe as cicatrizes que ornavam o peito másculo, lembranças das batalhas lutadas, das dores e dos martírios, e permitiu que ele acariciasse seus seios nus. Deitada sobre um colchão velho e empoeirado, na mais profunda escuridão, tendo apenas a luz do luar entrando por frestas da janela do quarto, a moça enlaçou o corpo dele com suas pernas e o pressionou contra sua pélvis. Contra todas as expectativas, sentia-se como uma princesa cuja noite de núpcias ocorre no mais soberbo dos leitos. Os movimentos do homem foram lentos e suaves, compassados com ternura, graça, alívio e uma veleidade inescapável.

Por pouco tempo, o mundo tornou-se um lugar belo novamente.

CAPÍTULO 28

Todos os homens procuram alguma maneira de afirmar sua masculinidade, seja mental ou fisicamente. Alguns se provam por meio de sua capacidade de criar teoremas e fórmulas, outros jogando xadrez. Há os que se afirmam por serem exímios esportistas e também os que simplesmente demonstram uma capacidade sexual acima da média. Hulk era um lutador na Era A. A.

Sorria nostalgicamente ao lembrar-se dos momentos que passara dentro do ringue; o longo caminho desde o vestiário até a arena onde travaria um embate debaixo de uma chuva de ovações. A música que costumava escolher para abrilhantar sua entrada era "Dragula", um som alucinante da banda norte-americana Rob Zombie. Que sensação maravilhosa. As recomendações do árbitro num momento em que a única coisa que importa é fitar profundamente os olhos do adversário e quebrar com o psicológico dele; mostrar para ele que a luta será ganhada ali, naquele momento, antes que qualquer golpe fosse desferido! Arrasá-lo!

No ringue, ele está na guarda do adversário sendo comprimido fortemente pela pressão que as pernas dele impõem sobre suas costelas. Para aliviar o aperto, o gigante loiro posiciona as pontas de seus cotovelos contra a musculatura interna das coxas do oponente e o cutuca, obrigando-o a dar uma abertura. Quando ele não consegue mais conter a dor gerada pelos cutucões, cria um espaço favorável, e Hulk passa para a meia guarda, abraçando com seu vigoroso braço o pescoço do adversário. Ele recebe algumas cotoveladas no topo da cabeça, mas as ignora, pois elas não têm grande efeito sobre si. Em muitos torneios aquele tipo de golpe era proibido, mas não nos que Hulk lutava. Nada de regras, só o que existe é o desejo de vitória.

Os gritos da multidão eram o combustível que alimentava a sede de sangue do lutador. Ele os enlouquecia e, em troca, eles faziam com que ele se sentisse importante. Logo, o gigante loiro estava em uma posição favorável, montado sobre o dorso do oponente, descrevendo uma saraivada de socos indefensáveis, vindos de cima para baixo. Um bate-estaca em cada braço. O juiz salta sobre ele, derrubando-o para o lado, pois é a única forma de evitar o massacre. As luzes cegam seus olhos, e tudo ocorre rápido demais; seu braço é erguido para o alto, para a estratosfera, apontado para a morada celestial e a sensação de vitória era sublime. Porém, a impressão de ver seu adversário no chão, humilhado pela dor da derrota, desorientado pelos golpes implacáveis, era ainda melhor.

Hulk não havia sido criado com a disciplina que a filosofia das artes marciais tradicionais impõe para que um lutador se torne um homem melhor. Ao contrário, havia sido educado por professores sem escrúpulos que o enxergavam como uma fonte de renda e nada mais. O único interesse que eles tinham era o de fazer dele um gladiador, uma máquina de bater incapaz de sentir compaixão, e que visse no oponente, não seu igual, um irmão de armas, mas, sim, um inimigo que deveria ser destruído. Aniquilação total e irrefutável era a lei. Aproveitando um trauma de infância que ele já trazia dentro de si, eles roubaram sua identidade e quebraram seus sentimentos no tatame, transformando-o em um robô, uma espécie de autômato cujo único prazer na vida era lutar.

O Dia Z anulou tudo isso.

Todas as regras do passado foram invalidadas, e as pessoas precisaram se adaptar a uma nova realidade. Lutar no tatame era uma brincadeira de criança se comparada à sobrevivência diária no mundo pós-apocalipse. Mas Hulk era um sobrevivente e durante os dois primeiros anos fez o necessário para continuar respirando; mudou de sítio para sítio, comeu o que tinha à disposição, mesmo as coisas mais nojentas, e enfrentou e matou tantos inimigos quanto suas mãos puderam dar conta. Ele lutou como pode, sem arrependimentos, até que enfim chegou ao Ctesifonte.

Foi recebido por um homem intenso e robusto, quase tão grande quanto ele próprio, chamado Manes, o líder da comunidade, que pousou a mão sobre seu ombro e disse com um sorriso calmo estampado na face que eles precisavam de homens fortes ali. E, no começo, tudo pareceu um sonho. Havia paz e um reconhecimento pelas qualidades do outro, havia respeito e compreensão, cooperativismo e sinergia. Mas, como Hulk logo percebeu, aquilo tudo não era mais que uma casca oca; um invólucro de puro fingimento. Por dentro, a comunidade se debatia com as mesmas questões que desde tempos imemoriais assolam qualquer ajuntamento de pessoas. E o sonho se estilhaçou.

Mas havia Liza...

Elizabete Desperance foi um anjo no qual ele teve o privilégio de colocar os olhos. Ela tinha estatura mediana e olhos verdes e gerenciava o lugar com a segurança dos grandes gestores. Era rígida e severa, porém gentil e terna, tudo ao mesmo tempo, sem, contudo, que sua personalidade se tornasse paradoxal. O fascínio que ela exerceu sobre Hulk foi imediato.

Ele logo soube das histórias. O casamento dela com Manes havia sido abalado recentemente por conta de uma situação envolvendo uma batedora. Quando Hulk chegou, o caso já estava supostamente terminado, mas as línguas continuavam falando, e várias situações constrangedoras ocorriam diariamente. Liza, fascinante que era, mantinha seu ar jovial, mesmo em face das dificuldades, mas, para quem conseguisse enxergar além da carapuça, era possível distinguir tristeza escondida naqueles lindos olhos esmeralda.

Hulk começou a se aproximar dela, no início solícito, depois foi criando um laço envolvente de amizade. Ela pareceu aprovar a sua companhia, sentia reconforto e apoio, e ambos se envolveram em diversas atividades em prol da comunidade, que iam desde a construção de novos espaços até a adubação do terreno para o plantio de legumes e verduras.

Manes, que enxergava por trás das intenções dele, não gostou.

Eventualmente, começaram a implicar um com o outro, no começo por coisas bobas, porém a rixa passou a tomar corpo lentamente, e ambos tornaram-se rivais. Hulk foi paciente e circunspecto e evitou agir precipitadamente, mas, em sua cabeça, ele acreditava que Liza estava pronta para responder à sua afeição. Não percebeu que, apesar de ela gostar do cortejo e de se sentir lisonjeada, jamais se separaria de Manes, mesmo com o casamento deles em crise. O período de bonança pelo qual Hulk passara fora somente o prenúncio de uma tempestade.

A relação dos dois homens se deteriorou rapidamente e chegou ao seu ápice quando o líder negou o pedido de Hulk para se tornar um batedor.

– Você não sabe nada sobre mim! – disse o Golias irritadíssimo com a decisão. Manes, que era muito bom em ler nas entrelinhas e enxergava toda a fúria contida dentro daquele corpanzil, que só era externada ocasionalmente por um ou outro olhar, por uma ou outra resposta atravessada, respondeu:

– Eu sei o suficiente. Sei o que preciso saber. Sei o que essa tatuagem caseira em seu braço me diz. Vejo o que seus movimentos nervosos me contam, as cicatrizes nos nós de suas mãos. Não preciso conhecê-lo para entender sua personalidade, e você, meu caro, é um sujeito perigoso.

– E quem é você para decidir isso? Quem é você para me censurar?

Manes disse, enfim, que não precisava se justificar, mas em meio à discussão alertou o quanto era necessário que batedores fossem estáveis emocionalmente e que soubessem trabalhar em equipe. Hulk, na visão dele, não era nem uma coisa nem outra e não poderia fazer parte de um grupo no qual a vida do seu colega depende de suas ações.

O gigante acusou-o publicamente de fazer aquilo por pura birra, sugerindo que ele não passava de um hipócrita e expondo à comunidade o que todos já sabiam. Manes ignorou as acusações e preferiu manter a validação de sua decisão. A discussão quase evoluiu para o confronto físico, mas a interferência dos demais moradores do Quartel e principalmente de Liza apaziguou a situação.

Depois do ocorrido, o temperamento de Hulk mudou. Ele abandonou a gentileza que mostrara quando chegou e passou a exibir uma grossura que até então estivera oculta. Seu comportamento rabugento logo deixou claro para todos que ele era uma bomba-relógio que poderia explodir a qualquer instante, porém Manes jamais sequer cogitou bani-lo, afirmando que preferia tê-lo sob sua vigília e fazendo vistas grossas para grande parte do problema.

A principal dificuldade que nascera disso tudo foi que Hulk intensificou em muito suas investidas contra a mulher que desejava, tanto no número de vezes que se aproximava dela quanto na audácia de cada novo movimento que fazia. Sem perceber, criava situações difíceis e constrangedoras, e, no seu entendimento, era somente uma questão de tempo até que Liza deixasse Manes. Entretanto, após o incidente que o gigante tivera com o marido da pretendida, ocorreu justamente o contrário e ela também mudou seu modo de agir. Percebendo que, de alguma maneira, ela havia favorecido a situação ao estimular o flerte, pois estava com raiva de Manes e Zenóbia, Liza julgou que seria melhor cortar o mal pela raiz e interrompeu qualquer estímulo que porventura tivesse dado anteriormente.

A tensão cresceu, e a visão distorcida de Hulk ainda julgava que ela queria apenas proteger Manes e manter as aparências diante da comunidade, mas que, interiormente, a mulher de fato ansiava por estar com ele. Fantasias mentais foram criadas, e, em um dia ordinário, a coisa toda estourou. Hulk se viu sozinho com ela em uma situação qualquer e aproveitou-se do momento para fazer uma ofensiva decisiva e ganhar de vez o coração da moça. Incapaz de lidar com a rejeição imediata e terminante, o homem forçou o contato físico, que culminou em um tapa bem dado em sua cara, no exato momento em que ele a agarrava pela cintura e forçava um beijo. O tapa, vindo do braço magro e sem força de Liza, obviamente, não fez nem cócegas naquele homem colossal e, na verdade, só serviu para despertar os instintos mais primitivos dentro dele e aumentar seu desejo pela mulher que resistia aos seus avanços. O segundo beijo forçado, contudo, resultou em uma grave mordida que o Golias recebeu em seus lábios. Sua reação foi instantânea e impensada.

Bateu no rosto de Liza, arremessando-a contra a parede. Os ânimos estavam inflamados demais para que ele recuasse, e, decidido a obter o que queria a força, ele arremeteu contra ela. Por sorte, antes que a situação seguisse em frente, uma das crianças entrou no cômodo onde estavam para chamar a moça. O testemunho dos olhos inocentes do jovem aplacou a fúria do agressor, que se deteve.

Manes foi chamado, e a gravidade da situação requereu uma espécie de julgamento privado, o qual foi executado a rigor. No final, Hulk, apesar de, aparentemente, não demonstrar estar arrependido pelo que havia feito, não foi expulso da comunidade, que não teve coragem de devolvê-lo à selvageria do mundo exterior. Mas, não obstante ele ter recebido essa "nova chance", tornou-se um pária dentro do Quartel, uma presença indesejada, uma bactéria que despertava ojeriza em todos os presentes. As pessoas evitavam conversar com ele, andar perto dele, até mesmo pareciam ter receio em dividir a mesma mesa durante as refeições. A simpatia transformou-se em asco e repulsa, e, dentro de si, Hulk começou a cultivar as mais diversas emoções.

Aquilo já tinha meses.

Quando refletindo sobre o ocorrido na privacidade de seus pensamentos, o gigante foi sincero consigo mesmo e chegou à conclusão de que ele não havia feito nada de errado. Não se arrependeu de suas ações, nem mesmo da forma brutal com a qual abordara Liza, muito pelo contrário. Varreu sua fúria para debaixo do tapete e lá a deixou.

O discurso inflamado de Dujas sobre justiça e liberdade e a arma que Hulk havia recebido em mãos trouxeram tudo para fora novamente. Aquela sensação indescritível de liberdade e domínio que ele sentia quando se levantava no tatame ou no ringue e fitava o desconsolo de seu oponente massacrado por seus punhos vorazes retornou com uma potência sem igual. Hulk era um predador. E quando homens como ele decidem ser predadores, não há ser nenhum na natureza que se iguale a eles.

CAPÍTULO 29

Escuro. Tudo escuro. Não há luz. Nenhuma luz. Não há ar. É sufocante. O corpo se move num desatino constante. É funesto. É assustador. A sensação de uma corda no pescoço, apertando, ferindo, mas não há corda. Nem ar. Não há visão. E dói muito. Não há chão para pisar. É como uma brasa queimando a sola dos pés. E não há ar. Respira e nada vem. E sufoca, mas não morre. Sem corda, sem chão, sem pés, ela corre. Sem rumo, sem correr, ela corre. No cárcere sem som ela grita. Não ouve, não vê, não sente. E não há ar. Não há ar. Não há ar...

Zenóbia acordou assustada com uma mão pesada pressionando-lhe a boca. A primeira coisa que viu, saída do torpor que acomete os seres humanos quando caem nos braços de Morfeu, foi o rosto de Erik, fazendo um sinal para que ela ficasse em silêncio. Irritada com a forma que havia sido acordada, porém sabendo que algo estava acontecendo, ela se pôs sentada sem fazer barulho.

Estava nua deitada sobre o colchão e escondeu sua nudez puxando o lençol até a altura do queixo. Olhou ao seu redor e viu que Manes não estava mais no quarto. O colega, indiferente ao pudor dela, disse em voz baixa:

— Vista-se! — e depois saiu do cômodo.

Ela olhou para a direita e para a esquerda, como quem busca explicações para o sonho sufocante, e, sem nada encontrar, procurando acalmar-se, limpou o suor da testa que vazava do coro cabeludo. Da boca aberta, ainda ofegante, um filete seco de saliva jazia delineado. Seu pensar gravitava em confusão e imundice; ela era um bebê natimorto, um inocente vitimado pela sordidez do mundo, que costuma pegar as pessoas de surpresa, ao convidá-las para dançar uma valsa de horror, maravilha e sofrimento, amalgamados em um único ser. Sentou-se na beirada da cama e mexeu o braço esquerdo com movimentos circulares, como quando um leigo tenta ajeitar o ombro que parece fora do lugar. Sua mente ainda estava esgotada; algumas horas de sono haviam relaxado seu corpo, mas quase nada haviam feito pelo órgão que controla todo o resto.

Quando ela chegou à sala, os demais já estavam de pé; Cortez, vigiando a sacada com arma em punho; Manes e Kogiro, prontos e vestidos trocando ideias, enquanto Cufu e Judite colocavam o resto dos armamentos e checavam suas munições. Não havia sinal de Espartano. As duas únicas velas estavam completamente derretidas e apagadas, e somente a luz natural que vinha do reflexo platinado da lua aplacava o negror da sala. Ela olhou para seu relógio e viu que ele marcava quatro horas e trinta e dois minutos — não demoraria muito para o dia raiar e logo a noite entraria naquela fase densa, no qual a lua desaparece e, pouco antes da aurora, a escuridão se torna quase total. Havia uma energia ansiosa pairando no ar.

Para descansar apropriadamente, o grupo havia retirado as pesadas roupas de proteção, mas agora todos vestiam às pressas os coletes e demais apetrechos. Cortez pisou na sala e disse num tom de voz bastante baixo:

— Eles estão lá fora. Muito agitados, mas não estão uivando.

Pelo pouco que havia sido possível aprender sobre o comportamento dos contaminados, antes de atacar, eles uivavam. Sempre! Mas, no final das contas, isso não significava absolutamente nada. Manes perguntou:

— Quantos?

— Todos!

Kogiro começou a rir, fazendo graça da precariedade da situação. Cufu e Erik também se divertiram, usando o humor como mecanismo de defesa. Zenóbia, que estava ainda um pouco confusa, indagou:

— Onde está Espartano?

— Ninguém sabe. Quando acordamos com os barulhos lá fora, ele já havia partido. O puto saiu e deixou a porta escancarada.

Ela ficou realmente nervosa:

— Ninguém ficou de guarda?

— Não! — respondeu Manes, assumindo a responsabilidade. — Foi decisão minha, todos precisavam de descanso.

— Uma beleza de decisão, por sinal.

Ele deu um passo na direção dela e ralhou:

— Vamos retornar às provocações? Achei que tivéssemos superado isso ontem!

Cortez se intrometeu lembrando-lhes do problema que tinham em mãos:

— Sei que ambos têm alguns assuntos a resolver, mas agora não é hora para isso. Eles estão entrando no prédio.

Judite perguntou:

— Acha que irão subir até aqui? Estamos bem alto.

— São predadores — disse Kogiro. — Se estão entrando, é provável que vasculhem o prédio de ponta a ponta. Pode levar horas, mas o farão. Devíamos ter nos afastado mais.

— Mas eles não deveriam estar se empanturrando com os corpos da centena que já matamos hoje? — tornou a questionar a moça, com um pouco de irritação no tom da frase.

Cortez elucidou a questão:

— E eles estão. Vocês não estão entendendo a situação. Tem tanta gente lá fora que parece que todos os contaminados do planeta estão aqui. Sabe quando vocês assistiam àqueles programas de vida natural que passavam na televisão a cabo sobre formigas e outros insetos? Pois é, lá fora tá igualzinho...

Assustada com a maneira com que ele falou, Judite cruzou a sala, foi até a sacada e deu uma espiada para fora. O que viu fez seu sangue gelar. Virou-se para os colegas com os olhos esbugalhados e a boca aberta. Exclamou:

– Chamem a base. Chamem agora! Se não vierem nos resgatar já, nós estamos mortos.

Cufu tentou acalmá-la:

– Estamos sem rádio. O único que tinha um era Espartano, que desapareceu. E mesmo que conseguíssemos comunicação, o que eu duvido, eles jamais chegariam aqui a tempo. Aliás, eles jamais chegariam aqui. Não temos opção senão resistir.

– Temos que considerar todas as opções! – disse Manes, sem explicar quais opções seriam aquelas.

– Se ficarmos aqui, estaremos encurralados – refletiu Kogiro.

– Com um pouco de sorte, eles irão embora – disse Erik com uma esperança zombeteira. De repente, como se um Deus *ex machina* estivesse decidido a brincar com o destino do grupo, as luzes do prédio se acenderam, todas de uma vez. Não a dos apartamentos que tinham interruptores independentes, mas todos os corredores, a área de lazer, o hall de entrada, tudo ficou repentinamente iluminado como um farol. Os uivos começaram no mesmo instante e, se antes os contaminados entravam e saíam do edifício paulatinamente e com um interesse mediano, agora, embarcando naquele estágio máximo de agitação e agressividade que lhes era peculiar, em segundos dezenas, talvez centenas, já estavam dentro da construção, debatendo-se e babando.

– Que merda é essa? – Zenóbia perguntou por todos.

– Espartano! – confirmou Manes, expondo a única opção plausível e agarrando suas armas num ato involuntário. – Todos se preparem que a coisa vai ser pior do que pensávamos.

– Mani, não temos como lutar contra tantos assim. Seremos massacrados... – a inflexão na voz de Cortez praticamente implorava para que o líder propusesse um plano que não fosse o confronto direto.

– Ouça, estamos no sétimo andar. Vai levar alguns minutos até que eles cheguem aqui. E só tem uma forma de eles virem...

– Pelas escadas – disse Kogiro, completando a frase de Cufu. Manes tomou a dianteira e então desenhou a estratégia:

– Tudo bem, lutaremos aos pares, assim os outros descansam. O corredor é estreito e mesmo que eles sejam 100 mil lá fora, as paredes funcionarão como um grande funil. Nós poderemos segurá-los se fizermos uma boa barricada. Hoje pode ser o nosso dia, mas pelo menos vamos levar a maior quantidade possível dessas coisas conosco para o inferno. De acordo?

– De acordo!

A frase convicta viera do canto oposto da sala. Todos se voltaram para ver a origem do som e deram de encontro com Espartano, recostado no batente da porta de entrada, com as pernas trançadas e acendendo um charuto.

– Vejam só o que achei! – completou ele, referindo-se obviamente ao fumo. Suas mãos não estavam mais tremendo e o olhar, apesar de estar longe de espelhar algum grau de lucidez, parecia mais sólido que antes. Ao vê-lo, Manes investiu contra ele com a potência de uma jamanta, mas o batedor, sem perder a calma que transparecia, sacou a arma com a velocidade de um pistoleiro do velho oeste e a apontou para seu líder, reclamando:

— O que está fazendo? Para trás, Manes.

Encarando o único olho do cano de Espartano, Manes se deteve e recuou. Seu desejo foi também sacar a própria arma, mas sabia que, se o fizesse, seria o fim, então, numa atitude reflexa, questionou:

— Cara, diz que não foi você quem acendeu as luzes.

— Fui eu, sim!

— Você enlouqueceu? Que merda é essa, Espartano? — rosnou Cortez. Manes prosseguiu:

— Por que você fez isso, seu desgraçado?

— Porque essas coisas estão lá fora, reunidas.

— E daí?

— E daí que já passou da hora de eliminá-las. Já passou da hora de ter medo delas.

— O que você quer, Espartano? Matar os 2 bilhões de pessoas que estão por aí contaminadas?

O batedor abaixou a arma e dedicou-se a dar uma tragada no charuto. Soltou a fumaça com uma devoção quase sagrada e então respondeu:

— É um começo.

— Você está fora de si!

Kogiro foi quem se apressou em cortar a discussão, apontando o óbvio:

— Cada segundo perdido é vantagem para eles. Precisamos nos armar agora.

A raiva de Manes pelo ex-colega era quase palpável e foi necessário um esforço fenomenal para que ele não pulasse sobre o pescoço do outro. Em vez disso, reuniu todo o sentimento zen que havia dentro de si, deu dois passos à frente e fitou profundamente os olhos de Espartano, que lhe devolveu a encarada com vivacidade. Avisou o agitador:

— Esta é a segunda vez que estamos nesta situação. Não haverá a terceira.

Não houve tempo para réplica. Os uivos começaram a ficar mais próximos, e o barulho de um grupo considerável subindo pelas escadarias ecoou pelos corredores vazios do edifício.

— Tudo bem. Kogiro e Judite, Erik e Cortez, Cufu e Zenóbia. Eu fico com Espartano. Turnos de cinco minutos. Só atirem na hora de trocar de turno, o resto...

Zenóbia o interrompeu bruscamente:

— Espere, espere.

— O que foi?

— Eu tenho uma ideia...

— Não temos tempo para isso, Zenóbia.

— É sério. Os elevadores, Manes. Essas coisas não têm inteligência suficiente para utilizá-los, mas nós sim. Podemos simplesmente entrar no elevador, pará-lo entre dois andares e aguardar...

– Não! Temos que enfrentá-los. Temos que matar até o último desses malditos! – gritou Espartano, cortando a ideia da mulher no meio. A amazona se precipitou na direção dele e ralhou:

– Nós não vamos cometer suicídio, seu filho da puta.

Manes tentava raciocinar, mas sua cabeça doía. Era informação demais em pouco tempo, e seu primeiro impulso foi a negação:

– Não!

Erik protestou, sentindo intuitivamente que seu líder estava tomando uma decisão equivocada:

– Manes, quando você está se afogando na areia, o que precisa fazer?

– Como é?

– Você escutou. Se estiver se afogando na areia, o que pode fazer?

– Sei lá!

– Você tem que caminhar sobre a água!

– E o seu ponto é? – forçou Manes, tentando entender a analogia.

– Meu ponto é que, num momento como este, precisamos ser audazes e criativos.

O grupo fez uma pequena pausa que pareceu durar uma eternidade. Cortez, sentindo que havia uma pequena ponta de esperança e até alguma lógica na ideia dela, apoiou a colega, seguido de Cufu e Judite.

– É um bom plano. Nós travamos o elevador e esperamos pelo raiar do dia.

– Eles nunca ficam muito tempo em um mesmo lugar. E não conseguirão chegar até nós.

– Vocês se dão conta de que podemos ficar horas fechados em um cubículo de aço? – indagou o líder.

– Melhor que passar horas em uma luta que não conseguiremos vencer! – respondeu sua amante.

A pressão da equipe parecia estar funcionando, mas, ainda assim, Manes hesitava. A ideia de se fechar em uma caixa hermética de três metros por quatro não o agradava nem um pouco. Entretanto, parecia mesmo uma opção melhor do que enfrentar o quíntuplo da quantidade de infectados com os quais haviam lutado pouco antes, ao entardecer, num local onde não havia rotas de fuga. Por fim, cedeu:

– Kogiro, você e Cufu vigiem as escadas. Erik, venha comigo, vamos checar o elevador. Cortez, você e as meninas não tirem os olhos desse filho da puta.

O grupo se mobilizou com velocidade impressionante, e Espartano praguejou para si próprio alguma coisa que ninguém conseguiu escutar. O corredor externo do prédio tinha em torno de nove metros de comprimento por três de largura e estava claro como o dia. Em seu centro, havia dois elevadores – um social e outro de serviço –, e Manes pressionou o botão para chamá-los. A luz acendeu, porém não houve resposta. Kogiro e Cufu, armados com tudo o que tinham conseguido carregar da loja de departamentos para o prédio, passaram por eles, abriram a porta das escadas e foram engolidos pela escuridão que vinha de dentro delas. Não havia luzes nas escadarias! Manes grudou o ouvido nas portas do elevador e resmungou:

— Não está funcionando.

— O carro não está andando?

— Não! Cacete!

— O plano de Zenóbia ainda é bom, Manes. Vamos forçar a entrada e nos refugiar no poço do elevador. Uma vez lá dentro fechamos a porta de volta.

O líder concordou. Ele e o gigante nórdico forçaram as portas de metal até abrirem a entrada para o poço. Erik espichou a cabeça e olhou para baixo. Não conseguiu ver o fundo, mas a escuridão não era total, pois a cada quinze metros havia um ponto de luz, com uma lâmpada amarela embutida nas paredes verticais. Olhou para cima e, dois andares para o alto, divisou o carro estacionado. Não foi possível perceber por que ele estava travado. Na lateral esquerda, perto da entrada de acesso, uma escada rudimentar feita de pinos de metal presos à parede assinalava a salvação para o grupo.

— Podemos descer por aqui. Nós entramos, fechamos a porta e descemos até o nível do solo.

— Não gosto disso — respondeu Manes.

— Pior vai ser ficarmos aqui e servir de café da manhã para essas coisas.

Das escadas, veio o grito alarmante de Kogiro:

— Eles estão vindo!

Sem se dar ao luxo de perder mais tempo, Manes correu até o apartamento e chamou o resto do grupo:

— Tá tudo em cima? — perguntou Cortez.

— O elevador está parado. Temos que descer pelo poço. É a única possibilidade.

Imediatamente as moças e Cortez saíram do cômodo e o líder fez um sinal para Espartano:

— Você também, venha.

A contragosto, o batedor obedeceu. Sem titubear, precipitaram-se um após o outro para dentro do poço e começaram a descida vertical pela precária escadaria. Erik avisou o líder sem dar margens para discussões:

— Eu vou por último. Você não terá forças para fechar a porta sozinho.

Não havia mesmo tempo para discutir, e, antes de entrar ele próprio também no poço, Manes foi até as escadas e gritou para os outros dois:

— Kogiro, Cufu, tragam suas bundas até aqui agora!

— Não dá! Eles estão quase aqui! — foi a resposta, vinda alguns lances de escada abaixo. Era verdade, dava para escutar o barulho da massa de infectados com clareza.

— Não interessa. Vamos dar o fora já! É uma ordem!

Apelar para o espírito militar dos batedores sempre funcionava, e os dois, com total confiança na palavra de seu líder, abandonaram suas posições defensivas e subiram velozes como dois coriscos, voltando para o corredor. Manes os apressou ainda mais, empurrando-os para dentro do buraco:

– Péssima ideia, péssima ideia – resmungou Kogiro, mastigando as palavras enquanto entrava. Olhou para baixo e viu os demais membros do grupo descendo o mais rápido que podiam. Os pinos de metal estavam empoeirados, e sujeira e fuligem se pronunciaram sobre seus olhos. Cufu o seguiu e depois Manes.

Erik entrou no poço por último e, quando todos já estavam na escada, gritou:

– Manes, tenho uma coisa para te dizer...

– O que foi?

– Essa é a pior ideia que eu já vi na vida.

– A ideia foi sua!

– Eu sei, e você só pode ser um completo demente em me escutar.

CAPÍTULO 30

José encontrou-se com Júnior e outros seis colegas que estavam com ele próximo à sala das armas, que ficava na grande garagem de onde os veículos partiram mais cedo naquela manhã. Conforme combinado, iam partir para a ofensiva. Os jovens se abaixaram perto de uma pilastra e sondaram o terreno, constatando que não havia ninguém por perto. Júnior perguntou:

– E a sala de comunicações?

– Não deu nem para chegar perto. Havia três caras lá tomando conta.

– Droga, esse Dujas é esperto. Não deu para conversar com eles?

– Um dos que estavam lá, Tomé, talvez até pudesse debandar pro nosso lado, mas não quis arriscar. Os outros estavam com uma cara meio alucinada e de poucos amigos. Assim que entrei, todo mundo ficou olhando para mim, do tipo "O que você está fazendo aqui?" então saí fora.

– Merda. Bom, isso não importa agora. O plano é ir até lá, arrombar aquela porta, se armar até os dentes e diminuir a desvantagem.

José olhou para a porta de metal com desânimo:

– E como a gente vai fazer isso?

Júnior deu um sorriso e colocou as mãos no ombro de um dos rapazes que havia trazido consigo, apertando seu músculo trapézio:

– Com a ajuda dele.

O nome do rapaz era Erich Weiss, era moreno de lábios finos, nariz afilado e cabeça retangular. Tinha o físico bem desenhado, pernas e braços grossos e um peito forte como um barril. Seus pais, Samuel e Cecília, eram naturais da Hungria, que na Era A. A. haviam sido uma família de imigrantes bastante humilde. O jovem Erich fez um pouco de tudo para ajudar seus familiares nos momentos de necessidade, chegando a trabalhar para uma alfaiataria. Quando seu pai faleceu, ele teve oportunidade de se dedicar a outros de seus "talentos". Júnior especificou:

– Não sei se você sabe, José, mas Erich é capaz de abrir qualquer fechadura. Ele chegou a ter alguns problemas com isso no passado, não é, Erich? Mas acabou se regenerando.

José perguntou surpreso:

– Você já foi preso?

O jovem, que tinha uma voz grave e calma, desconversou:

– Nós vamos fazer o negócio ou não?

– Vamos!

Sem mais delongas, Erich respirou fundo e disparou velozmente de onde eles estavam, recostados atrás da segurança de uma pilastra, e em segundos chegou até a porta de metal. Agachou-se na frente da fechadura e começou a executar algumas manobras com algo que, de longe, parecia ser clipes de metal. José olhou para Júnior e disse:

— Isso é sério?

— Seriíssimo, cara. O Erich é um gênio. Lembra há alguns meses quando o estoque de pinga da cozinha sumiu?

— Foram vocês?

Júnior riu, mas sua postura era na verdade um mecanismo de defesa. Não conseguia esconder o quanto estava nervoso. Enquanto todos mantinham os olhos fixos nos movimentos de Erich, ele notou que duas pessoas se aproximavam vindas pelo corredor que ligava a garagem à parte interna do Quartel. Resmungou para os colegas:

— Acorda, galera, deu merda.

Eram dois jovens que caminhavam despreocupadamente na direção da garagem; um deles, Silvério, estivera com Dujas e Felipa havia pouco quando ambos invadiram pela primeira vez o depósito de armamentos e agora havia sido enviado de volta pelo "imperador" justamente para guardar o local.

Silvério marcou pontos com Dujas após ter feito exatamente o que disse que faria: com uma conversa cativante, ele conquistou a confiança dos sentinelas externos que haviam sido designados pelo próprio Manes. Na verdade, após a apoteose daquele dia, quando dezenas de contaminados tiveram que ser massacrados a sangue-frio, convencê-los da urgência de mudanças não fora algo assim tão difícil de ser feito. Estavam todos traumatizados, com medo por causa do conflito que eclodira, e a própria ausência de Manes era um aspecto que depunha a favor da decisão deles de se achegar a quem parecia estar por cima. Era como decidir-se por apostar no favorito do páreo ou no azarão.

Silvério trazia um revólver na cintura, e seu modo de caminhar afetado parecia dizer que ele era o dono daqueles corredores. O jovem estava realmente satisfeito com sua súbita importância. Do ângulo pelo qual vinham, os dois ainda não conseguiam enxergar a porta da sala das armas que estava sendo forçada, então, numa ação rápida, José saiu de trás da pilastra e entrou no campo de visão deles, porém o fez caminhando normalmente, com as mãos no bolso e olhando para baixo. Assim que o viram aparecer diante de si, os dois homens se assustaram, e Silvério sacou a arma, de maneira estabanada, apontando-a para o outro. José deu um pulo para trás, fingindo surpresa, levantou ambas as mãos em sinal de rendição e falou:

— Caralho, Silvério, que é isso? Abaixa essa arma.

— O que você está fazendo aqui?

— Como assim o que eu tô fazendo? Silvério, eu trabalho nas comunicações. Vim aqui... Porra, eu não tenho que ficar te falando essas coisas. Por que diabos você está carregando uma arma? E por que está apontando ela para mim?

Sentindo que estava em vantagem sobre um inimigo inferior, Silvério abaixou a arma e a guardou na cintura de novo. Nunca teve muita simpatia por José, um nerd imbecil que ficava em frente dos computadores e, por algum motivo que não fazia o menor sentido, conquistara o coração de Maria, uma menina linda que jamais dera bola para ele, Silvério. Mas, ao mesmo tempo, apesar disso, achou que talvez não fosse justo ameaçar um colega daquela maneira. Respondeu da única forma que fazia sentido para si, como se isso fosse suficiente para resolver todos os problemas:

— Dujas me mandou tomar conta da sala de armas. É melhor você sair daqui.

— E por que você precisa de armas aqui dentro? Há crianças andando por aí.

— As coisas mudaram, José. Você não se ligou que as regras são outras agora?

Observando que aquele era o momento certo para argumentar, José tentou apelar para o bom-senso do colega:

— Silvério, você sabe o que está fazendo, cara? Você nem conhece esse Dujas, como pode apoiá-lo? — Silvério fez uma cara feia, e José logo consertou, percebendo que aquele não era o caminho. — Quer dizer, o discurso dele é bom e até acho que ele está certo em algumas coisas, mas sei lá, cara. O que sabemos sobre esse sujeito?

— Manes nunca olhou na minha cara! — ralhou Silvério. — Tanto tempo que estou aqui e ele nem sabe que eu existo.

— Como assim, cara? Manes olha por todos nós, pelo nosso bem-estar. Ele confia em você, tanto que você tem uma função importante aqui no Quartel.

Quando parecia que Silvério ia deliberar sobre as palavras do colega, um barulho forte vindo de uma fechadura sendo destrancada alertou-o de que algo estava ocorrendo na garagem. O sentinela, percebendo que estava sendo logrado, sacou a arma e correu alguns metros à frente, passando reto por José. Assim que desembocou do corredor, deu de cara, a uns trinta metros de distância, com Erich. A porta da sala das armas atrás de si estava aberta, e ele acenava inocentemente para que seus companheiros o seguissem. O grupo, por sua vez, estava abaixado no canto, a apenas alguns metros dele, torcendo para não ser visto. Evidentemente, tudo ruiu naquele instante, e Silvério, nervoso consigo mesmo por ter sido feito de idiota, não teve dúvidas. Simplesmente atirou no arrombador, sem medir consequências.

O coice da arma jogou seu braço despreparado para o alto, e o tiro passou longe de Erich, que, encolhido, meteu-se dentro da sala de armas. O barulho do tiro ecoou por todo o Quartel, e Dujas, que estava do outro lado da instalação cuidando de assuntos menos importantes, gritou para as pessoas que o acompanhavam:

— A garagem! Agora!

Um tiro dentro do Quartel! Todos sem exceção o haviam escutado.

O tumulto estava armado, e era uma questão de tempo até que a garagem estivesse lotada — a única questão era quem chegaria primeiro. Sem perder tempo, o grupo reunido por Júnior investiu contra os dois recém-chegados, iniciando um combate corporal desigual. Silvério foi incapaz de dar o segundo tiro, sendo derrubado por um encontrão que o levou ao chão. A arma caiu e disparou sozinha, e o projétil acertou em cheio o pé de um dos presentes. Quando ele olhou para quem o havia derrubado, encontrou o rosto de José. Aquilo foi algo impensável para ele: um técnico que cuidava da área de comunicações, magro, CDF e quatro olhos não poderia tê-lo derrubado. Já não bastava aquele arremedo de homem ter ganhado o coração de Ana Maria?

Disposto a dar uma lição em José, Silvério e seu orgulho ferido investiram contra ele com as piores das intenções, porém encontraram em seu caminho uma solada potente e precisa emendada direto contra o nariz. A seguir, sem sequer pensar no que estava fazendo, José cerrou o punho e bateu contra o estômago do outro, três dedos acima do umbigo, fazendo com que todo o ar fosse cuspido para fora. Silvério se contorceu de dor, abraçando o próprio estômago, e o lapso foi usado para que os demais lhe dessem uma merecida lição.

Durante pouco mais que vinte segundos, o grupo fechou o cerco ao redor dos dois sentinelas e os espancou sem dó, ignorando o fato de que, até aquela manhã, eles eram colegas e faziam parte da mesma comunidade. Apesar de tentarem resistir, eram apenas dois contra sete, e eles apanharam bastante. Erich saiu de dentro da sala de armas munido de um revólver no exato instante em que Hulk chegava ao local, o primeiro a ser atraído pelo disparo de Silvério.

Tentando compreender o que se passava, o Golias viu as sentinelas apanhando do resto do grupo e, um pouco mais atrás, divisou o especialista em arrombamentos armado na porta da sala. Até então ele não sabia o que estava acontecendo e se preparou para apartar a briga. Infelizmente, quando Erich viu aquele gigante emergir de dentro da boca do corredor, entrou em pânico. Movido pelo medo e desespero, começou a disparar a esmo na direção dele, ignorando que seus próprios colegas estavam na linha de tiro. As balas voaram baixo, alojando-se nas paredes de concreto e nos veículos que estavam mais atrás. Os briguentos, com os projéteis chispando rente à cabeça deles, abandonaram temporariamente a contenda e procuraram refúgio para escapar às balas perdidas, encolhendo-se pelos cantos.

– Que é que você tá fazendo, Erich? Quer matar a gente? – gritou José.

– Desculpa. É difícil usar essas merdas – foi a resposta.

Logo outras pessoas foram chegando ao lugar, algumas pró-Dujas, outras contra, e uma nova briga começou. Na confusão, Hulk, absolutamente irado por quase ter sido alvejado, arremeteu contra Erich como um aríete. O jovem chegou a fazer mais dois disparos, um passou no vazio, o último arranhou o ombro do gigante, mas nem mesmo foi capaz de fazê-lo desviar a rota. Hulk trombou com o corpo do jovem com uma violência aterradora, prensando-o na parede com tamanha força que rachou os azulejos acinzentados atrás de si. Erich deu uma cusparada de sangue e deixou a arma cair. No meio da confusão, enquanto as pessoas brigavam e batiam umas nas outras sem saber bem o motivo, muitas delas apenas descontando o prejuízo que haviam tomado há pouco, José comentou com Júnior:

– Cacete, tá tudo dando errado. A gente precisa chegar naquelas armas agora.

– José, não sei se reparou, mas tem um gigante de oito metros espancando Erich bem na frente da porta. Não tem como a gente chegar lá.

– Se não pegarmos as armas, já era.

– Eu sei. Que porra você quer que eu faça?

Nesse momento, Dujas adentrou o local e o examinou com olhos clínicos. Gritou ao ver a balbúrdia e reconheceu imediatamente pela postura corporal as intenções dos rapazes:

— Peguem aqueles dois.

Hulk olhou o corpo estático de Erich escorrer pela parede e estirar-se sem vida no chão. Seus olhos estavam vazios, e sangue corria pela boca, pingando o nariz. O pescoço pendeu para o lado esquerdo, os braços descansaram sobre o colo inerte, e as pernas, uma estendida e outra flexionada, deram dois leves espasmos e depois feneceram. A violência da pancada fora tamanha que havia arrebentado o pâncreas do jovem por dentro, fígado, rins e sabe-se lá mais o que. Hulk era como uma locomotiva, um trem de carga chocando-se contra um alvo menor. O gigante ponderou se estava sentindo algum remorso pelo que havia feito e logo, para a desgraça de todos, chegou à conclusão de que não.

O grupo rebelde foi detido pelo número bem maior de oponentes sem maiores danos. Porém, rápido como uma lebre, José desapareceu antes que pudesse ser capturado. Júnior não teve tanta sorte e foi rendido com os demais colegas. Tão rápido quanto havia começado, tudo terminara. Dujas se aproximou do prisioneiro e o encarou firme. Contudo, não lhe dirigiu a palavra, em vez disso, perguntou para os que o seguravam pelos braços:

— O outro que estava com ele. Qual é o nome dele?

— José, senhor.

— O que pode me dizer dele?

— Ele trabalha nas comunicações. Tem uma esposa chamada Maria, que está grávida.

Dujas deu as costas para Júnior e ajudou Silvério a se levantar. O rosto do moço estava bastante machucado pela surra que havia tomado. Havia um corte profundo de mais de dois centímetros de espessura no supercílio, que não parava de sangrar. Tinha sido brutalmente espancado pelo grupo, porém só conseguia pensar na vantagem que José, o magrelo José, havia obtido contra ele quando estavam no mano a mano, o chute na boca, o soco no estômago... Seu orgulho ferido doía mais que o resto das lesões. O imperador examinou as contusões do moço e fez ele próprio uma expressão forçada de dor, como se quisesse se identificar com a vítima, mordendo os lábios e franzindo a testa. Percebeu um delírio assassino nos olhos do rapaz e, decidido a estimular o que sempre estivera lá, deu um assobio agudo e disse:

— Silvério, você apanhou pra cacete, hem?

— Eu tô bem!

— Eu sei. Você parece bem... Mas me diga, foram esses aqui que te bateram? — e ele apontou para o grupo rendido. — Gostaria de se vingar?

Espumando como um cachorro louco e disposto a recuperar uma dignidade que achava ter perdido em batalha, Silvério rosnou:

– Eu não tô nem aí para esses merdas. Mas eu quero aquele bosta do José. Juro, cara, vou matar aquele desgraçado. Ele me enganou. Ele... Eu vou matá-lo!

Dujas riu e preferiu não comentar toda aquela raiva. Apenas mandou:

– Pegue Hulk e vá até o quarto dessa tal de Maria. Encontre-a e traga para mim. Se a tivermos, José virá como um cachorrinho.

Júnior protestou exibindo um traço interessante de valentia, porém Dujas foi até ele, segurou-o com insuspeita gentileza pelo queixo e murmurou algo em seus ouvidos. Ninguém jamais soube o que o homem falou, mas a fisionomia do prisioneiro mudou imediatamente. Ele empalideceu e engoliu em seco.

José havia corrido na direção oeste, o que significava que ele teria que dar a volta no Quartel inteiro para chegar até seu quarto. Hulk e Silvério só precisavam seguir uma linha reta até o final do corredor e estariam lá. Era impossível que o jovem alcançasse sua esposa antes dos dois, e ele sabia disso. Sua melhor opção seria buscar novamente outras pessoas que pudessem se juntar a ele naquela luta. Entretanto, o tempo se comprimia cada vez mais, pois, assim que eles chegassem até Maria, conforme previsto, encontrariam também Liza.

A noite havia caído sobre o Quartel Ctesifonte.

CAPÍTULO 31

Erik tentava desesperadamente se agarrar na precária escada e, ao mesmo tempo, alcançar a porta do elevador para fechá-la, mas a tarefa era impossível. Era como se aquela escada tivesse sido posicionada de forma que a porta simplesmente não pudesse ser fechada pelo lado de dentro. O viking praguejou para si mais de uma vez e então gritou para Manes que já estava alguns andares abaixo:

— Manes, eu vou voltar para segurá-los. Não dá para alcançar a porta.

O líder se deteve e olhou para cima. Viu a figura de Erik se esticando o mais que podia na tentativa de empurrar a porta metálica do elevador, mas mal seu dedinho conseguia encostar nela. Seria impossível fechá-la.

— Erik, desça. Deixe a porta aberta.

— Manes, acho que posso segurá-los até vocês estarem em segurança.

— Não, não pode. Você vai ser estraçalhado. Desça agora. Não temos mais tempo.

O ruivo olhou para a porta do elevador aberta e, de onde estava, conseguia divisar perfeitamente a outra porta que dava para as escadas. Se ele saísse, fecharia o elevador por fora e garantiria a segurança do grupo. Mas seria, obviamente, devorado vivo. Era um dilema difícil, e Manes, olhando para o alto e percebendo a dúvida do colega, reforçou sua ordem:

— Erik, nem pense nisso. Comece a descer agora!

O ruivo amaldiçoou sua má sorte e iniciou de forma desajeitada sua descida. Aquelas vigas de ferro presas de forma rudimentar à parede, para alguém corpulento como ele, eram como um gigante usando apetrechos no mundo dos pigmeus. Lá em cima, quase que simultaneamente uma torrente de infectados irrompeu pelas escadarias, ganhando o corredor. A turba chegou com tamanha violência e em tal quantidade, que muitos deles simplesmente não conseguiram frear e despencaram pelo poço do elevador. Como um estouro de uma boiada, os infectados não paravam de sair de dentro da pequena portinha e se espalharam por cada mínimo canto que havia disponível. Muitos deles correram para dentro do apartamento aberto, outros passaram reto daquele andar e continuaram subindo, vários tomaram o corredor em toda a sua extensão... E havia aqueles que se precipitaram na direção da porta aberta do poço.

As criaturas caíam às dezenas, uivando e chocando-se contra as paredes e os cabos de aço, até esmigalharem-se contra o chão duro, em uma queda livre vertical de nove andares até o nível do solo onde ficava a garagem. Zenóbia, que era a primeira da fila, ao ver o primeiro infectado passar por si a uma velocidade assustadora, gritou:

— Tomem cuidado. Eles vão começar a cair aos vagalhões.

E ela estava certa. Para cada um infectado que por algum motivo oculto era lúcido o bastante para perceber que tinha que descer pelas escadas, outros dez caíam diretamente pelo poço. Se algum dos corpos trombasse com os batedores naquela alta velocidade que pegavam em queda livre, seria o fim.

Erik descia o mais rápido possível, mas seu corpo truculento tinha o dobro de dificuldade para se locomover por aqueles degraus apertados do que o de seus colegas, e logo as criaturas o alcançaram. O viking olhou para o alto e percebeu que um dos contaminados estava praticamente sobre si, tentando arranhá-lo com uma mão, enquanto se segurava na escada com a outra como um símio deformado saído de um pesadelo indizível. Agarrando seu revólver em desespero, o viking deu um tiro certeiro na cabeça de seu perseguidor. O barulho ecoou forte por entre o poço que pareceu um sino soando diretamente dentro da cabeça de todos. O contaminado despencou lá do alto e trombou contra o corpo do batedor, quase o levando consigo. Não houve nem sequer tempo para respirar, após ele, havia dúzias de outros para tomarem seu lugar.

A chuva de contaminados caindo pelas portas escancaradas era incessante, e os uivos das dezenas deles que entravam em queda livre só cessavam quando se esfacelavam contra o solo. Ao chegar ao fundo do poço, Zenóbia pisou não no chão, mas em uma camada de corpos estirados. Sempre olhando para o alto, desviando das vultosas peças de carne que caíam, ela alertou os companheiros:

– Se ficarmos aqui é morte certa. Temos que abrir a porta agora.

Judite, que estava logo atrás da colega, também já havia chegado ao nível do solo, mas Cortez, que não tinha a agilidade da dupla de moças esguias, ainda estava na escada um pouco mais acima. Ao ouvir o que a moça havia dito, gritou do alto:

– Se abrirmos a porta, vamos dar de cara com 1 milhão deles.

– Eles estão no térreo, Cortez. Esta porta aqui é a que dá para a garagem. Não temos opção.

O raciocínio dela era lógico, porém falho. Nada indicava que, ao tomarem as escadas, os infectados haviam apenas subido e não descido, mas, como ela própria tinha bem dito, não havia opção. Não poderiam ficar no poço naquelas condições. Cortez ainda estava a uns quatro metros de altura, porém, olhando para baixo e calculando que a queda sobre os corpos dos infectados não seria tão ruim, decidiu saltar para poupar tempo. Os corpos não paravam de cair e muitas vezes chegavam aos pedaços por causa das pancadas contra as paredes verticais do poço e das trombadas no cabo de aço. A chuva daquele espesso sangue amarronzado que parecia com dejetos vindos de criaturas infernais e demoníacas cobria os membros do grupo de cima a baixo.

– Isso aqui é um pesadelo! – gritou o velho após a aterrissagem não tão suave quanto ele havia pensado e novamente coberto por aquela gosma venosa.

– Cortez, abre essa porta – disse Judite.

O batedor tentou enfiar os dedos pela fresta da porta, mas não consegui cavar espaço algum. Súbito, um corpo caiu exatamente ao lado dele, tirando uma casquinha de seu braço. Ele pulou de susto e gritou com as duas:

— Caralho, fiquem de olho, senão eu vou virar patê aqui!

Zenóbia tratou de ajudá-lo, e Judite ficou olhando para cima, vigiando os corpos que caíam. De repente, o impensável: o carro do elevador fez um barulho, estalou, tremeu e, inexplicavelmente, de uma hora para outra, começou a descer.

Todos os que ainda estavam na escadaria se detiveram e olharam para cima. Erik, o último da fila, falou em voz alta:

— Fodeu — e começou a descer o mais rápido que podia, mas seu mais rápido não ajudava muito.

Zenóbia, mesmo estando a muitos andares de distância, percebeu o que havia ocorrido e deu um gritou para Cortez, que não havia conseguido nem mesmo mover um pouco a porta:

— Abre essa merda, Cortez, abre agora.

— Que é que você acha que eu tô tentando fazer?

O batedor forçava a passagem com seus dedos vigorosos, mas seus pés patinavam no tapete de corpos no chão e o sangue havia melado tudo, impedindo de conseguir alguma firmeza. Fora isso, a porta parecia emperrada ao ponto em que nem mesmo a força dele e das duas moças juntas era suficiente para abri-la por dentro.

O carro desceu até o sétimo andar e estacionou, cortando momentaneamente o fluxo de corpos que caía dando um pequeno alívio aos que ainda desciam. Manes gritou, preconizando com razão:

— Ele parou no andar que estávamos porque eu apertei o botão, mas com certeza vai continuar descendo.

Erik deu outro tiro em mais um infectado que estava próximo demais dele, e o estampido do disparo pareceu pior que o anterior. Espartano chegou ao nível do solo e começou a ajudar o trio no duro trabalho de forçar a porta emperrada, que finalmente começou a ceder.

Após uma pausa de aproximados trinta segundos no sétimo andar, o carro tornou a se movimentar. Sua descida foi derrubando os infectados que estavam em seu caminho na escada como peças de dominó, as quais caíam pesadamente poço abaixo. Cufu e Kogiro já haviam chegado ao chão de corpos, quando a porta finalmente foi aberta com a força combinada de todos.

— Para fora, para fora.

O grupo saiu daquele pesadelo claustrofóbico e assumiu uma posição de batalha defensiva, sondando as condições da garagem. Tudo parecia deserto lá em baixo, mas todo cuidado era pouco, já que apenas um nível acima de onde eles estavam centenas de contaminados se precipitavam para dentro do edifício. Zenóbia e Judite ficaram de cócoras com as armas em punho, enquanto os outros em pé se posicionaram atrás delas, formando um círculo dentro de outro. Cufu assumiu a dianteira e deu as ordens:

— Kogiro, você e Judite vão pela esquerda. Evitem disparos. Se essas coisas não estão aqui, é melhor evitar atraí-las. Bloqueiem com o que puderem a porta da escada.

Espartano, você vem comigo; vamos assegurar o perímetro pela direita. Cortez, mantenha a guarda.

Enquanto o grupo se ocupava da tática, Zenóbia voltou-se para a porta do elevador e, com o coração apertado, observou aquela visão disforme e infernal que tinha diante de si. O vão de entrada estava coberto até mais da metade por corpos despedaçados, como se fossem o doentio recheio de um sanduíche. De perto, era possível vê-los em detalhes; seus braços cheios de feridas e bernes, as unhas sujas e partidas, os cabelos ralos e a pele seca. Os olhos avermelhados escureciam após a morte deles, dando o aspecto de duas enormes sanguessugas grudadas no pálido rosto.

Os corpos jaziam inertes, manchados por aquela gosma marrom grosseira, que agora começava a escorrer em uma só unidade, formando uma ampla poça que vertia para fora do poço. Os grossos cabos de aço se encontravam em movimento, o que indicava que o elevador ainda descia, derrubando um a um os corpos que estavam nas escadas. Ao contrário da sádica chuva de corpos de até então, agora um por vez se chocava contra o estofado de mortos.

A batedora engoliu em seco ante a mera possibilidade de ter seu amante amassado pelo carro do elevador e, em silêncio, orou para que isso não ocorresse. Segundos depois, ela pôde respirar novamente ao ver Manes aterrissar sobre a pilha diante de si, dando um pulo similar ao de Cortez. Ele deu um rolamento de judô para fora do poço e caiu sobre o chão duro da garagem com a postura de um felino.

Imediatamente ela rumou em sua direção e o abraçou firme, beijando-o ardorosamente. O líder retribuiu as carícias apertando-a com solidez. Ambos estavam cobertos com o sangue dos contaminados e tremendo por causa da tensão e da adrenalina. Então, lembrando-se de que Erik ainda estava lá dentro, o homem afastou a amante e voltou-se para a porta.

O resto do grupo retornou bem a tempo de escutar outro tiro vindo do interior do poço, e o eco se precipitou por toda a garagem. Então, sem o menor aviso, o gigante ruivo aterrissou pesadamente por sobre o monte de cadáveres, provocando uma explosão de gosma e membros. Erik rolou para fora do poço com a graciosidade de um mastodonte, no exato instante em que o carro do elevador chegou, pressionando os corpos dos mortos, que explodiram como frutas maduras, e estacionando há pouco mais que um metro do solo.

— Puta merda, essa foi a coisa mais surreal que já vi na vida! — disse Cortez, segurando o colega pelo bíceps e ajudando-o a levantar.

O ruivo até tentou se colocar de pé, porém, assim que depositou seu peso sobre a perna esquerda, deu um grito de dor e caiu novamente. Ele estava com uma laceração enorme causada durante a queda, que começou a verter uma quantidade assustadora de sangue. Judite se ajoelhou diante do colega e observou a ferida de perto. Seu rosto empalideceu. Levantou-se rápido e cochichou para Manes:

— É fratura exposta.

Vermelho de dor e raiva ao vê-la fazer isso, o batedor ferido gritou do chão:

— Fala em voz alta, cacete. Diz para mim. O que foi?

— Você fraturou a perna, Erik! — explicou Manes. — Precisamos colocar o osso no lugar imediatamente. Segurem-no.

Sem titubearem, Cufu e Kogiro colocaram suas armas de lado e se ajoelharam atrás do grandalhão, segurando seus braços com força. Cortez apanhou firme a perna boa, e as duas meninas ficaram de costas para garantir a segurança da inapropriada operação, mantendo a guarda do perímetro. Espartano só observou.

Manes enfiou na boca de Erik o cabo de sua faca e disse:

— Morda isso!

Então olhou para a ferida. Na canela, um palmo abaixo do joelho, um osso pontiagudo se pronunciava para fora como uma lança fincada na areia da praia por uma criança que brincava de índio. Tendo irrompido de dentro da carne, o osso fizera um rasgo de mais de dez centímetros. Não dava tempo para pensar demais, nem para ser gentil, afinal eles não sabiam por quanto tempo poderiam dispor daquela tranquilidade; o líder travou com ambas as mãos a perna do viking, olhou para os demais colegas para ver se eles estavam segurando o ferido e recebeu de todos um sinal de positivo com a cabeça. Então, com a experiência e a raça que anos de batalha fornecem a um soldado, deu um único e preciso tranco no membro ferido, recolocando o osso no lugar.

O batedor se contorceu com a força de um bisão, e foi necessário todo o vigor dos quatro para contê-lo, enquanto a dor atingia seu ápice. Erik mordeu tão forte o cabo da faca, que trincou um dente, mas, assim que o pico passou, ele se acalmou. Poucos segundos depois, cuspiu o cabo que o impedira de gritar e, suado e com os membros amolecidos, suspirou, dizendo:

— Mani, seu filho da puta sádico, diz que você não sentiu nem um pouco de prazer nisso.

O líder sorriu e se levantou, chamando a moça que tinha mais conhecimento de primeiros socorros do que ele:

— Judite, curativos, rápido!

A batedora trocou de lugar com o líder, que assumiu a vigilância. Ela jamais dissera de onde adquirira aquela experiência na área da saúde, pois, assim como a maioria, falava muito pouco sobre seus dias na Era A. A. Ainda assim, tornara-se uma das pessoas responsáveis pelo segmento no Quartel. Infelizmente, naquela garagem escura e úmida, muito pouco havia para ser feito. Ela rasgou um pedaço de sua camisa que, por debaixo do colete protetor, estava limpa, e improvisou uma atadura. Como tala, usou a faca que ele havia mordido. Enquanto a colega cuidava dos socorros, Zenóbia se aproximou discretamente de seu amante e comentou em voz baixa:

— Mani, se caiu sangue contaminado na ferida...

Ela não terminou a frase. Não precisava. Manes já havia pensado naquilo no momento em que viu o ferimento, pois era praticamente impossível que o local da ferida não tivesse sido contaminado pelo sangue dos infectados. Se saliva causava a infecção, quanto mais um fluido como sangue. Todos estavam feridos e com escoriações e cortes, contudo Erik havia mergulhado a perna naquele monte de cadáveres com um buraco de dez centímetros escancarado. Carente de opções melhores, ele respondeu:

— Eu sei, mas vamos esperar.

Assim que a assistência tinha terminado, sem perder mais tempo, Manes ordenou:

— Cufu, você e Cortez achem alguma coisa para bloquear a escada.

— Já está feito! — disse o negro.

— Quanto tempo vai aguentar?

— A hora em que eles decidirem descer pra valer já era. Não há como fazermos uma resistência adequada aqui. Não temos material, e o ambiente não nos favorece. Precisamos dar o fora, e rápido.

— A rua ainda está tomada deles. Jamais conseguiremos sair a pé.

De repente, Judite, que sondava o local mais profundamente, deu um berro de excitação.

— O que foi? — gritou o líder, aproximando-se de onde ela estava.

Realmente foi difícil de conter o entusiasmo quando ele olhou para o que o dedo dela apontava. Diante deles, parada discretamente em um canto da garagem, havia uma picape cabine dupla.

CAPÍTULO 32

Sozinho em seu apartamento, Hulk encheu até a metade seu copo de uísque e ficou a observá-lo. Perguntou-se que cor era aquela. Não era amarelo, não era marrom, nem creme, ou alguma tonalidade de vermelho. Era uma cor parda, talvez uma combinação de várias tonalidades, difícil de ser definida. O curioso é que a cor do uísque é tremendamente sóbria, ao contrário de seus efeitos.

Ele pensou que aquele líquido havia passado os últimos dezoito anos dentro de um barril, envelhecendo, maturando, aguardando o momento certo de sair, tudo para adquirir aquele sabor específico, aquela coloração exata, aquela textura. Dezoito anos para se chegar à perfeição. Quantas coisas haviam acontecido nos últimos dezoito anos enquanto o uísque vivia em paz como senhor de seu próprio universo? Ditaduras haviam surgido e desaparecido. Economias prosperaram e afundaram. Houve a explosão da tecnologia, novas guerras, novos tratados de paz. Pessoas haviam morrido e muitas outras nascido. E, durante todo esse tempo, o uísque simplesmente aguardava pacientemente para chegar ao sabor especial que todos esperavam dele. Tantas coisas haviam ocorrido em todo o mundo, em todos os lugares, na vida de incontáveis pessoas enquanto aquele mesmo uísque que ele trazia nas mãos agora aguardava pelo momento certo dentro de seu barril de carvalho de quinhentos litros.

Paciência? Seria essa a grande virtude da vida para conseguir os maiores feitos?

Talvez os seres humanos não sejam tão diferentes assim desse uísque, afinal. Nós também precisamos aguardar pela maturação para chegarmos à nata de nossa existência, para justificarmos o fato de estarmos aqui, para termos alguma relevância. A nossa sofisticação, a nossa percepção e a nossa capacidade dependem de termos ou não passado alguns anos trancados dentro de nós mesmos, condicionando os ingredientes necessários para chegarmos a algum resultado, seja ele qual for.

"Quanto tempo eu me mantive fechado em mim mesmo? E o que resultou disso? Eu sou o resultado disso! E cada vez que não me guardei, cada vez que me coloquei para fora, cada ação que a besta tomou... Cada vez que me expressei... Foi horrível, mas, ao mesmo tempo, que alívio!"

Pode um homem se abominar e abominar a quase tudo o que tenha feito em vida, mas ainda assim não se arrepender? Pode uma existência ser tão incompleta, tão paradoxal, tão finita e triste, mas ao mesmo tempo gerar uma sensação de plenitude, um senso de missão cumprida?

Hulk sorveu o uísque de um só gole. Não costumava beber por conta de sua profissão como lutador, mas, de uns tempos para cá, era como se não pudesse passar sem o álcool. Os fantasmas vinham brincar no playground de sua cabeça, andando na roda gigante das memórias. Sua mente retornou no tempo, apanhou uma trilha única que levava a determinada ocasião, que, de tanto que já havia sido lembrada, parecia o caminho mais percorrido da encruzilhada mental de Hulk.

Buscando uma memória boa, o gigante fechou os olhos e sentiu a água salgada do mar tocar seus diminutos pezinhos pela primeira vez. Ele se arrepiou, entortando os joelhos, e seu pai, que estava ao seu lado, riu de sua reação. Era um dia quente e ensolarado, daqueles que costumam marcar nossas lembranças por conta da beleza e do frescor que deixam. Pisar a areia era uma sensação maravilhosa, entorpecedora, e ele se viu tomado por uma euforia sem igual, como jamais sentira antes em toda a sua vida; uma felicidade tão genuína e verdadeira, tão forte e voraz, que ele se dedicou a buscar piamente em todos os momentos que viveu desde aquele dia, mas nunca mais tornou a encontrar. Aquele foi um momento perfeito, o momento perfeito de sua vida, no qual tudo se encaixava, tudo fazia sentido.

Seu pai sorriu e, da areia escaldante, fez um sinal para que Hulk entrasse um pouco mais fundo na água. A visão do mar diante de si era inebriante. Logo a primeira onda chegou e atingiu sua barriga, derrubando o garoto com insuspeita facilidade. Ele se levantou, o cabelo "lambido" pela água, o corpo massageado pela turbulência ora gentil, ora vigorosa do oceano. Hulk não tinha consciência na época, mas vivera um momento belo e profundo, lírico e singular, um instante quintessencial. Seu pai gargalhava com as peripécias do menino enfrentando a força das ondas e, da distância segura da praia, fazia sinais para que ele entrasse ainda mais fundo no mar, encorajando-o a enfrentar Netuno em seu próprio território. Uma aventura? Um desafio? Ele venceria aquela próxima onda que se elevava acima de sua cabeça e dedicaria a vitória ao seu pai, seu herói, seu modelo. O primeiro "caldo" de sua vida acabou sendo uma experiência divertidíssima; ele rodopiou no fundo do mar como um peão e subiu de volta à superfície, fazendo seu corpo pular para fora da água como um míssil e puxando dramaticamente o ar para dentro dos pulmões.

Teria seu pai visto a manobra? Aquilo era vida. Mesmo jovem, Hulk sabia que, se existia uma vida, era aquela. Olhou para trás, para a praia pouco mais de trinta metros distante, e procurou pela imagem do pai, buscando a expressão que ele traria em seu rosto barbado, mas, um inconveniente: não o viu. Sua cabeça moveu-se lentamente da esquerda para a direita e da direita para a esquerda e repetiu a operação, até ser distraído por uma onda que o acertou traiçoeiramente pelas costas. Rodopiar desta vez não foi engraçado e havia algo de pânico em seu pensamento. Seu segundo "caldo" foi tenso e pareceu durar uma eternidade. Novamente ele levantou-se, desta vez esbaforido e assustado, e procurou pelo pai. Nada. Correu e gritou, mas a água tornou-se sua inimiga, pois segurava seus passos e abafava a sua voz. A margem parecia estar duplamente distante, e a sensação de pisar em terra firme só fez aumentar sua solitude.

Empregando toda a força que podia aos seus pequenos membros, ele correu desenfreadamente, mas, tropeçando em sua própria falta de coordenação, tomou um tombo que ralou seus dois joelhos na areia grossa, sua mais nova inimiga. Lágrimas começaram a escorrer, ainda mais salgadas do que a própria água do mar, e os adultos que olhavam para ele despertavam uma sensação de culpa em seu peito. Hulk sentiu-se nu, despido, indefeso, indecoroso. Ele era todo vergonha e medo. Uma senhora segurou-lhe firme pelo braço, evitando um desvario ainda maior e perguntou onde estavam seus pais. Ele não soube dizer. Mesmo hoje, décadas depois, ele ainda não tinha aquela resposta. Ocasionalmente, quando sorvia um copo de uísque e se recostava na poltrona de seu lar, só com seus pensamentos, ele se perguntava onde estaria seu pai. O que teria sido feito dele?

Hulk odiava seu progenitor. Quando pensava em enfrentar um lutador, com frequência fechava os olhos e via, em sua mente, a face de seu pai dando aquele aceno hipócrita antes de abandoná-lo à mercê da vida. Sim, ele o odiava! Sabia disso, tanto quanto sabia que era impossível tentar esquivar-se ao seu ódio, que o consumia tanto por dentro quanto por fora. Mas havia também uma parte de si, uma parte pequena que ele nunca mostrava para ninguém, que ainda era aquele menino tímido. Uma parte que, apesar dos anos de dor e sofrimento que se seguiram, ainda era grata ao seu pai por lhe ter proporcionado, mesmo que de forma breve, um momento de felicidade genuína. Dois minutos apenas; dois minutos para uma vida inteira de falsidade, decepção, orgulho, falácia, raiva, ambição, mentiras, insensibilidade, inveja. Parece muito pouco razoável, mas o vento sul nunca para de soprar.

Hulk serviu outra dose para si. De repente, as explosões começaram. Ele as escutou de onde estava e decidiu ligar a televisão. As reportagens estavam em todos os canais, porém as informações eram confusas, abstratas e conflitantes. Falavam algo sobre a morte de pessoas e a transformação de outras; ninguém falava sobre fim do mundo ou fazia uso do termo apocalipse ainda, isso tudo veio muito depois. Mas, se teve uma coisa que Hulk desejou com todas as suas forças, foi que seu pai ainda estivesse vivo e que ele tivesse alguma coisa a qual amasse demais. Uma coisa que naqueles últimos anos tivesse sido sua razão de ser, o ar que ele respirava, algo realmente importante. E, então, desejou que o Dia Z arrancasse isso dele!

Hulk deu um chute violento contra a porta do quarto de Maria, arrombando-a de uma única vez. A porta estava trancada por dentro, mas o fecho era pequeno, cujo efeito é muito mais moral do que uma proteção real – e, assim que aquele gigante forçou a entrada, ele simplesmente cedeu. Farpas de madeira voaram no ar, e a porta bateu pesadamente contra a parede, fazendo com que as moças dentro do cômodo dessem um pulo de susto. No mesmo instante, ignorando sua pulsação que foi a mil por hora, Ana Maria se levantou irada e gritou:

– Hulk, que diabos você está fazendo. Este quarto é meu, você...

Foi quando Silvério saiu de trás do Golias e, sem dar maiores explicações, virou um tapa violentíssimo no rosto da mulher que a jogou contra a parede. Com o orgulho ferido por causa da surra que havia tomado de José, ele estava apenas procurando alguém em quem descontar sua frustração, e a moça foi o veículo perfeito. Seu estado avançado de gravidez não foi empecilho para o sentinela, que, sem atenuar a violência e mesmo diante dos protestos de Liza, agarrou-a pelos cabelos e puxou-a para perto de si. Aproximou-se da orelha da moça e falou com uma voz assustadoramente gélida, que fez com que Maria percebesse que a coisa havia sido levada a um outro nível:

— Eu quero que você resista, vaca. Resista, por favor.

— Você está fora de si, Silvério! — disse Liza, avançando sobre ele. O sentinela apontou a arma para ela, o que fez com que ela se detivesse no lugar:

— Nunca estive em melhor juízo, Liza — e então sussurrou novamente para Maria: — Vai, sua puta. Resista!

Hulk cruzou os braços e deu risada, divertindo-se com a situação. Silvério agira e falara como se houvesse câmeras ao seu redor e esse desejo que temos de ser vistos, essa pose que costumamos assumir, esse pseudo-big brother que dorme dentro da mente de diversos de nós, é uma sensação tão nociva quanto inquietante.

Maria engoliu em seco e percebeu que o homem estava completamente pirado. Era possível ler em seus olhos. A pressão dolorida que a mão dele, segurando um chumaço seu de cabelos, fazia era a denúncia de que, se realmente ela tentasse lutar, não seria poupada do castigo. Ciente da gravidade da situação, a moça amoleceu o corpo e ficou submissa e calada. Foi a decisão acertada. Fitou Liza sem mover o rosto, apenas virando os olhos e percebeu que discretamente a moça fazia um sinal com as mãos para que ela tivesse calma.

Silvério, mesmo com toda sua ira, não conseguiria bater em uma mulher que não estivesse resistindo — a submissão da moça o havia desarmado. Percebendo que o assunto estava acabado, virou-se para seu companheiro e disse:

— Vamos.

Contudo, ao ver Liza dentro do quarto, Hulk se alterou aos poucos. Todos os músculos de seu corpo se enrijeceram, os punhos estavam contraídos e sua expressão ficou tensa e carregada. A fera começou a mover-se dentro de si e, em sua mente, ele escutou os gritos de ovação da multidão que o saudava antes da batalha. Ele encarou Silvério e seus olhos espelharam a dureza de um diamante:

— Vai na frente. Eu vou daqui a pouco.

O sentinela até pensou em argumentar, dizer que seria melhor se ambos voltassem juntos para Dujas conforme combinado, mas o rosto de pedra de Hulk o desencorajou de imediato. Silvério conectou alguns pontos em sua cabeça, relembrando o histórico que havia entre Liza e o gigante e, mesmo naquele estado alterado que estava, ficou com dó da mulher. Mas percebeu que o melhor mesmo a fazer seria sair dali.

— Vê se não demora muito.

Arrastando Maria pelos cabelos, desapareceu porta afora, deixando a dupla sozinha.

Liza não se movia. Mal conseguia respirar. Seu coração era uma britadeira. Temia saber o que Hulk ia fazer, mas ainda assim, apesar do que os olhos dele diziam, ela tinha esperanças de que não o fizesse. Ficaram estáticos por um tempo, um momento em suspensão, então o gigante foi até a porta escancarada e a encostou. O mundo tornou-se escalas de cinza. Ele tirou a camisa, exibindo seu peitoral de aço com altivez e jogou todas as esperanças dela descarga abaixo. Tirou o revólver que estava em sua cintura e tomou cuidado de deixá-lo sobre uma estante bem próxima à porta e longe das mãos dela.

Mediu de cima a baixo a mulher que cobiçara durante tanto tempo. Os últimos oito meses haviam sido de humilhação para si, nos quais ele fora obrigado a engolir seu orgulho, mas agora, conforme diz o ditado quem espera sempre alcança, seu momento havia chegado. Liza iria aprender a respeitá-lo. Todos estavam aprendendo que deviam respeitá-lo.

A mulher sabia que não poderia fazer absolutamente nada contra aquela massa de músculos; era como enfrentar um dinossauro, mas ciente de que, por mais desfavorável que seja uma situação, nós sempre podemos fazer nossas escolhas, naquele momento Liza decidiu que não seria uma presa. Ela podia morrer, mas não iria gritar. Ela podia ser violentada, mas iria lutar até a última de suas forças. Em sua mente, pensou na imagem de Manes sorrindo para ela, agarrou-se naquilo e teve dois segundos de paz.

A realidade a trouxe de volta quando o gigante avançou. Ela agarrou um abajur que ficava sobre a cômoda, feito de ferro e cujo corpo era esguio e o segurou como uma arma. A base do utensílio era ovalada, e Hulk, ao ver que ela se preparava para enfrentá-lo, avisou:

– Não lute, mulher. Nós temos uma história juntos. Vamos deixar acontecer.

Liza não respondeu. Apertou firme o abajur, brandindo-o com ambas as mãos como um taco de beisebol, acastelada atrás de uma fisionomia inflexível e decidida. Posicionou seu corpo de forma a deixar a cama do quarto entre si e o agressor, o que o irritou profundamente. Ele deu um pé na cama, fazendo-a correr uns trinta centímetros para frente, e gritou:

– Mulher, largue isso agora!

A violência de seu ato a pôs nervosa e meio desengonçada, ela desferiu o primeiro golpe, mas passou longe. Não tinha a menor experiência em lutas corporais e havia medido errado a distância. O abajur cortou o vazio, mas foi o suficiente para Hulk perceber que, se aquela base ovalada o tivesse acertado, teria machucado pra valer seu rosto. Decidido a não dar uma segunda chance para a arisca moça, com surpreendente velocidade para alguém do seu tamanho, ele investiu contra ela, evitando o golpe seguinte. Bloqueou-o com um braço, enquanto com o outro já envolvia sua cintura.

Liza sentiu o poder daquele corpanzil trombando contra o seu e todas suas convicções caíram em profundo desalento quando ela percebeu factualmente o tanto que era frágil se comparada àquela força da natureza que tinha diante de si. Claro, ela sabia que Hulk poderia fazê-la em pedaços, mas saber é uma coisa; sentir na pele é outra! Ocorreu-lhe que o próprio Manes teria muito pouca chance em uma luta franca contra o gigante loiro. Hulk desarmou-a como se ela fosse uma criança e jogou o abajur longe, espatifando-o contra a parede. Ela fechou ambas as mãos e começou a espancar seu peito à moda de marteladas, o que ele achou divertido. Sem esforço algum, ele a empurrou para trás, fazendo com que a moça chocasse suas costas contra uma pequena cômoda, derrubando no chão alguns porta-retratos e uma caixinha de grampos.

Os olhos incandescentes denunciavam que Hulk não pretendia pegar leve; tentando esconder seu medo e fragilidade, Liza se recompôs — o dorso dolorido por causa da batida — e novamente agarrou a primeira coisa que viu na frente, nesse caso o aparelho de telefone. Gritou como doida desvairada e, simulando descontrole emocional, ameaçou o gigante, na tentativa de afugentá-lo, obviamente em vão. Como se estivesse numa competição de vale-tudo, ele a atacou mais rápido do que ela pôde ver; envolveu sua cintura com ambos os braços e, usando técnica de luta greco-romana, ergueu-a do chão e colocou-a para baixo.

Seu corpo pesado caiu por cima do dela, e o choque contra o piso duro fez com que Liza visse pontos pretos flutuando no ar. Ela tentou respirar, puxou oxigênio primeiro pela boca, depois pelo nariz, mas ele não vinha. Sentiu-se beirando a mais alta montanha, equilibrada numa tênue encosta: um passo em falso a faria desabar no abismo de ar rarefeito. Hulk montou sobre o tronco dela e travou um de seus braços sob a perna, limitando seus movimentos. Havia prazer estampado em seu rosto durante todo o processo — ele de fato estava se divertindo muito com aquilo tudo.

Dois tapas ardidos, o primeiro com a palma da mão, o segundo com as costas, cortaram os lábios delicados da moça e literalmente chacoalharam seu mundo. Ela sentiu seu corpo amolecer e a força esvair dos membros enquanto um filete escarlate escorria de seu nariz. Consciente de que seria impossível enfrentá-lo de igual para igual, Liza precisava rapidamente de um plano, pois o grau de violência imposto pelo gigante estava se intensificando. Ela já não sabia mais se estava gritando ou reclamando, se estava indo ou vindo, tudo acontecia tão rápido, que a realidade parecia ter se tornado um cinema de cento e oitenta graus.

Liza, então, fechou os olhos e calou-se. Concentrada, desacelerou sua mente e fez com que cada segundo valesse uma década. Desligou-se momentaneamente do exterior e desplugou da tomada o medo e a dor: "Ou eu fico calma, ou estou perdida", ela pensou. Hulk, por sua vez, ao vê-la parar de se debater, acreditou ter a moça finalmente aceitado o inevitável e passou a se aproveitar daquele corpo da forma como havia tanto sonhado. O peso de seu tronco sentado sobre a barriga dela era mais do que suficiente para contê-la, entretanto, ainda assim, ele manteve a mão direita sobre a garganta delgada, exercendo alguma pressão. Ao sentir que tinha relativa liberdade, com a mão livre rasgou a camiseta dela, expondo a barriga alva e o discreto sutiã marrom-claro que ela vestia. O barulho do tecido esgarçando agrediu os ouvidos de Liza, fazendo-a tremular incauta. O gigante se debruçou e insinuou-se nos ouvidos dela com a classe de um orangotango:

— Seus peitos devem ser maravilhosos...

Liza permaneceu fria como pedra, mesmo quando ele mordiscou seus ombros deixando marcas de dentes e poças de saliva; ficou imóvel quando seu estômago revirou no momento em que ela sentiu a língua áspera do homem rodear seus seios por cima do tecido de algodão; conteve a respiração ofegante e tentou ignorar as mãos imundas que a tocavam.

Sempre a imobilizando pelo pescoço utilizando uma mão, com a outra ele apertou suas coxas, aproximando-se da virilha. Os dedos correram então para a barriga nua e as unhas, um pouco compridas, arranharam a pele, deixando uma trilha esbranquiçada atrás de si. "Meu Deus do Céu! Eu estou sendo violentada", ela pensou, tendo dificuldade em manter o controle. Sua vontade era desaparecer dali, escapar dos problemas, ir para um lugar bom e verdejante; mas não, em vez disso, Liza experimentava ser dissecada por um sentimento de irrealidade. Tentou esquecer que os dedos dele lhe cortavam a passagem de ar, esquecer o sangue que vertia das pancadas no rosto, esquecer da violação que lhe estava sendo infligida, pois quem sabe assim tudo acabaria mais rápido e de forma menos dolorosa. Mas, ao mesmo tempo, Liza era uma lutadora e havia aquela sensação em seu âmago que a impedia de dar-se por vencida.

"Isso não pode ficar assim, moça! Faça alguma coisa; faça alguma coisa agora! Ou você não vai nunca mais conseguir se olhar no espelho!", falava-lhe uma vozinha em sua mente. E ela fez. Bolou um plano, na verdade o único que lhe ocorreu. Aguardou o momento adequado, quando Hulk começou a abrir a própria braguilha. A dificuldade em fazê-lo com uma única mão o atrapalhava, e, percebendo aquilo, ela teve certeza: "É agora!". Ensaiou mil vezes a cena em sua cabeça e então falou com a sonoridade de um anjo:

– Deixe-me fazer isso para você!

Ele a encarou cheio de incredulidade e o tempo parou. Não havia mais nada, senão uma espécie de vácuo pairando entre ambos e o eco das palavras dela em sua mente. Parecia óbvio que a moça estava armando algo – *era* óbvio. Ter parado de se defender por ter recebido alguns duros golpes era algo compreensível, porém entre aceitar seu destino e corroborar com ele havia uma grande distância. Pego de surpresa pela proposta, o gigante se pôs a pensar e, mesmo que por meros instantes, aconteceu exatamente o que Liza havia programado: ele afrouxou inconscientemente a pegada no pescoço, dando a ela um mínimo de liberdade. De uma forma bem distorcida, Hulk até chegou a imaginar se não haveria uma pequena chance de ambos partilharem daquele momento em comunhão, eternizando-o como a maior noite de amor de todos os tempos. Sim, mesmo um homem como ele tinha seus rompantes românticos, e foi esse breve descuido, esse instante de hesitação, essa pontinha de dúvida, que deu as ferramentas de que ela precisava.

Ciente de que lutava pela própria vida, sem pestanejar, Liza atacou da única forma que poderia: num movimento rápido, ergueu o tórax, segurou Hulk pela cabeça, apoiou as palmas das mãos nas orelhas e cravou seus dois polegares nos olhos dele, apertando-os de uma vez para dentro das órbitas. Em sua mente, ela havia visto a cena com bastante clareza e não parecia algo difícil de ser feito, entretanto, sua inexperiência, a tensão do momento e a falta de maldade no ato depuseram contra ela. Suas mãos escorregaram sem conseguir perfurar a vista de Hulk, causando apenas uma cegueira momentânea. Ainda assim, o ferimento foi feio, e o Golias loiro deu um grito gutural e virou para o lado, levando as mãos ao rosto em surpresa. Gotas de sangue espirraram sobre o peito desnudo de Liza, que se levantou rapidamente. No calor do momento, vendo-se no reflexo de um espelho que havia no cômodo com as roupas rasgadas, o rosto inchado pelas pancadas e manchada de escarlate, apesar de estar ainda um pouco zonza, ela cambaleou até ele e desferiu um chute contra seu rosto:

— Filho da puta. Você me quer? Quer me foder? Então foda isto! — e chutou-o novamente, arrancando sangue de seu nariz. — Você acha o quê? Que eu sou um pedaço de carne pra você amaciar? É isso? Então amacie isto...

E deu mais um chute que, de tão raivoso, saiu sem direção e passou no vazio. A força do próprio impulso quase a derrubou no chão. Hulk, ainda caído, encolheu-se como uma ostra e parecia não conseguir respirar. O olho sangrava muito e foi aos poucos fazendo uma pequena poça no chão, ao redor da cabeça.

Lá fora, uma ventania carregava dezenas de folhas secas rua abaixo. O céu estava denso e escuro. A sensação de que a tempestade ainda estava para chegar era incômoda. Liza sentia-se suja, invadida, e a impressão de que algo seu havia sido roubado fez-se forte, nascida nos recôncavos da alma. Ciente de que permanecer no quarto seria abusar da sorte, a mulher já estava quase a sair, quando o gigante se levantou. Seus olhos eram duas gemas de fogo, queimando em pura raiva. Os músculos estavam tesos, e o pescoço encolhido para dentro dos trapézios, numa postura ameaçadora.

Tomado por um intenso e descontrolado sentimento, numa velocidade impressionante, ele a agarrou antes que conseguisse deixar o cômodo e, com as duas mãos segurando-a por ambos os ombros, literalmente arrancou a moça do chão e a pregou contra a cama. As madeiras do estrado gritaram tamanho o impacto desferido, e, por mais que Liza se debatesse golpeando-o com os braços e as pernas, seus maiores esforços esbarravam na mais inescapável futilidade diante de um adversário daquele porte. A diversão havia acabado; era hora de Hulk reclamar seu prêmio.

Sua vista ferida lhe dava um aspecto repugnante, e, sem conter o golpe, ele deu um soco contra o estômago dela que minou todas suas forças. Ela dobrou sobre si própria como um canivete cuspindo uma golfada de sangue, e, sem perder tempo, o homem deitou-se sobre o corpo esguio da moça, escondendo-a literalmente debaixo de si. Com um resquício de dignidade e suas últimas forças, assim que ela viu a face dele próxima à sua, tentou mordê-lo, mas, desta vez, lembrando-se do que ocorrera no passado, Hulk puxou o rosto com velocidade, escapando da dentada.

O homem segurou-a pelo colo da calça e com uma simples guinada obrigou o corpo dela a dar um rodopio na cama, virando-a de costas para si. Liza esperneava e se debatia, porém uma nova pancada, desta vez contra seu crânio, a amoleceu de vez. Ele arrancou as calças dela num só puxão, trazendo-as quase até a linha dos joelhos, e deitou-se por cima. Seu peito volumoso e pesado pressionando as costas magras e frágeis limitou todos os movimentos dela, e o delicado pescoço da moça foi envolvido pelo braço titânico do gigante, que exerceu uma leve pressão. Leve, é claro, para ele, pois Liza sentiu como se ele fosse quebrar-lhe em duas.

Hulk já estivera naquela posição privilegiada centenas de vezes em sua vida como lutador, e sabia exatamente como minar qualquer reação de seu adversário. Se ele imobilizava lutadores de cem quilos, que chance tinha a pequena mulher contra tamanha força bruta? A excitação do agressor aumentou ao sentir o atrito de seu corpo contra a pele nua das costas dela. O momento havia chegado. Grudou o rosto ao lado do dela e falou algumas coisas sórdidas em seus ouvidos. Liza estava completamente dominada; simplesmente não havia o que ser feito. Um homem como Hulk, morto por dentro em diversos lugares que tornam os outros homens seres completos, era um indivíduo com o qual não se podia brincar.

Com um sorriso cáustico estampado no rosto, o predador deu uma mordida na bochecha de sua presa, cuja intenção era descontar o que ocorrera meses atrás. Liza temeu que ele fosse arrancar-lhe um pedaço de carne do rosto, mas ele não o fez e aliviou a pressão da dentada. Em vez disso, apertou a pegada no pescoço até quase sufocá-la e, com a mão livre, arrancou as próprias calças. Estava rijo como uma árvore e penetrou-a de uma única vez, imprimindo o máximo de força que conseguiu.

A dor foi dilacerante, como se ela tivesse sido cortada a faca, mas Liza espremeu os olhos e engoliu o grito. Mulher de palavra que era, não emitiria um único som; essa dignidade que era sua por direito não seria tomada. Cada estocada que ele dava, batendo seu pesado corpo contra o frágil tronco da moça era mais forte do que a anterior, mas, ainda assim, ela não gritou. As lágrimas foram arrancadas de dentro da mulher, que mordeu a fronha do travesseiro e quebrou as unhas tamanha a pressão que imprimiu apertando o colchão da cama, mas, reunindo cada têmpera de seu ser, ela permaneceu resoluta em sua decisão.

Hulk estava em êxtase profundo, sua respiração se intensificou e os intervalos entre as estocadas se abreviaram. Logo ele estava batendo o corpo contra o dela, levantando o quadril a quase dez centímetros de altura. A cama rangia como se estivesse prestes a quebrar, e as vértebras de Liza resistiam bravamente ao esmagamento promovido por aquele corpanzil. Ele liberava de uma só vez seus oito meses de repressão, toda a raiva e frustração que sentira, ora dando murros fortes sobre as costas brancas dela, deixando hematomas arroxeados, ora apertando-lhe o pescoço. Um perfeito homem de Neandertal tendo conquistado uma fêmea.

Liza sentiu o jato de esperma entrar em si. Precisou se conter para não vomitar, tamanha a náusea que lhe acometeu. Logo, o corpo do gigante amoleceu e tudo havia terminado. Rápido, intenso, bizarro. Ele virou para o lado, saindo de cima dela, e riu, vangloriando-se como se fosse um adolescente recém-saído de uma conquista numa festa de faculdade. Ficaram deitados lado a lado por alguns instantes naquela pequena cama, ele olhando para o teto e falando bobagens, ela com a cara enfiada no lençol, num estado de estupor. Súbito, ele deu um tapa na bunda dela seguido de um pequeno beliscão e falou alguma imbecilidade sobre as faculdades sexuais de ambos.

Desde aquele instante, Liza já sabia que havia alguma coisa errada, ela não podia dizer como, nem o quê, mas seu íntimo sabia que Hulk tinha ido longe demais. Naquele momento, o estupro e sua dignidade passaram a ser as menores de suas preocupações. Parecia que seu corpo estava ensopado por dentro e havia sido virado do avesso. Como todas as mulheres vítimas de violência sexual, ela se sentia suja e culpada, mas, apesar disso, suas lágrimas pararam de escorrer: o que estava feito, estava feito! Não adiantava mais chorar. Essa é a lição que o duro e brutal mundo do apocalipse lhe havia ensinado.

Naquele instante, a mentora da comunidade, cuja personalidade era a de uma sobrevivente, fez uma promessa em nome do seu próprio sangue derramado naquele quarto: se Hulk não a matasse ali, naquele momento, ele seria um homem morto.

CAPÍTULO 33

Sentado sobre o murinho de um chafariz que havia em uma praça bem no centro da cidade, olhando o vaivém das almas pálidas, apáticas e com feições doentes que passavam diante de si, Manes pensava sobre os motivos que faziam com que ele odiasse os bairros centrais. A degradação era um deles. Ela era como um vírus que se espalhava e contaminava tudo que tocava. As almas das pessoas, o sabor doce da vida e a força da inocência tinham sido enferrujadas por ela. O homem começava a se deteriorar no momento em que nascia e só terminava quando seus ossos se tornavam pó.

As ruas fediam. Ele não sabia dizer ao certo qual era o fedor, na verdade parecia um misto de várias coisas, um turbilhão de odores que parasitavam uns aos outros. O próprio vento batia no rosto das pessoas na forma de uma rajada de poluição que, ao invés de refrescar, oprimia. Os olhos dele, desacostumados àquele ar fedorento, lacrimejavam constantemente e sua pele parecia mais seca que de costume. Ele era um homem do campo e, apesar de ter se mudado para a cidade grande havia anos, nunca deixara de sentir saudades do ar puro e da sensação de liberdade que tinha no interior.

O chão da praça era feito de pedra, muito antigo e tremendamente encardido. Uma sujeira daquelas simplesmente não saía mais, nem com jato de areia, nem com ácido, nem com nada. Para melhorar o aspecto do lugar, só mesmo trocando tudo por novo. Era como o coração de alguns homens; ele chegava a um estado de imundice tão grande que não podia mais ser recuperado. Um homem assim era a imagem da ruína, do descaimento, do declínio.

Civilização era um sinônimo para decadência. Manes decidiu que queria distância desse mundo no passado e, agora, reafirmava sua opinião, por isso vivia de uma forma que considerava alternativa, imperturbável pela maior parte dos problemas que assolam o mundo.

Os comerciantes ficavam na porta de suas lojas, vendendo seus produtos aos berros, importunando quem quer que passasse próximo a eles, sorrindo maliciosamente e falando mal pelas costas das pessoas que os ignoravam. De um boteco na esquina, vinha um cheiro nauseante de óleo usado que embrulhava o estômago de qualquer pessoa com um mínimo de bom-senso e discernimento; ainda assim, muitos transeuntes não pareciam se importar. Na verdade, eles entravam no estabelecimento e deglutiam aquela comida cujo aspecto lembrava mais uma múmia secular do que algo comestível, sem fazer qualquer cerimônia. Eles faziam isso por força do hábito e ainda traziam um sorriso apático no rosto. Eles com suas *happy hours* medíocres, seus modismos e sincretismos. Discutem sempre sobre as mesmas frivolidades: futebol, clima, trabalho, flertes amorosos... Contam casos e partilham sonhos, mas nada realmente substancial, nada que valha a pena. Nunca se aprofundam, nunca vão além. "Que mundinho esquisito este que criamos para nós!", Manes pensou, logo após concluir que poucas coisas poderiam ser tão deprimentes quanto uma *happy hour* e sua tentativa fútil de acobertar o vazio que sentimos.

"Sentamos de frente para a televisão após um dia inteiro de trabalho e passamos horas sem falar com a pessoa que está ao nosso lado. Tomamos uma cerveja e ficamos trocando de canais para ver se há algo que nos interessa. Em que momento que nos tornamos tão... hipnotizados? Quando foi que perdemos a mão de tudo? O que aconteceu no século passado e neste que bombardeou o cérebro do homem dessa forma? E aquele pequeno dispositivo maldito que usamos para trocar os canais... Nós não o controlamos. Ele nos controla. Seu nome é uma piada de mau gosto; ele controla remotamente nossa vida!"

Manes olhava para as pessoas atentamente. Passara a tarde inteira fazendo aquilo, mas, por mais que tentasse, não enxergava beleza alguma nelas. Todos os rostos eram brancos e pálidos, cor de doença, e as mulheres que exageravam na maquiagem, querendo disfarçar aquela condição, só pioravam seu aspecto. Do outro lado da avenida, havia um outdoor com a propaganda de uma revista masculina. A mulher da foto era exageradamente bonita, cabelos sedosos, pele brilhante, isenta de marcas de expressão e olhos que pareciam duas grandes faíscas esmeraldas; uma perfeita deusa. Outra propaganda de calcinhas bem próxima àquela trazia mais uma mulher perfeita. Manes lembrou-se de propagandas de academias, absorventes, cremes para a pele, esmaltes e cervejas, todas trazendo mulheres sedutoras, contudo, ele havia ficado a tarde inteira naquela praça e não vira uma única mulher igual àquelas dos anúncios.

"Que tipo de mentira essas pessoas estão vivendo?", perguntou para si.

Deitado em um banco de concreto da praça, um mendigo estivera dormindo durante parte da tarde e, após acordar, usou a outra parte para pedir esmolas. O aspecto dele era dos mais desagradáveis que Manes já havia visto. Seu rosto tinha duas grandes feridas pustulentas, o cabelo havia caído, exceto por alguns poucos chumaços brancos que teimavam em se agarrar ao coro, e a pele dele estava tão suja, que era difícil dizer até mesmo qual era a cor original do homem. Ele estava descalço, e, por algum motivo qualquer, um dos pés parecia um balão de tão inchado. O homem se levantara apenas duas vezes durante toda aquela tarde e, em uma delas, foi até um ralo de esgoto que havia no chão, bem no centro da praça. Com facilidade retirou o ralo do lugar e, de dentro, apanhou uma trouxa de roupas enrolada. Manes entendeu com tristeza que o esgoto era o armário do mendigo, o local onde ele guardava seus pertences e se indagou como uma pessoa pode viver nas ruas. E pensar que mesmo aquele mendigo, com toda sua vileza, fora um dia um ser humano completo.

Muitas pessoas que vinham andando em linha reta desviavam sua rota quando do mendigo se aproximavam, decididas a não cruzarem seu caminho com o dele. A maioria simplesmente o ignorava. Porém, as mais intrigantes eram as que, ao passarem ao seu lado, desviavam o olhar e claramente prendiam a respiração, como se, ao respirar o mesmo ar que aquele homem putrefato, pudessem contrair algum tipo de doença contagiosa. Talvez a miséria dele fosse contagiosa, talvez a loucura dele fosse contagiosa. Poucas eram as pessoas que olhavam para o homem com olhos humanos, mesmo dentre as que lhe davam algum dinheiro. O mendigo, o rejeitado, por sua vez, embebido em sua própria insanidade, sem um pingo de amor próprio e desprovido de qualquer dignidade, era só sorrisos maledicentes e incoerências. Ele não era apenas uma vítima de um quadro social malévolo e injusto, o retrato de uma sociedade que havia perdido seu rumo. Ele não era um resultado. Ele compunha o quadro, era uma das suas causas tanto quanto os demais.

Manes refletiu que todos aqueles indivíduos pareciam zumbis, enfeitiçados pela nódoa da vida, marcados a ferro e fogo, mesmerizados pela devassidão; do mais alto executivo que passava a passos apressados vestindo seu terno Armani, até o mais vil dos mendigos, aprisionado dentro de seu próprio invólucro mortal, vítima de uma mente corrupta e lesada.

Ele não gostava da cidade grande, não queria estar ali, mas ali estava. Aquele era o lugar onde estava quando tudo começara. Quando todos caíram e outros se levantaram. Tudo tem um começo, até mesmo o fim de tudo. As marés são feitas de fases, como a vida de um homem. Nascimento, adolescência, maturidade... Fases! Erros e acertos, perdas e ganhos, vida e morte. Fases! Tudo vem e tudo vai, e a efemeridade da existência dedilha pelas cordas do universo, tocando as melodias que compõem cada vida humana.

O mundo ruiu num estalido. Ao seu redor, pessoas caíram e mudaram. Ele pensou em Liza e se ela estava bem. Todo o nosso conhecimento nos ajuda a morrer uma morte mais dolorosa do que os animais que nada sabem. O resto é história.

Chacoalhado no ombro por Kogiro, o líder saiu de seu estado de sopor. O japonês falou:

– Manes, tudo bem?

– Sim, por quê?

– Você parecia longe.

– Não, está tudo bem. Pode falar.

O samurai puxou-o para o canto, até uma distância em que poderiam conversar com mais privacidade. Cortez trabalhava na picape, tentando, desesperadamente, fazer um carro que não era ligado havia anos funcionar. Tinha em mãos apenas algumas ferramentas que encontrara na saleta do zelador, mas não sabia se elas seriam recursos suficientes. As moças e Espartano tomavam conta do perímetro, e Erik estava deitado no chão, febril e adormecido. Sua testa suava e o corpo tremia. O japonês disse:

— Manes, ele está começando a mudar.
— Tem certeza?
— Sim, eu vi. Suas pupilas estão se avermelhando.
Manes olhou para o viking. Percebeu que, apesar de aquele ser um dos homens mais fortes, dignos e valorosos que ele já conhecera, mesmo alguém como ele parecia frágil e indefeso naquelas condições. Ele respondeu convicto do que dizia:
— Kogiro, nós não vamos perder mais ninguém.
O colega coçou a cabeça:
— E o que pretende fazer, Mani? Levá-lo assim até o quartel? Não podemos nos arriscar.
— E se ele for imune? E se for como Conan?
— Não sabemos se Conan era imune. Ele podia ser ou então...
— E o que você quer que eu faça, Kogiro? O que você sugere? Matá-lo? Deixá-lo aqui? Que opções nós temos? Nós não vamos matá-lo. Nem muito menos abandoná-lo. Se Erik não tivesse ficado para nos dar cobertura, nenhum de nós estaria aqui agora. Nós devemos isso a ele.
Nesse momento, Espartano, que se aproximara sutilmente sem que eles percebessem sua presença, escutava o que a dupla cochichava. Interferiu com uma frase que não se decidia se era uma exclamação ou uma indagação:
— Erik está se transformando?!
Os dois olharam para ele. Ninguém confirmou coisa alguma, mas não era necessário. Os olhos de ambos diziam tudo. O batedor, ao perceber aquilo, deu meia-volta e foi na direção do corpo deitado do viking, mas Manes o segurou pelo braço com força, dizendo:
— Nem pense nisso, Espartano.
O batedor olhou com desdém para a mão do líder que o segurava e rosnou:
— Ele é um risco.
— Não interessa, ele é um dos nossos!
— Então arriscaria a vida de todos por causa dele?
— Ele faria o mesmo por mim!
— Mantenha os lobos soltos e todas as ovelhas serão devoradas!
Kogiro interferiu:
— Essa discussão não é saudável. Não vamos chegar a lugar algum assim.
— Não vamos chegar a lugar algum se não dermos um jeito nele agora!
Manes enfiou o dedo na cara do outro e rosnou como uma fera:
— Seu desgraçado. Ele só está assim por sua culpa!
— Minha culpa?
— Pode apostar. Se você não tivesse acendido as luzes, ainda estaríamos dormindo tranquilos no apartamento.
— O que está feito, está feito, Manes. Não me arrependo!
— Então talvez você devesse ter ficado por último ao invés dele. Que tal assim?

– Quer saber, Kogiro está certo, essa discussão não leva a nada. Erik é um risco, e eu vou cuidar dele agora.

Manes posicionou seu corpo entre o batedor ferido e Espartano e, encarando-o com um olhar ameaçador, o intimou:

– Não encoste a mão nele! Você entendeu?

– Vamos deixar disso, pessoal. Temos que pensar de forma mais construtiva! – interveio novamente o japonês, porém foi profundamente ignorado por ambos, cuja troca de olhares faiscava.

– Você está tentando expor a todos nós? É isso?

– Não. Mas Erik merece uma chance. Todos merecem.

– E se ele mudar?

– Se ele mudar, eu mesmo enfio uma bala entre seus olhos.

– E você está preparado para isso?

Manes não contrapôs, optando pelo silêncio. Espartano relutava em aceitar a palavra do líder. Ambos sentiam que não estava distante o momento no qual teriam um sério desentendimento. Por fim, ele concordou, mas decidiu falar o que estava realmente pensando:

– Tudo bem. Mas eu vou ficar de olho. Em você e nele. E vou te dizer mais uma coisa, Manes. Você pode se arriscar o quanto quiser, pode nos arriscar o quanto quiser, pode tentar salvar 1 milhão de pessoas. Caralho, pode até ser que você consiga salvar 1 milhão de pessoas. Mas nada disso vai apagar o que você teve que fazer com seu pai. Nada nunca vai apagar o que todos nós fizemos com as pessoas que amávamos. Você tem tanto sangue nas mãos quanto eu!

A frase atingiu Manes como um torpedo direto no peito, que perfurou a fuselagem e chegou ao seu alvo. Ele se viu incapaz de retrucar. Espartano deu as costas e retomou sua posição. Foi Kogiro quem consolou o colega:

– Não ligue para o que ele falou, Manes. Você fez o que precisou fazer e ponto final. Todos fizeram. Não adianta ficar olhando para trás agora.

– É, eu sei. Mas nem por isso deixa de ser menos...

– Sofrido?

– Talvez. Não sei se é esse o termo.

Manes tentou lembrar-se do rosto de seu pai e se assustou ao ver que alguns detalhes da fisionomia do velho não estavam claros. Kogiro ficou observando de longe o comportamento de Espartano. Perguntou:

– Acha que ele enlouqueceu?

– Você tem alguma dúvida? Ele deu um tiro na cabeça de um cara que era seu amigo, uma pessoa com quem ele convivia diariamente.

– E a resiliência.

– Resiliência? Você quer dizer responder ao estresse emocional sem "quebrar"?

Kogiro acenou com a cabeça. Manes continuou:

– Ela morreu com o resto do mundo.

— Isso não é desculpa, Mani. Você está aqui! Eu estou aqui!

— Sim. E ambos estamos tão loucos que nem sequer conseguimos enxergar nossa própria loucura.

Kogiro ia responder à frase cheia de lamento e autopiedade quando o barulho da picape sendo ligada ecoou por toda a garagem. Cortez deu um berro de alegria, jogando os dois braços para o alto em sinal de vitória. Atrás de si, o motor daquele antigo veículo funcionando perfeitamente era a esperança sendo novamente acendida. As meninas saltitaram também, fazendo sinal de positivo com os dedões.

— Rápido, o barulho vai atraí-los para cá. Todo mundo para dentro — gritou o velho com entusiasmo juvenil.

CAPÍTULO 34

Ana Maria foi jogada no chão diante de Dujas. Olhou ao seu redor e reconheceu parte da população do Ctesifonte, pouco mais de quarenta pessoas que a encaravam. Incapaz de se segurar, ela deu um grito histérico que arranhou sua garganta, tamanha fora a potência que impôs:

– Vocês enlouqueceram? O quê estão fazendo, seus cretinos?

Ao seu lado, estava Júnior com as mãos amarradas nas costas como se fosse um prisioneiro de guerra. Seu rosto, bastante machucado por diversas lacerações e hematomas, denunciava que ele havia apanhado muito. Perto dele, observou mais três colegas nas mesmas condições, amarrados e maltratados, porém não viu nem sinal de José. Curiosamente, não temeu pelo pior, supondo que, se o pai de seu filho não se encontrava presente, era porque estava bem.

Dujas estava sentado em uma velha cadeira de madeira posicionada em um tablado num nível acima do solo, e, prostrados ao seu lado, dois homens armados montavam guarda como sentinelas, desempenhando o papel de guarda-costas pessoais do novo autoproclamado líder.

A postura do homem indicava para qualquer um que o visse de longe que ele estava sentado sobre um trono – e não sobre uma cadeira surrada, com o estofado encardido –, tamanha era a pose que ele fazia. Felipa estava em pé a uns dois metros de distância dele, presente, mas, ao mesmo tempo, querendo não aparecer muito. Olhando diretamente para ela, Maria a intimou:

– Era isso que você queria, Felipa? Homens apontando armas para seus próprios colegas? Está feliz agora?

A colega não respondeu. Estava obviamente envergonhada com o rumo imprevisto que as coisas tinham tomado, porém ao mesmo tempo sentia-se incapaz de fazer qualquer coisa a respeito. E, a bem da verdade, o que ela poderia fazer agora, sufocada pela presença de personalidades tão dominadoras quanto a de Dujas? Seus sonhos de se expressar e ser aceita naufragavam. Com uma expressão de enfado, o novato falou:

– Seu nome é Maria, não é? Diga-me uma coisa, afinal o que está acontecendo aqui de tão ruim? Está se referindo à briga de hoje? Ora, foram vocês que começaram todo o tumulto. Eu só estou colocando ordem na casa.

Ignorando-o, Maria voltou-se para a multidão que os cercava e falou:

– Vocês não podem estar levando isso a sério, não é? Esse canalha hipnotizou vocês? O que está acontecendo aqui?

Silvério, que tinha largado Maria no chão e fora ao lado de seu novo líder, aproximou-se e cochichou alguma coisa no ouvido dele. Dujas sacudiu a cabeça em sinal de negativa. Ficou um pouco em silêncio e pensativo, observando de maneira compenetrada a figura de Maria diante de si. Então, apontou levemente para o crucifixo que ela trazia pendurado, espremido entre seus seios fartos de leite, e indagou com veemência:

— A cruz que você carrega ao redor do seu pescoço...

A frase, mesmo incompleta, foi suficiente para chamar a atenção. Maria ergueu a vista sem mover a cabeça, fitando seu opressor de baixo para cima. Ele prosseguiu:

— Ela é apenas um ornamento ou você de fato acredita no poder de Cristo?

Desprezando a tremedeira e correspondendo aos impulsos de sua personalidade, ela retrucou:

— Eu acredito de fato!

Dujas coçou o nariz repetidas vezes. Olhou por cima da cabeça dela, tal qual o faz o ator de teatro que, do palco, olha por cima da plateia. Permaneceu alguns segundos naquela posição, perdido no vazio, mas, voltando a si, disse, primeiramente como se justificasse algo para si próprio:

— Não que tivesse feito alguma diferença — e depois, concluiu em tempo —, pois eu quero que você a remova agora e nunca mais torne a usá-la.

Maria fora pega de surpresa com a colocação do demente e a falta de contexto ao que ele solicitava. Olhou ao seu redor indignada, a fim de confirmar a reação dos demais presentes perante o ocorrido e notou que todos limitavam-se a acompanhar calados a cena com o rabo do olho. Ninguém movia um músculo. Sem se dar por vencida, ela inquiriu:

— Por quê?

— Você está cega. Seus olhos estão fechados temporariamente para a mentira que se esconde por detrás desse falso ídolo.

— Você quer que eu remova minha cruz?

— Sim!

— Você bebeu? Eu não vou tirar cruz nenhuma.

A tensão ampliou-se em segundos.

— Você me desaponta, Maria. Usar o símbolo decadente de uma instituição mentirosa, falida, injusta e pecaminosa que nem mais existe na face da Terra não é mais adequado.

— Do que você está falando, seu maluco? Quem diabos é você, afinal? — ela gritou em ousadia. — Você quer tirar minha cruz para não ter que encará-la, pois no fundo sabe que Deus...

— Deus!!?? — gritou o lunático em puro desvario. — Deus!!?? Acredita de fato que há um Deus? Um Deus de amor, que enviou seu próprio filho ao mundo para salvá-lo? É isso? Não pode ser tão ingênua em achar que esse seu Deus de amor e luz exista, quando a Terra é repleta de maldade, doenças, mortes, guerras e pestilências. O símbolo da deidade que você veste com tanto orgulho é o símbolo de sua própria ignorância! Se o seu Deus existisse de fato, responda-me: Que espécie de pai é esse, que se diverte tanto em infligir dor aos seus filhos? Sofrimento. Destruição. O que virá depois? Qual será a próxima macabra artimanha que esse Deus preparou para nós? Não, minha cara, é hora de você abrir seus horizontes para a única verdade cabível: se Deus existe, ele não é bom, benevolente e cheio de amor e esperança. Ele é sádico, cruel, mesquinho e egocêntrico.

Ela se voltou novamente para a multidão e implorou:

– Vocês não conseguem perceber onde isso tudo vai parar? Qual o problema? Têm medo desse cretino? Manes irá voltar e aí...

Dujas a cortou, tornando a apresentar uma personalidade mais calma e contida:

– Você não está enxergando a beleza do que estamos fazendo aqui, Maria. Assim que acertarmos nossas diferenças, verá que...

– Diferenças? Seu filho da puta! Por sua causa Hulk está nesse momento estuprando Liza naquele quarto, e você vem me falar de diferenças. Essa é a liberdade que vocês queriam? – gritou ela para a multidão.

Nesse momento, como uma onda, um grande número de murmúrios varreu a massa de pessoas presente. Dujas olhou com cara de espanto para Silvério, que deu de ombros, confirmando com uma expressão mordaz que a moça estava certa. Ela continuou:

– É isso aí, e vocês estão sendo coniventes com isso tudo. E por quê? Manes abriu as portas para todos vocês, ele os recebeu aqui. Ele lhes deu um lar e um lugar seguro para ficar, e o que estão fazendo em troca?

Nesse exato instante, Hulk irrompeu do meio da multidão, trombando com as pessoas de forma grosseira e literalmente arrastando Liza consigo pelos cabelos. Ele a largou no chão a alguns metros de onde Maria estava, e seu rosto trazia uma expressão de triunfo. Ele era um caçador que havia, finalmente, abatido sua presa. De posse daquela nova e grotesca informação, o público que circundava o núcleo central de envolvidos e via diretamente a cena acontecer começou a se agitar. As pessoas se acotovelavam, e os resmungos pareciam se inflamar. De imediato, Dujas percebeu todas as reações negativas que aquilo estava causando.

Maria sentiu um nó na garganta ao ver sua amiga e mentora da forma como estava. O rosto da mulher trazia uma contusão bastante séria que pegava praticamente metade da face e tinha um formato parecido com o símbolo do infinito. A mancha estava tão escura, que parecia ter sido pintada com carvão, e o globo de seu olho apresentava uma coloração vermelho-sangue, como se a região tivesse sofrido algum tipo de derrame. Hematomas menores podiam ser vistos nos braços nus no formato de dedos, e as calças dela estavam manchadas de sangue na região púbica, o que confirmava as suspeitas de Maria. Suas roupas não eram mais que trapos, e Liza, que estava severamente abatida, mantinha-se cabisbaixa. Ao ver o gigante chegando, Dujas o questionou energicamente:

– Hulk, o que você fez?

Sacando sua arma, o homem a apontou para o *imperador* e bradou:

— Não fale comigo nesse tom, rapaz!

No mesmo instante, os dois guarda-costas de Dujas também levantaram suas armas, apontando-as para Hulk, que não se intimidou. A mão do gigante segurando o revólver estava firme; a dos outros dois tremia. Percebendo que ele estava fora de si e que em poucos segundos aquilo tudo resultaria em um tremendo banho de sangue, Dujas mandou seus homens abaixarem as armas. Eles hesitaram, mas a ordem foi reforçada. A tensão palpitava no ar, e a multidão estava claramente contrariada com tudo o que ocorria. Era como se fagulhas de alta voltagem estivessem flutuando na atmosfera, eletrificando cada um dos presentes. O frágil domínio que Dujas estabelecera sobre a massa, ironicamente com a ajuda do próprio Hulk, estava prestes a ser perdido por conta das próprias ações psicopatas do Golias.

A cáustica verdade é que o que Manes comandava com bom-senso, apesar das restrições que havia imposto, e que agora estava nas mãos de Dujas, era um conjunto de pessoas despedaçadas pelo trauma e pela perda. Como soldados que ao voltarem da guerra são diagnosticados com estresse pós-traumático motivado pela descabida violência que presenciaram, aquela população vivia uma abrasadora realidade, desprovida de sentido e motivação. Os ideais niilistas, viver para o nada e negar a própria vida, desprezando a fé em qualquer conceito absoluto, estavam presentes em grande parte da comunidade. O determinismo afetava a outra parcela, enquanto uma maioria depositava de forma insana e insensata toda a sua fé em alguma espécie de consolo que existiria em outra vida, o que os colocara em um estado de profunda negação. As abaladas relações humanas eram um resultado das psiques esmagadas, que se sentiam nulas e incapazes de ter qualquer domínio sobre suas próprias existências, violentadas pelas forças das circunstâncias, abatidas como patos selvagens que tentam fugir da mira dos caçadores. O desejo de se apegar a algo esbarrava na própria inabilidade de lidar com quem eles eram e com o que haviam se tornado. Por trás dos sorrisos havia desespero; por trás da rotina havia insensibilidade; por trás dos relacionamentos casuais subsistia o inescapável sentimento de viver em uma sociedade que fora destruída. O mundo havia acabado, e eles eram os expurgos, os remanescentes de uma raça que se fora. Sem ter mais com o que se identificar, restrito por alegrias mundanas que pouco pareciam significar, apesar de seu enorme significado, o Quartel era uma Cidadela de Almas Mortas.

Maria arrastou-se até Liza e a abraçou com carinho. Conhecendo a mulher e seu temperamento, não ofereceu pena, somente conforto.

A mentora do Quartel estava arrasada. Seu rosto havia sofrido uma transfiguração inacreditável, como se ela tivesse passado vinte anos presa dentro de uma solitária. A moça, forte que era, sempre tão confiante e segura de si, cuja personalidade singular cuidou por garantir-lhe em abundância aquela energia vital que todos necessitamos para tocarmos nossa vida; aquela moça relativamente sofrida, mas ainda vivaz ao extremo, que havia suportado o pior nos últimos anos, porém nunca, em momento algum, havia perdido o seu norte; aquela moça havia sido dobrada. Mais do que isso, ela havia sido quebrada. Liza sentia como se algo tivesse perfurado seu coração, tingido sua lívida alma com negror abissal e arremessado suas certezas em um oceano de incoerências. Entretanto, o que era ainda pior é que suas condições físicas estavam péssimas.

– Liza, nós vamos sair dessa. Você vai ver. Manes irá retornar...

Maria não estava sendo demagoga, ela realmente acreditava naquilo. Em seu íntimo, tinha certeza de que o líder do Quartel logo entraria por aquelas portas e colocaria ordem em toda aquela balbúrdia. Ela tinha fé, por seu marido, por seu filho não nascido e pelo crucifixo que trazia no peito. Súbito, ela sentiu uma pontada aguda no ventre e encarou Liza com os olhos esbugalhados. O chão sob ambas começou a se umedecer. Reunindo todas suas forças, ao perceber aquilo a mentora falou com uma voz fraca e quase inaudível:

– Maria, por favor, diz que isso não foi sua bolsa que rompeu.

– Merda! – foi a resposta que confirmava tudo.

Alheio ao drama que se desenrolava bem diante de si, Dujas se levantou da cadeira e, fingindo que não estava preocupado com o cano da arma de Hulk apontado para seu corpo, exclamou:

– Hulk, abaixe a arma. O caminho não é esse e você sabe! Não faça nada de que possa se arrepender. Amanhã é um novo dia e teremos que conviver uns com os outros.

– Foda-se o amanhã. Vocês vão aprender que precisam me respeitar. Não amanhã, mas hoje, porra! Vocês todos saberão que precisam me respeitar! Eu vivi oito meses com seus olhares de desprezo, como se vocês, putos, fossem melhores do que eu! – então ele deu um giro com a arma enquanto berrava. – Vocês se acham melhores do que eu agora?

De repente, o som de dúzias de passos se aproximando colocou todos os presentes em alerta, e, menos de trinta segundos depois, José irrompeu do outro lado do grande salão com um grupo grande, em torno de trinta membros da comunidade. Eles não carregavam armas, mas traziam no rosto uma expressão definitiva de que estavam ali para resistir e lutar. Sem perder tempo, dirigindo-se à multidão, o técnico levantou o braço para o alto, exibindo um comunicador portátil, e gritou:

– Manes está a caminho!

Não era verdade, mas não importava – a ação obteve o resultado desejado. A ovação entre o povo foi dividida. Não era possível dizer se a notícia havia sido bem ou mal recebida pela multidão de pessoas do lado de Dujas. Hulk rosnou e apertou sua arma como se ela fosse a coisa mais importante do mundo. Liza sorriu de alegria, porém o simples ato de sorrir provocava uma forte dor em seu abdômen. Maria continuava a apertar sua barriga. Júnior, vendo de perto o drama das duas, arrastou-se até as mulheres e perguntou:

– O que está acontecendo?

– O bebê está nascendo, Júnior.

– Como assim nascendo? Um mês antes? Mais de um mês?

— Não é um mês, eu estou de trinta e quatro semanas.

Para ele, bebês nasciam após nove meses.

— E o que isso quer dizer?

— Quer dizer que ele está nascendo. O que quer que eu faça?

— Mas isso é péssimo. Empurra ele para dentro?

— O quê? Como assim, empurra para dentro?

— Não dá para fazer isso?

— Claro que não!

O grupo de José avançou, e Dujas pela primeira vez, desde que tudo havia começado, sentiu-se intimidado. Se ele estivesse falando a verdade e Manes realmente retornasse, tudo iria ruir. Ainda era cedo demais para isso. Mesmo os que se colocaram genuinamente a seu favor não iriam enfrentar a autoridade do líder. Porém, o ensandecido Silvério, cismado com José e com a memória recente da surra que havia tomado, perdeu a razão ao avistá-lo e gritou:

— Vem até aqui, seu bosta. Vamos ver se você briga melhor do que sua mulherzinha.

Foi só então que, procurando Maria na multidão, José a divisou naquela situação tão precária. Da distância que estava, não conseguiu perceber que seu filho estava nascendo, mas era claro que a mulher havia sofrido alguns maus-tratos. O sangue subiu, e ele ameaçou o provocador:

— Se você encostou um dedo nela...

— Eu encostei mais que um dedo. E aí, vai fazer o quê.

Tudo o que Silvério queria era que José se precipitasse sobre ele. A distância que separava ambos não era superior a vinte metros, e sua mão estava quase sobre a arma enfiada na cintura. Hulk mantinha o revólver engatilhado, o dedo sobre o guarda-mato e ora o apontava para José e seu grupo, ora para Dujas. Algumas pessoas, sabendo que o incêndio ia começar, deixaram o local, correndo para seus quartos ou qualquer outro lugar, mas a maioria permaneceu onde estava. Tudo transcorrera mais ou menos simultaneamente e em poucos segundos. O grupo que viera com José não parecia temer as armas de fogo que os oponentes portavam, incentivando seu líder a seguir em frente. A tensão aumentou como um espectro em uma casa mal-assombrada, quando o relógio se aproxima da meia-noite. Súbito, da multidão, um homem de cabelos encaracolados e sebosos, cansado de ser passivo em toda aquela história, deu um passo à frente e gritou num tom de indignação para Hulk:

— Hulk, seu merda covarde. O que você tem na cabeça? Obrigar uma mulher a fazer sexo contra a vontade dela?

As pessoas ainda não sabiam que Hulk havia matado Erich Weiss. Logo após o conflito, Dujas fora ardiloso ao pedir que o corpo do jovem fosse levado da vista da maioria, e, para todos os efeitos, ele estava apenas desacordado e se recuperando. Ninguém faria perguntas tão cedo, ele bem o sabia, bastava que conseguisse manter o incêndio sobre controle nos primeiros dias e tudo daria certo. Contudo, o autoproclamado imperador não imaginava que teria que lidar com tantas e tão sérias variáveis causadas por aquele gigante de bronze. E agora um novo relato havia chegado ao conhecimento do povo, o relato de uma ação perniciosa demais para ser abafada – e não é pequena a parte da população que considera estupro o pior de todos os crimes. O imperador tentou se intrometer na discussão e acalmar o homem de cabelos encaracolados que injuriava Hulk, mas ele parecia cada vez mais instável. A arma do gigante girava nervosamente de Dujas para José, e agora para o homem.

– Temos que tirar você daqui agora! – disse Júnior para Maria, enquanto Liza o desamarrava.

Ela sentia suas mãos fracas e geladas, os dedos davam a impressão de estarem perdendo seu vigor, e a energia parecia se esvair do corpo como se houvesse uma torneira aberta, deixando sair toda a força vital que a mantinha em funcionamento. Uma forte sensação de cansaço abateu-se sobre si; o ar parecia rarefeito, e cada novo movimento era mais dificultoso que o anterior. Percebendo que a mulher estava mal, Júnior falou:

– Liza, você está bem?

Ela, que terminara o árduo trabalho de soltá-lo, pousou as mãos sobre o rosto do jovem e respondeu:

– Logo eu estarei além de qualquer ajuda, Júnior.

– Não diga isso, Liza. Cacete, vai dar tudo certo. Nós vamos...

– Não desta vez.

Então ela apoiou a mão sobre a região de seu útero e respondeu com pesar:

– É tarde demais para mim, Júnior. Eu sinto isso.

Júnior quis responder alguma coisa para incentivá-la, mas a mulher fez um sinal para que ele se calasse. Hulk havia sido brutal demais, bestial e sanguinário e havia vandalizado o corpo dela por dentro de uma forma que estava além de reparos. A proporção era a de um guindaste batendo contra uma motoneta, e em seu íntimo, e, apesar de não saber o que estava errado exatamente, Liza conhecia a si própria bem o suficiente para saber a verdade:

– Eu não tenho como receber a assistência médica de que preciso agora, Júnior. Sinto que tudo dentro de mim está rompido.

– O que podemos fazer?

– Não há nada que possa ser feito. Mas tudo bem. Eu só preciso de sua ajuda para fazer uma última coisa...

E seu olhar se desviou para o corpo de Hulk, distante apenas alguns metros dela, e, sobre ele, ela depositou uma sombra negra de raiva e vingança. Chamou o jovem para próximo de si e, murmurando em seus ouvidos, deixou-o a par de tudo o que ele teria que fazer por ela.

Nesse ínterim, José avançou mais um metro com seu grupo logo atrás de si, reduzindo ainda mais a já íntima distância que estava dos demais. A discussão ficava cada vez mais intensa, naquele ponto em que ninguém mais se escuta, e ele bradou com convicção:

— Daqui a quinze minutos Manes vai chegar e quero ver o que vocês falarão para ele de todo esse banzé aqui.

— Hulk, abaixe a arma! — berrou Dujas quase em pânico, divisando claramente que o gigante era a variável mais fora de controle de tudo aquilo.

— Você não me diz o que fazer! — ele respondeu.

Sem poder se conter mais, Silvério também sacou sua arma e a apontou para José, dizendo:

— Vai morrer hoje, seu bosta. Tá me ouvindo? Você já era!

Maria urrou de dor ao que começaram as primeiras contrações. Sentiu sua barriga endurecer e percebeu que José tentava se aproximar dela, mas, na verdade, o que ela queria era mantê-lo longe do cano fumegante de Silvério. O homem de cabelos sebosos que batia boca com Hulk, tomando cada vez mais a frente da discussão e incapaz de segurar sua indignação, intimou Dujas, que continuava pedindo calma:

— Não vou me acalmar, novato. Me acalmar o caralho! O que é que vocês dois estão pensando? Acham que podem entrar aqui e fazer o que quiserem? Seu discurso pode enganar essa molecada, mas eu não.

— Vamos nos acalmar. Vamos todos nos acalmar, agora! — Dujas previa o desastre iminente, mas desta vez sua voz não foi ouvida pela multidão. Ela havia sido abafada pelo trauma que os conflitos trouxeram. Hulk viu Liza parcialmente desfalecida sobre os braços de Júnior e gritou, desviando a arma na direção dele:

— Que você tá fazendo, cacete?

Sem titubear, o jovem respondeu aos berros:

— Ela tá morrendo, caralho. Você a matou! Arrebentou ela por dentro. Tá satisfeito agora, seu bosta covarde?

As informações eram conflitantes, e tumultos menores começaram a implodir também entre a multidão que observava a tudo como uma plateia. Pequenos empurrões e xingamentos irromperam, tais quais ocorrera pouco tempo atrás, naquele mesmo salão. O grupo de José começou a se abrir como um leque, envolvendo os demais, e o homem de cabelos enrolados voltou novamente suas injúrias contra Hulk. Quanto mais ele falava, mais se aproximava, passo a passo:

— E quanto a você, seu retardado, só assim que você se sente homem, não é? É a única forma de uma mulher dormir com um traste como você!

— Hulk, abaixe a arma! — Dujas implorou, ciente do que ia acontecer. Seus guarda-costas não sabiam em quem mirar, cada hora apontando para alguém, mas Silvério colocou José em sua mira e decidiu que ia apertar o gatilho. Daquela distância não podia errar, não tinha como errar. Seu orgulho implorava por aquilo; como ele poderia viver consigo tendo sido humilhado daquela forma pelo técnico? Felipa havia fugido, desaparecido no meio da confusão. Júnior aproveitou a distração de Hulk e, acomodando Liza deitada sobre a coxa de Maria, começou a soltar seus colegas que também estavam amarrados.

— Chega só um pouco mais perto, seu bosta! — dizia Silvério baixinho para si.

– Quem vai explicar isso para Manes? – o comunicador era a verdadeira arma de José. O comunicador e o medo que as pessoas tinham de ter que encarar seu líder.

O homem de cabelos enrolados havia se aproximado o suficiente de Hulk para fazer o que queria: desarmá-lo. Bastava somente mais um passo, um único passo, e aquele revólver apontado com pouca cautela para todos os lados estaria em suas mãos. Um passo. Era tudo de que ele precisava.

– Aposto que a única coisa que te excita é bater nos outros. Aberração!

Dujas observou toda a cena ocorrer diante de si como se estivesse em um camarote, com o melhor ângulo de visão possível. Ele teve tempo de gritar "Não, Hulk", mas foi só. Antes que o homem de cabelos encaracolados desse o tão sonhado passo que colocaria a arma em seu poder, o gigante, mesmo sem saber das reais intenções daquele que o provocava, virou a arma na direção dele e pressionou o gatilho. À queima roupa, o tiro saiu direto contra a testa do homem, que caiu no chão sem vida, de forma desengonçada. Tudo estava perdido.

Irreal.

Caos.

Desastre.

As balas começaram a voar sibilantes, sem rumo e sem direção, e uma nova revolução se abateu sobre o Ctesifonte.

CAPÍTULO 35

O plano era tão simples quanto estúpido: abrir a porta da garagem e acelerar a picape o máximo possível, passando por cima de tudo aquilo que estivesse na frente. Evidentemente, a prática não é uma ciência exata e as variáveis não podiam ser previstas. Mas se, por um lado, os carros do Quartel haviam sido transformados para serem mais resistentes aos ataques dos contaminados; por outro, a picape era bem maior e mais estável do que qualquer um dos veículos que o grupo estava costumado a guiar. Seus enormes pneus poderiam passar por cima de quase qualquer coisa, fazendo dela um pequeno trator. Havia, contudo, o inevitável inconveniente da caçamba que ficaria lotada de contaminados em segundos. Mas, ainda assim, aquela era a melhor chance que eles tinham, pois jamais sairiam daquela zona de perigo sem um veículo.

Foi necessário o esforço conjunto de Cufu, Kogiro e Manes para conseguirem levar Erik até o veículo. O corpanzil do ruivo pesava uma tonelada, e, exatamente naquele instante, ele caíra numa profunda inconsciência. Cortez ficou ao volante desta vez, e o banco da frente foi dividido por Judite e Zenóbia, que já estavam sentadas. Espartano, atrás, ressentido pela recente discussão com Manes, mantinha a cara amarrada, de poucos amigos.

— Está tudo bem com você? — perguntou Judite para a colega. — Você parece diferente.

— Diferente? O que quer dizer? — Zenóbia foi surpreendida pela pergunta fora de hora da moça, de quem nunca fora propriamente íntima.

— Não sei, você está... Não sei dizer. Por isso perguntei.

— Está tudo bem. Eu só estou preocupada.

Cortez se meteu na conversa:

— Um problema por vez, Zenóbia. Deixe essas questões que estão na sua cabeça para depois e se concentre no agora!

A batedora se irritou ligeiramente. Se ela não se metia na vida de ninguém, por que as pessoas insistiam em se meter na dela?

— Eu estou bem, Cortez. Não se preocupe, minha cabeça está no lugar.

— É bom mesmo, porque já estamos com excesso de cabeças fora do lugar por aqui.

Ao dizer isso, ele olhou pelo retrovisor e encarou os olhos frios de Espartano, que respondeu:

— Se você tem alguma coisa a dizer, velho, fale de uma vez.

— Acabei de falar, não foi?

— Seja mais claro que isso!

O batedor virou-se para trás e disse curto e grosso:

– Mantenha a cabeça no lugar, Espartano. Isso é tudo!

O motor do carro reverberava na garagem vazia, ecoando fortemente numa frequência sólida que começou a se misturar em si mesma, formando um rodamoinho sonoro. Conforme Cortez havia previsto, não demorou muito para que a porta barricada, e pifiamente reforçada que dava para a escada, começasse a ser forçada pelos infectados que estavam no andar térreo orientados pelo som.

Com muito esforço, o trio finalmente colocou o batedor ferido dentro do carro, e Manes, o último a entrar, bateu a porta e disse:

– Vamos.

Cortez dirigiu até a rampa de saída e parou bem de frente para ela. A garagem era estreita como a maioria dos prédios, e o espaço para o veículo sair era justo e apertado. Era possível ver do lado de fora por entre os vãos da grade de aço que lacrava a garagem que o dia estava nascendo. A parte mais densa da noite se fora, e eles ainda estavam vivos. A visão do raiar de um novo dia servia como alento e esperança para os abatidos membros do grupo. O líder os preveniu:

– Assim que Cortez apertar aquele botão para a porta abrir, eles vão entrar às dúzias aqui. O veículo não tem grades, então se preparem, pois os malditos irão arrebentar os vidros em dois segundos. Armas na mão.

Olhou para o colega que estava ao volante e recomendou:

– Você vai precisar dirigir como se o diabo quisesse morder seu traseiro.

Cortez, que estava sério e compenetrado, olhou para ele e simplesmente começou a rir. A gargalhada, tão gostosa e espontânea, logo foi partilhada pelas meninas e depois pelos demais batedores. Até Espartano se rendeu àquele mecanismo de fuga, que na verdade mascarava o medo de não conseguirem voltar para casa, ao mesmo tempo em que servia para extravasar a tensão.

"Hora de ir!", falou o motorista para si próprio, ainda limpando com as costas do dedo indicador as lágrimas que marearam seus olhos de tanto que havia gargalhado.

Manes fez um sinal positivo com a cabeça. Talvez fosse só impressão, mas parecia que os barulhos dos infectados rompendo com a barricada estavam mais definidos. Cortez, que observava o líder pelo retrovisor, abaixou o vidro da janela ao seu lado e esticou o braço para apertar um botão vermelho que ficava em uma caixinha pendurada a um cabo saído do teto. Era um sistema arcaico para a abertura das portas das garagens por dentro, utilizado antigamente na Era A. A.

– E se a porta emperrar que nem aconteceu no Quartel? – perguntou Judite. – Eles vão entrar, mas não poderemos sair.

Era uma possibilidade. O sistema do prédio podia estar com mau funcionamento, mas de fato o grupo estava completamente entregue às peripécias do destino. Se aquele dia havia ensinado alguma coisa a eles, é que não havia controle algum. Cortez respondeu com bom humor:

– Bom, todo mundo morre um dia.

E apertou o botão.

Lentamente, a porta que estava diante do grupo começou a subir, revelando a visão dantesca do Quinto Círculo do Inferno, morada da ira e da violência, da inveja e da soberba; onde os malditos jazem sob a lama ardente do Estige. Cortez é Flégias, seu barqueiro, que conduz o grupo por cima do inferno ardente, por cima do manto escuro e pegajoso da morte.

Eles entraram correndo, os infectos e condenados, com suas carrancas pútridas e uivos alucinados, babando como cães raivosos, investindo contra o veículo bem diante dos olhares petrificados do grupo. Na medida em que a porta se levantava, a fraca luz da alvorada iluminava o sombrio recinto, conferindo um contorno espectral aos contaminados que, em segundos, já estavam sobre eles. Assim que foi possível, mimetizando as ações de Judite um dia antes, Cortez enfiou o pé no acelerador, subindo com a picape pela rampa afora.

Foram poucos segundos até que o vidro do lado do passageiro fosse estourado pelo ataque desmedido das criaturas. Os cacos voaram para dentro do carro, e Zenóbia, que estava na ponta e com a arma preparada, descarregou o revólver nos agressores. Tendo dificuldades para subir a rampa pela quantidade de infectados que se interpunha entre o carro e a rua, Cortez guiou seus colegas:

— Limpem a rampa, limpem a rampa agora.

Sem pensar duas vezes e não se preocupando com a própria segurança, Manes atirou em dois infectados que estavam ao seu lado — o vidro se espatifou, e o eco dentro do carro foi ensurdecedor — e, a seguir, colocou o tronco para fora da janela, deixando a metade de seu corpo completamente exposta. Daquela incômoda posição, munido de um revólver em cada mão, começou a alvejar os corpos que atrapalhavam a subida do carro, no melhor estilo pistoleiro. Zenóbia fez o mesmo, e Espartano também.

— Arma!

Gritou Manes sem recolher o corpo para dentro, indicando que Cufu deveria lhe dar uma arma carregada. Ele jogou seu revólver vazio e imediatamente recebeu outro em mãos, o qual continuou descarregando sobre a multidão. A química entre o grupo estava perfeita e desprezava, inclusive, a necessidade de planejar ações como aquela com antecedência — tal qual um relógio, eles estavam agindo juntos em perfeita sincronia. Zenóbia fez a mesma coisa que o líder, solicitando a cobertura para Judite; e Espartano recorreu a Kogiro, e assim o grupo seguiu, numa ação não combinada, porém absolutamente funcional. Três atiravam, três recarregavam. A velocidade com que descarregavam as armas era preocupante, e existia o risco de as balas acabarem mais rápido do que o carro conseguiria subir a rampa. De repente, como que sentindo que o momento era propício, Cortez berrou:

— Pescoços para dentro!

E pisou fundo.

Os batedores mal tiveram tempo de recolher os corpos quando a picape irrompeu pela rampa apertada, prensando diversos contaminados contra as paredes laterais do edifício e literalmente passando por cima dos outros. Assim que subiram, um barulho infernal vindo de trás deles alertou que o grupo de infectados que estava dentro do prédio havia finalmente arrebentado a barricada e ganhava a garagem naquele exato instante. O veículo, porém, já estava fora do alcance deles.

A rua também se encontrava congestionada, porém nada que fosse impossível de ser transposto. O espaço fechado e claustrofóbico da garagem, com aquela rampa pequena e estreita, era, sem sombra de dúvida, bem mais perigoso. Em pouco tempo, o grupo de batedores se afastou da zona principal de risco com o sentimento de quem sai do olho de um furacão. Quarteirão após quarteirão, à medida que andavam, a quantidade de contaminados começou a diminuir, ficando cada vez mais espaçada, até minguar de vez.

CAPÍTULO 36

Júnior estava na faculdade quando tudo aconteceu. Ele estudava no período noturno e tinha uma prova dali a algumas horas para a qual se sentia absolutamente despreparado, mas ainda assim não conseguia se concentrar. Diante de si, havia três livros abertos em capítulos diferentes, os quais permaneceram não lidos. Seu caderno, que deveria ter sido usado para fazer um belo resumo da matéria, continha apenas rabiscos juvenis típicos de pessoas que ficam brincando com a caneta como quando estão ao telefone e pintam imagens abstratas sem sentido na agenda telefônica. Cada mensagem de texto que chegava ao seu celular — e eram muitas — era motivo para que ele o apanhasse com devoção e examinasse demoradamente, como se os torpedos contivessem alguma informação realmente importante.

Ao seu lado, um grupo de jovens soava mais estridente que o necessário, porém logo a conversa deles se revelou interessante o suficiente para que Júnior abandonasse as provas e os torpedos e ficasse prestando atenção disfarçadamente no que estavam dizendo. Ele não os conhecia senão de vista, pois achava uma das meninas estonteante, mas logo percebeu que eles eram um bando bastante unido e que guardavam o hábito pouco usual de contar histórias uns para os outros. Aquilo, por mais fora de contexto que fosse, parecia fazer parte da rotina daquelas pessoas. O grupo era composto por três meninas e cinco homens, e a mais bonita de todas, a jovem que Júnior achava estonteante, chamava-se Natasha. Foi ela quem perguntou:

— Sobre o quê é sua história?

— É sobre monstros — respondeu o narrador, um jovem chamado Carlos —, mas não esses monstros de cinema que conhecemos. É sobre os monstros reais que estão entre nós. Que caminham ao nosso lado todos os dias. Compram jornais na mesma banca que nós compramos; ficam na fila do supermercado atrás de nossos carrinhos. Eles vão a restaurantes e assistem ao futebol no domingo. Podem ser nossos vizinhos, amigos, parentes... Qualquer um! As pessoas não se assustam mais com fantasmas e vampiros, pois são os monstros da vida real que lhes causam arrepios.

Júnior sentiu-se bastante interessado pela introdução.

— Tudo começa com uma série de fatos estranhos e inexplicáveis. De repente, ao mesmo tempo, todos os seres humanos do planeta têm um vislumbre do futuro. Mais precisamente um mês à frente, e a revelação que eles têm é estarrecedora.

— O quê? — perguntou um colega chamado César.

— Eles viram que toda a humanidade irá morrer ao mesmo tempo e do mesmo modo: com violentos ataques cardíacos. Homens, mulheres, velhos e crianças; todos morrerão sem distinção. Ninguém será poupado. E nem a mais avançada ciência do planeta, nem os maiores magos que vivem escondidos em casarões nos subúrbios das cidades, nem ninguém na face da Terra fazem a menor ideia do motivo disso tudo. Tampouco têm poder para evitar essa tragédia.

– Então é o fim dos tempos? Todos morrerão? – falou surpresa a bela Natasha.

– Sim, e, para piorar, agora eles sabem!

– Quem sabe?

– Todos! Eu sei, você sabe, seus pais sabem, os professores sabem. Todas as pessoas no mundo sabem que dali a um mês será o fim de tudo, dos deuses, crenças, sonhos, ilusões e desejos. É o ocaso da humanidade, que vive seu canto do cisne. O tempo passa e a angústia aumenta, mas as esperanças diminuem. A amargura gerada pela expectativa de uma morte inescapável torna-se o maior tormento já enfrentado pela raça humana. Até que restam apenas cinco dias para o fenômeno.

– E o que acontece? As pessoas irão aproveitar seus últimos momentos?

– Errado. As pessoas não vão usar seus momentos finais para o bem. Não vão orar e agradecer a Deus pela vida boa que tiveram, cheia de oportunidades e alegrias; elas não serão gratas pela graça e beleza que desfrutaram. Muito pelo contrário, elas irão amaldiçoar aquele final repentino, injusto e cruel. Ninguém irá se desfazer de suas posses materiais inúteis e dar seus bens aos que não têm, para que ao menos nos últimos dias da nossa história não existam pobreza, fome ou racismo, e para que todos possam conviver como se os homens fossem de fato irmãos. Não, nada de irmandade! Ninguém jamais fará isso; em momento algum! Ninguém se importará com o próximo.

"As famílias que haviam brigado entre si, dito o que há de pior umas para as outras, e que se ignoraram mutuamente durante anos a fio, não irão se reconciliar. Não haverá completude, nem confraternização, nem amor, nem companheirismo, nem nada! A Bíblia, bem como outras escrituras sagradas, será queimada em praça pública, como os nazistas faziam com os livros durante a Segunda Guerra Mundial."

– Bíblia queimada? De onde você tirou isso? – perguntou Marcelo, outro membro do grupo que parecia guardar certa afeição por Natasha e que julgava que a história estava indo longe demais.

– Da História. Dos exemplos infinitos de comportamento hediondo que temos a oferecer. O fogo é sinônimo de purificação!

Júnior pensou em uma cena que havia visto em um documentário certa vez sobre quando os nazistas promoveram uma grande queima de livros nos anos que precederam a Segunda Guerra Mundial. A perseguição aos intelectuais foi uma espécie de caça às bruxas contemporânea; tudo o que se desviasse dos padrões que o regime de Hitler havia imposto tinha que ser destruído. E, o que é pior, muitos que atiravam os livros ao fogo eram professores e estudantes.

O documentário falava sobre como um poeta nazista justificava a queima dizendo que ela representava a "purificação radical da literatura alemã". A controversa frase colidiu com outra que Júnior escutara de um professor anos atrás e que jamais havia lhe saído da cabeça, dita também por um poeta alemão cujo nome lhe escapava: "Onde se queimam livros, acabarão por se queimar pessoas".

– Então o que acontecerá? – inquiriu Marcelo.

– Em seus últimos dias, as pessoas revelarão aquilo que estava adormecido e que nunca havia sido posto para fora. Uma maldade absoluta, guardada no interior da alma. Vislumbres dela já haviam sido mostrados antes, como nos campos de concentração ou nas guerras santas, mas nunca assim. Nunca desta maneira. É o fim do mundo, então não há mais leis, não há mais contenção, não há mais amizade, não há mais por que se refrear. É cada um por si. E, para piorar, não há "Deus por todos", pois a crença acabou. Sem Deus; e, tendo a morte como única e definitiva certeza, o homem não é mais homem. É fúria!

Júnior não escutou o final da história. Em sua cabeça havia somente uma pergunta: "O que o homem faz diante do seu fim iminente?". Tendo se esquecido completamente da prova e de suas responsabilidades, ficou imaginando como ele próprio agiria se estivesse diante do fim. Há uma obsessão que toda a raça humana partilha por este nosso fim que paradoxalmente ansiamos e tememos. Catástrofes, juízo final, holocausto, colapsos, profecias, armagedon... Apocalipse! Idosos no fim da vida, cansados de lidar com um corpo que não funciona mais e com a perda de todos que um dia conheceram, aceitam a morte em seus leitos com resignação. Mas e quanto aos demais?

Não muito depois, já indo para a sala de aula para uma prova à qual estava totalmente despreparado, Júnior viu os corpos começarem a cair. Seus colegas, professores, serventes da instituição, todos eles desfaleceram de forma simultânea e perturbadora. Poucos foram os que permaneceram em pé. Ao longe, o ruído das explosões começou a tomar corpo, e a primeira coisa em que ele pensou foi que o país estivesse sob algum tipo de ataque.

Mas quando os primeiros diante de si começaram a mudar, quando ele testemunhou o surgimento dos olhos vermelhos e da pele pálida, foi uma questão de minutos até sua mente fazer todas as conexões necessárias e trazer à tona as referências de que ele precisava. De posse de todo o conhecimento "inútil" que seu cérebro havia acumulado a partir das imagens de Romero e outros, Júnior conheceu a verdade e, com pesar, antecipou a onda de destruição que seria desencadeada dali em diante.

Enquanto corria desenfreadamente pelo prédio que abrigava o saber, Júnior pensou na jovem e bela Natasha, com quem jamais trocou ao menos uma palavra, e desejou estar ao seu lado. Ela, que parecia tão cheia de energia, vivaz e inteligente, teria submergido para baixo daquela máscara demoníaca que ocupava as feições alheias agora? Pensou também no esbelto e loquaz Carlos que havia contado tão esmerada história. Como estariam se saindo? Teriam desfalecido no chão junto da primeira leva ou sucumbido ao ataque dos transmorfos insanos que perseguiam e matavam os incautos, transformando os corredores da faculdade em matadouros humanos? Estariam eles buscando a segurança e lutando pela própria vida conforme Júnior?

De repente, tudo o mais perdeu a importância, as matérias que ele havia tirado nota baixa, os foras que havia tomado de meninas tão bonitas quanto superficiais, aquela festa debutante no qual ficara tão bêbado que foi parar no hospital em coma alcoólico, o aluguel da república que estava atrasado... Coisas que perdem a importância com o toque gélido de um contaminado em seu braço e seu subsequente ataque descomedido com aquela bocarra imersa.

Ele abriu caminho literalmente a empurrões e trombadas, usando sua razoável corpulência como arma e o desespero como combustível e, enfim, ganhou as ruas. Seu queixo caiu ao que se tornou testemunha viva do desastre. De onde estava, pôde ver os focos de incêndio em todos os lugares, as pessoas correndo de um lado para outro, apavoradas, e a fumaça negra cobrindo o azul do céu do que era até então um belo entardecer. O sol queimava como uma brasa vermelha, e, na linha do horizonte, ele divisou uma aeronave em queda livre, que passou direto e reto como uma flecha e perdeu altitude vertiginosamente até explodir contra um prédio, a quilômetros de distância. Foi como presenciar o 11 de setembro; o avião estacionou em uma nuvem de vidro, concreto e argamassa, provocando uma explosão alaranjada que pôde ser ouvida com clareza, mesmo àquela distância.

Bem à sua frente, os contaminados irrompiam como a verdadeira doença da nova Era que se iniciara ali, uma doença que não deixaria de atormentar todos os sobreviventes até que o último homem restante na face do planeta se fosse, transformando a existência em um limbo amaldiçoado. Ciente de que não podia ficar ali parado e rememorando tudo o que sabia sobre infecções, pelo menos as fictícias, Júnior correu para sua moto e voltou o mais rápido possível para casa, uma república na zona norte da cidade que dividia com outros três colegas, os quais jamais retornaram. Ele passaria as duas semanas seguintes trancado lá dentro, racionando seus parcos recursos, guardando o máximo de silêncio possível, tentando não chamar atenção e acompanhando pela internet as notícias cada vez mais calamitosas que pipocavam de todos os lugares do mundo. Júnior viveu vinte e quatro horas diárias de medo e tensão, sempre imaginando que a qualquer instante sua porta seria forçada por um exército de criaturas dispostas a devorá-lo, mas por algum motivo isso nunca aconteceu. Ele se manteve isolado o máximo de tempo possível, até ser obrigado a sair para buscar comida.

Nos primeiros dias, quando o caos impera solto e desenfreado, quem sai de casa morre. Isso é uma certeza nos filmes e livros e, partilhando da lógica deles, também seria uma certeza na vida real. Júnior ficou ilhado dentro da própria casa — o que provavelmente salvou sua vida. Quando seus pais não atenderam ao telefone, ele soube da verdade e chorou na privacidade de seu cubículo, sabendo que seria inútil ir até eles. Mesmo quando o fedor dos corpos em decomposição que estavam por todos os lugares tornou-se praticamente insuportável, ele também não saiu. Quando escutava gritos e tiros, lamúrias e choros, súplicas e lamentações, ele ainda assim se manteve fiel à sua decisão de que aquela porta permaneceria trancada.

O tempo passou, e, aos trancos e barrancos, Júnior havia sobrevivido. Fora forte o suficiente para superar o apocalipse que exterminou com todas as coisas, exceto com a esperança. E percebeu que não era o único, ainda havia outros lá fora, outros que estavam dispostos a juntar os cacos e recomeçar. Foi durante um saque a um supermercado que ele encontrou os batedores do Quartel e por eles foi levado.

Agora, anos depois de todos aqueles fatos escabrosos, uma nova guerra se desencadeava bem diante de si, dentro do lugar que ele aprendera a chamar de "lar". Uma guerra que envolvia pessoas com quem ele almoçava e contava piadas, que com ele interagiam diariamente. Mas desta vez ele não podia correr para dentro de seu quarto e trancar-se lá até que a tempestade passasse. Desta vez, a guerra o havia alcançado e, à sua revelia, o havia jogado na posição de um de seus protagonistas.

Em meio ao tumulto, abalroando pessoas que se espancavam mutuamente, Júnior segurou Liza pelas costas, passando seus braços por debaixo dos dela e começou a arrastá-la para um canto, tentando furar a multidão enlouquecida. O conflito, ainda mais selvagem e brutal que o anterior, adensava a capa negra que caíra sobre o Quartel, e a gravidade da situação só piorava. Como não havia muitas armas disponíveis, os tiros já haviam cessado, e agora os instrumentos utilizados eram punhos, canos, ferramentas, cacos, facas e qualquer outra coisa que estivesse disponível. Apesar de muito ferida, Liza, protestou contra o auxílio de Júnior, impedindo-o de arrastá-la além:

— Júnior, vá buscar Maria.

— Mas você está em pior estado do que ela. Eu só vou puxá-la mais um pouco até o canto e...

Ela a segurou firme pelo braço e ralhou:

— Você não entendeu? Eu já estou condenada. Mas Maria não. O bebê que ela carrega na barriga merece uma chance. Uma turba ensandecida não reconhece rostos, então tire-a daqui agora.

Ao redor de ambos, a batalha comia desenfreada, e ela em nada se parecia com as lutas gloriosas que Júnior guardava na memória, vistas em filmes como *Coração Valente* ou *Gladiador*. As pessoas corriam pelo salão espancando-se mutuamente, ora acertando alguém, ora sendo acertadas. As pancadas eram desferidas sem técnica ou precisão, de forma que metade delas não pousava nos alvos. Os agarrões e rodopios eram frequentes, principalmente entre as mulheres, que puxavam umas as outras pelos cabelos e arranhavam o rosto dos homens. Liza estava certa, no clamor da batalha, era difícil reconhecer faces.

José não entendia nada de lutas, pelo menos não da mesma forma que Hulk; mas lhe ocorreu que ele próprio estava se subestimando, pois em seu íntimo sabia muito mais sobre um confronto do que tinha se dado crédito. Ele havia lido Sun Tzu várias vezes e conhecia as estratégias do mestre de trás para frente. Era um estudioso da vida de Bruce Lee, lembrava de cor todas as frases de seus filmes e um de seus livros de prateleira era o *Tao do Jeet Kune Do*. E além de tudo era um dos maiores entendidos na vida do artista marcial mais brilhante da história, que também era ao mesmo tempo o detetive mais astuto, um cientista sem igual, ginasta e especialista em tecnologia, além de ter o hobby duvidoso de se vestir como um rato voador e espancar criminosos. Aquelas e outras leituras lhe davam o embasamento necessário para agir corretamente!

Assim, José usou o conhecimento adquirido com horas de *video games*, revistas em quadrinhos e filmes de lutas e guerras para orientar seus colegas naquilo que deveriam fazer. "Utilizem os recursos naturais em seu favor", "jamais deem as costas para o oponente, conservem a retaguarda protegida por um obstáculo ou protejam uns aos outros mantendo as costas grudadas", "não meçam forças com o adversário, pois, força com força, ganha o mais forte, mas usem a força do adversário contra ele mesmo", "trabalhem em conjunto e deem apoio uns aos outros"... Foram tantas as recomendações que ele deu em tão pouco tempo, que nem sequer sabia se as pessoas que reuniu para bater de frente com Dujas e Hulk conseguiriam absorvê-las. Mas agora, com o orgulho de um capitão que vê seu exército desfavorecido sobrepujar a força de um oponente que supostamente detinha as vantagens, ele comandava a campanha com voz ativa e com a firmeza de alguém que mostrava saber o que estava fazendo.

Quando a confusão começou, o empurra-empurra geral fez com que Silvério o perdesse de sua mira, porém este agora jurara a si mesmo que o encontraria no clamor da batalha. A pendência que havia ficado entre ambos, a qual inexplicavelmente havia adquirido contornos de questão de honra para ele, terminaria ali.

Paus e pedras não conseguiam deter Hulk, que lutava com a força de quinze homens. Ele havia guardado sua arma de volta na cintura e desde então não tornara a usá-la, mas colocou as mãos para trabalhar como jamais o fizera na vida. Era como um rinoceronte sendo atacado por um grupo de hienas. O rinoceronte é mordido e ferido repetidas vezes, mas continua avançando sempre em frente, esmagando toda e qualquer hiena que cruze seu caminho. No meio da batalha, Hulk havia recebido pauladas, socos, chutes e até uma estocada na perna com um estilete; mas tudo servira apenas para incitar ainda mais o sentimento de contenda que havia sido detonado dentro de si. Conforme dissera certa vez o general George Patton, "Que Deus tenha piedade de meus inimigos, porque eu não terei!", aquele momento resumia toda a sua vida. Ele era um gladiador, e o Quartel se tornara sua arena particular.

"Depois de hoje, todos irão me respeitar!"

Júnior embrenhou-se novamente no meio da multidão apenas para encontrar Ana Maria encolhida exatamente no mesmo lugar em que estava antes. Sem tempo para delicadezas, ele a agarrou por debaixo dos braços e a arrastou para longe, recebendo um ou dois golpes no tronco durante o processo. Olhou ao seu redor e procurou visualizar algum lugar seguro, e sua primeira — e única — opção estava a poucos metros de si.

Maria respirava pesadamente pela boca, assoprando o ar para fora com um biquinho similar ao que fazemos quando vamos assobiar, enquanto pressionava a barriga com a mão. Ela não parecia em boas condições, suava às bicas e sua pele estava gelada como a de uma cobra. O técnico conseguira afastá-la até uma sala pequena que ficava colada ao grande salão e era utilizada como um tipo de escritório.

Decerto o perigo ainda não havia terminado, já que estavam a poucos metros de distância de onde a contenda corria solta, entretanto, no momento, era o melhor que ele podia fazer.

Deitou-a em cima de uma mesa de madeira bastante sólida, jogando no chão todos os papéis e utensílios que estavam sobre ela e, colocando a mão sobre a testa da grávida à maneira que fazemos quando queremos checar a temperatura de alguém, perguntou se ela estava bem. Um assustador gemido de dor o fez dar um pulo para trás de susto, ao mesmo tempo que percebeu o quanto ela estava "vazando":

– Puta merda, você se machucou?

– Não, Júnior. Eu estou dando à luz, caramba! – bradou entre gritos e suspiros.

– E dói assim?

Ela não respondeu, apenas o fulminou com o olhar. Nunca soube que a dúvida dele era genuína, afinal, para quem havia crescido jogando *Resident Evil* e *Metal Gear Solid*, gravidez era um assunto do outro mundo. Sendo o mais solícito que pôde, ele tomou as mãos dela e perguntou:

– O que eu posso fazer?

Entrecortando com as fortes respirações, ela respondeu:

– Água... E toalhas limpas.

"Toalhas limpas? Será que ela percebeu alguma coisa do que está acontecendo?", ele pensou consigo próprio ao mesmo tempo que cogitava a hipótese de cruzar novamente a turba para encontrar o que lhe fora solicitado, mas então sua mente retornou a um assunto mais importante: Liza! Ela ainda estava lá fora, ferida e exposta a toda aquela loucura.

Júnior se sentiu entre a cruz e a espada. Queria ajudar Maria, porém não sabia o que fazer. E seu coração estava pesado por causa da mentora. A sala onde se encontravam era pequena, com alguns poucos móveis. Tinha um vitral enorme de vidro opaco bem ao lado da porta, através do qual era possível ver as sombras da população do Quartel lutando entre si logo ali do outro lado, como se fosse uma dimensão paralela. Ele olhou firme para ela e, resoluto, explicou a situação:

– Maria, sei que você precisa de ajuda, mas eu tenho que voltar e buscar Liza. Se não arrancá-la de lá urgente, corre o risco de ela ser pisoteada. Posso te ajudar, mas não já.

A moça sentiu um enorme desalento, porém compreendeu a situação. Seria inclusive melhor ter Liza ao seu lado:

– Vá!

– Você vai ficar bem?

Sem parar de respirar e controlando ao máximo as dores que sentia, a gestante acenou com a cabeça, indicando que ele podia ir. Ele deu um beijo na testa dela e, assim que se preparava para sair, viu sobre uma peça grande de metal que era utilizada como fichário um estilete. Apanhou-o, pensando nas coisas que Liza havia dito em seu ouvido e saiu.

Uma vez sozinha, Maria arrancou com dificuldade suas roupas de baixo e abriu as pernas da forma como lembrava de ter visto em filmes e documentários. Não tinha a menor ideia do que fazer, mas supôs que seus instintos e muito bom-senso a guiariam. Tocou-se com relutância e percebeu que estava com a vagina dilatada, porém não sabia o quanto. Certamente ainda não o bastante para um bebê sair, mas não conseguia prever a que velocidade aquilo iria evoluir. Lembrava-se de ter ouvido certa vez alguém dizer que um trabalho de parto poderia levar horas, mas, dadas as circunstâncias graves em que se encontrava e sabendo que ela nem sequer deveria estar em trabalho de parto, em seu íntimo rezou para obter ajuda rápido. De outra forma, Maria seria obrigada a parir sozinha seu filho.

CAPÍTULO 37

O novo meio de transporte dos batedores encontrou alguma dificuldade para sair do prédio e cruzar as ruas seguintes, porém o número de infectados havia diminuído um pouco com a chegada da aurora e o grupo conseguiu deixar a área de risco sem maiores incidentes. O veículo, inapropriado para enfrentar uma turba enlouquecida de contaminados — e também por estar inativo há tanto tempo —, sofreu muito para romper com o cerco e parou de funcionar alguns quilômetros à frente.

Apesar de terem andado pouco, a paisagem tinha mudado drasticamente; a quantidade de prédios era menor e havia mais casas, e também algumas praças e terrenos vazios. As ruas não eram tão largas quanto na região em que estavam antes e davam passagem para apenas duas filas de carros.

A picape parou de funcionar em um bairro residencial bastante deserto. Do lado direito de onde estavam, o quarteirão era composto por uma série de casas geminadas, todas parecidas umas com as outras, apenas com detalhes diferentes, como a cor, o portão e o piso de entrada. Do lado oposto, um grande terreno comportava uma área de lazer, com um parquinho para crianças, uma fonte desativada e bancos sujos de dejetos de pombas. No passado, o lugar certamente havia sido casa de muitas alegrias, mas agora restara somente um espectro de sua essência pairando no ar. O grupo aguardou perto do carro parado na guia, enquanto Manes se afastou com Erik, apoiando-o sobre seus ombros.

Caminharam uma distância de trinta metros sem pressa, até que o viking pediu para parar e sentou-se no chão, com as pernas estendidas e as costas apoiadas em uma árvore. Guardaram um respeitoso silêncio por um período, até que o batedor praguejou em voz alta:

— Maldito salto!

— Sem ele, você teria sido esmagado pelo elevador — respondeu Manes, confirmando para o colega que ele não havia feito nada de errado.

— É, eu sei. Mas ao menos eu não teria vivido para ver esta situação. Sabemos que o fim pode chegar a qualquer minuto, mas quando ele chega... Todo mundo sempre quer mais tempo.

Manes se ajoelhou e apelou para o senso de sobrevivência do ruivo:

— Erik, você precisa ser forte. Nós não sabemos se você realmente...

— Mani, eu posso senti-lo dentro de mim. É como uma nuvem preta que está acumulando aquela chuva torrencial e um monte de relâmpagos dentro de si. Ela os segura o máximo que pode, mas, quando finalmente os liberta, promove uma tempestade brutal e violenta. Eu sinto a coisa correndo em meu sangue. Sinto a tempestade chegando, os trovões reboando e os raios riscando o céu, e preciso impedi-la antes que seja tarde demais.

O líder pousou uma mão sobre o ombro do colega:

– Eu sei. Mas, até que tenhamos certeza, não desista da luta.

– Mani, você não pode me pedir para passar por isto. Eu sei o que está acontecendo aqui, dentro de mim – e o viking bateu no peito com as pontas dos dedos. – Não me peça para tornar-me uma daquelas coisas.

Manes levantou-se com pesar e olhou para o horizonte. O sol já estava alto no céu, e seus companheiros aguardavam à distância combinada. Pássaros saudavam a chegada da manhã como sempre o fizeram, ignorando os dramas vividos pela raça humana, suas perdas e seus dilemas. O vento que soprava era leve e refrescante e quase poderia ter passado uma sensação de paz, não fosse a confluência dos acontecimentos. As árvores farfalhavam gentilmente, conversando em sua própria língua. Erik prosseguiu:

– O homem que matei antes de chegar ao Ctesifonte era meu amigo. Foi há muito tempo, mas é algo que não consigo esquecer. Nós tivemos uma discussão imbecil, nada que valha a pena mencionar, e eu o matei. Fechei minhas mãos ao redor de sua garganta e apertei com toda a força. Eu vi, Manes, vi perfeitamente com uma enorme clareza o momento no qual a vida se extinguiu dos olhos dele e seu corpo ficou mole como um boneco de pano. Num instante ele estava ali, debatendo-se pela própria sobrevivência e, no seguinte, havia partido. Este é um pecado que nunca irei lavar, não importa o bem que tenha feito para tentar compensá-lo, não há como apagar uma coisa dessas.

– Todos ficaram insanos no começo de todo este caos, Erik. Não foi apenas você. A vida valia muito pouco então, e Deus sabe que todos temos nossos demônios com que lidar.

– Isso não é desculpa, e você sabe.

– É, eu sei...

Novamente foram tocados pela força do silêncio. Muitas vezes, em uma conversa, o que não se diz é o mais importante. Enfim, Erik quebrou a longa pausa:

– Eu perdi meu filho.

– Você teve um filho?

– Sim. E uma esposa. A vida judiou de mim, Mani. Judiou muito nos últimos anos, mas acho que mesmo a videira mais bela e perfeita carrega frutos podres. Tenho a minha forma de ver as coisas e tento me apegar a ela.

– Não tem medo de partir?

– Não. Meus medos são outros. Sabia que meu sonho era ter sido um poeta?

– Um poeta? – disse Manes surpreso, percebendo a incoerência entre poemas sensíveis e aquele homem bruto que tinha diante de si.

– Sim. Quer escutar alguns de meus versos? Eles não têm valor literário, mas...

– Seria um prazer, Erik!

O viking suspirou e fechou os olhos. Sua mente, em paz, declamou:

– Muita sabedoria leva à loucura, e excesso de confiança induz ao erro. Um sonho que não se realiza torna-se decepção; mais dor do que o organismo é capaz de suportar, origina um desmaio; o vento que refresca também arremessa poeira nos olhos. A mão que oferta é a mesma que bate; a lua que ilumina inspira terror; a palavra edifica e destrói. A morte valoriza a vida; o choro é de alegria ou de tristeza; luz em demasia cega. Ser traído gera sensatez, ser sensato gera privação. Do sexo nasce a criança e a perversão. Os pecados condenam, mas ensinam. A morte não é o fim, mas todos temem morrer!

Manes segurou as lágrimas. Sua sensação era de que Erik havia falado mais naquele minuto do que no último ano inteiro. Sentiu-se mortificado ao descobrir somente no momento da morte de seu colega que, por trás de toda aquela corpulência, havia uma alma sensível. O guerreiro vermelho prosseguiu:

– Mani, você me acolheu sem me julgar e lhe sou eternamente grato por isso, mas agora é hora de partir.

– Erik...

– Deixe-me terminar. Minha família veio da Noruega para este país, e conservo minhas raízes e crenças muito próximas de mim. Gosto de pensar que tive durante todo este tempo a proteção do Deus Tyr e sua companheira Zisa. Você pode achar besteira, mas isso é importante para mim. É como vejo as coisas. Mas tudo precisa chegar ao fim, faz parte da vida esse negócio que se chama morte. E este é o meu fim, o meu! Mas agora preciso de sua ajuda, Manes. Preciso que me ajude a partir como um guerreiro de verdade. Com honra e dignidade.

O líder engoliu em seco. As imagens de seu pai e dos últimos momentos que ambos partilharam juntos lhe vieram à mente.

Lutando contra a dor, Erik se contorceu e apanhou um papel sujo de sangue e amassado do bolso da calça e o entregou ao companheiro, explicando:

– Eu escrevi isso anos atrás, quando sonhei com uma morte gloriosa. O mundo ainda era um lugar normal, e, como muitos outros homens, eu vivia sonhos de batalhas e grandezas. Preciso que você declame este texto em voz alta com a autoridade de um verdadeiro general, que sei que você é. Preciso que você faça isso por mim, que transforme este momento em algo realmente especial e, quando terminar, preciso que grite "morte" em voz alta três vezes. Grite com toda a força que seus pulmões lhe permitirem. Depois, faça o que tem que fazer sem hesitar.

Manes olhou para o papel e respondeu dando aquele típico sorriso sem graça:

– Erik, eu não posso. Isso é... É demais, eu não posso.

– É minha vontade. Você não tem o direito de negá-la. É meu último desejo. O último desejo de um moribundo.

Manes voltou-se para seus colegas que estavam a muitos metros de distância e que, apesar de incapazes de ouvir, acompanhavam a tudo atentamente. Eles não poderiam ajudá-lo. Ninguém poderia, e aquele fardo teria que ser carregado por ele e por mais ninguém.

– Ok – disse o líder, e segurou o papel com ambas as mãos na frente do rosto, começando assim:

Empresas ferozes me condenam
Meu coração aflito é um barco em uma tormenta
Na chegada da árdua noite...

Mas parou a leitura no meio, sofrendo de um rodamoinho de sentimentos conflitantes:

– Eu não posso fazer isso, Erik. Não dá.

O ruivo se irritou:

– Claro que pode. Você não pode é me deixar aqui assim. Mani, você não vai me negar a liberdade. Seja o homem que você tem que ser e faça o que tem que fazer. Agora!

Eles trocaram sérios olhares, e o líder viu, refletido no fundo das gemas que eram os olhos de Erik, a motivação de que precisava. Resiliente, Manes suspirou e recomeçou o poema:

> Empresas ferozes me condenam
> Meu coração aflito é um barco em uma tormenta
> Na chegada da árdua noite, minha mente cansada,
> Pela tenacidade da angústia é dominada
> Traga o trovão,
> Traga o dilúvio
> Traga a danação,
> Pois este teu filho parte sem constrangimento

Erik fechou os olhos; ele não os tornaria a abrir. Enquanto lia, Manes foi lentamente se preparando e sacou sua arma do coldre, mantendo-a em mãos. O vento uivou como um lobo e o sol se escondeu, como que homenageando o guerreiro que estava para partir. Os pássaros se calaram em reverência, as árvores lamentaram-se e todos os astros do céu curvaram-se a mando de Odin, o Todo-Poderoso, que via com pesar o seu último e mais valoroso guerreiro partir da face do planeta, deixando-o um lugar mais feio:

> Dia de mudança, o inferno congela o infortúnio
> O belo gavião preso é impedido de voar
> Dizimai a imundice para que sua coroa alcance os céus
> Ó, cavalo, orgulho do mundo, levai-me em teu lombo
> Que um véu seja meu único traje, honrados sejam os antigos
> Que não fechem o Valhalla para mim; teu filho agora chega!

Manes apontou o cano da arma e deu um grito:

– Morte!

Sem abrir os olhos, o viking bradou:

– Morte!

O líder engatilhou e respondeu como um eco:

– Morte!

As lágrimas escorriam dos olhos espremidos do ruivo:

– Morte!

O terceiro e último grito de Manes foi o mais forte, vindo do fundo de sua alma angustiada:

– Morte!

E o viking respondeu brandamente, quase em um suspiro, com uma expressão serena e resignada no rosto:

– Morte e honra!

O tiro ecoou pelas ruas vazias da cidade, reverberando como uma onda até o infinito. O som levou consigo as palavras audazes do poema, carregando-as até que se perdessem totalmente na ternura do azul-celeste. Do céu, as nove Valquírias desceram em seus corcéis alados, lindas e flamejantes, e coletaram a alma do último dos vikings. Ele agora era um Einherjer e lutaria ao lado de Odin a batalha do fim do mundo. Mas a Terra, deixada para trás, tornara-se um pouco mais pobre.

CAPÍTULO 38

José não era um guerreiro. Ele não era um lutador nem queria ser. Suas aptidões sempre foram outras, assim como suas aspirações, então o tempo todo ele se perguntava o que estava fazendo no meio daquela guerra. Por que simplesmente não pegou suas coisas, sua esposa e deu o fora dali enquanto ainda era tempo? Existiam outras comunidades às quais ele poderia ter recorrido, poucas, mas existiam. Ou então ele simplesmente poderia ter tomado um veículo e rumado para o interior, longe das aglomerações; ido para algum lugar deserto onde teria a chance de viver como um camponês do século XIX. Viver da terra, do plantio, em paz, só ele e sua família. Sim, ele poderia ter feito isso, mas não o fez. Essa fantasia era uma mentira, algo que ele contava a si mesmo antes de dormir, mas no fundo sabia que nada seria tão bucólico assim e que o globo se tornara um lugar vil, cheio de perigos e dores. E assim, açoitado pela confluência dos acontecimentos, em vez de gozar uma paz tão desejada, ele estava agora com a blusa manchada de sangue, dando ordens a trinta homens em meio a uma batalha despropositada e impetuosa.

Nos dias por vir, todos se perguntariam como algo tão grave poderia ter ocorrido em apenas um dia. Um dia! Vinte e quatro horas, destruindo o trabalho de quatro anos! Mas a relatividade de uma catástrofe não precisa de explicações; ela é indiferente ao tempo do homem. Perdem-se vidas de um segundo para o outro. O que pode ocorrer em um dia, em um único dia, é algo que escapa ao alcance da percepção humana.

Pessoas que jantavam na mesma mesa estavam agora espancando umas as outras de forma vandálica, e a falta de sentido daquilo tudo era mais que um incômodo indômito; era uma realidade maligna e desconcertante. O Quartel estava literalmente em chamas, e o incêndio começava a se alastrar de forma perigosíssima; se ele não fosse contido rápido, talvez depois fosse tarde demais. Ninguém jamais soube como o fogo começou, não que fizesse alguma diferença.

No meio da massa, José avistou Dujas a uns dez metros de distância, acuado em um canto, observando tudo ruir ao seu redor – o novato que incitou e inflamou os ânimos da massa volúvel e tomou tudo que queria com inacreditável facilidade apenas para perder o controle de suas "posses" para aquele gigante de bronze indomesticado chamado Hulk. Ele era a chave de tudo. "Vou pegar esse cretino e acabar com essa merda de uma vez por todas", o jovem pensou.

Entretanto, em poucos minutos de conflito, tornara-se mais que evidente que os homens de Dujas estavam perdendo terreno. Claro, afinal, eles não eram homens de Dujas de verdade; não eram guerreiros fiéis e prontos para lutar e morrer por uma causa. Eles não passavam de um aglomerado desorganizado bravio; arruaceiros, rebeldes sem causa, ensandecidos pelo convívio restrito por aquelas quatro paredes e pelos traumas sofridos por conta da inquietante e indizível maldição de viver em um mundo apocalíptico. Em sua maioria, não passavam de um bando qualquer que havia seguido o embalo do levante, mas, agora que a coisa estava apertando, a maior parte começava a debandar. A luta tinha que acabar – e rápido. Quanto mais tempo o conflito durasse, maiores seriam os danos e ainda havia os focos de incêndio para serem controlados, pessoas para serem postas sob custódia e feridos a serem tratados. A luta tinha que acabar, imediatamente!

Nos olhos do próprio Dujas, estava estampado o reconhecimento de sua derrota. Ele não se conformava por ter se enganado tanto com o que estava fazendo. Tudo ocorrera rápido demais e, agora, suas opções eram poucas. Sua personalidade esquizofrênica não sabia como agir, e, tal qual um animal silvestre congela quando cruza uma estrada à noite e vê os faróis de um veículo vindo em sua direção, ele também estava congelado. Impotente, incapaz de se mexer. As vozes em sua cabeça traziam lembretes do que jamais fora feito e jamais fora dito, e a vontade do ex-imperador foi se enforcar e colocar um fim em sua miséria.

Mas não foi o que ele fez!

De repente, num ato desesperado, tomado por um impulso alucinado, o homem saiu correndo de onde se encontrava encolhido, trombando com quem se interpunha em seu caminho, e fugiu para longe da batalha. Ao ver aquilo, as palavras da última visão de Liza atingiram José como um raio: "*Detenha-no ou ele irá abrir os portões!*".

O jovem não dava crédito às visões e profecias da mulher, pois sempre achou aquela história de oráculo uma grande besteira, porém, naquele derradeiro instante, quando a decadência da humanidade recrudescia diante de si ao mesmo tempo que dentro de seu âmago ele encontrava uma faceta sua até então dormente e inexplorada, o jovem ex-técnico de computadores, agora promovido ao posto de general, não teve sequer uma ponta de dúvida. À personalidade covarde e desesperada de Dujas, só restava mesmo uma coisa a fazer! Olhou ao seu redor e viu que Hulk era a única força que desequilibrava a luta, mas, uma vez que ele estava brigando sozinho, batendo em qualquer um que estivesse na sua frente, independentemente do lado que essa pessoa estivesse, não tardaria até que fosse também subjugado. O número de pessoas em confronto já havia diminuído, e a maioria dos insurgentes parecia ter fugido do salão ou já estava subjugada. A batalha estava ganha!

José tomou, então, sua decisão e se precipitou correndo atrás de Dujas.

Júnior, tendo deixado Maria segura na sala, voltou ofegante para o local da contenda e encontrou Liza encolhida em um canto. Ela havia se arrastado do centro do salão por conta própria até a lateral e se refugiado debaixo de uma mesa, porém tinha sido visivelmente pisoteada e recebera alguns golpes involuntários, vitimada pela fúria dos combatentes que, em meio ao tumulto, nem mesmo a perceberam ali, estirada no chão. Tomando-a no colo com dificuldade, Júnior afastou-a do epicentro do furacão, mas não conseguiu carregá-la mais do que poucos metros. Foram, porém, o suficiente:

— E Maria? — ela perguntou com uma voz fraca e doente. Quando falou, um filete de baba vermelha e densa escorreu pelos lábios à sua revelia. Percebendo que ela devia estar com uma grave hemorragia interna, Júnior foi tomado de pavor:

— Meu Deus, Liza, nós temos que...

— Nós não temos nada. Responda, e Maria?

— Eu a deixei em um lugar seguro. Que é para onde vou levar você agora!

— A única coisa que você vai fazer é o que combinamos.

O jovem, tendo sido lembrado do que ambos haviam conversado brevemente e que não era do conhecimento de mais ninguém, virou o corpo e olhou por cima do ombro. Lá estava Hulk, derrubando as pessoas como um trator atravessando uma plantação de trigo.

— Ele vai me partir ao meio, Liza.

— Pode ser.

Ela não tinha alentos para dizer muito mais. A seiva interna havia escorrido, e seu corpo estava quase oco. Ainda assim, perguntou de novo:

— Como estão as contrações?

— Cacete, Liza, como se eu soubesse responder a isso. Ela está bem. Acho... Droga, sei lá, acho que o bebê está nascendo mesmo. Essa loucura toda precisa acabar agora.

— Então faça o que combinamos.

Sem mais forças, a mulher fez apenas um sinal com a cabeça apontando a direção em que Júnior precisava ir. Engolindo em seco, o técnico fez uma prece em silêncio com pouca convicção e partiu para o momento que mudaria tudo!

Silvério estava no meio da multidão quando percebeu José passar correndo bem à sua frente, a pouco mais que sete ou oito metros de distância. Os sentimentos dentro de si não faziam mais o menor sentido, de forma que, ao registrar a cena, ele não hesitou, simplesmente apontou a arma e atirou o mais rápido que conseguiu. A indignação que sua mente julgava ter sofrido e a culpa que ela atribuía a José não haviam sido abrandadas nem pelo clamor da batalha. A bala passou terrivelmente próxima à cabeça do alvo, porém não o acertou, indo se alojar no meio das costas de uma pessoa que estava mais ao fundo. O homem tombou imediatamente respingando sangue para todos os lados, e se, por um lado, o barulho do tiro colocou todos em alerta por um pequeno instante; por outro, não foi suficiente para que a luta parasse. José percebeu que quase fora alvejado, mas aquilo não o impediu de seguir seu caminho. Dujas precisava ser detido a qualquer custo!

— Filho da puta sortudo!

Silvério ralhou consigo mesmo, encolerizado por ter errado e se preparou para atirar novamente, porém, desta vez, o projétil não saiu. Apertou mais duas vezes o gatilho em vão. Percebeu que a arma estava descarregada, e sua distração custou-lhe caro. Um potente soco desferido contra seu rosto acertou-o na ponta do queixo, fazendo com que o maxilar desse um estalo. A surpreendente pancada o levou ao chão.

O mundo rodou como um carrossel, e Silvério por pouco não perdeu a consciência. A seguir, assimilando o baque como se fosse um boxeador, ele se levantou o mais rápido que conseguiu. No meio da agitação, não sabia quem o havia acertado; não sabia nem de onde o golpe havia vindo, mas, na verdade, aquilo não lhe interessava. Sua obsessão estava inteiramente voltada para outro lugar. Sua psicose, fosse ela de nascença, fosse adquirida pela força das circunstâncias, nublava-lhe qualquer pensamento coerente. Ele arremessou o revólver longe e cortou a pé o campo de batalha em que o saguão se transformara, seguindo na direção para a qual José correra.

CAPÍTULO 39

— Zenóbia, vá chamá-lo — disse Judite. — Não podemos ficar aqui por muito mais tempo.

A batedora se referia a seu líder, que já estava havia mais de dez minutos estático, olhando para o corpo inerte de Erik. De longe, Zenóbia observou a postura do homem que amava e constatou que, finalmente, ele estava entregue. Os ombros caídos pareciam incapazes de sustentar por mais tempo o peso do mundo. A mulher olhou para Cortez, buscando orientação, e ele, de forma austera e confiante, confirmou o que Judite dissera:

— Vá, Zenóbia.

O colega não precisou dizer mais — o sentimento mortificante era partilhado por todos, mas a urgência se fazia necessária. Espartano e Cufu estavam em uma esquina montando guarda, enquanto Kogiro ficou na outra, tudo para garantir a privacidade daquele momento, mas agora era hora de seguir em frente. O grupo não se encontrava distante do Quartel, e aquela lonjura poderia ser facilmente percorrida a pé e sem grandes incidentes, mas isso não significava que eles podiam se dar ao luxo de permanecer ali, expostos. Era melhor partirem o quanto antes. Fora isso, havia ainda a questão de como entrariam no Quartel, caso aquela multidão de infectados continuasse por lá. E, por último, o mistério de por que o Ctesifonte não havia retornado a chamada pelo rádio.

A moça caminhou a passos largos até o líder e, ao chegar próximo a ele, observou o cadáver de Erik. Apesar de tudo, ela não conseguiu deixar de pensar que o rosto do viking parecia transmitir uma sensação de paz. Sem olhar para ela, Manes perguntou:

— Como você enxerga o ser humano ideal, Zenóbia?

— Você quer saber como acho que as pessoas deveriam ser?

— Sim.

— Bem, cada um é cada um. O que vale para uma pessoa pode não valer para outra. Além do mais...

— Mas, mesmo com as diferenças, deve haver um padrão, certo? Algo que todos deveríamos fazer. Olhe para mim neste exato momento, olhe para um homem que tirou a vida de um guerreiro valoroso, de um grande indivíduo, de um verdadeiro amigo. Olhe para mim e diga o que você pensa.

Ela não sabia o que falar. Não sabia o que ele queria que ela dissesse. Manes estava visivelmente abalado, e conflitantes sentimentos tinham vindo à tona. A alquimia surgida do caos transforma facilmente responsabilidade em culpa, confiança em receio, e destemor em angústia. Seu amado estava fragilizado, e Zenóbia sabia que cabia a ela a tarefa de levantá-lo. Era agora ou nunca! Engoliu em seco e começou a falar de uma maneira que jamais julgou que poderia:

– Acho que um homem precisa ser frio como uma pedra de gelo quando necessário, ou quente como um vulcão. Nós não escolhemos esses momentos, apenas reagimos a ele. Mas um homem pode ser duro como rocha, porém nunca insensível. Ele precisa compreender seu próximo, mas, se ele for um líder, deve caminhar sempre como um cordeiro em meio a lobos. – nesse momento, Manes levantou o olhar e fitou o rosto dela, que continuou. – Não fale alto, não grite, mas seja sereno, pois a sobrevivência depende de prudência. Nunca, nunca caia! Não caia! Um bom homem deve ser obstinado, ter objetivos, mas não pode alcançá-los à custa dos outros. O mérito deve ser sempre só dele.

– E quando um homem começa a tomar decisões questionáveis? E quando a culpa começa a ser mais forte que a razão?

– Não se deixe corromper. Encare os fatos como eles são; não crie ilusões.

– Já sei, a velha frase feita, o eterno clichê, "um homem faz o que ele tem que fazer". Falamos tanto isso que acho que já nem sabemos mais seu sentido.

– Manes, não tente ser o que você não é, pois homens que fingem o que não são tornam-se ridículos. Nunca se conforme com seus defeitos. Se você conhece um defeito seu, tenha coragem para assumi-lo e mudar.

– Defeito? Como atirar em uma pessoa que salvou sua vida?

– Você também salvou Erik. Não consegue compreender isso?

Ele coçou a cabeça, repetindo que não era para ser daquele jeito, mas ela respondeu:

– Como já disse, nós não escolhemos os momentos, apenas reagimos a eles. Nós temos nossas escolhas, Manes. E são elas que dão dignidade à vida humana.

– E você acha que o que acabei de fazer foi digno?

– Eu não tenho a menor dúvida!

Ele cruzou os braços e voltou a observar o corpo do ruivo.

– E quanto aos nossos demônios interiores?

– Sim. Todos nós os temos. São nossas tentações, nossos medos, nossa vaidade, nossa loucura. A diferença é que alguns homens são destemidos o suficiente para exorcizá-los.

Ela se aproximou e tocou-lhe gentilmente o ombro. Então prosseguiu:

– Manes, você está pensando. Está tendo dúvidas. Está questionando todas as decisões que tomou até aqui. Não faça isso. Não aqui, não agora. O mundo, como o conhecíamos, acabou. As regras mudaram.

– Nem todas regras mudaram, Zenóbia!

– Eu sei, mas você vem de um histórico militar. Sabe a necessidade de colocar fim ao sofrimento de um colega.

Aquela frase despertou sentimentos estranhos nele, que sabia que ela estava certa. Ela continuou:

– Você, melhor do que ninguém, sabe de tudo isso. Há erros e há acertos, e só o que podemos é aspirar a darmos o melhor que temos por dentro. E eu sei que você deu o melhor de si. E Erik também sabia!

— Eu não sei mais quem sou, Zenóbia!

— Você é quem precisamos que seja: nosso líder!

— Isso não é o bastante.

— Vai ter que ser. Alguém precisa sustentar esse fardo e, infelizmente, esse alguém é você.

— Eu estou cansado. Cansado de toda essa merda.

— Eu sei. Mas você não tem opção, Manes. Acredito que a vida nunca nos dê mais do que podemos suportar. Pessoas morreram. Amigos. Eles não foram os primeiros e infelizmente não serão os últimos!

Ela o abraçou e beijou com intensidade. O momento foi terno e suave, tal qual um botão de rosa desabrochando. Manes sentia como se estivesse lendo uma obra-prima, um livro que, de tão bom, já nasce um clássico. Um livro que chega a ferir os olhos do leitor, tal o entusiasmo que suas páginas determinam, mas que, inexplicavelmente, encerra em seu cerne uma única página ruim, medíocre ao extremo, cheia de desconcertos, incoerências e absurdos. Uma página fora do tom, capaz de comprometer o valor da obra em sua totalidade; uma página cujo número o leitor jamais esquecerá, pois, mesmo que ele decida reler o livro — já que tem uma história muito boa —, pulará a dita página, quando a hora chegar. Uma página maldita que, arrancada de sua posição inicial, amassada e abandonada na lata do lixo, não faria a menor falta. Enquanto beijava os lábios carnudos de Zenóbia, tendo aos pés de si um homem de valor incalculável cuja vida ele havia tirado, só o que Manes pensava era naquela página sendo deixada para trás. Um momento vergonhoso que merecia ser arrancado de sua vida, mas que, para todos os efeitos, ele teria que carregar consigo, eternamente. A página da vergonha é como ele chamaria aquele dia!

— Ele merecia um funeral digno! — o líder resmungou e seu tom de voz já era outro; mais confiante, próximo ao que Zenóbia estava acostumada a escutar.

De repente, Cortez deu um grito, que fez com que o casal se separasse imediatamente e se colocasse em alerta, já esperando estar novamente sob ataque. Contudo, o desespero do batedor, que de longe acenava e apontava para algo, tinha outras motivações. Espremendo os olhos e forçando a vista, eles procuraram discernir o que ele apontava, e, assim que conseguiram, um calafrio percorreu a espinha de ambos. A algumas poucas quadras de distância, no horizonte, era possível ver uma coluna negra de fumaça que se levantava no céu.

Zenóbia pensou o que todos os membros do grupo estavam pensando, mas ficou com medo de dizer em voz alta, como se sua observação pudesse tornar aquilo mais real do que já era. Por fim, falou:

— Manes, aquela fumaça... Ali é...

E ele complementou a frase da amante com pesar:

— Sim, está vindo da direção de onde está o Quartel!

E o grupo se colocou a correr como se o próprio diabo estivesse coriscando em seus calcanhares.

CAPÍTULO 40

Desde que o funeral de seu pai terminara, Dujas havia ganhado as ruas e vagado a esmo, tentando reorganizar sua personalidade. A cidade era um ser vivo que o engolia. Tantas buzinas gritando uma sinfonia desordenada de caos e terror; luzes piscando intermitentemente, ignorando o fato de estarem em plena luz do dia; pessoas pálidas, de olhos vazios e inexpressivos, correndo contra o tempo, como se a própria vida dependesse disso... O mundo tornara-se um pesadelo, incapaz de ser reconhecido. Ele caminhou a passos curtos, olhando sempre para baixo, procurando chamar o mínimo de atenção possível para sua pessoa.

Em um canto da calçada, espremido contra a parede de um edifício, avoluma-se um corpo enrolado num imundo cobertor marrom, buscando proteger-se do vento cortante. Dujas observou a cena por alguns momentos, mas evitou tirar conclusões e logo seguiu seu caminho, apagando da memória o que havia visto.

Seu semblante era o de um homem cansado, sofrido e angustiado. Muito distante do que deveria ser o de uma pessoa que supostamente está na "flor da idade", tal qual comumente se rotula. Havia fragilidade e imprecisão nos movimentos dele, seus lábios eram tubos e conexões desalinhados, que permitiam o vazamento das substâncias, as quais deveriam conter.

Mais à frente, os olhos dele cruzaram com os de um coelho enjaulado, exposto sem pudor na vitrine de uma loja de animais. A identificação com o animal foi quase imediata e chegou ao ponto de fazê-lo parar por alguns instantes e estudá-lo. Após decorar as feições daquele felpudo animal, alvo, meigo, com duas gemas escarlates no lugar dos olhos, Dujas seguiu seu caminho.

A cidade é disforme, inconstante, carente de explicações, sem coerência ou concordância. Uma enorme firma de advocacia, de fachada magistralmente espelhada, contrasta com sobrados encardidos, cujas paredes cinzas e descascadas serviam de privada para cachorros que vagam a esmo, perdidos na selva de concreto. Terrenos baldios que servem de abrigo para lixões e mato selvagem fazem frente a carros importados e antenas parabólicas. Prostitutas caminham em plena luz do dia na mesma calçada que crianças que estão indo para a escola. Dujas, por mais que tentasse, não conseguia entender as outras pessoas, a forma como elas pensam, suas irritantes manias e conversa furada. Ele não consegue dar um passo além e assimilar o que seus olhos traduzem para seu cérebro. Digerir todas as informações que o açoitavam era mais do que ele podia fazer.

De repente, uma violenta trombada de ombros o desequilibrou, fazendo-o rodopiar como um peão, girando no eixo improvisado que seu pé esquerdo se tornara. Demorou um pouco para ele dar-se conta do que estava acontecendo, mas, uma vez tendo feito isso, constatou que três rapazes o cercavam. Decerto, não tinham mais que 15 anos, todos trajando jeans surrados, salpicados de broches anarquistas e pichações com pincel atômico. Os cabelos ensebados, curiosamente coloridos, foi o que primeiro chamou a atenção de Dujas, que retrocedeu dois ou três passos e colou as costas no muro chapiscado de uma casa, acuado pelos rapazes.

A linguagem impregnada de gírias que eles despejaram foi indecifrável para Dujas, que só começou a se irritar de fato, quando, após ter sido intimado verbalmente de diversas maneiras, recebeu um empurrão no ombro de um dos agressores, o mais forte por sinal. Um embate parecia prestes a tomar corpo, porém ele, como um porco raivoso, soltou um rosnado gutural. Os rapazes, surpreendidos pela estranha reação, ficaram meio ressabiados e, apesar dos sinais obscenos que faziam com as mãos e de chamarem-no para a briga, guardaram uma distância segura.

Dujas, cansado daquela farsa, arregalou os olhos, pressionou a arcada dentária superior contra a inferior e fez, com seu esforço, as veias do pescoço saltarem. Começou a tremer como uma nota musical num *vibratto*, entrando e saindo de uma tonalidade, oscilando entre lá e cá. Ele desferiu uma cusparada no chão, daquelas que explodem para todos os lados, e, quando os rapazes, assustados com o que viam, resolveram dar mais alguns passos para trás e resmungaram entre si fragmentos do tipo: "O cara é doido!", "Pô, meu, é fria. Vamo 'bora'" e "Cês tão com medo, é, seus porra?", nesse mesmíssimo instante, foi que ocorreu o imprevisível. Ele não soube como, nem de onde veio, nem mesmo se importou, mas o fato é que falou. E o que disse, foi exatamente o seguinte:

– Eu vou pregar suas línguas no chão, seus bostinhas. Vou queimar suas casas e foder suas mães. É isso que eu vou fazer. Acham que tão brincando com quem aqui? Juro que, para o resto da minha vida, é do meu rosto que vocês irão se lembrar e, noite após noite, vocês chorarão como os bebês que são!

O trio estava atônito, incapaz de pronunciar uma única frase. Com um quase sorriso no canto do rosto, o rapaz avançou na direção deles, saindo da condição de presa para predador, porém, antes que pudesse agir, os garotos fugiram em disparada ao perceberem que não eram tão duros quanto achavam.

Ele não os perseguiu.

O suor escaldante pingou dentro dos olhos de Dujas, salgado, ardente, ímpio, e ele, inusitadamente, mastigou a própria bochecha. Havia muito pouco de lucidez em sua personalidade comprometida. Os pelos de seu braço eriçaram, o coração disparou, e finalmente ele entendeu o significado da expressão "nó na garganta", pois a saliva que tentou futilmente engolir voltou à boca, sendo expelida pelos seus lábios: um cão raivoso balbuciando palavras sem sentido. Ele estava sufocando, mas não era de medo, era algo mais. Seu passageiro interior, aquele que o acompanhava aonde quer que ele fosse, estrebuchava em uma queda linear, tal qual Ícaro, após ter suas asas derretidas pelo calor do sol. Mesmo que ele sobrevivesse àquele dia, mesmo que qualquer um sobrevivesse, as sequelas seriam irreparáveis.

Dujas estava na recepção, ao lado do portão da entrada principal do Quartel. De sua localização, conseguia ver por meio de duas placas enormes de vidro temperado tanto o corredor lateral, por onde a sprinter havia saído, quanto a fachada que dava para a rua. À sua frente havia uma bancada de metal, um dinossauro jurássico remanescente da época em que o Quartel era ainda uma empresa de segurança, e, no lado esquerdo, um botão vermelho, que, caso fosse pressionado, abriria os portões e liberaria a entrada para as dezenas ou talvez até centenas de contaminados que estavam do lado de fora.

A guerra estava para terminar, de um jeito ou de outro.

A poucos metros de distância dele, José corria como um louco desvairado. O jovem sabia que só havia duas formas de abrir os portões externos, pela sala de comunicações – que ficava nos fundos – ou pela recepção. Dujas não iria até as comunicações, isso era certeza; ele não correria o risco de chegar lá e deparar com aquele monte de botões, sem saber qual acionar. A recepção era muito mais prática: um único botão, uma única possibilidade!

As palavras de Liza não lhe saíam da cabeça, e José sabia que ele era o único que poderia deter as ações doentias do novato. Toda a aventura das últimas vinte e quatro horas parecia uma experiência surreal, que estava prestes a culminar em uma realidade definitiva, carente de perspectiva e apoio; um vórtice de águas tempestuosas ao qual todos os pesadelos que já existiram se amalgamavam em um só. Era a possibilidade do fim definitivo aproximando-se, trazida pelas mãos improváveis de um único homem. As linhas que separavam a vida da morte se abreviavam.

Qual o sentido de viver quando todo o resto morreu?

Ainda assim, enquanto José se movia, ele sentia o empuxo da gravidade sobre seus ossos, sobre sua carne, sobre seu espírito – a força dela apertando seus pés contra o chão duro do Quartel –, e sabia que, de alguma forma, suas ações importavam. Existia dentro de si alguma substância inexplicável que o mantinha em movimento. O fôlego parecia escapar-lhe e seus músculos doíam, porém o que José carecia de capacidade física, sobrava-lhe de força de vontade. De repente, ele era tudo o que restava entre a existência e o esquecimento, e sentiu a responsabilidade do fardo da vida pesar sobre seus ombros. Por sua esposa. Por seu filho.

Quando já divisava a silhueta de Dujas dentro da recepção, prestes a dar início ao desastre, a poucos metros de distância de si, José foi derrubado bruscamente por alguém que saltou em suas pernas e as agarrou em pleno movimento, como fazem jogadores de futebol americano.

O técnico caiu junto do autor do golpe, rolando de forma desajeitada pelo chão dos corredores do Quartel. Na queda, chocou o ombro com força contra o solo, o que fez um barulho seco e um estalido. Assim que se virou e olhou para trás, reconheceu sem muita surpresa quem o derrubara e foi tomado por uma sensação de *déjà-vu*. Era Silvério, que se recompôs com mais rapidez do que ele próprio do tombo e continuou sua investida. Escalou por sobre o seu tronco, estabelecendo uma posição de domínio e, completamente alucinado, desferiu um soco fortíssimo de cima para baixo. Felizmente, a pancada acertou de raspão o rosto desprotegido de José – que movera a cabeça levemente no último segundo –, encerrando sua trajetória contra o chão.

O agressor, que não era nenhum Hulk, gritou de dor ao sentir os ossos de sua mão se esfacelarem contra o chão, o que concedeu uma pequena pausa para o técnico se recuperar. Com uma violenta estrebuchada, ele arrancou Silvério de cima de si e gritou:

– Para com isso, Silvério. Temos que deter Dujas! – mas, ao ver a expressão no rosto do sentinela, intensificada agora pelo recrudescimento causado pela dor, percebeu que não haveria conversa.

Alheio ao que ocorria, Dujas, que estava imerso dentro de sua própria mente perturbada, tomou uma decisão. As vozes dentro de sua cabeça eram fortes demais para serem ignoradas. Elas haviam feito com que ele perdesse a maior parte de sua própria identidade, com que submergisse dentro de si próprio, num inexplicável processo antropófago. Não havia mais sentido nas coisas, no mundo – só o que restara fora aquela existência patética e pestilenta à qual todos eram submetidos sem distinção. Os fantasmas de Dujas enfim haviam ganhado toda a ascendência possível sobre as ruínas do que outrora fora sua personalidade.

"Por que não?", ele se perguntou, e não encontrava nenhuma justificativa para não fazê-lo.

– Me solta, Silvério, caralho, olha só a merda que tá rolando...

O ambiente, em nada mudou, mas ainda assim, de uma forma bizarra, se alterou por completo. Tornou-se sombrio – cheiro de bibliotecas velhas, castelos medievais e mansões abandonadas.

– Solta, cacete!

Foi como se uma palpável escuridão tivesse descido sobre a recepção, nauseando cada um dos que estavam por perto. Até mesmo Silvério, como que tomado de assalto, interrompeu por um instante o confronto com José e percebeu que alguma coisa estava errada. Sobre si, descerrou uma sensação incômoda que não era medo, tampouco terror, nem mesmo breve receio, mas, sim, algo diferente. Uma sensação agonizante que não nomeamos até hoje, por ser difícil de categorizar.

– Viu agora o tamanho da merda?

É como quando acordamos no meio da noite e descemos até a cozinha para buscar um copo de água e, ainda meio sonolentos, não acendemos as luzes, pois acreditamos que a luminosidade do luar que entra pelo vitral da janela é suficiente para guiar os nossos passos. Caminhamos despreocupados até a geladeira – pisando nas pontas dos pés porque o chão frio nos aproxima subitamente da realidade de estarmos acordados – e, uma vez lá, enquanto de costas para a porta da cozinha, examinamos seu interior, procurando algo para comer, uma garrafa de água para tomar, talvez um resto de iogurte ou suco de laranja. Então, um barulho inesperado invade nossos ouvidos e nos dá calafrios que sobem da ponta dos pés à cabeça, arrepia o estômago e nos deixa imóveis, com medo até de nos voltarmos para trás. Um barulho que não deveria estar lá, um barulho improvável, surdo, saído diretamente de nossos pensamentos, para o mundo real. E a sensação que temos a seguir é nítida: há algo atrás de nós. Você não escuta mais nada a não ser o eco do barulho em sua mente, não escuta um único movimento, nem um único ruído. Não escuta nada, mas sabe que algo está atrás de você. Sim, algo, não alguém. Como você sabe disso é inexplicável, mas, em seu íntimo, tem a certeza de que não se trata de uma pessoa. São sensações distintas; você sabe quando alguém se aproxima, quando é observado. Aquilo é diferente. Na sua cozinha escura, iluminada somente pela lua e pela luz fraca da geladeira, você se vê encurralado pelo desconhecido; quando alguma coisa está atrás de si, talvez até baforando em suas costas, apenas esperando que você se vire. Mas você não se vira, pois não quer descobrir a verdade. Teme a verdade.

Fingimos então não ter escutado aquele estalo sólido de madeira que feriu nossos ouvidos, aquele chiado ardente que proveio do mais obscuro sobrenatural; rezamos para que o causador do ruído não nos ataque traiçoeiramente pelas costas e continuamos a pegar nossa água, como se nada tivesse ocorrido. Subimos as escadas com um vazio no cérebro, sem olhar para trás, derrubando água do copo que levamos para nos fazer companhia durante a noite, lembrando sempre do barulho e temendo as consequências que ele pode trazer consigo. Com um pouco de sorte, conseguimos retornar ao leito, deitamos encolhidos, protegidos pelas cobertas e tomamos cuidado para não deixar nenhum membro para fora, pois tememos que, ao descuido de um instante, surja algo da escuridão e nos toque. Naquele momento, era precisamente daquela forma que todos se sentiam.

Dujas pressionou o botão e o portão começou a se abrir!

CAPÍTULO 41

A facilidade com que Hulk ergueu do chão um homem corpulento e bateu-o contra a parede do salão fez com que Júnior se apavorasse. Outros três sujeitos tentavam combatê-lo ao mesmo tempo, porém eram rechaçados como se fossem crianças. O gigante loiro era um aríete, um bate-estacas, uma britadeira, tudo em um mesmo ser. Sua corpulência não lhe permitia utilizar em demasia as pernas, mesmo porque sempre havia alguém agarrado a elas tentando desempenhar a fútil tarefa de derrubá-lo, mas o uso que ele fazia das mãos era mais que suficiente para dar conta do recado, socando, batendo e estapeando tudo e todos que estavam ao seu alcance.

Ao redor deles, os demais conflitos pareciam minguar e se retrair, até que, súbito, tudo perdera um pouco sua importância. Os motivos que levaram à explosão da contenda entre os membros da comunidade, as mágoas e raivas guardadas debaixo do tapete, essas coisas minoraram diante de tudo o que acontecera. Não o incitamento público de Dujas e todos os fatos que eram de posse do conhecimento geral; essas coisas continuavam presentes, porém os pormenores, os detalhes escondidos das vistas alheias, as miudezas que ninguém jamais conheceria, essas coisas eram a verdadeira essência da guerra. E eram elas que pareciam se despir de toda importância, se é que um dia haviam tido alguma. As razões que fizeram um companheiro levantar a mão contra seu colega diminuíram, encolheram, até se reduzirem a um precário resquício de pensamento não dito, não expresso.

Mas o conflito não estava ainda totalmente rematado, e o epicentro da luta que ainda durava era Hulk e sua incontrolável fúria. Júnior não sabia dizer se ele havia machucado seriamente alguém durante a luta; a maior parte do que via eram apenas empurrões, trombadas e arremessos, porém sentiu até o seu último fio de cabelo se arrepiar ao ver o lutador segurar bruscamente pelos cabelos um jovem com uma mão e, com a que estava livre, dar uma violenta "martelada" direto contra o nariz do infeliz. O jovem desmontou no chão, trançando as pernas como um bêbado, e caiu completamente desacordado.

O técnico tremeu ao conceber que, se Hulk desse um soco daqueles contra seu rosto, ele estaria morto. Se não morto, certamente deformado para o resto da vida. Não havia cirurgiões no mundo do apocalipse, muito menos plásticos. Não havia dentistas para recuperar os dentes quebrados nem ortopedistas para dar um jeito em fraturas graves. Uma pancada daquelas, caso não levasse ao óbito, arrebentaria com a cara de um sujeito em definitivo. Júnior se horripilou só de pensar na possibilidade de algo assim lhe acontecer. Hulk era pelo menos três vezes o tamanho dele, talvez mais. Era a verdadeira batalha de Davi contra Golias, exceto que nem mesmo uma funda ele sabia usar. O plano de Liza implicava que ele chegasse perto do gigante – e a proximidade o deixaria em risco. Mas não havia outras opções.

Júnior sabia que não adiantava esperar por uma brecha, pois ela não aconteceria. Não haveria um momento melhor para fazer o que tinha que fazer. Ele precisava se arriscar e torcer para que os outros continuassem servindo como uma boa distração e que ele fosse rápido o suficiente para escapar das garras do gigante. Então, sem mais delongas, Júnior simplesmente correu.

O tempo-espaço pareceu se dobrar diante de si; cada batimento cardíaco durava uma vida, cada segundo durava uma era. Júnior, abaixado ao lado de Liza, há apenas alguns metros de Hulk, disparou em alta velocidade na direção dele. Sua respiração estava firme e cadenciada, todos os movimentos foram rigorosamente calculados em sua mente. Não havia lugar para erros! Ele se moveu com correção, preciso e elegante; saltou dois oponentes que estavam em seu caminho e se batiam mutuamente no chão como um corredor profissional salta um obstáculo, mantendo os olhos fixos em seu alvo; durante a corrida, levou a mão ao bolso e apanhou um pequeno objeto, que segurou com solidez. Seus músculos não tinham sido desenhados para um esforço como aquele, e por isso mesmo o vigor que extraiu deles foi impressionante. Outro obstáculo se interpôs em seu caminho, agora já a uma distância de poucos metros do alvo e, mais uma vez, ele se desviou com presteza. O objeto em sua mão, um estilete convencional, teve sua pequena lâmina posta para fora com um movimento rápido do dedão.

Hulk estava de costas. Ele não podia se virar. Se percebesse a ação do técnico, estava tudo acabado.

Outro azarado foi esmagado pelos dedos de aço do gigante, mas isso não importava mais. Júnior estava quase lá... Quase lá!

Foi de rabo de olho que Hulk percebeu a chegada de algo por trás de si. Ele virou a cabeça e olhou por cima do ombro, movido por nada mais que seus instintos primitivos, aperfeiçoados por anos de lutas; entretanto, havia outras pessoas o atacando e suas mãos estavam ocupadas. Ele tentou sair, alinhar seu corpo para ter uma visão melhor do que o esperava, mas não conseguiu.

"Ele me viu! Ele me viu!", pensou Júnior ao perceber que estava perdendo o elemento surpresa. "Apenas mais dois metros, só mais dois..."

O colosso humano fez um esforço fenomenal para se virar. Seus instintos diziam com toda a força: "Vire-se! Vire-se agora!", porém um soco direto contra seu maxilar o distraiu. A pancada não doeu, decerto, para alguém como ele, um soco de uma pessoa normal não habituada a lutar jamais o feriria, mas foi o suficiente para desconcertá-lo brevemente. O autor do golpe pagou caro por sua petulância – seriam semanas tomando sopa de canudinho – mas, mesmo sem querer, ele cumpriu um papel fundamental naquele drama. Ele não sabia o que Júnior estava fazendo, pois não havia percebido a presença do técnico. Não imaginava o tamanho da importância que seu simples soco tivera ao impedir que Hulk se virasse. Ainda assim, sua ação foi decisiva para colocar um fim naquela luta.

"Agora, é agora!"

Júnior deu um pulo cinematográfico e aterrissou aos pés do gigante, trombando contra suas coxas rijas como se fossem mármore quente. Sabendo que aquela seria sua única chance, ele não vacilou: com o afiado estilete em mãos, passou a lâmina no Tendão de Aquiles dele, rompendo-o de ponta a ponta. Junto dele, retalhou inadvertidamente nervos, artérias, vasos e ligamentos, comprometendo em um único movimento toda a mobilidade daquele membro.

O lutador deu um urro de dor e, num reflexo rápido como um raio, agarrou Júnior pelos cabelos, antes mesmo que ele tivesse chance de cortar o outro tendão, praticamente erguendo-o do chão. Com a mão livre, segurou o técnico pela virilha, com perturbadora facilidade, deu um rodopio com o corpo dele, virando-o de ponta-cabeça, e aplicou-lhe um tradicional golpe de luta livre, no qual um lutador "prega" o outro no chão.

A violenta pancada arrancou Júnior de seu prumo, e, gravemente ferido, só o que ele pensava era em fugir dali e sair do alcance daquela máquina de combate assassina. Foi quando o surpreendente aconteceu: o gigante, quando tentou investir novamente contra o corpo de Júnior – que se arrastava para longe se contorcendo grotescamente como uma cobra –, caiu. Foi como a queda de uma torre ao ter suas bases danificadas; a implosão de um edifício. O Golias loiro veio abaixo de uma única vez, sucumbindo ao ferimento causado pelo estilete.

Júnior voltou-se e olhou para ele – ambos estavam a uma distância bastante curta – e seus olhares se cruzaram. Foi um momento estático, no qual uma descarga elétrica saiu de dentro de cada um e foi arremessada na direção do outro como uma seta. Num esforço derradeiro, o gigante se projetou para frente tentando dar um bote e agarrar o técnico, sua mão chegou até mesmo a resvalar na perna de Júnior, porém, o ataque não foi preciso o suficiente.

O ferimento na perna de Hulk principiou uma poça de sangue que se alastrava rapidamente, e Júnior, superando a dor da violentíssima pancada que sofrera, conseguiu se colocar de quatro e engatinhar para longe, saindo do alcance de seu perseguidor.

– Eu vou te matar! – gritou o colosso externando ódio e frustração, porém, no momento em que ensaiava uma maneira de se levantar, foi calado por um terceiro combatente que, aproveitando a sua fragilidade, desferiu um forte chute contra seu maxilar.

– Filho da puta, vem aqui! Faz isso de novo!

Mas quem fez foi outro membro da comunidade, que, tomando coragem de se aproximar, veio por trás e também deu um chute contra as costelas do homem caído. Hulk girou o corpo tentando alcançá-lo e novamente praguejou, mas só o que conseguiu foi agarrar o ar e cair de costas no chão.

– Eu vou acabar com todos vocês, seus merdas. Vocês vão aprender a me respeitar!

Um outro arriscou dar uma pisada, exatamente em cima do ferimento aberto pelo estilete. A dor lancinante fez com que Hulk se virasse e tentasse agarrar o autor da pisada, mas ele, ligeiro, saiu de seu raio de ataque.

Em segundos, o cerco começou a se fechar. Várias pessoas massacradas pelo agora caído guerreiro e outras que, mesmo durante todo o conflito, não haviam até então colidido contra ele, juntaram-se à sua volta e começaram a espancá-lo sem dó, chutando e guardando distância; batendo com o que tivessem à mão — cabos de vassoura, esfregões, vasos, panelas e ferramentas — em seu corpo, agora de quatro no chão. A imagem de Liza violentada sendo atirada aos pés de Dujas permeava a mente de muitos, que buscavam revanche. A luta ao redor deles estava praticamente terminada, e os últimos insurgentes eram dominados pelo grupo maior que havia se unido sob o comando de José.

Logo, seis pessoas que espancavam Hulk se transformaram em nove; e as nove se transformaram em doze. Homens e mulheres, todos batendo como uma tribo de selvagens, com seus tacapes improvisados, urrando sem parar em nome daquele troféu conquistado, aquele espólio da batalha.

A surra durou alguns minutos, o suficiente para que toda aquela soberba musculatura fosse malhada ao ponto de tornar-se uma massa de carne moída irreconhecível. Ossos se partiram, dedos foram triturados por pisadas firmes, bicos contra o rosto estouravam os dentes e o nariz, e a poça de sangue ao redor dele já chegava a dois metros de diâmetro. Pouco a pouco, porém, como que recobrando a consciência aos poucos e questionando suas ações, as pessoas começaram a parar de sová-lo e se afastaram.

Júnior assistiu a tudo horrorizado, sem mover um único músculo. Ele não sabia exatamente o que tal ação coletiva havia representado, nem o que resultaria daquilo tudo, mas, mais do que nunca, rezou para que Manes voltasse. Aquele massacre havia ultrapassado limites tanto quanto as atitudes de Dujas e do próprio Hulk. Ele olhou para suas mãos ensanguentadas e se questionou se suas próprias ações não haviam também cruzado a linha da razão. A ordem precisava ser restaurada no Ctesifonte.

Hulk, deitado no chão, virou-se lentamente de barriga para cima, afogando-se no próprio sangue. Seu rosto era uma massa disforme, inchada, como se diversos tumores malignos tivessem crescido em sua face, um por cima do outro. Ele tentava falar alguma coisa, era nítido para todos os presentes que ele tentava, porém as palavras simplesmente não saíam. Foi quando, fazendo uso de todas as forças que lhe restavam, Liza se aproximou.

Ela caminhou cambaleante até o corpo caído como a guerreira que era, com a mesma dignidade com que vivera por toda a sua vida, disposta a fechar aquela história. Em suas mãos, trazia consigo uma enorme chave inglesa, à qual segurava como se fosse um pesado fardo. Mas se suas mãos tremiam e vacilavam e seus passos pareciam trançar de quando em vez, o olhar dela era firme e resoluto, mostrando que não haveria vacilo de sua parte. Enquanto andava com autoridade imperial, Liza sentia que, a cada passo que dava, seu corpo se tornava mais leve, como se seus pecados fossem ficando para trás, e, diante de si, só o que restava era a absolvição. Em seu trajeto rumo ao calvário, experimentava o fim da jornada, o fechamento de um ciclo; diante de si e do seu destino, só havia mais uma tarefa a ser realizada, apenas mais uma. Uma promessa a ser cumprida.

Ela se movia com dificuldade, arrastando a perna esquerda. O sangue que escorria da região pubiana chegava até a barra da calça e seu rosto estava pálido e com olheiras, mas Liza não podia se dar ao luxo de cair. Não ainda.

Enfim, após um percurso que pareceu durar uma eternidade, a líder do Quartel chegou até o corpo estendido no chão. Nenhum dos presentes se pronunciou, na verdade foram todos abrindo caminho para a passagem dela, silenciosos e cientes de que todos eram cúmplices daquele momento. Era o fechamento, a apoteose, naquele exato instante! E esse fechamento cabia a ela e somente a ela. Liza caiu de joelhos, bem próxima ao rosto de seu violador, e ele, com o único olho inteiro que lhe restara, percebeu sua chegada.

— Olá, princesa — disse ele sibilante por causa dos dentes quebrados. Sua voz pareceu saída de um local oco, uma casca sem vida. Liza nada respondeu. Seus olhos mantinham-se firmes. — Fico feliz que seja você — ele completou.

Se o momento pudesse ter sido descrito por uma única palavra, ela seria solidão. Não só Liza e Hulk se sentiram sós no mundo, tomados por uma onda de desamparo, como também Júnior e os demais presentes. A vergonha das ações da comunidade terem resultado naquilo era um fardo que seria carregado por todos até o fim de seus dias. O Quartel retrocedera e era agora o retrato da nova Sodoma. A imagem de seu líder que tanto havia lutado por eles havia sido crucificada na mente de cada um; a mesquinhez havia dado as caras e mostrado que, mesmo na Era do Apocalipse, os interesses pessoais continuavam valendo mais do que a compreensão mútua e o compartilhamento. A comunidade jamais havia sido uma utopia, era verdade. Mas, agora, a sensação que todos tinham era de que o que havia sido partido não poderia ser juntado.

Liza sentiu muito frio. Tinha ciência de que seu momento estava chegando. Lembrou-se de quando ainda era apenas uma criança, sentada em uma rede azul com bordados vermelhos, feita a mão, na qual abraçava com fervor sua avó materna. A rede subia e descia levemente, num movimento compassado. Era um dia quente, com nuvens no céu que pareciam tufos de algodão. A menina não entendia o que havia acontecido consigo, mas, por sorte, sua avó estava lá para explicar-lhe.

– Você é especial, Liza – ela disse. – Poucas pessoas no mundo podem fazer o que você faz.

– Mas, vovó, eu não entendo o que eu posso fazer.

– Ainda não, minha querida, mas você é muito jovem. Seus talentos ainda irão se desenvolver. Você verá.

– Que nem foi com a senhora?

– Sim, como foi comigo. Eu também era criança como você quando tive a minha primeira visão. Minha mãe, a sua bisavó – que Deus a tenha –, estava lá para me ajudar, igualzinho estou fazendo com você agora.

– Eu não quero, vó. Não quero nada disso. Não quero que nada disso seja verdade.

A avó sorriu. Abraçou a neta contra o peito:

– Eu sei que você deve estar assustada, é normal. Mas saiba que seu dom pode ser usado para ajudar muitas pessoas.

– Mas eu não consigo entender...

– Eu garanto que, quando você tiver a minha idade, vai entender as coisas bem melhor do que agora. Não se preocupe.

A menina ficou quieta, e a avó teve uma sensação estranha, como se um anjo negro tivesse pairado sobre ambas.

– Quer me contar o que viu, Liza?

Ela hesitava. Em seu íntimo, desejou que nada daquilo fosse real:

– Vovó... Tudo que a senhora viu... Tudo sempre aconteceu?

– Sim, Liza. Tudo.

– Então... Vó, eu acho que não vou chegar à sua idade.

Com o corpo indefeso de Hulk aos seus pés, Liza lembrou-se de sua primeira visão, aos 8 anos. A passagem do tempo havia amenizado aquela imagem, quase apagado, mas agora ela retornava com intensidade total. Lembrou-se de que viu dor, sangue e o mundo devastado. A morte estava presente em todos os cantos, e, qualquer que tenha sido a argamassa que sustentara a humanidade até então, ela parecia não estar mais ali. Só o que restava era uma profunda solidão, aquela que todos sentiam agora. Liza lembrou-se de ter contado tudo à sua avó e então rememorou com singular clareza cada uma das visões que teve ao longo dos anos seguintes. Ela vivera uma vida satisfatória, isso era certo, mas chegara a hora de partir. Diante de si, o rosto de Hulk era um lembrete do que ela precisava fazer. Enquanto não o fizesse, não poderia partir em paz – assim dizia sua visão, a primeira, havia muitos anos.

Ela segurou a chave inglesa com as duas mãos. Levantou-a até a altura do ombro e desferiu a primeira pancada. O barulho foi seco, quase cruel. Tentou não pensar no que estava fazendo para não correr o risco de impedir-se de continuar. Seu destino, há muito decidido, obrigava-a a seguir em frente. Bateu a segunda vez. A terceira. E a quarta. E, então, estava terminado. Não havia necessidade de um quinto golpe, e Liza não precisava ver com seus olhos para confirmar isso. Em seu íntimo, ela já sabia, pois já havia visto o resultado das quatro pancadas décadas atrás. Diante de si, o corpo de Hulk jazia sem vida.

A chave ensanguentada caiu no chão ao seu lado. Tilintou e depois se juntou ao silêncio mortificante.

Liza, já com a visão embaçada, procurou Júnior na multidão que a cercava e, ao vê-lo, usou suas últimas forças para fazer um sinal. O técnico imediatamente se aproximou a tempo de escutá-la dizer:

– O bebê... Ele precisa nascer. É a nossa esperança. O bebê é a esperança da humanidade.

Júnior lembrou-se de que Ana Maria estava sozinha logo ali, em uma sala ao lado, dando à luz a uma criança, e engoliu em seco. Ao menos agora, com a luta concluída, eles poderiam ajudá-la sem problema. Várias mulheres no Quartel tinham condições de auxiliá-la na tarefa de parir a criança:

– Pode deixar Liza!

– Diga a Manes...

– O quê?

– Diga a Manes que eu o amo.

– Não, Liza, você mesma vai dizer. Você...

Ela o segurou pela gola da blusa, puxando-o para perto de si, e implorou:

– Diga que eu o amo! Que essas foram minhas últimas palavras.

Júnior comprimiu os olhos e pressionou os lábios. Num suspiro, confirmou:

– Tudo bem. Eu digo.

O corpo amoleceu e os olhos se fecharam. No salão que até então havia sido palco da mais feroz contenda que todos já haviam visto agora havia um vácuo. Liza, a líder da comunidade, a profetiza, a visionária, estava morta!

CAPÍTULO 42

Silvério nunca havia corrido tanto em sua vida. Era como se a raiva que estava sentindo fosse um novo tipo de combustível que lhe renovasse as forças. Ao ver José naquele corredor, poucos metros à sua frente, o sentinela acelerou o passo até alcançá-lo e investiu sobre ele como um *wrestler* profissional faria. Seus ombros se chocaram contra a cintura do oponente e o ergueram do chão, fazendo com que o corpo do outro desse um rodopio em pleno ar. O técnico mergulhou no chão, recebendo um baque violento contra o ombro e o torso. Eles bailaram juntos naquela dança mortal por alguns segundos, com José berrando o tempo todo coisas que Silvério não conseguia – ou não se preocupava em – escutar.

Para a sorte do técnico, o ataque fez com que ele percebesse que seu oponente era um cachorro velho que só conhecia um único truque, pois aquele havia sido exatamente o mesmo golpe que Silvério tentara usar da última vez. Assim, com uma agilidade que o outro não esperava, José esquivou-se de um soco que teria amassado seu nariz e criou a oportunidade para desferir uma potente pedalada contra o rosto do sentinela, que o arremessou para trás. No momento em que deu a pancada, o técnico sentiu o maxilar do oponente estralar, como se houvesse trincado, e, quer ele estivesse quebrado ou não, José já sabia que aquela era uma batalha vencida.

Porém, antes que os dois tivessem oportunidade de continuar com a luta, já que ambos, apesar de desgastados, assumiam posições ofensivas, subitamente Silvério empalideceu e se deteve, mirando para algo que ocorria atrás de José. Seus olhos pareciam descrentes, indicando que ele finalmente havia tomado ciência da gravidade da situação.

– Viu agora o tamanho da merda? – perguntou o técnico ao homem que o enfrentava, mas, antes que pudesse obter alguma resposta, foi consumido por uma sensação de embrulhar o estômago. Sentiu um vulto mover-se atrás de si e, ao se virar, deu de cara com a figura esquálida e repugnante de Dujas, que parecia ainda mais abatido do que quando chegara ao Quartel e, decididamente, ostentava um olhar deveras mais alucinado. Atrás do novato e ex-imperador do Ctesifonte, havia um grande painel de vidro que dava para o corredor lateral por onde as sprinters haviam saído e, através dele, era possível ver os infectados entrarem a baciadas, passando correndo.

– Não! O que você fez!!?? – gritou José apavorado, sem ainda acreditar que aquilo podia estar acontecendo.

– É hora da danação! – respondeu um alucinado Dujas.

A arquitetura do Quartel era singular. Eles estavam agora na parte interna do edifício, que se iniciava na recepção e desembocava em um corredor longo, através do qual diversas salas eram distribuídas ao longo dos cem metros seguintes, até que o corredor acabava e o salão – onde a luta se desenrolara – começava. Do salão, saíam várias outras alas contíguas, formando uma teia de corredores e salas. O terreno era enorme, e a área construída maior ainda, portanto, se, por um lado, os infectados que estavam entrando ainda não tinham acesso à parte interna do Quartel; por outro, assim que dessem a volta completa no edifício e chegassem à garagem pelo lado oposto, eles teriam.

Mesmo Silvério, diante do que acontecia, recuou, esquecendo-se da raiva que guardara de José. A visão amedrontadora dos avejões inumanos entrando no lugar que todos julgavam ser o único ponto ainda seguro na face do planeta despertava sentimentos e sensações que remetiam ao Dia Z e que, até então, estavam profundamente enterrados nas fossas mais abissais da alma. Dujas abriu seus braços em forma de cruz e continuou a balbuciar frases como se fosse o protagonista de uma peça, diante de uma plateia:

– A vida é um emaranhado de medos e decepções, entremeados por poucas alegrias efêmeras. Qualquer felicidade que outrora tenha existido foi há muito engolida pela dor. Olhem para mim: eu sou o julgamento!

José olhou para Silvério e gritou:

– Rápido, se você voltar correndo por dentro, vai chegar ao salão antes dos contaminados. Ainda dá tempo de avisar a comunidade de que eles estão chegando.

O ferrenho oponente, ciente de que precisaria esquecer a súbita inimizade em prol de um objetivo maior, fez um sinal de positivo com a cabeça e correu cambaleante de volta na direção de onde viera. Os contaminados tinham que contornar o prédio que ele cortaria por dentro. Tinha que dar tempo. Tinha que dar!

Dujas, mantendo um dos braços abertos e ainda recitando aquelas frases de efeito, buscou com uma das mãos uma faca que estava guardada na cintura, em suas costas. Uma arma que até então ninguém sabia que ele carregava consigo. Ele apanhou a lâmina lentamente, quase em câmera lenta, enquanto falava, deliciando-se com o momento:

– Certo dia, domei os demônios que haviam dentro de mim. Neles coloquei uma rédea e um cabresto e cavalguei montado em uma nuvem amarga feita de bílis. A cada um deles eu dei um nome. À minha ambição chamei Valdívio!

– Dujas, afaste-se agora. Você não precisa fazer isso... Nós ainda podemos acabar com esta loucura! – tentou argumentar José, mantendo o olho firme e atento na faca que reluzia, refletindo o delírio de seu portador.

– À minha amargura chamei Hokuokekai.

O ex-imperador saiu de sua posição teatral e brandiu a faca ameaçadoramente no ar, abrindo um sorriso no rosto. José mantinha o estado de alerta, percebendo que não haveria conversa e que todo o desvario e a insensatez da personalidade do novato predominavam num frenesi titânico de insanidade. A expressão no rosto de Dujas era rígida como um diamante! A faca, que Dujas devia ter pegado discretamente de dentro da sala de armas e guardado consigo, era um modelo profissional. Tinha o cabo de polímero e uma lâmina de aço inox com um palmo de comprimento. Atrás deles, os infectados continuavam entrando e, se algo não fosse feito imediatamente, logo seriam centenas. Aquele portão tinha que ser fechado!

– Ao lobo que há dentro de mim chamei de Uchoa. E à minha decadência chamei de Ojibe.

A lâmina cortou o ar, paralela ao chão, buscando o estômago de José, que foi obrigado a dar um pulo para trás e encolher a barriga.

– Você está fora de si.

– Nunca estive tão certo do que estou fazendo, moleque!

Cortando a conversa, Dujas investiu contra ele riscando o ar mais duas vezes. Na segunda, o afiado gume da faca tocou a camisa de José, desfiando-a em pleno ar. O resvalo fez com que o agressor se empolgasse, e, de forma quase infantil, ele segurou a faca como quem busca uma punhalada e investiu pesadamente contra sua presa. Com ambas as mãos, o técnico conseguiu evitar o golpe, mas sentiu uma fisgada forte no ombro, que rugia de dor por causa da pancada recente contra o chão. A dupla se debateu medindo forças naquela coreografia mortal; derrubou um vaso com uma bela orquídea, a única coisa que representava o verde e a vida naquele corredor, e chocou-se contra a parede. José foi prensado no concreto com a ponta da lâmina bem próxima de si, quase lambendo o seu rosto, mas, por sorte, Dujas era uma figura fraca e patética, que não gozava de boa saúde ou dos reflexos em dia. Enquanto se engalfinhavam, o técnico rosnou:

– Você poderia ter tido uma casa aqui, seu desgraçado.

– Eu cuspo nesta casa! Eu cuspo em você.

Num arco-reflexo, José deu uma cabeçada no nariz de Dujas que explodiu em uma bolha escarlate, causando uma cegueira momentânea. O golpe o pegou de surpresa e fez com que ele largasse o oponente e retrocedesse, cobrindo o rosto com ambas as mãos, enquanto uma dor aguda queimava-lhe a face. Sem pensar duas vezes, José passou reto pelo oponente e correu até a recepção, onde bateu a mão sobre o grande botão vermelho do painel. Finalmente, o portão começou a se fechar. Sua ação, contudo, custou-lhe muito caro; perseguido de perto pelo ex-imperador, o técnico sentiu quando a lâmina foi cravada em suas costas, na região dorsal. A faca penetrou profundamente, quase atravessando o tronco, e alojou-se em algum lugar próximo às costelas. Dujas, que estava atrás dele, com o corpo colado ao seu, bradou invectivamente, enquanto dava uma violenta torcida no cabo da faca, o que levou José aos gritos:

– Seu sangue em meus dedos encerra sua história e passa a fazer parte da minha.

Então ele arrancou a faca de uma vez. José despencou no chão. Suas forças haviam se esvaído com singular imediatismo, e ele nem ao menos conseguia levar a mão sobre o ferimento, que sangrava copiosamente. Dujas gritou:

– Eu matei meu pai. Eu matei minha mãe. Tudo isso foi antes do fim do mundo. Eu senti as unhas de minha mãe arrancando a pele de meu rosto... Eu abri os Círculos do Inferno e os trouxe para perto de nós! Você não pode me deter, ninguém mais pode...

A visão de José começou a ficar embaçada. Em sua cabeça, ele traçou uma centena de planos, mas sabia que jamais conseguiria realizar qualquer um deles. Estava fraco demais, quase entregue. Sem que ele soubesse, em algum lugar do Quartel, seu filho nascia, enquanto ele, transpassado por uma lâmina nojenta, padecia. Dujas continuou seu discurso.

– Ao meu poder, o poder sobre a vida e a morte, eu dei o nome de Uzi. Ninguém nunca me levou a sério, mas agora ninguém mais dará risada.

Dujas caminhou até uma distância de apenas um passo de José. Espaçou ambas as pernas, de forma a deixar o tronco do técnico entre elas, e segurou a faca com as duas mãos de maneira quase ritualística, virando a ponta para baixo. Como um vilão de cinema que vive seu grande momento quase no final do filme, revelando seu plano de dominar o mundo para o mocinho supostamente indefeso, o ex-imperador se pôs a falar:

– Você já foi mau, garoto? Mau de verdade? Claro que já. Todos já fomos um dia. E você se lembra de que, antes de ser mau, houve um instante no qual conversou consigo próprio e quase se convenceu a não sê-lo? Lembra-se disso? Mas, aí, uma voz vinda de lugar nenhum cochichou alguma coisa em seus ouvidos, como um grilo falante às avessas; cochichou algo que só você conseguiu escutar, mas que lhe pareceu tão certo, tão direito e sem a menor dificuldade; ela lhe convenceu a ser mau. E esse argumento tão irrefutável e, ao mesmo tempo, tão desprovido de sentido, colocou-lhe de joelhos de tal forma que você nem sequer questionou o porquê de sua decisão, apenas resignou-se. Sabe do que estou falando? Parece-lhe familiar? E depois de ter sido mau, depois de ter prejudicado as pessoas, você se arrependeu e ficou a se perguntar: "Meu Deus, por que eu fui fazer aquilo?", mas então já era tarde demais. Diga-me, você já teve essa sensação, rapaz?

José nem mesmo havia escutado as palavras, mas Dujas não parecia preocupado com isso. Diante de sua plateia imaginária, ele prosseguiu:

– Como nós sabemos qual direção tomar? Você sabe como? A verdade é que não estamos sozinhos. Nós nunca estamos sozinhos. Há sempre alguém conosco, e é ele quem fala essas coisas em nossos ouvidos!

– Por favor... – implorava José com uma voz fraca, quase inaudível. Dujas sorriu e sussurrou:

– A besta, moleque, a besta.

Ele proferiu, então, uma breve prece que foi mais um mexer de lábios do que palavras concretas e ergueu a faca acima da altura da cabeça.

José viu sua vida passar diante de si, do berço, à escola, à faculdade, ao fim do mundo, até que as imagens encerraram no mais derradeiro e importante momento de todos: o rosto brando de Ana Maria apareceu diante de si. Ela estava fazendo caracóis com seus cabelos e, ao perceber que ele a estava olhando, deu um sorriso meigo. Em meio ao deserto do vazio, aquele sorriso foi um oásis que espantou o medo.

Dujas baixou a faca com singular violência, mirando o peito do técnico.

Cinco minutos antes

O grupo de Manes havia chegado até a esquina do Ctesifonte sem maiores incidentes. A porta de entrada do Quartel ficava a uma distância de aproximadamente sessenta metros de onde eles estavam. Abaixados com as costas coladas no muro de um grande e antigo casarão, os batedores podiam espiar a fachada do lugar e estudar o terreno. A imagem que viam não era nada excitante. No acesso frontal ainda tinha um número enorme de contaminados presentes; não tantos quanto havia no momento em que saíram, mas, ainda assim, uma quantidade significativa.

A coluna negra de fumaça que lhes chamara a atenção algumas quadras atrás se levantava do coração do Quartel e subia até os céus, cobrindo o veludo azul de um cinza-fuligem. Manes e seu grupo sabiam que algo grave estava ocorrendo lá dentro; só não podiam imaginar o quê.

— Espartano, tente o rádio novamente! — solicitou o líder com urgência na voz.

Meio a contragosto, o batedor obedeceu. Já havia tentado se comunicar com o Quartel três vezes nos últimos minutos a pedido dele, todas em vão, mas, para não discutir, fez mais uma tentativa. O desolador resultado foi o mesmo: silêncio.

— Isso não é bom, não é nada bom — disse Judite. — Que diabos está acontecendo lá dentro?

— Se eles não abrirem os portões, não poderemos entrar — observou Zenóbia.

— Sim, o muro é alto demais, mesmo se fizermos escadinha uns para os outros — completou Cortez.

Kogiro, que estava preocupado em contar de forma grosseira a quantidade de contaminados que estava na frente da porta de entrada, alertou o grupo:

— Contei mais de setenta deles. É um número muito grande.

— Não é um número maior do que o que enfrentamos ontem na cobertura — lembrou Judite.

— Mas ontem tínhamos a vantagem do terreno — afirmou Cortez. — Se entrarmos em campo aberto agora para enfrentar um número tão grande, sofreremos perdas com certeza.

— Perdas são inevitáveis! — rosnou Espartano.

— E se a perda for você, caralho? Ia continuar falando grosso assim? — rebateu o colega.

— Essa linha de raciocínio não leva a nada! — intrometeu-se Kogiro.

— O que não leva a nada é ficar aqui esperando, sem tomar atitude alguma! — tornou a ralhar Espartano;

— Chega! — cortou a discussão Manes. — Não se trata só de enfrentar os infectados. Zenóbia e Cortez estão certos, tem também a questão de como entraremos no Quartel. Sem comunicação com a parte interna, mesmo que consigamos chegar até a porta, ninguém a abrirá para nós.

Fazia sentido. Eles não poderiam ficar na frente do Quartel, esperando a boa vontade de alguém acionar um botão, sem saber o que estava acontecendo lá dentro.

Mas, conforme Espartano havia colocado, eles evidentemente também não podiam ficar ali na esquina, expostos daquela maneira. Enfim, para bem ou para mal, enquanto não conseguiam se decidir sobre o que fazer, o destino tomou a decisão por eles, quando Cufu afirmou, apontando com o dedo:

– Bom, acho que aquilo resolve o problema da entrada!

Todos olharam na direção que o indicador do batedor mostrava e ficaram completamente desconcertados com o que viram:

– Puta merda!

– Você só pode estar de brincadeira.

– Manes, que porra é aquela?

Diante dos olhares atônitos da sofrida equipe e sob uma sensação da mais plena descrença, o portão frontal do Ctesifonte, por onde os veículos entravam e saíam, simplesmente começou a se abrir. E, na primeira brecha, os infectados, despertos de seu estado de torpor no qual ficavam vagando naquela semi-inércia, começaram a entrar aos vagalhões, ganhando o terreno interno do Quartel.

Os batedores se entreolharam e depois encararam Manes, que disse:

– Fodeu!

– E agora? – arriscou Zenóbia.

Ele pensou apenas um segundo e então respondeu com a certeza de quem sabia o que estava falando:

– Agora é o seguinte; nossa vida é menos importante do que o que quer que esteja ocorrendo lá dentro. A sobrevivência do Quartel e sua população são tudo o que importa. Hoje, cada um de nós vai precisar valer por vinte!

O líder olhou dentro dos olhos de seus batedores e não encontrou medo em nenhum deles. Somente determinação. Sentiu-se inundado por uma sensação de orgulho.

– Vocês são os melhores. E se essa tiver que ser nossa morte, vamos fazer valer cada segundo!

Sem dizer mais nada, ele saiu de sua posição de tocaia e se lançou de peito aberto contra o bloco de contaminados que se interpunha entre eles e o Quartel. Com o facão em uma mão e a pistola em outra, Manes era o epítome do sobrevivente; o guerreiro máximo, capaz de inspirar todos os outros por meio de suas palavras e seus exemplos. Ele não apenas mandava e esperava que fosse cumprido; não dizia o que fazer e ficava aguardando resultados. Seu comportamento não se resumia a palavrório vazio. Assim como todo líder de verdade, ele se colocava ao lado de seus seguidores de igual para igual, batendo e sofrendo com eles, sentindo na pele cada agrura, exatamente ali, na hora do aperto, onde o metal beija a carne.

Os demais o seguiram sem demora.

O peso das armas que empunhavam já era o dobro do da noite anterior, resultado da fadiga e do cansaço, mas isso não importava mais. As feridas que haviam ganho nas últimas batalhas, cortes e escoriações, contusões e hematomas, incluindo a dor da perda; tudo isso ficou para trás naquele instante. Era o momento da verdade, quando o gládio tornava-se a única coisa na qual um homem podia confiar. Só o que valia para aquelas almas abatidas era assegurar o bem-estar do Ctesifonte, mesmo que isso lhes custasse a própria vida.

Manes passou pelo primeiro contaminado, que estava de costas para si, como um bárbaro dos tempos antigos e, num único golpe, decapitou-o. Mal o corpo havia estirado no chão, ele já havia feito o mesmo com um segundo e depois com um terceiro. Seu facão era uma draga de sangue, sorvendo o líquido pastoso e tocando cada uma de suas vítimas com o espectro da morte.

Kogiro novamente lançou-se em batalha como o tigre que era. Sua lâmina brandiu mais forte e mais rápido que a de todos os demais, abrindo caminho em meio à parede inumana e deixando para trás um conjunto impressionante de corpos estendidos. Espartano externou toda a violência e selvageria que acumulara dentro de si, resultantes do colapso que sofrera; privado de sua dignidade, atormentado e torturado por aqueles semicontaminados que pareciam seres saídos de pesadelos de uma mente perturbada, sem dormir ou comer e traumatizado pela perda dos colegas que estavam sob seu comando. Ele gritou em desvario, e sua arma era uma locomotiva desgovernada; em sua mente, ele via o rosto de Conan surgir em breves lampejos, mas fingia para todos, inclusive para si próprio, que aquilo havia ficado para trás. Os demais, aliando técnica com a presteza que só é gerada em momentos de extrema necessidade, lutaram como nunca, colocando o próprio coração na ponta das armas.

Como gladiadores em uma arena, mantendo a coesão de sua formação, o grupo foi ganhando terreno, conquistando metro por metro, trabalhando em conjunto para proteger uns aos outros, até chegar próximo à fachada do Quartel. A entrada dos veículos ficava do lado esquerdo, e, durante todo o tempo de luta, os contaminados continuaram a escoar para dentro das instalações – o que limitou sobremaneira a quantidade deles que o grupo teve que enfrentar – porém, quando os batedores já estavam bem perto da entrada escancarada, Zenóbia gritou, alertando os demais:

– Olhem! O portão está fechando.

Era verdade. O grande portão por onde os veículos entravam e saíam começou a se fechar de volta.

– Você só pode tá de brincadeira comigo! – disse Cortez, prevendo a situação difícil em que eles haviam ficado agora. Não podiam mais entrar e não podiam fugir. E o número de contaminados excedia a quantidade que eles podiam lidar em terreno aberto.

– Que merda está acontecendo aqui? – rosnou Cufu, enquanto limpava uma golfada de sangue que havia espirrado em seu rosto.

– E agora? Vamos bater em retirada? – berrou Judite.

– Nem fodendo. Só quando o último desses putos estiver no chão! – respondeu Espartano.

– Retirada alguma os faria sair do nosso pé. Só dá para ficar e lutar!

Foram os olhos de águia de Kogiro que viram o que estava acontecendo. A fachada do Quartel que dava para a rua era em grande parte de vidro – relativamente fosco, mas ainda assim vidro – e de onde se encontrava, ele conseguiu ver na recepção a figura de José sendo covardemente apunhalado pelas costas por Dujas.

– Manes! Olhe aquilo!

O líder, até então concentrado na luta, desviou os olhos para onde o japonês apontava a tempo de ver o corpo de José escorrendo pelo painel de metal da recepção e desaparecendo da vista, caindo no chão. Sobre ele, Dujas se aproximava lentamente, segurando a faca de forma cabalística.

– Filho da puta! Agora tá explicado. Kogiro, você e Cortez, me cubram.

Os dois obedeceram e ficaram entre seu líder e os contaminados, protegendo-o com suas lâminas vibrantes.

O que Manes queria era um segundo para respirar e um pouco de espaço. Ele guardou seu facão na cintura e segurou a pistola profissionalmente, usando a mão esquerda como apoio. Estava bem de frente para o Quartel, mas quase do outro lado da rua, o que dava uma boa distância. Entre ele e seu alvo havia uma horda de contaminados lutando e se debatendo, além de uma placa de vidro fosco que prejudicava sua visão. O sol estava contra o rosto, ele estava fadigado e sem dormir, e sua mão tremia por causa de todo o esforço feito até aquele instante. Era um tiro impossível. Cortez, ao ver o que ele pretendia fazer, indagou:

– Manes, o que está fazendo? O vidro é temperado.

– Pode ser. Não temos certeza.

– Claro que é temperado, porra. Isso aqui era uma bosta de uma empresa de segurança privada!

Manes disse para si próprio, ignorando o comentário do amigo:

– Se for mesmo temperado, então é o fim para todos nós.

Dujas estava com a faca erguida acima da sua cabeça. Em seu rosto, uma expressão enlouquecida. José, fora da linha de visão de Manes, estava provavelmente logo abaixo do novato. Um tiro impossível. Um tiro impossível.

Sem pensar mais a respeito, o líder fechou os dois olhos por um segundo e se induziu a um transe no qual bloqueou todos os demais sentidos. Num suspiro, buscando a calma necessária para fazer o impossível, ele concentrou tudo aquilo que havia dentro de si, tudo o que compunha aquele ser único e indivisível que era ele, e agrupou cada fibra que o constituía em uma imagem de êxito; tudo para conseguir, em meio àquele caos, um momento de lucidez. Tudo para obter segurança e certeza. Manes abriu seus olhos e, diante de si, todas as coisas estavam claras. Dujas estava desferindo seu golpe mortal.

O líder pressionou o gatilho!

CAPÍTULO 43

Durante toda a gravidez, Maria havia experimentado as sensações comuns de uma grávida: náuseas, dores nas costas, inchaço, retenção de líquido, enxaquecas e, claro, ansiedade. Mas, de uma forma geral, ela se manteve bastante tranquila com relação ao nascimento de seu filho. Confiava que, no momento certo, Liza estaria ao seu lado, segurando sua mão. Elas iriam esterilizar um quarto do Ctesifonte, trazer toalhas limpas e fazer tudo à moda antiga, como era feito no final do século XIX e começo do século XX. As mulheres naquela época colocavam seus filhos no mundo sem a ajuda da maravilhosa tecnologia que imperou nas últimas décadas da Era A. A., então por que ela, Maria, não poderia fazer o mesmo?

Uma mulher do Quartel chamada Sara, mãe de uma das quatro crianças da comunidade, havia sido uma doula em sua outra vida e era bastante experiente naquelas questões. Ela acompanhou a gestação de Maria desde o começo, sempre esfregando óleo em sua barriga e fazendo massagens relaxantes; conversando e dando dicas que ajudavam em seu conforto emocional. Ela também estaria presente.

José esperaria do lado de fora quando a hora chegasse e seu filho nasceria ao som de um hino cantado pelos homens do Quartel. Manes havia feito uma brincadeira, dizendo que estava reservando uma caixa de charutos especialmente para a ocasião... Sim, tudo teria sido perfeito.

E, justamente por isso, o que acontecia naquele escritório imundo, no qual Maria estava sozinha parindo seu filho, era de difícil compreensão.

Sua bolsa estourou em meio a uma batalha, quando não deveria ter estourado. A criança iria nascer de forma prematura em um ambiente absolutamente despreparado para recebê-la, sujo e hostil. As contrações foram fortes, irregulares e bastante diferentes do que todas as mulheres do Ctesifonte disseram para Maria a respeito. Qual a dilatação que ela estaria agora? Três centímetros? Cinco centímetros? Ela não tinha a menor ideia. Só o que sabia é que a dor era angustiante, como vidro cortando a carne.

Sobre a mesa que estava deitada, Maria tentava se acomodar da melhor maneira possível, porém mesmo a melhor maneira era terrível. Os fluidos que saíam dela escorriam por cima do móvel, pingavam no chão e a assustavam; e, incapaz de segurar a dor por mais tempo, a jovem começou a gritar. Foi um desabafo, algo que ela precisou fazer para manter sua sanidade, porém, constrangida com sua própria atitude, censurou-se e disse em voz alta:

— Recomponha-se, Maria. Recomponha-se!

Lembrando-se das palavras de Sara sobre a necessidade de respirar para manter a oxigenação do bebê, a gestante tentou agrupar o pouco que restava de suas forças e retomar a calma. As lágrimas corriam por seu rosto e misturavam-se aos litros de suor que vertiam dos poros de sua pele. O que Maria mais queria era conseguir enxergar o que acontecia consigo, porém isso não era possível.

De repente, suas preces foram respondidas quando Júnior adentrou a sala acompanhado de Sara, a doula. Ao vê-los, Ana Maria gritou:

– E Liza? Cadê Liza?

A doula foi diretamente examinar as condições dela, enquanto Júnior, que era um péssimo mentiroso, falou sem convicção, tentando disfarçar a cara de nojo para todo aquele líquido espalhado pela sala:

– Ela não pode vir agora, Maria, mas mandou a gente para ir adiantando.

Fisgando no ar a falta de confiança nas palavras dele, ela o puxou para perto de si e ralhou:

– Júnior, cadê a Liza? Diz a verdade!

O técnico engoliu em seco. Não havia o que fazer, senão falar a verdade:

– Ela não sobreviveu, Maria.

O mundo da jovem despencou, e um profundo desalento tomou conta de seu ser. Teve a sensação de que iria desfalecer; sentiu-se prostrada e incapaz. O sonho bucólico de outrora estava arruinado pela dureza da realidade. Foi nesse momento, quando nem bem havia absorvido o baque da notícia, que Sara avisou:

– Temos coisas mais sérias para pensar agora.

– O que foi? – perguntou o técnico.

Dirigindo-se para Ana Maria, a doula explicou:

– Maria, você está com boa dilatação. Calculo que seja algo em torno de nove centímetros. Mas eu fiz o toque, e o bebê está mal posicionado.

– E o que isso significa? – Maria deixou transparecer um profundo desespero na voz.

– Eu não sou médica, Maria. Não sou nem mesmo enfermeira. Eu...

Sem rodeios, a grávida gritou:

– O que isso significa, Sara?!

– Significa que o parto será muito, muito difícil.

O trio ficou em silêncio. Um silêncio sepulcral, uma profunda descrença de que aquilo pudesse estar ocorrendo daquela maneira. Nas entrelinhas da frase de Sara, estava subentendida uma mensagem velada: é possível que nós não consigamos!

De repente, quando parecia que nada mais poderia piorar a já complicada situação, eles escutaram bem ao longe os uivos chegando, trazidos pelo vento. Júnior olhou para elas e depois externou em voz alta o que era, obviamente, o sentimento de todo o grupo:

– Você tá me zoando, né?

Desvencilhando-se momentaneamente da dor que sentia, Maria lembrou-se das palavras de Liza e falou:

– Ela avisou que ele abriria os portões... Liza avisou!

Júnior correu até a porta de entrada do escritório e abriu uma pequena fresta, apenas para dar de cara bem diante de si com o que restara da comunidade do Quartel, unindo-se sob o comando improvisado de Silvério em uma formação rudimentar de batalha.

Eles haviam levantado uma barricada improvisada em tempo recorde com mesas e cadeiras e encontravam-se em sua maioria portando aquelas "armas" domésticas. Um primeiro olhar diria que estavam prontos para a luta, mas na verdade as mãos das pessoas tremiam e, se elas não saíam correndo dali naquele exato instante, era simplesmente porque sabiam que não havia mais para onde fugir. A surreal imagem foi completada quando Júnior viu ao longe, na esquina que o canto do edifício fazia com o corredor que vinha direto da garagem, uma matilha de infectados surgir. Em pânico, ele bateu a porta e disse:

– Eles entraram. Eles entraram.

Em lágrimas, Maria deixou a cabeça pender para trás e lamentou:

– Então é o fim.

– Não é o fim coisíssima nenhuma menina. Você trate de começar a fazer força agora, pois precisa colocar essa criança para fora.

– Você não escutou o que ele falou, Sara? Eles estão aqui dentro. Acabou! Meu filho não vai nascer para servir de comida para aquelas coisas!

Sem pestanejar, a doula meteu um tapa forte no rosto da grávida que estava histérica e então falou:

– Com eles aqui dentro ou lá fora, moça, você vai parir este bebê agora! Ninguém vai se entregar enquanto eu estiver aqui, entendeu?

Júnior interferiu:

– Não quero ser pessimista, mas, se eles entrarem aqui, seu filho vai virar comida estando dentro ou fora da sua barriga!

– Cala a boca, Júnior. Não é hora para isso!

– Mas eu só...

– Cala a boca. Agora se concentre, menina!

Tomada por um inexplicável ímpeto e energias renovadas, Maria ergueu novamente o corpo, apoiando-se sob os cotovelos e tornou a fazer força, retomando as respirações. Com a mão, Sara fazia o seu melhor para mudar a criança de posição, mas decididamente algo de muito mal acontecia.

– Não pare de fazer força.

– O que eu faço? – perguntou Júnior desconsolado, que ficava oscilando entre as duas e suas espiadas pela fresta da porta na luta que se desenrolava lá fora.

A doula respondeu:

– Se algum infectado passar por esta porta, mata!

Júnior fez um sinal de positivo com a cabeça e ficou repetindo para si próprio o que Sara havia dito: "Contaminado... entrou... mata! Ok, tudo bem. Não deve ser difícil, pra quem já brigou com o Hulk... Moleza!".

Tudo parecia um filme de terror para Maria, que, de repente, comovida com a perda de Liza, só pensava que não podia perder também seu bebê. Sara sabia que as coisas estavam indo mal e suspeitava que a criança precisasse de uma cesárea, a qual ninguém ali poderia executar. Do lado de fora da sala, os sons da batalha pareciam se intensificar com uma gritaria danada, e Júnior sentiu como se a tensão fosse engoli-lo vivo.

– Meu Deus do céu, eles são muitos... – falou ao dar mais uma espiada pela fresta da porta. – O pessoal não vai conseguir aguentar.

Maria gritou de dor. A sensação que tinha era de que todas suas vísceras iam explodir, tamanha era a força que fazia. Sem médicos, sem anestésicos, sem hospital, ela era uma guerreira à sua própria maneira. Sara, mantendo-a a par de tudo o que estava acontecendo, saiu de sua posição – entre as pernas abertas dela –, deu novamente a volta na mesa e, colocando a mão ensanguentada sobre a testa ensopada de suor da moça para oferecer-lhe algum conforto, disse:

– Maria, preste muita atenção no que vou dizer; o bebê está todo torcido aí dentro. Ele precisaria de uma cesárea para nascer com segurança, mas não temos como fazer isso aqui.

– O que você está dizendo? – berrou Júnior interrompendo a moça, que o ignorou e prosseguiu:

– Eu vou fazer o meu possível para virá-lo, mas pode ser que...

– Não ouse terminar a frase! – rosnou a mãe, mostrando uma faceta jamais vista por ninguém até então.

– Maria, eu só estou dizendo que...

– Sara, faça o que tiver que fazer, mas não o deixe morrer, entendeu? De jeito nenhum!

Por algum motivo, a grávida havia se lembrado das palavras proféticas de Liza. Seu filho era um escolhido. Talvez *o* escolhido, se é que isso tinha mesmo algum significado. Na visão de Maria, ele seria o homem que ergueria o mundo novamente; o homem que nos livraria das trevas! Liza havia profetizado, e Ana acreditava piamente nela. Aquilo lhe conferira um novo ímpeto para enfrentar a delicada situação.

– Ele não vai morrer! – tornou a dizer.

Contaminada pela segurança da mãe, Sara voltou para sua posição disposta a fazer tudo que fosse possível, porém as alternativas que tinha não eram lá muito fáceis. A pressão era tremenda; Júnior continuava narrando uma luta que não demoraria muito para estar sobre eles. Maria depositara tudo em suas mãos cegamente. Não havia instrumentos cirúrgicos ou mesmo alguém apropriadamente preparado para lidar com a situação. Resignada, sabendo que não podia ficar pior do que aquilo, a doula reuniu toda a experiência acumulada por anos atuando na área da saúde, todas as dezenas de gestações e partos que acompanhara, todos os artigos que leu, todas as conversas que tivera com médicos e enfermeiras e, após considerar suas escassas opções, tomou sua decisão, dizendo:

– Maria, eu preciso que você confie em mim.

– Faça! – foi mais uma vez a resposta da moça que, com a paciência no limite e esturricada pela dor, não quis nem mesmo escutar o resto.

– Diga em voz alta que você confia em mim!

Ana Maria a olhou com firmeza. Suas bochechas estavam vermelhas e os maxilares pressionados uns contra os outros. Ela bradou:

— Faça o que for necessário!

— Júnior! — gritou a doula para o técnico que, de tão perdido, parecia um peixe fora da água. — Cadê aquele estilete que usou para derrubar Hulk?

— Ele está aqui. Por quê?

— Esterilize-o!

— O quê? Como?

— Sei lá! Mas faça agora.

Desesperado, o técnico abandonou o espetáculo a que assistia e começou a olhar ao seu redor para ver do que dispunha para esterilizar a lâmina. Fuçou nos armários e arquivos que decoravam o ambiente e logo encontrou um vidro de álcool dentro de uma gaveta. Usou o líquido para lavar a lâmina e pensou inclusive em queimá-la, mas não achava fósforos.

— Rápido com isso, Júnior!

Diante da urgência que lhe fora imposta, simplesmente limpou o estilete o melhor que pôde e o levou para Sara, que o tomou de suas mãos e resmungou:

— Alguma chance de conseguirmos toalhas limpas aqui?

— De novo essa história de toalhas?

Sem entender a referência que ele fizera ao pedido de Maria enquanto ambos estavam ainda a sós, ela perguntou novamente:

— Tem ou não?

— Não, porra! Onde diabos vou encontrar toalhas limpas aqui? Tá um inferno lá fora, porra!

— Tudo bem, tudo bem. Preste atenção, vou precisar da sua ajuda.

— Minha?

— É, sua! Dê a volta na mesa e segure o corpo dela. Mas segure pra valer, ela não pode se mexer. E se prepara que o bicho vai pegar.

— Sara, você sabe o que está fazendo?

— Na teoria. Agora faz o que eu mandei!

Do lado de fora, um grupo de pessoas que não eram guerreiros, não eram batedores, não eram lutadores e que estavam exaustas por conta dos diversos conflitos internos que abalaram o Ctesifonte nas últimas vinte e quatro horas enfrentava uma horda de quarenta contaminados, com pouco mais que paus e pedras. As chances deles já haviam sido escritas havia muito, e era apenas uma questão de tempo até que fossem massacrados. A barricada já havia sido rompida como se fosse um brinquedo infantil, e o grande salão se tornara a moradia do caos completo. Diferente dos batedores, o povo do Quartel não conseguia inutilizar um contaminado com apenas um golpe, o que tornava a sua forma de lutar ineficiente. A selvageria de seus oponentes fez com que eles fossem acuados em um canto, tentando fazer uso de uma pequena vantagem que um tablado superior lhes dava.

Júnior segurou o tronco de Maria com força, enquanto Sara se preparava para uma manobra arriscada. Ela já havia visto dezenas de médicos fazerem aquilo, tratava-se de um procedimento bastante simples chamado episiotomia, um pequeno corte, em geral médio-lateral, dado na região do períneo para facilitar a saída do bebê. Entretanto, o corte era feito por profissionais altamente capacitados, utilizando instrumentos adequados; nunca por amadores munidos de estiletes cegos, esterilizados com álcool de garrafa e em meio a uma batalha épica, na qual metade da população da comunidade estava sendo dizimada. Mas não havia opção. Sabendo que talhá-la a sangue-frio ocasionaria uma dor fortíssima, Sara olhou para Júnior — que a fitava de volta com uma expressão terrível no rosto — e fez um sinal leve com a cabeça, indicando que ela iria começar. Júnior apertou a pegada e prendeu a respiração, como se fosse ele próprio quem sentiria o corte.

Maria gritou como nunca ao sentir sua carne sendo rasgada pela lâmina naquela sensível região e, apesar de contorcer-se como se estivesse possuída pelo demônio, foi segurada firmemente pelos braços descrentes de Júnior. Assim que terminou a incisão, a doula enfiou a mão dentro da abertura escancarada e com destreza sobre-humana começou a manobrar a criança.

— Respire, Maria, respire — dizia Júnior, compadecido com a dor lancinante da grávida, que não conseguia parar de gritar. A quantidade de sangue era impressionante, mas, durante todo o tempo, Sara manteve-se em silêncio, concentrada no que estava fazendo; seus olhos fixos como os de um felino sobre a presa. Maria começou a chorar copiosamente e a chamar o nome de José, então coube ao técnico dar incentivo e alento com suas palavras à jovem mãe. Do lado de fora, os bramidos estavam mais altos do que nunca, o que fazia com que ele mantivesse um olho vivo na porta do escritório, imaginando que a qualquer instante ela poderia ser arrebentada por dezenas de infectados.

— Pronto! — disse Sara. — Está numa boa posição. Agora eu preciso que você fique de cócoras, Maria.

— De cócoras? — disse Júnior.

Sem nem responder para ele, a doula já ordenou:

— Júnior, ajude-a a se levantar.

O técnico segurou a grávida por debaixo dos braços e auxiliou-a na difícil tarefa de mudar da posição deitada na qual estava para se colocar de cócoras, conforme as recomendações da doula. Enquanto faziam, Sara explicou:

— Escute, Maria, isso irá aliviar um pouco suas dores. Sei que não programamos nada dessa maneira, mas é a vida. Agora, preste atenção: eu fiz o que podia. Abri o canal e virei o bebê. Ele está na posição certa. O resto depende de você — durante o tempo todo, Maria só respondia positivamente com a cabeça, fazendo sinais curtos e rápidos. — Vamos colocar essa criança no mundo ou não?

Realmente ao se estabilizar naquela posição, a moça sentiu as dores diminuírem um pouco. A postura parecia facilitar a descida do bebê. Do corte feito pelo estilete, um filete gordo de sangue escorria como se uma garrafa de vinho tinto tivesse sido virada, mas não havia como se preocupar com aquilo agora; Sara estancaria o corte depois. Maria tornou a trabalhar a respiração e a fazer força e, como que por um milagre, de dentro do canal, após meia dúzia de fortes empurrões, a cabeça da criança começou a aparecer, apontando em meio a um jato de fluídos. Sara abriu um sorriso e amparou a cabeça do nenê, ajudando a seguir a liberar as espáduas, primeiro uma e depois a outra.

— Não pare, menina. É isso aí, só mais um pouquinho.

Maria fechou os olhos e deu um último e derradeiro grito, ao que o bebê pronunciou-se inteiro para fora.

— Minha nossa senhora. É igualzinho ao Alien! — exclamou Júnior, que estava coberto de fluidos, e referindo-se à clássica cena em que um alienígena irrompia de dentro da barriga de um tripulante da nave.

Ana Maria respirou aliviada ao ver seu filho nas mãos emocionadas de Sara. Ele estava a salvo, pelo menos por enquanto. Com mais algumas contrações intensas, ela inconscientemente desprendeu e expeliu a placenta junto do cordão, que despencou sobre a mesa, palco de toda a ação. Logo, o choro da nova vida que chegava ao mundo soou ainda mais alto do que os gritos da batalha que se desenrolava do lado de fora.

CAPITULO 44

José havia fechado os olhos quando viu o punhal descendo em sua direção. Ele encolheu o corpo, tentando pressionar a ferida em seu lombo que pulsava como um ser vivo, comendo-o por dentro e sugando sua essência vital. Esperou com a vista premida pelo ataque derradeiro de seu algoz, porém o tempo passou e nada aconteceu.

De repente, um som de estilhaço e um grito de dor.

Chacoalhado pelos novos fatos, ele ousou abrir os olhos e checar o que estava ocorrendo, em tempo de ver o corpo de Dujas ser arremessado para trás por um impacto invisível. A faca caiu no chão, tilintou um pouco, e o homem então morreu. Marco José, incapaz de entender o que havia ocorrido, tentou se levantar, mas a dor era como enormes agulhas furando sua carne. Sentindo-se fraco, ele desistiu e se entregou àquele estado de semi-inconsciência.

Cansado, a mente embotada pela perda de sangue, por um instante tudo o que ele quis foi deitar e morrer. Acabar com as tribulações e com o cálice de medos, pesares e amarguras que os indivíduos têm que beber diariamente. Porém, momentos depois, foi arrancado do purgatório no qual tentara se lançar por um barulho completamente fora de contexto. Em princípio, seus ouvidos não conseguiram distinguir do que se tratava, mas, na medida em que recuperava lentamente a consciência, reconheceu o som de algo metálico batendo contra vidro.

Esforçou-se para se levantar, tentando ignorar a dor do ferimento e, ao olhar para fora da recepção através da placa de vidro, tudo ficou claro para si. Do lado de lá da rua, viu a figura dos batedores, lutando ferozmente contra dezenas de contaminados, segurando o cerco que se fechava sobre eles, enquanto Judite batia com o cano da arma repetidamente no vidro, gritando alguma coisa que ele não podia escutar. Obviamente, ela tentava chamar sua atenção para que ele abrisse a porta. No vidro fosco, um pequeno buraco redondo era a testemunha do que havia acontecido com Dujas.

José apertou o botão principal do painel, e o portão de entrada de pessoas, que era raramente acionado, destravou.

– Abriu, abriu! – gritou Judite do lado de fora, alertando seus companheiros.

Manes ordenou:

– Façam um funil e vão entrando.

A moça passou primeiro, seguida de Cortez, Cufu e Zenóbia. Ao passarem pelo portão, os batedores saíam da rua e entravam em um tipo de "gaiola", com fechamento completo inclusive na parte de cima. As barras eram de ferro maciço chumbado no chão e não poderiam ser entortadas. Espartano passou para o lado de dentro, e assim que foi possível, Kogiro e Manes também entraram, batendo atrás de si o portão de ferro.

Finalmente estavam em segurança. Ao ver que todos haviam entrado e o portão externo estava fechado, José pressionou um segundo botão, que abria a porta que ligava a "gaiola" ao interior do Quartel, onde ele próprio estava. Os batedores entraram com a sensação de que havia se passado muito mais tempo desde que haviam deixado seu lar – e não apenas vinte e quatro horas. Manes organizou o grupo imediatamente:

– Judite, cuide de José. O ferimento parece ser grave – olhou de soslaio para Dujas e viu que ele estava caído no chão, com a mão sobre o peito. O tiro havia entrado em algum lugar entre o externo e o ombro. – Mantenha o olho vivo neste filho da mãe! Os demais venham comigo.

A batedora obedeceu e começou a prestar os primeiros socorros a José. Os outros correram pelos corredores do Ctesifonte, seguindo seu líder, alarmados pelo barulho da luta desigual que ocorria do outro lado da instalação. José, cuspindo sangue, olhou para o rosto doce da moça, cujo semblante transparecia a mais pura serenidade, e perguntou, enquanto ela tratava de seu ferimento:

– Eu vou morrer?

– Você não vai morrer, José! Você vai ser pai, não pode morrer!

O técnico sorriu com a lembrança de seu filho, sem sequer imaginar que a criança já havia nascido.

Ao chegarem do outro lado da instalação, quase um minuto depois, os batedores de Manes depararam com uma cena singular. A população do Ctesifonte estava acuada em um canto, barricada com o que podia e defendendo-se desajeitadamente da investida de algumas dezenas de contaminados. Seria cômico se não fosse trágico ver mulheres gordas, que dentro do Quartel tinham a função de limpar ou cozinhar, enfrentarem a morte armadas de vassouras e frigideiras; ao lado delas, homens, supostamente incapazes de lutar, ao terem a vida ameaçada, deixaram vir para fora uma bravura até então escondida e viram suas mãos serem transformadas em armas. A coragem pulsava nas veias, impulsionada pela urgência e pelo sentimento que todo ser vivo tem de sobreviver. No entanto, apesar do valor de seus atos, eles eram como gatos acossados por cães – tudo não passava de uma questão de tempo até o grupo ser terminantemente massacrado.

O chão estava coalhado de corpos estendidos, a maioria de humanos, criando uma visão mórbida e dantesca. Os batedores, até então, não sabiam dos eventos que haviam precedido a invasão dos contaminados e nem mesmo imaginavam que a maior parte daquilo tudo era resultado dos conflitos entre os próprios membros do Quartel. Com o ímpeto de preservar o que lhes era de mais caro e precioso, os guerreiros entraram na luta com invejável destemor, edificados pelos eventos das últimas vinte e quatro horas, os quais transformaram a todos em pessoas diferentes das que eram quando saíram. Eles estavam mais duros, mais encouraçados e embrutecidos; haviam visto e vivido muito em tão pouco tempo, e aquilo engrossara a casca ao seu redor.

Caso não tivessem chegado, era certeza de que as pessoas do Quartel, apesar de estarem em maior número que os infectados, teriam sido dizimadas. Elas lutavam pela vida, era verdade, e estavam fazendo o seu melhor – mas esse melhor não teria sido o suficiente. A chegada do grupo de batedores fora providencial.

De dentro do escritório, Júnior escutou um novo alarido e disse para as duas moças:

– É Manes, ele chegou!

Uma sensação de alívio apossou-se de todo seu ser ao se dar conta de que a maré havia finalmente virado em favor deles.

Porém, a luta ainda não estava vencida, e, com a autoridade de um genuíno general, Manes comandou seu exército. Fez com que seus batedores chamassem a atenção dos contaminados para si e montou com eles um desenho de batalha praticamente impenetrável. A seguir, enquanto a atenção dos contaminados era desviada do resto do grupo para aqueles que chegavam agora, gritou para os demais:

– Apaguem os focos de incêndio já! Um homem dá cobertura para o outro. Se não controlarmos o fogo, tudo estará perdido.

Era verdade; os infectados podiam ser a ameaça mais iminente, porém o fogo se alastrava com rapidez e logo estaria fora de controle. Com os batedores ocupados na batalha, o resto da comunidade poderia se dedicar a apagar os focos de incêndio.

A luta foi rápida e selvagem. Diferente do que ocorrera até então, os batedores não estavam armados com chaves inglesas e frigideiras, que precisavam de dez, vinte golpes para derrubar um oponente, mas, sim, com armas de fogo e facões. Era o lema de Kogiro seguido à risca: um corte, uma morte!

O número de contaminados já havia caído pela metade, quando o impensável ocorreu; um deles conseguiu furar a linha defensiva que os batedores formavam. A linha era o ponto fundamental de tudo, era o que garantia segurança e espaço para agir. A coesão da linha indicava que ninguém seria atacado pelas costas – a linha era ordem e sua quebra representava o caos.

O sujeito que conseguiu romper com a defesa era extremamente forte, com uma musculatura alongada e definida. Ele estava sem camisa e descalço e vestia uma calça marrom bastante suja e rasgada. Seu corpo trazia cicatrizes no tórax nu e no rosto, indicando que ele já estivera em outras lutas antes e havia sobrevivido. Com rapidez e agilidade invejáveis, ele conseguiu esquivar-se dos facões sanguinários e investiu contra o corpo de Zenóbia, que estava de costas para ele. Manes, ao ver a cena, distante aproximadamente sete metros dela, sentiu um profundo arrepio. Sabia que não podia sair de sua posição, ou comprometeria toda a estratégia de luta, porém, caso não fizesse nada, sua amante estaria morta.

Zenóbia foi derrubada no chão pela trombada que o corpulento infectado lhe dera e sua lâmina voou de suas mãos. A criatura buscava morder-lhe o pescoço como um vampiro sedento privado de sangue há séculos; seu rosto furibundo era um amontoado grosseiro de ferimentos, com as veias que cortavam a região das têmporas saltadas e a pele cor de papel. O bafo que escapava de sua boca era pestilento, assim como o cheiro de sua carne, um odor de decomposição, apodrecimento, corrosão. Ela o segurou pelo pescoço fazendo uso de toda a força que seus braços musculosos podiam lhe oferecer, porém enfrentar aquele demônio putrefato com as mãos nuas estava além de sua capacidade.

Ao ver tudo aquilo, o líder teve a sensação de estar caminhando em uma corda bamba de circo bem sobre a jaula dos leões. A decisão tinha que ser tomada de imediato e, obviamente, não havia escolha. Gritou para Cufu, o homem que estava ao seu lado, que iria abandonar a posição:

– Cufu, cubra-me!

Tomado de surpresa, o guerreiro de ébano viu Manes correr para o lado oposto sem nem sequer esperar sua resposta, deixando uma brecha na linha. Imediatamente o batedor se reposicionou, tentando dar conta do buraco que havia ficado da melhor forma possível. Seu facão teve que brandir duas vezes mais rápido e ganhar um alcance ainda maior, porém, a despeito da dificuldade que ele enfrentou, nenhum outro infectado passou por si. A linha defensiva, nas mãos dele, estava segura!

O líder cruzou num flash a distância que o separava de Zenóbia, mas, para si, tudo ocorreu em câmera lenta. De onde estava, podia ver sua amada no chão resistindo como a grande guerreira que era, com as costas raspando contra as ranhuras do piso e a pele rasgando com o vidro partido, tendo sobre si uma criatura maior e mais forte, que tentava a todo custo abocanhá-la. A ação de Manes ocorreu bem a tempo; um segundo a mais e o infectado teria cravado seus dentes no ombro desnudo da moça que, já exausta pelo esforço, não conseguia mais contê-lo.

Manes agarrou-o pelo cós da calça e pela nuca e literalmente arrancou-o de cima dela, girando o agressor no ar e batendo-o de cara contra uma pilastra de concreto. A brutalidade do golpe foi diretamente proporcional à ira que havia tomado conta do líder ao ver Zenóbia naquela situação. Algo havia sido despertado dentro de si, algo que somente muito depois ele teria tempo para refletir. Seu coração pulsava em batidas semifusas contínuas. A criatura tonteou com a truculenta pancada exatamente o tempo necessário para que Manes brandisse de novo sua arma e, de um só movimento, a decapitasse. Tamanha a violência com que fora desferido o golpe, o facão do líder se alojou na parede que estava atrás do contaminado, penetrando-lhe três centímetros.

Após arrancar a lâmina da parede, com um sorriso no rosto e um sentimento de alívio no peito, ele estendeu sua mão para Zenóbia, que estava ligeiramente tonta com o ocorrido. Ela não precisava de ajuda para levantar-se, porém obviamente tomou a mão dele em nome da gratidão – e da cortesia –, porém retrucou de imediato:

– Obrigado, mas eu tinha tudo sob controle!

Ainda com os dentes abertos como um piano, ele retornou à batalha como se fosse natural e acolhedora, rebatendo:

– Sei, sei... Tenho certeza de que tinha.

Vendo a cena, Cortez exclamou:

– Se os pombinhos já acabaram de brincar, temos uma limpeza para fazer.

– Quem está brincando! – replicou Zenóbia e, de repente, parecia que ela estava gostando daquilo.

Era como se as últimas experiências tivessem despertado um sentimento bárbaro e primitivo no grupo, o qual se sentia agora perfeitamente confortável naquela situação. Será que os antigos gladiadores se comportavam assim antes de irem para as batalhas? E os guerreiros indígenas? As tribos nórdicas? Seria daquela mesma forma, com um súbito bom humor e um total desprendimento pela vida que os guerreiros da Antiguidade entravam para a luta? A familiaridade com as ferozes batalhas poderia despertar um novo sentimento dentro das pessoas que as lutavam? Era daí que nasciam os irmãos em armas?

Os contaminados foram caindo um após o outro, mutilados pela ação incessante das lâminas. O chão do Quartel parecia um lamaçal de sangue marrom, no qual os corpos infectos flutuavam. Com precisão cirúrgica, Kogiro só necessitava de um único golpe para cada uma de suas vítimas – desde a época do Shogunato o mundo não via um guerreiro portar-se daquela forma. Um corte, uma morte – o eterno lema. Não havia desperdício de energia, não havia gestos impensados, só o que existia era a perfeição de um guerreiro que havia treinado durante a sua vida inteira em um mundo no qual aquilo parecia ser de pouca validade e no qual a maior parte das pessoas não compreendia por que a arte da espada era importante, apenas para ser arremessado de uma hora para outra em outro mundo, cujos valores e prioridades viraram de cabeça para baixo, e no qual, curiosamente, todos os esforços que ele fizera outrora se pagaram. O tempo parecia se multiplicar, mas, na verdade, poucos minutos tinham se passado.

De repente, um último contaminado caiu pesadamente contra o chão. Alguns corpos ainda estrebuchavam e cuspiam lufadas de sangue, enquanto outros se arrastavam, com membros decepados, mas logo os ferimentos também dariam cabo definitivo daqueles. Fez-se um silêncio peculiar no grande salão: os uivos e gritos haviam cessado. Espartano, cuja fúria novamente havia resplandecido de forma vultosa durante o fulgor da batalha, olhou ao seu redor. Percebeu que o ciclo estava completo e não havia mais ninguém a matar. De posse de todos seus sentidos, ele poderia ter sentido o toque de um mosquito em sua pele, tamanha a sensibilidade que demonstrava agora.

Sem perder tempo e com a cabeça voltada para as demais urgências, Manes, ciente de que a situação estava dominada, berrou para os outros que estavam a uma distância considerável deles:

– O fogo está sob controle?

A resposta foi positiva.

– Kogiro, você e Espartano façam uma varredura no perímetro. É possível que haja algum desgarrado por aqui. Cufu, acabe com a dor de todos que ainda não morreram. Cortez, vá checar Judite.

Todos obedeceram prontamente.

À volta do grupo, a paisagem era de pura destruição. O mundo apocalíptico exterior finalmente havia reclamado a parte que lhe era de direito e invadido os corredores do Ctesifonte. De dentro do escritório, assim que percebeu o silêncio que se abatera, Júnior saiu. Ao vê-lo, Manes foi em sua direção e perguntou:

– O que aconteceu aqui?

Antes que pudesse obter uma resposta, o líder se viu surpreso ao ser abraçado pelo técnico. O jovem jamais fizera algo parecido antes, e Manes soube de imediato que ele devia ter passado por alguns maus bocados nas últimas horas. Rompendo com a situação constrangedora, Júnior soltou-o e respondeu:

– A história é longa, Manes. Vai levar um tempinho para contar tudo.

– Frases rápidas, Júnior.

Havia muitos feridos pelos cantos, e os batedores imediatamente se precipitaram em auxiliá-los. O trabalho que teriam seria árduo.

– Bom, basicamente a culpa foi de Dujas. De Dujas e de Hulk.

Ao escutar o nome de Hulk, um calafrio percorreu o corpo de Manes. Caçando com a vista detalhes à sua volta, o líder inquiriu:

– Júnior, onde está Liza?

Foi então que o técnico sentiu um nó na garganta. Ele teria dado qualquer coisa para passar aquela missão à outra pessoa, qualquer coisa para escapar à dureza que seria aquele momento. Ser o mensageiro de más notícias é uma tarefa difícil, para a qual simplesmente não existe forma de dourar a pílula. Respirando fundo e procurando ser forte, ele falou:

– É melhor lhe mostrar.

Manes foi conduzido até o canto esquerdo do salão, local onde se encontrava o corpo de sua esposa, ainda caído na mesma posição de outrora, sobre o cadáver de Hulk.

A imagem foi um choque. O líder esperava qualquer coisa, menos aquilo. A forma com que ela estava debruçada, com as pernas tortas e os braços desmantelados; os horríveis hematomas oriundos da brutalidade que sofrera; o sangue que chovera por entre as pernas da moça por conta da hemorragia que Hulk lhe causara, tudo aquilo e muito mais que podia ser lido a partir do que via fizeram com que Manes despencasse de joelhos no chão. O pesar inundou seu ser como um vírus, que tomou seus braços, seus dedos, suas pernas, seu tronco, alastrando-se pelos mínimos recantos da alma, ocupando todas as frestas que havia dentro de si.

Sua mão trêmula tocou levemente o corpo inerte da esposa com as pontas dos dedos, com um sentimento de temor, como se ele pudesse se queimar. Não conseguia parar de pensar no último momento que haviam tido, no qual ela implorara para que ele não partisse, e ele, cabeça-dura que era, não a escutou. Chegou a dizer que suas visões eram besteira.

As cores ao redor de si tornaram-se todas frias, cinzentas e angustiadas; o céu, até então tranquilo, encheu-se de raios e trovões, compondo uma nova paisagem ao lado de nuvens negras e carregadas de chuva. Tomando-a em seus braços, Manes apertou a esposa firme contra o peito e soltou um grito como jamais antes fora escutado na face do planeta. Desde tempos imemoriais aguardava-se um grito como aquele, capaz de traduzir em som toda a angústia da perda. A potência de seu berro vindo do fundo da alma distorceu a realidade ao redor como um abalo sísmico, uma onda de choque nunca antes vista, capaz de entortar o corpo das pessoas, as vigas de aço e as paredes de concreto; capaz de arrancar as árvores e o telhado das casas e de abrir um buraco entre as dimensões ao ponto de chegar aos ouvidos celestiais da própria falecida, onde quer que sua alma estivesse, e lhe mostrar que ali, naquele pequeno ponto do pequenino e longínquo planeta Terra, ainda agarrado ao seu invólucro mortal, havia um homem. Que esse homem tinha perdido um pedaço de si. E que tudo o que ele fizera até então, todo o esforço, toda a luta, até mesmo todo o bem que conquistara, simplesmente não tinham valido a pena.

CAPÍTULO 45

José abriu os olhos lentamente. Ele despertara de seu longo sono não por vontade própria, mas, sim, por causa da dor angustiante que sentia. Logo percebeu em que cômodo estava. Ao seu lado, reconheceu a figura de Júnior que, ao vê-lo despertar, deu um sorriso de alívio. O colega disse:

– Cara, você nos deu um susto e tanto.

– Que horas são? – disse ele, tentando erguer o corpo da cama à maneira estúpida que todos doentes tentam fazer.

Júnior o segurou e alertou:

– Não tente se levantar. Judite disse que você pode romper os pontos.

Como se o nome da batedora tivesse acionado suas memórias, o técnico entrou em pânico ao dar-se conta de que Maria não estava ao seu lado:

– E Maria? Por que ela não está aqui? Onde está ela?

– Calma, cara, calma. Maria está bem.

– Então por que ela não está aqui?

– Bom, você quer a boa ou a má notícia primeiro?

José estremeceu. Seu coração disparou com a possibilidade de escutar más notícias e, apesar de a expressão de Júnior estar serena e favorável, recuperando aquele aspecto bonachão que ele sempre tivera, isso não impediu que ele sentisse medo do que o colega poderia dizer:

– Manda a boa.

– Ok. A boa notícia é que Maria não está aqui porque ela está cuidando do seu filho.

O paciente ficou em silêncio, como se o que tivesse sido dito não fora o bastante para ele captar a verdade. Após poucos instantes de introspecção nos quais conectava todos os pontos dentro de si, ele perguntou:

– Espere aí, como assim?

– É isso mesmo, cara. Parabéns, você é pai.

Uma indescritível sensação percorreu o corpo de José, uma espécie de eletricidade que ocupou todos os espaços de seu ser, expurgando até mesmo a dor lancinante que sentia, e, já com os olhos cheios de lágrimas, ele repetiu em voz alta, como se aquela fosse a única forma de se convencer:

– Meu filho nasceu?

– Nasceu. Prematuro, em plena guerra, mas nasceu. E incrivelmente, não me pergunta como – porque eu não entendo nada disso –, mas ele está fora de perigo.

– Meu filho nasceu em plena batalha?

– Pois é. Igual aos quadrinhos do Conan. Foda, né? Pensa bem, tem algo mais emblemático do que isso? A *porradaria* comia solta do lado de fora, primeiro entre os membros da comunidade, depois contra os contaminados, uma loucura. E, durante toda ela, do lado de dentro do escritório, a tua mulher tava parindo uma criança. Bizarro!

José chorava de felicidade. Depois de tudo aquilo, parecia bom demais para ser verdade.

— E como ele é?

— Feio. Feio demais. Cara, eu já vi coisa esquisita na vida, mas essa foi a mais. Mesmo assim foi irado.

— Maria está bem?

— Foi um parto prá lá de difícil, mas ela está bem. Precisa se recuperar, mas acho que amanhã já pode vir aqui para te ver.

Lembrando-se de que Júnior o havia prevenido sobre outra notícia, arriscou-se a perguntar:

— Se essa é a boa notícia, então qual é a má?

O colega, entre gargalhadas de felicidade e de forma bastante marota, disse:

— Ah, isso? Bom, a má notícia é que eu ajudei a fazer o parto, então vi sua mulher pelada.

— O quê?

— É isso mesmo. Peladinha. E mesmo grávida, permita-me dizer, ela é muito gostosa. Na verdade eu vi ângulos dela que acho que nem mesmo você jamais viu na vida.

Eles explodiram em gargalhadas, e, por um instante, o mundo pareceu voltar a ser um lugar bom, até que, limpando as lágrimas dos olhos, José perguntou:

— Então você ajudou a fazer o parto de meu filho... Puta merda, que loucura. Você e Liza?

Os gracejos morreram no rosto de Júnior, que subitamente foi lembrado do destino da líder do Ctesifonte. A beleza do mundo voltou a se esconder. Ele coçou o nariz, assumiu um aspecto de seriedade e, com a mão sobre o ombro do outro, explicou tudo o que se passara e o trágico fim que a mentora da comunidade tivera.

— Como Manes reagiu?

— Como você reagiria? Ele ficou péssimo. Mas, mesmo assim, não perdeu a compostura.

— Quem me trouxe aqui?

— Não sei quem. Só sei que, depois que a batalha acabou, havia dezenas de feridos, mas você foi a primeira pessoa de que Judite tratou. Ela disse que a faca penetrou fundo nas suas costas, mas, por milagre, não atingiu nenhum órgão. Com certeza, se Judite não estivesse aqui, haveria risco de você ter hemorragia, mas aquela guria é danada de boa no que faz. Ela o operou enquanto você estava inconsciente.

— E eu estou fora de perigo?

— Bom, para ser honesto, sempre há o risco de infecção e essas coisas, mas acredito que a princípio sim, você está fora de perigo.

José suspirou aliviado. A expressão em seu rosto denunciou antes mesmo que falasse, qual seria a sua próxima pergunta:

— E Dujas?

Júnior hesitou em responder, mas então falou:

— Ele está em observação no quarto ao lado.

— Manes o salvou? — havia indignação no tom de voz.

— Sim. Após tratar de você e dos feridos mais graves, pediu para Judite que o operasse também. Ele está se recuperando do tiro.

— Depois de tudo o que ele fez, Manes o salvou? — José falou essa frase mais para si próprio, como se quisesse se convencer do fato, mas Júnior a respondeu mesmo assim.

— Sim, ele o salvou.

— Por quê? Depois de tudo o que ele fez? Ele foi responsável pela morte de Liza e de todo o resto.

— Eu sei, José. E Manes também sabe.

— Então por que ele o salvou? Quero dizer, como pode ter salvo a vida daquele desgraçado?

— Você terá que perguntar a ele pessoalmente. Não tenho uma resposta para te dar.

Os sentimentos no peito de José eram conflitantes. Se, por um lado, admirava a humanidade por trás daquela decisão; por outro, odiava pensar que o pivô de todo o conflito havia recebido algum tipo de perdão. Optou por não pensar muito mais no assunto.

— Qual o nome do meu filho?

— Maria não escolheu ainda. Ela disse que vocês irão decidir juntos. E ela disse também que você a pediu em casamento. É verdade?

— Sim, é.

— Bem, se precisar de ajuda, quer dizer, nós nunca trocamos muita ideia fora da técnica e dos plantões, mas...

— Eu vou precisar de um padrinho.

Júnior abriu um sorriso.

— Sério?

— Sério! Você topa?

— Será um prazer.

Os dois conversavam como se fossem velhos amigos. Era um resultado do sentimento provocado naqueles que se tornam irmãos de batalha, os que são unidos pelos profundos laços formados pela guerra. Os laços de batalha não fazem questão de saber como foi a sua infância, qual o seu signo ou sua cor favorita. Eles não se importam com a escola que você estudou, suas atividades e seus hobbies. Para eles, é indiferente se você tem a pele clara ou escura, o nome que dá ao seu Deus ou sua nacionalidade. Os laços que são formados quando dois homens lutam juntos em uma guerra se atêm somente ao essencial, àquilo que está dentro de cada um, o verdadeiro companheirismo de quem dá a vida pelo companheiro apenas por saber que ele faria o mesmo por si. Um laço como esse perdura por toda uma vida.

Os dois riram juntos por mais algumas horas, relembrando que tinham muito em comum. Trocaram informações sobre filmes antigos, música, games e quadrinhos. Discutiram quais eram as musas do cinema, as mulheres mais belas e as mais fatais. José defendeu a beleza sem igual de Peta Wilson e afirmou que não importava quantas encarnações Nikita tivesse, ela era a única e verdadeira. Júnior endossou a opinião do outro, porém quando afirmou que o único Van Halen que existia era com David Lee Roth cantando e que o resto não passava de comercialismo oportunista, os dois foram incapazes de chegar a um consenso. Fizeram sem qualquer embaraço, com direito a papel e caneta, uma lista das cenas mais marcantes dos filmes de mafiosos, e existe coisa mais nerd do que montar listas? Porém, ao mesmo tempo, existe coisa mais deliciosa do que isso? Lembraram-se das piores refilmagens da história e concordaram que *Planeta dos Macacos* havia sido o maior erro da carreira de Tim Burton. Discutiram se Batman teria condições de enfrentar Wolverine de igual para igual e quem teria sido o melhor desenhista para essa história. Também se perguntaram se Alan Moore havia sobrevivido à epidemia. A conclusão mais lógica é que ele provavelmente fora o causador dela.

Enfim, quando a capa negra da noite já encobria todo o céu e as estrelas pareciam brilhantes cravejados ao longo do manto estelar, Júnior percebeu que era hora de sair do quarto e deixar José repousar.

CAPÍTULO 46

As dores que Maria sentia por causa do trauma do excruciante parto eram severas, porém nada que pudesse enevoar o maravilhoso sentimento que queimava em seu peito. Sara havia checado o bebê e conversado um pouco com ela antes de sair. Ambas haviam vivido uma verdadeira provação, e Maria sabia que, se tudo tinha dado certo, fora por causa da força da doula.

Seu filho tinha nascido duas semanas antes do previsto e, apesar de o Quartel não dispor exatamente de tudo que era necessário para manter uma criança prematura em segurança, não parecia que haveria complicações.

Ao olhar para trás, um sentimento de irrealidade engalfinhava seu ser e, todo o tempo, só o que ela conseguia pensar era em Liza e nas coisas que sua mentora lhe dissera durante toda a gravidez. Seria seu filho mesmo uma pessoa importante para o futuro da humanidade? Algum tipo de profeta ou, pior ainda, o salvador, como a própria Liza se referira?

"Salvador!"

Maria não se sentia confortável com o termo. Sabia que não existia uma única mãe no globo que não achasse que seu próprio filho era especial, um indivíduo que serviria a grandes causas e cuja existência seria de grande valia e importância para o mundo. Claro que, na prática, todas as crianças crescem e obliteram o sonho de sua mãe com seus comportamentos típicos de seres humanos, sua mesquinhez e avareza, suas mentiras e brutalidades, ou simplesmente sua irrelevância; porém aquilo parecia ser algo diferente. Talvez seu filho fosse, de fato, especial.

Liza era uma visionária no sentido mais amplo da palavra. Ela realmente "via" as coisas, e, se em sua visão a mentora do Quartel afirmava que o rebento de Maria desempenharia um papel fundamental para a salvação da raça humana, então aquilo tinha que ser verdade.

Não é?

Mas o que aquele diminuto corpinho faria? Quanto tempo levaria até que ele crescesse e fizesse o que quer que estivesse predestinado a fazer em prol do bem da humanidade? Predestinado! Prometido! Anunciado! Tantos nomes bonitos e vultosos para uma realidade tão frágil. Não fazia o menor sentido; seu filho precisaria ter no mínimo dezoito ou vinte anos para liderar a humanidade, caso esse fosse de fato o seu papel. Isso significava que nos próximos anos o mundo continuaria sendo aquele pardieiro no qual viviam? Se alguém tinha condições de liderar alguém, essa pessoa era Manes e, além do mais, aquela carapuça de Sarah Connor era demasiada justa para ser vestida.

Com medo de ficar com dor de cabeça, a mãe decidiu não pensar mais naquilo. A ideia era magnânima demais para ela. Limitando-se a esfregar o crucifixo em seu peito, no momento só o que lhe importava é que seu filho estava vivo e bem, tendo, inclusive, nascido sem maiores problemas. Ela não podia negar que durante toda a gestação lidara em silêncio com uma dificuldade que corria solta pela mente de todos; um temor coletivo que ao mesmo tempo ansiava e temia o nascimento: o fato é que, como ninguém jamais soube o que causara a epidemia, existia uma possibilidade — até certo ponto fundamentada — de que aquela criança não nascesse normal.

Claro, Ana Maria dizia a si mesma que tais temores não tinham base para se sustentar e a fé inabalável de Liza lhe dava forças, porém, como a gestação não pôde nem mesmo ser monitorada, uma pequena pontinha de dúvida ainda pairava no ar. Portanto, ver o bebê ali, saudável, era um alívio para a jovem mãe. E também havia, é claro, a questão de seu marido, o delicado Marco José, que se tornara um improvável herói da resistência, ainda que à sua revelia. Ela se lembrava da última conversa que tiveram na qual seu futuro marido lhe dissera que homens como ele não tinham sido talhados para viverem em um mundo sombrio como aquele. Felizmente, para o bem de todos, ele mostrou que a verdadeira coragem vinha do fundo da alma, e não de um corpo forte e sarado. Quando soube pela boca de Júnior e Sara tudo o que ele fez, quase foi às lágrimas. Jamais sentira tanto orgulho de uma pessoa quanto sentia dele agora e só o que pensava era na proposta de casamento que ele fizera.

Seria possível reconstruir o sonho, mesmo em um mundo como aquele? Maria gostava de pensar que sim.

Enquanto isso, em outro ponto do Quartel, Cufu descansava sozinho em seu quarto. Sabia que não seria fácil pregar os olhos naquela noite, e as impressionantes imagens de tudo o que havia passado nas últimas horas teimavam em serem projetadas em sua mente como um filme. Mesmo alguém como ele não tinha condições de sair ileso de uma experiência como a que todos haviam vivido, e, por mais que fosse emocionalmente forte, lá no fundo de sua alma havia algo destroçado.

Cufu se lembra de alguns pensamentos que costumava ter durante a Era A. A., os quais lhe davam vontade de rir agora. Impregnados que fomos pela cultura do entretenimento, todos nós sonhamos com uma vida grandiosa, repleta de feitos incríveis, muita ação, perigos e donzelas. Ele se recorda da sensação de assistir a filmes de época com suas grandes batalhas, discursos atordoantes e fotografia espetacular e pensar que nada ao menos parecido com aquilo jamais aconteceria em sua vida. Longas com espíritos, fantasmas, monstros, lobisomens, vampiros e demônios; séries de TV que transformavam a rotina de um hospital em uma trincheira de guerra; livros que falavam sobre magia, com pessoas voando em universos fantásticos que eram demasiadamente mais atrativos do que a vida comum e entediante que as pessoas levavam.

Quem nunca quis estar ao lado de Russel Crowe em O *Gladiador*, vendo-o enfrentar de igual para igual o imperador lunático; ou então combater Sauron junto de

Gandalf e Aragorn; ou ter aos seus pés as mulheres mais lindas do mundo e as geringonças mais legais como nos filmes de James Bond?

Sim, Cufu sonhava com uma vida menos chata e mais repleta de grandes aventuras; praticamente implorava que algo o arrancasse de sua rotina, pois, se até mesmo um trabalho tão chato quanto o de Robert Langdon podia render aventuras tão incríveis, por que não com ele? Ou será que os filmes, livros, games, quadrinhos, séries e peças haviam esgotado toda a fonte de diversão e, para os mortais que viviam a vida real, sobrava apenas o velho consolo da imaginação?

Cufu queria aventuras, porém, quando elas vieram, foi diferente de tudo o que ele imaginara. A visão da morte na vida real é diferente da visão da morte nos filmes. Na vida real não há trilha sonora ou ângulos de câmera que tornem tudo belo e portentoso. Não há a atuação de Charlton Heston, Al Pacino, Marlon Brando ou Robert De Niro – só o que há são pessoas comuns, a maioria tão sem graça quanto todas as demais, que querem apenas sobreviver, que querem apenas mais um dia, talvez outro momento romântico, talvez outra chance de dar risadas. Quando o extraordinário ocorreu, mesmo após tantos anos com as pessoas sonhando com ele, o mundo inteiro chorou e o renegou, mas então já era tarde demais.

Súbito, duas batidas leves à porta. Ele vestiu a camisa e solicitou que a pessoa entrasse.

– Judite?! – exclamou surpreso.

A batedora parecia ter sido atropelada por um caminhão. Era o membro mais jovem dos batedores, mas, naquele momento, sua aparência era a de uma velha cansada. Após o término da batalha contra os contaminados, apesar de já estar absolutamente exausta, ela foi uma das pessoas que mais trabalhou por conta de seus conhecimentos de medicina. Havia dúzias de feridos, alguns deles em condições bem graves e que tiveram de ser operados com urgência. O Quartel não fornecia a melhor infraestrutura para tanto, sem contar que grande parte dos remédios e produtos hospitalares havia sido destruída pelo fogo; e, sem nem mesmo ter tempo para descansar, ela passou as extenuantes horas seguintes fazendo o que estava ao seu alcance para aliviar a agonia dos enfermos.

Agora, de banho tomado, mas com aquele aspecto abatido que caracteriza os olhos de quem está com o espírito destroçado, ela parecia uma flor delicada e frágil que batia à porta de Cufu, e não aquela incansável guerreira capaz de dirigir o veículo dos batedores, brandir um facão contra uma dezena de infectados ou descer pelo poço de um elevador sob uma chuva de corpos.

– Posso entrar?

– Mas é claro. Venha.

A moça parecia encabulada. Passada a estranheza do momento inicial, começaram a conversar.

– Parece uma coisa improvável – disse ela a certa altura – que apenas Erik tenha sido contaminado. Todos nós sofremos cortes e escoriações e estávamos cobertos pelo sangue daquelas coisas da cabeça aos pés. Por que só ele se transformou?

Ao dizer isso, ela estendeu os braços mostrando pequenos ferimentos que não podiam ser evitados em confrontos como os que eles haviam se envolvido. Apontou também para um corte que ele tinha na altura do pescoço e, na lógica de sua argumentação, buscava na verdade uma explicação que não existia para justificar o fato de ela ainda estar viva e bem.

— O ferimento dele era grande demais. Acho que a troca de fluidos foi severa — tentou racionalizar o companheiro.

— "Troca de fluidos severa?" Isso não faz sentido, Cufu.

— Talvez sim, talvez não. Ninguém sabe de verdade como isso funciona, quero dizer, a contaminação. Todos supõem que seja um vírus, uma bactéria, um germe, mas ninguém sabe ao certo. Seja como for, o fato permanece. Nós estamos vivos, os demais estão mortos. Erik está morto. Temos que lidar com isso de alguma maneira.

Ele se aproximou dela e fez um carinho em seu rosto:

— Não se penitencie por estar viva, Judite.

A moça ameaçou chorar, mas segurou as lágrimas. Retrucou bravamente:

— Lembra-se de nossa conversa no apartamento?

— Como eu poderia esquecer?

— Eu tentei, Cufu. Tentei lembrar-me do rosto de todos os que matei hoje. De todos os que despachei para o outro lado. Eu queria honrar a memória deles, mas não consegui. Eu não consegui. Acho que matei pessoas hoje que nem mesmo vi a cara; eu simplesmente as decepei. Meu Deus, o que aconteceu conosco? Com a raça humana? Nós saímos completamente do prumo.

Visivelmente abalada, ela enterrou a cabeça nas mãos espalmadas, mas foi prontamente confortada pelo abraço carinhoso do guerreiro.

— Não se preocupe. Virá para você com o tempo. O importante é o sentimento e o respeito que está tendo pelos mortos. Isso é o que faz a diferença de verdade. Enquanto isso, pense na quantidade de vidas que você salvou aqui hoje. Sua presença foi vital. Matar é fácil. Curar é difícil. E você curou tantos...

Em revolta, ela rosnou, afastando os braços dele:

— Manes pediu que eu cuidasse de Dujas! O que acha disso?

— É, eu sei!

— Eu não queria, Cufu. Por duas vezes pensei se devia mesmo tratar o ferimento daquele desgraçado, ainda mais depois que soube de tudo o que ele fez. Quando ele estava na mesa de operações desacordado e eu retirava a bala de seu peito... Eu praticamente rezei para que ele não sobrevivesse. Disse a Deus que, se Ele existisse de verdade, então aquele maldito não podia viver. Pedi, praticamente implorei, que Deus fizesse ele ter uma parada cardíaca ali mesmo e, assim, eu não precisaria ter a responsabilidade da vida dele nas minhas mãos. Um ser humano tão horrível quanto ele não podia viver. Não quando Liza havia morrido!

– Você fez o certo, Judite!

– Certo? Acha mesmo? E se ele viver e tornar a transformar tudo em um pesadelo? De quem terá sido a culpa? De Manes? Minha?

– Não. A culpa continuará sendo dele.

– Mas fui eu quem o salvou.

– Você não é responsável pelas ações dos outros, Judite. Somente pelas suas próprias. E, hoje, você fez a coisa certa.

– Então por que estou me sentindo um lixo?

O gigante de ébano puxou-a de volta para si e apertou-a com mais firmeza. A mulher, envolvida pelos braços de aço dele, parecia desaparecer.

– Você não pode pensar dessa forma. Tudo o que ocorreu aqui foi terrível, porém a responsabilidade não está apenas nos ombros de Dujas. A verdade é que todos nós temos parte com o diabo nesse assunto.

– Pode ser... Mas é como aquele velho dilema sobre salvar a vida de Hitler! Você faria se tivesse chance?

– Entenda uma coisa – ele a segurou com ambas as mãos envolvendo seu rosto quando falou isso –, hoje você vai poder deitar a cabeça no travesseiro, fechar os olhos e dormir com tranquilidade. Hoje você salvou vidas, foi uma heroína, é só isso que importa de verdade. Deixe que o amanhã cuide de si!

Então, o guerreiro beijou-a sem pensar no que estava fazendo. Foi um instinto, um desejo profundo que nada tinha a ver com luxúria. Foi algo que veio de dentro, de uma forma natural e espontânea, ao qual ela correspondeu. O beijo foi longo e suave, firme e apaixonado. Quando finalmente interromperam, Judite falou com simplicidade:

– Há anos eu não tenho um homem.

– E há anos eu não tenho uma mulher.

– Acha que... Você acha que poderíamos ser um casal?

– O que eu acho é que a vida é muito curta. E o que fazemos a abrevia mais ainda. Mas de nada adianta uma vida longa que seja vivida sem amor. Eu sei que prefiro uma única noite de amor a uma existência inteira sem ele.

Judite engoliu em seco.

– Eu não posso começar a amá-lo e acordar um dia sabendo que o perdi. Não suportaria...

– Não há um único ser humano no mundo que não tenha perdido alguma coisa. Mesmo se o Dia Z jamais tivesse ocorrido, desde o começo dos tempos, todos sempre perderam alguma coisa. A existência é efêmera, e a perda faz parte dela. O que importa não são os momentos que perdemos, mas, sim, os que ganhamos. Se me der a honra, farei de você minha companheira.

Ela respondeu abraçando-o e dando-lhe outro beijo. Desta vez, seguido de carícias. As roupas ficaram pelo chão, e o amor que fizeram foi o mais bonito da vida de ambos.

CAPÍTULO 47

Kogiro caminhava pelo local que servira de campo de batalha, em meio aos destroços e às ruínas que restaram. Sua fisionomia, como de costume, permanecia inalterada. Impenetrável! O sangue dos infectados havia coagulado, e, uma vez misturado ao sangue das pessoas comuns, não era possível agora distinguir um do outro. Na morte, todos eram iguais. Ao sentir que alguém se aproximava, olhou na direção que seus sentidos indicavam apenas para ver Cortez surgir das sombras, carregando uma garrafa de vinho.

Pela postura corporal do colega, Kogiro pôde dizer que ele já devia estar bebendo havia algum tempo, apesar de não estar bêbado ainda. O velho deu um gole bastante longo, limpou a boca com as costas da mão e fez um gesto brusco, oferecendo a garrafa. O guerreiro samurai a apanhou e, tentando dar um mínimo de dignidade ao momento, ficou a olhar o rótulo. Era um *Pinot Noir*, cuja safra datava de seis anos atrás. O japonês deu um gole na bebida e exclamou:

— Isso não foi feito para ser bebido assim.

— Quem se importa? A época das taças ficou no passado — disse o outro.

— Acha mesmo?

— Vai começar a dar uma lição de moral sobre a necessidade de mantermos as boas maneiras, a importância da arte, cultura e estética?

— Não, nada tão drástico assim. Só queria saber se você conhece a origem deste vinho.

— Italiano?

Kogiro começou a rir. Como assim, "italiano"? Será que Cortez ao menos havia visto o nome da uva, ou a marca que estava gravada na garrafa?

— Não, Cortez, não é italiano. Como poderia ser com um nome deste? Esta é uma grande uva que era cultivada na região da Borgonha — ele sentiu o aroma da bebida antes de continuar a falar. — Um vinho como este é bastante complexo, venha, sinta seu aroma — ele apontou a boca da garrafa para o colega e permitiu que ele também a cheirasse. — Intenso, não é? Consegue perceber a sutileza desta bebida? Não acho que voltaremos algum dia a produzir vinhos assim.

— Eu gostava de *Merlot*... — resmungou surpreendentemente o outro, mostrando que não era um completo ignorante no assunto. — Muita gente achava que era uma bebida popular, mas nunca me importei com rótulos, porque o sabor me agradava. Um *Merlot* para mim já estava bom.

— Era um vinho feito para ser tomado ainda jovem. Este aqui, contudo, envelhece muito bem. O passar dos anos o valoriza.

— Igual ocorre comigo! — respondeu Cortez, dando uma batida no peito e fazendo um sinal para que Kogiro devolvesse a garrafa. O japonês deu mais um gole no néctar e a entregou para o colega, que resmungou:

– Pensei que sua raça só gostasse de saquê. Não sabia que você entendia de vinhos.

– Há muito pouco que sabemos uns dos outros, apesar de vivermos juntos. A sensação que tenho – e que só agora ficou clara para mim – é que ninguém quer se abrir. Talvez por causa de todas as perdas que tivemos. Ninguém quer se envolver com os demais, não queremos criar proximidade. Acho que por isso não falamos.

– É, talvez seja isso mesmo. Você acha que isso está errado? Não criar vínculos?

– Não tinha opinião formada antes, mas agora estou achando que sim. Afinal, se não for pelos bons momentos, então por que continuamos vivendo? E como pode haver bons momentos se não os partilharmos com outras pessoas?

Ficaram um pouco em silêncio, apreciando a bebida e a quietude que vinha com a noite. O Quartel estava adormecido, e o mundo, sem carros, motocicletas, máquinas, computadores, televisões, rádios, indústrias, buzinas e celulares, era um lugar completamente diferente. Era possível escutar novamente ruídos que havia muito foram perdidos, como o vento farfalhando as folhas das árvores ou os grilos que se escondiam nos jardins.

– Na minha cultura – falou subitamente Kogiro –, nós aprendemos a encarar as grandes coisas com casualidade e as pequenas com seriedade. Para nós, é como se a vida fosse feita de detalhes. Foi assim que eu fui criado. Normalmente, quando as pessoas falham em suas tarefas, quando elas cometem erros e se equivocam, isso ocorre porque elas deixaram de dar importância às coisas pequenas. É por esse motivo que saber sobre a origem do vinho é importante; tão importante quanto todo o resto.

– Você é mesmo um homem singular, Kogiro. Sabe, acho que nós nunca conversamos tanto quanto estamos fazendo agora.

– É verdade. Deve ser o vinho.

– Ou o sangue! Todo esse sangue mexe com a nossa cabeça. Seja ele vermelho ou marrom. Diga-me uma coisa, você estava preparado para morrer durante a batalha?

O samurai demorou um pouco para responder. Achou por bem examinar a questão com profundidade, já que a tomara com bastante seriedade. A resposta era um profundo mergulho dentro de sua própria alma. Por fim, afirmou:

– No começo, logo depois que perdemos o carro, eu senti muito medo. Não me envergonho de dizer. Quando saímos daqui ontem de manhã nós ainda tínhamos a proteção do veículo e, apesar das dificuldades que enfrentamos com todos aqueles infectados e do estresse, por algum motivo eu me sentia seguro, tinha a sensação de que nada aconteceria. Na verdade, eu achava que estava pronto para morrer, mas vejo que só o que fazia até então era mentir para mim mesmo.

– Por que diz isso?

– Porque, igual a você, igual a todos os outros colegas, eu já havia saído diversas vezes para buscar recursos ou até em operações de resgate, mas meu coração sempre ficava disparado. E quando perdemos o carro e começamos a ser caçados sem dó pela rua aberta, eu estava desesperado. Não sei se estou me fazendo entender...

— Está sim. Eu também fiquei apavorado com todos aqueles bichos no nosso pé. Chegou uma hora que a coisa parecia não ter saída.

— É.

— Mas algo mudou.

— Sim, o que ocorreu nas últimas horas foi bastante diferente de tudo o que eu já havia sentido até então, Cortez. Agora que você me perguntou isso, reconheço que antes eu não estava preparado para morrer. Eu pensava que estava, mas não estava de verdade.

— Foi na cobertura do prédio que tudo mudou para você, não?

— Sim! Por que diz isso?

— Foi algo que eu percebi durante o conflito. Você sempre lutou bravamente. Já o havia visto enfrentar três contaminados de uma vez e devo dizer que aquilo tinha sido um grande feito. Todos achavam que isso havia sido algo fenomenal, fora do comum; eu mesmo achava impressionante, mas, depois do que todos nós fizemos nas últimas horas, sua famosa luta com os três virou fichinha.

— Concordo.

— Acho que antes nós tínhamos medo deles, incluindo Manes. Um medo que era um resquício de tudo o que eu, você e cada uma das pessoas que estão aqui passaram durante o Dia Z e os dias que o seguiram. Nós sofremos muito, e isso deixou marcas em nossa alma. Cicatrizes. Mas quando nós os enfrentamos na cobertura, algo aconteceu. Eu vi que você deixou de ser quem era para se tornar algo maior. Não dá para explicar, mas sinto que o mesmo ocorreu comigo. O medo se foi. Acho que percebemos que eles são perigosos e devem ser levados muito a sério. Mas, ao mesmo tempo, talvez nós estivéssemos dando crédito demais a eles...

O japonês tentava racionalizar seu comportamento, mas logo viu que seria uma tentativa fútil, então apenas disse:

— O sangue deles espirrou em meu rosto. Era quente como o nosso. Os corpos começaram a tombar, e, para cada corpo que caía, outros três chegavam. Era uma situação sem saída, e, naquele instante, eu ainda sentia medo dentro de mim. Pensava o que aconteceria se tombasse naquele momento ou se fosse contaminado, mas, ao ver Manes tão resoluto, tão forte e seguro do que tinha que fazer, uma revolução ocorreu dentro de mim. Fui amparado por uma sensação reconfortante, cheia de calmaria. Foi como você disse, até o dia de ontem, enfrentar três deles parecia ser algo de outro mundo, contudo nós atravessamos essa odisseia e sobrevivemos.

— "O que não nos mata nos torna mais fortes?"

— E não é verdade?

— Acha que se formos lá fora e dermos a cara para bater, teremos chance de reconquistar este mundo?

— Eu não sei, Cortez. Talvez. O mundo é muito grande.

— Nós teríamos que fazer o que exércitos no mundo todo não conseguiram.

— Ou morrer tentando. Agora, depois de tudo isso, não me importo mais. Como você, o medo se foi. Não tem a ver com se entregar, mas, sim, com um profundo e belo desapego pela vida. De repente, todos os ensinamentos, todo o treinamento, toda a filosofia, tudo o que estudei desde minha infância ficou claro. Penso no sentimento que meus ancestrais deviam nutrir não só em batalha mas no dia a dia. Um samurai de verdade precisa estar preparado para morrer sem hesitação sob qualquer circunstância. Essa é nossa sina e também aquilo que nos torna grandes e únicos.

– Então você é um samurai? Digo, um samurai de verdade?

O japonês sorriu cheio de orgulho ao responder:

– Sim, sou. E você também é. Não no sangue, mas no coração.

– Você lutou como um leão! – Cortez ficara um pouco encabulado com o elogio, então retribuiu cheio de energia.

– Como eu disse, tudo ficou claro. O medo se foi. Se for necessário, um samurai tem que estar disposto e pronto para romper com a frente inimiga sozinho durante uma batalha. É preciso enfrentar dez inimigos com se estivesse enfrentando cem. Esse é um ensinamento básico, mas entendê-lo intelectualmente é uma coisa. Eu o entendia com minha cabeça. Mas o que aconteceu conosco fez com que entendêssemos isso, aqui, dentro do peito. Não há espaço para medo ou hesitação, por isso é preciso manter a calma e a confiança, mesmo diante de uma situação calamitosa.

– Bom, fico feliz de tê-lo ao nosso lado, rapaz. Mas, seja como for, nós somos muito poucos.

– Haverá mais! – respondeu o japonês de forma otimista.

– Como pode ter certeza?

– Não é uma certeza. Apenas uma resposta a este sentimento de conforto que eu me referi.

Sentaram-se em um lugar onde podiam ver o céu.

– O que acha que irá acontecer agora? – questionou Cortez, que tinha a própria opinião, mas queria saber o que o colega diria.

– Iremos à guerra! Definitivamente iremos à guerra!

– Por que diz isso?

– Manes viu o que ninguém havia visto até então. Viu que podemos lutar de verdade. Ele nos mostrou isso na cobertura daquele prédio e, apesar das perdas, ele não é homem de se abalar, mesmo tendo sofrido a dor na própria carne. Escreva o que estou te dizendo, nós iremos tocar fogo no mundo.

Havia satisfação na voz do japonês. O outro comentou:

– Uma semana atrás, escutei um dos moleques aqui do Quartel dizer que o mundo havia sido criado por Deus em um holocausto.

– Sério?

– Verdade! Isso é grave, mas o pai do moleque achou "engraçadinho". Aquilo me fez pensar que as próximas gerações irão crescer sem memórias de como o mundo era antes de toda esta loucura. Se não fizermos alguma coisa, é possível que, em meia dúzia de décadas, nós, os mais antigos, estejamos todos mortos e nossos descendentes partilhando de uma crença maluca dessas.

Kogiro ficou pensativo. Por fim perguntou:
– E com isso você quer dizer que...
– Se você estiver certo e Manes decidir ir à guerra, eu estarei ao lado dele!
O samurai deu um tapa amigável nas costas do amigo:
– Ah! Duvido que ele pense o contrário.
– Você sabe que provavelmente iremos todos morrer, não é?
– Sim. Provavelmente. Mas, até aí, quem é que não morre?
Ele levantou a garrafa com um sorriso no rosto e disse:
– Um brinde a Erik, onde quer que ele esteja! Que nós tenhamos uma morte tão gloriosa quanto a dele – e deu um longo gole.

O cheiro de queimado ainda estava muito forte, e ambos sabiam que ele demoraria semanas até desaparecer por completo. Não seria fácil esquecer-se de tudo o que havia acontecido, porém, ao contrário do comportamento que havia prevalecido nos últimos anos, desta vez eles não estavam mais tão certos se esquecer seria a resposta correta para tudo. A época de enterrar os demônios e trancar os fantasmas no armário tinha ficado para trás. A época de virar as costas para os problemas e dificuldades e de varrer a sujeira para debaixo do tapete havia acabado. Um novo mundo estava aberto. Imersos em sua própria personalidade, nas profundezas de seu âmago, os guerreiros tinham a inquietante sensação de que era hora de fazer aquilo a que todo guerreiro nasceu para fazer!

Sorveram a garrafa até a última gota.
– Tem mais de onde veio esta? – perguntou o japonês.
– Pode apostar que tem.
O céu estrelado foi a única testemunha do nascimento daquela nova amizade.

CAPÍTULO 48

A noite já estava bastante densa quando Espartano entrou no quarto onde Dujas se recuperava. Segundo Judite, o ferido tivera muita sorte e, apesar do tiro, não corria risco de morte. A comunidade havia passado por muitos maus momentos, então, como todos precisavam de descanso, não havia ficado ninguém tomando conta do novato e ex-imperador do Ctesifonte, contudo Manes solicitara que o paciente fosse amarrado à cama, de forma a não poder se libertar durante a noite. Seria, é claro, mais seguro para todos que ele ficasse confinado ao seu quarto. Assim que o batedor entrou, apesar de silencioso como um gato, Dujas abriu os olhos. Ao perceber que ele havia acordado, Espartano exclamou num tom bem-humorado:

– Boa-noite.

Com uma voz rouca e debilitada, Dujas inquiriu:

– Quem é você? O que quer?

Com toda a calma do mundo, o batedor tirou do bolso um pedaço de tecido e uma fita. Sem ter a menor intenção de ser delicado, fez uma bola com o tecido e a enfiou à força dentro da boca do outro; depois passou um pedaço de fita por cima. Ao terminar a ação, fez um carinho grotesco na testa do paciente e sorriu satisfeito.

– Assim está bom. Vamos nos dar melhor se somente eu falar. Não fomos apresentados apropriadamente. Meu nome é Espartano.

O batedor estendeu a mão para Dujas que, atado à cama, obviamente não pôde retribuir o cumprimento.

– Não vai responder? Que coisa feia.

A ironia na voz de Espartano começou a deixar o novato tão nervoso quanto a mordaça que lhe fora imposta. O que ele queria ali afinal?

O batedor puxou uma cadeira e sentou-se numa posição na qual ficasse num ângulo de visão favorável a Dujas.

– Sabe, você fez uma grande bagunça aqui no Quartel. Mas acredito que no final sua presença acabou sendo até positiva, pois, apesar de todo esse caos, dos mortos e dos feridos, você fez com que todos abrissem o coração. Agora o que vai acontecer é fácil de ser previsto: ou nos uniremos com a força que uma comunidade precisa ter de verdade, ou seremos engolidos por nosso ego e morreremos; e, apesar de tudo, isso ainda é algo bom. Se uma comunidade não consegue se unir de verdade, então para que continuar? O quê? Você quer falar? Não, não, aguente mais um pouco.

Espartano tirou um maço de cigarros do bolso.

– Se importa se eu fumar? Sei que esta é a ala de recuperação, mas acho que você não se importará, não é? Eu te ofereceria, mas sabe como é...

Ele acendeu o cigarro e deu uma tragada.

— Quando eu era jovem, fumava. Parei aos 21 anos, pois comecei a me preocupar com minha saúde. Você deve se lembrar daquela época, com toda a propaganda antitabagismo. Na televisão passava um comercial e depois uma mensagem sobre os riscos de fumar. Tem coisa mais ridícula do que isso? Até que todas as propagandas foram proibidas de vez. Quando eu era criança, cheguei a pegar aquela época em que aviões tinham cinzeiros ao lado das poltronas. Incrível. Depois de um tempo com toda essa perseguição ao cigarro, nem mesmo os carros continuaram a ser produzidos com cinzeiros. O fumante tornou-se um pária. O mundo A. A. se preocupava com cada coisa, não acha?

Ele deu outra profunda tragada e soltou de propósito a fumaça sobre o paciente, que a inalou e tossiu copiosamente, apesar de estar com a boca tapada. Seus olhos lacrimejaram, o que fez com que Espartano risse. Ele prosseguiu com seu monólogo:

— Dizem que a indústria tabagista começou a ser perseguida porque perdeu um braço de ferro com outra grande indústria: a dos planos de saúde. Interessante pensar nisso, não? Realmente eram interesses conflitantes.

Dujas se debateu na cama e sentiu uma pontada forte na região do tiro. Percebeu que era melhor ficar quieto ou poderia agravar sua condição.

— Seja como for, eu parei de fumar e entrei em um lance de academia. Aulas disso, aulas daquilo, meninas usando roupas coladas, testosterona, suplementos alimentares e muito suor. Mas gostava de levantar pesos, era um tipo de válvula de escape após um dia frio no escritório.

Ele segurou o cigarro como um ídolo e ficou a observar a brasa queimando por alguns momentos.

— Tudo parece tão sem sentido agora.

Dujas tentou protestar, mas Espartano, dando uma última tragada, apagou o cigarro sem dó no braço do paciente, que urrou de dor, produzindo um ruído abafado pela fita.

— Você acha que isso doeu? Só pode estar brincando, não é? Se achou isso dolorido, então você é mais bunda-mole do que eu pensava. Bom, vamos lá, não vou mentir, olha só o que vai acontecer: quando eu sair desta sala, serei um homem feliz e você será um homem morto. Entendeu isso? Manes pode ser o líder humano que ele precisa ser. Ótimo para ele e para os que acreditam nele, mas se tem algo que aprendi nos últimos dias é que certas coisas só são resolvidas de uma maneira. Você é um problema. E enquanto viver continuará sendo um problema! Então, aproveite seus últimos momentos, pois eles serão mesmo os últimos, e não há nada que possa fazer para mudar isso.

Então ele se recostou na cadeira e tirou do bolso interno da jaqueta que usava uma pequena garrafa achatada de vidro, própria para carregar bebida.

— Tá vendo isso? Sabe o que tem aqui dentro? Uísque! Fico pensando no que será de nós quando não conseguirmos mais encontrar essas coisas por aí. Quer dizer, não acho que tenha alguém por aí produzindo uísque ainda. Se bem que eles devem estar envelhecendo em alguns milhares de barris mundo afora...

Espartano deu um gole na bebida e fez aquela expressão típica que todos fazem quando tomam uma bebida forte e sem gelo. Sacudiu levemente a cabeça e tomou outro trago.

— Em minhas missões como líder do grupo de batedores, reuni os itens mais incríveis que você possa imaginar. E quando apareci certa vez com duas caixas de uísque, Manes quase botou um ovo de tão nervoso. E com razão, afinal eu havia saído para buscar alimentos. Mas com o tempo ele entendeu a importância do álcool. Não estou exagerando, não. Sempre que as coisas apertam, todos recorrem a um gole deste líquido mágico. Não sei exatamente como explicar, mas de alguma maneira ele alivia as coisas. Diminui o fardo. Apazigua a dor. Só mesmo quem já esteve em uma situação em que um iceberg está em suas costas pode entender.

Ele atarraxou a tampa de volta e guardou a garrafa.

— Um dia ainda vou encontrar uma estufa caseira com *você sabe o que* dentro. Tenho certeza que há algumas por aí.

Durante todo o tempo em que ele falava, Dujas tentara se soltar, em vão. Àquela altura da conversa, já havia percebido que seus esforços resultariam em nada e que, se Espartano fosse cumprir mesmo sua promessa, sua única esperança seria que alguém entrasse no quarto.

— Quer ouvir algo assustador? Ontem eu fui mordido por um contaminado. Na verdade, mais do que um, eu fiquei prisioneiro de um bando deles e tomei mordidas de várias meninas, uma bastante grave na perna. Eles não eram contaminados de verdade, apenas pseudocontaminados. É, eu sei que você não está entendendo, mas quem se importa? Eu tomei uma mordida e aqui estou, sem me transformar. Ninguém sabe disso e ainda não sei o que farei a respeito, mas será que isso significa que eu sou imune ou será que aquele tipo por algum motivo não transmite a praga? Sabe o que é pior que ser mordido? Eu trepei com uma contaminada que provavelmente era menor de idade. Infração dupla. Não precisa fazer essa cara, sei que sou um porco sujo e não pense que não me arrependo. Acha que estou bebendo por quê?

Súbito, escutaram um barulho vindo do lado de fora, algo similar a uma madeira estalando ao ser pisada. Dujas começou imediatamente a urrar da maneira que conseguia, emitindo grunhidos desesperados, mas Espartano reforçou a ação da fita e do tecido, metendo a pesada mão sobre a boca dele e permaneceu em silêncio por alguns momentos. Quando percebeu que não havia risco de serem descobertos, relaxou e soltou o paciente.

— Ufa, essa foi por pouco. Detestaria ver esse nosso momento tão íntimo ser atrapalhado. Você parece tão pequeno nessa cama. Seus braços são tão magros. Como alguém tão minúsculo, tão insignificante quanto você pode ter feito o que fez? Quer escutar o que eu acho da vida? Saber o que há dentro de mim, o que se passa? Pois eu vou te contar. A vida é uma piada de mau gosto, uma farsa, uma incoerência. Nós vivemos em um mundo que não faz nada além de nos maltratar. Quando você é novo, tem aspirações e fantasias, sonhos e desejos, mas um dia você acorda. Eu me recordo que antes do Dia Z olhava para fotos antigas minhas de quando era adolescente e ficava a me lembrar daquela época. Recordo-me das coisas em que pensava e sonhava. Naquela época, eu até tinha esperança, sabe. Gosto de pensar que tinha fé nos homens. Hoje, me olho no espelho e pergunto aonde foi parar aquele rapaz tão cheio de vida. E sabe o que eu descobri? Descobri que ele foi esmagado pela dura realidade. O mundo real o consumiu. Eu passei por algumas coisas duras nos últimos dias, mas a verdade é que eu já havia sido devorado muito tempo atrás, muito antes do Dia Z. Todos nós fomos; aposto que até mesmo você.

Ele então aproximou seu rosto do rosto do novato e disse sussurrando:

— Como um homem igual a você luta pela própria vida? Com as mãos? Deixando alguém inocente pagar, como Liza? Quantos outros inocentes morreram pelas suas mãos, seu lunático?

O paciente fitou-o com uma expressão de puro pânico, entrecortada por murmúrios indecifráveis. Mais do que nunca, Dujas percebeu a agressividade se acentuando em Espartano e rezou para que alguém entrasse ali, naquele exato momento; que Judite aparecesse para fazer algo pueril, como tirar sua temperatura, ou que Manes fosse vê-lo para falar algum desaforo, qualquer coisa, qualquer um que pudesse livrá-lo das garras daquele homem, entretanto em seu íntimo ele sabia que isso não aconteceria. A noite já estava profunda, e, depois de um dia como aqueles, todos estavam dormindo. Ninguém viria checá-lo até a chegada da manhã. Espartano prosseguiu com seu longo e bizarro discurso, como um ator de teatro em meio a um caco:

— Coisas que acontecem uma única vez na vida. Se você piscar, poderia perdê-las. Se estiver desatento, seria como se nunca tivessem acontecido. Elas estão o tempo todo ao nosso redor, mas onde estamos nós? O quê estamos fazendo? Certa vez, ainda durante a Era A. A., eu presenciei algo assombroso. Uma pessoa do trabalho era bastante desastrada. Não desastrada como a maior parte de nós, mas, sim, desastrada o suficiente para isso lhe ter custado três empregos anteriores. Ela era distraída, derrubava as coisas, perdia documentos, sumia com arquivos que não deveria, era linguaruda. Eu a suportava porque a menina era um doce de pessoa, mas obviamente tudo tem um limite.

"Um dia, ela fez algo verdadeiramente catastrófico. O que foi não importa muito, pois agora, quando olho para trás, vejo que talvez não tenha sido tão catastrófico assim, mas na época em que aconteceu parecia o fim do mundo. É interessante como o tempo muda a perspectiva das coisas, o que parecia insignificante no passado hoje é enorme. E o que era enorme, eu mal me recordo. O fato é que ela chorou na frente de minha mesa, chorou lágrimas de verdade. Ela disse: 'Chefe, eu não sei o que acontece comigo. Sei que errei. Pisei na bola, mas não me mande embora, por favor'. Ela parecia desesperada de verdade.

"Despedir uma pessoa é algo triste. Você espreme tudo o que um ser humano pode dar e, quando ele se torna inútil, você o dispensa, sem preocupar-se com o que ele fará da vida. É o que fazemos com os velhos. Ou fazíamos, já que hoje em dia quase não existem mais idosos. E como poderiam? Eles não conseguiram sobreviver neste mundo. É tudo de uma tristeza que não tem tamanho. Mas, claro, uma pessoa como você não dá a mínima para isso; eu olho nos seus olhos agora e não vejo um pingo de arrependimento por tudo o que fez. Só o que vejo é medo do que vou fazer, e isso me mostra quem você é. Aquela moça me implorou com seus olhos plácidos vertendo água salgada para não mandá-la embora e, de repente, começou a falar sobre sua vida. Despretensiosamente, falou sobre sua mãe. Não havia culpa em sua voz, não havia mágoa ou rancor. Havia um grau de devoção, isso sim. Retribuição, talvez até um pouco de admiração. Ela falou sobre sua mãe e disse o quanto a velha era desastrada. Sim, foi esse o termo que ela usou, rindo um riso envergonhado ao mencionar que sua mãe a havia derrubado no chão quando bebê. Três vezes.

"Ela continuou a falar, mas eu já não a escutava mais. Havia presenciado com assombro essa verdade que se desnudava bem na minha frente. Essa verdade que me dizia que ser desastrado era um comportamento aprendido pela espécie. Seria algo metódico e sistemático — ainda que em outro nível —, tal qual quase tudo que fazemos? Fui arrebatado por essa percepção, enquanto ela própria não havia se dado conta de ter decifrado a origem de seus problemas. A menina apenas continuava a falar sem parar, frases centopeicas que faziam cada vez menos sentido. O choro ia e vinha, entrando em meus ouvidos como um irritante zumbido, e, repentinamente, aquela situação tornou-se uma paródia de algo que eu considerava sério e digno de minha atenção. Se o desastre é aprendido pela espécie humana, então o que mais seria também?

"Ergui uma cômoda barreira. Despedi-la deixou de ser um desafio e percebi que poderia fazê-lo com facilidade. E o fiz. É um dos efeitos inebriantes do poder, você pode senti-lo na palma das suas mãos, palpável e pulsante e, quando você o usa, ele o excita. Não sexualmente, claro. Bem, talvez para alguns, mas a exposição ao poder, ela o excita. Disso você entende, não? Do poder? Que homem não o quer para si? Que homem não quer ter ascendência sobre os outros? Foi por isso que fez o que fez, não foi? Ela saiu da minha sala sem lágrimas, como se já tivesse chorado antes o necessário para extravasar. Ela saiu e eu, uma vez sozinho, tive outro *insight*. Outra assombrosa percepção, desta vez, em relação a mim mesmo.

"Os adultos aprendem sobre distanciamento com uma facilidade invejável, e esse mesmo aprendizado garante sua sanidade ao longo da vida. Pelo menos garantiu a minha — ou acho que sim —, mas, agora que estou mais ou menos onde deve ser o meio do caminho — se tudo der certo, claro —, não posso deixar de questionar. Mas as perguntas são frias e vazias, nascidas da obrigação de uma percepção racional, e não da força da sensibilidade integral do coração. Algo dentro de mim morreu aquele dia, não por tê-la despedido, não por ter exercido meu poder ou minha autoridade. Não, a morte que sofri foi a morte de uma parcela de minha inocência, como o jovem que na guerra segura o corpo sem vida de um amigo nos braços. Todos nós já seguramos corpos sem vida em demasia nestes dias tristes que tivemos que viver."

Espartano sempre soubera da existência da morte, mas a mantivera distante. Longe de si. Mas agora ela havia chegado; invadira sua vida como um convidado inesperado e o chacoalhara tal qual um brinquedo nas mãos de uma criança peralta. Após um longo silêncio, ele filosofou:

— Naquele dia, cortei minha pele com uma faca cega e permiti que o descaso e o desinteresse fossem maiores que o bom-senso.

"A funcionária não se apercebia de quem ela era e nem de por que ela era assim, ainda que todas as respostas estivessem bem na frente do seu nariz. Se ela não o fazia, por que deveria eu fazê-lo? Por que deveria ser eu a sentir pena dela? Por que da minha condescendência, por que da minha tolerância? Ela era quem era, pois havia sido condicionada a ser assim e, se ela fosse um espelho, então de que maneira eu via nela o meu próprio condicionamento refletido? Eu a despedi e saí para almoçar com outras pessoas que achavam que compreendiam as minhas responsabilidades e nem ao menos toquei no assunto. Não me incomodei na ocasião. A vida nos torna... frios. Somos responsáveis pelas nossas ações, sei disso. Ela era responsável pela catástrofe que a levou à minha sala e fez com que eu a despedisse, uma catástrofe corporativa que nem mesmo consigo me lembrar e eu... Bem, eu sou responsável por algumas coisas que não consigo explicar para mim mesmo. Não sou responsável pelo sofrimento do mundo, não sou responsável pelo sofrimento dela, apesar de tê-lo sido naquele dia.

"Creio que neste momento da vida, tudo ficou claro demais e, talvez por isso, tudo seja tão confuso. Gostaria de ter as certezas que eu tinha antigamente, quando era jovem... Não, isso é página virada, não vou mais tocar no assunto. O que passou, passou. Mas acho que todos têm, afinal, seus próprios demônios, e, vez por outra, eles nos derrotam. O apagar das luzes. Todos querem ser cometas, viajando pela Via Láctea, livres e indomados, mas ao mesmo tempo todos criam laços tão profundos e nós nos comprometemos tanto com as coisas do dia a dia, que elas se transformam em nós. Assim, quando perdemos um emprego, perdemos a nós mesmos. Quando perdemos a empresa, perdemos a nós mesmos. Quando perdemos uma companheira, perdemos a nós mesmos. De cometas livres, passamos a meros satélites, que orbitam um astro maior, fazendo sempre a mesma coisa; tornando-nos dependentes.

"Eu nunca mais sorri de verdade. O sorriso das pessoas mudou após o Dia Z. Meu riso hoje está muito próximo ao riso cínico e envergonhado daquela minha colega de trabalho ao falar sobre sua mãe do que um sorriso espontâneo e verdadeiro. As gargalhadas das pessoas são explosões cujo objetivo é aplacar a ansiedade que elas acumulam dentro de si."

Subitamente, toda aquela conversa, aquele desabafo, exorcizou a alma de Espartano. As imagens de tudo o que ele passara nas últimas vinte e quatro horas voltavam-lhe à cabeça, e, aproximando ainda mais o seu rosto do corpo estático de Dujas, o batedor sussurrou:

— Como colocar-me no controle de todas as coisas? Como abrir mão do controle que não tenho para ter a chance de viver uma vida de verdade? Como não deixar este mundo cruel nos engolir, ou ainda como agir quando ele o fizer – e certamente ele o fará? Ele o está fazendo! Ele já o fez! Como posso sorrir novamente, se por dentro tudo o que tenho já está morto, apenas à espera de um enterro decente? Todos os sonhos que eu tive se perderam no meio do caminho. A vida real se encarregou disso, encarregou-se de exterminá-los! E o que restou?

Então, o batedor simplesmente respirou fundo, e a expressão em seu rosto determinava que o momento tinha chegado. Ele apertou com os dedos o nariz do paciente, tapando sua respiração, e disse:

– Você está com sorte, maldito. Vim aqui com a intenção de torturá-lo por horas, até o nascer do sol.

Dujas, privado da faculdade de respirar, começou a se debater como se fosse um louco preso em uma camisa de força, mas o ar não passava pela fita que tapava sua boca, e Espartano o segurava com extrema firmeza.

– Desisti quando percebi que eu não teria prazer nisso. Inclusive não terei prazer em sua morte também.

As contorções se intensificaram ao que a necessidade de ar crescia.

– Mas não estou fazendo isso por prazer, e sim por necessidade. Um homem como você não merece viver. Não pode viver. E se alguém tem que pagar o preço por sua morte, que seja eu, cuja alma já está condenada!

A imagem de Conan caindo pelo tiro que saíra de sua arma lhe veio à mente em câmera lenta. Dujas começava a ficar roxo, e os olhos, de tão esbugalhados, davam a impressão que saltariam para fora das órbitas.

Espartano manteve a pressão sobre o rosto do outro, porém fechou seus olhos suavemente por um período de tempo indeterminado. Fechou-os e permaneceu impassível, tentando se imaginar o tempo todo em um lugar bonito, um jardim florido, uma praia selvagem em um dia quente de verão, uma cachoeira de águas geladas. Uma sinfonia conhecida lhe veio à mente, algum compositor barroco que ele não conseguia identificar, talvez Purcell ou mesmo Bach. Ele cantarolou a melodia principal, a do violino, e sorriu numa espécie de êxtase autoinduzido. As imagens cumpriram o que lhes cabia, e, subitamente, os estrebuchamentos haviam acabado. Mesmo então, o batedor manteve os dedos no nariz de Dujas por mais alguns segundos, como se tivesse a necessidade de confirmar de forma definitiva sua morte. Ao abrir os olhos e fitar novamente o novato, viu em seu rosto uma fisionomia gravada que revelava dor e desespero, com os olhos revirados para cima e um sangramento nasal.

Sem alterar seu próprio semblante, o batedor pousou dois dedos sobre o pescoço do homem e procurou por sinais vitais. Ao constatar que eles não estavam lá, e que sua carótida estava calada, retirou a fita e o tecido da boca do morto. Antes de sair, resmungou em voz alta:

– Nem todos aqui são ovelhas, seu desgraçado. Ainda há algumas onças rondando esta selva. E você teve o que merecia.

CAPÍTULO 49

Manes e Liza caminhavam como se tivessem um punhado de eternidade nas mãos. Não havia qualquer tipo de preocupação em sua mente. Universitários, recém-conhecidos, eles eram jovens, cheios de esperança e de amor pela vida.

Eles estavam verdadeiramente felizes. Havia sido uma noite agradável. Não, muito mais do que agradável, havia sido uma noite perfeita, daquelas que só ocorrem raramente. E em um mundo de pânico, no qual corremos o risco de sermos assaltados, atropelados por um motorista bêbado ou termos nosso cartão de crédito clonado, devemos ser gratos a cada boa noite que tivermos oportunidade de vivenciar. Quem puxou conversa foi ele:

— Sabia que a medicina chinesa estabelece relações interessantes entre a visão e outras áreas do organismo, como tendões, fáceas e fígado?

— Mesmo? — ela tentou parecer surpresa, mas é óbvio que não estava. Afinal a entendida em medicina chinesa era ela, e não ele.

Mas às vezes, quando as pessoas querem ser gentis, elas fingem umas para as outras. Ele fingia que entendia de um assunto, o qual não entendia de fato. E ela fingia que não entendia de um assunto do qual entendia, para que ele não se sentisse constrangido. É uma mentira socialmente — e moralmente — aceita, e por todos praticada, ainda que continue sendo uma mentira. E havia algo de muito doce no fato de ele ter se importado o suficiente com a questão para ter feito aquele comentário, o qual havia certamente pesquisado. Manes continuou, sentindo-se mais confiante:

— Verdade. E sabe do que mais? Essa não é a parte legal, a parte legal é que a visão está conectada a uma emoção muito importante: a raiva. Um acupunturista pode confirmar esse elo. A medicina ocidental, claro, não aceita tal fato e duvido que algum dia venha a aceitar. Mas já vi uma explicação muito interessante sobre o assunto envolvendo tendinites. Não vou dizer mais porque essa não é minha área de conhecimento, mas acho interessante relacionar fisiologia, emoções, medicina chinesa, meditação, artes marciais e tudo o mais que venha do Oriente. Na verdade, temos sorte de estarmos perto de um bairro que é uma colônia de povos orientais. Do contrário, não teríamos acesso a essas coisas.

Ela se limitou a um sorriso bonito, e ele sentiu um carinho bem gentil em seu dedão. Eles tinham as mãos dadas, entrelaçadas com firmeza, e ele não estava embaraçado com aquilo tudo. Isso era novidade, uma novidade maravilhosa. Aquele gesto bonito e silencioso o levou à compreensão do que estava se sucedendo, pois, logo a seguir, falou:

— Mas é claro que você já sabe disso tudo, não é? Sabe disso e muito mais.

Liza puxou o braço dele, deslocando seu corpo. Os gracejos não haviam abandonado aquela face curtida de sol, pelo contrário, tornavam-na ainda mais radiante. Ela o puxou para junto de si e o beijou. Lábios saborosos, como uma fruta em época de temporada, talvez uma cereja, aquela que, por ser a mais perfeita de todas, decora o centro do bolo. Sentaram-se, corpos colados, dedos entrelaçados, apreciando o momento. Mas, como todo o resto de nós, que de tão intoxicados pela fala não conseguimos ficar muito tempo apenas sentindo, sem expressar verbalmente qualquer ideia, a moça logo cortou a sensação, iniciando nova conversa:

– Você acha que uma pessoa que não enxerga pode não sentir raiva?

– Não, isso é impossível.

– Tudo bem, vou reformular. Você acha que um cego sente raiva de forma diferente do resto de nós?

Ele demorou a responder. Parecia estar pensando profundamente na questão. Depois de uma eternidade calado, entregou para ela um simples "não sei". Não a satisfez, obviamente.

– Ouça, estamos conversando hipoteticamente – disse ele quando ela o pressionou a dar uma resposta melhor. – Nossa conclusão também terá que ser hipotética e isso não será conclusão de verdade. Ela será apenas a conclusão que decidirmos dar, portanto, para que discutir?

– Não seja chato. Apenas porque um estudo é baseado em dados, não quer dizer que ele esteja certo. Há sempre mais variáveis do que nós podemos conceber. Sempre. De qualquer modo eu não quero uma conclusão definitiva, apenas sua opinião para uma pergunta direta. Pode dá-la ou não?

– Tudo bem. Então se você está sendo tão incisiva, minha resposta terá que ser: sim! Eu acho que um cego vivencia a raiva e todos esses outros sentimentos negativos de uma maneira diferente do resto de nós, que enxergamos o mundo. Afinal, ele não viu todas as coisas ruins que vimos.

– Mas ele as sentiu.

– De fato. Mas de que maneira? Como as terá sentido? Com base em qual percepção? Quando nós vemos coisas ruins demais, aquilo nos muda por dentro.

– Como você sabe? Que coisas ruins já viu?

Ele desconversou:

– E desde quando o assunto virou eu?

– Desde sempre, ora. Ou você acha que quero falar sobre o quê?

Liza sorriu. Sentia como se tivesse encontrado uma agulha em um palheiro, ou melhor, um homem verdadeiramente sensível. Esta era a primeira conversa de verdade que tinham, quer dizer, a conversa que havia tomado lugar no bar, durante a noite anterior, aquela não contava. Fora trivial. Promíscua até em alguns momentos. Nasceu da carência de ambos e do consumo excessivo de álcool, assim como nascem quase todas as conversas de bar. Mas o fato curioso é que, pela manhã, ao acordarem, eles não tiveram aquela sensação de arrependimento, aquela angústia cortante, aquele mal-estar nauseante que fica cutucando lá no âmago, dizendo: "O que eu fiz? O quê eu fiz?". Essa mesma sensação faz com que as pessoas se vistam rapidamente, pulem a parte do café da manhã, inventem alguma desculpa e desapareçam uma da frente da outra. Ambos conheciam bem tal sensação, mas, desta vez, ela não veio. Sem emitir um único som e com cuidado para não deixar Liza perceber o que realmente se passava em sua mente, Manes concluiu que aquela era a mulher com quem ele gostaria de se casar e viver a vida inteira.

Foram momentos estupendos aqueles que eles passaram juntos. Ambos acordaram com um ar de tranquilidade, dividiram um banheiro, tomaram café e saíram para passear. Seguraram as mãos um do outro tão naturalmente que parecia que sempre haviam feito aquilo. A frase "feitos um para o outro" deixava de ser um chavão, para assumir certa propriedade. Os raios do sol aqueciam o rosto preguiçoso e faziam questão de lembrá-los do sabor da vida. Uma noite especial. Uma manhã especial. Uma sensação diferente para cada momento ao lado um do outro. E agora uma conversa especial.

Tolos apaixonados. Mas há uma estranha intimidade entre a beleza e a tolice.

Aquela era uma memória boa, mas trazê-la à tona não apaziguava os sentimentos miseráveis que jaziam dentro de si. Os membros cansados de Manes rangiam ao serem obrigados a entrar em movimento, um reflexo direto daquela noite agitada e incomum, durante a qual ele mal havia pregado os olhos. Seus ombros estavam tensos, recolhidos para o alto, quase colados nas orelhas. Todo o tempo sua mente esteve ocupada por uma sensação estranha: nos momentos em que estava acordado, letárgico, sentia-se dormindo e, uma vez dormindo, de temor, acordava. Um jogo de gato e rato que se arrastou por horas a fio, ora olho aberto, ora fechado; temia o mundo de Morfeu, temia o empírico, oscilava em ambas as direções; o menor ruído era motivo para violentar seu pretenso descanso. Os lençóis amarrotaram; o travesseiro assumiu o formato de sua cabeça; seu corpo suou quando ele se cobriu e teve frio quando chutou o cobertor para os pés da cama.

Finalmente, Manes abriu seus olhos. Ele estava sozinho em seu quarto — havia dormido do seu lado da cama, sem avançar um centímetro para o lado de Liza. O líder passou as mãos sobre o lençol, como se ainda pudesse sentir a presença de sua esposa e guardou consigo a memória de seu corpo nu deitado ao seu lado. O travesseiro ainda guardava o cheiro do xampu que ela usava, e ele se agarrou firmemente àquelas sensações. Por fim, como tudo o mais nesta vida efêmera, elas se dissiparam, deixando para trás apenas uma memória imperfeita do que haviam sido. Ciente do que tinha perdido e tomado pela culpa de estar ao lado de Zenóbia enquanto sua esposa era violentada e morria sozinha, na privacidade de seus aposentos, Manes desatou a chorar.

Eram as últimas lágrimas que aquele guerreiro derramaria, pois, a partir do dia seguinte, ele não poderia mais se dar ao luxo de recuar, hesitar ou se esconder. Mas enquanto o dia não chegava e ele encarasse de frente as responsabilidades que o aguardavam, que as lágrimas viessem!

CAPÍTULO 50

Era manhã no Quartel Ctesifonte.

As marcas das loucuras do dia anterior estavam por todos os lados. O fogo havia atingido mantimentos e remédios estocados, grande parte das armas havia sido perdida ou inutilizada, parte do sistema elétrico estava em curto, o que incluía as comunicações que eles dispunham e muitas vidas haviam se perdido. O cheiro adocicado do sangue se confundia ao de fumaça queimada. Muitas ações estavam sendo tomadas no sentido de recuperar o que havia sobrado, mas o clima geral era de vergonha e indignação.

Uns não se conformavam com o comportamento dos outros; e os outros estavam envergonhados pelo que haviam feito. A mácula estava gravada nas profundezas do imo de cada um e, de lá, ela não sairia tão facilmente.

Espartano tomava seu café da manhã despreocupadamente. A quebra da rotina havia mudado tudo, e as pessoas responsáveis pela cozinha mal tiveram tempo de preparar um desjejum decente; apenas café preto, suco de laranja e um mamão colhido do pomar. Mas, para ele, era uma refeição dos deuses. Súbito, Judite sentou-se à mesa e, com uma expressão severa, afirmou:

– Dujas está morto!

Imperturbável, o outro respondeu:

– Então ele não resistiu? É uma pena.

– Espartano, olhe para mim.

O batedor parou de cavoucar a fatia de mamão com sua colher e encarou a moça com olhos que pareciam carecer de uma alma. Sem se intimidar, ela rosnou:

– Foi você?

– Isso fará alguma diferença?

– Foi você ou não?

– Foi!

Então, ele retornou à sua refeição. A confissão a transtornara, mas não tanto quanto a calma com que ele admitiu. O mundo parecia enegrecer mais e mais. A moça olhou ao seu redor à moda que fazemos quando queremos ver se somos observados e constatou que ninguém estava a par do pequeno drama que se desenrolava naquela mesa. Por fim, tomando uma decisão, ela se colocou:

– Manes jamais poderá saber disso, entendeu?

Tendo terminado sua fruta, ele afastou o prato e, novamente fitando-a com severidade, resmungou:

– E o que te faz pensar que eu tinha intenção de contar isso para ele?

– O que você fez foi assassinato!

— O que eu fiz foi justiça! E eu fiz para salvar a alma de Manes! Para salvar a sua alma e a de todos aqui. Não precisa me agradecer...

Ele apanhou a xícara e deu um gole no café.

— Como está o café? — ela perguntou.

— Amargo!

Amargo! Uma palavra que dizia tudo. Que resumia o que Judite estava sentindo.

— Esse será, então, nosso segredo!

Largando a xícara, ele fez um sinal de cruz com os dois dedos e os beijou, confirmando:

— Nosso segredo!

Ela se levantou e, apesar de saber que o Quartel não suportaria outro conflito interno e que, por causa disso, ela precisaria guardar consigo aquela inquietante revelação, isso em nada diminuía o peso de guardar a verdade.

Em outro ponto do Quartel, Zenóbia bateu à porta do quarto de Manes e esperou permissão para entrar. Ao vê-la, sentimentos diversos invadiram o homem, que simplesmente não sabia o que dizer.

— Manes... Eu vim aqui porque...

Mas, assim que começou a falar, ela se deu conta de que também não havia palavras a serem ditas. Em certas ocasiões, as palavras se tornam supérfluas, e um ato vale mais do que tudo. Ciente disso, encurtou a distância que os separava e abraçou-o. O toque da pele da amante foi como uma fragrância suave em um campo de flores que renova a alma desgastada e cansada de um viajante.

— Eu sinto muito — ela disse; e havia sinceridade em suas palavras.

Eles afastaram o corpo um do outro, mas o líder continuou segurando as mãos da guerreira.

— Eu sei.

Mantiveram um silêncio cuja partilha resultou em um momento bonito. Por fim, lembrando-se das obrigações que a chegada do novo dia traria, ele exclamou:

— Zenóbia, eu não sei o que será de nós...

— Nós iremos sobreviver, Mani.

— Não, eu não digo "nós", raça humana. Eu digo "nós", eu e você.

— E eu também me referia a "nós", eu e você. Nós iremos sobreviver a isso tudo. E saiba que aquilo que for preciso fazer para honrar a memória de Liza nós faremos. Ela realmente o amava, e eu sei que você sentia o mesmo.

Manes quis falar, mas ela o calou colocando seu dedo indicador nos lábios cortados do guerreiro:

— Não precisa ter pressa de nada. Eu estou ao seu lado. Sempre estive. Sempre estarei. Não pretendo substituí-la, na verdade jamais poderia fazê-lo. Mas, aconteça o que acontecer, você poderá contar comigo. Como amiga, guerreira ou amante. Agora, você precisa sair deste quarto e ir até aquele povo todo que aguarda seu pronunciamento e mostrar a eles por que é nosso líder! Você precisa fazê-los acreditar novamente.

Após o desjejum, Manes solicitou uma audiência com todos os membros da comunidade, no grande salão do Quartel, palco das maiores atrocidades do dia anterior, inclusive o local onde Liza morrera. Apesar de os corpos já terem sido retirados e levados para os fundos, onde seriam cremados ao entardecer, a maior parte do sangue ainda não havia sido limpada do chão e das paredes, o que causava uma sensação de mal-estar aos presentes.

Mais tarde, o corpo de Liza seria conduzido às cinzas em uma bela cerimônia digna de uma princesa, o que levaria todos os presentes às lágrimas, incluindo Zenóbia. Todos sentiriam a perda daquela que havia sido um farol para o Ctesifonte durante aqueles últimos quatro anos. Depois dela, os demais teriam o mesmo destino, incluindo os insurgentes. Manes ordenou que até mesmo o corpo de Hulk fosse tratado com dignidade e respeito.

– Nós precisamos ser melhores do que já fomos – argumentou sem margens para discutir o assunto.

Mas isso foi depois, naquele momento o líder começou a reunião falando os nomes das pessoas que haviam morrido. Ele mencionou nome por nome, sem pressa alguma. Após cada referência, guardava um pequeno e respeitoso período de silêncio, cujo objetivo era homenagear a pessoa morta. Entre os 72 nomes que falou, incluiu Silvério e Felipa de Souza, ambos peões da revolução, mas que haviam falecido durante a última batalha, e também o jovem Erich Weiss, morto estupidamente por Hulk. Os batedores chacinados do lado de fora que estavam sob o comando de Espartano e cujos corpos não haviam sido recuperados foram lembrados com carinho. Dentre as perdas, uma tragédia ainda maior fora contabilizada: uma das quatro crianças havia morrido queimada. Manes encerrou incluindo uma menção honrosa a Erik, o Vermelho, explicando publicamente a todos que, se não fosse por ele, ninguém ali estaria vivo.

Após o cerimonial, começou sua fala, um misto de discurso com desabafo:

– Eu sei que não agradei a todos aqui. Sei que algumas de minhas atitudes foram condenáveis e que em alguns momentos favoreci mais a uns do que a outros. Desculpem-me por isso, mas só o que posso dizer é que não nasci para gerir. Eu nasci para liderar. Durante os últimos anos nós temos tentado sobreviver neste mundo maldito na esperança de que um dia tudo irá passar. Tocamos nossa vida sonhando que seremos salvos pelos americanos, pelos japoneses, pelos ingleses ou até pelo nosso próprio governo. Ou imaginamos que um dia os contaminados irão desaparecer, que irão morrer de fome ou de velhice. Ou, melhor ainda, que eles irão reverter ao seu estado normal. Todos pensam coisas assim, pois esse é um pensamento reconfortante que nos daria a possibilidade de rever antigos parentes, amigos e amores. E seguimos em frente com esses ideais românticos, sempre sonhando, sonhando e sonhando. Pois bem, trago novidades para vocês: quatro anos se passaram desde que o apocalipse nos varreu de nossos lares, que arrebentou com a ordem que levamos séculos para criar e extinguiu a maior parte da humanidade. Quatro anos infernais, e esse tão sonhado dia não chegou. Só o que conseguimos com nossa espera foi criar uma situação calamitosa para nós mesmos que, de tão insuportável, resultou nesta tragédia toda. Dujas foi uma serpente aqui, é verdade, mas não podemos culpá-lo exclusivamente pelo que aconteceu. Aqui não era o Paraíso. Nós já estávamos no Inferno, mas não sabíamos. Ou melhor, é mentira, nós sabíamos, sim, porém optamos por dissimular a verdade. Não queríamos enxergar o quanto as coisas estavam ruins. O quanto todos eram intolerantes e mesquinhos. De minha parte, assumo a responsabilidade por meus enganos, mas, assim como Dujas, não sou o exclusivo culpado de tudo o que ocorreu.

O silêncio era geral. As pessoas do Quartel nem ao menos conseguiam olhar nos olhos de seu líder. Ele prosseguiu:

— Este lugar é nosso lar, mas, ao mesmo tempo, o lar tornou-se uma prisão. E as barras têm propriedades mágicas, não são seres inanimados. Elas, a princípio, aprisionam apenas o corpo, mas depois, quando a força de vontade começa a esvair, fraquejar, despressurizar de dentro do ser, elas prendem também a mente. Impedem que os pensamentos voem, que os sonhos se propaguem e os desejos se realizem. Elas podam a esperança e a beleza de um ser humano e o lapidam de forma a gerar revolta e ódio. A consequência é sempre o derramamento de sangue. As barras despertam a ira contra o sistema fazendo-o parecer injusto. Ira contra os mais afortunados. Ira contra Deus, que fez todos os homens miseráveis. Ira contra os que estão no comando. As grades impedem que as pessoas percebam que quem está no comando carrega o peso do mundo nas costas. O homem nasceu livre no mundo, livre na natureza. Correu por pastos verdejantes até as pernas não aguentarem mais, nadou em oceanos infindáveis de beleza e mistério, explorou vales, montanhas e florestas. Mas, contra toda essa sua lógica, o Dia Z chegou e nós acabamos aqui, enjaulados. Prisioneiros em nossa própria mente! Assim, buscamos refúgio na ira! E é por isso que o mundo tornou-se um lugar frio, cinza e mecânico.

Na multidão, ele enxergou Zenóbia, que ouvia a tudo atentamente. A noite de amor que ambos tiveram lhe veio à mente. O olhar firme que ela lhe destinava impedia que ele sentisse desamparo.

— Agora minha esposa está morta. Junto de tantos outros. Ela era um ser humano descente e valoroso, que morreu por nossas faltas. Morreu por minhas faltas. E agora aqui, diante de todos vocês, só o que posso fazer é perguntar: o que aprendemos com isso tudo? O que aprendemos com nossa própria ira? Pois bem, vou dizer o que aprendemos: ninguém irá nos trazer a paz! Ninguém virá nos salvar! Ninguém irá nos tirar desta situação, porque simplesmente não há ninguém lá fora que tenha a resposta. A resposta está aqui, em nosso coração. Isso é o que toda essa revolta despropositada nos mostrou!

Ele andou nervosamente de um lado para outro e, subitamente, começou a aumentar o tom de voz e inflamar seu discurso:

— Nós achávamos que eles iam desaparecer. Que eles iriam morrer quando a comida acabasse. Pensávamos que iriam apodrecer e que chegaria um momento no qual estaríamos a salvo. Pois quatro anos se passaram, quatro malditos anos vivendo neste buraco, e, por algum motivo, nada do que esperávamos aconteceu. Eles ainda estão aqui. Eles se tornaram donos do planeta e nós, a espécie em extinção. Ou revertemos este quadro agora, ou é o fim! Vocês entendem isso, droga? Os contaminados não irão morrer e ninguém virá nos salvar – essa é a verdade. A única verdade! Estamos por conta própria! Eles vão durar mais do que os recursos de que dispomos. A comida e a bebida irão acabar. As pilhas vão se esgotar, o combustível irá secar, os remédios irão perder a validade, e esses malditos continuarão lá fora! E o que acontecerá se, por algum motivo, a água parar de funcionar? O que faremos sem água? Percebem a gravidade do que estou dizendo? Quero que vocês entendam uma coisa; preciso muito que vocês entendam isso, que compreendam a seriedade da situação: esses malditos irão durar muito além do que todos nossos recursos!

Súbito, uma voz vinda da multidão gritou:

– E o que você sugere? Que matemos todos eles?

Manes então arrancou seu facão da bainha na cintura e o levantou com destemor, berrando:

– Sim! Chega de se esconder. No dia de ontem, nós provamos que eles não são invencíveis. Eles podem ser mortos, e nós iremos lá para fora e vamos matar todos eles. Vamos matar até o último deles. Se houver um bilhão de contaminados, mataremos um bilhão, nem que isso consuma toda nossa vida. Nós mataremos todos, sem exceção, e deixaremos um mundo livre para nossos filhos! Esse vai ser o nosso legado! Temos que recuperar o que é nosso! É a única resposta que tenho neste momento. É a única opção. Quem está comigo?

A multidão começou a se manifestar timidamente, no princípio apenas resmungos e zumbidos. Ele cruzou seus olhos com os de Espartano que estava em meio ao povo e fez um sinal de positivo com a cabeça, indicando que ele continuasse com o discurso. Motivado, Manes berrou com toda força dos pulmões:

– Sei que na outra vida que tiveram, vocês eram pessoas comuns, e não guerreiros, mas já é hora de parar de pensar no que éramos e começar a encarar o que somos! Chega de falar sobre o que fazíamos e o que perdemos. É hora de pensar no que temos para fazer e no que ainda podemos perder! Vocês querem ser relevantes? Querem deixar alguma coisa que realmente tenha valor? Querem ser lembrados? Querem ser mencionados nos livros de História? Pois esta é a sua chance; para que livros de História voltem um dia a existir, este é o momento de agir! Eu estou fazendo a única coisa que realmente importa: estou dando a vocês algo pelo que morrer! Quem está comigo?

Vindo do meio da multidão, alguém bradou positivamente, ainda que de forma tímida! Ele perguntou mais uma vez e sentiu sua garganta arranhar com a força do berro:

– Quem está comigo?

Desta vez, um grupo grande gritou que sim.

– Guerra! – disse ele, percebendo pelas expressões que a massa começava a se render.

A multidão respondeu imitando-o:

– Guerra!

Ele gritou novamente ainda mais alto:

– Guerra!

E desta vez a multidão rebateu em uníssono, homens, mulheres e crianças:

– Guerra!

E seu brado foi tão alto que teria até mesmo despertado o demônio de sua pestana matinal. Satisfeito, observando a massa humana urrar diante de si, com as mãos erguidas e unida por um ideal, pronta para sair em batalha a despeito de todas as falhas, Manes disse somente para si próprio uma frase que foi eclipsada pelo barulho da multidão:

– Morte e honra!

FIM DO VOLUME UM

Este livro foi impresso em papel Lux Cream 90 g pela Gráfica Assahí.